中国抗战题材小说丛书

寒凝大地

王克臣◎著

Han Ning DaDi

中国言实出版社

图书在版编目（CIP）数据

寒凝大地 / 王克臣著 . -- 北京 : 中国言实出版社，
2020.6

ISBN 978-7-5171-3484-8

Ⅰ . ①寒… Ⅱ . ①王… Ⅲ . ①长篇小说－中国－当代
Ⅳ . ① I247.5

中国版本图书馆 CIP 数据核字（2020）第 100429 号

出 版 人　王昕朋
责任编辑　张国旗
责任校对　代青霞

出版发行　中国言实出版社
　　　　　地　　址：北京市朝阳区北苑路 180 号加利大厦 5 号楼 105 室
　　　　　邮　　编：100101
　　　　　编辑部：北京市海淀区花园路 6 号院 B 座 6 层
　　　　　邮　　编：100088
　　　　　电　　话：64924853（总编室）　64924716（发行部）
　　　　　网　　址：www.zgyscbs.cn
　　　　　E-mail：zgyscbs@263.net
经　　销　新华书店
印　　刷　北京中科印刷有限公司
版　　次　2020 年 7 月第 1 版　　2020 年 7 月第 1 次印刷
规　　格　710 毫米 ×1000 毫米　1/16　37.5 印张
字　　数　577 千字
定　　价　78.00 元　　ISBN 978-7-5171-3484-8

CONTENTS
目录

第一回
韩贵德火烧东洋鬼
尹家府水淹敌伪军

胡宝贤良策妙如锦　　独立团巧布迷魂阵

韩贵德火烧东洋鬼　　尹家府水淹敌伪军

抗战时期，冀东独立团团长韩贵德活跃在抗日战场上。在顺义潮白河一带，叱咤风云，声名显赫。甭说伪军，即使日本鬼子，只要听到他的名字，也会心惊胆战。当时，广泛流传着一段民谣：

韩贵德，真威风。

来无影，去无踪。

英勇善战无敌手，

足智多谋用奇兵。

伪军闻风拉拉尿，

鬼子丧胆也认怂。

初冬，忽一日，韩贵德团长得到了一份重要情报：明夜子时，日伪军联合进攻尹家府，实行大扫荡。

韩团长在老罗家大厅里，把毛瑟枪掏出来，放在八仙桌上，手指敲打着桌面，他翻来覆去地想，兵民是胜利之本，这是真理。可眼下，这仗该怎么打？打阻击，人家装备精良，我们只有三八大盖汉阳造，哪里是人家

1

的对手？闹不好打成阵地战，损失可就大了。带领群众转移吗？也不行，时令已近初冬，平展展的土地，光秃秃的，连一棵能藏身的苇草都难找！

韩贵德在独立团指挥部里踱来踱去。

突然，一个人挑帘而入。

那人见他心事重重，急忙走上前来，问道："团长，可有心事？"

韩贵德停下脚步，哈哈一笑，说道："政委，刚刚收到一份情报，还没来得及找你。"

胡宝贤政委说："说说看！"

韩团长说："你看，这份情报上说：明夜子时，杨各庄日伪军联合进攻尹家府，实行大扫荡。"

胡政委说："日本鬼子实行大扫荡，那不是家常便饭！"

韩团长说："这次不同往常，小鬼子要端咱独立团的老窝！"

胡政委说："老窝是咱独立团的老窝，他想端就端？那可有一比，墙上挂门帘——没门儿！"

韩团长说："没有时间开玩笑了。请问：有何良策？"

胡政委说："依我之见，驻扎在杨各庄的日军，灭亡之日，必不远矣！"

韩团长说："何以见得？"

胡政委说："日为阳，尹为阴，阴阳相克。"

韩团长说："虽然阴阳相克，但何以见得日军必亡？"

胡政委说："日喜阳惧阴。想想看，他们恰恰选定在夜间子时，夜间子时，阴之极致，我军必胜，日军必亡矣！"

韩团长说："照你的说法，我看有点儿像算命先生。"

胡政委说："孙子曰：兵者，国之大事，死生之地，存亡之道，不可不察也。日本鬼子协同伪军，对咱们尹家府实行扫荡，那是关系到独立团生死存亡的大事，当然要认真加以研究。我倒想听听韩团长的高见！"

韩团长说："良策也好，高见也罢。咱不如各自写在手心上，试上一试，如何？"

胡政委惊讶地说："可以。"

韩团长说："笔墨伺候！"

胡政委、韩团长背过脸去，各自用毛笔在手心上写了一个字。然后，胡政委、韩团长对面而视，同时慢慢张开手掌，伸长脖子一看，大吃一惊。

胡政委手掌心的字是个"火"。

韩团长手掌心上的字也是个"火"。

历史竟有如此的巧合。《三国演义》里"火烧赤壁"，周瑜与诸葛亮决策之前，彼此为求计谋，在各自的手掌心上写个"火"字，良策合谋。结果，在滚滚长江的水面上施用火攻，羽扇纶巾，谈笑间，樯橹灰飞烟灭。

然而，眼前，不是在宽阔的水面上，而是在乡村。况且是秋后，村里的街道上，农家的院子里，到处堆满棒子秸。怕的就是火，一处着火，四邻不安。更何况处处点火，那整个尹家府不成了一片火海？还用得着日本鬼子扫荡，那不引火烧身，自取灭亡吗！

胡政委思考片刻，说："孙子曰：'凡火攻有五：一曰火人，二曰火积，三曰火辎，四曰火库，五曰火队。行火必有因，因必素具。发火有时，起火有日。时者，天之燥也。日者，月在箕、壁、翼、轸也。凡此四宿者，风起之日也。'韩团长，你熟读《孙子兵法》，我在你这里班门弄斧了！"

韩团长说："咋是班门弄斧，所言极是，所言极是也！"

胡政委说："孙子讲的五类火攻，具体到咱们这次，其实只占'火队'一类，鬼子想攻占尹家府，咱们就火烧来犯之敌的通道。在火烧敌人通道上做文章，必胜之。"

韩团长说："知我者，政委也！"

胡政委说："现在是，如何火烧来犯之敌的通道，便成了关键。既断日军往返之路，又烧不到老百姓的房子。就是说，鱼也要，熊掌也要。这就难了！"

韩团长说："这有何难？我倒有个主意。"

胡政委眼睛一亮，说："说说看。"

韩团长说："还是采取老办法，发动群众，组织群众，打一场人民战争！"

胡政委说："你就别卖关子了，快讲！"

韩团长说："动员家家户户把院子里的棒子秸，通通搬出来，码在大街两侧，远离房屋，火再大，也烧不到老百姓的房子。你看看，不是鱼也吃到了，熊掌也没有丢掉吗？"

胡政委说："好主意，好主意！"

韩团长说："火从何地起，火在何时点？不可不事先细细思考，而后做出决定。"

胡政委说："说得好！这属于细节，打仗，尤须考虑好细节。有时候，细节决定胜负。"

韩团长说："依我看，情况紧急，有些战事，我倒想一面各自准备，一面做出部署！"

胡政委说："好，兵贵神速！"

于是，韩团长命传令兵把支队长们唤来，一个个附耳吩咐："如此这般，照计行事。"

支队长们得令而去。

胡政委说："尹家府是潮白河东的一个大村，东面是二十里长山，西面是潮白河，是密云、顺义、三河三个县的交通要塞，历来是兵家必争之地。"

韩团长说："尹家府村子里，东西一条大街，南北两条大街，村西有个蛋子坑，常年积水，俯瞰整个尹家府，怎么看都像一个偌大的'吉'字。"

胡政委说："鬼子和伪军从东面进村，可通南北两条大街。假如一直再往前走，来到村西口，就是蛋子坑。面水而战，这就犯了兵家大忌。"

韩团长说："大忌者，对鬼子伪军则大忌；于我，则大吉也！"

正说间，突然通信兵来报："在村口捉到一个可疑人，估计是个奸细！"

韩团长说："奸细？"

通信兵说："巧极了，有人认出了他，说这个人姓陈，小名叫二狗子。"

胡政委道："我记得，尹家府是有个叫二狗子的，前年被抓去当伪军了。"随后，附在韩团长的耳畔，悄声说："如此这般……"言毕，一闪身，进了里屋，撂下帘，关好门。

韩团长说："带进来！"

一个身穿灰夹袄，缅裆裤，头戴破草帽的人，点头哈腰地走进来。

韩团长大吼一声："押下去，砍啰！"

那人"扑通"跪在地上，连连作揖，叫嚷道："老爷饶命，八路军老爷饶命！"

此刻，胡政委从老罗家大厅的正门而入，一面走，一面说："抓到什么人啦？"

韩团长说："一条狗，一条癞皮狗！"

那人朝胡宝贤跪着，转过身来，哭诉道："大人饶命，我知道八路军是好人，不杀俘虏。再说，我家里还有八十老母，还有老婆，杀不得，杀不得呀！"

胡政委说："抬起头，抬起头来！"

那人抬起头来，央求道："老爷，我就是尹家府人，生在尹家府，光着屁股在尹家府长大的，也是苦出身，没吃没喝。抓去当兵，被逼无奈，没有办法。"

胡政委说："你是尹家府人，我也是尹家府人，怎么从来没有听说过你呀？"

那人哭诉道："我家确有八十老母，杀了我不要紧，只怕我家老母再无人为她养老送终了！"

胡政委说："你姓什么？叫什么？哪条街住？"

那人一一招来："我家住尹家府西街，姓陈，大名陈小二，小名二狗子。"

胡政委说："二狗子是你，你是二狗子？"

陈小二说："二狗子是我，我是二狗子！"

胡政委说："二狗子，你至今还不知道，你前脚儿被抓，当了伪军，后脚儿你媳妇就上吊了。现在，你家里只剩下你的老母亲。"

陈小二圆睁双眼，道："真，真的吗？"

胡政委说："我也是尹家府人，我出来得早，你不认识我，我可知道你。我蒙你干啥？陈小二，我问你：你愿意死心塌地跟着日本鬼子打中国老百姓吗？"

陈小二急赤白脸地说："谁愿意呀？我不是被他们抓走的吗？屎壳郎跟屁飞——混口饭吃。"

胡政委说："我问你，如果放你回去，你是向着八路军说话，还是向着日本鬼子？"

陈小二说："能放我回去，真的能放我回去，不杀我？"

胡政委说："杀不杀，我说了不算，那要看你的了！"

陈小二急出了汗，说："那，那……"

胡宝贤说："你只要按我说的去做，就能保住你的命！"

陈小二连连说："我听您的，我听您的！"

胡宝贤附在他的耳朵旁边说："如此这般……"

陈小二如释重负，说："照办，照办，一定照办！我永远忘不了您的大恩大德。我能走了吗？"

陈小二刚要退出，就听身后一声霹雳般的恫吓："慢！"

陈小二像触电一样，立马停住脚步，哆哆嗦嗦地站住。

韩团长从后间走出，背着手，异常严厉地说："回去，告诉你的主子：就说韩贵德就在尹家府！"

陈小二忙说："不敢，不敢！"

韩团长厉声说："就这么说！"

陈小二说："是，是是！"说过，连滚带爬，急急火火出了老罗家大厅。

韩团长和胡政委望着陈小二狼狈的背影，哈哈大笑："癞皮狗，这个癞皮狗！"

陈小二急急忙忙、慌慌张张地回到日伪军营地，连真带假，真真假假，向主子禀报。

独立团的各营、连、排、班，根据各自担负的任务，既紧张又有条不紊地准备着。

三排排长杨立冬带领着全排战士，负责动员尹家府东街两侧的老百姓，把自家的棒子秸，从院子里搬到大街上。

尹家府的老百姓们觉悟高，听话，让他们搬，就搬；让他们放哪里，就放在哪里。

不过，人分三六九等，树林子大了，什么鸟都有。尹家府村子这么大，什么人都可能遇见。

杨立冬排长就遇到这么一户。

杨立冬拍拍老乡的门环，分寸极好地叫道："老乡，开开门，我们是八路军，有事跟您讲。"

里面传出话来："这个军，那个军，我见得多了。有什么话，就站在外面的石头阶儿说，我又不是聋子！"

杨排长清了清嗓子，尽可能地使自己的声音温和些："老乡，我们八路军有重要任务，需要您帮助我们！"

里面的二门子"吱扭"响了一下，接着，就是一串"趿拉趿拉"的脚步声。

杨排长一阵兴奋，急忙迎上前去，说："老乡，大爷！"

大爷弯着腰，一面"趿拉趿拉"往前走，一面嘟嘟囔囔地说："我一个糟老头子，能够帮你们什么忙？"

杨排长笑嘻嘻地说："大爷，是这样，日本鬼子又要到咱们尹家府村来扫荡了。"

大爷说："日本鬼子到尹家府村来，扫也好，荡也罢，还不是你们八路军给招来的！"

杨排长听了一愣，说："照您这么说，倒是八路军的错了。您这是什么话？这不颠倒黑白吗！"

大爷说："说我颠倒黑白，这话是从你嘴里说出来的？小伙子，我告诉你，我吃的咸盐比你吃的小米都多，走过的桥比你走的路都长。你们八路军没有来时，我们尹家府可清静了。自从你们八路军驻扎在尹家府以来，连一天也没有消停过！"

杨排长说："您这样说欠妥，合着我们八路军出生入死为老百姓打日本鬼子，到头来，倒派了我们一身的不是！"

大爷说："不光我这么说，可着尹家府村的老百姓，大小孩子伢儿，哪个不是这么说呀？"

"看看，老爷俩说得还挺热闹！"

杨排长一回头，见是韩团长，感到十分委屈，说："这位大爷，这样看咱们八路军，太令人失望了！"

大爷说："难道我说错了，本来嘛，哪个村的小日本鬼子，不是你们八路军给招来的？哪儿有八路军，哪儿就有日本鬼子！"

韩团长哈哈大笑道："大爷，您说反了，怎么能说哪个村的小鬼子都是八路军给招进来的。不对，应该说，哪儿有小鬼子，哪儿就有八路军！焦庄户、山里辛庄，还有驻马庄、七连庄，那些个村子，出现了日本鬼子，那里就有咱们的八路军和民兵，坚持抗战，一点儿一点儿地消灭他们。"

大爷说："看看是不是？早年先，没有小鬼子，没有八路军，我们尹家府可消停了！"

韩团长说："大爷，我跟您说，不把小鬼子赶出中国，咱们老百姓就永远不会过上安定的日子！"

大爷说："倒是这么个理儿。这位八路军同志说，需要我来帮忙，我一个糟老头子能帮你们什么忙？快说，你们到底要我干啥，要我帮什么忙？"

韩团长哈哈大笑，说："痛快，痛快！大爷，我走了！"

大爷说："你忙你的！"

韩团长大步流星地走了。

杨排长忙说："大爷，您真好，不需要您帮什么忙！"

大爷说："你看你看，刚才还说需要我来帮忙，咋这么一会儿的工夫，又不需要我帮忙了？快说，你们到底要我干啥，要我帮什么忙？有话好说嘛！"

杨排长说："其实很简单，您就站在院子中间，指挥八路军战士们，把您院子里的棒子秸搬到大街上去！"

大爷说："你们是不是怕小鬼子烧老百姓的房子呀？"

杨排长说："别看您的年岁大，心里不糊涂！"

大爷说："你怎么不早说呢！"

杨排长向远处高声喊道："七班长，调几个战士，把这家大爷的棒子秸搬到大街上去！"

然后，杨立冬急匆匆地朝另一家跑去。

杨排长跑着跑着，见一个年轻战士正同一个老太太发生争执。

老太太说："我好不容易拾的柴火，刚够冬天攮炕的，你们干吗非要给我弄到大街上去？"

小战士说："上面的命令，有意见，跟上边说去！"

杨排长大声说："停下！"

小战士很不情愿地放下正在抱着的柴火，嘟嘟囔囔地说："抱柴火也是你让抱的，不让抱柴火也是你，合着你杨排长两头占理，就是我们当小兵卒子的，一丁点儿理都不占！"他像受了委屈一样，把抱着的柴火，狠狠地扔在地上。

杨排长厉声说："嗬，赌气呢，跟我吗？我还有气呢！这里的群众工作可真难做，口口声声说这里的老百姓觉悟高，全都高哪里去了？"

老太太走过来说："你这位同志说话可真差劲！我可没说什么好歹的。我就说一句，干吗非要把我们家的柴火弄到大街上去？这就招出你一大片话来，是我的不是，还是你的不是，这得说清楚。我们老百姓招你惹你啦？"

老太太一席话，倒把杨排长问住了，瞠目结舌，哑口无言。

杨排长说："你这位小同志，还不快去抱柴火？尹家府群众觉悟，就是高！"

小战士双脚站在那里，动也不是，不动也不是。

老太太笑了："小同志，奶奶不难为你。我自个儿把这堆烂柴火抱到大街上去，你让我放哪儿，就放哪儿，行不？瞧你那小样儿，受气的小媳妇似的！"

小战士急忙跑过去，抱起柴火就往大街上跑，一面跑，一面说："本来嘛，这里的群众觉悟就是高哇！"

独立团的战士们，只用了多半天工夫，就把老百姓院子里的棒子秸、烂柴火，搬到尹家府"士"字形三条大街的两旁，远离老百姓家的院子，码放得严严实实。

另有八路军的埋雷组、运手榴弹组、弹药组，都按照上级的部署，积极主动、有条不紊地准备着。

说棒子秸把尹家府"士"字形三条大街都堵得严严实实，也并不准确。其间，开了三个大口子，一个是老罗家的大门口，那里是独立团团部；再一个是老陈家，这家是个大财主，院子大，敞亮；第三处，老史家，这家不仅院子大，房子还高，院子四围都是大树。至于为什么这三家的门口敞开着？天知，地知。然天机不可泄露，只好暂时糊涂着。

陈小二回到日伪军营，立即来到长官面前，满面春风地向营长曹长脖报告。

曹长脖见二狗子春风得意，知道事情办得不错，于是，开门见山地说："怎么样，干得不错吧？"

陈小二说："曹营长，不瞒您说，这次八路军独立团的官儿，让我蒙得打转呀，收获是大大的有哇！"

曹营长说："别卖关子，你也甭脱了裤子放屁。走，咱们直接去找龟田次郎大佐。可有一宗：别让我坐蜡。你要是让我在大佐面前坐蜡，到时候，小心我给你小鞋穿。你丫挺听懂了吗？"

陈小二满应满许，嘻嘻笑道："曹长官，您就踏好吧！"

二人一面说着，一面来到龟田次郎大佐的指挥部。

龟田大佐衣着齐整，佩带指挥刀，威风凛凛，说："曹营长，你退下！"

曹长脖答道："是！"

龟田大佐缓缓地走到陈小二面前，说："你的，如实说来。按照你们中国人的说法，不要添油加醋！"

陈小二不知龟田会对他怎样，战战兢兢地说："我，陈小二，昨日，化装成老百姓，混进尹家府……"

龟田大佐睁大眼睛，像死鱼一般地盯着陈小二。

陈小二真真假假，真里有假，假里有真地说了一遍。

龟田大佐嘻嘻笑道："你的，陈小二，可说的都是实话？"

陈小二说："实话，实话的有，若有一句瞎话，死啦死啦的！"陈小二一面说，一面用手在自己的脖子上比画。

龟田大佐哈哈大笑，伸出大拇指，说道："你的，中国人的这个，大大的好！"

陈小二退出龟田大佐的指挥部，吓出一身冷汗。一面往出走，一面在心里说，妈妈的，什么龟田大佐，就是田野里的一个大龟，大王八。啊呀呀，吓死我了！

当陈小二走到指挥部的门岗时，曹长脖拦住他："怎么样，龟田大佐怎么说？"

陈小二得意地说："龟田大佐十分满意，十分满意！"

曹营长说："你别总是十分满意、十分满意的，到底咋个满意法？"

陈小二说："咋个满意法，我哪里知道啊！他说，打算提拔我当团长，连你都得归我管呢！"

曹营长说："瞧你，美得快上天了！真的吗？"

陈小二说："不信，您去亲自问问龟田大佐！"

曹营长心里想，我敢去问他，我不要命了咋的？于是，曹长脖顺水推舟，语气也温和了许多："小子，好好为皇军卖力，升官发财坐汽车，往后再对付俩老婆！"

陈小二嘻嘻笑道："我哪里有您那么大的福气呀！我就是背靠您这棵大树好乘凉。真要提个一官半职，也得您说了算不是？这个队伍还不是您当家！"

曹营长说："不错，这个队伍是我当家。可是，大日本皇军坐在我的头上，要当我的家！"曹营长说至此，赶紧回了几次头，生怕有人听到，催促道，"陈小二，咱们有话回去说。"

于是，曹营长和陈小二离开了龟田指挥部。

陈小二走后，龟田次郎心里左三右四地琢磨：夜间子时，进攻尹家府，兵力部署、武器配备，谁先谁后，谁左谁右，重点进攻的三个院落，如何统一动作，相互掩护？所有这些问题，至少在他的脑海中转悠了一千零一遍。

韩贵德坐在独立团团部的椅子上，手里的毛瑟枪在掌心里转来转去，在他的脑海里，似乎正打着一场战争，考虑来考虑去，好像有利因素都在自己这一方面，未免欣欣然起来。他想：敌人在明处，我们在暗处；敌人在低处，我们在高处。况且，敌人与我们近在咫尺，想怎么打就怎么打。想叫他单腿跪，就步枪点射；想叫他脑袋开花，就用手榴弹炸；想叫他死一片，就用机枪扫。妈的，小鬼子，等着瞧！他扭转身来，哼道："我本是卧龙岗一散淡的人。"然后嘴里打起家伙点儿："呛嘁，呛嘁，呛！"

日近黄昏，晚霞在燃烧。

远处的燕山，仿佛是铁的兽脊似的，卧在天边。脊背上的余晖，像是胡乱涂抹的一摊摊血。

稍远处，几处荒疏的野村，安安静静地躺在那里。

近处，黑黝黝的丛林，朦朦胧胧，冷月凄风，偶尔传出几声猫头鹰的叫声，使人毛骨悚然。

此刻，尹家府村子里，独立团的战士们正在大摆"筵席"：小米干饭豆面汤，管够；猪肉炖粉条，每人一海碗。大家都知道，打仗，打仗，肚子先要大胀。不然的话，肚子胀不起来，前心贴后心，饿得"呱呱儿"叫唤，哪里还有劲儿打仗呀！

战士们吃饱了，喝足了，到屋里有坐有卧，有站在门口的，有靠被窝垛的。离战前动员还有一段时间，大家满可以随便些。

黑灯影儿下来了，夜阑人静。

战士们被招呼进屋子，分排、班、组，进行具体分工。其实，这种分工已经布置好几次了，此时，再讨论讨论，不过让每个人加深印象，或者再深入细致些。

杨排长负责老陈家大院，他一次再次地强调："同志们，一定要听从指挥。"

战士们乱乱哄哄地说："一切行动听指挥，我们唱都唱一百遍了！"

杨排长说："把敌人放进陈家大院，就是现在这个大院，放进越多越好，可有一宗，他们要是想进屋子里，劳您驾，进来一个，收拾一个；收拾一个，拖走一个。明白吧？"

"假如小鬼子的死尸太多了，屋子盛不下，咋办？"小战士说完，吐了一下红舌头。

杨排长说："盛不下？盛不下好办，就码到后院去，用他们的死尸做工事！"

"哈哈，哈哈！"一片快活的笑声。

史家大院里。

胡宝贤同往常一样，依然是黑衣黑裤黑大氅。他在哪里，就能把笑声带到哪里。

胡政委说："大家知道《红楼梦》不？《红楼梦》里有贾史王薛，四大家族。"

"我们只知道蒋宋孔陈四大家族。"战士们说。

胡宝贤说："《红楼梦》里的四大家族，有个老史家，这家可了不得：阿房宫，三百里，住不下金陵一个史。比现在咱们这老史家强海了！"

大家笑起来。

胡宝贤等大家笑饱了，这才说："这家也是个大财主，害怕咱们八路军，跑了。这家在尹家府村地势最高，房子也高，院子四围都是大树。有的战士提议：这些大树，可以利用。咋利用？不错，树上是可以藏住人。可是，别动，你要投弹、射击，目标不就暴露了吗？小鬼子'啪'一枪，掉下来，不摔成柿饼子才怪哩！"

"哈哈——"战士们又笑起来。

胡政委说："最好的地方，有两处：一处是房脊。咱们把机枪架好，把手榴弹拧开，拉环连在一起，拴在一根绳子上，成筐成筐地往小鬼子人堆里扔，一炸一大片。过瘾吧？"

战士们听了，急着问："另一处呢？"

胡政委说："还有一处，就是躲在老史家的大厅里，小鬼子进来一个，收拾一个；收拾一个，拖走一个。"

战士们恨不得小鬼子马上能来。于是问道："您说得跟笔描似的，可是，今天夜里，小鬼子真的能来吗？"

胡政委笑笑说："能来，我能掐会算，再说，小鬼子的算盘，从来都是由咱们拨拉的！"

弯弯的月牙，像一叶扁舟，漂向了西天。

晚秋的星星，既多又亮，扎成一堆一堆儿，挤眉弄眼地在说悄悄话儿。

果然有一队鬼子和伪军从杨各庄出发，疯狂地朝尹家府扑来。出乎意料的是，他们并未遭到一枪一弹的抵抗，从尹家府村东口，大模大样地进了村。

韩团长坐在独立团团部的太师椅上，正摆弄手里的毛瑟枪。

突然，有人来报："鬼子进村了！"

韩团长说："慌什么？正中下怀！"

不一会儿，又有人来报："鬼子到村十字街了！"

韩团长说："传我的话，没有我的命令，谁也不许开枪！"

"是，没有您的命令，谁也不准开枪！"

天上的月儿好像一只小船，漂进了港湾。星星们的悄悄话，似乎也已讲完，眉舒目展，静悄悄的。

伪军们走在最前面，按他们自己的话来讲，他们每次走在前面，就是为日本鬼子挡枪子儿的。他们一直顺着尹家府村的东大街，长驱直入，尽管他们胆战心惊地提防着，随时会遭遇到八路军的冷枪，可令他们奇怪的是，竟然没有听到八路军的一声枪响。他们一面在心里嘀咕着，一面猫着腰往前走。

日本鬼子们走在大街上，家家门口都堵得严严实实。走着走着，竟然发现一处大门敞开。于是，他们放轻脚步，悄悄地挪进院子里。

龟田次郎大佐在黑暗中，打开地图，用手指一点："这就是独立团指挥部。"龟田次郎大佐欣喜异常，低声传令："悄悄地摸进去，打枪的不要！此时，正是子时三刻。土八路正脱光大睡，摸到一个，杀掉一个。"

冲进陈家大院的鬼子，鬼鬼祟祟地朝正屋摸进去。他们做梦也不会想到，进去一个，被弄死一个；进去一个，被弄死一个。

外面的鬼子还以为个个得手，如此顺利地杀死土八路，占领陈家大院呢！

冲进史家大院的日本鬼子，也是鬼鬼祟祟摸进去，一个也不见出来。

这里由胡宝贤指挥，就跟小孩子玩捉迷藏一样。正房大门，两个人，一左一右，一人执刀，一人握枪，进来一个鬼子，左边砍一刀，右边扎一枪。再过来一个，有的搂腰，有的抻胳膊拽腿，拉拉扯扯往后院一扔，了事。循环往复，多达数十次。打仗，就跟闹着玩儿似的。

房脊上的八路军战士，想一枪一个，就使步枪，"叭勾儿"一个，"叭勾儿"一个；倘不耐烦了呢，就端起机枪，"嘟嘟嘟"，一扫一大片。或者干脆抓起几颗手榴弹，拧开盖子，把拉环系在一块儿，拴在一根绳子上，拉住绳子头儿，铆足劲往鬼子扎堆儿的地方，"扑通"一扔，顿时，火光冲天，震耳欲聋，灰飞烟灭，血肉横飞。

突然，在尹家府村西口的棒子秸被点着，顺着村子西大街蔓延，火势渐猛，一时间封堵了村子西口。

曹长脖扯开了公鸡嗓子，高声叫道："陈小二！"

陈小二急忙赶过来，说："营长，有何吩咐？"

曹长脖叫道："你不说，这次皇军给咱们美差吗？美他妈什么差，大火一烧起来，老子的队伍连回头路都给堵死了！"

陈小二说："咱们哪次不是给小鬼子挡枪眼儿，可这一次，连一枪也没挨呀，您知足吧！"

曹长脖说："村里起了火，就等于一道火墙，想回都回不去了。你说，这可怎么办？"

陈小二说："大主意您自己拿。可有一宗，命是咱们大家的。依我看，咱们干吗非得给小鬼子卖命，断了回头路，那咱们干吗不接着往西跑哇？"

曹营长听了，觉着有理。留得青山在，不愁没柴烧。只要我的这支队伍还在，有奶便是娘，还会有东山再起的时候。于是，扯开嗓子高声叫道："弟兄们，往村西口撤，快！"

伪军们听了，连滚带爬，往村西逃窜。

尹家府村呈"吉"字形，东西大街走到头，就到了村子西口。现在，街里已经燃起大火，断了回头路，只好继续往西逃。可是，村西刚好有个说方不方、说圆不圆的池塘，村民们管它叫蛋子坑。

蛋子坑四围浅，长满杂草。中间深，没有芦苇，光长三棱草和浮萍。

三棱草的叶子长长的，每根叶子上顶着一朵小花。手巧的农民，可以用三棱草的叶子编蓑衣。可是，蛋子坑表面是水，里面都是烂泥，从来没有人知道到底多深。割三棱草，要等到结冰的时候，露出冰面上的就很有限。因此，这里的三棱草，几乎没有人搭理它们。浮萍的叶子圆圆的，紧紧地贴在水面上，花茎上举着米粒般的小黄花，只有蜻蜓才敢落上去，不断地振动着双翅，摇摇欲坠。

即使盛夏，当地老百姓也没有去蛋子坑洗澡的。老辈子传下来的："下了蛋子坑，甭想有活命。"目下，正值深秋的霜降节气。霜降见冰碴。进入这个节气，蛋子坑还没有结冰，要是人掉进水里，陷入泥潭，无论多么棒的小伙子，也休想挣扎上岸。

世间就是有这么巧的事，偏偏在这个时令打仗，偏偏这群伪军被身后的大火挡住了回头路。怎么办？像没头苍蝇一样乱撞，跳进蛋子坑。聪明些的，沿着蛋子坑的边沿儿跑。可是，因有曹营长逼命般的叫唤，没有试着步慢慢走的时间，只好加快脚步，这样一来，随时都可能滑入蛋子坑。至于那些傻蛋，则更是登堂入室一般，直接往蛋子坑里撒丫子。一个个成了落汤鸡，只得泡在水塘里等着冻僵。

有的索性把枪支弹药抛入水塘，妄图逃命，谁也顾不上那么许多。

曹营长耐心地沿着蛋子坑的边沿，手揪着杂草，一点儿一点儿挪动脚步，费劲巴拉地绕过蛋子坑，急匆匆远离了尹家府这块是非之地。也真是福人命人造化大，大难不死，必有后福。祸兮福所倚，福兮祸所伏。说不定曹长脖真的会有那么一天，时来运转，弄个师长旅长的干干，也未可知。

冲进尹家府村里的鬼子，见村西燃起大火，只好转向"吉"字的两横——南北两条大街。不料，柴堆忽从街心点起，火势越来越大，威逼而来，鬼子乱作一团，四散溃逃。

天雷、地雷、石雷的爆炸声，乒乒乓乓响个不停，炸得鬼子哭爹喊娘。

房脊上、大树上、土坡上，机枪步枪手榴弹，打得鬼子屁滚尿流。

原来，这都是胡政委的锦囊妙计：先派人在尹家府村的南北两条大街上埋好地雷；把棒子秸从院里搬到大街两旁，专等鬼子伪军们进村。等走在前面的伪军接近村西口，把他们后面的棒子秸点燃，断了伪军退路，逼着他们跳入村西的蛋子坑。鬼子们见状，必然停止前进。朝南北两条大街逃窜。民兵们及时点燃街心棒子秸，火势蔓延，鬼子只得朝南北两条大街逃窜。这时，把预先放置好的地雷拉响，房上树上坡头上的民兵，犹如天降，从四面八方一起开火。

然而，战争瞬息万变。也许，刚才还处于有利地形，过了几秒钟，就成了劣势。

在敌人摸进独立团指挥部大院子时，韩团长倘若及时下令打，完全有可能进来多少，消灭多少。可是，韩团长似乎有点儿贪心，总想等小鬼子多进来些再打，不是可以更多地消灭敌人吗！

时间就是军队。拥入指挥部大厅的小鬼子越来越多，占领制高点的八路军，对进入指挥部大厅的鬼子，显得束手无策，机枪、步枪，都难以发挥作用。此刻，韩团长只得下了"开火"的命令。八路军似从天降，给了滞留在院子里的小鬼子一个出乎意料的打击，死伤无数。

拥入指挥部大厅的鬼子，得知八路军就在他们的头顶上，急得"嗷嗷"乱叫。终于，撞开了一扇后门，从那里拥了出去，各自找到射击位置，朝着房脊上的八路军开火。

屋脊上的八路军机枪、步枪、手榴弹，"噼里啪啦"响个不停；逃到指挥部大厅的小鬼子，手枪、重机枪、迫击炮，"叮叮当当"，响声不断。

结果，伏击战打成了阵地战。居高临下，反倒成了劣势。屋脊上的八路军，背景为天幕，被下面的小鬼子看得清清楚楚，成了他们攻击的目标，更何况小鬼子的武器装备先进，杀伤力强，韩贵德率领的八路军，伤亡严重。

正在危急时刻，胡宝贤带领着八路军战士们，包围了独立团大院，增援韩团长，形成了内外夹击。小鬼子的兵力得不到补充，打死一个少一个，兵力明显不足，枪声也渐渐变得稀稀拉拉。

急得日军龟田次郎大叫："射击，射击！"

此刻，韩贵德从屋脊上一跃而下，逼近龟田，大吼一声："龟田次郎，我，韩贵德，等你好久了！"手中大刀，铆足劲儿向鬼子的头上砍去。

龟田次郎大叫一声："你的，韩贵德。我就是龟田！"急忙用指挥刀隔开。

韩贵德大刀用力一拨，龟田一个趔趄。

龟田手中指挥刀，直插韩贵德前胸。

韩贵德闪过，抡圆了大刀，照准龟田的后腰，恶狠狠地砍去。

龟田不仅年轻力壮，而且身姿灵活，瞬间闪过，手中指挥刀"嗖"地朝韩贵德左胸刺来。

　　正在这千钧一发之际，杨排长疾步赶到，挺起步枪上的刺刀，直插龟田的后心窝。

　　龟田"扑通"一声，倒地身亡。

　　韩贵德将手中大刀，抛得远远的，生气地说："拉屎摇晃脑袋——多事！"

　　天亮了，旭日东升，兵民们打扫战场。

　　经清点，打死日伪军二百五十余人，缴获枪支弹药军刀等战利品好几大堆。

　　这一仗，打得真漂亮，报仇雪恨，荡气回肠。

　　可是，仿佛只有韩团长恶气不出，心里发堵。正在这时，胡宝贤领着杨排长来见。

　　胡宝贤说："团长，我为杨排长请功：杨排长守的陈家大院，消灭六十多小鬼子，我军无一伤亡，功劳很大！"

　　韩贵德的脸子拉得好长，吼道："杨立冬，听好，我本来想提拔你当营长，这回，没你的份儿了，顶多提你个连长，还是副的！"

　　胡宝贤说："这是怎么了？"

　　韩贵德说："你去问问他！"

　　杨立冬搔搔头皮，说："难道是我错了，不该杀死龟田？"

　　韩贵德说："算你聪明！"走近杨排长，拍拍他的肩膀，哈哈大笑，笑声极响。

　　这正是"水淹伪军，个个淹作气鼓蛤蟆；火烧鬼子，人人烧成焦煳柴鸡"。

第二回

解绍仙捉襟见肘
马翠花满面春风

众难民离乡背井　血泪淌祸不单行

解绍仙捉襟见肘　马翠花满面春风

在潮白河东的尹家府村里，有一个叫解绍仙的，活到三十多岁，还没有娶上媳妇。为什么呢？就因为他家里太穷了。

其实，绍仙小时候可俊了，人见人爱。因为家里穷，长到十三岁，就进了本村财主解老蔫家当半伙儿。

小半伙干的活很累，俗语说："喂猪打狗挡鸡窝，拿了尿盆算完活。"解老蔫给解绍仙还添了不少活，放牛养羊拾柴火，刷盆掸碗焐被窝。

三月三，苣荬菜钻天，这时节，牛犄角花也开了。小小的解绍仙只顾掐牛犄角花玩儿，却忘了看好手里牵放的牛。牛踩了解老蔫家地里刚刚钻出地面的棒子苗。可巧被解老蔫看见，老家伙把解绍仙捆在树上，先是用鞭子抽，不解恨，又用鞭杆打。

解绍仙回到家里，苦苦熬了一年又一年。直到三十三岁，仍是光棍儿一条。

那年冬天，天气晴好。解绍仙披着一件老羊皮袄，坐在门口眯着眼睛晒太阳。一睁眼，他的面前站着两个人。

那妇女说："大哥，我们娘儿俩，是从口外逃难来的。小日本把东北占了，到处烧杀抢掠，没有老百姓的一丁点儿活路。我们娘儿俩一路走，一路要饭。这孩子三天没有东西进肚了。大哥，给一口吃的，救救这个可怜的孩子吧！"

解绍仙刚要开口说"没有"，可是，"没有"这两个字在嘴里滚了半天，没有说出口。竟然站起身，回到屋里，拿了一块饽饽，刚要转回身送给他们，没想到这娘儿俩随他进了屋。

那妇女说："我叫翠花，行行好，收下我们吧！跪，小虎，快跪下！"

那叫小虎的孩子刚要跪，早被解绍仙拉起。好说歹说，解绍仙总算收留了他们。

自此，解绍仙终于有了家。

解绍仙一个人过日子时，虽说是有锅上头的，没锅底下的；或者说，有稀的，没干的。可是，究竟一个人，好凑合。饿了，随便往嘴里垫补点什么都可以，野菜饽饽呀，剩窝头呀，只要能填饱肚子，就熬过去了。热了，冷了，也都好凑合。热了，往树荫儿下一躺；冷了，找个日照充足的地界儿，盖上一张老羊皮，也就对付过去了。

而今，不行了，添人加口，吃东西的嘴，多了两张；穿衣的身子，多了两条。再说，家有男女，有老有少，哪能吃不像吃，穿不像穿。饿得前胸贴后背，穿得破衣烂衫，谁看见谁觉着可怜，叫人厚颜儿瞧不起！

解绍仙自从有了女人，有了个现成的儿子，一改过去那种散懒的心理状况。他要活出个人样，不光给解老蔫看，也给尹家府的爷们儿娘们儿看看，他解绍仙在尹家府也是条汉子，也能和老少爷们儿一样，堂堂正正地活着。谁再瞧不起俺解绍仙，姥姥！

解绍仙心里这样想，可这世间会有谁知道呢？

这个要强的汉子，竟至流出几行热泪。

娃儿的眼泪，征服父母。女人的眼泪，征服男人。男儿有泪不轻弹，他要用这种珍贵的液体，去征服世界！

民间俗语："人追有钱的，狗咬挎篮的。"

其实，未必都这样。女人的心男人不懂。

翠花的心就很难猜透。不过，路遥知马力，日久见人心。人怕久挨，时间长了，究竟什么变的，想捂都捂不住。翠花就不属于那种见利忘义的人。当然，她也喜欢钱，期盼过上富裕的日子。她深深懂得，贫穷，并不寒碜。寒碜的是可怜相，不争气。在翠花的眼里，解绍仙还真不是那种吃饱盼天黑的人，他心里横，就怕人家瞧不起。这给了翠花无穷的力量和勇气。她相信，全家拧成一股绳，就能改变命运，就能过上好日子。

翠花只把这个秘密，深深地藏在心底。

绍仙呢，原本就口闷，不愿意今儿发誓，明儿表白。不言语，暗使劲。

九九艳阳天，春光正好。正是尹家府的男人们靠着墙根晒蛋的时光。可是，靠着墙根晒蛋的男人里，却恰恰寻不到解绍仙的踪影。

解绍仙在哪里呢？解绍仙扛着锄头到尹家府村南的一片荒地去了，他在那里开荒，挥汗如雨。还没有到九九加一九，黄牛遍地走的时令，解绍仙早已开垦出一大片荒地了。他把那里的碎砖烂瓦拣出来，堆放到地头，码成地界；把枯草烧成灰，再把草灰掩埋在地里，当作肥料。

这一天，太阳当头照，解绍仙正在地里忙活，豆大的汗珠子顺脸流。他正想擦一把汗，忽然，从天上飘下一条雪白的毛巾，正落在解绍仙的肩上。

好奇怪，解绍仙一回头，翠花正站在他的身后笑。

翠花说："累了，就歇会儿，别傻子似的，干起来没够！"

解绍仙嘻嘻地笑，笑个没完没了。

翠花说："坏样儿，傻子似的，笑就笑饱了？"

解绍仙低下头，见翠花挑来的担子里，一头是米面馍，一头是热米汤。心里一热，不争气的液体就从眼窝里流了出来。

翠花说："坐下，歇会儿，我给你盛碗汤。早听见大夫说过，吃饭先喝汤，不用开药方。"

解绍仙端过翠花递过来的米汤，却又送到翠花的嘴边，说："你先喝，你累。你白天在地里干活，夜里还得在炕上伺候我。黑间白日不时闲，还是你累！"

翠花说："讨厌，说什么呢？"

解绍仙说："咱家里穷，可哪里来的米，哪里来的面呀？"

翠花说："这你就甭管了，有你吃的，有你喝的，你还管怎么来的干吗？横不是从天上掉下来的！"

解绍仙马上变了脸，说："莫不是……"

翠花说："莫不是什么？说呀！"

解绍仙说："咱家，穷是穷，可咱们从我这辈儿，往上数十三代，世世代代，都是根本人家。"

翠花说："根本人家咋了，不根本人家又咋了，你把我想象成啥人了？"

解绍仙忙说："我说说咋了，我也没说你跟人家有那档子事，让人家给那个咋着了！"

翠花急得快要哭出来了，说："我怎么越听越不上串儿，我就让人家给咋着了。你看着办，能咋着？说吧！"

解绍仙原本就只是逗翠花玩儿，谁知翠花当真了，竟然急得哭了。此刻，他傻了眼，忙说："逗你玩，你看你，还真不经逗！"

翠花破涕为笑，说道："是你，急脸子狗！"

解绍仙说："不说不笑不热闹，两口子家家的，哪里有那么多正经的！要都那么正经，世间蹦蹦跳跳、打打闹闹那么多的小孩子，是怎么来到这个世间的！"

翠花用力朝解绍仙的脊梁搋了一拳头，说道："越说越不上串儿了。好吧，给我担子，我也该回去了。你吃饱了，喝足了，铺上破羊皮袄，歪在坡头上，闭会儿眼睛，养养精神。没有精神，还怎么干活？"

解绍仙笑笑说："是这么个理儿，是这么个理儿！哈……"

翠花挑着空担子回家，刚走到栅栏门口，就听见她的宝贝儿子小虎在屋子里哭。

翠花扔下扁担，急匆匆朝屋子里奔去。

小虎见妈妈回来了，一下子扑入妈妈的怀抱。

妈妈低下头，抚摩着小虎的脑袋，说："咋啦，小虎？"

小虎哭哭啼啼地说："村里的小孩子欺负我。"

妈妈说："咋欺负你啦？"

小虎说："他们不跟我玩儿，还管我叫野燕儿！"

翠花小虎娘儿俩，从东北逃难到冀东，原本并没有多少日子，他们对这一带的方言，其实也不是很懂。但是，小虎既然哭得如此委屈，那就是说，这"野燕儿"的称呼，绝不是很简单，定然是当地一句骂人的话。

但是，翠花还是忍住了，嘻嘻笑道："我当什么事，这还至于哭？让他们叫去，叫得嘴里流哈喇子了，肚子咕咕响了，他们就没劲儿叫了。是不是？再者说，小虎，我跟你说，你都十三岁了，眼看着就是个男子汉了，哪能随随便便就流眼泪呀！"

小虎说："往后，听谁再叫我'野燕儿'，我就用砖头砸他们，看谁还敢叫！"

翠花急忙说："不兴那样，日本小鬼子才那么狠。可是，那些个东西，是些什么玩意儿？不叫人，畜类！"

小虎说："妈妈，我懂了！"

翠花说："好孩子！"

早春的太阳，也许还多多少少沉浸在冬夜里嗜睡，老早就急匆匆地回到燕山底下歇息了。

天色渐渐地暗了下来，连鸟雀们都归林了。可是，小虎他爹还没有回家。

翠花站在栅栏门外的高坡上，望了好几遍，仍然不见解绍仙的身影，这使翠花很是担心。其实，这不怨别的，只因日本鬼子。自从这群畜类来到顺义，今儿扫荡，明儿扫荡，杀人放火，强奸妇女，就没有一天消停日子。翠花想到这里，心里越发害怕。不由得又一次踮起脚尖儿，伸长脖子，向村南望。

正在此刻，解绍仙在翠花的背后，大声说道："忒儿楞飞了，还望呢！"

翠花掉过头来，说道："吓我一跳！哪儿疯去了？连鸟雀都知道，天黑了飞回树林子，那里是它们的家呀！你这么大个人，该回家，不回家，怎么连鸟雀都不如呢？"

解绍仙搭讪着说："春争日，夏争时。春播早一天是一天。提前把地拾掇干净，专等着提梁下种的日子。"

翠花说："那也别太累着。快，贴饽饽，熬小米粥，趁热乎。你先进屋洗洗手，坐着等一会儿，我给你端去！"

解绍仙说："好嘞！"

翠花给小虎他爹端来小米粥，铲出两个棒子面饽饽，放在桌子上，这才坐下来说："他爹，小虎今儿让人欺负了！"

解绍仙说："谁，咋回事？"

翠花说："你也别忒当回子事，就是小孩子们瞎闹。"

解绍仙说："瞎闹，瞎闹咋就叫挨欺负了呢！你是不是有事瞒着我？"

翠花说："人家叫他'野燕儿'，你说的，这算不上欺负，乡里乡亲的住着，可别为这么丁点儿小事去伤了人！"

解绍仙听了，火冒三丈，可是，他并没有发作，用手中的筷子随意敲敲桌子，嘻嘻一笑，说道："小孩子家家，说什么不行，他说'野燕儿'

就'野燕儿',说'家燕儿'就'家燕儿'？也就是给他们家的爹妈挣骂。不挨骂，长不大！"

翠花说："咱们不跟小孩子计较，为这么雀蛋点儿小事，跟乡亲闹别扭，太没人味儿了，你说对吗？"

解绍仙心里想：话是开心锁。他觉得翠花说得句句在理。心里说，女人多是烧火棍儿，可翠花不。她总能大事化小，小事化了。想到这里，他觉着，这辈子放心了。

解绍仙家两间茅草屋子，新来乍到时，翠花总觉得虎子年岁太小，多少年来都是由妈妈搂着睡，从来没有离开过。

而今，三口人睡在一铺炕上，谁知解绍仙这人精神大，整宿整宿不让翠花闲着。

翠花也是的，要忍着点儿，别哼哼唧唧的，也不至于一次次地把小虎吵醒。

清明后寒十天。眼看就进谷雨了，天也渐渐暖和了。

解绍仙说："翠花，我把西屋收拾干净了，还凑合着搭起一个小土炕。天也暖和了，让小虎搬过去睡吧！"

翠花说："孩子太小，搬西屋睡，我担心他会害怕。"

解绍仙说："大小伙子了，有什么可怕的？"

翠花说："这些年，不是闹腾小鬼子吗？要不，穷家破业的，贼都不会惦记咱们家！"

解绍仙说："小鬼子抢粮食，也抢不到咱们家，追花姑娘也追不到咱们家。还有什么可怕的呢！"

翠花说："说的是。"

于是，小虎就从东屋搬到西屋去住了。

西屋杂物多，铁锹、大镐、高粱、棒子、破棉花、陈谷子、烂芝麻，除了值钱的没有，什么都有。这样，成了耗子、跳蚤、臭虫的乐园。因此，每天清晨，小虎的脊背、大腿、胳膊上，挠得左一道右一道，花瓜似的。

翠花说："小虎，还回东屋睡吧，妈妈看了心痛。"

小虎嘻嘻一笑，说："毛事儿！"

小虎不肯搬回东屋，正称了解绍仙的心愿，他可以跟翠花随心所欲，手脚不时闲，自由驰骋。

然而，小虎毕竟是他们的骨肉，孩子受罪，大人们自然心里不好受。这是人之常情，无甚新鲜。

解绍仙三十又三岁，才刚刚娶上媳妇。况且，翠花不仅长得漂亮，还善解人意。自然，夜里和翠花好起来没完没了。

为此，翠花也曾多次温语相劝，悄悄说："古有许仙，今有绍仙。两仙之间，相差太远。一个是千年等一回，一个是天天睡身边。呀呀，我说绍仙呀，你的福气也太大了！"

解绍仙嘻嘻一笑，说："白娘子千年等一回许仙，翠花是千里迢迢寻绍仙。这真是天上一对，地上一双。天意，天意！"解绍仙一面说，一面紧紧地搂着翠花，唯恐翠花从他的怀里跑掉。

第二天，初升的太阳刚刚冒嘴儿，天上的紫色帷幕还没有拉开，"出将""入相"的门帘还垂落着，解绍仙和翠花天上人间的大戏，还在幕后热闹着。

天上的太阳，升到一竿子高了，解绍仙和翠花也该从幕后走到前台了。

解绍仙家"出将"的门帘高高挑起，解绍仙和翠花夫妻俩，急急忙忙出门去干活。

解绍仙扛着锄头，挖地，松土。

翠花挑着担子，搂柴火，拾马粪。

本来嘛，庄稼人，指望啥哩？一天到晚侍弄土地，一天到晚捡拾粪肥，期盼秋天有个好收成！

有时，闲暇下来，解绍仙和翠花也抬杠。

翠花说："你一天到晚，整天价不时闲，土里刨食，到底能刨出多少，这万一老天爷不睁眼，可咋好？"

解绍仙说："依我看，农民种地，就是种的希望。比如说，你把一粒棒子粒埋在土里，旱大发了，干死；涝大发了，泡臭。你看，连苗子都没有钻出来，还收获个蛋！"

翠花说："那还种它干什么呀？"

解绍仙说："即便种子发芽了，苗子出来了……"

翠花说："那就行了，那就行了！"

解绍仙说："那怎么就行了呢？"

翠花说："有苗不愁长。不怕苗小，就怕没苗。"

解绍仙说："苗子是长出来了，可谁敢保证，就一定不被羊啃吃了，让风刮折了？"

翠花笑笑说："哪会有那么巧！"

解绍仙说："即便没有被羊啃，没有被风刮折，真的就结个大棒子，谁敢保证就不被别人偷去、抢走呢？"

翠花说："谁种的庄稼谁收割，谁栽的果树谁得果。天经地义，他凭什么偷人家、抢人家的呢？"

解绍仙说："这就好比小鬼子，他们来到中国，凭什么到处抢老百姓的粮食？到处掠夺中国的矿产资源？"

翠花说："平时，我还真没瞧得起你，原来，你的肚子里还真有货！"

解绍仙嘻嘻笑道："你的肚子里也有货，可有一宗，你肚子里的货，可都是我的，有别人的货可不行！"

翠花拧了解绍仙一把，说："说着说着，就没正经的了。瞧你那德行，撒泡尿也照照呀！"

幸福的家庭，未必总是卿卿我我，花前月下；吵点儿小嘴，抬点儿小杠，也不失为快乐。

解绍仙也并非天天在土里滚，地里爬。他见儿子小虎喜欢舞枪弄刀，总是劝导他，学勤俭，爱干活，长大了，娶媳妇，过日子。

小虎阳奉阴违，当着爹的面，把枪扔了，把刀撇了，可别离眼，离了爹的眼，就又把枪呀刀呀，统统捡起来，继续操练。时间长了，再让解绍仙看见时，自觉自愿地把枪扔了，把刀撇了，可是，出乎小虎意料的是，爹不再劝导他，更不呵斥他。相反，爹猫腰把枪捡回来，把刀拾起来，递给儿子，说："练吧，好好练，兴许将来打小鬼子时，用得上。"

小虎似乎得到了皇恩大赦，松绑了，解放了，练得更加起劲。动作灵活了不说，劲头儿也大多了。

有一次，小虎觉着自己的劲头儿没处施展，索性叫住爹，说道："爹，站住！"

解绍仙一愣，问道："咋？"

小虎说："咋也不咋，我想跟您比试比试，怎么样？"

解绍仙笑笑说："你还毛嫩点儿！"

小虎丢给爹一杆长枪，说："接住！"

解绍仙说："一寸长，一寸强。你用刀，我用枪。刀短枪长，到时候，你要吃亏的！"

小虎叫道："看刀！"说时迟，那时快，小虎的大刀，闪电般逼近他爹。

解绍仙急忙用枪隔住，心里说："这小兔崽子，真厉害！"大吼一声："嗨，看枪！"手中长矛朝小虎刺去。

小虎勇猛异常，挥刀便砍，兵器相撞，火星四溅。

解绍仙觉得手心发麻，只有招架之功，绝无还手之力。

恰在此刻，有人从他背后，将他拦腰抱住，嘶喊道："住手！"

解绍仙停下手，回头一看，是翠花。忙说："我们爷儿俩在比试武艺，没打架。"

翠花说："我还不知道在比试武艺？可是，你们真刀真枪的，你来我往，刀枪无情，要是真的失手，碰着胳膊腿儿的，可咋好？"

小虎说："妈妈，您甭管，我知道让着爹。碰不着他的，您放心！"

翠花说："我是不放心你！"

小虎说："爹不是我的个儿，他想伤着我，哪有那么容易！"

解绍仙搔搔头皮说："是呢，我还真不是他的个儿！"

翠花说："那也不行，小虎要是真的伤着你呢？你就不好好想想，这家的日子还咋过！"

解绍仙笑笑说："翠花呀，既怕伤着小虎，又怕伤着我，这就怪了，你到底是哪头的呀？"

翠花说："你挺大人，还问我哪头的，你说我是哪头的？小虎是我亲生的儿子，伤着他了，我心疼；你是我爷们儿，伤着你了，咱们这家的日子还过不过了？你怎么就这么不懂事呀！"

解绍仙无可奈何地说："行了行了，就听你的还不行！你是天王老子皇太后，啥事都是你说了算！"解绍仙赌气把枪扔了。

小虎说："妈，我们爷儿俩，练得好好的，您一回来，让您给铲了，往后还怎么继续练！"

翠花急赤白脸地说："妈哪儿是不让你们练武，是怕你们万一失手，你爹伤着你，怎么交代？你伤着你爹，家里家外一大片活，交给谁干！"

小虎说："您有理，您总是有理，俺们爷儿俩谁都惹不起，行吧？"

翠花说："我是你亲妈，他是你后爹。你怎么句句向着他说话，跟他一国呀！"

小虎"哧"地一笑，说："一家人不说两家话，还分什么亲妈后爹的？难听死了！"

翠花说："算了算了，该干吗干吗去吧！"

小虎一边往外走，一边说："本来嘛，本来就是嘛！"

仿佛昨日还冻手冻脚的，今儿个就临近谷雨了。谷雨前后，种瓜点豆。

解绍仙家的棒子种，早就挑好了，粒粒圆鼓鼓的，都是翠花起早睡晚一粒一粒精挑细选出来的。翠花懂事早，从很小的时候，就懂得母大儿肥。高高大大的女人生出来的孩子，都膘肥体壮！

俗语说，大旱不过五月十三，眼看六月门儿了，老天爷还不肯赏给人间一滴雨水。

可奇怪的是，解绍仙家的棒子苗，却齐刷刷，棵棵长得壮壮实实。

其实，说奇也奇，说不奇也不奇。坐等老天爷下雨的，实际上都是懒人。

人勤地不懒。解绍仙懂得这个极其朴素的道理。

下种时，坐水播种。解绍仙家三口人，起早睡晚，挑水的挑水，撒种的撒种，盖土的盖土。今儿干点，明儿干点，日复一日，天道酬勤，终于，解绍仙家把开荒地全部播上了棒子种。

真等到老天爷下雨的那一天，尹家府村都忙着播种，解绍仙家的地里的棒子苗都已经没膝盖了。

日子过得舒心，整天价乐乐呵呵，无忧无虑，时间就显得快。眼看着地里的棒子苗一天天长高，绿油油的一片。解绍仙有事没事总喜欢蹲在田边地角望着他的庄稼。望着望着，从棒子的半截腰间，生出了青棒子，棒秸叶多像护理小孩子的褯裆，青棒子也像小孩子慢慢长大。突然，仿佛故意趁着庄稼人不经意，青棒子吐出了花红线，黄色的，粉红色的，煞是好看。

小虎在地边看看着青棒子吐出的花红线，终于忍不住，跑到地里，揪了几缕，摊在手心上赏玩。

不料，被解绍仙看见，解绍仙吼道："你怎么这样糟蹋庄稼！"

小虎说："我没有糟蹋庄稼，我只不过揪了几缕花红线玩儿，咋就成了糟蹋庄稼啦？"

解绍仙说："揪了花红线，就不结棒子粒了。"

小虎委屈地说："那小棒子还长在上面呢！"

解绍仙说："孩子，你不懂，棒子没有了花红线，好像小夫妻没入洞房，咋跟他们要孩子呢？"

小虎知道闯了大祸，定然是躲不过爹的一顿打。

可是，一直到太阳落，一直到回家，爹也没有打他的意思。他跟妈妈说起这天大的怪事，妈妈也只是当作没听见。就这样，直到吃过晚饭，躺在炕头上，小虎的这顿打也没有挨上。

床前明月光。

天空，蓝湛湛的，弯弯的月儿，在白莲花的云朵里穿行。俏皮的月光，从破旧的窗纸窟窿眼儿，幽幽地探进一束光线，窥探解绍仙家的土炕。

翠花躺着，望着解绍仙的脸，慢条斯理地说："听说，小虎糟蹋庄稼了？"

解绍仙不由一愣，想了想，照实说了："是，小虎把青棒子上的花红线揪下来玩儿。你是晓事的，咱们自小就是庄稼人，青棒子上的花红线，能揪出来玩吗？"

翠花说："你还跟孩子说什么了？"

解绍仙说："没说什么呀！"

翠花说："没说，是吗？"

解绍仙说："是没说什么呀！"

翠花说："你跟小虎说：'棒子没有了花红线，好像小夫妻没入洞房，咋跟他们要孩子呢？'这是你跟孩子说的话？你怎么什么都敢往外呲呀！这不是教孩子往坏里学嘛！"

解绍仙笑了，说："怪不得都说头发长，见识短。老娘儿们就是心眼小，还没有针鼻儿大，把雀蛋丁点儿小事，都记在心里，铜锅戴眼镜——没茬找茬。折腾来折腾去的，没完没了。"

翠花听得不耐烦了，说："我见识短，我心眼小，行吧？可我咋没茬找茬了？这你得给我说清楚！"

解绍仙仿佛知道说走了嘴，只得求饶，说道："我错了，今晚，由你处罚我，你叫我咋的我咋的，站着，跪着，随你便，行不？"

翠花掉过脸去，呜呜地哭开了。

解绍仙讨好地说："翠花，我错了，都是我的错！"

翠花跟解绍仙一夜无话，背对背，老老实实地睡了一宿。

雄鸡高声叫，叫得太阳红又红。

每天早早起来就往地里跑的解绍仙，这天像个懒虫，卧在炕头上，赤裸着宽阔的胸膛，连动也不动。

翠花从炕上坐起来，瞥了一眼解绍仙，心里说："你倒见识宽，心眼大，一句话的事，好家伙，整整一宿没理我。你也真憋得住！好吧，我就让你憋着，看你能憋到哪一天！"索性穿好衣服，溜下炕，出门走了。

解绍仙眯起眼看看，发现妻子翠花没有躺在炕上，急了，麻利儿下炕，趿拉着一双布鞋，踢开门，就往外闯。他想喊，又一想，大清早鸡猫喊叫的，叫乡亲们听见，没事也有事了。唉，也怪我，什么大事，她说就让她说去，也掉不了一块肉！翠花呀翠花，刚刚过几天消停日子，就没事找事！解绍仙一边检讨着自己，一边往四下里搜寻。狗子家的老槐树，石头家的老井沿，村西的蛋子坑，村南的老马家坟地乱葬岗子，全找了，哪儿都没有。他又急匆匆地向村子南边寻去，一边走，一边淌泪，一声高似一声地哭诉道："翠花，往后，我再也不跟你抬杠，事事顺着你。你叫我咋，我就咋。你叫我捶腰，捶腰；你叫我揉脚，揉脚；你叫我嘬脚趾头，我也嘬。行不？翠花，我的心，我的肝，我的心肝，你在哪里？"解绍仙数数唠唠，竟然吼叫起来："翠花，你在哪里？"

翠花正在棒子地里薅草，突然听见解绍仙的喊叫，大吃一惊，她不知啥馅儿，叫嚷道："该死的，我在这儿呢！"

解绍仙抬头一看，他的翠花正在开荒地里忙活呢，心里一阵喜悦，立即扑过去，说："翠花，我的翠花，早知道你在地里等我，哪至于我四处寻觅呀！"说着，解绍仙迫不及待地将翠花搂在怀里，这里那里瞎摸。

翠花推开解绍仙，说："馋猫儿似的，一宿都不能闲着。没出息，没起色。"

解绍仙说："我没出息，我没起色。可哪回不是为你！怪不得人家都说，女人呀，十七十八不知浪，二十多岁正要浪，三十出头浪尖上。你刚刚三十一岁，是不是正在浪尖上？"

翠花攥起拳头，用力在解绍仙的脊梁上擂了一下，说："你属羊，我属鸡。你三十三，我三十一，谁跟谁学的？一丁点儿正经没有。你看人家韩贵德，能比你大几岁？人家都当八路军独立团的团长了。你呢，可叹呀，你也是个老爷们儿！"

解绍仙说："人比人死，货比货扔。啊，你提到韩贵德，我倒想让小虎到他那个独立团里当个小兵，你看怎样？"

翠花说："美得你，儿子是我养活的，得我说了算！"

解绍仙想到夜里发生的事，又怕惹恼翠花，于是顺水推舟，说道："谁说不听你的呀，这个家，由你当。你说东，就东；你说西，就西。你让我打狗，打狗；你让我骂鸡，骂鸡。咋样？"

翠花嘴一撇，说道："可叹呀，老天爷咋给你个老爷们儿坯子！大事小情，都听老娘儿们的！"

解绍仙简直想不出辙，拍拍自己的嘴巴子，说道："我他妈的我！"

翠花说："你说什么，你再给我说一遍！"

解绍仙说："我没说什么，我还敢说什么呀？"他的声音越来越低，越来越弱，比蚊子的哼哼声音还要小。

翠花说："走吧，回家吧！"

解绍仙还敢说啥，只得说："走，回家。"

翠花一面走，一面嘻嘻笑道："你说这老天爷的眼睛是怎么长的？"

翠花一问，真给解绍仙出了个难题，他又怕哪句话说差了，捅了娄子，真不知道该如何作答。

翠花"扑哧"又笑了，瞅瞅解绍仙，说："老天爷瞎眼了，咋给你的裆里安了个把儿，叫你当了老爷们儿，可惜你这副老爷们儿坯子！"一面说，一面笑弯了腰。

解绍仙小心翼翼地说："你呀，别不服气。你再能干，也得让我干。是不是呀？哈——"

也闹了，也笑了。夫妻二人走在路上，忽然，看见自家的墙外站着一个人，鼻梁上架一副眼镜，黑衣黑裤黑礼帽，乍一看不像个好人。他们开始警惕起来，脚步也放慢了。

解绍仙低声说："翠花，别怕，有我呢！"

他们走近前，还没有开口，那位头戴黑礼帽的人倒先开口说道："二位，是这家子的？"

解绍仙刚要说"废话"，但那两个字眼，只在嘴里打转儿，却并没有钻出来。

翠花说："先生，有什么事？"

黑礼帽嘿嘿一笑说："是这么回事，刚才，我看你们家里，有一个小伙子在院子里耍大刀，有模有样的，就是还缺乏套路。我正要给他指点指点，他跑进屋里，怎么请也不出来。哈哈！"

解绍仙夌着胆子问："您是……"

黑礼帽说："我叫胡宝贤，是韩贵德团长的人。"

翠花惊讶道："韩贵德，你说的可是八路军独立团的团长？"

胡宝贤说："就是他呀，日本鬼子见了他，就打哆嗦。可他对老百姓，那可没的说！"

翠花说："我们老百姓都知道韩团长，知道他是个好人，八路军也统统都是好人。"

解绍仙也随和着说："对对，是好人，是好人！"

胡宝贤哈下腰，挺和气地说："刚才那个小孩，刀功不错，我想跟你们商量商量，叫他去当兵，就到韩贵德那个独立团当八路军。到时候，我从北平给他请一个师傅，是谭嗣同的贴身保镖大刀王五的孙子，教他大刀功。"

翠花说："那敢情好！是吧，他爹？"

解绍仙搭讪着说："行，我看行，还是由你做主的好。"

胡宝贤哈哈大笑，说："痛快，痛快！那，说定了，明天，我跟韩团长提提，来领人！"

翠花说："这么快？"

解绍仙看看翠花，有一搭无一搭地说："这，这么快，能行？"

胡宝贤摘下黑色礼帽，点点头，说："行，我是韩团长的谋士，谋士就是军师，对吧，哈！"说完，转身离去。

解绍仙和翠花两口子，你看看我，我看看你，半晌无语。

翠花朝自家锄足劲儿叫道："小虎，过来！"

小虎是个听话的孩子，娘的话句句听，让他屋里扫地，扫地；让他坐在门口剥豆，剥豆。立刻扔下手中的大刀，麻利儿朝妈妈跑过来，扑入妈妈的怀里，叫道："妈妈！"

突然，翠花大哭，叫嚷道："小虎，我的孩子！"

解绍仙不由一愣，说："咋？"

翠花絮絮叨叨地说："小虎长这么大，一天也没有离开过我，这可倒好，说飞就忒儿楞飞了！"

小虎愣愣地望着娘，不知发生了什么事，心里突突地跳。

解绍仙不敢多说一句话，就那么默默地立在娘儿俩面前。

翠花说："小虎，明天你就离开妈妈了。"

小虎望着妈妈的脸，说："去哪儿？"

翠花眉毛一挑，厉声说："都是你爹，人家说要你，你爹可倒好，连个屁也不放！"

小虎说："去哪儿，到底去哪儿呀？"

解绍仙实在不敢造次，不再开口。

翠花说："刚才，来了一个独立团的人，说是韩贵德团长的谋士，还说什么谋士就是军师。他说，要你到他们的队伍里当兵！"

小虎蹦起来，大声说："是吗，到韩团长的八路军那里当兵？您怎么不早说呢！"

解绍仙看到小虎如此高兴，正要说"好"，但那个"好"字，在口腔里转了几个弯儿，没敢出来。

翠花说："小虎，妈不是拦着你，实在是舍不得你呀！"

小虎说："您看我都这么高了，别把我总当小孩子了，人家让咱当兵，是看得起咱。"

解绍仙鼓了鼓勇气，说："要你那人叫胡宝贤，人家说了，还要从北平请最好的师傅教你刀功呢！"

翠花说："用不着你多嘴！从北平请最好的师傅，你知道那位师傅是谁？他就是谭嗣同的贴身保镖大刀王五的孙子，这你知道吗？多嘴多舌，哪儿都有你！问你正经的，你该哑巴了。"

解绍仙支支吾吾地说："可，可不嘛！"

第二天，胡宝贤带着两名八路军战士，来到解绍仙家。

胡宝贤嘻嘻哈哈地说："商量好了？"

解绍仙说："商……"一瞥翠花，赶紧闭上嘴，不再言语。

翠花说："商量好了，小虎交给你们了，让韩团长好好教导他，小树得砍，小孩得管。树不砍不成材，人不管不成人。胡先生，是不是这么个理儿？"

胡宝贤说："八路军是个大学校，就是培养人的地方。放心吧，小虎一定能成为一名最好的八路军战士！"

翠花哭道："小虎，常回家看看妈妈！"

小虎说："妈，您放心，我不会给您丢人现眼。"

两名八路军战士和小虎走在前面，胡宝贤走在后面，上了大路，绕过老槐树，拐上了一条弯弯曲曲的小道，掩映在一片树林里。

翠花跑上高坡，手搭凉棚，望了又望，像木头人一样，戳在那里，半晌没有动弹。

解绍仙走上去，轻轻地抚着翠花柔柔的肩。

翠花两行热泪，像断了线的珍珠，从眼窝里滚了出来，滴在了翠花的胸脯上。

翠花和解绍仙送走了解小虎，又来到了村南的开荒地。劳累了一整天，身体像散了架。

鸟入林，鸡上窝，黑了天。

解绍仙说："回吧？"

翠花说："回。"

解绍仙、翠花走在路上，默默的，一路无话。

翠花进了院子，下意识地叫了一声："虎子！"可是，刚刚出口，就觉得失言，她想起虎子当兵去了，干吗还叫他。

解绍仙不敢言声儿，生怕哪句话说错了，惹麻烦。他把锄头轻轻地立在墙角，蔫蔫儿地去房后头抱柴火，准备做晚饭。

翠花进了屋里，先是躺在炕上喘息，眼睛望着上面。其实，上面有什么呢？什么也没有。说什么也没有，也不确切。有几张破旧的顶棚纸，大窟窿小眼子，滴里耷拉的，上面满是沾满灰尘的蜘蛛网，摇摇欲坠，随时都可能掉下来，迷住仰卧在土炕上人的眼睛。

翠花躺着躺着，合上了眼睛。合上了眼睛的翠花，眯着眯着，就迷迷糊糊地睡着了。

翠花仰卧在土炕上，呻吟着，一声比一声高。

老娘婆在地下转磨，着急忙慌的。

突然，"哇"的一声叫，胎儿出生了。

翠花的原配丈夫，从外屋跑进来，大声叫嚷："生了，还是个带把儿的！"

老娘婆双手托着婴儿，递给翠花看。

翠花眯起眼睛，细细看看，轻轻地晃了晃头，微微笑笑。

丈夫高兴地说："我属虎，今年又正好虎年，就叫小虎吧！"

自此，虎他爸、翠花和小虎，一家三口，日子虽然并不富裕，可是，有吃的，有穿的，冬天冻不着，也算天堂了。

谁知，日本鬼子进了东三省，打碎了翠花一家三口的平静生活。邻村常常遭到日本鬼子的扫荡，他们天天提心吊胆，惶惶不可终日，再没有心思过日子。

终于，灾难降临到他们的头上。

日本鬼子进了村，抢粮食，烧房子。

虎他爸一只手拽着翠花，一只手拉着小虎，穿街转巷，东躲西藏。结果，还是被一个小鬼子发现了，他的枪上挂着一面膏药旗，枪刺对准他们，高叫着："花姑娘的有！"朝他们追将过来。

小鬼子撕扯着翠花。

虎他爸蹿上前，照准小鬼子的嘴巴子，就是一巴掌。

小鬼子举起刺刀，照准虎他爸的胸口，恶狠狠地刺去……

翠花"啊啊"大叫，她醒了。

解绍仙急急忙忙跑进来，捧着翠花的脑袋，说："咋，咋？"

第三回

俏村女捕风捉影
教书匠投笔从戎

韩将军顺风扯篷　胡半仙捷足先登

俏村女捕风捉影　教书匠投笔从戎

韩贵德习惯性地坐在老罗家大厅的太师椅上，手里不停地摆弄毛瑟枪。

穿着黑衣黑裤头戴黑礼帽的胡宝贤，慢慢悠悠地走进来，不紧不慢地说："怎么样，我给你推荐的解小虎？"

韩贵德说："小伙子长得虎头虎脑，身板还挺灵活，是个练武的好材料！"

政委说："将来再有名家指点，肯定错不了！"

韩团长说："你从北平找的那个师傅，能来么？"

政委说："要是我请，还真未必能来，不是打着你韩团长的旗号请的吗？你的面子大呀！"

韩团长说："谁不知道你的大名呀，精通周易，对《孙子兵法》也有一定研究，连燕京大学的国学大师，都佩服你三分呀！哈哈……"

政委说："岂敢，岂敢！"

韩团长说："孙子曰：'兵者，国之大事，死生之地，存亡之道，不可不察也。'领兵的人，不管他是军长师长，还是团长连长，大也好，小也罢。总之，都得在打仗上多多用点心思。"

政委说："前些年，我看了一些《论语》《孟子》《中庸》《大学》，后来，又捧起《资治通鉴》看了几年。自从日本鬼子发动卢沟桥事变，全国掀起了轰轰烈烈的抗日爱国运动。我想，我是中国人，不能游离在抗日运动之外，就这样开始研究《孙子兵法》，阅读《三国演义》，不承想得到韩将军的赏识，给了我一个报效国家的机会。"

韩贵德哈哈大笑，说："民间有句老话：灭了能人有罪。送上门来的能人不用，那成啥了？我才不想当千古罪人呢！"

政委说："刚才你说：战争是国家的大事，国民的大事，对于领兵的人，须臾不可忽视！"

韩团长说："带兵的人，不研究战争，就是国家的罪人。"

政委和团长正说得热闹，突然，一声"报告！"

韩团长应道："进来！"

警卫员小李说："报告团长：您吩咐到北平去接王教练的人，已经出发了。再者，有一个自称来自保定府清苑县的人，求见团长。"

韩团长抬眼望望政委，说："叫他进来！"

一个气宇轩昂的年轻人走进来，说："哪位是韩贵德？"

政委听了，稍有不悦，乜斜着眼睛，瞥了那人一眼，并未开口。

韩团长说："我，我叫韩贵德！"

那人打躬作揖道："我叫陈洪义，从保定赶来。好容易找到您了！"

团长哈哈大笑，道："你，陈洪义，从保定来，这么远的路，来找我。你怎么知道我这样一个小小团长？"

陈洪义说："我的一个北平朋友，写信告诉我，说冀东有一个名叫韩贵德的将军，不仅能打仗，还招贤纳士。巧极了，我们清苑县东沟村有个名叫梁连恒的，说是您的亲戚，他叫小鬼子杀害了，临死前，嘱咐我去找韩将军。今儿个，好容易叫我找到了，我愿在韩将军的麾下当一名小兵！"

韩贵德哈哈大笑，说："哈，招贤纳士？这么说，我成了替天行道的宋江了！"

政委说："你要是宋江，那我就成吴用了。吴用者，无用也。靠边儿站，找凉快地方待着去吧！哈哈……"

陈洪义说："中国老百姓就是天，共产党领导的抗日武装，就是要替天行道，赶走日本鬼子！"

陈洪义，保定府清苑县人，原本在东沟村小学教书，虽说"家有半斗粮，不当小孩王"，可就怕家里连半斗粮都没有。况且，陈洪义天生就喜欢小孩子，好像挣多挣少都关系不大。除了教小孩子们学习《三字经》《百家姓》《千字文》以外，还自编教材。他编的教材，都是些顺口溜，顺口、有趣、易懂、好记，有的甚至能够当歌唱。

陈洪义白天教书，晚上，点上小煤油灯，除了编写教材，还喜欢读书。当时，所能找到的书，并不多。后来，许是凑巧，也许是天意，竟然遇到了一本苏联作家写的《铁流》，如获至宝。无论白天与夜晚，他都把这本书带在身边。只要稍有闲暇，总要翻看几页。有时，还在自己认为重要的地方，画上直线或波浪线，甚至，在书的空白处，写一些感想与启示一类。总之是，他对《铁流》这本书相当热爱。

读书人总喜欢遐想，他联想到红军长征，他认为，中国工农红军的两万五千里长征，也可以被称为铁流，是一股不可遏止的铁流。他甚至想，如果，当时为每个识字的红军战士发一本《铁流》，背着《铁流》作战，恐怕还要创造更多更大的奇迹！

东沟村有个姑娘叫梁霞，梁霞原本是个殷实人家的姑娘，虽不至"大门不出，二门不迈"，但也绝非听见打鼓上墙头之辈。

那天，梁霞正坐在树荫下做针线活，就听见大街上一阵闹闹哄哄乱吵吵。她走到门前一看，见一位风流倜傥的男子，正带领着一群小学生演唱。

我们都是神枪手，
每一颗子弹消灭一个敌人。
我们都是飞行军，
哪怕那山高水又深。
在那密密的树林里，
到处都安排同志们的宿营地。
在那高高的山岗上，
有我们无数的好兄弟。
……

梁霞一面听，一面忙着手里的针线活。突然，手指被扎破了。梁霞赶紧把手里的鞋帮夹在胳肢窝里，另一只手按住被扎伤的手指。但是，鲜血仍然止不住滴答滴答往下流。

那位身材高大、风流倜傥的人看见了，急匆匆奔过来，掏出手帕，三下两下，把梁霞的手指紧紧缠住。

梁霞抬眼看看那人，说："谢谢，您是谁？"

那人一笑俩酒窝，说："这有什么，应该的，应该的！"说完就要跑开。

梁霞忙说："名字保密？"

那人笑笑说："保什么密呀，我又不是地下党，我叫陈洪义，来东沟村小学教书的教书匠！"

梁霞嘻嘻笑道："我叫梁霞，我的名字不保密。真逗！"

此后，陈洪义不知有意还是无意，总之，每次带领孩子们上街演唱，都要到梁霞住的这条街上来。

梁霞呢，每逢听到孩子们演唱，都要手里拿着点儿针线活，凑到陈洪义的跟前，找茬儿说上几句话。

梁霞瞭着陈洪义，轻声说："孩子们演唱得可真好，词也编得好，怎那么顺口！"

陈洪义随口说："有些词都是我瞎编的，可惜我不会作曲。我使用的都是人家的老调，老调新词。"

梁霞嘻嘻笑道："孩子们唱的歌，我都喜欢！"

陈洪义说："可惜不是我编的。是人家编的，我从一个亲戚那里学来，教给孩子们唱的！"

梁霞摇摇头说："噢，是这样。那也挺好，挺好的！"

也许，好的歌真可以作为媒介。时间一长，陈洪义和梁霞对彼此都有了好感。渐渐地熟了，人一熟，说起话来也随便多了，甚至有事没事都可以串串门，聊聊天了。

风和日丽，天气渐暖，地里的野草，正憋足劲儿地往外钻。仿佛昨日还是光秃秃的，一夜之间，远远看去，已是鹅黄一片了。

陈洪义的小学校，在村东头，梁霞住在村西头。奇怪的是，陈洪义串门竟然串到梁霞家。

巧得很，梁霞的爹娘都到地里忙活去了，家里只剩下梁霞。

陈洪义打开小本子，指着上面的几行字，说："梁霞，你看，我用人家现成的老调，编了一段《小两口学文化》新词，你看看行不行——"

> 天黑了，日落星稀
>
> 小两口坐在院子里
>
> 男的打开书
>
> 女的拿起笔
>
> 男的说这个念"学"
>
> 女的说那个念"习"
>
> 来个学习大竞赛
>
> 男男女女齐努力
>
> 只争朝夕，成功在即

梁霞笑笑说："哪儿都挺好，就是最后一句深了点儿，估计老百姓不懂。"

陈洪义搔搔头皮说："我写的时候，也觉得有点儿那个。可是想来想去，实在想不出新鲜的词儿。梁霞，你给琢磨几句，换个新词儿，行不行？"

梁霞咧嘴笑了："你这才叫瞎掰，孔夫子的墨水，甭说喝，我连舔都没有舔过。我肚子里空空荡荡的，甭说让我编几句，我连一句也编不出来！"

陈洪义说："谁也不是从娘肚子里一生出来就会，长长的功夫慢慢的性。只要功夫深，铁杵磨成针。"

梁霞微微一笑，说："啥叫铁杵？就是铁棒？我就不信，一根铁棒，会把它磨成一根针，要真有这样的人，要么是没事干，要么是个傻子，都是写书的人胡纂！"

陈洪义哈哈大笑，好容易才止住笑，这才说："这是个典故。是说唐朝有一个诗人李白，有一次，见到一个老婆婆在石头上，不停地磨着一根铁棒。李白走上前去问：'老奶奶，您磨这根铁棒干什么呀？'老奶奶说：'我把它磨成针。'李白吃了一惊，说：'一根铁棒怎么可以磨成针呢？'老奶奶望望李白，说：'只要功夫深，迟早能磨成一根针。'李白从中受到启示，苦读苦写，最终，成了大诗人，被后人称作诗仙！"

梁霞"咻"地一笑，说道："我不是抬杠，这个故事我也听过，可是，听是听，却从来没有信过！"

陈洪义说："这只不过说的是一个道理，至于是不是真有这么档子事，找谁问去？哈……"陈洪义"哈"过后，站起来说："我该回去了！"

梁霞很想留他多待会儿，又恐他忙着回学校备课，写教材，耽误了正事。这才说："好吧！"

陈洪义走到门口，手里挑着门帘，深情地望着梁霞，故意说："甭送了！"

梁霞咯咯地笑个不停，笑弯了腰，笑出了泪，说："真逗，自作多情。谁想送你了？"

陈洪义说："是我自作多情，还是彼此情无限。你嘴上说不送，这不，还是起来送了吗！哈，哈哈……"

朗朗的笑声飞上蓝蓝的天空，裹进白白的云朵里。

飞上蓝天的笑声，被洗得纯纯净净。

裹进白云的笑声，被捂得暖暖乎乎。

野草的嫩芽再柔软不过，然而，只要春姑娘袅袅而至，任何力量也无法阻止春草的滋生。

梁霞自从和陈洪义混熟之后，心神不安。特别是当她爹娘荷锄下地，家里只有她一个人的时候，她简直有些饥渴难耐。洗饭碗，把碟子碰到地上；纳鞋帮，针扎了指头尖儿。她抓东不是西，心烦意乱。她有时索性坐在院里的春磨石上，双手捧着脸，纹丝不动，手心里热乎乎的，满是泪水。

她走到穿衣镜前，望望镜子里的"她"，愁容满面。

突然，她又莫名其妙地笑开了，笑落了几串泪珠儿。

她伸出手指，羞镜子里的"她"，说不清是自己羞了，还是镜子里的"她"羞了。

梁霞终于控制不住，衣服也不换，门也不锁，腾腾地走出家门，往东沟村小学奔去。

走着，走着，脚步不由自主地慢了下来，她在责问自己，见到陈洪义第一句话该说什么好，我若说"你可好"，他要不温不火地说"还那样"，那我可咋办！想至此，梁霞有些犹豫了，她真的想向后转，走回家去。心里赌气地说，我一个根本人家纯纯净净的女孩子，凭什么主动找上门去！

正在梁霞犹豫不定、心神不安之时，一个声音从她的背后传过来，吓了她一大跳。

那个人说："你好啊！"

梁霞一回头，见是陈洪义，激动万分，然而，却装作没事人似的，说："还那样！"

这次，该轮到陈洪义笑了，笑声极响，传出老远。

梁霞羞红了脸，留也不是，走也不是，就那么羞羞答答地站在那里。

陈洪义说："今天我休息，来吧，到学校里坐一会儿，就一会儿，行吗？"

梁霞不说行，也不说不行，瞥了一眼陈洪义，双手不停地搓弄着小辫子，站着。

此时，要是陈洪义拉她一把，也许梁霞就跟他进去了。

可是陈洪义却没有那样直截了当，但他确实又不肯放弃这次难得的见面机会，于是，催促道："走吧！"

这一次，梁霞听从了，开始移动脚步。

陈洪义说："快些，学校里没人，一个人也没有。"

梁霞心里突突地跳。跳什么呢？连梁霞自己也说不清。她犹豫半晌，然而，无论如何，梁霞还是随着陈洪义，来到学校，进了大门，步入办公室。

说是办公室，其实就是供陈洪义使用的一间小屋。小屋里搭一铺土炕，土炕上放一张小桌，小桌上放一摞破破烂烂的书，破破烂烂的书上面放一瓶蓝黑墨水和一支蘸水钢笔。

陈洪义把蓝黑墨水瓶和蘸水钢笔拿下来，从破破烂烂的书中抽出一本打开，说："这就是我常常跟你提起的那本书，苏联作家写的小说《铁流》，真好！当前，中国还没有像《铁流》这样一本鼓舞人心的长篇小说！"

梁霞"哧"地一笑，说道："现在没有，你现成的墨水，现成的笔，不会也写一本这样的小说？"

陈洪义笑笑说："我那点儿墨水，一瓶子不满，半瓶子晃荡，还写长篇小说？恐怕连开头都没有写完，墨水瓶里就干了呢！"

梁霞又笑了，两个酒窝里盛满了快乐。

陈洪义又打开一本书，随便说："这本书，我就不喜欢，絮絮叨叨地没完没了地劝人这样，劝人那样。讨嫌！"

梁霞望着陈洪义的脑门儿，仿佛那里面盛满智慧与知识。

陈洪义从破破烂烂的书堆中抽出一本来，兴奋地说："高尔基这本书，启人心智，发人深思。我最喜欢了。你听：'天生要爬——是飞不起来的！'写得多好！"

梁霞愣愣的，她仿佛并没有听出来究竟有多么好，或者究竟好在哪里，本来么，天生要爬，怎么能飞起来呢？比如，癞蛤蟆、蚯蚓、泥鳅、蛇，这些个玩意儿，天生就爬，怎么能飞起来呢？烂泥扶不上墙，谁也没有办法！梁霞只在心里说，陈洪义咋会知道呢！

陈洪义如数家珍，又从破破烂烂的书堆里拣出一本，意味深长地说："还有安徒生，他的童话，我都喜欢。顶顶喜欢的就是《丑小鸭》这篇童话。"

梁霞说："什么丑小鸭，就是家家都养的鸭子吗？依我看，小鸭子，毛毛茸茸，挺好的，咋会说它丑呢！"

陈洪义哈哈笑道："不是，说的是白天鹅的幼年，白天鹅非常小的时候，长得很丑。别的鸭、鸡，都瞧不起它。可是，它自强不息，终于成长为一只翱翔蓝天的白天鹅。梁霞，你听这几句写得多么好：'只要你是天鹅蛋，即使生在鸡窝、鸭舍里，即使历尽千难万险，也终究会变成展翅高飞的白天鹅。'写得太好了，太好了！你说呢，梁霞？"

梁霞说："这个姓安的，净说大实话！"

陈洪义端上一杯茶，说："净顾着说话了，忘了沏茶。请用茶，请用茶！"

梁霞接过茶杯，说："你喝，你说这么多话，该你喝！"梁霞端着茶杯，走近陈洪义。

梁霞挺挺的胸脯近在咫尺，仿佛能感到它的温度，怪诱人的。陈洪义的心，扑通扑通跳得厉害，可是，他仍然努力地控制着。他内心叮嘱自己，万万不可造次。倘因自己的不检点，让梁霞翻了脸，不好见面不说，往后的好事就不会再有机会了。那怨不得别人，只能怪他自己。

梁霞心里想，我用这样的方式试探他，他都无动于衷，毫无反响。就是说，他并不喜欢我，心里没有我。我呢，也别剃头挑子一头热。于是，梁霞小脸儿一绷，不无愠怒地说："茶也不喝了，话也听多了。天也不早了，我该回去了！"

陈洪义一愣，结结巴巴地说："咋，咋，你也没喝呀，来，喝一杯，茶，闷到这份儿上，刚刚闷出点儿滋味儿来。别别，别说走抬起脚就走呀！"

陈洪义话里有话。梁霞多多少少也咂摸出点滋味儿，假如她向陈洪义丢个媚笑，假装跌倒，有谁不信陈洪义会伸出一只胳膊，就势将她揽在怀里。其实，这也正是梁霞所希望的。可是，她梁霞偏偏不那样做，故意玩深沉，执意要回家。

陈洪义摊开两只手，耸耸肩，做出无可奈何的样子。

梁霞见状，没有被挽留下的意思，真的迈开脚步，朝外便走。

陈洪义见梁霞真的执意回家，毫无办法，只得说："好吧，那就走吧！"

女人的心你不懂。少女的心思，则更加难猜。

这一夜，梁霞睁眼合眼都是陈洪义。那高高大大的身躯，那忽忽闪闪的眸子，那豁豁亮亮的嗓门，简直无不叫她着迷。

梁霞就着月亮从破旧的窗纸洞探进来的微弱光线，伸出手指，抚平枕头，在枕头上描绘陈洪义的眼睛，似乎感到描绘得不像，用手掌抚平，重新画起。

梁霞失眠了。她仰脸儿从破旧的窗纸洞口，望着天上的月亮，她想啊想啊，她想白天里陈洪义说过的话："天生要爬，怎么能飞起来呢？"陈洪义是不是在指鸡骂狗，把我比成癞蛤蟆、蚯蚓、泥鳅、蛇，这些个玩意儿？他还借用安徒生在童话讲过的话："只要你是天鹅蛋，即使生在鸡窝、鸭舍里，即使历尽千难万险，也终究会变成展翅高飞的白天鹅。"陈洪义呀陈洪义，你真坏，把我比作丑小鸭，呀，丑小鸭，难听死了！

唉，这丫头，有谁能解开她心中深藏的秘密呢！

月光真好，在深邃的夜空中，将柔和的月光，均匀地撒向广袤的田野、茂密的树林、高高的山丘、低洼的坑塘、宽宽阔阔的大道与弯弯曲曲的小路，它不偏不向，对谁都那样公平合理。

陈洪义无法入睡。他在想，《铁流》中那样的英雄们，咱们中国太多了。陈洪义彻夜未眠。他在想，中国人民的抗日斗争，何等壮怀激烈！这样一部叱咤风云、威武雄壮的活剧，咋就无人关注！当然，也许将来会有人写的，急得哪门子呀？陈洪义对于自己的跃跃欲试，自我感觉过火，不由得自责起来。

啊，这小伙子，有谁能洞察他心中的一团烈火呢！

十五的月亮升上了天空，又圆又大。陈洪义在月光下来来往往，走来走去。他在想，能不能编写一本抗日故事集，除了课程之外，让学生们从小就受到爱国主义教育。让他们知道谁是我们的敌人，谁是我们的朋友，现在为谁学习，将来为谁卖力。否则，学生不知道自己是谁，不知道将来为了谁，即使学习到再多的知识，又有什么用？陈洪义在学校的小操场上，背着手踱来踱去。他停下了脚步，仰着脸，望着天空中圆圆的月亮。月亮好妩媚，好迷人。可是，为什么旁边没有云彩？

突然，陈洪义感到背在后面的一双手，有一股柔柔的温暖，极其惬意。他回头一看，那人也随之一转，又转到他的背后。

陈洪义猛一回头，啊，是梁霞。

陈洪义兴奋得险些晕倒。

梁霞"咯咯"地笑，笑弯了腰。

陈洪义说："是你，梁霞，你怎么来了？"

梁霞说："东沟村小学是东沟村的，又不是你一家的。你说，我怎么就不能来？"

陈洪义说："能来，能来。我是说。大黑间的，你不怕？"

梁霞说："我怕什么，怕你吃了我不成！"

陈洪义说："有我，你不用怕。最近，听说赵庄、马家河子一带，日本鬼子闹得好凶。大白天就抢老百姓的粮食。黑间更狂，到处找花姑娘，只要稍有些颜色，就拉走，被小鬼子给糟蹋了！"

梁霞说："你说得太邪乎了，那还叫人吗？"

陈洪义说："你以为日本鬼子是人，就是一群畜生，一群猪狗不如的活畜生！"

梁霞说："日本鬼子在赵庄、马家河子作孽，可赵庄、马家河子离咱们东沟村好远呢，怕什么？"

陈洪义说："好远是多远？十几里地，小鬼子别说骑马、开摩托，即便徒步行军，顶多俩钟头，就到东沟村了。说到就到！"

梁霞说："那，那怎么办？要是今天晚上，就到东沟村，可咋好？你总不能见死不救吧？要不，我就不走了，住你们东沟村小学，你看行吗？"

陈洪义说："不行，我赶紧送你回家吧。不然的话，你的爹妈也不放心呀。现在，老两口就不定咋念叨呢！真要是彻夜未归，不把他们急坏了！"

梁霞嘟嘟囔囔地说："我就知道你不肯收留，我这里刚刚开口，你那里早准备好一骡子车的话，等着我哩！这可是呀，不试不知道，一试明白了！"

陈洪义催促道："走吧，我送你！"

梁霞执拗地说："不用，人家又不是没长腿！"

陈洪义说："腿是长了，我不是担心你遇上坏人嘛！"

梁霞说："说甭送，就甭送！"一面说，一面撒丫子，抡挲着两条胳膊，疾步如飞。

女孩子的心思很难猜。弄得不好，歪你身上，吃不了兜着走。陈洪义不再坚持，只得退着往回走。

梁霞走到自家门口，刚要进去，就听里面有人叫嚷："梁连恒，我告诉你，你家姑娘什么时候回家，什么时候向我报告，皇军知道你家姑娘长得漂亮，点名要你家姑娘，这是你家的造化！"

梁连恒颤颤巍巍地说："皇军是怎么知道的，还不是由你周德明狗嘴里胡吣！滚！"

周德明是东沟村出了名的地痞，日本鬼子占领了保定府清苑县以后，专门巴结小鬼子，到处残害老百姓。照理，这周德明还是梁连恒的亲戚。本应该护着点儿，可这样缺德带冒烟的事，他也肯干。

梁连恒气得说不出话，翻来覆去地说："周德明，我们家没有你这门子亲戚，滚！"

梁霞扒在矮墙外，不敢哭，也不敢叫，就那么眼看着，心急火燎，像点燃一团熊熊烈火。

周德明说："梁连恒，你别敬酒不吃，吃罚酒，你闺女梁霞什么时候回来，什么时候放了你！"

梁连恒说："周德明，老天爷白给你披了一张人皮。帮着小鬼子不行好事，早晚要遭报应的！"

周德明说："少说废话！我只问你，你闺女梁霞到哪里去了？什么时候回来？不然的话……"

梁连恒大怒，说："休想！我闺女到阎王爷那里，给你们这群畜类领通行证去了。你，还有小日本鬼子，阎王爷就要点到你们了，谁也别想跑！"

周德明望望一同来的小鬼子，伸出手掌，在自己的脖子上比画两下，说："皇军的有，死啦死啦的！"

跟随周德明的两个小鬼子，各自举起步枪，朝梁连恒和他的老太婆开枪射击。两个老人"扑通"倒地，鲜血喷溅。

站在矮墙外的梁霞，惊叫了一声："啊——"

周德明和两个小鬼子听到叫声，立即警觉起来。厉声问："哪个？快出来！"

梁霞落荒而逃。

周德明和两个小鬼子立即追出。

梁霞跑着跑着，机智地捡起一块土坷垃，朝他们相反的方向，用力甩过去。

周德明和两名小鬼子掉转方向追去。

梁霞藏在矮墙后面，哆哆嗦嗦，半晌不敢露头。直到那伙坏蛋的脚步声远了，这才颤颤巍巍地走出来。走到院子门口一看，大吃一惊，立马昏死过去。

陈洪义刚刚进屋，还没有来得及坐下，就听见村口响起枪声。他判定，准是鬼子进村了。他急忙熄灭了油灯，站在窗前侧耳细听。突然，他从窗洞看见几处火光。接着，枪声、嘶喊声、哭叫声，响成一片。陈洪义知道，小鬼子对东沟村的烧杀抢掠开始了，东沟村小学无疑是再也待不下去了，怎么办？走为上，况且，愈早愈好，迟了，恐怕就来不及了。他急匆匆地收拾衣物，把《铁流》和高尔基、安徒生的几本书，裹进包袱里，刚要走，突然，想起梁霞。腾地升起一团火，心想，不行，我得先去看看梁霞，最好和我一起走，不能把她留给小鬼子！陈洪义一面想，一面奔出，径直朝梁霞家飞也似的跑去。

果然，这个往日吃喝嫖赌的周德明，充当了日本鬼子的向导，趁着天黑，带领小鬼子摸进东沟村。

周德明自幼生在东沟，长在东沟，谁家的门怎么开，炕怎么搭，他都知道；谁家几个姑娘，长得俊不俊，他都门儿清。这样一个货投靠了小鬼子，实在是东沟村老百姓的灾难。

周德明带着小鬼子在东沟村的四条街上转，谁家有俊姑娘奔谁家里去，进了谁家，谁家里遭殃认倒霉。就这样，小鬼子一气儿抓到十几个姑娘。

谁知，到了村中街老刘家，遭到老刘头的奋力反抗，小鬼子这才开枪抢人，放火烧房，闹得鸡飞狗跳墙。有哭的，有叫的，有连哭带叫的，整个东沟村像乱营一般。

陈洪义从东沟村小学跑出来，原想直奔梁霞家。

可是，小鬼子把中街老百姓家的房子放火点着了，火势越烧越旺，烧红了半边天，毕毕剥剥，响个不停。不仅有老百姓的呼叫声，还时不时传来小鬼子的恫吓声，大呼小叫，煞是吓人。

陈洪义躲躲闪闪，边走边藏，短短的一条街，像走了十里路。他心里想，什么叫民族灾难？这就是不折不扣的民族灾难。小鬼子远在东洋，凭什么来到中国杀人放火？灾难深重的中国人民啊，这样的日子何时是个尽头？

绕过村街心老井沿儿的大柳树，陈洪义站在低矮的破墙的后面，望着梁霞家的方向。那里仿佛也有火光。他的心里，揪成了一个大疙瘩，他断定，梁霞家也遭到了不幸。此刻，从街心的不远处，又传来野狼一般的嚎叫声："花姑娘的，哈哈——"接着，便是撕心裂肺的哭叫声。

陈洪义愤怒了，他恨不得化作一头醒狮，咆哮着，扑向日本鬼子，一个个将他们撕碎！然而，他却又是清醒的，如果是那样，赤手空拳地去和小鬼子拼命，无异于白白送死。他在破旧的矮墙下，站了好一会儿，这才猫着腰，悄悄地往梁霞家蹭过来。

陈洪义进了梁霞家的院子，只见院里两个老人倒在血泊中。

梁霞抱着妈妈的尸体，昏死过去，还未醒来。

陈洪义甩掉包袱，跪在地上，为梁连恒翻了个身。

老人家吃力地睁开眼睛，断断续续地说："你，是你？陈洪义，你，快带梁霞走。到北平，找韩贵德，他是八路军，我认识他。咱们别，别都死在一块儿，那样的话，谁给报，报仇呀！"

黑暗中，陈洪义铆劲儿点点头。

梁连恒再无力气，头一侧歪，断了气。

陈洪义挪到梁霞身边，扳正她的脑袋，轻声叫道："梁霞，梁霞，我是洪义，你醒醒，我是洪义，你哥！"

梁霞终于被唤醒，睁开眼看看，坐起来，扑到陈洪义的身上，"哇"地哭出了声。

陈洪义说："你爹嘱咐我，叫我把你带走。晚了，危险！"

梁霞问："爹，爹还有口气儿？"

陈洪义说："断气儿了，说完就断气儿了！"

梁霞哭诉道："爹，爹，我可咋办呀？"

陈洪义说："梁霞，梁霞，走吧！"

梁霞哽咽着说："爹娘咋办？"

陈洪义说："来，抻几个棒子秸盖上，点把火，升天吧！"

梁霞说："那，那哪儿行呀？要不，埋到萝卜窖里吧！"

陈洪义说："好吧！"

于是，陈洪义和梁霞把两位老人抬进萝卜窖，用土坯掩埋严实。

陈洪义催促道："快，等小鬼子回来了，想跑，都跑不成啦！"陈洪义一面说，一面抻起梁霞，"快！"

陈洪义和梁霞提起包袱奔跑着。

村西的火，越烧越旺。梁霞的泪水，挥洒了一路。终于，他们的身影消失在幽暗的夜色里。

陈洪义拽着梁霞，一面跑，一面催："快，快！"

他们俩穿过了一片小树林，爬上了一个小土坡，俩人累得透不过气来。

东方欲晓，火烧云一堆一堆的，像是小鬼子放火烧成的。

梁霞坐在一棵大树下，再也不肯走了。她说："洪义哥，你走吧，我再也走不动了！"

陈洪义说："不行，我说什么也不能丢下你！"

正说间，听到土坡的那一面，传来小鬼子的声音："粮食抢到了几车，可，花姑娘的，远远不够，那怎么行？慰安妇，慰安妇是为大日本皇军准备的最好礼物，一定还要搜查，周德明，你还要带皇军去各家各户，细细地搜查！"

周德明应道："嗨，大日本皇军，太君的，吩咐的是！"

梁霞听到了，吓得直打哆嗦。

陈洪义望望远处，按住梁霞的脊梁，轻声说："快，趴下，别出声！"

那些日本鬼子走近了，很明显，发现了他们俩。朝他们大声叫道："花姑娘的，出来，看见你啦！"

陈洪义知道已无法藏身，拉起梁霞就跑。

小鬼子叫嚷道："站住，不然就开枪了！"

陈洪义拉着梁霞继续奔跑。

小鬼子拉开了步枪枪栓，叫嚷道："站住！"一面叫嚷，一面扣动扳机，"啪"，一枪击中梁霞的小腿儿，梁霞立即倒下。

陈洪义把梁霞拉起，背在自己的身上："走，我背你！"

梁霞说："你跑吧，不然，都死在一块儿，谁给我爹娘报仇啊！"梁霞一面说，一面用力将陈洪义推向一侧。

陈洪义说："不行，死也死在一块儿！"

梁霞说："留得青山在，不怕没柴烧。快，快跑！"

陈洪义坚定地说："不行！"

梁霞冷不防用力踹了他一脚，陈洪义骨碌碌滚下了东沟村最高的黄土坡。

小鬼子端着步枪，冲到了梁霞跟前，龇牙咧嘴地狂叫："花姑娘，花姑娘的，顶好的顶好！"

"那一个，还有一个！"另一个小鬼子，胡乱地朝土坡下的荆条丛里"啪啪"开了几枪。

小鬼子们一面捆绑梁霞，一面这里那里地乱抠乱摸，魔鬼般乱叫："花姑娘的，花姑娘，既白净，又漂亮。把她带到慰安妇所里养着，用牛奶，给她细细地洗澡，干干净净，香香喷喷，我们可以天天好好地快活。哈，哈哈……"

陈洪义趴在一棵大树后边，眼睁睁看着小鬼子把梁霞带走了。这比剜去他的心头肉还难受。他使劲儿捆了自己一个耳光："男子汉，哪里像个男子汉，连自己的心上人都保不住，呸，有何面目见人！"他想哭，无泪；想叫，无声。此刻，他感觉自己是世界上最无能的人。心里说，日本鬼子妄想灭亡中国，杀害你的父母妻子儿女，叫你无家可归。陈洪义在心里嘶喊：我要反抗，斗争！我要到冀东找到韩贵德。韩贵德啊韩贵德，你在哪里？

陈洪义走啊走啊，他不辞辛苦，韩贵德，仿佛就是他心中的目标。其实，韩贵德究竟啥模样，究竟喜不喜欢他，他顾不得这些，反正他要找的人，非韩贵德莫属。从保定府到冀东，几百里，没有吃，也没有喝，是个铁人也得熬垮！终于，他倒在了一家大门楼下。待他醒来时，在他的身边，正有几个八路军小战士围着他。

突然，一个小战士叫道："醒了，他醒了！"

另一个小战士说："给他端碗水来吧，慢，顺便带点儿饭来！"

陈洪义挣扎着坐起来，说："你们是……"

小战士说："我们是八路军，冀东十四分区独立团五连。"

陈洪义听到"冀东"二字，感到异常兴奋，两只眼睛放光，急忙问道："冀东八路军，你们知道韩贵德吗？"

小战士说："韩贵德，他就是我们独立团团长呀！"

陈洪义使足全身力气，晃晃悠悠站了起来，大声说："带我去，我要见韩贵德团长！"

结果，陈洪义参加了八路军，被分配到冀东十四分区独立团五连。了却了陈洪义投笔从戎的心愿。况且，他刚刚入伍，便得知五连连长贺向荣是个神枪手，百步穿杨，这更使他兴高采烈。

每有闲暇，就向连长贺向荣讨招儿，恨不得自己也能成为一名神枪手，多多地杀日本鬼子，替梁霞报仇。

陈洪义每想起梁霞，就悄悄地流泪……

韩团长温语赛春风　　胡宝贤柔情暖冬青
美梁霞夜宿三岔口　　帅团练传授大刀功

　　陈洪义弃笔从戎，在冀东十四分区独立团五连当了一名八路军战士。整天价围着贺向荣连长转。开始，贺连长好生纳闷。时间一长才知道，原来陈洪义总感到他的盒子枪，一定有什么特殊的地方，不然的话，咋会那么准，跟梁山好汉小李广花荣一样，水泊梁山一百单八将，最数小李广花荣的箭法了得。堂堂冀东十四分区独立团，千八百人，就只有贺向荣贺连长能百步穿杨！

　　其实，贺连长挎的盒子枪，看上去并没有什么特别，装枪的盒子瘪巴瞎眼，也不漂亮。这使陈洪义对贺向荣连长的"百步穿杨"更加感到新奇。

　　陈洪义参着胆子问："连长，早听说你能百步穿杨，是真的吗？"

　　贺连长说："百步穿杨，这算什么本事？我能，你也能，大家都能！"

　　陈洪义搔搔头皮，说："大家都能？不可能！"

　　贺连长哈哈大笑，指指对面的一棵大杨树，说："你们看，对面的大杨树，叶子又多又密实，随手放一枪，准能打下几片来！"

　　"哈哈，哈哈……"一片快活的笑声。

　　陈洪义忙说："不，不是这个意思！"

贺连长说："百步穿杨也好，百发百中也罢，都要下苦功夫练习。平时多流汗，战时少流血！"

陈洪义说："这话有道理！天生要爬，怎么能飞起来呢？"

贺连长听到陈洪义这样一说，狐狐疑疑的，不知他在说什么。晃了晃头，走开了。

陈洪义每次收拾内务，不仅把地面打扫干净，还把桌椅、门窗擦拭得锃光瓦亮，每个战士的床铺，也抻拽得平平展展。唯有他自己的被子，无论如何拍呀抚呀，还是显得不协调。

好奇的小战士终于开口了："陈洪义，你的被子叠得总那么窝窝囊囊，影响全班的内务！"

班长走过来，没好气地说："陈洪义，把没用的东西，扔掉！"一面说，一面上床就拽陈洪义的被子。"哗啦"，掉出一地旧本子烂书。

陈洪义赶紧上前捡起来，说："班长，这些书可不能扔！"

班长说："我当什么值钱的宝贝，都是些破书烂本子呀！哈，哪儿远扔到哪儿去吧！"

陈洪义猫腰捡起被班长扔掉的《铁流》，意味深长地说："班长，你可能还不知道《铁流》，这是一部纪念碑式的作品，这部长篇小说是苏联作家绥拉菲靡维奇创作的，描写苏联一支游击队，在同白军和外国侵略者的斗争中成长的故事。"

班长"哧"地一笑，说："什么拉摸之，名字这么长，谁记得住！要看你看吧，我反正没兴趣！"

陈洪义说："班长，我倒希望咱们班，咱们连的战士都来看看这本书。我常想，作为八路军战士，应该背着《铁流》作战！"

班长说："行了行了，快把你的内务，好好整理整理吧！"

陈洪义见说不动班长，只好作罢。他将被弄乱的衣物重新整理好，只是觉得那些书呀本子呀实在没处可放，于是，他把那些东西挑拣出来，抱在怀里，愣愣地站着，不知所措。

正在这时，胡宝贤政委朝他走了过来，嘻嘻笑道："小陈，干吗呢，好像有什么为难的事？"

陈洪义说："为难的事，倒是没有。只是，只是这些书，放在床铺下，影响内务。扔，又舍不得！"

政委说："拿给我看看。"

陈洪义把抱着的书，往政委身前凑了凑，说："您看看！"

胡宝贤随意打开一本书，说："啊，你喜欢高尔基的书？"

陈洪义说："这几本书，都是我最喜欢的。"

胡宝贤又拿起《铁流》，说："这本《铁流》，你也喜欢吗？"

陈洪义使劲儿点点头，不语。

胡宝贤说："这是一本好书啊，我们的八路军战士，要是每个人都能看看这本书，毫无疑问，我们的战斗力还会增强。"

陈洪义好像找到了知音，此刻，他真想扑过去，扑到政委的怀里。

政委笑笑说："你要是感到放在宿舍里，影响班里内务，可不可以放在我那里？你呢，想什么时候看就到我那里去看！"

陈洪义的眼泪"唰"地流了下来。

胡宝贤把陈洪义的几本宝贝书，拿回团指挥部，放在办公桌上，坐下来翻看。

突然，他眼睛一亮："天生要爬，怎么能飞起来呢？"

他不由自主地说："高尔基，这个高尔基，说得多么好啊！一个人是这样，一个部队，难道就不是这样吗？假如它天生要爬，它就永远也休想飞起来！"

团长嘻嘻哈哈地说："政委，嘟嘟囔囔的，干吗呢？"

胡宝贤回头一望，说："我在想，像蚯蚓、蛇，天生要爬，你能帮它飞起来吗？"

韩团长大声说："另有蜗牛、蛤蜊、王八，这些个天生就爬的玩意儿，你便怎样使出吃奶的劲儿帮它飞，也没有办法叫它飞起来，是不是？"

政委说："透亮，透亮！怪不得四面八方的才子，都聚集在韩团长的大纛下。"

韩贵德哈哈大笑，说："四面八方的才子，就缺四面八方的佳人了。有才子，必有佳人。光有才子，没有佳人，岂不统统打光棍儿了？哈哈哈……"

胡宝贤："过去，总认为安徒生的童话，是写给小孩子看的，其实错了，大人们也可以从中受到很多启示。比如《皇帝的新装》，明明皇帝没有穿衣服，可是，谁都不敢说，只有小孩子说出了真相。我们的队伍里有没有？也有。我们的民主会，将来要开成人人敢讲话，人人敢讲真话的民主会。所以，能够让大家都看看安徒生的童话，肯定对部队建设起很大作用。"

韩团长说："是不是可以这样，每周抽出时间，安排文化课，就叫陈洪义给大家讲文化，讲文学。"

胡政委抚了抚鼻梁上的眼镜，说："团长，说你礼贤下士，广开言路，一丁点儿都没有说错。怎么样，我就正式通知陈洪义，叫他每次给部队上文化课时，把要讲的书，预先再认真看看，备备课，使大家在有限的时间里，收获得更多。"

春光正好，和煦的阳光照耀大地，温暖着每一个人。

胡宝贤找到陈洪义，和他面对面地坐着。

政委手里拿着陈洪义的那几本书，打开高尔基作品，说："团长说了，咱们部队要安排文化课，请你当文化教员。"

陈洪义惊喜道："是吗？"

胡政委说："部队设立文化课，大概是个创举。说不定具有推广价值。你呢，一定要把它当回子事，认真备课，既让大家听得有滋有味，又能受到启发，提高思想觉悟。"

陈洪义说："难道文化课真能有那么大的作用？"

胡政委笑笑说："就是让每一个战士知道为谁打仗，这是基础。知道为谁打仗了，练兵也就有劲头儿了，再不用跟他们讲不怕吃苦呀、不怕受累呀，平时多流汗，战时少流血呀，等等，他已经十分自觉了，用不着再多做动员工作了。你看，是不是这么个道理？看看，你的工作，得有多么重要！"

陈洪义说："请您放心，也请团长放心，今后，我一定把文化课上好！"

窗前明月，淡淡的清辉，透过小小的玻璃，均匀地洒在独立团五连战士宿舍的地面上。

陈洪义翻来覆去睡不着，他仰卧在床铺上，望着从小窗探进来的月儿。月儿像一叶小舟，在蔚蓝的大海里漂泊，漂呀，漂呀，漂进了一堆白云，像是小舟冲进了海浪，半晌没有钻出来。

几个小鬼子扑向梁霞，魔鬼般地乱叫："花姑娘的，花姑娘，既白净，又漂亮。把她带回慰安妇所里，让弟兄们都高兴高兴！哈哈哈……"

陈洪义眼睁睁看着小鬼子把梁霞带走了。他想哭，无泪；想叫，无声。日本鬼子灭亡中国，就是叫你报国无门；杀害你的亲人，烧毁你的房屋，就是叫你无家可归。把你逼疯，叫你绝望。

陈洪义高喊："不，我要活，我要挣扎，反抗，斗争！"

胡宝贤拍拍陈洪义，轻轻地说："小陈，醒醒。"

陈洪义翻了个身，眯起眼睛，看看地上站着的人，是政委。陈洪义想坐起来。

政委轻声说："做梦呢，小陈？睡吧！"

陈洪义不语，枕边满是泪水。

梁霞被日本鬼子从黄土坡上带走了，受伤的小腿淌着血，沥沥拉拉流了一路。

小鬼子把梁霞带回东沟村的大庙，"咣当"关上对扇门，上了锁。

幽暗中，梁霞恍恍惚惚认出了，这就是东沟村小学，东院的三间小房，就是陈洪义的办公室兼卧室。梁霞到这里来过，她记起来了，那是他们俩曾经说笑过的小屋。陈洪义笑起来，相当好看，大大的眼睛，深深的酒窝。而且，他笑的时候，总是喜欢仰脸望着天空，笑声也很好听。

突然，门上的铁锁"哗啦"响了一下，对扇门"当"的被踢开了。小鬼子叫道："躺好，皇军给你治伤！"不由分说，就把梁霞放倒在一张破门板上，用绳子将她牢牢捆住。

梁霞想叫，但还没有叫出，早有一个鬼子将她的裤腿抻到脚面，她的伤口依然滴答着血。小鬼子医生用棉球蘸了些酒精，为她擦拭，然后，敷上一些药粉，用纱布缠了几遭，急匆匆而去。

东方微明，几道霞光，像一把把尖刀，刺向天边。

梁霞透过破窗，望得见东沟村小学院里的老槐树。她记得再清楚不过，她和陈洪义在树下幽会。月亮刚刚升起，又圆又大。陈洪义轻轻地哼起了歌，声音越来越大，越来越响。唱到最后两句，梁霞也随他唱了起来。奇怪的是，他们有始无终，竟然将结尾那两句，反反复复唱得没完没了。

梁霞想到这里，几乎忘记疼痛，竟至微微地笑了。

天亮了，院子里响起一片噼里啪啦的脚步声。

小鬼子叫道："慰安妇，以后就住在这里。"

有妇女的声音传过来："我不做慰安妇！"

"我也不做慰安妇！"一片嘶喊声。

梁霞听见妇女们撕心裂肺的哭叫声，焦躁不安。

小鬼子叫道："还有一个，不是还有一个吗？"

"她的小腿儿受伤了，只能等伤好后，再编入慰安妇了！"

"你可别见她长得漂亮，留着自己独自享用！"

"哪里话。哈哈……"

梁霞听了，她知道小鬼子们在说自己。于是，她想到死，她向四周望了望，想找一根能上吊的绳子，没有。她绝望了，感到老天爷太不公平了，连寻死的蚰蜒小道都给堵严实了。她望了望后窗，后窗外面就是土坡，土坡上满是荆条，一丛一丛的，密密匝匝。她想到逃走，心里突突地跳。她这样想了，可并没有动。她怕被鬼子发现，又是一顿毒打，或者"啪"的一枪，小命归西了。但她又一想，刚才，还寻死不得，到现在阎王爷给你死的机会了，又怕了。唉，梁霞，你倒是想死还是想活？你怎么没点儿准主意呀？梁霞咬了咬牙，心想，我连死都不怕，还有什么可怕的呢！她又想起叮嘱陈洪义的话：留得青山在，为爹娘报仇！想至此，她来了精神，她忘了小腿儿上的伤痛，一骨碌爬起来，推开后窗，一跃而上，先把两条腿送上后窗，然后，吃力地把身子退出去，两只手死死地抓住窗棂，轻轻地跳下去，梁霞成功了。紫穗槐又刮痛了她的小腿，她咬咬牙，来不及细想，只想早早地离开这个鬼地方。

院里传出了妇女们的哭叫声，这使梁霞心里非常难过。可是，对于她这样一个弱女子，能做的也仅仅是流泪。

小鬼子们声嘶力竭地叫道："你们的，想跑，想逃，来，来呀，给你们一双翅膀，看你们能不能飞掉？哈，哈哈……"

梁霞听得真真切切，她得赶快跑，赶快逃，假如被鬼子发现，再逮回去，逃命的机会就没有了。她一面想，一面从紫穗槐丛的缝隙中，出溜到土坡的下坎，还没有站起来掸掸土，就听见从院里传来鬼子的号叫："那个小腿儿受过伤的花姑娘，哪里去了？也要编入慰安妇。快快地把她拉出来。那个花姑娘顶顶的漂亮，不能把她藏起来，往后，只侍候你们几个人！"

"胡说，她就在里面。呀，怎么，逃了？从后窗逃跑了，快，快追！"

"嗒嗒嗒"，从后窗射出一排子弹。

梁霞下意识地抱着头，不顾小腿儿的伤痛，一瘸一拐地朝密林深处跑去，慌慌张张地穿过一片小树林，就到了东沟村西路口。迷迷糊糊地推开栅栏门，索性进去看看。不看不要紧，一看头发麻。她简直无法辨认，她家的房子被烧毁了，房倒屋塌，一片瓦砾。

梁霞哭叫了一阵，又想到死，心里说，爹娘，我随你们去吧！她望望天，天无缝；她看看地，地无门。她觉得走投无路，哪里是她的归宿啊？

突然，她又想起在这里曾经叮嘱过陈洪义的话，她鼓足了勇气，对自己说：我不死，我要活，我要报仇！这样想她就有了无穷的勇气与力量。

是的，日本鬼子把我们糟蹋成这个样子，我们为什么去死？不，我们就是要活，要报仇，要把他们赶出中国！

她想到这里，一种求生的欲望，像点燃一把火，她要跑，要逃。她心里十分清楚，这个时候，在这个地方，小日本和狗腿子伪军随时都能到这里来，随时都能把她抓回去。她必须赶快跑，赶快逃。

梁霞跛着一条腿，拐进了土沟，又回头看看那个生于斯长于斯的故乡，已是一片焦土！梁霞咬咬牙，心里嘶喊着：小鬼子，姑奶奶一定回来，跟你算账，找你报仇！

梁霞，小小年纪的梁霞，跌跌撞撞跑到马家河子、赵庄、东沟村的三岔路口，站住了。她要到哪里去呢？她又想到了陈洪义。陈洪义曾经说过，赵庄、马家河子一带，日本兵闹得更凶，回也回不去，走又走不成，怎么办？她拿不准主意。她望望远方，期盼着能意外地看到陈洪义的身影，如果是这样，她会毫不犹豫地朝他跑去。要不，你陈洪义就在远远的地方喊一声，我梁霞会循着你的声音找到你，与你同行。然而，天下哪里会有这等便宜事！梁霞啊梁霞，她终于趴在地上，"呜呜"地哭开了。

天无绝人之路。在惶惶绝望之时，梁霞突然想到一个人，他就是自己的表哥，虽然已离别十年，但是，由于她爹常常念叨他，所以印象颇深。她爹告诉过她，他叫韩贵德，在冀东八路军里当团长。此刻，韩贵德似乎给了她无穷无尽的希望。对，就去找表哥韩贵德，哪怕他在天涯海角，也要找到他。

梁霞想通了，仿佛全身都来了精神，腿也不痛了，刚要迈步，又停了下来，正在三个村的路口上，她该往哪里走啊？冀东，照理应该往东走，对，就往东走，她不再犹豫，径直往东走去。

天黑下来了，一个孤苦伶仃的女孩子，究竟要去哪里？路上会不会有狼？梁霞小时候，她爹说过，狗是狼的舅舅，狼怕狗，要是身边有一只狗就好了。可眼下，连一只狗也没有，咋办？她爹还说过，狗怕猫腰狼怕站，拿根麻秸秆，都能把狼吓退。可眼下连一根麻秸秆也没有。其实，最怕的不是狼，顶顶可怕的还数日本鬼子，他们比豺狼还要可怕得多。梁霞想到这里，浑身直打哆嗦。开始出发时，步履匆匆，然而，想到此，她又开始犹豫了，脚步也明显地放慢了。她真的不知所措，没了主意。又开始思念陈洪义，要是有他在身边，那该多好啊！

梁霞的肚子开始"咕噜噜"地叫起来，她该进村求老乡给口饭吃，然而，当她正要朝那黑黢黢的村子走去时，她又停下了脚步。她怕遇到小鬼子；她决定找个能藏身的土窝窝躲起来，宁可饿着，宁可遇上狼，也别进村再碰上日本鬼子！想着想着，几颗泪珠儿挂在梁霞的面颊上。

冀东独立团开文化课，这在八路军师、团以下建制中，的确是件新鲜事。况且，能者为师，只要有专长，无论文的武的，都可以请他讲课。于是，教打枪的，教放炮的，教用大刀的，教使长矛的，谁都可以露一手。当团长的，向连长求教，当连长的，向班长学习，不耻下问，蔚然成风。一派生龙活虎的景象。

顶数听陈洪义讲文化课的人最多，为什么？听着新鲜，解气，开耳朵。

春的使者依依袅袅地来到冀东大地，抚绿了狐奴山麓，吹蓝了潮白河水。

太阳柔和的光线，照在人们的身上，暖洋洋的。

陈洪义上台给大家讲课，下面坐着团长、营长、连长，这些军官们，就坐在战士们中间，听得高兴了，和大家一起笑，笑得前仰后合，笑出了泪。激动了，也和大家一同淌泪，呼口号。

陈洪义讲道，从前，有一个皇帝，非常喜欢穿新衣服。成天价待在皇宫里，一套接一套地换新衣服。有一天，来了两个骗子。他们自称是织布高手，能织出世界上最美丽的布，不过，这种布有个奇妙的特点，那就是：凡是不称职的官员，凡是愚蠢的人，都看不见它。皇帝听了十分高兴，心里想：这下好了，我穿上这样的衣服，谁称职，谁不称职，谁聪明，谁愚蠢，不是都清清楚楚了吗？于是，他拿出好多好多金子，给了这两个骗子，叫他们赶快去做。过了些日子，皇帝派了一个大臣去看看新布是否已经织好。这个大臣看到两个骗子在织布机上瞎比画，织布机上连一缕布丝也没有，倘若如实禀报皇帝，他不就成了不称职的官员吗？不能。于是，回去对皇帝说：那布料真是太精妙、太美丽了！又过了几天，皇帝实在等不及了，就亲自带领一群大臣去看，只见那两个家伙正在织布机上专心致志地工作着。其实，皇帝和所有的大臣们谁也没见到一丝一缕。皇帝感到奇怪，大臣们也觉纳闷。皇帝心想：难道我是个愚蠢的人吗？愚蠢的人怎么可以当皇帝呢？他不愿说出真相，于是说："太美了，美极了，我太喜欢了！"大臣们为了显示自己的称职与聪明，也都跟着说："是呢，真是太美了，美极了！"有个大臣当场提议："何不就用这布料，做成新衣，穿上它，参加明日的游行大典？"所有的大臣都说："好！"第二天，骗子们把并不存在的新衣捧到皇帝的面前，说："陛下，新衣已做好了，它轻柔得像和煦的春风，穿在身上就像什么都没穿一样，这正是新衣的妙处！"皇帝把所有衣服，都脱得干干净净，一丝不挂。两个骗子装模作样地为皇帝穿上新衣。就这样，皇帝参加了游行大典。所有的大臣都伸出大拇哥，所有的老百姓都说"漂亮，真美"。因为所有的官员谁也不愿意被别人说自己不称职，所有的老百姓谁也不愿意被别人说自己愚蠢。

战士们听到这里，满场的人都笑了。

有的战士竟然刨根问底地问："后来呢？"

陈洪义说："后来，有一个小孩子说，他身上什么也没穿呀！小孩子的话，在老百姓中间传开了，一传十，十传百，风风雨雨，沸沸扬扬，连皇帝和大臣都知道了。可是呢，皇帝依然故我，照样大摇大摆地在富丽的华盖下走着，大臣们照样郑重地托着实际上并不存在的衣摆……"

全场又是一阵大笑。

团长突然走上前来，指着大家说："谁在笑？在笑谁？在笑你们自己！当然，我也在笑，我也在笑我自己。大家想一想，我们的团长、营长、连长，有没有这个昏庸皇帝的影子？有没有此类大臣们的影子？自以为是，吹牛拍马，这些个不良习气，都应该被扔到太平洋里去！"

全场掌声雷动，所有的人都叫起来："好！"

政委从战士们的人堆里站起来，说："这本来是个外国的故事，舶来品。但是，对我们都有教育意义。"

政委正说间，通信兵快步跑到团长跟前，轻声说："报告团长：您请的大刀教练从北平赶来了，说到就到。还带来一个女的，说是您的表妹！"

团长说："表妹，什么表妹？好好，知道了！"

政委说："听了这个故事，希望大家今后要实事求是，不要睁着眼睛说瞎话，好不好？"

大家齐声说："好！"

团长说："告诉大家一个好消息：咱们从北平请的大刀教练马上就到。休息十分钟，听哨音，集合，先跟大家见见面，往后，就请他教咱们独立团大刀功夫。"

全场的干部战士们纷纷说道："好，好极了！"

有的年轻战士甚至高声唱起来："大刀向鬼子们的头上砍去，杀！"

韩贵德在指挥部里，一面和胡宝贤交谈，一面坐等大刀教练的到来。

"报告团长，王教练到。"

韩团长说："请，快请！"

韩团长和胡政委赶紧站起来，往门口走去。

王教练和一个姑娘走了进来。

韩团长急忙迎上去，满面春风地说："欢迎啊，欢迎王团练，我是韩贵德！"

王团练哈哈笑道："久闻大名，如雷贯耳。半路上，捡了一个姑娘，听说我去见韩贵德团长，死活要跟我一同来。瞧瞧，她是谁？"

韩团长仔细看了半天，摇摇头。

那女子朝她扑过来，哭诉道："我是梁霞，东沟村的，我是你表妹呀！十几年没见面，就不认识了？"

韩团长细细地辨认一番，叫道："梁霞是你，你是梁霞？霞子，真的是你？"

梁霞双手捧着脸，"呜呜"地哭得很伤心，连肩膀都颤颤地抖。

胡政委走过来，说："自从日本鬼子入关，兵荒马乱的，你们兄妹能相聚，是喜事呀！"

韩团长说："是呢！再说，王团练刚刚到，怎么着也得接待接待呀！梁霞梁霞别哭了，哪能哭起没完没了呀？"

梁霞破涕为笑，说道："人家死里逃生，能见到表哥，咋不是大喜？人家这是高兴呀！"

胡政委说："团长，饭我已经叫伙房安排了。"

韩团长点点头，说道："王团练，你看你看，你半路捡来的姑娘，恰恰是我的表妹，为了这个，我得好好敬你几杯！哈哈哈……"

王团练笑道："效劳，效劳！"

韩团长说："王团练，你呢，不忙，先好好休息几日，等独立团大刀队成立起来，咱就铆足劲儿练，把王五爷的绝招儿拿出来，好好教训教训日本鬼子！我顶喜欢听的一句：大刀向鬼子们的头上砍去，杀！"

王团练说："恕我是个急性子，咱们说练就练。不能学天桥的把式——光说不练！"

韩团长说："你要这么说，咱们赶快把大刀队成立起来！"

胡政委说："咱们独立团全体官兵，凡是能参加的都来见习，学一段时间以后，精选一些体魄健壮的年轻战士，继续请王团练重点辅导，培养一批高精尖人才，作为突击队。关键时候，拉上去，跟日本鬼子干一仗，叫小鬼子尝尝王五爷大刀的厉害！"

韩团长说："胡军师所言极是。"

解小虎听说王团练来到独立团，来不及人请呀叫的，径直跑到团部。

解小虎："报告！"

韩团长："进来！"

解小虎大步流星走进来。

"解小虎，有事？"韩团长问。

解小虎说："有，啊没事，我想看看王团练！"

"解小虎，没事先回去，王团练就住在咱独立团，以后就专门教咱们练习大刀。"

解小虎说："团长，自从您跟我们说要从北平请王团练的事以后，我就天天想，夜夜盼，好不容易给盼来了，您还叫我们等，等到哪一天呀？不行，我就得见见王团练！"

韩贵德哈哈大笑："解小虎，看吧，王团练不就坐在这里嘛，哪个说不叫你看了？看吧，看吧，使劲儿看！"

王团练站起来，走到解小虎的跟前，拍拍他的肩膀，笑着说："小同志，你就是解小虎？"

解小虎说："错了管换！"

王团练笑笑，说："几岁了？"

解小虎说："你管我几岁了，我就是要跟您学大刀功夫，杀鬼子！"

王团练拉紧解小虎的手，说："日本鬼子是咱们中华民族的敌人，不光是给哪个人报仇，要给咱们所有的死难同胞报仇！"

解小虎说："您赶快教给我们大刀功夫吧！"

韩团长走过来，说："你先回去，王团练就先从你们五连开始训练，这下你放心了吧！"

"是！"解小虎立正，敬礼，转身，踏步走出了门。

王团练笑道："这个小战士，太可爱了！"

解小虎刚刚走出，又一声"报告！"

韩团长答道："进来！"

只见陈洪义急匆匆闯进来，带着哭腔说道："团长，听说王团练半道儿捡了个姑娘，那个姑娘是梁霞！"

韩团长说："古人说：无巧不成书。依我看，咱独立团简直可以写一本书了！哈哈……"

政委望了望团长，说："不如把陈洪义带到后院，叫他们两个一块儿聊聊。老乡见老乡，两眼泪汪汪嘛！"

通信兵将陈洪义带到后院，看见两个姑娘在说话，陈洪义心里想，这里哪有梁霞呀？正待要问，不料，梁霞"呼"地朝他扑过来，呼喊着："洪义，哥哥！"

陈洪义看着面前站着的梁霞，精瘦精瘦的，还跛着一条腿，几乎没有认出来。

梁霞满脸泪水，又喊了一声："哥哥，洪义！"撕心裂肺。

在冀东，在独立团，历经数不清的苦难，同乡兄妹相见。如何不悲喜交加，如何不涕泪满面！

龟田在尹家府的扫荡中，被八路军弄死。山村大佐一直耿耿于怀，天天琢磨怎么报仇。只因战机难寻，所以，这事就搁下了。

韩团长并非等闲之辈，早做安排，专等日本鬼子山村的来犯。

两军对峙，就有了休整与练兵的机会。

谁也想不到，北平王团练和被他捡来的梁霞姑娘的到来，会使独立团足足热闹了好几天。

这天，胡宝贤韩团长闲坐了一会儿，胡宝贤向韩团长探过身子，说："团长，您看是不是这样，安排个时间，搞一次诉苦活动？"

韩团长说："可以。课，由谁来讲？"

胡宝贤说："就由你……"

韩团长急忙摆手，连连说："不行，不行，赶鸭子上架，饶了我吧！"

胡宝贤笑笑说："你看，我还没有说完呢！我是说，请你的表妹梁霞，给大家诉苦。"

韩团长说："她，行吗？"

胡宝贤说："我看行。"

韩团长说："好，你看行就行。这事就由你安排。"

谭嗣同的贴身保镖大刀王五的孙子，被聘为独立团大刀教练，官称王团练。浓眉大眼，一表人才。来了几日，并未闲着，总在战士们中间走来走去，每逢看到虎彪彪的小伙子，总要多说几句话。他走后，便会有人喊嚓："看来有戏！"

解小虎正从这里经过，听到"看来有戏"，愣愣地站住了，正要开口问："谁，在说谁有戏？"细细想想，却又觉得没头没脑，于是，就这样忍了忍，擦身走过去了。正巧，走着走着，迎面走来了王团练，解小虎急忙打招呼："王团练，您看看我有没有戏？"

王团练觉得挺纳闷，说："戏，什么戏？"

解小虎知道自己问得太唐突，赶紧改口道："啊，是这样，我想跟您学习大刀功夫，就怕您不要我。"

王团练哈哈大笑，说道："哪儿能呢？世上无难事，就怕有心人。只要功夫深，铁杵磨成针。小伙子，是不是这么个理儿？哈……"

解小虎听了，觉得话里有话，仿佛听出了话外之音，那话外之音究竟是什么呢？那就是"看来有戏！"想至此，一蹦老高。

日军杨各庄联队作战指挥部里，山村大佐踱来踱去。突然，将佩带的指挥刀从腰间抽出，"啪"的一声，拍在桌子上。

　　日军军官们个个大吃一惊，仰脸望着山村大佐，不敢吱声。

　　山村大佐腾腾走到一名日军军官面前，猛地伸出左手，拽住他的前襟，厉声吼道："啊，萨野少佐，你的说，在尹家府，龟田为大日本天皇尽忠，多少天了？"

　　萨野少佐稍有犹豫，打了一愣。

　　山村大佐铆劲儿一搡。

　　萨野少佐退后几步，撞在桌子角上，口中答道："嗨！"

　　山村大佐恶狠狠地说："龟田被韩贵德弄死，为大日本天皇尽忠，已半年有余。这仇，一定要报。可，萨野少佐，你的说，咋个的报法？"

　　萨野少佐不敢迟疑，立即答道："扫荡，继续对尹家府再一次扫荡，大大地扫荡！"

　　山村大佐突然转身，指着墙壁上的作战地图，攥紧拳头，照准尹家府村恶狠狠地擂了一拳。吼道："一个小小尹家府，叫我们损失这么多大日本帝国的勇士，还搭上龟田次郎！是可忍，孰不可忍？"

　　萨野少佐答道："嗨！"

　　山村大佐说："过去，我们总是看不起土八路，看不起他们的游击战的打法。他们惯用的近战、夜战，都是鬼伎俩，算不得作战。可是，土八路就是习惯于这种打法，我们也必须以其人之道，还治其人之身。"

　　萨野少佐答道："嗨！"

　　山村大佐说："你的说，咋的以其人之道，还治其人之身？"

　　萨野少佐答道："嗨！"

　　山村大佐大声吼道："嗨，嗨，你能不能说出第二个字？告诉你，你们也要有自己的一套近战、夜战的打法！"

　　萨野少佐答道："嗨！"

　　山村大佐极是不耐烦，拍拍桌子说："你的，从你的连队里，挑选出二十名各种条件最好的军人，进行适合近战、夜战的特殊训练，端掉韩贵德的老窝，为消灭冀东独立团扫平道路！"

　　萨野少佐答道："嗨！"

天凉好个秋。

阳光透过淡淡白云的缝隙，照射在地面上，和煦而柔和，给人以温柔与明亮的感觉。

八路军独立团指挥部，聚集着一大院子的八路军战士，一排排坐得整整齐齐。

梁霞站在一张小桌子的后面，她撩起衣服，亮出后背，背朝全体战士，哭诉道："大家看，我的背上至今还能看见日本鬼子青一道、紫一道的鞭痕。"她放下衣襟，挽起裤腿，"大家看，这是小鬼子留下的疤痕。"梁霞的脸上满是泪水，继续说，"小鬼子在汉奸的带领下，到我家搜我，逼我爹娘把我交出来，我爹娘不肯，他们就残忍地将我爹娘杀死了，房子也被日本鬼子烧毁了。现在，我是无家可归。他们还抓走了好多姑娘媳妇，关在小黑屋子里，给小鬼子做慰安妇。小鬼子不是人，是畜生，伤天害理，猪狗不如！"

杨立冬排长站起来，攥紧拳头，带头呼口号："打倒日本侵略者，赶走日本鬼子，给死难同胞们报仇！"

全场八路军战士们拳头高举，齐声喊道："打倒日本侵略者，赶走日本鬼子，给死难同胞们报仇！"群情激奋，义愤填膺。

梁霞趴在桌子上失声痛哭，双肩颤颤地抖。

政委招呼两名战士，把梁霞搀下。掏出折叠得方方正正的手帕，抹抹眼睛，这才说："独立团的全体战士们，刚才，听了梁霞同志的诉苦，给我们上了一堂生动形象的政治课，让我们清清楚楚看到了日本侵略者的罪行。弱国无外交，我们正在受强国的欺负。是不是这样一个道理啊？"

全体战士喊道："是！"

政委说："休息一刻钟，听哨音，还在这里集合，由王团练给大家表演王五爷的大刀功！"

指挥部里，团长正和王团练交谈。

王团练说："我来了几日，上上下下，里里外外，我都看了，我感到，韩团长真是治军有方。能把一个连的人调动起来，我就觉着这个连长够格。没想到您能把这么多人凝聚在一起，把全团训练得嗷嗷叫，真叫我不可思议。哈哈！"

　　韩团长摇了摇手，说："没有啥不可思议。我觉得，首先，要使大家明白人民军队的宗旨，我们是人民子弟兵，我们扛枪不仅仅是为自己的爹娘报仇，还要为解放全中国千千万万的老百姓。抓住了这个根本，一切问题迎刃而解。"

　　王团练说："这叫什么？这就叫牵牛要牵牛鼻子。凡事，抓住根本，事半功倍，是不是这么个理儿？"

　　突然，侦察员进来报告："可靠情报，日军杨各庄联队，抽调四十名鬼子，平均分成两拨，一拨戴白手套，另一拨光手，每日晚上八点开始夜战近战的战术练习！"

　　韩团长点点头，说："知道了！"

　　王团练凑过来说："您这里有日本军服和白手套吗？"

　　韩团长说："有，要多少？多了没有，至少可以装备一个连！"

　　王团练说："日军近战夜战的演习，是个机会，我们可以利用。"

　　韩团长说："说说想法。"

　　王团练附在韩团长的耳旁，细声细语地说了好一会儿，这才大声说："如此这般，照计行事！"

　　韩团长说："好！我叫杨立冬挑选二十名大刀队战士，混进日军的近战夜战演习，准有小鬼子的好戏看！"

　　王团练说："这个依您，可有一宗，由我带队，您看咋样？"

　　韩团长说："咋能由你带队，人生地不熟的。"

　　王团练哈哈大笑，说道："怕我抢功，还是怕完不成任务？"

　　韩团长说："王团练真会说笑话！"

　　王团练说："怕我抢功？放心，功我不要；怕我完不成任务？我可以立军令状，白纸黑字，我情愿当您刀下的马谡！"

　　韩贵德团长说："言重了，言重了，你带队，就由你和杨立冬二人负责指挥。"

　　王团练大笑道："遵命！"然后，郑重地敬了一个军礼。

　　暮色苍茫，归鸦绕树。尹家府村中的树木、民宅、土丘，朦朦胧胧。从农舍的破窗纸洞眼儿探出的微弱光线，星星点点。偶尔，有几声狗吠，从远处传来，打破了这寂静的乡村。

从独立团大刀队中挑选的二十名队员，在指挥部大院里集合完毕。

杨排长跑到韩团长近前，敬礼道："独立团大刀队集合完毕，请团长指示！"

韩团长刚要开口，只见一个小战士连哭带叫地跑过来，哭诉道："我也去，为什么不叫我去？"

杨立冬排长急忙说："不行不行，解小虎，你刚十六岁，还小，回去，服从命令！"杨排长一面说，一面望望韩团长。

没等韩团长说话，王团练却开了口："韩团长，年龄十六不算小，日军打宛平，我那年也是十六岁，在宛平城墙上，我一气儿用大刀砍死三个日本鬼子！"

韩团长抢过来说："这么说，我要是再阻拦，那就是我的不是了。"转身对解小虎说，"好吧，解小虎，赶快去找司务长，挑一身最小号的日本军装，快！"

解小虎破涕为笑，一溜烟儿跑了。

第五回

陈洪义弄刀舞剑
贺向荣百步穿杨

练兵场夹枪带棒　　大刀队盖世无双

陈洪义弄刀舞剑　　贺向荣百步穿杨

胡宝贤平时总喜欢琢磨一些事，有时候，甚至能把自己绕腾进去。

这天晚上，胡宝贤坐在小屋里，桌上放着一盏马灯，昏黄的光线照在他脸上。

胡政委皱着眉头，他又想起了同乡战友说过的首战平型关的事情：平型关战斗，我们是胜利了，可是，那次战斗，打得太艰苦了，原本是伏击战，速战速决。可是，打了整整一天。为什么？我们的武器不行，弹药不充足。总说八路军战士勇敢，敢于刺刀见红。然而，不可忽视的是，日本鬼子的武士道精神，也很厉害，同样顽强，不怕死。况且，日本鬼子武器精良，弹药充足。另有，就是小鬼子平日吃得饱，吃得好，身体素质比我们强。那位同乡战友说，他就亲眼看见，在肉搏战中，三个八路军战士把一个小鬼子围在中间，愣没有拼过那个小鬼子。说明什么？一个是，我们自己的战士刺杀技术不过硬；另一个原因，就是身体素质差。

胡政委想到这里，深深地叹了一口气。心里想，要提高部队的战斗力，不提高战士的思想觉悟，肯定不行。但是，不可忽视的是，还要加强装备，增强部队的战斗力；改善生活，提高战士的身体素质。枪支弹药也好，粮食医药也罢，这些物质从何而来？

想至此，不由得哼起了一首歌："没有吃，没有穿，自有敌人送上前。没有枪，没有炮，敌人给我们造……"

可是，要真的把日本鬼子手里的吃穿枪炮变为自己的东西，那就不是哼哼唱唱那么容易！怎么办呢？只有靠自己从小鬼子的手里去夺，去抢！

要想夺到手，抢到手，先要有敢于夺、敢于抢的勇气。但这还不够，还要有能夺到手、抢到手的真本领。这就不仅仅光靠战士，还要看指挥员的本事了。胡政委想着想着，一眼瞥见台子上的一摞书，他想翻翻，从书里找找答案。他手抚《铁流》《孙子兵法》，却抄起一本《三国演义》。胡乱地翻了几页，并没有看下去。他知道，世上无论什么事，临时抱佛脚，肯定不行。他捧着书，无心细看，望着马灯里昏暗的光线，渐渐地双手下垂，耷拉到膝盖上，闭上眼睛，竟然迷迷糊糊地睡着了。

天空，乌云密布，雷声大作，胡宝贤背着一口锅，吃力地行走在无边无际的草地上。

走着走着，一个老兵走到他的面前，问他："咱们究竟要走到哪里去，到哪儿是一站呀？"

胡宝贤说："不要问到哪里去，不要问到哪里是一站。干脆说，根本就不知道到哪里去，也不知道到哪里是一站。往前走，就是了！"

老兵说："我是真的走不动了！"

胡宝贤说："不要掉队，永不掉队。我给你讲一段《铁流》的故事吧！"

老兵说："你不说，我倒忘了，我的背包里，就有《铁流》这本书。是一个年轻红军战士留下的！"

胡宝贤说："那，那位年轻红军战士呢？"

老兵说："本来，这本书陪他走了好几千里路，进草地时，天上下冰雹，他打摆子了，原本也算不上什么大病，不知怎么回事，竟然不行了。临断气，掏出这本《铁流》送给我。断断续续地说：'今后，没有人给你读这本书了，也没有人给你讲这本书里的故事了，留个纪念吧！'想不到，今天碰见你，又提起这本《铁流》。难道这本书真有那么金贵吗？"

胡宝贤问："后来呢？"

老兵说："后来，我就一直背着这本书，跟着队伍走，很快就走出草地了！可是，还要往前走……"

胡宝贤点点头，说："对，还要走，还要往前走。就是要到一个地方去！"

老兵长长地舒了一口气，说："好吧，走，走！"

突然，又是一场冰雹，噼噼啪啪，响声愈来愈大。

胡宝贤从梦中惊醒。

原来，马灯里的灯油耗尽，油灯捻被烧焦发出的声音。

胡宝贤揉揉眼睛，和衣躺下，迷迷糊糊地熬到了天亮。

太阳出来了，好像一张笑脸。

团长走了进来，看看台子上的马灯，说："呦，政委，马灯咋成这个模样了？"

这时，政委才刚刚注意到，马灯罩被熏得黑乎乎的。他不好意思地说："瞧，这咋说的！"

团长叫道："勤务员，把马灯好好擦擦！"

勤务员跑进来，答道："是！"从台子上，提起马灯就走。

团长说："有个事，我考虑一宿，也没考虑清楚。"

政委说："什么事，值得考虑一宿？"

团长说："你说，一个部队，要打胜仗，究竟是人重要，还是武器重要？"

政委说："依我说，都重要。"

韩团长说："哪个第一？"

胡政委："硬要分出第一第二来，我看意义不大！"

韩团长说："上边总说，人的因素第一，总强调勇敢，可有的时候，勇敢无异于白白送死！再说，日本鬼子也讲人的因素，也强调忠于日本天皇，武士道精神同样讲勇敢顽强，不怕死。"

胡政委说："比如赵云赵子龙，长坂坡前救阿斗，是人的勇敢第一，还是超群的武艺第一？我说，都第一，两个第一！"

韩团长说："还有武器和武艺，是武器重要，还是武艺重要？你就说，关胜使大刀，呼延灼用双鞭，厉害不厉害，总比石头子厉害吧？可是，却被没羽箭张清用石头子打得落花流水，怪也不怪？"

胡政委说："打仗，千变万化，甚至可以说瞬息万变。"

韩团长说："打仗这玩意儿，就是你打你的，我打我的，打得赢就打，打不赢就走。"

胡政委说："另有就是：敌进我退，敌退我追，敌疲我打，敌驻我扰。"

韩团长说:"这都是原则,也不能一概而论,生搬硬套。有的时候,敌进我进。敌人向我进攻了,我们也不一定就非得退。要看情况,在山地则可。假如在我们的大平原上,有时候就不灵了。敌人靠汽车轮子和摩托车,我们靠两条腿,不是很快就追上吗?我倒认为,敌进我进。敌人走这条道,我们走另条道,相对而行,迅速选择好地形,隐蔽起来,出其不意,攻其不备,打个伏击!"

胡政委说:"世上没有千古不变的教条,总有它特殊的地方。作为指挥员,就该根据千差万别的特殊情况,制定不同于以往的作战方针。啊呀呀,听了团长一席话,胜读十年书呀!哈哈……"

突然,有人来报,说日军杨各庄联队搞近战夜战的军事演习,描绘得有声有色。

胡政委听了,心生一计,附在韩团长的耳畔,低声说了半晌。

韩团长说:"好,好主意,就这么办!"

山村大佐命令萨野少佐从日军杨各庄联队抽调四十名士兵,平均分成两拨,手拿大刀,其区别只是,一拨戴白手套,另一拨光手。每天晚上八点开始,演练夜战近战。

农历七月底,月儿在辽阔的夜空,跑了足足二十多天,孤零零的,累了,乏了,不肯再露面,大概正躺在巍巍燕山的后坡下睡了,在做着中秋节的美梦。漫天的星星在没有月亮姐姐的情况下,像一群群俏皮的小丫头,显得格外殷勤,一个个挤眉弄眼,仿佛发现了人间的什么秘密,想说,却又不说,欲言又止,嘀嘀咕咕。

萨野少佐集合了特工人员,算上带队的他,四十一名,依照往日的分工,分作甲乙两队。因是夜战近战训练,日军一样的穿戴,一样的装束,难分敌我。甲乙两队只有戴与不戴白手套之分。两队近战搏斗,点到为止,不准伤及对方。训练结束,分别统计两个队队员身上的白点总数,仅凭多寡,评出伯仲。日复一日,循环往复,已有多天,乐此不疲。

在日军四十名特工人员的眼里,萨野属于心慈面善的那种,在训练中,打斗也好,肉搏也罢,虽不敢嘻嘻哈哈,松松垮垮,却也稀松二五眼。说点到而止,却又连点都不肯点,那意思再明白不过,万一点而无止,刀剑无情,力度稍大,就有可能出人命。

这一次夜战近战训练，甲乙两队各自选好地势，在黑暗中，等待萨野"开战"的命令。

天色越来越暗，伸手不见五指，仅凭白手套区分你我。日本鬼子模仿八路军的夜战近战训练，何其相似，真可谓相似到家了。

当日军甲乙特工队听到萨野"开战"的命令，戴着白手套的甲队，挥舞着大刀，向着乙队冲杀过去。

令乙队日军不解的是，仿佛戴白手套的弟兄们，都玩儿起了真格的，一招一式都显得狠，甚至只有招架之功，无还手之力，尤其难以置信的是，竟有乙队的人头"咚咚"落地，况且，日军乙队人头落地的声音接连不断。戴白手套的甲队日军，再无目标。

此刻，仿佛听到一声稀奇古怪的声音，黑暗中，忽地亮出一队人马，手挥大刀，向着戴白手套的日军，不问青红皂白，"喊里咔嚓"，恍若砍瓜切菜，人头乱滚。直到再也看不到一个戴白手套的日军，这一队人马才肯住手。

突然，夜空中响起一个声音："集合！"

噼里啪啦，一阵杂乱的脚步声，很快聚集一处，集合完毕。

一声命令："报数！"

战士们顺序报起："一、二、三……"

命令下达："向右转，齐步走，回府！"

不料，队伍里传出一个稚嫩的声音："嗷，这就回去了，再杀几个小鬼子不行吗？"

另一个声音："少说废话，哪里还有一个活的了！"

黑暗中，这支队伍不声不响地行进。

一唱雄鸡天下白。

从太阳升起的地方，一支队伍身着日本军装的人，向着冀东独立团大操场走来。

近前细看，领头的身着一身崭新的日本军装，少佐军衔，原来是杨立冬排长。

王团练走到解小虎身旁，轻轻地拍着他的肩膀，说："我看到了，你也砍死一个小鬼子！"

解小虎说："我的大刀白白让我磨半宿，嗖嗖儿快，能剃头刮胡子，可这回，就用它砍死一个小日本鬼子，不过瘾，太不过瘾了！"解小虎嘟嘟囔囔，像喃鬼话。

王团练想笑，却没有笑，他感到这个八路军小战士，实在太天真可爱了。心想，我们的国家，虽然到了最危险的时候，但是，有这样的人民，有这样的战士，冒着敌人的炮火前进，用血肉之躯筑起新的长城！王团练激动了，他暗自下定决心，一定把独立团的大刀队训练成一流，杀出宋哲元的威风来！

山村大佐带领的日军杨各庄联队出早操，集合队伍，负责吹哨的日军军官，突然发现日军特工队的几十具尸体，大吃一惊，马不停蹄，跑去向山村大佐报告。

山村大佐正在刷牙，大怒，"啪"的一声，铆劲儿把刷牙杯摔在地上，顾不得满嘴的白色泡沫，大步流星，急急忙忙地向军营的大操场奔去。

不看不知道，一看吓一跳。山村大佐看到一具具日军尸体，大惊失色，吼道："萨野，萨野少佐哪里去了？"

随行的士兵怯怯地说："山村大佐，他在那里！"手指着一具紧贴墙根的日军尸体。

山村大佐三步并两步奔过去，恶狠狠地踹了一脚，举起手中战刀，将萨野拦腰斩断。咆哮道："你怎么对得起我，对得起大日本天皇！"然后，嘶喊道，"拉去，喂狗，统统地喂狗！"

正当日军杨各庄联队闹得地覆天翻之际，冀东独立团的大练兵，开展得如火如荼。

大刀队和长矛队各执一场，挥刀弄枪，举手投足，拳打脚踢，热闹非凡。

杨立冬带领大刀队的勇士们在尹家府村前的高土坡上，弓腿跨步，拳脚相加，你来我往，火花四溅。

忽见团长急匆匆走过来，从解小虎手中夺过大刀，指着一堆棒子秸，大声地问："这是什么？"

解小虎答道："棒子秸！"

韩团长说："不对！"

解小虎说："靶子！"

韩贵德说："不对！"

解小虎搔搔头皮说："那是什么？"

韩贵德一面挥刀，一面说："这就是日本鬼子！"向上一挥，棒子秸尖儿，齐刷刷地被削掉；向下一砍，挺粗的一大捆棒子秸，被拦腰砍断。

解小虎惊道："团长，我明白了。在我的眼前，这些不是棒子秸，也不是草靶子。它就是日本鬼子，是杀害我妈妈的小鬼子，是烧梁霞姐姐家房子的小鬼子！"一面说，一面挥起手中大刀，狠狠地砍下去。在解小虎的眼里，那些被砍碎的，再不是棒子秸，而是小鬼子！

胡宝贤很善于总结，他说："带着敌情练兵；带着国耻家仇练兵；带着民族大义精神练兵；带着为民除害思想练兵。"

不久，继大刀队、长矛队之后，三节棍队、飞刀队相继成立。在冀东独立团，开展起轰轰烈烈的练兵活动。

尹家府村南的黄土坡上，有一株大槐树，枝叶茂盛，时令已近中秋，但仍旧树绿荫浓。

大树下，梁霞坐在枯草上，端着一个瓷盘，里面盛满细沙，用手心抹平，叫道："陈哥，你看看，你教给我的那个字，我又忘怎么写了？"

陈洪义坐在梁霞的身边，正望着她的背影发呆。忽听梁霞叫他，这才探过头来，问道："什么字？"

梁霞说："韩贵德的'贵'字，啊，啊我想起来了，就是上面一个'中'，中间一横道，下面再添上一个宝贝的'贝'。陈哥，你看看，我写得对吗？"

陈洪义说："对，对呀！"他探过头去，看她手里托着的瓷盘里的细沙面上，用树枝写着一个老大的"贵"字。

梁霞笑着说："陈哥，你猜，我今天学会几个字了？"

陈洪义说："仨，对吗？"

梁霞说："咋是仨？'韩贵德'，这就三个了，还有刚坐下时，学的'八路军'三个字呢，加起来，不是六个字吗？哈，别小看这六个字，一天六个，十天就是六十个，一个月呢，一年呢，三年五载呢！日子不可长算，你说是吗，陈哥？"

陈洪义说："人们总是不屑于小事，其实，任何大事，都是一点一滴积累起来的。要搬掉一座大山，就须一锹一镐地挖掘，要填平一片大海，就须一筐一篮地填埋。"

梁霞接着说："要消灭日本鬼子，就须一个一个地杀！"

陈洪义笑笑，说："在东沟村小学时，我学会一支歌，叫《小两口学文化》：黑咕隆咚天上，出呀出星星。黑板上写字，放呀放光明。什么字，放光明？学习，学习二字我认得清……"

梁霞迫不及待地说："快别唱这《小两口学文化》了，让人家听见，不定传出啥话来呢！"

陈洪义说："咱们中国的文字，每个字都有它的道理。"

梁霞说："是吗？"

陈洪义说："你就拿这个'贵'字来说吧，上面是中国的'中'，下面就是一个'贝'，中间是一条大横杠。我给你解释解释啊：'中'代表咱们中国人，'贝'代表钱，中间一道大横杠，就是一条大河。这说明，不喜欢钱的中国人，才可贵，才是贵人！"

梁霞笑笑说："陈哥，你真逗！那，那'韩贵德'，这仨字放一块儿，看你咋解释？"

陈洪义说："你看，'韩'字，这是姓，《百家姓》里有，不必说了。'德'，是道德，合起来解释：韩团长就是一个，既有道德又不贪财的人！"

梁霞"咯咯"地笑个不停，笑出了泪，说："你说得真对，真是这么回子事。你太有才了！"

陈洪义说："团长原本就是这么个人！因为他有道德、不贪财，所以，他才喜欢有道德、不贪财的人。这叫人以群分、物以类聚。什么人找什么人儿，夜……"陈洪义忽觉不雅，赶紧关闭上了两扇唇。

梁霞说："我早就知道我表哥，就是这样的人。这样一个既有道德又不贪财的好人，大好人！"

陈洪义说："还有我刚才教会你的'八路军'中的'八'字，一撇一捺。'人'字，也是一撇一捺，可是，那两笔紧挨着，谁也离不开谁。可是'八'字，就不一样了，中间得分开。什么意思？就是说，咱们当了八路军，就不能和往常当老百姓一样了，该聚则聚，该分则分。服从需要，服从分配。不然，就不配当八路军！"

梁霞说:"哦,我听懂了。你跟我玩儿弯弯绕,到头儿来,把我给绕腾进去了。行行,其实,我也没有说,咱们天天在一块儿不分开呀!"梁霞鼓起小嘴儿,半晌不再开口。

一个声音传来:"陈洪义,贺连长找你!"

陈洪义答道:"到!"然后,朝梁霞看了一眼,"你看,刚说分开,话还没有说利落,这不就又分开了吗?"

梁霞深情地望了他一眼,说:"去吧,分开就分开,只要不忘记,不变心就行!"

陈洪义说:"咋会呢?"丢下深情的一瞥,颠颠儿地跑了。

梁霞来到冀东独立团不少日子了,她的表哥韩贵德从来就没有跟她亲哥哥密姐姐地闲聊过一次。他总说忙,真的至于忙得连一次闲聊的工夫也没有吗?梁霞风一阵,雨一阵,心里觉得挺委屈,竟然有两颗泪珠儿,从她的眼窝里滚出。

韩团长这些日子,确实十分忙碌。大刀队、长矛队、三节棍队和飞刀队,一下子成立了好几个队,哪个队他都得露个面,讲讲话,鼓励鼓励。

他顶上心的是大刀队,自七七卢沟桥事变,全面抗战爆发以来,顶数宋哲元的大刀队叫得最响,名气最大。

据传,日本鬼子只要一听到宋哲元的名字,就有人晕倒。正好比张飞张翼德当阳桥头一声吼,喝断了桥梁水倒流,吓得曹将夏侯杰,口吐胆汁,落马而亡。

韩贵德聪明过人,亲自设计图纸,组织十几个在尹家府一带出了名的铁匠,分三斤、六斤、九斤三类,每类十二把,用上好的钢材,赶制了三十六把大刀。在挑选队员时,他也亲眼过目,在训练过程中,不说阵阵到,也极少缺席。可是,最近,他又有了新的想法,他感到,打近战夜战,尤其是短兵相接的肉搏战,大刀的确能发挥很大作用,杀出威风来。战场千变万化,不可能所有的战斗都以近战夜战出现。当然,冷兵器确实适宜近战,但时代在前进,用于战争的武器也随之在变化,光打冷兵器的主意,显然跟不上战争的发展。

于是,韩贵德苦思冥想,打算在独立团创建一个狙击班。这个狙击班,又区别于在日军中现有的狙击班,他打算在新创建的狙击班中不仅有步枪,还另有机枪、手枪。这样会不会被人讥讽为大杂烩?韩团长正在指挥部里倒剪双手，踱来踱去。

政委走进来，微笑着说："心有块垒，可否吐露，说与我知？哈……"

韩团长立于桌前，望着胡宝贤，不语。

胡政委说："我刚从练兵场回来，大刀队、长矛队、三节棍队和飞刀队，这些队员们练习得可认真了，不怕吃苦，不怕流汗，个个都是好样的！"

团长眯起眼睛，看着政委，半晌才说："锣鼓听声，听话听音，我听了半天，感到军师的话里有话。你说说，我听听。"

胡宝贤从兜里掏出一张字纸，递给团长，说："我已写好奏折，敬请大将军过目！"

韩团长伸手按住胡政委的"奏折"，眼睛盯住他，说："我不看，先让我猜猜，你写的是什么？"

胡政委说："好主意，那你就猜猜！"

韩团长说："你写的应该是一项创意。"

胡政委笑着说："往下说。"

韩团长说："跟训练有关。"

胡政委点点头，说："继续说。"

韩团长说："好嘞，我猜中了，一定是关于在独立团创建狙击班的建议。"

胡政委说："英雄所见略同，只差了一个字，我写的是《关于培训狙击手的建议》。哈，你说的是狙击班，我写的是狙击手。"

韩团长说："狙击班就是由狙击手组成。不过，狙击手属于单个人，狙击班属于一个班编制。这个编制里可容纳更多的狙击手，平时，我们一提到狙击手，似乎只想到步枪射手，这次，我们组建的狙击班，不仅有步枪射手，还有机枪射手，甚至也包括手枪射手。"

胡政委哈哈笑道："一言以蔽之：神射手。用枪的，神枪手；使炮的，神炮手。"

韩团长意味深长地说："现在，到了火器时代，早就应该研究各种火器的应用，并且培养神枪手、神炮手。"

韩贵德深深地叹了一口气，说："我考虑，这个狙击班人不要多，为什么呢？训练投入大。俗话说，每个神枪手都是由子弹堆出来的。咱们不同于日军，人家装备比我们强，人家有的是武器弹药。我们每个战士才五发子弹，当成宝贝。"

胡宝贤说："这话不假。这又把一个新的作战计划提到议事日程。咱们主动出击，多拿下几个日军弹药库。注意：是拿，不是炸。比如，小孤山、半壁店，这些个小鬼子的军火库，我们事先搞好侦察，拿下它几个。来解决咱们的军火装备，大概不成问题。"

韩贵德说："听军师一席话，胜读十年书，所言极是。政委，依我看，现在就赶紧把狙击班成立起来，战士们的子弹，先集中使用，搞训练。"

胡宝贤说："要把子弹从战士们手中集中起来使用，多多少少还得解决点儿思想问题。"

韩贵德说："这就要发挥你们政治部门的积极作用了。"

胡宝贤说："关于狙击班的组成人选，还得做做调查研究。"

韩贵德说："这件事，我看就交给五连连长贺向荣。"

胡宝贤说："好，就这么定了！"

贺向荣是全团有名的神枪手，他当然对组建狙击班极有兴趣。他第一个就选定陈洪义。

陈洪义被贺连长挑兵点将，选定为狙击手，心里甭提有多高兴。不过，他也担心，感到平时看看书、讲讲故事还在行，这舞枪弄棒的差事，恐怕玩儿不转。

贺连长似乎看出了陈洪义的心思，笑笑说："小陈呀，你看你，平时总给人家讲，只要功夫深，铁杵磨成针呀；千淘万漉虽辛苦，吹尽狂沙始到金呀；十年磨一剑，久久为功呀。卖瓦盆儿的出身，一套一套的；卖糖葫芦的，一串一串的。可一接触现实，咋就嗝儿屁着凉，大海棠啦！哈……"

陈洪义说："要是贺连长如此看得起我，那我还有什么可说的呢！"

贺向荣又向独立团要了一门抒管炮和两名炮手，加上陈洪义，这个狙击班初定他们三个人，就由陈洪义负责。

大刀队、长矛队的好汉们听说独立团组建了狙击班，都赶来看热闹。

大刀队的小战士解小虎嘴上不饶人，嘟嘟囔囔地说："教员教员，就是嘴上功夫。嘴都能叫唤圆了，唾沫星子四溅。要知道，日本鬼子可不怕唾沫星子，他们怕的是这个！"说着，将手里的大刀用力一挥，"大刀向鬼子们的头上砍去，杀！"

解小虎一席话，引逗得大家伙哄堂大笑。

大家伙的笑声，深深地刺激了陈洪义，他心里很难受，他知道，作为一个八路军战士，光会讲几个历史故事，肯定不行，要有真本事。可这真本事也太难了。哪儿像贺连长，百步穿杨。我什么时候也能百步穿杨呢？

贺连长来了，陈洪义追上去，气喘吁吁地说："连长，都说您百步穿杨，有什么绝招儿，传授给我！"

贺连长说："看见那棵白杨树了吗？"他弯腰拾起半截儿砖头，"啪"的一声，扔过去，几片树叶飘飘而落；他又捡起一块土坷垃，照样扔过去，又有几片树叶飘落。

贺连长说："百步穿杨，容易不容易，是不是人人都能？"

陈洪义急忙说："我说的不是这个意思。"

贺连长说："这当然是个笑话。真要用枪射中百步之外，像一片杨树叶那么大的目标，那就没有别的办法，只有苦练一条道。不怕吃苦，不怕流汗。古语说，冬练三九，夏练三伏。"

自此，陈洪义决心苦练。别人练一个钟头，他练两个钟头；别人在枪筒上挂一块砖头，他挂两块。总之，他对自己总比别人严格。在休息的日子里，他也坚持练习。白天瞄树叶、墙头上的石头，夜晚瞄星星、箭杆河里的船火。后来，他从潮白河的沙滩上捡了一挎包鹅卵石，按着大小顺序，码放在墙头上，只要稍有空闲，就瞄上几枪。

贺向荣看在眼里，痛在心上。知道陈洪义这个白面书生当兵不容易，而今，挑选他当步枪狙击手，更加难为他了。跟着你当兵打仗，这本来没啥，要有的是弹药，这兵也好当，这枪没打着，再开第二枪。可是，当八路军就难了，每人五发子弹，不许放空枪，这就难得多了。对于狙击手，要求则更加严格，目标隐蔽，射程远，准确率高，不言而喻。有时候，还要忍饥挨饿，日晒雨淋，凡是人间的苦难，你狙击手都要尝遍。

黄昏，连空中自由飞翔的小鸟都归林了，可是，陈洪义依然在练习打靶。正当他专心致志瞄准靶子的时候，靶子摇摇晃晃起来。他以为刮风，可是并没有风呀，那是怎么回事？他定睛一看，原来是连长把一根长绳拴在靶子上，躲在一旁拉动。

陈洪义以为连长在逗他玩儿，于是说："连长，别逗，我在练习打靶呢！"

连长又将靶子摇了摇，这才走到陈洪义的面前。说："我跟你说，不会有一个日本鬼子老老实实地站在那里，等着你瞄准，扣动扳机。实战都是活动目标。况且，作为狙击手，目标更小，更远，有时简直发现不了，捕捉不到。在训练中，完全考虑不到的事情，都有可能发生。"

陈洪义说："连长，我懂了！"

"给你一块土坷垃，往远处扔。"

陈洪义问："干吗？"

"不要问我干什么，叫你扔就扔。"

陈洪义接过连长递过的土坷垃，铆足劲儿，扔得又高又远。

连长举枪便射，土坷垃"啪"的一声，在半空中被枪击碎，齑粉四溅，纷纷扬扬，落了一地。

陈洪义惊喜地叫道："好枪法，好枪法！"

连长说："好好地练，要瞄准活动目标，从难，从严，从实战。不能学天桥的把式，光说不练。战场上，谁也不让谁，谁也不饶谁，人人玩儿真格的，你死我活。"

鸟入林，鸡上窝，黑了天。

陈洪义急急忙忙地找到梁霞，跟她说起连长的奇事。

陈洪义激动得连说带比画："连长递给我一块土坷垃，叫我使劲儿扔，我铆足劲儿往远处扔，好家伙，连长掏出手枪，根本就没有看见他瞄准，'啪'的一枪，天空上的土坷垃，被打得粉碎，你说怪不怪？"

梁霞说："早听说连长百步穿杨，这回，你是见识到了。能亲眼看见连长把枪玩儿得这么转，也算开眼了！"

陈洪义低垂着一双眼，声音低沉，极不情愿地说："唉，我怎么就不行呢？"

梁霞说："谁说你不行了，是你自己说的，别人可没有说。别看我书读得没有你多，可我明白了，这个世界上，谁也打不倒你，全是自己打倒自己。"

陈洪义睁大了眼睛，说："你怎么懂得这么多！"

梁霞说："世上无难事，只怕有心人。平时多留心，处处有学问。依我看，谁也别想灭亡咱们中国，为什么？就因为中国有一群要强的人，你没听过：中华民族到了最危险的时候，冒着敌人的炮火前进！想想看，咱们中国有这样的人民，有这样的军队，日本鬼子妄想灭亡中国，白日做梦！"

陈洪义说："本来，我以为，我够吃苦的了。别人练一个钟头，我练两个钟头；别人在枪筒上挂一块砖头，我挂两块；白天瞄树叶，夜晚瞄星星。"

梁霞说："我还知道，从潮白河的沙滩上捡了一拎包鹅卵石，按着大小顺序，码放在墙头上，稍有空闲，就瞄上几枪。是不是？当我不知道，什么事能瞒得住我的眼睛！"

陈洪义说："你说我什么时候能赶得上连长呢？"

梁霞说："照你现在这样，什么时候也赶不上！"

陈洪义说："我现在怎么了？"

梁霞说："畏难情绪，不愿吃苦。光想着明天会怎样人前显贵，不想今天应该怎样背后受罪。"

陈洪义说："啊呀，你的这几句话，叫我开窍了！"

梁霞说："天不早了，你也该回去了，太晚了，叫人家嚼舌根。"

陈洪义说："好吧！"

梁霞劝走了陈洪义，回到屋里，点上煤油灯，开始做她白天想好了的事。

突然，手把门推开了，进来一个人，轻轻地走到她的背后。他看到梁霞正抱着一个人，吓了一跳，仔细一看是个日本鬼子的模型。

梁霞一回头，叫了一声："团长！"

韩贵德说："叫我表哥，该叫团长时再叫团长。"

梁霞放下手里的活儿，说："表哥，我来这么多天，你也没找我聊聊天。今儿是怎么了，太阳从西边出来呀？"

韩贵德说："可不嘛，忙忙，整天价忙，忙得找不着北了！干什么呢？叫我看看！"

梁霞递给他，说："我做一个活靶子。"

"活靶子？"

梁霞说："表哥，你看，我做一个日本兵，立在靶场上，能左右移动。我想，这样练瞄准，才接近实战。"

韩贵德说："你，你太有才了！"

梁霞说："就是这样的能左右移动，我也想不出主意。表哥，你帮我想想办法。"

韩贵德说："别忙，你等等，我就来！"

梁霞好生纳闷，只得坐下来默默地想。

东沟村西，有三间小土房，那就是梁霞的家。梁霞爹娘整天价长在地里，总有忙不过来的活。

那时节，表哥韩贵德和她都很小，就在家里玩耍，夏天，粘知了，捉蜻蜓，逮蝴蝶，掏家雀，可好玩儿了。冬天，就单调得多，只好在屋里捉迷藏，剪窗花，画小人，讲故事。表哥讲的都是降妖捉鬼的故事，又吓人，又解气。

梁霞正愣愣地想往事。表哥进来了。

韩贵德手里拿着两根光溜溜的木棍，一节弹簧和一些别的东西。

韩贵德取过梁霞做好的日本兵的靶子，在它的腿上钉一节弹簧，把双脚套住两根木棍，木棍腾空固定在木板上。

梁霞笑笑说："我看不懂！"

韩贵德说："等做好了，我表演给你看！"

梁霞说："好吧！"

韩贵德做好了，他说："霞子，你看着。"他拉一下拴在靶子上的麻绳，靶子朝他移动，他一松手，弹簧又把它拉了回去。

梁霞高兴地说："明白了，明白了，这就是一个活靶子。表哥，你太有才了，怪不得你能当团长！"

在韩贵德和梁霞一同制作的基础上，经过能工巧匠的改造加工，一个日本鬼子的活靶子完成了，整天价立在靶场上，谁有了点儿工夫，找个战友协助，就练它一阵儿。

陈洪义知道是团长和梁霞制作的，演练的劲头儿更足了。

贺连长看在眼里，记在心上。

不久，上级对五连下达阻击日本鬼子进犯尹家府附近牌楼的作战命令。

出发前，别的战士每人依旧五发子弹，唯有陈洪义配发二十发。连长对他严肃地说："子弹不白给，一发你还给我一颗鬼子的脑袋！"

陈洪义知道目前子弹奇缺，连长把几个人的子弹攒上来交给他使用，这是连长对他的信任和委托，这一仗要是草鸡了，他自己丢脸是小事，关键是对不起连长。陈洪义一面跟着大家行军，一面掂量着子弹袋的分量，深知自己责任的重大，他一路不断地叮嘱自己，万不可走神，多杀小鬼子，也为梁霞爹娘和乡亲们报仇。

贺连长带着队伍，埋伏在牌楼外的高土坡上，枪口对准路口，专等鬼子进村。

晌午后，进村的鬼子出现了，陈洪义早早地瞄准走在最前面手举膏药旗的鬼子，只等连长一声令下。

日本鬼子走近了，就走在贺连长他们的脚下。

贺连长高喊道："打，给我狠狠地打！"

陈洪义最先扣动了枪机，只见走在最前面的鬼子应声倒下，膏药旗也随之落地。他又第二次扣动枪机，又一个鬼子仰面朝天。他接连射击，弹无虚发。

连长说："陈洪义，给我剩几个吧，全叫你包圆了，我们不是白来一趟了！"说着，一对鸳鸯驳壳手枪，左右开弓，一打一个准儿。

战士们像是在演习射击比赛，噼噼啪啪，四十几个鬼子全报销了，战斗很快结束。

贺连长带领战士们冲下土坡，从小鬼子们的死尸上，背起枪支，解下子弹带。能带走的，统统带走。

在归来的路上，战士们边走边吵吵："连长，这次战斗，缴获了这么多枪支弹药，总该多分给我们一些吧？"

贺连长说："多分少分，我做不了主，一切缴获要归公，这是八路军的纪律！"

还有的战士嘻嘻哈哈地说："要知道小鬼子这么熊包，要这么多人干吗？连长带着陈洪义，就你们两个人来得了！"

第六回

杨立冬智斗抢粮队
刘之龙大破常胜军

洋鬼子兵败洋战术　　土八路得益土家珍

杨立冬智斗抢粮队　　刘之龙大破常胜军

潮白河东有一个不大不小的村子，名叫沙子营。沙子营为密云、平谷、顺义三县的交叉路口。顺义县自抗战以来，这个叫沙子营的村子，始终没有消停过。

日军里有个头目叫筱村次郎，他率领的一个独立团，在八路军发起的"百团大战"中，虽曾遭到攻击，但却未受到严重损失。为此，这个筱村次郎的独立团，在八路军的"百团大战"结束后，自封为"常胜军"，耀武扬威，不可一世。

1941年，晚秋，农民刚刚把地里的棒子、高粱、谷子收获回家。脸上的汗水还没来得及擦掉，日本鬼子便虎视眈眈地盯上了。

筱村次郎的独立团出兵一个连，从杨各庄抓了十几辆大车，浩浩荡荡，朝沙子营汹涌而来。

驻守在沙子营的是刘之龙的八连。

这八路军独立团第八连万万不可小觑，多半是由于有个刘之龙连长。

刘之龙，家住潮白河东的一个极其普通的小村，叫作柏树庄，刘之龙家里穷，从小就给地主家当半伙、扛长活。天生聪颖，没进学堂给孔圣人撅过屁股，却能背诵《论语》《孟子》和《唐诗三百首》。怪哉？不怪，就因为他太聪明，太有才了的缘故。别人家的小孩跟他比，除了坏，无论比什么也得让他三分。有个姓朱的白胡子老先生不太信，说耳听为虚，眼见为实，非要当面试试。顺口说出来了，想不起来该比什么，只得说道："比背书，怎么样？"

小小刘之龙，那年才八岁，不怯阵，居然说："背什么书，《三字经》《百家姓》《千字文》？"

朱老先生吃了一惊，捋了捋白胡子，说道："你还会背《百家姓》《千字文》？吹呢，你就来几句《三字经》，让我开开耳朵！"

刘之龙清清嗓子，刚要开口，朱老先生说："小小年纪，痰气还不小！背吧，甭跟我玩儿里格楞，从头背！"

刘之龙背道："人之初，性本善。性相近，习相远。苟不教，性乃迁。教之道，贵以专。昔孟母，择邻处。子不学，断机杼。窦燕山，有义方。教五子，名俱扬……"

朱老先生说："孟母是谁，知道吗？"

刘之龙说："孟子的母亲。"

朱老先生说："窦燕山，知道吗？"

刘之龙说："窦燕山是咱们顺义县衙门村人。"

朱老先生连连摇手，说道："行了，行了。你背一首诗给我听听。"

刘之龙讪讪地问："老爷爷，您叫我背哪首呀？"

朱老先生说："拣你会的背！"

刘之龙说："我会背很多，您倒是想听哪首呀？"

朱老先生说："我提个头儿，你接下来背：锄禾日当午……"

刘之龙连想都没有想，接过来说："汗滴禾下土，谁知盘中餐，粒粒皆辛苦。"朱老先生看了一眼，心里想，出个难些的，于是说："岱宗夫如何……"

刘之龙还没有等朱老先生说完，接过来背诵道：

岱宗夫如何？齐鲁青未了。

造化钟神秀，阴阳割昏晓。

荡胸生层云，决眦入归鸟。

会当凌绝顶，一览众山小。

朱老先生好生纳闷，故意说道："《长恨歌》，白居易的《长恨歌》，你背几句，叫我听听。"

刘之龙背诵道："汉皇重色思倾国，御宇多年求不得。杨家有女初长成，养在深闺人未识。天生丽质难自弃，一朝选在君王侧。回眸一笑百媚生，六宫粉黛无颜色。"

朱老先生初听至此，不觉一惊，"叭叭叭"，跟炒豆儿似的。闭着眼，继续接着往下听。

刘之龙也不打嗑儿，接着朗诵道："春寒赐浴华清池，温泉水滑洗凝脂。侍儿扶起娇无力，始是新承恩泽时。云鬓花颜金步摇，芙蓉帐暖度春宵。春宵苦短日高起，从此君王不早朝。"

朱老先生听至此，不觉赞叹，"嗒嗒嗒"，跟机关枪似的。双眼半睁，继续往下听。

刘之龙接着朗诵道："承欢侍宴无闲暇，春从春游夜专夜。后宫佳丽三千人，三千宠爱在一身。金屋妆成娇侍夜，玉楼宴罢醉和春。姊妹弟兄皆列土，可怜光彩生门户。"

朱老先生忙说："好了，好了，'嗒嗒嗒'，跟栗子树爆果似的。你就把最后几句背给我听听！"

刘之龙说："行！您听着：在天愿作比翼鸟，在地愿为连理枝。天长地久有时尽，此恨绵绵无绝期！"

朱老先生连连说："服了服了，这真是，有志不在年高，无志白活百岁。孩子，我问你，你连一天学也没上过，是谁教你的呢？"

刘之龙说："远在天边，近在眼前。"

朱老先生又吃了一惊，说道："此话怎讲？"

刘之龙说："您给学生上课的时候，我站在窗户外面听。今儿学点儿，明儿学点儿，天长日久，就记住了。"

朱老先生说："那，那你为什么不进屋里去听呢？"

刘之龙说："我家里穷，我爸妈没有小米送给您。"

朱老先生说："好吧，回去跟你的爸妈说，我不要你家的小米，你就天天来上学吧！"

刘之龙赶紧给朱老先生深深地鞠了一躬。

可惜的是，柏树庄村遭到日军扫荡，硬说他家窝藏八路军，结果家里的房子，无缘无故被小鬼子点着，朱老先生也不清不白地死于小鬼子的屠刀下。

刘之龙年复一年地给地主家当小半伙。吃不饱穿不暖，自不必说，小半伙的活儿多且杂，喂猪打狗挡鸡窝，拿了尿盆儿算完活。整年价放羊。不过，这没完没了的放羊生活，却也给了他一个极好的学习机会。这孩子天生好学，朱老先生留给他的《全唐诗》《大学》《中庸》《资治通鉴》一大堆旧书，简直成了他的宝贝，早上看，晚上看，睡前背一段，走路背一段。年复一年，背过多少诗词歌赋、名篇格言，实难统计。另有，在羊老老实实吃草的时候，他就找到一块细沙地，把细沙抚平，折一根树枝，练习写字。写得好与不好，都没有关系，反正没人看见，用手抚平，再写一遍。周而复始，写了多少遍，抚平多少遍，连他自己也不知道。

刘之龙长到十七八岁了，再放羊，连他自己也感到臊腾了。于是，他也想到外面去闯荡闯荡。他扔了轰羊的鞭子，戴上一顶破草帽，朝村外走去。

外面的世界大极了，天没边儿，地没沿儿。他迈开的脚步，就像一条小溪，你到哪里去？虽说水流千遭归大海，可是，大海在哪里？刘之龙茫然了，他想扭脸回去，回到家里，也省得爸妈伤神费力地绕世界找。

刘之龙戴着一顶破草帽，站在路口，拿不定主意。

忽然，身后传来"踢踏踢踏"的脚步声，他回头一看，正有一支队伍朝他走来。

刘之龙再想躲起来，显然是来不及了，他只得站在那里一动不动。心里想，我又没偷没抢，凭什么躲躲藏藏的，我就站在这里，又不是你家的地方，爱咋的咋的！

没承想，队伍"踢踏踢踏"从他身边而过，丝毫没有惊动他的意思。

刘之龙想，难道这就是听人家说过的八路军吗？他鼓足了勇气，睁眼细看，一个个身穿灰色军装，军帽上两个纽扣，果然是八路军。

走在八路军队伍旁侧的一个高个子兵，走着走着，突然高声叫道："大家唱一支歌好不好？文体委员小赵，你给起个头儿！"

文体委员小赵领头唱道："到敌人后方去，一二！"

行进的八路军队伍，一面行军，一面唱歌——

到敌人后方去，
把鬼子赶出境！
到敌人后方去，
把鬼子赶出境！
不怕雨，不怕风，
包后路，出奇兵，
今天攻下来一个村，
明天夺回来一座城，
叫鬼子顾西不顾东，
叫鬼子军阀不集中。
到敌人后方去，
把鬼子赶出境！
……

刘之龙听着听着，心里激动起来，真想加入到队伍里，也当一个这样的兵。他正在痴痴地想，突然一只大手抚在他的肩头，他回过头来，原来就是行进在队伍旁侧的大个子兵。

大个子兵朝他笑笑，说："小伙子，咋呀，看愣神了吧？"

刘之龙说："你们是八路军？"

大个子兵说："错了管换！怎么，是不是也想当八路军？"

刘之龙说："就是当八路军，我也去找韩贵德！"

大个子兵深感惊讶，说道："你认识他？"

刘之龙说："不认识，可听说过！"

旁边一个小战士抢过来说："他，他就是韩贵德团长呀！"

刘之龙吃了一惊，说："您，您就是韩贵德？"

韩贵德团长说："错了管换！"说过，大笑，笑声极响。

刘之龙说："我要是当兵，也得把我分到您的那个连。"

小战士说："韩贵德是独立团团长，分到哪个连也在独立团呀！"

刘之龙说："那，那要我吗？"

韩贵德团长说："你爸妈知道吗？"

刘之龙犹豫片刻，这才说道："先不能叫他们知道，他们知道了，肯定就不让我去了，不能告诉他们！"

韩贵德犹豫了一下，看着刘之龙那恳切的样子，只好说："行，跟着队伍一同走吧！"

刘之龙乐颠颠地跑到了八路军的队伍中，抢过小战士的步枪，高兴地说："来，小兄弟，我来替你扛！"

很快到了宿营地，司务长给刘之龙找了一套崭新的八路军军装。穿上新军装的刘之龙显得非常精神。

韩贵德听说刘之龙会背很多书，异常高兴。他叫人把胡政委、陈洪义找来，凑一台好戏。

胡政委、刘之龙和陈洪义一一坐好，不知团长的宝葫芦里藏着什么秘密。

韩贵德说："你们都是学问家，今儿个请你们来，并非考大伙，是想开个头儿。什么头儿呢？开一个在部队中大力提倡学文化的先河。我们八路军光能够打仗不行，将来赶走了日本侵略者，还得有人能够管理这个国家。到那时，睁眼瞎子怎么行？因此，我们从现在开始，必须一面打仗，一面学习文化。"

胡宝贤首先说："团长就是有远见。高，高，实在是高！"

陈洪义和刘之龙也连连点头。

韩团长说："先由我给大家出个题目：用'一'字开头，说一句唐诗。谁先想出来谁先说。开始！"

胡宝贤抢先说："一将功成万骨枯。"

陈洪义说："一览众山小。"

刘之龙说："一骑红尘妃子笑，无人知是荔枝来。"

韩贵德笑笑说："真棒，真棒！'三'，怎么样？用'三'打头，每人说一句唐诗，开始！"

刘之龙说："三山半落青天外，二水中分白鹭洲。"

陈洪义说："三年笛里关山月，万国兵前草木风。"

胡宝贤想了半晌，这才说出："三顾频烦天下计，两朝开济老臣心。"

团长大笑说："太棒，太棒了！'春'，怎么样？用'春'打头。开始！"

政委赶紧说："春眠不觉晓，处处闻啼鸟。"

刘之龙说："春蚕到死丝方尽，蜡炬成灰泪始干。"

陈洪义说："春来遍是桃花水，不辨仙源何处寻。"

韩贵德说："佩服，佩服！群贤相聚，真乃独立团之大幸也！哈，哈哈，不用再比赛了，我自愧弗如，自愧弗如也！"

胡宝贤开玩笑地说："团长，幸亏你没用'夏'字开头，要用'夏'开头，我只能说'夏满芒夏暑相连'啦！"

韩贵德大笑，说："这是民谚，这哪里是唐诗呀，糊弄谁呢？不用夏，那就用秋，用'秋'字打头。怎么样？"

胡宝贤抢先说："秋风吹不尽，总是玉关情。"

韩贵德笑笑说："我以为你得说：秋处露秋寒霜降呢？"

几个人都笑了。

胡宝贤说："团长要用'冬'起头，我早就想好了……"

韩团长抢过来说："冬雪雪冬小大寒。对吧？"

一伙人又笑起来。

笑过后，刘之龙说："陈洪义，你先说吧！"

陈洪义说："别客气，你先说。"

刘之龙说："好，那我就先说了：秋阴不散霜飞晚，留得枯荷听雨声。"

陈洪义说："就剩我了，听好：秋草独寻人去后，寒林空见日斜时。"

胡宝贤说："小陈，说说这一联的出处。我听着很熟，却又实在想不出。"

陈洪义说："这一联在刘长卿的《长沙过贾谊宅》中。呀，这是一首堪称唐诗精品的七律。军师咋会想不出呢？"

韩贵德说："我看他这是：拉着毛驴过河……"

胡宝贤说："此话怎讲？"

"谦虚过度！"

大家又笑了，一个个笑得好开心。

韩贵德躺在尹家府村外的土地上，头枕一捆野草，仰面朝天，望着天空，湛蓝湛蓝的空中，飘着几朵白云，一会儿像棉花堆，一会儿像羊群，一会儿又化了，什么都没有了，天空干干净净的，像有人给擦洗过一样。

看着看着，有一串小黑点儿从燕山的那一面飞来，那串小黑点儿越来越大，原来是一队大雁，由远而近，飞过来，从头顶上飞过去了，渐渐地飞远了，远了，又变成一串小黑点儿，在地平线上消失了。

韩贵德作为独立团的一团之长，他并非无事可干，自己跑到野外来散心或者欣赏田园风光的。他心里装着好多事，他要找一块最清静的地方，好好地梳理一下。谁说不是呢？一个独立团，这么多人，行军打仗，吃喝拉撒，一个人的培养方向，使用的位置，哪一样不该考虑清楚？稍有不周，就会出乱子。等出了乱子再收拾，不是早误三春了吗？

眼下，就有两个人需要确定培养方向和使用的位置。陈洪义聪颖过人，不能当作一般战士使用，下些力量，把他培养成狙击手使用，似无不当；刘之龙才华出众，也不能当作一般战士使用，那么，放在什么位置培养使用呢？韩团长想至此，的确费了些心思。他想叫他顶杨排长，杨排长提起来当连长，又有论资排辈之嫌。若一下子把刘之龙提拔到连长的位置，原来那些老排长们会怎么想，口虽不敢不服，可心里服吗？

所有这些大事小情，很是费一番思量，哪一样不该考虑清楚？

韩贵德呀韩贵德，你一个穷苦人家出身的庄稼汉，从一个目不识丁的普通战士，经过一点一滴地培养，而今，已成长为独立团团长，指挥军事行动。现在，你不仅应该能指挥行军打仗，消灭敌人，还另有一项培养和使用人才的工作。

不错，韩贵德确实是独立团的一团之长，但是，职位再高，他依然是个人。既然是人，他就会有喜怒哀乐，就会有生老病死。况且，当前，正处于抗战时期，无论是战士，是干部，随时都有可能牺牲生命。今天，你活着，全团的人与事都在你心里装着，当你哪一天不在人世了，还有谁会知道你心里到底装过什么人和什么事呢？

韩贵德想到这里，泪水涌满了眼窝。他用手背抹了一下泪水，突然，发现政委就站在他的身边。

韩贵德侧歪一下身子，想坐起来。

胡政委分寸极好地按了按团长，说："躺下，我也想跟你一起躺一会儿呢！"一面说，一面顺势躺下。接着说，"我似有一种心灵感应，信步到这里来看一看，结果，你真的在这里！"

韩贵德说："朋友遍天下，知心有几人。"

胡宝贤说："人生得一知己足矣，斯世当以同怀视之。"

韩贵德说："你属龙，我属羊，你比我大三岁，照理，你该是我哥。"

胡宝贤说："照理，八路军中不能称兄道弟。可是呢，我们俩，实际上比亲兄弟还亲。"

韩贵德望着蓝汪汪的天空，心事重重地说："依我看，小日本，弹丸之地，是不够咱们打的，迟早要滚出中国。可是，在日本被赶走之后，八路军和国军必然要有几个大的战役要打。依我看，这几个大战役打完了，一个新中国的诞生就临近了。我在想，新中国成立以后，倘若跟李自成那样，打了这么多年，牺牲了这么多人，还有什么意义？"

胡宝贤说："啊呀呀，你考虑得太深远了，那可不是咱一个小小独立团能解决得了的！"

韩贵德说："我知道，漫说一个小小独立团，就是一个旅，一个师，又能怎样？不过，作为一个指挥员，总不能只考虑鼻子尖儿底下的小事，总得拿出时间来，考虑一下明天的事，后天的事。要是所有的人，都吃凉不管酸，那可就真的危险了！"

胡宝贤说："依我看，建立了新中国，出不出李自成，那是中央的事，咱们可管不了，鞭长莫及呀！"

韩贵德说："我们所能够管的，从现在就开始管起来。比如培养干部，不仅要他们学会打仗，还要叫他们懂得为谁打仗，为什么打仗，打完仗以后怎么办？"

胡宝贤说："你不适合当团长，你应该调到中央组织部去！哈，哈哈……"

韩贵德说："不不，如果不把问题想在前面，即使当上中央组织部长，又能怎样？好了，说点具体的吧，依你看，刘之龙该如何安排？"

胡宝贤说："依我看，这个年轻人，很有发展前途。是否考虑给他个连长的位置？你是团长，由你决定！"

韩贵德"嗖"地坐起来，说："英雄所见略同，莫非真的有心灵感应？"

胡宝贤说："好！"

韩贵德和胡宝贤一同回到独立团指挥部，叫来刘之龙，向他传达了独立团首长的任命。

按照常人的想法，听到由团长发布当官的命令，还不一蹦老高。可是，刘之龙却没有。他却说："我，我不行！"

团长说:"我这么多年,第一个碰到说自己不行的人,那就是你!凡是自己说自己不行的人,依我看,这个连长,非你莫属了!"

部队有个常规,凡是上级对下级说的,事无巨细,都属于命令。就是说,刘之龙从此当连长了。

过去,有个错觉,总说部队里的文官,只是耍嘴皮子,其实,正好相反。文盲带兵,开口老子,闭嘴老子,粗野耍横,满口粗话,动辄禁闭。比如,老粗军官对"从难、从严、从实战"的理解,从难,任意加码;从严,随便设卡;从实战,随意伤人,对战友真踢真打,不管死活。部队首长来了,嗷嗷叫几声,叮当打一阵。首长一走,依然松松垮垮,稀松二五眼。其实,练兵要"从难、从严、从实战"并没有错,错的是对练兵思想的理解。文职与老粗带兵,截然相反。文人带兵,越带越精。"从实战",即从战争需要出发,不玩花架子,不练花拳绣腿,不图好看。手榴弹投出去,就要投得准,投得远;大刀挥下去,就叫他心也寒,胆也颤;子弹飞出去,就叫敌人一命呜呼,有去无还。文官还认为,"从实战",先要思想过硬。思想靠什么才能过硬?就是让每一个当兵的人,首先明白为谁扛枪,为谁打仗。这样,他在练兵的时候,带着对敌人的刻骨仇恨,只有这样,才能真正做到不怕苦,不怕累。

刘之龙首先找老同志谈心,了解他们的心事。他从不叫文书去叫,而是亲自到班里排里去请。

刘之龙来到三排,找到杨立冬排长,他最担心的事情就是杨排长爱答不理,结果不像他担心的那样。

杨立冬恭恭敬敬地向他敬了个军礼:"连长,请指示!"

刘之龙还礼道:"杨排长,请您跟我出去走走!"

杨立冬答道:"是!"

刘之龙和杨排长来到大操场,坐在一棵大树下,促膝谈心。

刘之龙说:"您看,杨排长,您参加八路军比我早多了,在您的眼里,我还只是个新兵蛋子!"

杨立冬说:"有志不在年高,本事不凭老嫩。"

刘之龙说:"杨排长,您家远吗?"

杨立冬说:"我就是顺义县北河村人。"

刘之龙说:"怎么当了八路军呢?"

杨立冬说："唉，提起来话长了，前些年，顺义闹先天道，北河村成立大刀会，大刀会会长王效三，称王称霸，打算在街心盖一个大殿。正好我家的房子碍事，要我爸爸搬家。我爸爸跟他们交涉，结果，我家那天夜里着了一把火。其实，事情明摆着，我爸爸气不过，去找王效三评理，结果，还没有进王效三家大门，就被看家护院的活活打死。我妈妈得知我爸被打死，气绝身亡。我没了爸妈，房子也被烧了，无家可归。正在走投无路之时，遇上了韩贵德的队伍，其实，当时只是为了有口饭吃，并没有多高的政治觉悟。至于后来，明白了一些革命道理，那也是部队的培养。"

刘之龙说："这么说，您也是苦出身！"

杨立冬排长说："我跟你说，八路军也好，土匪也罢，当兵的多是苦出身。为什么八路军和土匪有天壤之别，就是因为八路军的领导和土匪头子的政治路线不同。"

刘之龙说："啊呀呀，我的杨排长，您怎么懂得这么多，听你一席话，胜读十年书呀！"

杨排长说："客气，客气，我这都是现趸现卖，都是跟团长学的。"

刘之龙说："听您这样一说，倒叫我想起一句话来：政治路线确定之后，干部就是决定因素。"

杨排长说："大道理好懂，具体事情难办。"

刘之龙说："是呢！"

杨排长说："天下无难事，只怕有心人。没有过不去的火焰山！连长，今后，有什么事难住了，就拿我们三排开刀！"

刘之龙激动地说："老杨啊，我的好排长！"

刘之龙从三排那里回来，充满了信心。本来，一上任，刘之龙就惦记着搞一次忆苦活动，总担心搞不成。这次，和杨立冬谈话以后，心里有了底。

月儿弯弯，星斗漫天。冀东独立团八连，齐聚在独立团大院里，正在进行忆苦活动。

此刻，正由杨立冬排长讲话："差不多都知道，我就是咱们顺义县北河村人，北河村有个王效三，是个大恶霸。大恶霸王效三，欺男霸女，无恶不作。他为了要场面，要威风，打算建一座大厅，作为大刀会的指挥部，说我家的房子碍事，硬叫我们搬家。"

一个小战士领头呼起了口号："为杨排长的爸爸妈妈报仇！"

全场齐呼："报仇，报仇！"喊声震天，此起彼伏。

正在此时，一个女子从队伍后面飞跑上来。一面跑，一面喊："刘连长，我来说几句，行吗？"

刘之龙一愣，那意思很明白：你是谁？

此刻，杨立冬大声说："她叫梁霞，韩团长的表妹。保定府清苑县人，日本鬼子逼她无家可归，跑了几天几夜，好几百里路，找到了救星八路军！"

刘之龙说："你有什么苦，全都倒出来，有我们八连全体干部战士给你做主！"

梁霞听了，感动得"哇"地哭了，断断续续地说："我的家在保定府清苑县东沟子，我们原本过得好好的，没有招谁惹谁，日本兵凭啥来到我们中国杀人放火？有一次，日本鬼子到我们村里找姑娘，为的是组建慰安妇所。日本人凭什么，跑到我们中国来糟蹋我们的妇女？日本鬼子举枪杀死了我的爸爸妈妈，还放火烧了我家的房子。抓我去当慰安妇，我拼死逃了出来。我这个小丫头，无家可归，走投无路。老天爷呀，我是呼天天不语，叫地地不应。战友们，日本鬼子这样欺负我们中国人，你们答应不答应？"

全体干部战士怒目切齿，义愤填膺，一同高呼："我们不答应！"

群情激愤，咆哮如雷。

忽然，从队伍的后面，传来一声怒吼："我们独立团全体干部战士，统统不答应！"

刘之龙立即迎上去，大声说："报告首长，我们正在进行诉苦教育，请指示！"

胡政委说："很好，你们的经验，我们要在独立团推广。还要写成典型材料，报告冀东军区政治部。"

"嗷，嗷——"大家一起高喊。

不久，冀东军区下达了《关于进行诉苦教育的决定》，其中，特别提出应以独立团八连为典型，对部队进行一次生动具体的阶级教育。自此，冀东独立团八连，可谓门缝儿里吹喇叭，名声在外。

作为八连的干部战士，人还是那些个人，武器还是那些个武器，但是，由于人的阶级觉悟提高了，斗志旺盛了，战斗力增强了。

突然，独立团得知日军筱村次郎，将以一个连的兵力到沙子营征集老百姓的粮食，团部将粉碎筱村次郎的阴谋这项特殊任务，交给了刘之龙的第八连。

刘之龙领到这项作战任务，并没有做出一般的战前准备，例如设伏击呀，组织包围圈呀，围点打援呀，都没有。他想，常人那样做，那是常人的事。战争，有时不光拼装备，拼兵力，更多的时候是比指挥员的智慧。当年，诸葛亮在兵力上并不占优势，却能一次次打败兵多将广的曹操。何也？就是由于诸葛亮有无穷无尽的智慧。

刘之龙记起孙武子曾经说过的一句话："是故智者之虑，必杂于利害。杂于利而务可信也；杂于害而患可解也。"日军在装备上很明显比我们强大精良，这于我军不利。所以，我们万万不可与日军打阵地战，拼消耗，光弹药一项我们就消耗不起。还是要发挥我们近战夜战优势。然而，日军这次来沙子营抢粮，恰恰不是在夜间，而是在光天化日之下。因此，只有近战一项优势，怎么办？刘之龙没有被难倒。倘若有什么事能够把他难倒，那么，他就不是刘之龙了。他从身边捡来一堆砖头瓦块，比比画画，谁能看得懂？然而，恰恰就是这一堆破砖烂瓦，却帮他解开了谜。刘之龙把眼前的砖头瓦砾土坷垃铆劲儿扬到天空，沙土尘埃随风飘起，纷纷扬扬，四散开去。

刘之龙仰天长啸："大风起兮云飞扬……"

突然，身后传来笑声。

刘之龙回头一看，是政委。刘之龙像个孩子似的低下头。

胡政委说："之龙啊，这是你出任连长之后，第一次出征。我来看看你，帮你出出主意，做些战前准备。好家伙，大战在即，你跟吃了凉柿子似的，还在这里抓土扬烟儿呢！"

刘之龙不好意思地说："我正在思考破敌之策。"

胡宝贤说："唐吴融诗云：'日暮长亭正愁绝，哀筝一曲戍烟中。'借过来一用，日暮，日头快要落山了。小鬼子'大东亚共荣圈'的美梦，气息奄奄。这正是：日暮途穷正愁绝，哀筝一曲送西天。"

刘之龙说："是的，我们对日军的每一次战斗，都是为日本鬼子上西天奏响一曲挽歌！"

胡宝贤拍拍刘之龙的肩膀，说："这次出征，考虑好了？"

刘之龙信心百倍地说："考虑好了！"

胡宝贤望望眼前这个充满稚气的娃娃，他真想把他揽在怀里。然而，他还是扭脸儿走了，两行热泪夺眶而出。

刘之龙立即叫来杨立冬，附在他的耳畔，轻轻说："如此这般，照计行事！"

杨排长不住地点头，竟然笑了，说："好，好，让小鬼子尝尝咱们的绝活！"

刘之龙说："沉着，冷静，大胆，谨慎！"

杨立冬得令而去。

刘之龙立即召集各路人马，紧锣密鼓，一一布置。

战士个个摩拳擦掌，各自准备。

杨立冬找来一顶破草帽，一件旧坎肩，青裤青褂，化装成老百姓，抄起一面铜锣，一边敲锣，一边喊叫："大日本皇军到了，不杀人，不放火，不抓丁，不抢妇女，还不抢粮食！"

军民听了，都知道这只不过是在通知大家做好战前准备。于是，老百姓很快藏粮，部队迅速集合。

待筱村次郎带领的日军行至沙子营村口，筱村次郎听到敲锣喊叫的声音，大声地问他身旁的何尚善翻译官："什么的干活？"

何尚善翻译官答道："是中国的老百姓，在欢迎大日本皇军！"

筱村次郎扬扬得意说："好，这里的老百姓，好，大大的好！"

化装成老百姓的杨立冬，提着铜锣，铆足劲儿敲了几下，走到筱村次郎跟前，点头哈腰地说："大日本皇军的好！"

筱村次郎满脸堆笑，把指挥刀往刀鞘里一插，哈哈大笑："沙子营的良民，良民的好！"

杨立冬一面敲着铜锣，一面高声喊叫："各家各户听清了，你们动作要快啊，把皇军侍候好，装好粮食，粮食，懂吗？扛到马车上来！"

听杨立冬一喊，早有一群群老百姓在各家各户等候。

杨排长化装成沙子营村的伪保长，战士们化装成老百姓，还从村里挑选了一些青壮年，分派到沙子营村东西南北四条街上的家家户户，随时听候杨排长的前台指挥。

杨排长提着一面铜锣，走到哪里，敲到哪里。敲到哪里，哪里就有人接应。凡是接应杨排长的人，都要听从他的调遣。

杨排长轻声说："你们听着，每户四个人。四个人就得像一个人一样，同心协力，分工合作。挑两个膀大腰圆、年轻力壮的，藏在门楼两边，一边一个，准备好绳索，铁丝也行，等小鬼子从门外一进来，同时上手，勒住脖子，铆足劲儿，不能动弹为止。装进麻袋，扛上马车，拉走。"

一个老八路说："日本鬼子身上的衣服挺新的，埋了可惜！"

有个老乡也搭言："是呢，小鬼子口袋里的香烟、洋火、桂花糖，跟他们的一堆臭肉埋在一块儿，也挺可惜的！"

大家你一言我一语，像是说笑话，又像是在开讨论会。

杨排长说："注意，那我就再加上一句：不准放枪，不准使用长矛、飞刀，一句话，不准叫小鬼子流血，以免把他们的服装和口袋里的香烟、洋火、桂花糖弄脏。香烟、洋火、桂花糖可以不交公，分送给老百姓；扒下日本鬼子身上的新衣服，归八路军，说不定将来用得上。"

杨排长说过了，可他撩开眼皮一看，多是些新兵蛋子，再就是没有丝毫战斗经验的老百姓，仍放心不下。他要亲自搞一次，作为经验或者示范，让新兵和老百姓亲眼看一看到底应该怎样活捉小鬼子，怎样缴械，怎样翻出香烟、洋火、桂花糖，怎样扒光，再怎样把他装进麻袋当作粮食，扛到马车上。

杨排长返身回到大街上，重重地敲了几下铜锣。叫嚷道："大日本皇军到了，不杀人，不放火，不抓丁，不抢妇女，还不抢粮食！"一边叫嚷着，一边走到一个鬼子面前，"太君，日本皇军的有，请你到这家院子里验收老百姓的粮食。"

小鬼子掂了掂肩上的步枪，说："好，顶好顶好的！"

杨排长使劲儿敲了一下铜锣，示意院里的兵民做好准备。

院里的兵民各自点点头，门楼两侧的壮汉还特意抖抖手里的绳子。就是说，一切准备就绪，就等小鬼子前来送死。

杨排长看了一眼小鬼子说："请，请！"

小鬼子抬起脚，登上老百姓的青石台阶，一条腿刚刚踏进门槛，藏在门楼两侧的壮汉就一齐奔上来，用麻绳套住小鬼子的脖子，用尽平生之力，仿佛仅仅一瞬间，小鬼子就一命呜呼了。随之而来的就是，老百姓把手伸进小鬼子的衣袋，迅速掏光香烟、洋火、桂花糖和一些小物件；八路军则将小鬼子的衣服扒光，同被缴获的步枪放在一处，他们知道：一切缴获要归公。

杨排长掩饰不住内心的兴奋心情，挑着大拇指，连连说："顶好顶好，大大的好！下一家，照此办理，不得有误！"

杨排长的任务，原本已经完成，其实，他完全用不着每事亲躬，到树荫凉儿坐等胜利的喜讯就行了。可是，杨排长假如真的那样做，那他就不是杨立冬了。人说"腊八生人，冻手冻脚"。他杨排长的名字为什么叫"立冬"，就是他在立冬那天生的，立冬、腊八相距很近，都是冻手冻脚的日子。因此，杨排长不光是不放心，另有一条，就是喜欢"冻手冻脚"。

杨排长又来到第二家。照常用力敲了一下铜锣，向里望了一眼。那意思再清楚不过：准备好了吗？

院子里的兵民也照样点头示意。

杨排长走到高个儿鬼子跟前，点头哈腰地说："太君，日本皇军的有，请你到这家院子里验收老百姓的粮食。"

高个儿鬼子往另一矮个儿鬼子一甩头，说："你的，去验收！"

矮个儿鬼子也不吭气，径直朝院里走去。

藏在门楼两侧的大汉，一齐扑上。

此刻，万万想不到的是，高个儿鬼子也登上台阶，正看见同伴被扑倒，举枪便射。正在这千钧一发之际，杨排长跳上台阶，同时举起锣锤，铆足劲儿敲在高个儿鬼子的脑袋上，往前栽了个趔趄。但是，锣锤究竟是锣锤，对高个儿鬼子并构不成太大的威胁。

高个儿鬼子站稳，回过身来举起步枪便刺。

杨排长急忙用铜锣抵住，腾起一脚，把鬼子踢翻。

另外两个八路军战士，疾步向前，一齐把高个儿鬼子扑倒。

杨排长的铜锣，一下紧接一下地猛击鬼子的头部。

三个人你一拳，我一脚，拳打脚踢，打得他只有出的气，没有入的气。挺了挺腿儿，到阎王爷那里报到去了。

同样，把两个日本鬼子的衣兜里的香烟、洋火、桂花糖以及一些别的小物件掏光，步枪军服由八路军收缴归公。

沙子营村的东西南北四条街，在杨排长的指挥与带领下，统统如此办理，大同小异。

日近黄昏，筱村次郎看见家家户户都把盛满粮食的口袋扛出来，整整齐齐码放到运粮的马车上。

筱村次郎笑眯眯地走到马车前，抓住一个扛麻袋的年轻人，说："你的，里面装的是，什么的粮食？"

"玉米、小麦、精米、白面，统统的，好吃的！"

筱村次郎吼道："这个马车，为什么还没有装满？"

年轻人说："就差你一个，把你装上马车，正好就装满了！"

筱村次郎走上前，伸手摸了摸，感到异常。又问道："什么的干活？"

刘之龙说："粮食，粮食啊！"

筱村次郎吼道："不对，不对，这哪里是粮食，完全不像是粮食。中国人，良心大大的坏了！"掏出指挥刀，"你的，什么的干活？"

刘之龙大声说："刘之龙，错了管换！"

筱村次郎咆哮道："刘之龙，你就是刘之龙？今天，让你尝尝我常胜军的厉害！"

刘之龙怒吼道："原来你就是那不可一世的'常胜军'头目筱村？我等你多时了，什么鸟'常胜军'也逃不掉覆灭的下场！"

筱村高高举起指挥刀："哇呀呀呀！"朝着刘之龙劈头盖脸地砍下来。

刘之龙略退一步，急忙躲闪。

筱村的指挥刀砍空，没有砍到刘之龙，自己倒栽了个趔趄。

刘之龙顺势攥住筱村的右手腕，铆劲儿一拧，指挥刀落地。

筱村弯腰打算拾起指挥刀，负隅顽抗。

刘之龙手疾眼快，一脚踹在筱村的屁股上。

筱村踉踉跄跄，险些倒地。

刘之龙腾起一脚，把筱村的指挥刀高高挑起，飞上半空，摇摇落下，不偏不倚，正刺在筱村的脖子上，鲜血四溅。

筱村倒在地上，睁了睁眼睛，断断续续地说："刘，你真的就是刘之龙……"

刘之龙大声说："刘之龙就是我，我就是刘之龙！"

筱村仰面朝天，圆睁着一双大大的眼睛，完全一副死不瞑目之状。

紧接着，刘之龙率领的部队，似从天降，大刀，长矛，三节棍，流星锤，从四面八方涌来。

像一道闪电，一颗流星锤飞来，正中筱村的脑袋瓜，脑浆迸裂，结果了这个血债累累的常胜军头目。

奇怪得很，鬼子进村时，气势汹汹的几十号人。半日来，到西边的太阳快要落山的时候，在沙子营村东西南北四条街上，能见到的小鬼子越来越少，以至绝迹，只见马车一辆接一辆往村外奔去。难道车上拉的都是沙子营村老百姓的宝贵粮食吗？没有人糊涂成那个样子！

本应同日本鬼子进行的一场残酷斗争，却被杨立冬一伙人，上演了一出令人忍俊不禁的活报剧。

原来，这都是刘之龙的锦囊妙计。

后来，在独立团，在冀东，广泛流传着一首歌，无腔无调，亦念亦哼——

> 冀东八连真威风，连长原本苦弟兄。
> 扛活打短样样干，吃苦受累遭欺凌。
> 团长途经柏树庄，慧眼收留当了兵。
> 破格提拔当连长，出奇制胜沙子营。
> 一枪一弹都没费，阎王点到筱村名。
> 不可一世常胜军，半晌之间成泡影。
> 多像一出活报剧，导演就是刘之龙。

第七回

三弟兄长矛丧敌胆
两姐妹飞刀显神威

八路军群情剿土匪　前岭村奋力扫炮灰

三弟兄长矛丧敌胆　两姐妹飞刀显神威

前岭村，从地理位置上看，并非兵家必争之地。奇怪的是，就是这样一个看似不起眼的小村，竟然打开了拉锯战。

庙小神灵大。前岭村里有一户姓赵，老头子赵老七，身板硬朗。他有三个儿子，大的叫赵大大，老二叫赵小二，老三就叫赵小三。《水浒传》里有"阮氏三雄"，阮小二、阮小五、阮小七，武艺十分了得。赵老七的三个儿子，弟兄三人，也跟"阮氏三雄"一样，人人习武，武艺高强，一个个善使长矛，说扎你心窝，"噌"，一枪毙命；说刺你喉咙，"嚓"，呜呼哀哉。"赵氏三雄"，在冀东一带，小有声誉。另有一宗，也颇像"阮氏三雄"，阮小二、阮小五、阮小七，生在水乡，以打鱼为业。这赵大大、赵小二、赵小三弟兄三人，生在二十里长山，村里村外连个水坑也没有，别说鱼，连龟虾也难找。可他们竟然跑出二三十里外的潮白河去打鱼摸虾。乡下人说："打鱼摸虾，耽误庄稼。"这话并不错。可是，对赵老七家来说，打鱼摸虾，并不耽误啥。为什么呢？就因为他家穷，穷得地无一垄。没有地，庄稼种在哪里？没有庄稼可种，还有啥可耽误的呢？所以，一年到头所能干的活，也就是打鱼摸虾。打了鱼，摸了虾，弄到集市上，卖个仨瓜俩枣，买点柴米油盐，勉强度日。人，就该有事干，无事便生事。其实，这赵老七家爷儿四个，四条光棍儿有啥事可生，就是一块儿习武，虽是打打杀杀，却不伤人，这叫啥生事？连官府都管不着！

别看前岭村子小，土匪汉奸可不少。抗日军民之所以艰苦卓绝，固然由于日军的武器装备精良，强于咱们，可是，好多事却坏在民族败类上。

每年秋收完，谁家收了什么，收多少？汉奸们争先恐后地向日本鬼子那里提供情报。

有一个叫赵白眼的家伙，白天装得人模狗样，晚上，在油灯下，用一根烧焦的木炭，把各家各户的秋收状况，一个不落地写下来，偷偷摸摸地送给日军。

日军得到赵白眼的情报，准备要什么粮食，要多少，早就确定好了目标。

一日，日军头目佐藤少佐说借点儿粮食。

赵白眼说："好说，好说！"

佐藤少佐问："你的，先从哪家开始？"

赵白眼思来想去，先到谁家呢？想了好一阵子，才把拳头擂在另一只手掌里："对，就到他赵老七家！"

其实，这赵白眼明明知道赵老七仅有土房三间，地无半垄。况且他的三个儿子，没有一个省油灯。可是，赵白眼又想，何不借日本皇军的势力给赵老七来个下马威。这前岭村要是把他家镇住了，还有谁再敢跟他赵白眼参刺？于是，赵白眼决计先从赵老七家的头上动土。

日近黄昏，一个班的日军，在赵白眼带领下，来到赵老七家。

赵白眼狐假虎威，开门见山："赵老七，你给我听好，皇军说从你家借点儿粮食！"

赵老七说："你是知道的，我家连一垄地也没有，哪里会有粮食呀，靠孩子们打鱼摸虾，换回的那点儿粮食，自家还不够吃哪，哪里还有借的份儿！"

赵白眼说："皇军看在我的面子上，跟你家借点儿，这是客气的。你别给脸不张兜，敬酒不吃，吃罚酒！搜！搜！"

上来几个日本鬼子，就往屋里冲，翻腾得乱七八糟。结果，把赵老七家刚刚从集市上买回的粮食抢个精光。

赵老七心里想，他的三个儿子都不在家，再者，鬼子荷枪实弹，自己单枪匹马，惹翻了，只有白白送死。何不等三个儿子归来，再找鬼子算账不迟。于是，赵老七一声不吭，眼睁睁看着日本鬼子把家里的粮食抢走。

赵白眼本想凭借日本人的势力，把赵老七家镇住，这样他在前岭村就能一手遮天，没人敢惹，却万万想不到，这赵老七家的三个儿子不买账，吓不倒，甚至公开扬言："君子报仇，十年不晚。"

这下赵白眼算是撞枪口上了，白天不敢出门，晚上不敢掌灯。

正在赵白眼惶惶不可终日之时，日军佐藤少佐要赵白眼到前岭村弄几个花姑娘，补充慰安所流失的名额。

赵白眼因带领日军抢粮闹得提心吊胆，不很情愿再惹祸。于是说："穆林森家有两个姑娘，一个比一个俊俏，赛过天仙。他家好认，就住在村边，独门独院，门前两棵大槐树。况且，他家除了一个白胡子老头儿，就只有这两个姑娘。"

佐藤少佐听说这家，除了一个白发苍苍的老者，就只有两个姑娘，不由喜出望外。自告奋勇地说："你的，不用去了，我的，再带个弟兄前往！"

佐藤带了个日本兵，大大咧咧地进了穆林森家。

一进门，就高腔大嗓地叫嚷："你的，你就叫穆林森，家里花姑娘的有？"

穆林森，耳背，但他本能地站起反抗。

佐藤抬手一枪，可怜老人家，"噗"地倒地。

日本鬼子屋里屋外，翻了个底朝天，连一个姑娘的影子也没有见到。

佐藤怒火冲天，暴跳如雷，一把火，点了穆林森家的两间茅草房子。

穆林森的两个闺女，双凤胎，大姐叫穆承英，小妹叫穆继英。姐妹俩同样窈窕身材，同样身怀绝技。她们善使飞刀，百步取人，如探囊取物。

这小姐儿俩，平日价不待在家里，总喜欢钻进茂密的树林里练飞刀功夫。她们从师傅那里学到的道理：练功练功，久久为功。一日不练，自己知道，两日不练，师傅知道，三日不练，等于白练。所以，这小姐俩天天一起出去，苦练飞刀功。一年四季，总要等到太阳快要落山的时候才回村。

这一天回村，老远就看见滚滚浓烟，熊熊大火，猜想是老人家一时不慎，家里着了火。

姐妹俩急匆匆地跑回家里，只见爹爹倒在血泊中，连衣裤也燃着了。两个姑娘疾奔过去，扑灭爹爹身上的火，两人连哭带喊，乱成一团。

此时，赵家三兄弟和乡亲们赶来，得知是日本人干的，一个个气炸了肺。

赵家兄弟们吼道："穆家妹子，咱们找日本鬼子算账去，妈妈的，饶得了蝎子妈，也饶不了狗丫挺的！"

两个姑娘齐声叫道："说走咱就走，走！"

突然，黑暗中，一个老者急急忙忙扑过来拦阻，大嚷道："不可，万万不可！"

赵家兄弟和穆氏姐妹，这几个年轻人，义愤填膺，高叫道："那，这血海深仇就不报了？"

老者慢慢地说："仇当然要报，血债当然也要血来还。可你们这样稀里哗啦的，不是等于白送死吗！"

赵大大最先听出是爸爸的声音，于是，冷静下来，说："爸，爸爸，那您说该怎么办啊？"

赵老七说："回去，再做商议。"

这天晚上，三兄弟和两姐妹都聚在赵老七的家里，听候老人家的嘱咐。

赵老七说："知己知彼，百战不殆。现在，明摆着，咱们只有几个人，况且都是飞刀长矛，没有一件火器，哪怕有一杆火枪也好。再说，日本军营里的状况，究竟怎么样，有谁知道？这些不弄清楚，跑进去瞎撞，有什么把握？"

穆继英说："那怎么办？要不，我们姐俩化装进日军兵营里侦察一下。"

赵大大抢过来说："要去，也得我们男爷儿们去。你一个姑娘家家的，日本人一见着中国姑娘就眼馋，花姑娘花姑娘地又喊又追，听着都瘆人，再说，也太危险了！"

赵小三说："那就我去，我可不是花姑娘！"

赵老七说："去去去，不是花姑娘也不行。不管谁去，也得给捉起来，小鬼子精得很，不是那么好糊弄的！"

穆继英着急忙慌地说："这也不行，那也不行，全都不行，那我爹的仇，还报不报了？"

赵老七说："你急的哪门子呀，心急吃不成热豆腐。这不正想办法吗？"

穆承英捅捅妹妹，轻声说："都急，不光你着急，慢慢听老七爷讲，人多主意多，众人拾柴火焰高。"

赵老七压低声音说："依我看，这报仇雪恨的事，实在急不得，一个是知己，另一宗就是知彼。可是，我想，光知己知彼，还不够，还要等机会。"

穆承英急得实在忍不住了，说："机会机会，哪里会有那么多机会呀！"

赵老七说："要么，我倒有个现成的主意……"他摆摆手，然后，伸出双臂，把所有的人都拢在一起，方才说，"大家听好，依我看，先不忙报日本鬼子的仇，盐从哪儿咸，醋从哪儿酸。没有内鬼，引不来外魔。是赵白眼把日本鬼子引进来的，又抢粮，又放火，又杀人。要报仇，也得先从赵白眼开刀！"

众人齐声说："对，就从他赵白眼丫挺的开刀！"

赵白眼既然能跟日军佐藤少佐打上交道，就说明他并非等闲之辈。一则手黑，身挎一支王八盒子，碰到不对付的人，只要他不耐烦，兴许就是一枪，打哪儿算哪儿，连眼皮儿都不挑一下。再则人多，什么人找什么人儿，夜壶找尿盆儿。村里那些游手好闲、吃喝嫖赌的二流子，都喜欢跟赵白眼交往。狐假虎威，狗仗人势，这些人总喜欢在平民百姓面前，吆三喝四，耀武扬威。

夜间，那些二流子白天在哪里浪荡够了，一个个扎进赵白眼的屋里，各干各的。咋叫各干各的？有喜欢寻花问柳的，干脆把窑姐带到这里来，这些窑姐多是陪这些人渣儿推牌九，帮助洗牌、码牌，庄主赢了钱，高兴了，往她们的腰里或裤裆里塞个仨瓜俩枣的，窑姐们不光为了几个臭钱，还为巴结和讨好赵白眼和那些吃人饭不拉人屎的东西。还有喜欢耍钱的，也并非为了赢房子赢地赢媳妇，即使输个毛儿八分，也只当打了水漂，不为别的，只为到赵白眼这里凑趣图热闹。

不过，牌桌上的事，也实在说不好。虽说不在乎输赢，可是，真要输了，也自甘倒霉；要是赢了呢，也不白送人情。还真有输媳妇的，输了，也用不着大惊小怪，回家老老实实把自己的媳妇捆了，让人家赢主带走。你说荒唐吗？那是事先讲好的规则，把媳妇输了，不怨旁的，只怨手气不好，活该！

赵白眼家整天价这样，这些个吃喝嫖赌的人渣，也习以为常，他们过惯了这种生活。今朝有酒今朝醉，明天无钱就去抢。因此，老百姓恨透了这些社会痞子，恨不得真的有人跟他们动点儿横的，捉起几个毒打一顿，或者干脆杀掉，为老百姓出出气、解解恨。可是，老百姓虽然这么想，但也仅仅是想想罢了，有谁敢对这些败类动动真格的，哪怕一根毫毛呢！

人怕惯，惯什么有什么。痞子骂了你，你不言语，他就以为你怕他了，他的胆子就壮了。常听有的痞子叫嚣，我是流氓，我怕谁！这就是老实人给惯的。

赵白眼一伙儿，歪戴着帽儿，斜瞪着眼儿，嘴里叼着洋烟卷儿。走路，横着走，说话，横着出来。这也是老百姓惯的。假如，想当初，你横着走，我也横着走，跟他对撞，撞他一个趔趄，撞他一个跟头，撞他个仰面朝天，他还会横着走吗？他说话横着出来，我也横着出来，你说你是流氓，我就大喊抓流氓；你说你是人家爸爸，我还说我是你的姥爷呢！他说话还会横出来吗？因此，社会上的这些个流氓、阿飞、二流子，除了他们自身的原因之外，好人也该负点儿责任。对抗他们，反击他们，至少也得向他们脸上唾一口！

倘若那些个吆三喝四的保长、甲长、地痞、流氓以及社会渣滓遇到了八路军，还会走路横着走、说话横着出来吗？吓死他！

说好了，就从他赵白眼丫挺的开刀！可这个刀咋个开法？

爷儿几个又饿饿开了。

穆继英抢先说："这个赵白眼，干脆飞他一刀，结果了他的狗命！"

穆承英说："妹妹，咱作为小字辈儿的，还是先听听长辈的。七爷，您先说！"

赵七爷说："一飞刀，或者一花枪，杀了这个赵白眼，给大家解解恨，也忒便宜他了！依我看，咱们把他捉来，审问他，还能从他的嘴里挖出前岭村兵营里的情报。"

穆继英说："还是赵七爷的主意高！"

此刻，赵七爷仿佛成了中心人物，他的三个儿子和穆氏姐妹，都围过来听他的。

赵七爷说："把赵白眼捉来，这没有疑问。怎么捉？有一句话，大伙都听过的，叫作树倒猢狲散。我想，要是猢狲们不在，你就把大树弄倒了，回来的猢狲看到大树倒了，一定会气势汹汹地找上门来算账。如果猢狲们都在树上，大树倒了，猢狲们会落荒而逃。我想，就在赵白眼他们聚赌的现场，冷不防冲进去，把赵白眼弄走，那些个地痞流氓，就会逃之夭夭，不知去向。"

穆继英说："好好，再没有比这更好的主意了！"

赵大大说："那什么时候动手？"

赵七爷说："承英、继英，你们姐妹俩，带上飞刀，大大，你们哥儿仨，各持长矛。趁着赵白眼他们玩儿得最热闹的时候，你们几个一齐冲进去，突然袭击，先把赵白眼制服，绑了。千万注意，动作要快，不能等赵白眼摸出王八盒子。"

赵大大说："依我看，没冲进去时，就得看准赵白眼，冲进去，先奔赵白眼。我看，这件事就交给我和老二，人少怕敌不过他，人多反而不便。"

赵小三说："大哥，此言差矣！咋会敌不过他？就他赵白眼那两下子，我一个人足矣！"

赵七爷说："小三，你大哥说得对。这事人命关天，万万不可马虎！老大，老二，你们哥儿俩，谁拧胳膊，谁摁腿，都得事先商量好。赵白眼这家伙有手枪，多提防！"

暮色苍茫，归鸦绕树。当赵七爷吩咐要小心的时候，赵大大、赵小二、赵小三、穆承英、穆继英，各自带上武器，早已沿着前岭村外的壕沟，向赵白眼家摸去。

来到赵白眼家高墙外，叽里呱啦的说笑声和噼里啪啦的推牌九声，从屋子里传出来。

赵白眼的声音："弟兄们，跟着我赵某，谁敢惹咱？姥姥！吃香的，喝辣的。再说，有日本人给咱撑腰。知道这个日本大官儿是谁吗？佐藤少佐！"

乱哄哄的声音："听说过，听说过。佐藤少佐，了得，百发百中，说打你眼珠，都不错眼窝呀！"

赵白眼大声吆喝道："推牌九，开局，开局。是不是等我给你们洗牌咋的？一个个懒贼似的！"

乱哄哄的声音："听赵爷的，听赵爷的！"

赵白眼大声吆喝："开局！"

顿时，叫嚷声、洗牌声、说笑声，一片嘈杂。

赵家三弟兄和穆氏两姐妹，沿着赵白眼家高墙根儿，慢慢地往前摸，悄悄地来到门楼下。

赵大大说："我和老二先冲进去，直奔赵白眼，你们紧跟其后，把所有的流氓地痞镇住，有抵抗的立马杀掉！听清了？"

黑暗中，大家一一点头。

赵大大用力踢开门，大家一拥而入。

说时迟，那时快。赵大大和赵小二直奔赵白眼，不容分说，掐脖子的掐脖子，拧胳膊的拧胳膊。

其他地痞流氓二流子见状，一个个跪地求饶："老爷饶命，老爷饶命！"

有个络腮胡子的彪形大汉，偷眼看看，来者仅仅是几个乳臭未干的丫头小子，没有把他们放在眼里，于是大着胆子问："怎么回事，是不是可以通融一下？"

穆继英说："欠命抵命，欠债还钱！"

络腮胡子说："好说，好说，多少钱？我们给，我们给！"一面说，一面从后腰掏出雪亮的短刀，冷不防朝穆承英刺过来。

就在这千钧一发之际，穆继英挥手一飞刀，不偏不倚，正中络腮胡子的眼窝。

络腮胡子大叫一声："啊！"雪亮的短刀落在地上。

其他地痞流氓夺路逃窜。

赵白眼跪地一再求饶，像鸡啄米一样，连连说："好汉饶命，好汉饶命！"

赵大大和赵小二连理也不理，用绳子把赵白眼五花大绑，捆得结结实实。

赵大大叫嚷道："站起来，赵白眼！"

几个人只注意赵白眼，万没想到。络腮胡子乘机捂着眼睛逃出了赵白眼家。

穆承英和穆继英死命追了一程，最终没有赶上，垂头丧气地回来了。

大家押着赵白眼回到赵老七家。

赵老七见穆氏姐妹耷拉着脸，没敢直接问，只得问赵小三。

赵小三说："大概是因为从她们手里跑了个长着络腮胡子的家伙。"

赵老七冲着穆氏姐妹说："他跑得了初一，跑不了十五。着哪门子急呀？"

穆氏姐妹扑哧笑了。

赵老七喊道："把赵白眼带进来！"

赵大大、赵小二押着赵白眼进了里屋。

赵老七厉声问："赵白眼，你姓赵，我也姓赵，照理，咱们五百年前是一家。可是，你的心咋就那么狠，堂堂一个中国人，咋就跟日本鬼子穿一条裤子，残害中国人！"

赵白眼说："没有哇，我哪里敢跟大日本皇军，不，不，日本鬼子穿一条裤子呀？这都哪儿跟哪儿呀？"

赵老七说："你也甭揣着明白说糊涂的。我问你，前岭兵营里的情况，你要如实回答！"

赵白眼说："我跟您住一条街，都是沙子营的老百姓，人家军营里的事，我哪里知道呀？"

赵老七提高了嗓门，说："想好了，你说也行，不说也行。不过，你要想想自己的脑袋！"

赵白眼大概以为不好糊弄，只好说："前岭兵营里驻扎一个排，当兵的头儿叫佐藤，是个少佐。大门口设两个岗楼，白天两个门岗，黑间一个岗哨。"

赵老七说："驻扎状况？"

赵白眼说："这我就不知道了，真的，打死我也不知道。"

赵老七朝四周的几个兄弟姐妹使了个眼色，厉声说："押下去！"

赵小三和穆氏姐妹把赵白眼押进一间小黑屋，只留下赵小三一人看管。

穆氏姐妹走出那间屋子，穆承英说："那个长满络腮胡子的家伙跑了，全怨我，是我太麻痹了。"

穆继英说："姐，怎么能赖你呢？我的飞刀本也没打算结果他的性命，只奔他的眼睛去了。要是当初就想要他的命，他也就跑不了啦。都怨我，都怨我！"

赵小三把赵白眼反手捆在柱子上，在门口的台阶上坐下来歇息。坐着坐着，上眼皮跟下眼皮打起了架，打着打着，合在了一块儿，竟然打起了呼噜。

赵白眼听见赵小三打呼噜，开初以为是赵小三试探他，再听，发现赵小三已经睡熟。赵白眼来了精神，他暗暗叮嘱自己，抓紧机会逃。最要紧的是如何松绑，他试着把绳子解开，可是，他的一双手被紧紧地捆着，动弹不得，不行；他又琢磨着将绳子磨断，他向墙角靠了靠，发现一块露出的砖可以利用，他仿佛看到了希望，于是，他开始磨，磨得满头大汗，终于磨断了一根，他试着用手解开绳索，竟然解开了，赵白眼不敢怠慢，把绳子一抖，轻轻地朝门口爬去。

此刻，赵小三坐在门口的青石阶上，后背紧紧地靠在门上，鼾声大作。

赵白眼小心地推推门。

赵小三侧歪了一下身子，并没有被惊醒。

赵白眼伸手摸到了一块半截砖，又用力推了推门，被推开了一条缝，赵白眼从门缝儿伸出那只拿着半截砖的手，对准赵小三的脑袋，高高举起，狠狠砸下。

赵小三往前栽了一下，剧烈的疼痛把他惊醒。

赵白眼又举起那半截砖，恶狠狠地朝赵小三的头上拍下。

正在这千钧一发之际，穆承英和穆继英姐妹赶到了。

赵白眼拔腿就跑。

穆承英和穆继英姐妹俩追了一程。

赵白眼翻墙而逃。

穆承英和穆继英姐妹俩只得返身回来。

穆承英拉了一下赵小三说："干吗呢，小三哥？"

穆继英伸手一摸，摸到一手血，说："小三哥，淌血了！"

穆氏姐妹急忙拉扯着赵小三，来找赵七爷。

赵七爷见状，搔了搔头皮，又搔了搔头皮，说："这样吧，小三的伤无大碍，我看你们呀，不如统统先投了冀东独立团的韩贵德。"

大家齐声说："好！"

赵老七说："你们看，赵白眼跑了。这家伙我估计得跑到兵营去了。到鬼子那里添油加醋一说，准找咱们报仇。日本人真枪实弹，咱们只有飞刀、花枪，硬打硬拼，肯定不是人家的个儿。最好的办法就是参加八路军，去投奔韩贵德。"

赵大大说："我知道韩贵德，他是独立团团长，听说人可好了，咱们要加入他的队伍，肯定没问题。"

穆承英说："我家在尹家府有亲戚，不如先叫我们家的亲戚搭句话儿。"

穆继英说："姐，没那么多事，参加八路军，他韩贵德难道会不欢迎，依我看不至于吧！"

赵小二说："爸爸，您怎么办？我们走了，总不能丢下您一个人在家里吧？"

赵老七说："我好办，我老了，无所谓。你们年轻，来日方长。他日本人能把我怎么样？大不了杀掉。我跟你们说，杀我不要紧，死前，我也得喷小鬼子满脸血！"

赵大大、赵小二、赵小三听到这里，心里酸酸的，眼泪顺着脸颊往下淌。

穆继英低下头，泪珠子往下滚。

穆承英为妹妹抹抹泪水，默默不语。

赵老七说："说好了，你们走吧，全都走！"

赵家三弟兄和穆氏两姐妹，依依不舍地离开了赵老七。

清晨，太阳刚刚从东山的缺口处冒嘴儿，赵家三弟兄和穆氏两姐妹已来到尹家府八路军独立团指挥部门口了。

站岗的八路军小战士问："找谁，干什么的？"

穆继英说："找韩贵德，当八路军！"

小战士说："韩贵德是我们冀东独立团的团长，也是你们提名道姓叫的吗？"

穆继英小嘴儿"叭儿叭儿"的，跟机关枪似的，说："取名字就是给人家叫的。怕别人叫呀，别取名字呀，都省事！"

小战士说："蛮不讲理！"

穆继英还要还嘴，被姐姐穆承英拦住了，说："有话好好说，没见你，打架似的！"

从兵营里走出个人，来到跟前，正要开口问。

穆继英三步并两步走过来，说："我们找韩贵德。"

小战士说："政委，他们要找韩团长，说要当八路军！"

胡宝贤说："好呀，老百姓主动找上门来，要求参加八路军，欢迎，欢迎。来吧，我去带你们找韩团长。"

穆继英说："你是谁，不会骗我们吧？"

胡宝贤笑笑说："我叫胡宝贤，是韩团长的军师。听说过《水浒传》吗？他好比宋江，我就是他的军师吴用。"

穆继英哈哈笑道："无用就是没用。你就是一个没有用的人。我们干吗跟着一个没用的人呀！"

穆承英说："妹妹，不许瞎说！"

胡宝贤带领他们一面往里走，一面说："《水浒传》里有阮小二、阮小五、阮小七，号称'阮氏三雄'，那家伙，一个个武艺高强，了得！"

赵大大说："我们姓赵，亲哥仨，她们俩姓穆，亲姐妹俩。我们哥仨善使长矛，她们姐妹俩善使飞刀，百发百中。"

胡宝贤说："人家姓阮，称'阮氏三雄'；你们哥仨姓赵，该称作'赵氏三雄'。还有你们姐妹两个，可惜《水浒传》里只有解珍解宝、张横张顺亲哥俩的，还真没有亲姐俩的。你们的飞刀百发百中，有点像小李广花荣，花荣射箭，不确切；该把你们比作没羽箭张清，他用石头子，也不合适。"

团长听到外面有人说话迎了出来，一面往台阶下走，一面说："欢迎，欢迎！"

胡宝贤扫了一眼众人，说："这就是冀东独立团韩贵德团长！"

众人不知所措，敬礼，不会；寒暄，无语。

韩团长笑笑说："走，到屋里坐，屋里坐！"

大家来到屋里，一一坐下。

胡宝贤说："这几位，都想参加八路军！"

韩贵德说："好，好极了！抗战，就是要广泛动员群众，有了广大人民群众的积极参加，打一场人民战争，抗战才能取得最后胜利！"

穆继英抢过来说："先甭讲大道理，先说说要不要我们？"

穆承英拉了一下穆继英的衣襟，说："好妹妹，你先别多嘴好不好？听韩团长的。"

赵大大也说："对，咱们大伙先听韩团长的。"

韩团长把双手一摊，笑笑说："我说完了，我想听听你们几位的！"

穆继英说："我说啥来，本来嘛，让我们进来，又不让我们说话，那叫我们进来干吗？"

胡政委望了一眼韩团长，笑笑说："团长，听这小嘴儿，'叭叭叭、叭叭叭'，像放机关枪似的，连我这独立团军师都抵挡不了呀！"

韩团长意味深长地说："我们八路军里什么人才都得有，什么人才都得培养，等赶走了日本鬼子，靠谁去管理这个国家？就靠他们年青的一代！"

穆继英说："说不讲大道理，还讲大道理。大道理不离嘴。我们参加八路军，到底要还是不要？来痛快的！"

胡宝贤急忙说："要，要！司务长，你带他们去后勤处，每个人领一套八路军军装！"

穆继英雀跃，一蹦老高，说："这不结了，老磨磨叭叽，到哪儿是一站呀！"

113

穆承英说："妹子，我的好妹妹，老实点儿，好不好？真是的，没有一会儿老实气儿！"

赵大大说："也别说，要不是继英插嘴，就总得听八路军大官儿讲大道理，没完没了，烦人！"

穆承英说："你们可别嫌人家大道理讲得多。八路军跟土匪不一样。土匪讲大道理吗？他们才不讲呢，到处抢夺财物，不管老百姓的死活！八路军可不是这样，先得叫你知道为谁扛枪，为谁打仗。这大道理不讲，大伙知道吗？"

赵大大说："可也是。"

穆继英瞥了赵大大一眼，说："墙头草，两面倒。"

赵大大、赵小二、赵小三、穆承英、穆继英，每个人都换上了八路军军装，一个个神采奕奕，英姿飒爽。

穿上了八路军军装的赵家三兄弟和穆氏两姐妹，各执兵器，找到团长，齐声说："换上了八路军军装，我们就是兵了，什么时候派我们去打仗，消灭小鬼子？"

团长说："这个嘛，你们得问问军师。"

政委说："打仗，这是两军战事，你死我活哦，并不是一拍脑门子，想什么时候打，就什么时候开战。"

穆继英一跳老高，说："那，那我爹，就白白让小鬼子杀死了，杀父之仇，难道就不报了！"

胡宝贤说："你去问问，哪一个八路军战士没有血泪仇？咱们当八路军，可不是仅仅为报家仇，那样，就太渺小了。我们是为了挽救中华民族，当前，中华民族到了最危险的时候，我们要为中华而战，为民族而战！"

穆继英嘟嘟囔囔地说："都是大道理！"

胡宝贤说："孩子，你还小。"

穆继英说："还小呢，都十六了！"

胡宝贤说："世界上有大道理，有小道理，一切小道理归大道理管着。"

突然，有人跑到政委的跟前，低声耳语了几句。

政委点点头，说："好，好，知道了！"

穆继英说："我们也是八路军，有事还瞒着自己人！"

穆承英拉了拉妹妹，小声说："妹妹，说什么呢！"

政委说："我有事。"说着，急匆匆转身而去。

天不刮风天不下雨天上有太阳，走了太阳来了月亮又是晚上。

穆继英悄悄找到赵大大，轻轻说："赵大哥，商量个事。"

赵大大说："说。"

穆继英说："咱们军装穿上了，八路军也当上了。咱们能不能干点儿事？"

赵大大说："没听明白。"

穆继英说："咱们上次逮着赵白眼，已经把前岭兵营的敌情摸清楚了。咱们干吗不杀他几个小鬼子！"

赵大大说："行吗？"

穆继英说："我看行！"

赵大大说："你看行就行。先把咱们几个人召集到一块儿，好好策划一下，分分工，别打成一场乱仗，丢了夫人又折兵，赔本的买卖咱不做！"

人召集到了，大伙都说："干！"

只有穆承英说："这事太悬！"

穆继英说："姐姐，你要怕悬，你看家，我们几个人去，有功，也算你一份儿，行吧？"

穆承英说："我说的悬，不是那个意思，行行，我去，我去还不行！"

穆继英说："姐姐，你真是我的好姐姐！"

月黑雁飞高，四野静悄悄。

赵大大带领着兄弟姐妹几个人，轻轻翻过围墙，趁着夜色，悄悄出发了。

原来，在前岭村，兵营里驻扎着整整一个排的兵力。夜里，军营大门口仅有一个岗楼值班，两个钟头换一次岗。站岗的只有一人。佐藤少佐，常在值班室跟慰安妇快活。

佐藤对中国文化饶有兴趣，最喜欢阅读中国小说，对《金瓶梅》尤感兴趣。其实，《金瓶梅》也并非专事诲淫诲盗之作。可是，这个日本武夫，专注色情描写。

在这个星球上，军队，如果真的平日不训练、不打仗，养尊处优，膘肥体胖，到战时，这类兵还能用吗？惰性，是共性。无生命的物体、有生命的人与畜生，都一样。

赵家三兄弟和穆氏两姐妹各自带上武器，他们悄悄在岗楼下隐藏好，专等换岗的鬼子来送死。

不一会儿，上岗的鬼子出来了，走到岗楼下，两姐妹刚要动手，没料到鬼子停下撒尿。

小妹穆继英甩手一飞刀，鬼子"扑通"倒地。

岗楼上的哨兵听到响动，弯腰察看。

大姐穆承英手一抬，"嗖"，飞刀不偏不倚，正中鬼子喉咙，手中步枪从天而落，险些砸在赵小三的头上。

赵家兄弟和穆氏姐妹，除掉了岗楼上的哨兵，沿着高墙，朝值班室摸去。

值班室正亮着灯，透过薄纱窗帘，隐隐约约可看见佐藤正与慰安妇做爱。

穆氏姐妹扭过脸，闪进墙根的草丛里。

赵大大轻声说："这种时候，别，别，做好准备，我打碎窗户，你们姐俩飞进去，结果佐藤狗命！"

赵大大抡起祖传长矛，"哗啦"一声，玻璃窗粉碎。

穆氏姐妹飞身而入，"嗖嗖"，两把飞刀，直插佐藤两肋。

穆继英刚要朝慰安妇飞出第二把刀，被姐姐穆承英拦住："别，别，她是中国姐妹。"

穆继英说："她给中国人丢尽了脸，现够了眼，留着何用？"

赵大大："不，留着。你是哪个村的，叫什么？说！"

那女人立即从床铺上滚落下来，跪地求饶："我是沙子营的，小名四丫头，是小鬼子抓来的！"

穆继英说："好吧，饶你不死。出门往东跑，那里的墙矮，可以翻过去，回你的沙子营吧！"

四丫头连连磕头，说："谢谢，大恩大德，好人。积德行善，好人好报……"

穆继英早已听得不耐烦了，说："快走，往后，宁可去死，也不能丢中国人的脸！"

四丫头说："好吧！"说罢，从床铺上随便抻了几件衣服，连滚带爬，跑出。

五个人溜出值班室，朝兵营宿舍摸去。

可巧，迎面撞上去厕所回来的鬼子。

这小鬼子似乎感到情况异常，撕破嗓子拼命地喊叫："啊哦，啊哦——"

一时间，鬼子兵营像炸了窝，有的端着枪，有的举着刀，乱乱哄哄，吵吵嚷嚷，奔跑出来。

小鬼子在明处，两眼一抹黑，什么也看不清。

三兄弟、两姐妹在暗处，看得一清二楚。

三兄弟的祖传长矛，左挑右刺，小鬼子喊爹叫娘。

两姐妹绝技飞刀，漫天飞舞，小鬼子屁滚尿流。

此刻，从宿舍里跑出的日本鬼子越来越多，枪声大作，"噼噼啪啪"，震耳欲聋。

赵大大轻声说："不宜恋战，撤！"

赵家三兄弟和穆氏两姐妹，迅速撤离。

黑咕隆咚，顺着壕沟迅跑，跌跌撞撞，踉踉跄跄，磕磕绊绊，你抻我拽，翻墙而入，回到冀东独立团。神不知鬼不觉，各回各屋，歇息，一夜无话。

日上三竿，冀东独立团的大操场上，出操的八路军官兵们，沿着跑道跑步。"一、二、三、四"的呼喊，声音洪亮，惊天动地。

杨排长担任值日官，看到团长正朝着他走来。他跑步向前报告："报告团长：部队正在操练，请指示！"

韩贵德还礼道："继续操练！"

杨立冬答道："是！"

队伍"踏踏，踏踏"跑步向前，步伐整齐。一圈一圈，围绕着大操场跑道，继续操练。

韩贵德立正站在跑道一侧，看着部队从他面前经过。

突然，韩贵德喊道："赵小三，出列！"

赵小三跑出队列，立正站直，等候团长训示。

团长只是直视他，却一言不发。

等部队又绕过一圈，韩团长把目光移向部队，注视着从他面前经过的每一个战士。

当赵小二、赵大大从韩团长面前经过时，似乎感到稍有不适，像长了虱子，不很自在。

赵大大、赵小二这个细节，传到韩团长的大脑神经，立即做出判断，发出命令："赵大大、赵小二出列！"

赵大大、赵小二出列，同样立正，等候团长训示。

韩团长说："赵小三，过来，你们三个，站成一排，站好，站好！"

赵大大、赵小二、赵小三，依次站好，直视团长。

韩团长走到哥仨面前，先抻抻赵小三的衣领，说："赵小三，你的裤子，怎么回事？"

赵小三低下头来看看，并没有看出什么。不语，摇摇头。

韩团长说："赵大大、赵小二，你们替他看看，有什么问题？"

赵大大、赵小二不敢怠慢，伸长脖子细看。

赵小二确实没有发现什么，于是说："报告团长，没有发现问题！"

韩团长望着赵大大的脸，说："赵大大，你呢？"

赵大大发现赵小三的裤脚子有一块血迹，心里激灵一下，知道已隐瞒不住，只得从实招来，于是说："团长，这件事，不能怨他们，要怨的话，只能怨我，要杀要剐，都由我一个人承担！"

韩团长说："好吧，回去说，叫上胡政委，我们一块儿听听！"

这一情景，只有穆氏姐妹心里明白，其余的人，还都暂时糊涂着。

第八回

韩贵德月黑袭双岭
关礼仁星夜走单骑

西风烈冬云白絮飞　异乡客风雨久别离

韩贵德月黑袭双岭　关礼仁星夜走单骑

在冀东，流传着"冷在三九"的民谚。是说"三九"是一年四季中最冷的时令。

腊八那天，西北风刮得邪乎，柳树枝条"嗖嗖"横飞，杨树杈子嘎巴嘎巴往下落。屋檐上的茅草，大把大把地飞上天，或挂上树梢，或顺着山沟滚。

二十里长山南北走向，双岭村就处在山沟沟里。北风从山口往里灌，就显得比平原的风力还要大。

韩团长坐在老罗家大厅的太师椅上，习惯地把毛瑟枪在手中颠来倒去。口中反反复复地叨念："大风起兮云飞扬……"在地上踱来踱去。突然，停下脚步，把手中的毛瑟枪往八仙桌上一拍，叫道："来人！"

"到！"随后，跑进一个英俊士兵。

"郑彪，把政委找来，快！"

郑彪跑出，没半袋烟工夫，进来一个人，头戴礼帽，彬彬有礼道："韩将军，有何公干？"

韩团长站起，道："快，别逗了，请坐！"

胡政委道："岂敢？"

韩团长说："你读过大书，上知天文，下知地理。诸葛亮能够借东风，你呢，既不用你借东风，也不用你借西风，你就给看看这天象，近况如何？"

胡政委说："常言道，风三风三，一刮三天。依我之见，今天是第一天，明天的风力还要大！"

韩团长"啪"一拍桌子，随声道："好！"

胡政委惊叹道："怎么，又要安排战事了？"

韩团长以手击节，哼唱道——

月黑杀人夜，风高放火天。
王德奎呀，你这个地痞流氓狗汉奸，
看你还能活几天！

胡政委伸出左手，一个一个掐算："过不去明日子夜。"

韩团长大笑道："哈，算你掐算得准。胡宝贤者，胡半仙也，哈哈！"

王德奎是尹家府一带的大财主，大恶霸。日本人刚刚开进顺义县城，他就第一个跑到城里，举着三角旗去欢迎日本兵，成了远近闻名的大汉奸。回到双岭村，吆三喝四，八面威风，不可一世。没出几日，就组织起"民团"，横征暴敛，欺男霸女。当地老百姓，对王德奎咬牙切齿，恨之入骨。

当天黑夜，韩团长唤进赵大大，商讨破敌大计。

赵大大望着韩团长的眼睛，瓮声瓮气地说："呀，风这么高，天这么冷，能打仗吗？"

韩团长悄声说："你看，你穿着一身厚厚的棉衣，还叫唤冷啊冷的。想想看，要是光着屁股会怎样？"

赵大大搔了一下头皮，嘻嘻笑道："光着屁股，咋叫光着屁股？"

韩团长哈哈大笑，附在赵大大的耳畔，悄声说道："如此这般，照计行事！"

第二天，日近黄昏，北风凛冽，寒流滚滚，灰蒙蒙的云块在半空中奔腾驰骋。

二十里长山西口，大风撕烂了贫苦农民的茅草房，折断了碗口粗的白杨树。

冀东独立团指挥部，正紧锣密鼓地部署军事行动。

赵大大率赵家兄弟和穆氏姐妹，携带随身武器。

王庆年率领一个班的精兵强将，各有分工。

韩团长部署完毕，亲自出战。

郑彪跟着韩团长，贴身左右，听候调遣。

朔风怒吼，残云密布，滴水成冰，寒凝大地。

一支由韩贵德亲自率领的小分队，神不知、鬼不觉地向双岭村出发了。

走进双岭村，小分队的战士们，个个紧靠着王德奎家的高墙，不声不响地贴近。

韩团长轻声说："赵家弟兄三人，你们越墙进去，摸到民团宿舍，在外等候，千万不要动手，等王庆年他们进入后，合力全歼。听清楚了？"韩团长又回过头来，"你们姐妹俩，随我闪进王德奎住处，见机行事！"

赵大大弟兄三人越墙而入，各自守住房门。

王庆年带领的战士一一到来。

赵大大和王庆年彼此点头示意。

突然，二人同时猛地踢开两扇门，冲了进去。

屋里黑咕隆咚，民团慌作一团，一阵乱叫，光着身子往外跑。

赵家弟兄手中长矛横打竖扎，战士们端起刺刀，"噌噌"乱捅。屋里屋外，仔细寻找目标，没有了。好像大家还没有过足瘾，全都报销了。

韩带领郑彪和穆氏姐妹，悄悄摸进王德奎大厅。

可巧，王德奎正与几个民团土匪头目要牌，稀里哗啦，兴致正浓。

突然，韩团长大喊一声："缴枪不杀！"

王德奎他们听到喊声，一个个呆若木鸡。

借着黑灯影的掩护，王德奎摸出手枪，举枪欲射。

郑彪眼疾手快，拨过王德奎手腕，子弹打中天花板上的饰物，"哗啦啦"，碎片落下。

穆氏姐妹各执一把飞刀，迅疾挥出。不偏不倚，插进王德奎的喉咙，当即毙命。

韩团长和郑彪同时举枪，"啪啪"，击毙另外几个民团土匪头目。

战斗结束，韩团长命郑彪清点人数。

郑彪报告："一个不短。"

韩团长率领着得胜归来的队伍，回到独立团。

政委站在大门口迎候他们。

太阳刚刚出山。

韩团长迎着东方红日，高声喊道："大风起兮云飞扬……"

政委随声喊道："安得猛士兮守四方！"

郑彪来报："团长，来了一个陌生人，说一定要见您！"

韩团长说："请！"

陌生人匆匆来到韩贵德跟前，呼叫道："韩哥，我的大哥，听说肖洪跟你一块儿？"

韩团长定睛一看，不由惊叫道："礼仁，怎么会是你？快去叫肖洪。"

胡政委瞪大了眼睛，问："来者何人？他怎么认识肖洪？"

韩团长呵呵一笑，说："说来话长嘛……"

原来，肖洪和关礼仁同乡，是邻居，两家仅仅隔着一堵矮墙。

关礼仁的母亲生他那年，难产，怎么也生不下来。

关礼仁的父亲关利急得大汗珠子顺脸流。

老娘婆生是想不出辙。

关利吼："你就不会使点劲儿！"

"啊呦呦——"关利媳妇鬼哭狼嚎。

撕心裂肺的嘶叫声，从矮墙飞过来，传到了肖洪母亲田菊的耳朵里，她侧耳听了听，麻利儿颠着一双小脚，跑到了关利家。一边推开门，一边叫嚷："咋，咋这么吓人？"

关利说："可不，正下人呢！"

田菊说："吓死人了，快别瞎逗闷子了。让我瞧瞧！"说着上了炕。

老娘婆赶紧闪在一旁，说："请高手，快请高手！"

田菊把关利媳妇的双腿分开，小孩子的头已露出一多半儿，就是不往外走。

此刻，关利媳妇又是一阵怪叫，叫人心疼。

田菊说："削水果的小刀！"

关利说："没有。"

田菊说："劈柴的大刀，有没有，快！"

关利说："没有。"

田菊说："剪刀，裁剪衣服的剪子。怎么啥都没有，要都没有的话，你媳妇的命也保不住了！"

关利忙说："有有，这个有！"一面说着，一面这里那里地翻找。

关利媳妇断断续续地说："你在哪儿翻腾呢，我的活祖宗！抽屉里呢，快拿出来呀，我的妈呀！"

关利终于找到了。

田菊拿过剪子，毫不迟疑，照准关利媳妇的裆间，"哧——"豁开了一条大口子，孩子像冲出闸口，"噌"地蹿了出来。

关利媳妇痛得昏死过去。

田菊倒提孩子，拍拍后脊梁，孩子"哇哇"地哭出声来。一伸手，递给老娘婆，说："给你，用温水洗干净。"然后，向关利点点手儿，"你，赶紧找草纸，把你媳妇流出的血擦干净。"

此后，每当有人提及此事，都说田菊实在是太粗鲁了。可是，细细想想，的确粗鲁了点儿，可不粗鲁，又能有什么辙？好歹救了两条人命。

那年月，老天爷太不公平，咋就连一条蚰蜒小道，也不留给穷人！

关利儿子的小命儿算是保住了，香火也倒是有人传了。可是，要把孩子拉扯大，并非易事。刚刚生下来的小孩儿，第一件事就是吃奶。可关利媳妇没有奶水。一是家里穷，大人吃不到可供生奶的食物；二是田菊太粗鲁，把关利媳妇吓着了，本来就不多的奶，造成倒射。怎么说的都有，总之是孩子没有奶吃。

田菊熬了一碗小米粥，煮个鸡蛋，颠着一双小脚儿，送到关利家。

关利媳妇躺在炕上，怀里搂着孩子，正"吧嗒"眼泪。见田菊进来，急忙抹抹泪水，说："嫂子，来了？坐！"

田菊说："奶水还没下来呢？我给你熬了碗小米粥，煮个鸡蛋。撇点儿稀的喂孩子，你喝点儿小米粥，吃个鸡蛋，一是补身子，二是催奶。"

关利媳妇点点头，说："嫂子，你家也挺难的，不要总惦记着我。再说，有关利呢，他一个大老爷们儿，总比咱们老娘们儿家家的办法多！"

关利媳妇无意间提到老爷们儿，顿时，勾起了她的辛酸往事。

去年，田菊也是生孩子，也是没有奶。实在想不出辙，孩子他爹舍着脸去双岭村讨饭，路过王德奎家，孩子他爹知道王德奎是个恶霸，没有敢走近他家，万万想不到，他家护院的竟然放出恶狗，一下子把他爹扑倒，咬得浑身是血。央人拖到家里，不几天就死了。田菊想到这里，一阵心酸，泪水，扑簌簌滚落下来。

关利媳妇偷眼儿看见，虽不知何故引起田菊的辛酸事，却也知道她的心里难受。惺惺惜惜惺惺，二人对流泪。

关利从外面回来了，手里提着一小口袋粮食。一抬眼，看见两个女人在抹泪，不知发生了什么事，正欲开口问，他的媳妇却先开了口："大天白日的，你去哪里疯去了？"

关利说："我有哪儿疯的，我是觍着脸找点儿吃的呀！大人能忍着点儿，可是，刚刚生下的小孩子总不能饿着他吧！"

田菊喂完了孩子，况且，关利也回来了，于是，抬起屁股要走。

关利说："嫂子，我知道，你家也不富裕，还给我家送吃的，咋叫我们心里过得去呀！"

田菊说："丁点儿小事，也记挂在心，至于吗？"

关利说："咋是小事儿，救命之恩呀！"

田菊笑了，说："瞧你说的，没有那么厉害！我回去了，大人孩子你得好好照顾。再说，女人坐月子，可不能叫她落毛病，不管落下什么毛病，都会成老病根，那可是一辈子的事！"

关利说："嫂子，放心吧！"

田菊拿着大碗，走出关利家，又叮嘱了一句："好好照顾，别落下月子病，记着，那可是一辈子的事！"

关利说："放心吧，嫂子！"

说一千，道一万，没粮没钱不好办。对于贫苦农民来说，没有粮食比没有金钱还要命。没钱，油盐酱醋可以不买，可是，倘若没有粮食，肚子不答应啊！俗话说，人是铁，饭是钢，一顿不吃饿得慌。就是说，油盐酱醋，解决馋，没有的话，也能活着；粮食，解决饿。民以食为天，这话本不错，但不完整。其实，无论三皇五帝，平民百姓，不管什么人，几天不吃饭，就得饿死。

关利从外面淘换来的一点点儿粮食，坐吃山空，立地吃陷，总有底儿朝天的时候。

春天，青黄不接，是贫苦农民最难熬的季节。然而，也给贫苦农民带来希望。

谷雨前后，种瓜点豆。田菊把孩子抱给关利媳妇，说："你替我看看孩子，我去趟娘家，找点儿瓜呀豆呀的种子，马上就到谷雨了，不然就晚了！"

关利媳妇说："孩子放我这里，还有什么不放心的？"

田菊笑笑说："放心放心，一百个放心！"转身出了屋。

关利挑着水正往家里走，迎面遇上田菊。不由问道："嫂子，急急火火的，干啥去？"

田菊说："啊呀，大兄弟，我刚刚把孩子放到你家，我打算回趟娘家，跟我爹娘要点儿瓜种子。眼看谷雨了，种上点儿，收了好垫补点儿肚子啊！"

关利说："把这挑水，挑到你家去吧！你家吃点儿水，都要靠你一桶一桶往家提，太难了！"

田菊说："不用了，你家用水多，我家有点儿就够用。"

关利还是把水挑到田菊家里。

田菊说："大兄弟，你看，我家西院，原本是我大哥家的老宅子，这你知道。闹义和团那些年，我大哥被八国联军杀了，房子也给烧了。这么多年一直撂着，早荒了。我想把这个地方开出来，种点什么不好呀！"

关利说："是呢！"他一面把水倒进田菊家的水缸，一面随口应和。

田菊说："我说走，就得走。"

关利说："那是，那是。"

田菊等关利挑着水桶出来，随手关上栅栏门，踏上出村的路。

关利重新回到井沿，打上两桶水，挑着担子回家。

关利媳妇听见丈夫往水缸里倒水的声音，不由得问道："挑一担水，咋去了这半天？"

关利说："我遇见嫂子了。"

关利媳妇说："她把孩子放在咱们家了，回趟娘家，找点儿瓜子、豆角子。唉，她往哪里种呀？这年头，真是苦到家了！"

关利说："还没有苦到家。种子种进土里，就会发芽，发芽就会长苗，长苗就会结果，结了果就会有吃的了。穷人，没有人希图吃鸡鸭鱼肉，能塞饱肚子就行！"

关利媳妇说："瞧你说的，跟笔描的那么容易！"

关利说："只要有了种子，就不难！忘说了：有种就有苗，有苗不愁长嘛！"

田菊回到娘家，叫了一声："妈——"

菊她娘听到闺女的声音，立即跑出来，说："不年不节的，你咋来了？"

田菊说："妈，咋不年不节？这不眼看到谷雨了吗！"

菊她娘说："嘻嘻，傻闺女，谷雨是一年二十四节气的节。"

田菊说："您忘了，谷雨前后，种瓜点豆。妈，您赶快给我找点儿瓜种豆种的。我当天就回家，可别耽误了节气。"

菊她娘说："你一进门，见你没带孩子来，我就知道你急急屁似的。大老远的，好容易来一趟，就不能带孩子住两天？"

田菊说："叫您找，您就快点儿找。等我爹回来，就更不叫我回去了。"

菊她娘说："你这趟来，没带孩子，你爹说不叫你回去，也得回去。他不叫回去，孩子咋办？"菊她娘一面说，一面翻找瓜种子、豆种子。

田菊说："都什么种子呀，乱七八糟的？"

菊她娘说："南瓜、冬瓜、葫芦，红小豆、绿小豆、白豇豆，反正种进土里就发芽，出苗，结什么算什么。忘说了：种瓜得瓜，种豆得豆。收什么都能往嘴里填，能填饱肚子就饿不死！"

田菊说："妈，您说什么呢！"

菊她娘说："好了，好了，我都给你装好了，你说不住，也不留你，走吧。反正你不惦记你爹，更不惦记你娘！"菊她娘一面说，一面押衣袖抹眼泪儿。

田菊说："谁说不惦记了，人家不是赶节气嘛！"

菊她娘说："赶节气，赶节气！"

田菊取过娘装好的种子，转脸要走，娘突然把她叫住。

菊她娘说："等等！"一面说，一面爬上窗台，摘下两个棒子，"在边边沿沿种上几垄棒子，过麦秋就能煮着吃。"

田菊望着娘满脸的皱纹，心里动了一下，泪水涌满了眼窝。怕娘看见，一甩脸儿，两颗滚烫的泪珠儿，砸在自己的手腕上。

日落西山红霞飞，田菊喜滋滋回到家。刚要到关利家去接孩子，忽然，听见从西院大哥的老宅子，传来刨地的声音。田菊探过身子一看，原来是关利在归置荒地。

田菊急忙奔过去，说："他叔，歇歇吧！"

关利抬起头来说："呀，这么快就回来了！"敞开怀，让习习的春风吹进来，极是惬意。

田菊说："赶早不赶晚呀，你歇歇吧，我去把孩子接过来，别总麻烦你们家呀！"说着，转身奔东院去了。

关利媳妇见田菊急急火火进了院子，领着幼小的肖洪迎了出来，喜盈盈地说："这么快就回来了？这孩子，活该叫你省心。真懂事，一声儿都没哭。"

田菊说："让你费心了！"说过，领着孩子，走出关利家门。

关利仍在旧宅子地里忙活。

田菊说："你忙活这半天了，晚饭就在我家吃吧！"

关利说："不了，不了，我也该回去了！"

第二天，天刚蒙蒙亮，田菊就早早地起来了，她解开娘送的布口袋，把几个小纸包打开，摊在桌子上，一堆一堆儿，红的、绿的、白的，煞是好看。她又将两个棒子剥了皮，一个是黄棒子，一个是白棒子。田菊把棒子粒搓下来，也一堆一堆儿放好。这才到老宅子地去看看。

关利正在拾掇土地，看见田菊走过来，说："啥时播种？我去挑水，坐水下种，发芽快。"

田菊说："也是的，可别累着。"

关利说："毛事儿一桩！"

结果，关利担水，田菊下种。

从春播，夏耘，日复一日，田菊和关利两家跟一家子似的。你帮我，我帮你，相濡以沫，互相帮扶。

年复一年，吃多少苦，受多少累，只有月亮里的吴刚嫦娥知道，只有银河两岸的牛郎织女知道。

这几年，在关利的眼里，比吃穿还重要的是让孩子们练武。在他的心里，总认为穷人本来就没人看得起，身上再没有点功夫，就更加让人欺负。

关利，据传是《三国》关羽关云长六十三代孙，也有说是《水浒》天威星大刀关胜之后。他家的大刀，据称就是关老爷抑或关胜的。

关利的儿子关礼仁长到三岁，田菊的儿子肖洪已是四岁，正该练武。

关利家的院了里，栽着八棵榆树，是去年栽的，不高，也不粗。每天清早起来，规定孩子们，每棵树摇晃十下。开始阶段，关利都要看着练，时日长了，孩子们发生了兴趣，就不用大人看着了。每天清早从炕上骨碌爬起来，"噔噔噔噔"先跑到榆树前，每棵树摇晃十下，每次把树摇得能够碰到土墙。

关利说："晃树，看似简单，却又不简单。树长，孩子的劲头儿随着长，树大，孩子也随着大了。十年后，榆树长到碗口粗了，孩子还能够把它晃得碰到土墙头。这力气了得！"

至于刀式，则更是循序渐进，一招一式，点点滴滴，细致入微，在不知不觉中，获得了成功。

两家虽隔着一堵矮墙，就跟一家子一样。肖洪和关礼仁哥儿俩，长大了，一块儿扛活打短，一块儿习文练武，比亲弟兄还亲。

肖洪二十岁、关礼仁十九岁那年，日军把侵略中国的战火蔓延到了冀东，侵占了顺义、密云、三河、平谷的大片土地。

那天，寒风凛冽，乌云翻滚，日军扫荡。巧极了，进村第一家就是田菊家。

田菊正在屋里的土炕上缝棉衣，突然，听到从窗外传来了踢踢踏踏的脚步声。她探头一看，心险些蹦出来。想藏，来不及了。她着急忙慌地跳下炕，准备躲到门后。可巧，一个瘦高个儿的鬼子挑帘进来。

瘦高个儿鬼子奸笑道："花姑娘，花姑娘的！"顺手扔下枪，就将田菊拦腰抱住，推上炕。

田菊拼死挣扎，两手瞎抓，两腿乱蹬。田菊，一个柔弱女子，终归敌不过小鬼子，气喘吁吁，动弹不得。

瘦高儿鬼子滋润了之后，竟也精疲力竭。不消一会儿的工夫，昏昏欲睡。

田菊渐渐苏醒，苏醒了的田菊一睁眼，明白了一切。她悄悄坐起来，下炕，慢慢抻过步枪。突然，站了起来，举起步枪，狠狠地向鬼子的头上猛击。待鬼子感到剧痛，惊醒时，早已动弹不得。

田菊粗略地整理整理被撕扯烂了的衣裤，正待出去，恰巧又遇上几个小鬼子。她恐怕再遭蹂躏，索性向门框猛力撞去，头破血流，一命呜呼。

此时，关利家也发生了同样的事，一个日本鬼子将关利的妻子抓住，正打算送到慰安所，在村口遇上关利。他火冒三丈，刚要冲上去，恰被老槐树裸露出地面的树根绊倒，关利索性藏匿在老槐树后面，静静地等待。

那鬼子接近了，关利出其不意，像一只猛虎扑将过去。一下子将小鬼子扑倒，伸出榔头一般的铁拳，朝着小鬼子的脑袋狠狠地砸。然后，拉起媳妇就跑。只可惜，并未跑出多远，被击昏的小鬼子苏醒了，他抄起步枪，"啪、啪"两枪，正拉着媳妇奔跑的关利应声倒下。

关利媳妇见丈夫倒下了，吓得瘫软在地。

那个小鬼子跌跌撞撞地跑过来，把关利媳妇拉拉扯扯，进了一家院子里，把她按倒在地，撕开衣襟和裤裆。然后，小鬼子用刺刀把关利媳妇从胸口到裆下，挑开了一条大口子。肠子翻滚在外，鲜血喷涌满地。

肖洪和关礼仁在北郎中，一气儿扛了整整一年长活，俩人赚回一大兜子钱。在回家的路上，高兴得又蹦又跳。该进村了，不进村。他们要绕道去趟商铺，给爹打瓶酒，给娘买双新腿带儿。他们兴致勃勃，刚刚走到村边，抬眼看时，一下子愣住了。

啊，这是他们村吗？村西一片焦土，成片的树林被烧成木炭，满目疮痍，惨不忍睹。

肖洪和关礼仁不约而同地朝村里跑去。

肖洪跑进自家院子，黑色的木门敞开着，他下意识地喊了一声："妈！"一头撞了进去，险些被绊倒，低头一看，是娘！他扑下身子，大声嘶喊。

紧随其后的关礼仁赶到，见此情景，喊叫道："大娘！"

哭过了，号过了，他们一同去关礼仁家，什么也没有发现。也许正为家里没有发生什么事儿庆幸。突然，在不远处，发现了一具尸体，他俩向那里跑去。原来是关礼仁的爸爸，关礼仁立即号啕大哭，撕心裂肺。

肖洪一面随着抹眼泪，一面寻找关礼仁的妈妈。找来找去，在一家邻居的小院子里找到了。关礼仁的妈妈仰面朝天地躺在土地上，开膛破肚，鲜血满地，惨不忍睹。

肖洪把关礼仁叫过来，商量把他的爸爸和妈妈，一起抬进白薯窖，抻掉棚盖上的横梁，埋了。

兄弟二人跪在白薯窖前，放声痛哭。

然后，小哥俩又一起回到肖洪家，把他家的土炕刨开，算是妈妈的墓穴。

两个人跪在土炕下，磕了几个响头，抱在一起，抽抽搭搭好一会儿，这才站起。

肖洪仰天大骂："老天爷，你太不公平了，我日你姥姥！"

关礼仁也向着日本岛国的方向，大叫道："小日本，你听着，我这辈子，跟你没完！"

肖洪和关礼仁像发了疯一样，嘶喊了一通儿，沉静下来。他们坐在黄土坡上，望着夕阳。

西面的太阳快要落山了，天上的火烧云，像一摊摊血，涂抹在铁的兽脊似的燕山顶上。

关礼仁说："哥，咱们上哪儿？"

肖洪说："跟着哥，找八路军去！"

关礼仁说："找八路，八路能为咱们报仇？"

肖洪说："不，是当八路军！"

关礼仁说："哥，我听你的，你说找八路，咱就找八路。你说咱们当八路军，咱就当八路军！哥，我一辈子都听你的！"

肖洪拍拍关礼仁的肩膀，说："好兄弟，你真是我的好兄弟！"

在曲曲折折的小路上，弟兄俩边说边走，穿过一片小树林，眼前又是一个高冈。累了，乏了，真想坐一坐，歇会儿。

于是，他俩不约而同地席地而坐，坐着坐着，竟然犯起困来，犯困，就让眼睛闭一会儿。人也真是的，得寸进尺，你让闭一会儿，他就睡着了，并且"呼噜呼噜"，雷声大作。

待肖洪和关礼仁被惊醒时，睁眼一看，大吃一惊。

原来，一群鬼子端着枪，站在他们的面前。

肖洪和关礼仁都被日本鬼子带走了，关押在一个不知道名字的村子里。

掌灯时分，趁着鬼子换岗的机会，肖洪和关礼仁相约逃跑。只是由于小鬼子穷追不舍，两个人跑散了。

肖洪一路奔跑，一路惦记关礼仁，就这么随意走。走着走着，远远地看见了一支队伍，他赶紧钻进了小树林。

那支队伍很长，一直往前走，还唱起了歌——

我们都是神枪手，

每一颗子弹消灭一个敌人。

我们都是飞行军，

哪怕那山高水又深。

在那密密的树林里，

到处都安排同志们的宿营地。

在那高高的山岗上，

有我们无数的好兄弟。

……

肖洪听着听着，感到很耳熟，好像在哪里听见过。他细细想了想，似乎在哪里打短工，或者进城时听到过。想来想去，又想到了关礼仁，要是他在身边，他肯定会知道的。

肖洪反复琢磨："在那高高的山岗上，有我们无数的好兄弟。"那么，我算不算你们的好兄弟？想到这里，感到很委屈，竟然从小树林里走出。可是，那支队伍竟然没有一个人注意他，一直往前走。此刻，肖洪又感到有些失望。心里嘟嘟囔囔地说："唱得好听！我把你们当作好兄弟，那你们，怎么不把我当作好兄弟呀？"

肖洪好像在跟谁赌气，索性走到路旁，目不转睛地看着这支队伍。

一个挎盒子枪的兵，走在队伍一侧。当走近肖洪时，随意向他笑笑，说："老乡，前面是什么村？"

肖洪只顾痴痴地看，并没有想到会有人理他。人家一问，他感到很突然，本来就不知道此地何方，这时，就愈发糊涂起来。结结巴巴地说："我不知道。"

挎盒子枪的回头朝他笑笑。

肖洪唯恐人家以为自己说谎，赶紧撵上几步，大声说："我真不知道，没蒙你！"

一个小战士说："那人是我们连长，姓贺，叫贺向荣。"

贺连长又朝他笑笑，径直往前走。

肖洪大步流星赶上去，说："我真不知道，没蒙你！"

贺连长说："老乡，我猜你不是被小鬼子赶出来的，就是找小鬼子去拼命的。怎么样，猜着了没有？"

肖洪大吃一惊，说："你怎么知道？"

贺连长说："这不都在你脸上写着吗？"

肖洪听了，下意识地抹抹脸，说："没有人写呀！"

贺连长哈哈大笑，说："跟我们一起打小鬼子吧？"

肖洪说："要当兵，我也去当八路军。"

贺连长说："我们就是八路军！"说着，拍拍胳膊上的臂章，"看看：'八路'两个字，认识吗？"

肖洪看到"八路"两个字，眼睛里放出了光，说："你们要真是八路军，那我就跟你们走！"

贺连长拍拍胸脯说："我行不更名，坐不改姓，姓贺名向荣。错不了，错了管换！"

肖洪兴奋地说："八路军，我跟定你了！"

关礼仁同肖洪失散后，一直往前跑，饿了，累了，就找个坡头，侧歪下来，晒晒太阳。

半晌，关礼仁正坐在坡头下眯眼歇乏，有个老人走近他，说："小伙子，从哪儿来，到哪儿去？"

关礼仁睁开眼睛，慢慢地说："不要问我从哪里来，也不要问我到哪里去。四海为家，天下为家。"

老人家笑了："那，那不成了浪人了！"

关礼仁来了气儿，说："老人家，什么浪人？日本鬼子里才有浪人！我是专门杀浪人的！"

老人家急忙捂着他的嘴说："快别瞎说，现在到处是日本人，好端端个中国，成了日本人的天下！"

关礼仁说："要是中国人都成了缩头乌龟，那可不就成了他们的天下了吗？"

老人家说："可不能这么说，至少还有八路军顶着呢！要是没有八路军，别看日本弹丸之地个小国，还真的叫他们给占领了！"

关礼仁说："八路军,真有种。我就想当八路军,跟小鬼子拼,就算它仨俩小鬼子一起上,我也能把他们给撕巴烂!"

老人家说："跟我走,到我家去吧。我儿子就是游击大队长,他叫赵铁柱!"

关礼仁喜出望外,说："真的吗?"

老人家嘻嘻笑道："这就叫踏破铁鞋无觅处,得来全不费工夫,是不是?哈哈!"

老人把关礼仁带到家里,叫过儿子赵铁柱,和关礼仁见了面。

自此,关礼仁还就真的参加了游击队。

当了游击队员的关礼仁成了香饽饽,就是因为他的大刀要得好。

游击大队长赵铁柱叫他带领游击队员练习大刀功,这使得关礼仁如鱼得水。

几年过去了,关礼仁总不见有仗可打,急得他如热锅上的蚂蚁,一次次找到游击队大队长赵铁柱。

关礼仁劈头就问："大队长,天天练兵,天天打野外,什么时候打日本鬼子啊?"

赵铁柱被激起一股无名之火,反倒朝他发脾气,吼道："你跟我要仗打,我跟谁要去?"

关礼仁无言以对,只得灰溜溜回来了。再让他带着人练大刀,他只坐在石头坡上,指指划划,像个卸任的官——蔫了。

突然,有一天,上级命令赵铁柱在长城岭下设伏。

关礼仁听到后,一蹦老高,口中念念有词——

　　　　天天想,月月盼,终于盼到这一天。
　　　　手里大刀不留情,专往鬼子头上砍。
　　　　谁要不砍仨鬼子,只怪裆里没长蛋!

大家听了,轰地笑起来。

笑声刚过,紧急集合哨声响起。

在赵铁柱的带领下,经过十几里地的急行军,很快进入阵地。

长城岭下,有一条羊肠小道,很窄,最窄的地方,并行的队伍,只能化为单行。况且，瘦石嶙峋，倘若身边藏匿个人，即使擦肩而过，也难发现。

当赵大队长"隐蔽待命"的命令下达以后，关礼仁立即选择好伏击地形，手握大刀，屏住呼吸，专等小鬼子把头伸过来。

人等人，急死人，左等左不来，右等右不来。

关礼仁心里骂："什么鬼情报！要是小鬼子三天两宿不来，谁等得起呀！"

骂归骂，还是得等，耐心地等，命令如山倒呀！

正在此刻，突然，从队伍的后面传来口令："注意隐蔽！"

关礼仁开始全神贯注起来。结果，真的见到小鬼子了，眼睁睁看着小鬼子从眼前一个个走过去了。可是，战斗命令还没有下达。他疑心赵铁柱大队长没有发现，但转念一想，绝不可能！这是在同鬼子作战，又没玩捉迷藏。他叮嘱自己：集中精力，不可胡思乱想。

突然，枪声响了，在长城岭中，回声很大，很响。

巧极了，正好有一个小鬼子走到关礼仁的近前。他心里一闪：送死来了，先拿你开刀祭祖！手起刀落，小鬼子的人头落地。关礼仁乘势跃出，挥动大刀，左劈右砍，煞是开心。

因为山路过窄，杀声此起彼伏，响成一片。然而，只闻其声，几乎看不到战友们同小鬼子厮杀的场面。

关礼仁愈杀愈勇，大刀横扫，杀掉一个，心里数一次："四个，五个，六个……"

关礼仁还在寻找目标，好容易又发现一个，他一跃而起，挥起大刀，狠狠地向鬼子的头上砍去。心里又一次数道："七个！"

关礼仁期盼着还能再寻觅到一个小鬼子，心里说："凑不齐十个，怎么也得凑八个呀！"真泄气，直到伏击战结束，关礼仁的八个数也没有凑齐，他很沮丧。

仿佛过了好几天，关礼仁的名字依然被人传颂。但是，关礼仁为没有凑齐八个小鬼子，依然感到心灰意懒。

一张《冀东战报》，似从天降，在他们这个游击大队里迅速传递。

游击大队文书高声叫嚷："好消息：关礼仁连杀七个日本鬼子的消息登报了，大家快来瞧，快来看，来晚了，看不见！"

说来巧得不能再巧，也算是天意。关礼仁从那张小报上得知韩贵德在顺义尹家府一带抗战，还当上了冀东独立团团长，他的好朋友肖洪就在他这个团，也立了功，上了报纸。

关礼仁喜出望外，他想：在这个游击大队里，常年没有仗打，太没劲了，何不投奔韩贵德大哥找肖洪去。他不顾违反军纪，趁着夜深人静，跨上卷毛青鬃马，背着三十六斤大刀，星夜飞奔。

一轮红日从东方升起。

冀东独立团的驻军们在顺义尹家府大操场出操，战士们一个个精神抖擞。队列口号，惊天动地。

正在此时，一个身穿黑衣黑裤彪形大汉，斜背大刀，骑着卷毛青鬃马，飞奔而至。滚鞍下马，连呼带喊："大哥！"

正在检阅战士们操练的韩团长大吃一惊："你？"

那人又向韩贵德靠近了一步，叫道："韩贵德大哥，我是关礼仁！知道肖洪在你的团里。"

韩贵德马上走近前，认出确是关礼仁，大惊失色道："啊！"

关礼仁"当啷"一声，扔下大刀，一下子扑进韩团长的怀里，"呜呜——"放声大哭。

韩贵德扶起关礼仁，叫来肖洪，一同走进指挥部。

肖洪为关礼仁抹去眼睛里的泪水，说："兄弟，这几年，你是怎么过来的？"

关礼仁说："咱们分手以后，一个老人把我带到他的家里。可巧，老人的儿子是游击队长，我就参加了他们游击队。叫我负责训练游击队的大刀，可是，整年价搞训练，他们那一带又没有日本鬼子可打，顶多就是捉个土匪、汉奸的，感觉没劲，总想找个地方当八路，面对面地和小鬼子拼，用手里这把大刀，向鬼子们的头上砍去，给爹娘报仇，给乡亲们报仇！"

肖洪说："那次，我可巧遇上了八路军，你知道我遇上了谁？贺向荣贺连长！这个人枪法百发百中，弹无虚发。我挺佩服他的。"

关礼仁说："哦，贺连长！"

韩贵德笑笑说："说来也巧，你要不是碰上贺连长，咱也到不了一块儿，缘分，缘分啊！"

第九回

胡半仙智杀佐佐木
关大刀猛擒齐燮元

杨各庄庙会浩胜繁　尹家府灯节灿如烂
胡半仙智杀佐佐木　关大刀猛擒齐燮元

关礼仁说："看看，你们当八路军的就是比当游击队的开心！"

韩团长说："话可不能那么说，八路军、新四军都是人民的队伍，游击队则更是老百姓自己的武装，绝没有高低贵贱之分，为的都是打鬼子，救中国。"

关礼仁说："那倒是不一样。八路军打仗的机会，就是比游击队多。"

韩团长说："你在一次战斗中，连杀七个日本鬼子。好家伙，都登报纸了！那张《冀东战报》，我也看到了，真为你高兴。说真的，你即使不到冀东来，有机会我也得去找你！"

关礼仁笑笑说："世界真奇妙，有些事说书的都编不出来。咋就那么巧，一张小小的《冀东战报》，同时登了肖洪我们两个人的事迹！"

韩团长说："这么说，你们那里的游击队，不是还有打日本鬼子的机会吗？"

关礼仁说："那可真是百年不遇呀！要是能天天打鬼子，有多好！我日思夜想没有旁的事，就是打鬼子。把日本鬼子早日赶出中国，叫全国的老百姓都能过上安定的日子！"

韩团长看看面前的兄弟，虽然只比自己小几岁，但在他的眼里，简直仍然是个孩子呢!

韩团长正不知该对他说什么好,胡政委推门而入。

关礼仁立即站起来,向胡政委敬了个军礼,问道:"您好,政委!"

胡政委还礼道:"看了那天的《冀东战报》,好家伙,你在一次战斗中,连杀死了七个日本鬼子,英雄啊!后来,还听说你就是韩贵德团长的兄弟,真为你高兴。万万想不到,你竟然骑上卷毛青鬃马,星夜走单骑,到冀东找到韩团长和你失散的同乡肖洪。这要是抗战胜利了,有人写进小说里,多么传奇的故事啊!"

关礼仁说:"还提那次战斗呢,我一心想凑齐十个日本鬼子,可惜,杀了七个之后,连第八个也寻觅不到。真丧气,窝囊,憋屈!"

韩团长说:"你看看我这个兄弟,这么多日子了,还念念不忘,还要小孩子脾气呢!"

关礼仁说:"本来嘛!"

韩团长说:"我这个兄弟,自小就喜欢耍大刀。十六岁开始,耍三十六斤的大刀,抡起来像车轮子,近前不得。这要跟日本鬼子近战、肉搏,无人能敌。这就是看家本领!"

关礼仁笑笑说:"哪里会有那么凶!"

胡政委说:"这里也有一比:叫作拉着毛驴过河——谦虚过度。"

韩团长说:"我这兄弟,据称是《三国》里关羽关云长的六十四代孙,《水浒》大刀关胜的后裔。后来,叫来叫去,他倒成了关大刀了。一身的好武艺,只愁无用武之地!"

胡政委说:"这样吧,物尽其用,人尽其才。依我看,把关礼仁先放到大刀队锻炼锻炼,熟悉熟悉各种各样的情况,过一段时间之后,再考虑使用。团长,你看如何?"

团长思索片刻,说:"就依你!"

突然,门外响起:"报告!"

韩团长应道:"进来!"

关礼仁转身走开。

胡政委说:"你别走,对自己人不保密,哈!"

来者说:"报告:杨各庄汉奸头目齐燮元,后天举办五十大寿,现正在操办。"

团长稍加思索，说："明天，就是顺义县传统节庆四月二十八庙会。咱们可以利用一下！"

胡政委说："团长，我考虑是否可以这样，就叫关礼仁同我走一趟。他离家好几年，当地人没有人认识他，这更是个有利条件。再者，他一身的好武艺，正该施展施展。"

韩团长不住地点头。

四月二十八庙会，是冀东民间的重大节庆。说它重大，因为民间十分看重它，在老百姓的心中，恐怕只有春节能够代替它的位置。

杨各庄是顺义潮白河东的第一大镇，四月二十八这一天，逛庙会的人特别多。人山人海，熙熙攘攘，摩肩接踵，拥挤不堪。

集市上的小商店，排列并不整齐，鳞次栉比，高高低低。小商品各式各样，琳琅满目，五花八门。

最热闹的还数小吃店，苦辣酸甜，应有尽有。各种吆喝之声，噪声刺耳，此起彼伏。

闲逛的人们，正在目不暇接，眼花缭乱之时，从集市的入口处，响起了一迭声的"净光儿净"家伙点儿，声音愈来愈大，原来是杨各庄的高跷队来了。

杨各庄高跷队在潮白河东一带，非常有名。能走独木桥，能登狐奴山，能跨箭杆河，简直无所不能。

但也有不服气的，那就是顺义仁和镇的高跷队。仁和镇的高跷队，能登丫髻山，能跨潮白河。

可是，看热闹的闲人们，似乎依然不满足，撇着嘴说："家家穷，净光儿净。卖了桌子卖板凳，卖了尿盆还不行，卖了媳妇算干净！顺义人为什么家家这么穷？就是这帮龟孙子闹的！闹你就闹，结果，还把东洋鬼子给闹腾来了！"

说归说，杨各庄的高跷队的后面，照样一大堆人追着看，不时有人大声叫唤："好，能走过独木桥，不算真本事。能倒着走过去，那才叫能耐！"

又有人高声叫嚷："倒着走过去，也算不上本事，非得倒着蹦，那才叫真能耐呢！"

还有的人声音更高更大："就算你飞过去，管你爹的蛋。有能耐把小鬼子赶出中国，那才叫真功夫呢，说旁的，都是瞎扯淡，顶不着屁用！"

然而，似乎说什么对高跷队也只当放屁，毫无作用。"家家穷，净光儿净"，家伙点儿依然不紧不慢地敲打着，演员们照旧不卑不亢地表演着。

一个身穿对襟小白褂的人说："你们就听听，现在都演的啥戏呀，跟狗汪汪似的！"

另一个身穿灰色长衫的人说："有钱人听梅兰芳，没钱人听狗汪汪。谁让咱穷，手里没钱呢。不听这狗汪汪，听啥？"

白对襟说："我活了这么多年，直到今天，才算明白了一个理儿：什么最好使唤？钱，有了钱，想听什么听什么，想看什么看什么，信不信？想听天津小彩舞，坐火车，咣当咣当，用不了半天，到了。什么事也架不住有钱！"

灰长衫说："忘说了，有钱能使鬼推磨，没钱媳妇跟人过。"

白对襟说："有钱啥不能？吃山珍海味，坐飞机汽车。能叫大姑娘陪你聊天，小媳妇给你洗脚，你信不信？"

灰长衫说："越说越离谱了，没有的事！"

白对襟说："花花世界，你没见过的事，还多着呢！"说着，一抬屁股，唱唱咧咧地走了。

灰长衫说："什么玩意儿，能叫人家大姑娘陪你聊天，小媳妇给你洗脚的？想得美！再说了，你家里有没有闺女，你就叫你的闺女陪人聊天？你有没有媳妇，你就叫你的媳妇给人家洗脚？有钱人，那成了啥！"

又一个趿拉鞋的中年人说："您还别气不忿儿，还真是这么档子事。是人别有钱儿，有钱儿黑心肝儿！您呀，您是没经过见过，您去顺义东街锦花楼、北街四季春看看去；您到北平前门大街鲜鱼口、大栅栏逛逛去，花花世界，非驴非马，睁不开眼呀！古人说：为富不仁。在这个世界上，您就瞧瞧，有几个有钱的人是好东西！"

灰长衫说："话不能说得那么绝，有钱的不见得都是坏人，穷得叮当响也未必都是好人。这么说吧，唱戏的梅兰芳有钱没有？肯定有钱，可是，小日本叫他唱戏，人家就是不唱，甚至，还留了胡须。你看看，一个唱旦角的，留了胡须，那就是铁了心地不给你小日本唱。这才叫骨气！"

趿拉鞋说："别抬杠，先生，千万别抬杠。再有，别提小日本，先生，千万别提小日本。一不留神，让汉奸给听见了，那可吃不了兜着走。当前，咱们杨各庄的汉奸比牛毛还多，让他们撞上，您这吃饭的家伙，还打不打算要了？"

灰长衫说："在咱们杨各庄，最大的汉奸要数谁？依我看，就是齐燮元。他是杨各庄小汉奸的总头儿。看吧，八路军要杀汉奸，也得先杀他丫挺的，是不是？姥姥的！"

趿拉鞋说："就说齐燮元，可凶着呢！他说啥，你就得跟着说啥。他说公鸡能下蛋，你也得跟着说亲眼见。你要跟他扳杠，那就得给你点儿颜色看看，就这么不地道！"

灰长衫说："小声点儿，当心叫齐燮元的狗腿子听见！"

趿拉鞋说："漫说叫他的狗腿子听见，就是他齐燮元听见，他能怎么的？我又没跟他的老婆搞破鞋！"

灰长衫说："刚才你还劝别人要小心，怎么这会儿你倒高腔大嗓地叫嚷开了！"

趿拉鞋说："我憋得慌！真的，你就说他齐燮元咋就那么霸道！他说啥，你就非得跟着说啥。他说西山煤是白的，你就得说雪花落上也看不见；他说母鸡能打鸣，你就得说公鸡能下蛋；他说砂锅能捣蒜，你就得说漏锅能煮面。不然的话，你就得当心，砸烂你家的饭碗子。妈妈的，这成了啥？还有点儿王法没有！"

灰长衫说："不是跟你抬杠，啥叫王法？日本人吐口唾沫就是钉儿，小鬼子放个屁都是香的。最无耻的要数汉奸，把自己的祖宗都忘了。帮助日本人杀中国人，是些什么东西！"

趿拉鞋说："头几年，可顺义县只来了八个日本兵，区区八个小鬼子，就能统治顺义县。为什么，就因为有汉奸。别看日本兵少，架不住汉奸多，全顺义县就有几百人。这几百个汉奸都帮助日本人，欺负咱们中国人。你说可恨不可恨？要依我，狗汉奸一个都不留，统统地杀掉！"

杨各庄高跷会由远而近，"家家穷，净光净"，又敲又打，扭扭搭搭地过来了。这才使谈兴正浓的二位哑了嗓，一个个离开，找个凉快地方待着去了。

其实，老百姓只是说说罢了，要是连说说都不行，那成了啥世道！作为老百姓，仅此而已！

摆地摊儿的多是些附近的村民，他们把家里种的甜面瓜、老梢瓜、黑桑葚、白桑葚、红杏、黄杏拿来，地上铺上一块破席子，一堆堆码放整齐。吆喝喊叫的声音，大小高低各不同，只缘身在集市中。时断时续，此起彼伏。

有一个瘪嘴儿老太太，磕磕绊绊来到一个卖红杏的摊位前，拿起一颗红杏，左瞧右瞧，问："卖红杏的，你卖这杏子甜吗？"

卖杏子的农妇说："甜，甜，不甜不要钱。不信，您尝尝。吃一口，甜掉牙。啊哦，您也甭尝了，一颗牙都没了，拿什么掉呀！"

瘪嘴儿老太太说："废什么话呀！甜的，不要了！"

卖杏子的农妇说："这老太太，上哪儿找去！甜的倒不要，莫非要酸的？"

瘪嘴儿老太太说："我就是专找酸杏买呢！"

卖杏子的农妇说："酸的，有，有。这堆儿上的，黄杏，不酸管换！这老太太，真怪！"

瘪嘴儿老太太说："我是给我儿媳妇买，我儿媳妇的肚子眼看都这样了。"一面说，一面挺起肚子，"忘说了，酸儿辣女。我今年六十六，不死掉块肉。都这把年纪了，没黑间带白日地盼，就是盼儿媳妇给我生个大胖孙子！"说完，脸上绽开了一朵野菊花，十分得意地笑了。

卖杏子的农妇说："人家个个都抢着买甜的，我看摊儿多半天了，这一堆酸杏，正发愁卖不出去，可巧碰见您这么个买主，哈！"说过，脸上开了一朵莲蓬花，九分得意地笑了。

在东街老爷庙的台阶前，竖立着一根竹竿，挑着一面白色卦幅，上书"仙人指路"。胡宝贤托了托鼻梁上的墨镜，望一望四外的好风光。

一个土匪模样的人，低声叮嘱身边的干巴小伙："于小三，把眼睛睁得大大的，别只顾看热闹，当心小命。"

于小三说："杨总务，请，请放心！"

杨总务说："明天，齐燮元，齐大肚子五十大寿，脑瓜灵活点儿。八路军就驻扎在尹家府，尹家府有个韩贵德，韩贵德的队伍可不是好惹的，人人飞毛腿，从尹家府到杨各庄，也就是一眨眼的工夫，说不定啥时到！"

于小三说："我，我听您，您，杨总务的！"

"仙人指路，仙人指路！"胡宝贤声调怪异，抑扬顿挫，时急时缓，时高时低，"仙人指路，神授灵验，略存虚假，分文不取！"

杨总务说："瞎子，给我算算，我的命咋样？"

胡宝贤说："报上生辰八字。"

杨总务报上生辰八字，随后说："能不能升官发财坐汽车，下半辈子再对付俩老婆？"

胡宝贤说："男左女右，伸出你的左手。你属猴儿，鸡猴不到头儿。就是说，你老婆比你小一岁，属鸡。你们这辈子混不到头儿！"

杨总务说："我老婆的确属鸡，可我们都活得好好的！"

胡宝贤说："关键在你，你上辈子做了不少缺德事！"

杨总务说："没有呀！"

胡宝贤说："齐燮元是杨各庄的大恶霸，是认贼作父的大汉奸。你呢，与这类恶贯满盈、作恶多端的家伙狼狈为奸，还说不缺德！"

杨总务说："你的胆子可真不小！告诉你，我是齐燮元的总务，齐燮元跟大日本皇军佐佐木将军，好得穿一条裤子。这就叫背靠大树好乘凉！"

胡宝贤慢慢悠悠地说："我看你们只不过是人家圈养的绵羊、水池的鲜鱼而已，任人宰割，随时烹炒，小菜一碟。然也！"

杨总务说："非也！齐燮元，你可知道此人是谁？"

胡宝贤哈哈大笑地说："知道，可杨各庄的人，有谁不知道齐燮元，听我唱给你听——

> 京东出个齐燮元，历来不把好事干。
> 吃肉从不吐骨头，横征暴敛耍野蛮。
> 自从来了日本兵，认贼作父当汉奸。
> 东村选个花姑娘，陪着太君做做伴。
> 西村抢车高粱酒，献给皇军壮壮胆。
> 如此汉奸岂能容？干脆送进阎王殿！

是也不是这个人？"

杨总务说："瞎子，我在齐燮元手下当差。杨各庄第一家大财主，脚一跺，杨各庄四角乱颤。这不，采购的事他全交给我，我说了算，花多花少全由我做主。明天齐燮元五十大寿，宾朋满座，连日本人都应邀入席。

齐燮元投靠的是谁？告诉你，别吓你一个大跟头！佐佐木将军，佐佐木将军这人厉害，厉害呀，大日本帝国的名将！佐佐木将军是棵大树啊，齐燮元背靠大树好乘凉！"

胡宝贤斩钉截铁地说："怕只怕，树倒猢狲散！"

杨总务说："你，你是什么人？"

胡宝贤说："瞎子，你一开口就叫我瞎子，这么一小会儿就忘了不成！告诉你，眼瞎心不瞎。我劝你，好自为之！"

杨总务说："好，瞎子，咱们后会有期！"

胡宝贤望了一下四周，压低声音说："想走吗？"

杨总务只觉得背后有什么硬硬的东西顶着，生疼生疼的。

胡宝贤厉声道："说！"

杨总务的背上又被重重地顶了一下，此刻，他才明白：是手枪。一下子吓绿了脸，说："老爷，饶命！"

胡宝贤说："想死，想活？"

杨总务说："你是？"

胡宝贤说："八路军，冀东独立团韩贵德的队伍，明白？"

杨总务听了，脖子后面好像吹过一股冷风，不住地点头，连连说："明白，明白。"

胡宝贤说："今天，你欠下我的一条命。不过，得听我的安排。稍有差错，小心以命相抵！"

杨总务战战兢兢地说："听您的，都听您的！"

胡宝贤说："走，不许耍滑头！"

杨总务说："上哪儿？"

胡宝贤说："跟我走！"他一只手搭在杨总务的肩头，另一只手握着手枪，褪在袖口里，顶着杨总务的腰眼儿。

二人走进一家小饭铺。

店小二高声吆喝："二位先生，请！"

胡宝贤和杨总务走到小饭桌前，在一条长凳上一同坐下。

店小二说："二位请分坐两边，松快又凉快！"

胡宝贤不语，望了望店小二。

店小二经营这么多年小饭铺，从来没有看见过如此亲密的朋友，连吃饭这么会儿，都搂搂抱抱的。不由哈哈大笑，说："二位，用点儿什么？"

胡宝贤说："开水一壶。"

店小二说："什么茗茶，雀舌、龙井、铁观音？"

胡宝贤说："免。"

店小二说："免？"

胡宝贤说："免！"

店小二开饭铺开了三十又三年，五花八门的事情见海了，却从来没有看见过如此古怪的人，如此奇怪的事。

胡宝贤将嘴巴附在杨总务的耳畔，细细地叮嘱一番。

杨总务不敢怠慢，只顾点头称是。

胡宝贤说："好了，饭没吃，茶没沏，付你一个铜板，可以了吧？"

店小二满脸狐疑，连连说："不少，不少！"

胡宝贤和杨总务走出小饭铺，各奔东西。

这一日，杨总务像是见了鬼。

胡宝贤麻利儿收拾起一应杂物，奔往尹家府老罗家大厅。

此时，韩贵德正在午休，听得一阵急匆匆的脚步声，知道必有紧急情况，于是，"嗖"地坐起来。

胡宝贤上气不接下气地说："团长，有，有紧急情况。"

韩贵德团长说："天塌下来了，地陷下去了？"

胡宝贤低声向韩贵德禀报了齐燮元庆贺五十大寿的消息。

韩贵德斩钉截铁地说："好！生擒日寇佐佐木，严惩汉奸齐燮元！"

韩团长起身关上门，然后走到政委跟前，伸出一只手臂，轻轻扶在他的肩膀上，压低声音说："齐燮元庆贺五十大寿，这是一次极好的机会。你看，这个仗，咋个打法？"

政委轻声说："依我之见……"

团长一拍桌子，说："好！"

四月二十八庙会这一天，尹家府则是另外一种景象。

这里的人整天价忙忙碌碌，有的劈秫秸，有的割红纸，有的打糨糊。其实，这些个都是粗活。顶巧妙的是一种被称作糊匠的人，他们是这些人中的能工巧匠。类似这种能工巧匠，简直就是民间的艺术家。这类民间艺术家，在农村里的婚丧嫁娶、周年六十中，糊个纸人、纸马、纸船、纸伞之类，一次也离不开他们。可是，临近四月二十八庙会这些日子，他们整天价忙活糊灯笼。灯笼有大有小，大的灯笼，能有一人高，小的仅有苹果那么大。形状各异，大多数是圆形的，也有方形的、六角形的、八角形的。

这天晚上，独立团指挥部大门两侧，一边儿挂上一盏八角大灯笼，两旁各挂五盏圆灯。

大院子的东西两侧，一拉溜的大红灯笼。每盏灯笼里插上五根红蜡烛，每盏灯笼下都站着一个人，等候"亮灯"的那一刻。

晚八时，一声"亮灯"的喊声响起，全场的大小红灯一同点起。霎时间，独立团大院一片通红，欢乐的人们几乎在同时叫嚷起来："啊哦——"

突然，"叮叮当当"，鞭炮齐鸣，响彻了夜空。二十里开外，都能听得清清楚楚。

其实，冀东独立团指挥部今年的灯节，干吗弄这么大的排场？这是个秘密，天知，地知，你却不知，我也不知。

第二天，风和日丽，天气晴好。箭杆河蜿蜒曲折，清清亮亮，从远方流经到这里。

箭杆河的确像一条彩带，记录下杨各庄第一家大财主齐燮元庆贺五十大寿的热闹场景。

齐燮元是杨各庄第一家大财主，名不虚传。《红楼梦》中曾有"阿房宫，三百里，住不下金陵一个史"，齐燮元的院落之大，之气派，真可与金陵史家相提并论。

齐家大院四周的高墙，灰砖绿瓦，庄重威严。高墙外面，一排排国槐，遮天蔽日。即使白天路过这里，也依然感觉阴森可怕。

齐燮元家的主房，俗称正宫，十三级青石台阶。

从台阶下看主人，确须仰视才见。因此，只要登门齐家，一进门楼，自矮三分。

齐家大院建有东西跨院，东跨院俗称东宫，西跨院俗称西宫。东跨院里住的都是些有身份的人，西跨院里多是些看场护院以及小半伙老妈子之类。

当街正中，摆放一座宝塔，宝塔四周都是用绸子做的围屏，里面扎一圆圈飞龙、飞马，中心点燃一支大蜡烛，飞龙飞马绕圈奔腾。从围屏看去，时隐时现，若有若无，煞是有趣。

齐家大门外，门东放一张账桌，一名记账员，又矮又胖；一名收银员，又高又瘦。门西是一堆吹鼓手，有高有矮，有胖有瘦，参差不齐。鼓声惊天动地，笛喇叭穿云破雾，嘶嘶哑哑，热闹非凡。

齐燮元的亲朋好友摩肩接踵，络绎不绝。在门东的账桌前交了份礼，递上礼盒，陆陆续续进了齐燮元家。

齐燮元及家人等，彬彬有礼，热情寒暄。

又有一行人前来庆贺，领头的那位，中等身材，头戴礼帽，隶书"一"字小胡子，手提楠木文明棍，左右两侧，左边一个穿着红色花旗袍的姑娘，右边一个穿着粉色花旗袍的姑娘，挽着小胡子走到账桌前，他摸出六根金条，往账桌上呱啦啦一丢，声音极响。吓得记账的胖子一激灵，挑开眼皮一看，心里扑腾扑腾直跳，朝收银的瘦子丢了个眼色，那意思再明白不过：这主儿够派，当心，不好惹。

胖子和瘦子正在狐疑，两个精壮小伙子，一个黑脸、一个白脸，抬着一只大木箱，洋洋而入。

胖子喝道："干什么的？"

只见那头戴礼帽的小胡子，将手中楠木文明棍朝天一指："走，往里走！"

抬着大木箱的两个小伙子，头也不回，一直跟在小胡子的后面，径直往齐燮元家大厅里走去。

大厅里，齐燮元正与日本人寒暄。

突然，有团丁来报："报告团总……"

齐燮元用眼睛示意他小声。

团丁附在齐燮元的耳畔，轻声说："尹家府张灯结彩，人欢马叫，看来毫无戒备。"

齐燮元点点头说："好，好，知道了。"

小胡子走上前来，彬彬有礼道："恭喜齐大人五十大寿！"

齐燮元下意识地应道："谢谢！"

小胡子说："这位是……"

齐燮元心存疑窦，一时想不起，来者究竟何人，但一瞥此人气质，又兼左右丽人陪同，只得顺水推舟："这位就是大日本帝国的名将——佐佐木将军。"

佐佐木说："呵呵，这位是……"

齐燮元一时蒙住，也确确实实想不起来者何人，只得含糊其词地说："这位是当地名流……"

小胡子道："哪里哪里，无名鼠辈。全仰仗齐大人威名，混世而已。齐大人树大根深，且与佐佐木将军结为手足之盟，适逢齐大人五十大寿，岂有不拜之理？"

齐燮元就坡下驴："呵，呵呵！"

佐佐木看看小胡子，还特意瞟了瞟两位年轻漂亮的女子，嬉笑着："还是齐先生有面子嘛！"

正说间，小胡子手一挥，道："抬上来，献上薄礼，敝人的一点儿小意思。不成敬意，不成敬意啊，请齐大人笑纳！"

两个精壮小伙子，把木箱抬上前来，弯腰打开。绫罗绸缎，珠光宝气，熠熠生辉。

齐燮元不禁大喜，说道："齐某不才，无功受禄，寝食不安，受之有愧，受之有愧也！请，里面请！"

小胡子彬彬有礼道："佐佐木将军请，敬请上座！"

齐燮元、小胡子、佐佐木坐定。

齐燮元说："二位姑娘，请坐！"

两位身穿花旗袍的姑娘分坐在小胡子左右。

身穿红色旗袍的姑娘，向齐燮元点头致意，轻轻地说："齐老爷子好！"

齐燮元哈哈大笑，说："姑娘，好漂亮！"

身穿粉色旗袍的姑娘，向佐佐木点头致意，慢慢地说："佐佐木将军好！"

佐佐木瞪着色眯眯的眼睛，阴阳怪气地说："花姑娘，好漂亮，大大的美！"一面说，一面动手动脚。

身穿粉色旗袍的姑娘，故作风骚，扭扭捏捏。

小胡子嘻嘻哈哈地说："这姐妹二人都是香河人。自古香河多丽人。齐大人，您知道，香河之所以为香河？就是因为香河年轻漂亮的女子多，每天清晨来到河边洗脸，结果，脸上的脂粉染香了整整一条河，河水变香了，这条河也就成了香河。哈哈——"

齐燮元仰天大笑，说："我只知道，天下苏杭多佳丽。自古香河多丽人，我可真是第一次听说。要不，我早就搬到香河去住了！"

小胡子说："齐团总，您真会说笑话。上有天堂，下有苏杭。桂林山水甲天下，阳朔山水甲桂林。天下的美景多了，美景就是美人坯子。哪里的景色美，哪里美人多。莫非齐团总有分身术不成？"

佐佐木哈哈大笑说："你们国家不仅地大物博，物产丰富，而且有许许多多的名山大川，名胜古迹，但是，你们的文化传统复杂，儒教、道教、佛教、五花八门，信仰混乱，一盘散沙。我们大日本皇军就是来帮助你们中国，不，还有东南亚，越南、泰国、缅甸、马来亚、新加坡、菲律宾、印度尼西亚，所有这些国家，统统地，一同建立起大东亚共荣圈。这个共荣圈美丽的景色，漂亮的花姑娘，将会很多很多，不会分身之术，那怎么成！哈哈……"

齐燮元笑道："大日本天皇的梦想，就是我们中国人，不，所有东亚各国人民的梦想！"

小胡子说："梦想也仅仅是梦想，可别成了黄粱美梦，或者白日做梦！"

齐燮元瞥了小胡子一眼，那意思很明白：别惹佐佐木将军不满。

然而，佐佐木却伸出大拇指，说："你的，提醒的好，大大的好！我们大日本帝国早已警示自己，万万不可将大日本天皇的'大东亚共荣圈'的构想，化作一场黄粱美梦！"

身穿红色旗袍的姑娘和身穿粉色旗袍的姑娘听了，不禁抿嘴笑开了。

佐佐木看见两位花姑娘开心地笑了，自然更加兴致勃勃，笑逐颜开。

齐燮元见佐佐木笑容可掬的样子，心里愈发快活。朋友多、份礼重、靠山稳，这些很使齐燮元满意。高声唤道："来人，上酒！茅台、竹叶青、五粮液，是名酒就往上端！"

"来了——"

齐燮元吩咐说："首先，给佐佐木将军满上！"

小胡子拦下齐燮元说："不忙，您作为盟主，怎么也得讲几句话呀！"

齐燮元说："我就不讲了吧！要讲，也得请佐佐木将军讲。"然后站起，示意佐佐木将军讲话。

佐佐木似懂非懂，说："刚才说过，中国物产丰富，地大人多，我们大日本帝国帮助中国建立王道乐土，建设包括中国在内的大东亚共荣圈。你们看，物产丰富，再加上到处都有美人，花姑娘的有。这不就是人间天堂吗？你们中国有句老话：人生如梦，转眼就是百年。山珍海味，美味佳肴，又有美女陪着，这就是神仙的生活。可是，这样的神仙生活，又能有多久呢？"

小胡子笑笑说："佐佐木将军讲的是他的哲学，宿命论。我们有骨气的中国人，可不是想这么活着！"

齐燮元笑笑说："大家吃好喝好，喝好吃好！"

全场宾朋都笑起来。

齐燮元说："先敬帮助中国建立王道乐土的大日本帝国佐佐木将军一杯！"

佐佐木说："哪里哪里？按照中国人的老规矩，应该先敬老主顾才是呀！"

全场宾朋一一高举起手中酒杯，乱哄哄地说："敬齐团总、佐佐木将军。"

齐燮元说："先干为敬，先干为敬哇！"言罢，一饮而尽。

佐佐木笑笑说："中日亲善万岁！大东亚共荣圈万岁！"说完，杯底朝天。

齐燮元站起来，大声说："满上，给佐佐木将军满上。让我们共同举杯，一起高呼：日中亲善，大东亚共荣圈万岁！"

一时间，热烈场面，推向高潮。

齐燮元说："大杯饮酒，一醉方休！哈哈……"

宾朋乱叫乱嚷："一醉方休，一醉方休！"

佐佐木忽觉情况异常，右手不时地摸摸手枪。

小胡子注意到了佐佐木的这个细节，早有警惕。他故意装出一副十分虔诚的样子，双眼温和地望着佐佐木。

佐佐木的手放回桌子上，会意地笑笑。

小胡子随意从桌子上取一件瓷器，托在手中，端详来，端详去，然后探过身，问："佐佐木将军，你对中国瓷器有兴趣吗？"

佐佐木笑笑说："我对中国丝绸、中国瓷器，统统地感兴趣。我作为学者，曾经沿着中国的丝绸之路考察过，也曾经到过中国瓷都景德镇参观过。你们中国的丝绸好，瓷器也好。山好水好，花姑娘的，顶好顶好的有！"眯起眼睛，晃晃悠悠，亮出一副陶醉的样子。

小胡子见佐佐木的精力分散，下手的时机成熟。突然，他将手中的瓷器，"啪"的一声，摔在地上，碎片四溅。

厅堂里的亲朋好友，四座皆惊。

佐佐木迅疾掏出手枪。

岂不知小胡子早已将手枪握在手里，对准佐佐木的脑袋瓜，举枪欲射。

佐佐木不愧日军名将，伸出左手，照准小胡子的胳膊往上一托。小胡子的手枪子弹射在天花板上。右手掏出手枪，举枪欲射。

说时迟，那时快，只见两位丽人，各自取出飞刀，"嗖、嗖"两下，不偏不倚，正中佐佐木脑袋瓜儿。

佐佐木"扑通"倒地。

齐燮元大声喝道："大胆，什么人？"

小胡子迅疾挑飞头上礼帽，撕去嘴唇上的小胡子，吼道："八路军，独立团胡宝贤的便是！"

齐燮元惊恐万状，脸色煞白，喊道："啊！"

民团土匪迅速围将过来，一个个怒目圆睁。

齐燮元哈哈大笑，说："胡宝贤呀胡宝贤，你知道我是谁？我是潮白河东大镇杨各庄的一条强龙，你把我当作七寸草花蛇啦！团丁弟兄们，来人啊——"

呼啦啦，冲上一大群土匪。

胡宝贤双枪左右开弓，一枪一个。

紧接着，胡宝贤身旁的两位丽人，每人抄起桌上的碟子碗儿，像彩蝶纷飞，成串儿地飞向团丁们。

团丁们个个满头剩菜汤子，满脸鸡蛋黄子，狼狈不堪。

关礼仁蹿上高桌，一只手薅住齐燮元的脖领子，一只手举起大刀，对准齐燮元的脑袋，大吼："齐燮元，认贼作父的汉奸卖国贼，你睁开眼睛看看，这就是你的下场！"

齐燮元说："你是？"

关礼仁说："八路军，关羽关云长六十四代孙关礼仁的便是！"

齐燮元哆哆嗦嗦地说："呀，我还是一条草花蛇啊！"

民团土匪一阵慌乱，纷纷扔掉手里的各种武器，跪地求饶："八路军老爷饶命，八路军老爷饶命！"

关礼仁用手枪抵住齐燮元脖颈，喝道："走！"

在关礼仁的威逼下，齐燮元只得低着头，趿拉趿拉地往外走。

再看齐燮元的四合院，团丁们东倒西歪，饭菜满地，里里外外乱成了一锅粥。

冀东独立团指挥部大院里，彩灯高悬。

彩灯下站满了人，手里举着三角小旗。

有个八路军战士疾步跑进独立团指挥部大厅报告："团长，政委率领的八路军，从杨各庄凯旋！"

韩团长应道："知道了！"他走出指挥部大厅，健步登上青石台阶，大手一挥。

突然，鼓乐齐鸣。

一时间，好像从天而降，男女老少载歌载舞，从四面八方涌来。

正巧，关礼仁押解着齐燮元从独立团指挥部大门而入。

后面，一支八路军队伍紧紧跟随。

另有一群青年男女，鱼贯而入，欢呼雀跃。

韩团长疾步朝胡宝贤迎了上去，说："辛苦了！"

胡宝贤哈哈大笑，说："看看，尹家府的灯节，成了欢迎仪式了！看来，早就稳操胜券了！"

韩贵德说："宝贤者，半个仙人也！能不稳操胜券吗？"

独立团伙房的炊事员，磨刀霍霍向牛羊。

年轻的战士们，担挑肩扛，全都是牛栏山佳酿。

关礼仁押解着齐燮元来到韩贵德面前。

韩团长说："齐燮元，齐团总！"

齐燮元侧着眼看看韩团长，一言不发。

韩团长高声说："齐燮元，你多少年来，作威作福，欺压百姓，恶贯满盈！"

齐燮元斜眼溜了一眼韩团长，用鼻子"哼"了一声。

韩团长厉声说："你哪里有一丝一毫中国人的气节，投靠日本，认贼作父，给日本人当狗腿子！"

齐燮元眯起眼睛，不声不响。

韩团长大怒，叫嚷道："押下去！"

关礼仁和几个战士一同把齐燮元押下去。

胡政委走上前来，说："四月二十八，是全顺义县的灯节，可是，让尹家府的灯节给拔尊了。依我瞧，今年，哪里的灯节也不会有咱们冀东独立团的灯节热闹。为吗呢？就因为咱们杀了佐佐木，生擒齐燮元。"

韩团长说："杀了佐佐木，擒住齐燮元，这仅仅是个阶段性的小仗，小胜利；大仗，更大的胜利，还在后头呢！"

胡政委说："如果被这点儿小胜利，就冲昏了头脑，未免太渺小了！"

韩团长说："这几年来，战士们实在太辛苦了，让他们借此机会吃点儿喝点儿，休养生息，攒足精神，为的是打更大的仗，夺取更大的胜利！政委，咱们也趁此机会，再研究研究下一步的情况，怎么样？"

胡政委嘻嘻笑道："跟你合作，真可谓珠联璧合。痛快，痛快！"

这一仗，打得真漂亮，"胡宝贤智杀佐佐木，关礼仁猛擒齐燮元"的故事，很快传遍京东顺义、密云、平谷、三河一带。

第十回

吉田龟机关算尽
任文远大义凛然

日伪军危如累卵　东洋鬼惨绝人寰
吉田龟机关算尽　任文远大义凛然

　　胡宝贤智杀佐佐木消息的广泛传播，大大鼓舞了冀东的顺义、密云、平谷、三河一带人民的抗战热情，然而，也激怒了日军头目。

　　次年春，日军吉田龟接管杨各庄防务。

　　吉田龟三十出头，胆大心细，对八路军的战略战术深有研究。什么"敌进我退，敌退我追，敌疲我打，敌驻我扰""打得赢就打，打不赢就走"，什么"积小胜为大胜，用空间换时间"一类，吉田龟早已烂熟于心。

　　吉田龟对日军总部下发的《北平治安肃正纲要》文件不屑一顾。他踌躇满志，他要实现自己的抱负，要制订出一套完整的"强化治安纲要"。

　　在他看来，《北平治安肃正纲要》上的所有措施，都是治标不治本。什么是本？就是能破八路军《论持久战》的举措，才能既治标，又治本。

　　吉田龟终日抱着《论持久战》整天价钻研，简直成了专家和学者。是他归纳了《论持久战》的要点，是他提炼了《论持久战》的主题。他确认《论持久战》，就是以多胜少。即以中国人口之多，胜日本人口之少；以中国资源之丰富，胜日本资源之匮乏。故以消灭日本之有生力量和消耗武器装备为目的，"积小胜为大胜，用空间换时间"。

　　因此，作为日军的指挥官，就必须"以其人之道，还治其人之身"。

采取杀光、烧光、抢光的"三光"政策，就是对付中国军队和中国人民最好的理论。

如此看来，吉田龟是一个很有头脑的家伙，实在不可小觑。

在吉田龟看来，你中国不是人口众多吗？我杀光你们！你中国不是资源丰富吗？我烧光、抢光你们！吉田龟这么想了，也这么做了。

新官上任三把火。

吉田龟上任后，迫不及待地将其认定的理论付诸实践。破《论持久战》的唯一妙法，首先应该做的就是杀人，况且，最好是让中国人杀中国人，这是他内心深处的如意算盘。

第二日，天还没亮，就急匆匆跑到杨各庄防务指挥部，大叫："来人！"

通信兵迅疾进来，答道："嗨！"

吉田龟命令："快，把治安军大队长崔振彪找来，快！"

通信兵答道："嗨！"转身跑下。

崔振彪挑帘进来，向吉田龟敬礼道："太君有何吩咐？"

吉田龟走近崔振彪，上下打量了好一阵，并不作声。

崔振彪被吉田龟看得发毛，又不敢问，只得恭恭敬敬地站着。

终于，吉田龟开口了，叫道："崔振彪！"

崔振彪答道："嗨，我是治安军大队长崔振彪！"

吉田龟用力拍拍崔振彪的肩膀，说："治安军大队长崔振彪，崔大队长，今天，我叫你杀人，你有这个勇气吗？"

崔振彪说："我是吉田龟大佐的人，将军让我咋我咋！"

吉田龟大吼道："好！你的官，还可以大大地提拔！你的赏金，还可以多多地奖赏！"

崔振彪说："嗨！"

突然，杨各庄三街响起了"当当"敲锣的声音。

杨各庄伪保长徐老蔫一面敲锣，一面叫唤："杨各庄三街的乡亲们听着，马上到魏和尚家南墙外的空场上去。皇军说了，不杀人，不放火，不抢粮食。早去的，还赠送小日货！"

稀稀拉拉走出了一群老人和孩子，其中，有一个身穿蓝褂子的老太太，是徐老蔫的老婆子。

徐老蔫赶紧走近她，说："老婆子，你可出来干吗？兵荒马乱的，快回去！"

徐老蔫老婆子说："我怎么就不能出来？我没做贼养汉，没跟谁搞破鞋，咋就不能出来凑凑热闹！"

徐老蔫瞪了她一眼，摊开双手，耸耸肩，做无可奈何状，继续着他的工作。徐老蔫从杨各庄三街的东头走到西头，一面敲锣，一面叫唤："杨各庄三街的乡亲们听着，马上到魏和尚家南墙外的空场上去。皇军说了，不杀人，不放火，不抢粮食。早去的，还赠送小日货！"

陆陆续续走出了一群妇女和儿童，其中有崔振彪的老娘和他的媳妇豆花娘儿俩。

徐老蔫走近崔振彪的老娘和他的媳妇娘儿俩。说："他崔婶子，您可出来干吗？兵荒马乱的，快回去！"

崔婶子说："我也不是为凑热闹，也不是为了领小日本那点儿便宜货，就是为看看小日本又要什么花活！"

徐老蔫指指豆花，说："豆花，你可出来干吗？兵荒马乱的，快回去！"

豆花说："我婆婆腿脚不好，她老人家非要出来，我哪里放心啊，我就得非出来不可了！"

徐老蔫摊开双手，耸耸肩，做无可奈何状，继续着他的工作。徐老蔫从杨各庄三街的西头走到东头，一面敲锣，一面叫唤："杨各庄三街的乡亲们听着，马上到魏和尚家南墙外的空场上去。皇军说了，不杀人，不放火，不抢粮食。早去的，还赠送小日货！"

哩哩啦啦走出了一群男女青年，徐老蔫走近他们，仔细看看，没有一个他认识的，可是，他依然是那几句已经说熟了的话："你们可出来干吗？兵荒马乱的，快回去！"

年轻人嘻嘻哈哈地笑，争着说："你提着个破锣，从杨各庄三街东头敲到西头，又从西头敲到东头，敲来敲去，逛街呢，不就是想把我们都敲出来吗？哈，哈哈——"

徐老蔫说："我敲我的，你们只当没听见。我跟你们说，眼下哪儿哪儿都兵荒马乱的，年轻人，躲还躲不开呢，还出头露面。这不往楞子上碰，自找倒霉呢！"

年轻人叽叽呱呱地说："皇军说了，不杀人，不放火，不抢粮食。早去的，还赠送小日货！我们干吗不出来看看？"

徐老蔫说："小鬼子什么时候说话算过数？他们是什么屎都拉，就是不拉人屎！"

年轻人叽叽喳喳地说："既然你知道小鬼子都这个德行，干吗还敲锣打鼓地为他们干事啊？"

徐老蔫说："我也是马勺上的苍蝇——混饭吃呗！"

正说间，响起了整齐的脚步声，原来是一队身穿黄色军装的治安军，全副武装，荷枪实弹，跑步来到魏和尚家南墙外的空场上。

杨各庄三街的老百姓交头接耳："这群货怎么来了，有他们什么事呀，莫非他们也是来看热闹的？"

崔振彪身穿新军装，腰里挎着盒子枪，盒子枪亮光光，脚上皮鞋踏踏响。吆三喝四，装模作样。看上去很美，岂知一副臭皮囊！

杨各庄三街的乡亲们，一个个面朝崔振彪的老娘和他的媳妇豆花，投去难以言状的目光，是羡慕、嫉妒，还是怨恨、愤怒？不得而知。

崔振彪的娘和他的媳妇豆花似乎早已感觉到乡亲们如此这般地看着她们，于是，娘俩都低下了头。大概她们为了家里出了崔振彪这么个货色，而感到羞耻与悔恨。

崔振彪带领着他的虾兵蟹将，就站在杨各庄三街老百姓的对面，他们中的大多数是同乡、同学、老乡亲、左邻右舍，相当熟悉。此刻，有的人竟与他们相识的人交换眼色，传递情感。有的人低下头，大概因穿了这身黄狗皮，以为耻辱与悔恨，难以名状，低头不语。

吉田龟大佐身背指挥刀，腰挎盒子枪，走到崔振彪跟前，说："我的话，你还记得？"

崔振彪说："嗨！"

吉田大佐手抚日本指挥刀，面向杨各庄三街的老百姓，说："我们大日本皇军，不杀人，不放火，不抢粮食，还赠送日货礼品。我们大日本天皇，一贯主张日中亲善，构建大东亚共荣圈，使包括中国在内的大东亚各国，人人都能过上天堂般的生活！"

杨各庄三街的老百姓开始骚乱起来。

有的说："那敢情好！"

有的说："黄鼠狼给鸡拜年，没安好心眼儿！"

有的说："哪次不是说，不杀人，不放火，不抢粮食。人少杀了吗？

房子少烧了吗？粮食少抢了吗？口是心非，狼心狗肺。小日本，是些什么东西！"

有的说："说得越是好听，越是要加小心！"

吉田龟大佐说："前些日子，杨各庄守备司令佐佐木将军，为大日本国捐躯了，就是你们的八路军干的。我想，这些八路军，他们并没有走远，就藏在你们的家里。谁能把他们交出来，大日本皇军的赏金，是大大的有哇！"

说着，吉田龟大佐将手一挥。

两个小鬼子一起将麻袋口朝下，把里面的银圆"哗啦啦"倒在桌子上。

吉田龟大声地叫唤："说，有谁知道？"

魏和尚家门前的空场上一片寂静，连个咳嗽声都听不到。

吉田龟声嘶力竭，高声叫嚷："说，不说？统统地死啦死啦的！"

杨各庄三街的老百姓一个个低着头，不言不语，不哼不哈。

吉田龟高高举起日本指挥刀，用力砍在老槐树粗壮的树杈上。只听"咔嚓"一声，一根树杈落下，险些扫到老百姓的脸上。

杨各庄三街的老百姓，一个个连退都不退一步，就那么坚坚实实地站着。

吉田龟暴跳如雷，"噔噔"几大步，走到崔振彪的跟前，说："命令你的兵，开枪！"

崔振彪得令，面朝治安军，命令："卧姿！"

治安军"扑通"趴下，架好步枪。

崔振彪命令："装子弹！"

治安军"啪啪"安装上子弹夹。

崔振彪高高举起枪，正要下命令，还未开口。

突然，一声叫喊："小彪子，你个王八羔子、兔崽子，你敢！"

大家定睛一看，高声喊叫的不是别人，正是崔振彪的老娘。

崔振彪放下举起的手臂，望着自己的老娘。

吉田龟瞪了崔振彪一眼，说道："怎么，崔振彪，你可是大日本皇军的人！"

崔振彪命令："起立！"

治安军立马起立，站好。

吉田龟又朝崔振彪走了几步，铆足劲儿叫道："你的，崔大队长，什么的干活？死啦死啦的有！"

崔振彪命令："卧姿！"

治安军"扑通"趴下，架好步枪。

崔振彪刚要下命令，又听见一声嘶喊："慢！"

原来，疾步跑到崔振彪跟前的，就是他的媳妇豆花。

豆花苦苦央求道："振彪，你不能杀害乡亲们！"

崔振彪说："你应该明白，我不杀乡亲们的头，皇军就要杀我的头！"

豆花说："你把乡亲们杀了，就算你的头，我的头，娘的头都保住了，我们还有脸面活在这个世上吗？不叫恶鬼缠死，也得叫老百姓的指头戳打死！"

崔振彪气急败坏地说："那，那你叫我怎么办？"

豆花说："你，有种，掉转枪口，杀小鬼子。哪怕你杀死一个，我下辈子还嫁给你，还让你睡我。我给你生养一大群孩子，世世代代跟小鬼子干。这辈子跟小鬼子干，下辈子还跟它干，没完没了，直到把小日本鬼子赶出中国！"

正说间，只见吉田龟死死地盯着崔振彪，高高地举起手里的指挥刀。

崔振彪瞥了一眼吉田龟手里的指挥刀。心里立即燃起一团火。下达了命令："起立！听好我的命令——"

治安军个个站起，手里的枪口仍然对准杨各庄三街的老百姓。

崔振彪把声调提高八度，音量增大十倍，大声命令道："中国的弟兄们，听好，服从我的命令：掉转枪口，瞄准小日本鬼子的脑袋，开火！"

治安军的弟兄们，似乎早有预感。听到崔振彪的命令，立即瞄准小日本鬼子的脑袋，扣动了扳机。

一时间，小鬼子在"啪啪"的枪声中倒地。

不料，随着吉田龟"啪"的一声枪响，崔振彪倒在地上。

崔振彪的老母亲和他的媳妇豆花一同扑向崔振彪。

崔振彪的老母亲用手托起儿子的头，哭诉道："好儿子，临到死你才明白，你不该把枪口对准中国人，杀小鬼子才是正理！"

媳妇豆花哭着说："振彪，你做对了。下辈子，我还嫁给你，陪你睡，叫你睡个够！养一大群孩子，好不好？"

崔振彪挣扎着，嘴唇抖动，欲说不能。头上，不住地淌血，只有出的气，没有入的气。

振彪娘连嚷带喊地扑向日本鬼子，用尽平生之力，抱住小鬼子的大腿向后扯。

日本鬼子用枪托击打振彪娘的头，鲜血顺着眼眶往下淌。

振彪媳妇豆花连哭带叫地蹿向日本鬼子，揪住小鬼子的衣服往下拽。

日本鬼子用刺刀猛扎豆花的胸膛，血流一地。

杨各庄三街的老百姓。不分男女老少，一个个叫着喊着，就像炸了窝的黄蜂，愤怒地扑向日本鬼子，用石头砸，用棍子擂，用树枝抽，用拳头打，用脚踢，用牙咬。总之，所有能用的，都用上了。

但是，杨各庄三街的老百姓，一个个赤手空拳，手无寸铁，以血肉之躯，跟日本鬼子搏斗，终归抵挡不住日本鬼子的洋刀洋枪。尸横遍野，血流成河。

天若有情天亦老。

霎时间，乌云密布，电闪雷鸣，顿作倾盆大雨。

是天公在怒吼，在嘶喊，在哭泣，在垂泪！

中国老百姓，不愿做侵略者的奴隶，用他们的血肉，筑起一道道新的长城，用他们的灵魂，捍卫了中华民族的尊严。

是的，小日本，你可以把他们的躯体剁成肉酱，你可以使他们的鲜血化作河流。然而，中国人民的意志，却永远不会被征服；中华民族的灵魂，却永远不会被摧毁！

吉田龟屠杀杨各庄三街平民百姓的消息，很快传到尹家府独立团指挥部。

韩贵德听到后，暴跳如雷，攥紧的拳头重重地擂在桌子上，大声地喊道："来人！"

警卫员郑彪立马跑了进来："警卫员郑彪，到！"

韩贵德怒吼："通知司号员，吹紧急集合号！"

郑彪一愣，然而，还是答道："是，通知司号员，吹紧急集合号！"

不料，此刻，胡宝贤从侧门而入，说："慢！"然后，赶紧上前，劝说道，"团长，息怒！"

韩贵德怒气冲冲地说："息怒息怒，息什么怒？你知道，小鬼子杀害了多少杨各庄的无辜百姓？要知道，这些老百姓两手空空，手无寸铁呀！他们何罪之有？"

胡宝贤说："别问手无寸铁的老百姓何罪之有？即使我们拿枪的八路军，又何罪之有？日本鬼子有什么理由到中国来杀人！要说无辜，我们整个中华民族，整体四万万五千万同胞，都是无辜的。但是，这几年，日本鬼子不是到处杀人吗？"

韩贵德说："一夜之间，杨各庄几百口子老百姓的生命，就这样说没就没了。八路军是干什么的？不能眼睁睁看着人民被屠杀，坐视不管吧！"

胡宝贤说："团长，我的好团长。你要这么说，连我都吃不住劲儿了！"

韩贵德说："吃不住劲儿，那咱们就同小日本真枪实弹地干一场，大不了闹个鱼死网破！"

胡宝贤说："我的团长，咱们手里的武装，是用来战胜日本侵略者的，可不是同日本鬼子仅仅整个鱼死网破！"

韩贵德赌气说："拼一个够本，拼俩赚一个。中国拿出两千万人和小鬼子玩儿命，就能把小日本鬼子给拼得一个不剩，弄得日本四岛，一片废墟，落得一片白茫茫大地。姥姥的！"

胡宝贤说："你看你看，你非要逼着我班门弄斧。你不是普通一兵，作为普通一兵，拼一个够本，拼俩赚一个，这种勇敢精神十分可贵。可咱们是指挥员，作为指挥员，就不能那么简单。在敌强我弱的情况下，只能发挥咱们近战、夜战的优势。同敌人硬拼，只怕本儿都捞不回来，就更别想再有赚头儿了！"

韩贵德说："那，那杨各庄三街，死那多老百姓的仇就不报了？"

胡宝贤耐心地说："不是不报，时机未到。时机一到，一切全报。孙子曰：'见胜不过众人之所知，非善之善者也。'从战争学习战争，每战必胜。不怕小胜于敌，积小胜于大胜。饭要一口口地吃，仗要一场场地打。一口吃个胖子，没有的事！"

韩贵德说："你总是讲大道理！"

胡宝贤说："对了，世界上，一切小道理归大道理管着。"

韩贵德说："大道理我懂，小道理我也懂。只是老百姓的仇什么时候去报？"

胡宝贤说："寻找机会！"

吉田龟在杨各庄三街发够了疯，回到日军杨各庄防务指挥部，手中的指挥刀把桌子拍得"啪啪"响。

吼道："来人！"

一个日本兵小步跑了进来："嗨！"

吉田龟大叫道："通知司号兵，紧急集合！"

日本兵答道："嗨！"转身欲走。

吉田龟叫道："慢，回来！"

日本兵答道："嗨！"

吉田龟拍拍脑门，转身喝道："滚！"

日本兵答道："嗨！"

吉田龟在指挥部里踱来踱去，坐立不安，气急败坏地朝着天花板吼道："我要杀人，我要放火，我要把冀东，华北，统统地烧光，杀光，抢光！"

吉田龟的吼叫，震得指挥部的墙壁"嗡嗡"作响，桌子上的笔墨纸砚，稀里哗啦往地上掉。

一个红墨水瓶，可巧掉在吉田龟的脚面上。

吉田龟用力一踢，巧极了，红墨水瓶砸在对面墙壁镜子里天皇的照片上。破碎的玻璃碴儿稀里哗啦往下落，红色的墨水顺着天皇的脸哧溜哧溜往下淌。

吉田龟声嘶力竭地吼叫："勤务兵！"

勤务兵迅疾进来，答道："嗨！"

吉田龟大叫："快，打扫干净！"

勤务兵："嗨！"

冀东独立团大操场上的东西两侧，大刀队和狙击组正练兵。

东边热闹非凡，像上演一台威武雄壮的活戏。

西边鸦雀无声，又像一台幽默滑稽的哑剧。

大刀队的队员们，人人手使大刀，腾挪跳跃，蹿房越脊。单打独斗的，见树杈，"咔"，砍一刀，树杈纷纷落下；见荆棘，"唰"，扫一刀，荆棘呼呼飞舞；见石头，"当"剁一刀，石头噌噌冒火星。双人开打的，二人你来我往，大刀相磕，叮当作响，看得人眼花缭乱，揪心扒骨。

狙击手们的训练，安静得多，倘稍不用心，简直很难发现他们。他们的一个卧姿，一动不动，能趴几袋烟的工夫；一次瞄准，不声不响，没有人能注意到他们。看他们搞训练，得长长的工夫耐耐的性，否则的话，只好一走了之，拉倒。

韩贵德性子暴，他常常到大刀组指挥训练。

大刀队战士只要看到团长来了，立即精神抖擞，"嗷嗷"乱叫，小刀换大刀，大刀换重刀。小刀三斤六两，大刀七斤二两，重刀三十六斤！

团长最喜欢看战士们练习重刀。重刀，要是砍树，碗口粗的大树杈，只需一刀，"咔嚓"断下。韩团长有时来了兴致，也把三十六斤重的重刀拿在手中，练上一阵子。见树杈，砍树杈；见石头，砍石头。树杈纷纷落下，石头火星四溅。直到战士们一连气儿地喊"好好"，方才终止。好个韩团长，练过之后，从不心率加快，极少气喘吁吁。是条汉子！

政委则是另一样，他只要稍有闲暇，就查看一下狙击组的训练。

少有人知道，狙击组的训练最苦、最累。他们总在地上趴着，一个姿势可能要坚持好长时间。饿了，摸出一点干粮，塞进嘴里；渴了，摸到水壶，喝几口，赶上水没了，也许就靠舔舔草尖儿上的露珠。白天太阳晒，不能移到树荫下；夜晚蚊虫咬，不能用手拍，都得忍着。单调，乏味，寂寞，孤独。无人监视，无人看管，全靠自己监视自己，全靠自己看管自己。

平日常说，狙击手是子弹堆出来的。就是说，培养一个优秀的狙击手，得舍得子弹，一枪一枪地实弹射击，似乎只有这样，才能训练出百发百中的狙击手。可是，八路军手里没有那么多，每个战士只发五颗，哪里拿得出成堆成堆的子弹，去训练狙击手？没有子弹的"机下练"，是最难以忍受的。难能可贵的是，我们年轻的狙击手是怎样炼成的？就是在如此艰苦的条件下炼成的。

这些，作为独立团政委的胡宝贤，心里当然清楚。有时，他会拍拍狙击手的肩膀，但嘴里却什么也不说，只是点点头，眼眶里满是泪水。

冀东独立团中的大刀队、长矛队、狙击组等等，每日训练。练一练手中抢、刺刀、手榴弹，看谁瞄得准，看谁投得远，不消灭小鬼子不是好汉！

强将手下无弱兵，独立团的战士，个个赛过小老虎，平日里欢蹦乱跳，听说打仗"嗷嗷"叫。

　　吉田龟大佐并非等闲之辈，本也不是个省油灯。秃脑瓜子整天价不闲着，时时刻刻都琢磨打仗的事。这次，袭击杨各庄三街，原本是吉田龟的如意算盘。他原想，杀中国人，也不亲自动手，让当治安军的中国人打中国的老百姓。这样一来，中国人也杀了，还不担任何罪名。八路军知道了，要报仇，恐怕也得找治安军，这样一来，中国人打中国人。无论谁胜谁负，他吉田龟都坐收渔利。可是，万万没有想到，事有变故，反倒让治安军的大队长崔振彪给搅和了。赔了夫人又折兵不说，还差一丁点儿丢了小命儿。

　　吉田龟回到守备司令部之后，相当恼火。拿谁出气呢？他想了又想，决定首先整顿内部，凡是他看着不顺眼的，都要折腾折腾，把自己的亲信抽调到关键性的负责岗位。这样一来，换岗调位就显得频繁。就是说，等于重新部署。对后勤一类也要试探试探，比如，早先抓来的民工，被分配做饭、扫地、收拾屋子的，以致另有抓来做慰安妇的，统统都要过一遍火。

　　任文远是我军打入杨各庄防务区的情报人员，平日间，在防务区后勤充当采买工作。多次搜集敌情，通报给八路军冀东抗日总部。

　　吉田龟上台后，重新部署了防区，就是说，任文远以往掌握的情报，还需修改，再传递出去。况且，任文远单线联系的人员、时间、地点也须调整，否则，极可能出现新的情况，给自己带来危险不说，也很难完成传送敌情任务。

　　正在任文远提心吊胆的时候，吉田龟传唤他。

　　任文远进了吉田龟的司令部，站定。

　　不料，吉田龟半晌不语。这很使任文远内心不安。

　　突然，吉田龟吼道："你，任文远，你的良心大大地坏了！"

　　任文远知道是吉田龟在试探他，只是装作若无其事。摊开双手，做出无可奈何的样子。

　　吉田龟说："你，明里采购，暗地里跟八路军的联系，为他们提供日军情报的有？"

　　任文远笑笑说："哪里的事？"

吉田龟一拍桌子："带上来！"

被带上来的人，高个儿，头戴破草帽，长长的头发遮住半张脸，满脸是血，前额用纱布随意裹了几遭，滴里奔拉的。

任文远先是一愣，他的每一根神经都参加了战斗，他在极短的时间里，把这些年来与自己打过交道的同志，都过滤一遍。心里说："没有这个人，他不会是自己的同志。不，绝不会的！"

吉田龟走到任文远的跟前，不怀好意地说："说呀，他是谁？他早已供出你。难道你还袒护他？任文远，如实招来！"

任文远说："这是条疯狗，吉田龟大佐，何不杀了，砍了，剥了喂狗！"

吉田龟冷笑道："中国有句老话：友情为重。怎么，对自己的同伙，难道竟然如此薄情？"

任文远厉声说："这种畜类，留之何用！"腾腾上前几步，举拳便打。

吉田龟哈哈大笑："慢！"侧向警卫兵，"带下去！"

警卫兵推搡着那人出去了。

任文远留意看到，那人刚刚走出，还没等门帘放下，就把破草帽甩掉，撕扯纱布，扔在地上。

任文远心里说，这个蠢货！

次日，任文远仍被吉田龟派去杨各庄大集采购粮食蔬菜。

任文远说："不去！"

吉田龟说："怎么耍起小孩子脾气！"

任文远执拗地说："既然大佐对我不放心，何不委派心腹顶替任某？"

吉田龟说："你，你就是我的心腹，我还能找谁？哈！"

任文远就坡下驴，说："好吧，那就另派一个人，一同采购，况且，今天需要购买的东西太多！"

吉田龟说："来人！"

只见一个高个子兵跃上："长官，有何吩咐？"

吉田龟说："你的，跟去采购，听话的有！"

高个子兵说："嗨！"

任文远心里早有了小九九，此人不是别人，就是那伪装被捕者的蠢货。

任文远和高个子兵，一前一后来到杨各庄大集。

大集上，比肩接踵，人来人往，三教九流，熙熙攘攘。

任文远走进一家粮店，粮店掌柜立即走上前来，说道："财东前来，采买啥？"

任文远赶紧使眼色，不温不火地说："看看，不能打眼喽！"

粮店掌柜心领神会，又去照顾旁的客人。

任文远说："是不是有粮不卖？"

粮店掌柜急忙回转过来："哪里，哪里？皇军的干活，哪个敢怠慢！"

任文远说："谅你也没这个胆量！快，一百斤大米，顶好顶好的有！"

粮店掌柜高声喊道："天津小站稻，一百斤！"

店内答道："好喽，天津小站稻，一百斤！"

高个子兵挑上一百斤大米，亦步亦趋地跟在任文远的后面走。

两个人出了粮店，来到大街上，任文远又挑了几样蔬菜，放在高个子兵的担子上，这才往回走。

没等回到营地，高个子兵早已气喘吁吁，大汗淋漓了，心里说："吉田龟大佐令我盯着他，可跟了半天，什么都没发现，妈的，纯属瞎掰，白跟一趟了！"

任文远回来后，很是得意。心想，跟我斗，再狡猾的狐狸也斗不过好猎手！

吉田龟坐在椅子上，眼睛望着天花板，手指敲打着椅背，轻声说："来人！"

警卫员急匆匆走到跟前："嗨，有何吩咐？"

吉田龟附耳。

警卫员急匆匆跑出。

大个子兵走进来，在吉田龟面前立定。

吉田龟把他唤到跟前，问："任文远有何动作？"

大个子兵摇了摇头。

吉田龟："那么，在粮店，在菜市场，就连一丁点儿蛛丝马迹，也没有看出来？"

大个子兵说："真的，真的一丁点儿疑点也没有。"

吉田龟眯起眼睛，半晌，才从牙缝儿里说出："这一丁点儿也没有，就是个信号！"然后，他拉过大个子兵，咬着耳朵细细叮嘱："带上两根金条，到杨各庄粮店，如此这般……"

大个子兵带上两根金条，急匆匆来到杨各庄粮店。

粮店掌柜迎了出来，点头哈腰地问："太君，您买什么？"

大个子兵一双死鱼般的眼睛，盯着粮店掌柜，说："哇，跟你说实话，其实，我并不是太君，我也是中国人。我就是比你们现实，谁能叫我活得好，我就跟定谁。什么中央军，日本人，只要他给我好处，在我眼里，他就是好人！"

粮店掌柜说："这话说的，缺乏信仰！"

大个子兵低声说："我这次来，不为买东西，就是为你而来。"

粮店掌柜说："此话怎讲？"

大个子兵悄声说："我只问你一句话：你是吃敬酒，还是吃罚酒？"

粮店掌柜心里发颤，试探地说："咋个敬酒？"

大个子兵大声说："敬酒吗，看，这是什么？"说着，"当啷"一声，往台子上扔上一根金条，转身又说，"再看看那边。"

那边站着一个身穿旗袍的女人，正朝着粮店掌柜媚笑。

粮店掌柜心里发抖，颤颤地说："那，那咋个罚酒？"

大个子兵厉声说："罚酒嘛，火刑，电刑，老虎凳，烫鸭子，烤爪子……"

粮店掌柜吓出一身冷汗，连连说："那，那您要我做什么？"

大个子兵的声音缓和下来，说："简单极了，你就把这个纸条转交给任文远。金钱美女就都属于你的了！"

第二天，任文远依旧到杨各庄粮店采购，进了粮店，留神四外望了望。

粮店掌柜向他递个眼神儿。

任文远心领神会，悄悄向他蹭过去。

粮店掌柜递给他一沓纸钱，故意高声说："这是找您的零钱，仔细清点，错了不换，请拿好！"

任文远清清楚楚看见，在那一沓零钱里，夹张纸条，他迅速抽出，藏在袄袖里溜了一眼：火速获取吉田龟城防图。心里一惊，假装擦嘴，把纸条塞入口中，嚼烂吞咽。

任文远高腔大嗓地说："走了您哪！"

粮店掌柜说："慢走！"

任文远来到兵营，心急如焚，坐立不安，心里只惦记着火速获取吉田龟城防图这件事。

　　吉田龟急急火火地从作战室走出来，钻进台阶下面等候他的吉普车，迅速开出大门。

　　任文远看得清清楚楚，吉田龟的吉普车拐上奔往密云的路。就是说，吉田龟这次定然是一次远行。心想：机会来了，一定要抓住这次机会！

　　鬼子兵营也与往日毫无异常。

　　任文远看在眼里，急在心上。他不由得又想起"火速获取吉田龟城防图"那句话，那是上级的命令。就是说，上级肯定又有新的作战部署了，十分紧急，刻不容缓。任文远越想，越感到责任的重大，肩上的担子越重。他多么想，立即就得到那张"吉田龟城防图"，顺利交到粮店掌柜手里，急速转送到上级，完成这个无比光荣的任务。他简直难以控制自己的情绪。此刻，他有些迫不及待了。不过，他究竟是个有经验的情报员，内心深处不断地叮嘱自己：要冷静，冷静！

　　忽见从吉田龟作战室走出来一个鬼子，他仅仅把门一带，并未上锁，颠颠地朝伙房走去。

　　任文远简直按捺不住激动的情绪，心里说，这个机会绝不能错过！他望了望周围的环境，轻巧地跃上台阶，又向四周溜了溜，这才靠开门，吱溜钻了进去，只见桌上正铺着一张图。任文远迅疾望了一眼，正是那张吉田龟城防图。天助我也！他来不及细想，卷巴卷巴就掖进裤兜，正准备溜出，不料，吉田龟就立在他的面前。

　　任文远本能地想一口把图吞下，然而，完全来不及了。

　　吉田龟仰面大笑："中国有句老话，叫作捉奸捉双，捉贼捉赃。任文远，这叫人赃俱在，你还有什么话可说？哈，哈哈……"

　　任文远说："吉田龟，你不要得意太早了，中国人民早晚要把你们这些狗强盗，赶出中国！"

　　任文远被捕了，关进地牢。

　　任文远靠在墙上，闭上眼睛，想了又想，他觉得这件事有些蹊跷。明明看见吉田龟乘坐吉普车拐上密云公路的，为什么这样快就又回来了呢？城防图这么重要的绝密文件，怎么会不收起来，偏偏放在桌子上呢？这一连串的为什么，终于使他想明白了：这是圈套，是吉田龟精心设计的圈套。

任文远判断得一丁点儿不错。他断定：粮店掌柜叛变了。

此时，任文远最怕的不是审讯，不是逼供，不是严刑拷打，而是因粮店掌柜的叛变，不知会给情报工作带来怎样的严重后果。然而，他知道，粮店掌柜叛变的情报，是无论如何也无法通知给自己人了！

任文远正思前想后，突然，地牢铁门"哗啦"打开了。

鬼子狱卒吼道："出来！"

任文远早做好了严刑逼供的思想准备，腾腾走出。出乎意料的是，任文远被带到吉田龟的办公室。

吉田龟坐在黑色软皮座椅上，往日凶相毕露的眼睛，似乎变得很和善。

任文远正在狐疑，突然，吉田龟拍拍手掌，只见一个人从侧门走进来。

吉田龟皮笑肉不笑地说："任文远，看看这是谁呀？"

任文远抬头一看，进来的不是别人，正是粮店掌柜。

粮店掌柜几步奔到任文远面前："兄弟，听哥一句话：这里的火刑、老虎凳你受不了的，招了吧！"

任文远愤怒地说："无耻！"

粮店掌柜朝着吉田龟，摊开双手，耸耸肩，做出一副无可奈何的样子。

吉田龟吼道："带下去，好好地伺候！"

粮店掌柜追到任文远的面前，哭诉道："让日本人逮着，没有好果子吃。兄弟，别犯死心眼儿。听哥一句话，招了吧。再说，国家是大家的，国家有四万万五千万人，凭什么就让咱哥们儿受这份罪，吃这样苦！"

任文远愤愤地说："你是人吗？是中国人吗？狗，癫皮狗，一条断了脊梁骨的癫皮狗！"

吉田龟气急败坏地吼道："来人，火刑，老虎凳，大刑伺候，撬开，撬开他的嘴！"

独立团团长韩贵德得到任文远被捕的消息后，焦急万分，这不止由于任文远是他的同乡和战友，还由于他的被捕，获取杨各庄防区情报的情报网将被撕破。因此，设法营救任文远就成了当务之急。

可是，任文远关押在哪里？鬼子设防状况如何？情况不明，怎么营救？正在韩团长思考再三的当儿，得到任文远被押上刑场的消息。

任文远遍体鳞伤，戴着手铐脚镣，目光炯炯。

天上，乌云密布。

脚下，荒草萋萋。

吉田龟腰里挎着军刀，走到任文远的面前，说："你们中国有句老话：人生如梦，转眼就是百年。为什么跟自己过意不去？英特纳雄耐尔是什么？谁能说得清！为信仰去死，无异于白白送死。是也不是？"

任文远说："无耻！我是为我的祖国，为四万万五千万同胞去死，死得其所，死而无怨！英特纳雄耐尔，就一定要实现！"

吉田龟吼道："你如此执迷不悟，我劝你还是要好好考虑考虑。我最后给你三分钟！"

任文远望望远方，铿锵有力地嘶喊："我一分钟也不需要！小鬼子，开枪吧！中国人民是杀不完的，早晚有一天，要把你们赶出中国的土地！"

罪恶的枪声与任文远的嘶喊声，交织在一起，久久地在冀东大地回荡。

第十一回

齐燮元魔鬼下地狱
崔殿元神灵升天堂

尹家府民兵好儿郎　狗子军荒唐甚嚣张
齐燮元魔鬼下地狱　崔殿元神灵升天堂

关礼仁擒拿齐燮元回营后，由解小虎和郑彪押解，交给尹家府民兵看管。

值班民兵崔殿元把齐燮元关进了小黑屋，上了锁。

崔殿元原本是尹家府一名普通民兵，由于这个人腿脚灵活，勤快，爱张罗事，因此，八路军独立团的一些琐屑之事，总是交给他。他不烦不恼，东跑西颠，虽常常闹得腰酸腿疼，但却欢喜异常。

崔殿元跑回家，跳进猪圈就逮猪。

老婆子问："干吗？"

崔殿元说："杀！"

老婆子说："疯了？不年不节的，杀猪卖给谁？"

崔殿元说："不卖，送给独立团的三连，没听说三连打了大胜仗，杨各庄的大恶霸齐燮元也叫八路军给活捉了！"

老婆子说："我好容易一勺一勺喂大的，你就真下得去手，说杀就杀了。呜呜……"

崔殿元说："头发长，见识短。懂啥呀！八路军是咱老百姓的队伍，咱们自己的队伍打了大胜仗，不该庆贺庆贺？"

老婆子说："八路军打了大胜仗，也不是咱们一家子的事，凭什么就该咱们家出一口猪呀！"

崔殿元说："赶明儿，我再从杨各庄大集给你买一头小猪儿，少不了你的，行不？"

老婆子说："你呀，比擀面杖还直溜，一丁点弯儿都没有！"

崔殿元扛起猪就走。

老婆子又哭又喊又叫。

崔殿元只顾急匆匆地赶路，一直奔到兵营。

大家听说晚上有猪肉吃，一个个高兴得飞上了天。

崔殿元的拿手菜就是猪肉炖粉条儿。

这天晚上，大家饱餐一顿，嘻嘻哈哈好一阵，困了，乏了，倒头便睡。年轻人都这样，吃得饱，睡得着。

崔殿元听着战士们打雷般的呼噜，兴冲冲地忙自己那片活儿去了。

当然，八路军也并非天天传喜讯，也有令人扼腕的消息。一日，崔殿元正忙活营区里的杂事，忽然传来任文远被日本鬼子杀害的消息，崔殿元心里很是难过，终日闷闷不乐。

崔殿元走到尹家府村西，背靠着一棵粗壮的杜梨树，望着眼前的蛋子坑发呆。

那时的蛋子坑，里面长满了杂草，坑底满是稀泥。平平静静，清清亮亮的，岸柳成荫，白杨成行，实有"杨柳岸晓风残月"的诗境。而今，这里充满了恐怖，还是那蛋子坑，不知葬进了几多冤魂的尸骨。倘不是日本鬼子来到顺义县，来到尹家府，哪里会有这样的情景！

崔殿元望着蛋子坑那平静的水面，望着望着，水面上竟然出现了任文远。任文远稳稳当当地朝他走来，朝他笑笑，并不开口。走到他的跟前，慢慢上升，升得愈来愈高，升到蓝天上去了，脚踏祥云，慢慢悠悠地飞呀飞，在蓝汪汪天空中，化作一个晶莹的亮点，远了，远了……

崔殿元昏昏沉沉，迷迷糊糊，揉揉眼睛，眼前依然是长满杂草的蛋子坑。他抬起屁股，迈开双脚，朝尹家府村里走去，正遇上韩贵德团长。

崔殿元虽是民兵，甚至已是在独立团大院里工作的同志，但他仍然不习惯向首长敬礼，更不习惯向首长问好一类，简直就是低头不语。

韩团长说："崔殿元，散散步？"

崔殿元应道："嗯。"径直朝前走去。

韩团长觉得崔殿元怪怪的，挺好笑，于是他掉转过来，问道："殿元，齐燮元关好了吗？"

崔殿元说："放心吧！"

韩贵德说："齐燮元这家伙，不是很好对付，多加小心！"

崔殿元说："把心搁在肚子里吧！"

韩团长一面走，一面说："放心，放心！"

崔殿元人和气，谁都可以支使他，叫他打狗，打狗；叫他骂鸡，骂鸡。他就是这样的好脾气。像征粮、筹款这类琐事，他则更认为是自己的分内之事。他对自己说，我上了些年纪，不能跟年轻战士一起东跑西颠地拼杀，这些杂事可不就得多担当些吗！他这样想了，也这样做了。谁的衣服脏了，泡在水盆里没有洗，他抽工夫洗了，晾干，叠好；哪个炊事员忙不过来，他也跑去帮忙，刷盆掸碗，择菜洗菜。没有他不应的活，一天到晚不时闲，总是急急匆匆，忙忙活活。

突然，大祸从天降："齐燮元跑了！"

按说，齐燮元越狱，原本跟崔殿元并没有关系，又不是他值班。可竟然传出似乎就是他崔殿元的责任，其实，也未必就是嫁祸于人，但在崔殿元心里，却形成了极大心理负担。而且，这负担越来越重，以致他喘不过气来。"不行，我得主动把情况说清楚，来证明自己的无辜。"他越是这样想，越显得不自在。走路，干活，总想表现得自然一些，让大伙看不出他跟平常稍有不一样之处。他越这样，越似乎引起旁人的注意，仿佛齐燮元的逃跑，真的与崔殿元有关。

崔殿元的精神压力很大，见了谁，都好像人家用异样的眼光看他，生怕人家提起齐燮元逃跑的事。

崔殿元吃不下，睡不着，见了谁，他都想跑到人家跟前，向人家解释解释齐燮元的逃跑与他无关。

崔殿元疲惫不堪，躺在树荫儿下，昏昏欲睡。

崔殿元儿时的好朋友任文远从天而降，飘飘忽忽地朝他飞过来，立在他的跟前，龇牙咧嘴，像一头雄狮，把他扑在身下。

韩团长厉声说："看好齐燮元，看好齐燮元！看好齐燮元——"一声比一声高，一声比一声大，震耳欲聋。

崔殿元惊醒了，吓出一身冷汗。

他抬头望望天，天上只有几朵白云，一会儿像一群群银鱼，在无边无际的大海中漫游；一会儿又像一群群白鹅，在平静的潮白河水面上嬉戏，哪里会有任文远的踪影！

崔殿元心烦意乱，他甚至想，就连我最要好的朋友任文远都要吃我，就连我最崇敬的韩团长也在怨我。我哪里还有活的路！

崔殿元的肚子也来凑热闹，"咕咕"叫个不停。此刻，他才想起应该往肚子里垫补点儿东西以充饥。于是，他跌跌撞撞地朝伙房走去。

炊事班班长老王见了崔殿元，嘻嘻哈哈地说："崔殿元呀崔殿元，大伙都吃完了，就等你一个人啦！什么事比吃饭还要紧啊？忘说了，人是铁，饭是钢，一顿不吃饿得慌。莫不是背着家里的，相媳妇去了！哈，哈哈——"

崔殿元支支吾吾地说："哪儿挨哪儿呀！我上哪儿相媳妇去呀，一个媳妇我都伺候不好。得得，你也不要见着人拢不住火儿，拿穷人开涮，凑合着给点儿剩菜剩饭的吧！"

老王班长说："你要说没相媳妇去，我也信。可你别说我给你盛点儿剩菜剩饭，大家伙可都是吃的这个，咋是剩菜剩饭！"

崔殿元说："你瞧你瞧，急赤白脸的，至于吗？"

老王说："是你先急赤白脸的，你真猪八戒吃西瓜——倒打一耙！这事闹的，我要知道你不识闹，我还不如给狗挠蛋去呢！"一面哭丧着脸，一面往碗里随便盛点儿小米干饭，"吃去吧，吃完了，好琢磨跟谁犯驴脾气！"

崔殿元仿佛感觉到再争执下去，自己就更加没面子，于是，就坡下驴，端过老王递过来的饭碗，不再言语，蹲下来便吃。

老王见崔殿元闷头吃饭，又心疼开他了。本来嘛，平日价彼此都不错，况且都知道崔殿元的为人，就又盛一碗菜，正要给他端过去。不料，崔殿元刚吃完，站起来就将空碗放在灶台上，走了。

老王端着菜碗，不知所措，叫住崔殿元不是，不叫住他也不是。干脆说："平日价挺好个人，咋像犯了病！"索性把一满碗菜倒回锅里，"妈的，只当喂狗了！"

崔殿元囫囵吃过饭，气呼呼地走了。可是，他到哪里去呢？似乎哪里都不是他该去的地方，哪里都有人盯着他，该死的齐燮元，你跑哪家子？再说，即便齐燮元跑了，跟我有什么关系！干吗都看着我呀？别人还情有可原，难道你任文远，咱们从小一块儿长大的，你也跟我不依不饶？韩贵德团长，难道你也信不过我，我咋会把齐燮元那个魔鬼放跑呢！

崔殿元感到十分委屈，眼泪汪汪的。他心里掖鼓着好多好多话要往外倒，可是，他去找谁倾诉呢？他想起了老婆子，要不跟她聊聊。唉，得了得了，她兴许为扛走她的肥猪，气儿还没消呢！找韩团长，唉，人家是团长，哪里有闲工夫听我瞎嚷嚷呀？唉唉，还是找我的好朋友任文远坐会儿吧！

于是，他跌跌撞撞地来到任文远的坟前，慢慢坐下来，抚摩着任文远的坟头儿，虔诚地说："文远，咱们从小就给齐燮元扛活打短，整年价吃不饱，穿不暖，挨打受气。你还记不记得，咱俩给齐燮元家放牛，净顾得上树摘杜梨，老牛啃了他家几棵棒子苗，被他看见了，把咱们吊在杜梨树上，用打牛的鞭子抽。齐燮元这家伙，多么狠毒呀！这次，八路军独立团的关礼仁活活把齐燮元给逮住，我高兴还来不及呢！可巧，让他颠儿了。他逃跑了，又不是我值班，干吗人人都盯着我呀，好像齐燮元逃跑，是我给放走的，凭啥呀？"

崔殿元坐在土地上，面向任文远的坟头儿，嘟嘟囔囔，稀里糊涂说了一大堆，心里舒坦了不少，眼泪流了一大堆。

昨天，关礼仁把齐燮元给逮住了，把他关在小黑屋里。他四下寻觅，看看有没有可以逃出去的地方。他突然发现，这个小黑屋，原来就是一个小厨房，为了能通风排烟，留了个后窗，只是由于长期不用，随手用一块破布挡了后窗遮掩。心中暗喜，决定寻找机会从那里逃出去。他不吃不喝，把送饭的人打发走，眯起眼睛装作睡熟。

齐燮元一向作威作福，欺压百姓。日本鬼子来到顺义县，亲自领着一群地痞流氓，手里举着三角旗，排着队去县城迎接日本人。口里不住地欢呼："大日本皇军万岁！"自从投靠日本人以后，想想这几年，背靠这棵大树，谁还敢在他的面前夯刺儿！不料，原本一条大船，竟然翻进了小河沟儿，栽在被他一向看不起的土八路手里！

齐燮元坐着，慢慢蹭到小黑屋的前窗，背靠小门，把捆在手腕上的绳索在砖墙角儿上磨。虽然，他不一定听过"铁杵磨成针"的故事，但他坚信，软的麻绳在硬的砖头上磨得时间长了，就会断。捆绑在他身上的绳子断了，他就可能从后窗逃出去！对此，他深信不疑。于是，齐燮元磨呀，磨呀，终于，麻绳断了，这很使他感到惊喜，他望望那用破布遮掩的后窗，仿佛那就是他通往自由的希望。他心里突突地跳，他透过门板的缝隙，看看院里的情景，他把耳朵贴近小窗，听听外面的动静。

齐燮元轻轻走到后窗，慢慢撩开那块遮掩后窗的破布，一丝阴柔的光线探进来，他仿佛看到了希望。他知道，事不宜迟，愈快愈好！

齐燮元虽身体肥胖，但是，那后窗足够他往外钻的。于是，他试着把上半身探出去，心里说："天助我也！"后窗外是一面土坡，刚刚探出半个身子，双手就碰着了地，轻轻松松就从那间小黑屋子里逃了出来。

自从齐燮元被八路军抓走，他家里就像开锅一样。

大太太春喜整天价嘟噜着个脸子，真够俩人看半拉月的，见谁都不挑眼皮儿，可谁愿意看她呀？她见谁都不搭理，可谁愿意搭理她呀？

二太太秋菊见人时，表面上着急上火，可她心里却盘算着怎样分家产，平均分成三份儿，亏倒是没吃，可便宜没占着。这年头，没占着便宜就是吃亏。有便宜不占，傻瓜蛋。可是，他齐燮元家的便宜是那么好占的吗？为此，她伤透了脑筋。

大太太春喜和二太太秋菊只顾你防我、我防你，钩心斗角，无暇顾及旁的事情。这样一来，却被三姨太素云钻了空子。

三姨太素云年轻，漂亮，白白净净的脸蛋儿，平日价一笑俩酒窝。自从老当家的让八路军捉走，再见到人，面颊上常常湿漉漉的。说话也不再像小喜鹊叽叽喳喳的，语调比平日降低了八度。可是，太阳一下山，天一擦黑儿，总有人看见她躲在黑漆大门后边，好像等着什么人进来。

有个看家护院的主儿，留心主人家各类各样的事，该他管的，他管；不该他管的，他也管。为此，得了个"管闲事"的外号。

管闲事到底要弄清楚三姨太黑更半夜地在给谁留门？他悄悄地溜进牲口圈，强忍牲口圈里的腥臊，耐心地静静地等，下定决心倒要看看究竟。结果，管闲事就真的看见一个健壮汉子，闪进三姨太素云屋里。

瞬间，屋里熄灭了油灯。

管闲事蹑手蹑脚地走近三姨太素云的窗下，依稀听见三姨太素云一声紧接一声的喘息与呻吟。

夜色，黑得邪乎，伸手不见五指。

三更过后静悄悄，远处，稍远处，不时传来几声狗吠。

夜半三更，原本不该管闲事打更，可管闲事总不放心素云屋里的事。因此，一直到半夜也睡不踏实，一次次悄悄溜到素云的窗下，听听屋里的动静。

巧得不能再巧，正当管闲事蹑手蹑脚走到素云的窗跟下，伸着耳朵贴近窗户时，红漆大门"咣当"响了一声。

管闲事心里"咯噔"一下子，急忙往回走。刚刚走到红漆大门的门洞里，大门又"咯噔"一声。

管闲事战战兢兢地问："谁？"

外面的人答道："我！"

管闲事接着问："你是谁？"

外面的人答道："还用问？主人。妈妈的！"

管闲事一听发了毛，头发根儿都立起来了，心里犯开了嘀咕：主人，啥主人，不是叫八路军捉住枪毙了吗？把刚刚抽出的门闩，又插回去。喃喃地问："啥，啥主人？"

外面的人有些不耐烦了，压低声音喝道："你家老爷，齐燮元！"

管闲事听得真真切切，麻利儿抽掉门闩，打开大门。

齐燮元"吱溜"进了大门，压着嗓子说："看好，把门闩插好，千万不许叫外人进来！"

管闲事说："好啦，请您放心！老爷，三更半夜的，您要回屋，最好先到三姨太屋里。这两天，大奶奶、二奶奶天天为分家产的事吵架。只有三奶奶天天惦记您，哭天抹泪儿的，可怜见的！"

齐燮元说："这么说，还是小三儿对我好。那我就先进她的房间。"

管闲事没事偷着乐，专等着看笑话。

齐燮元放轻脚步，走到素云的窗下，故意捏着鼻子说："素云！"

素云跟她相好的正亲热，如胶似蜜。素云忽听得窗外的怪声，吓得直往被窝里钻。

齐燮元见里面没有动静，以为没有听到，于是，把怪音提高了三倍，叫道："素云，你当家的回来了！"

素云撩开被窝，支棱起耳朵细细地听。

齐燮元仍见里面没有动静，怪叫道："素云，你听好：八路军把我给枪毙了，可阎王爷打开《花名册》，说：你先回去，告诉你家里一声，再回来，就该轮到你了！这不，我看你一眼，就回到阎王爷那里去。快开门，叫我进去！"

窗户里面那男人一听，"嗖"地坐起来，可惜，没坐稳，一屁股坐空了，赤身裸体，掉在了地上。

素云吓得浑身哆哆嗦嗦，像是风雨中的树叶。

齐燮元在窗外催促道："素云，快，回去太晚了，阎王爷也不答应呀！"

素云吓得昏死过去。

齐燮元见屋里毫无动静，以为是素云躲在门后面，跟他玩儿捉迷藏。于是，齐燮元猛地推开门，黑咕隆咚的啥也看不见，他摸到煤油灯，划根火柴点上，端着灯一看，吓个半死。

素云躺在床上，一动不动，失去知觉。

地上的那位，则更是直挺挺地躺着，再一摸，全身冰凉。试试鼻息，早已没了呼吸。

齐燮元看此情景，立即火冒三丈，可是，即已成为事实，索性把心沉静下来。要紧的是把素云救活。于是他把素云抱在怀里，摸摸胸口，发现仍然在微弱地跳动。他贴近素云的耳朵，轻声叫道："素云，素云！"

素云苏醒了，慢慢地睁开了眼睛，不看便罢，看过，猛吃一惊，又险些昏死过去。

齐燮元一声紧接一声地轻轻叫道："素云，我是燮元，我从八路军那里逃了出来，回到家了！"

素云又一次睁开双眼，平静了一下情绪，说："我对不起你！是我表哥他找到咱家，非要跟我……"

齐燮元说："啊哦，他是你表哥？那，那就别声张了。自古道：家丑不可外扬，好歹是家里的事。"

素云千思万想也料不到齐燮元竟然如此宽容，她一下子扑入齐燮元的怀里，说："怎么办吧？全依你！"

齐燮元想了想，附在素云的耳畔，轻轻地说："依我看，就这样……"

语音愈来愈微弱，以至啥也听不清。

于是，齐爕元找来一个麻袋，把素云表哥的尸体装进去，抻抻拽拽，放到院子里。

素云早已吓个半死，不哭，不叫。

然后，齐爕元叫来管闲事，附耳告诉他："你把这个麻袋，用排子车推着，连车带货一齐扔进尹家府村西的蛋子坑里。趁黑儿，赶紧走。记住了？"

管闲事点点头。

齐爕元说："记住没有？蛋子坑，连车带货全不要。趁黑儿，赶紧的，赶早不赶晚儿！"

管闲事仍是点点头，不语。

齐爕元说："夜里天凉，喝口酒再走！"他抄过酒瓶，"咕嘟咕嘟"倒了一大碗，递给管闲事。

管闲事迟迟疑疑，端起酒碗，"咕咚咕咚"，喝了一气儿。仍不说话，推起排子车，上了路。他一面走，一面心里犯嘀咕："麻包里该不会是……"他愈想心里愈发毛，腿也发颤了，心也打战了，恨不得眼前就是尹家府村西的蛋子坑。他推着的排子车，几乎飞了起来。终于，在天亮之前，跑到了蛋子坑。心里"啊呀"一声，他立在蛋子坑的坑沿上，鬼使神差地想解开麻袋嘴儿看看，一看，果然不出所料，里面装着的就是一个赤裸裸的人体。管闲事吓得魂飞魄散，排子车顺着蛋子坑的斜坡冲了下去，他也被车带进了坑里。很快，没入水面，陷进稀泥，连影子也难寻觅。

齐爕元深知农村里的习俗，作为男人，慷慨大方，两肋插刀是美德，然而，唯有三个沟儿不让：地界沟儿、篱笆沟儿、女人裆间的沟儿。而今，素云明明被他的表哥给睡过了，这让齐爕元极为痛苦，简直不可饶恕。初则火冒三丈，再则稍有冷静，三则由她去吧！王八大老爷们常自嘲道：女人那个地方嘛，除了撒尿就闲着。那玩意儿，天生就不是专为一个男人预备的，谁用不是用啊！齐爕元这样一想，心里宽敞了许多。况且，管闲事在黑咕隆咚的夜里，已将这件丑事抹了稀泥，神不知鬼不觉地化为乌有。所谓家丑不可外扬，连管闲事的口都封死了。天知，地知，你知，我知。倘素云不往外说，连鬼也不会知道的，真乃天衣无缝。

素云一夜惊魂未定，虽然齐爕元跟她这样那样的，但对她来说，也仅仅好比左手摸右手，几乎任何感觉都没有。

齐燮元清晨起来，素云给他换身干净衣服，洗漱完毕，装作刚刚从外归来的样子，最先来到大太太春喜的屋里，说："春喜，我回来了！"

春喜不咸不淡地说："是不是早就回来了？"

齐燮元说："怎么可能！"

春喜说："怎么不可能！那小狐狸精早把你的魂儿勾去了！"

齐燮元一大早儿就在春喜屋里碰了一鼻子灰，极是扫兴。

他又去了二太太秋菊屋里，万万没有想到，秋菊竟然把他看成鬼，一面惊叫，一面抄起扫地笤帚抽打。

齐燮元急忙说："我是齐燮元，是你男人！"

秋菊惊魂未定，直愣愣地望着他，喃喃地问："大姐春喜告诉我，你让人家八路军给枪毙了，莫不是鬼魂来家里纠缠？"

齐燮元抻过秋菊的手，说："你摸摸，是不是我？"

秋菊迟迟疑疑，哆哆嗦嗦地说："真的，真的嘛？"

倘若一出闹剧，无论怎样荒诞不经、漏洞百出，迟早也该结束。然而，闹剧终归是闹剧，再往前迈半步，就成了骗局。

齐燮元还要把这出闹剧再推进一步，看看他如何动作？

齐燮元是杨各庄有名的恶霸，早先，只要他的脚一跺，整个杨各庄的地盘都得颤抖。

可是，齐燮元竟然被八路军捉住，威风扫地，面子丢尽了。虽然，自己偷偷逃了出来，但却没有了往日的颜面。他想了又想，想出了这样一个馊主意。但对于齐燮元来说，的确可以找回一些面子的。想至此，他自己却先乐了。

他叫素云把团丁黄三信找来。

黄三信听说齐燮元找他，心里"咯噔"一声，他原以为齐燮元被八路军枪毙了，可他还活着，并且有事找他，他有种受宠若惊的感觉。于是，颠颠儿地来到了齐燮元屋里。点头哈腰地说："齐爷，有何吩咐？有事您说话！"

齐燮元扳过黄三信的脑袋，贴近他的耳朵，嘁嘁喳喳了好一阵子。

黄三信被吓得面如土色，但是，还是说："齐爷的吩咐，照办就是！"

齐燮元吩咐好黄三信之后，神不知鬼不觉地到了牌楼。

牌楼在潮白河以东，也算得上是个大村子，交通方便，还有个不错的饭庄。齐燮元早早地来到这里，拣一间宽敞的客堂坐定。

跑堂的赶紧跑过来问："老爷，您用点什么？"

齐燮元说："客人还没有到，一会儿，好菜好酒尽管往上端。"

跑堂的心知肚明，猜定这人不是省油灯，哪里还敢怠慢？高腔大嗓地吆喝："后堂听着，备下好菜，随时伺候！"

后堂听出了客人的来头，麻利儿做好准备，一个个忙得脚后跟朝前。

半晌午时分，四个身穿八路军军装的人，走进牌楼饭庄，领头的是黄三信。

黄三信恭恭敬敬地叫道："齐团长，四个抬轿的人来了，听您指派！"

跑堂的听见"齐团长"三个字，吓出一身冷汗，赶紧向后堂喊道："后堂，上菜！"

齐燮元说："大家先吃饭。"然后，掉转过脸来，放开嗓门说，"老板，先记我账！"

牌楼饭庄老板见这人的派头，且又有"团长"称呼，有谁还敢问问，此人姓甚名谁，岂不是有眼无珠吗？

菜一道一道地上，虽无山珍海味、西餐大菜，可是，这在一个普普通通的乡村，看得出，这恐怕早已倾其所有了。

黄三信和四个身穿八路军军装的人，酒足饭饱之后，坐在小凳子上，静候齐燮元发令。

齐燮元叫过黄三信，附耳嘱咐道："我跟你说的话，记住了？"

黄三信不住地点头，像公鸡啄米一样。

齐燮元对黄三信说："好吧！"

黄三信说："你们四个，过来！"

四个身穿八路军军装的人，赶紧走过来，一个个把耳朵贴近黄三信。

黄三信轻声嘱咐道："你们注意看我的手势，不要露出一星半点儿破绽！"

四个身穿八路军军装的人齐声说："好吧！"说着，各自在花轿前做好准备。

黄三信装模作样地高腔大嗓地叫喊："齐团长，上轿！"

在牌楼饭庄里用餐的都放下碗筷，跑出来看热闹。

齐燮元迈着方步，款款上轿。

起轿，上路。

牌楼饭庄门前开始热闹起来。

村姑说："总听人家说：大姑娘坐轿子，挺大老爷们儿也坐轿子，真新鲜！"

老头子说："这叫什么，这就叫瓜子里磕出个臭虫，什么人儿都有！"

村姑说："再说了，八路军的团长还有坐轿子的？都说官兵一致，这可倒好，当兵的给当官的抬轿子，一致到哪里去了！"

老头子说："依我看，八成不是八路军的团长，倒像土匪！"

四个身穿八路军军装的人，抬着花轿，颤颤巍巍地行进在通往杨各庄的大道上。

进了杨各庄，一群群孩子大人围了上去，准备看新娘、抢喜糖。谁知落轿之后，从里面走下来一个大男人，大腹便便。吓得姑娘往院子里跑，孩子往大人裤裆里扎。

齐燮元下轿后，登在轿杆上，放开喉咙叫道："杨各庄的老少爷们娘儿们，听着，是我齐燮元回来了！八路军怎么把我请去，还怎么把我送回来！谁拿了我的，乖乖给我送回来；谁吃了我的，老老实实给我吐出来！"

抬轿子的，看热闹的，一个个屏声敛气，连咳嗽一声的都没有。

大太太春喜走上前来，搀扶着齐燮元。

二太太秋菊、三姨太素云紧随其后，簇拥着，后边沥沥拉拉跟了一大群，一个个也糊涂得可以。

最惨的是那四个身穿八路军军装的人，刚刚擦黑儿，就让黄三信害死，扔到尹家府村西的蛋子坑里。

奇怪的是，他自己也没能回来，疯疯癫癫地，一头扎进了蛋子坑。

齐燮元凭借着当地土匪头儿的位置，以及日本人撑腰，依然为虎作伥，欺压百姓，搜刮民脂民膏。

韩团长得知这一消息，怒发冲冠，拍案大吼："齐燮元跑了不说，竟然如此放肆，不捉回这个恶霸，誓不为人！"

胡政委背着手走过来，说："团长，怎么着也得制订个擒拿方案吧！"

韩贵德说："他一个土财主、土恶霸，怕他个屌！用不着兴师动众，我一个人，单刀赴会，取他的人头！"

胡宝贤哈哈大笑，说道："单刀赴会？这么说，擒拿一个土财主、土恶霸，还用着堂堂独立团团长？笑话！我是说，找个机会，把他收拾了，这才叫不兴师动众。"

韩贵德稍稍平静下来，换个话题，说："自从齐燮元从小黑屋的后窗逃跑以后，我看崔殿元精神一天到晚都很紧张，唯恐有人埋怨他。其实，齐燮元逃跑，跟他毫无关系。"

胡宝贤说："这事我也听说了，崔殿元这个人就是老实，认真，原本跟他无关的事，也往自己身上揽。回去，我找找他的同乡，叫他的同乡跟他聊聊，让他放下包袱，轻装前进！"

韩团长说："好！独立团每个人的思想工作，都要靠你一个人，那怎么行！咱们安排个时间，搞一次思想政治工作者培训，让所有的营教导员、连指导员都参加，使每一个政治工作者，明确思想政治工作的重要性。"

胡宝贤说："团长的这个提议非常好，抽个时间赶紧安排。部队的思想政治工作，一时一刻也放松不得！"

韩贵德说："我跟崔殿元很熟，他就是尹家府的农民，我找找他，就直接说，齐燮元逃跑，跟他没有关系。这样，他才会放下思想包袱。"

胡宝贤说："也好！"

正说间，警卫员郑彪跑进来报告："崔殿元跑了！"

韩贵德说："怎么回事？"

郑彪说："听说，崔殿元身藏一把短刀，奔杨各庄方向去了！"

胡宝贤说："快，郑彪，你快把穆承英、穆继英姐妹俩找来，快！"

郑彪答道："是！"

不一会儿工夫，穆氏姐妹穆承英、穆继英匆匆赶到。

胡宝贤把两个姑娘招呼到身边，附耳轻轻吩咐了几句，然后说："听清了？记住，不可恋战，救回崔殿元要紧！"

穆承英、穆继英姐妹俩随身藏了飞刀，急急赶路。

崔殿元自齐燮元逃跑后，一直心神不安，况且，又听说齐燮元还雇了一顶大花轿，掩人耳目，人模狗样地回庄，则更是令人气愤。崔殿元实在咽不下这口气，偷偷藏了暗器，奔杨各庄找齐燮元拼命。

崔殿元得知中午时分，齐燮元将在杨府饭庄招待四方宾朋，认为这是个好机会。他头戴草帽，足蹬布鞋，身藏暗器，早早地来到杨府饭庄的一个角落坐下。

少顷，杨府饭庄稀稀拉拉走进来一些客人，择席而坐。

崔殿元侧着脸，从草帽的缝隙注意每一个进来的人。

又过了一会儿，进来了三五个人，领头的是齐燮元。

崔殿元从草帽的缝隙，看得真真切切。他迫不及待地想冲上去，又看见一大拨团丁，随之进来，一个个荷枪实弹，显然不好下手。于是，他继续坐下来等待机会。

齐燮元坐定，有头有脸的宾朋，在齐燮元的周边，正襟危坐。许是惧怕齐燮元的缘故，无人开口说话。

齐燮元哈哈大笑，说："是我齐燮元回来了吗？"

宾朋们嘻嘻哈哈地说："是您，是您齐老爷，齐团长回来了！哈哈——"

齐燮元说："我齐爷怕过谁？而今，有了日本皇军做靠山，就更没啥可怕的了！八路军，土八路，小菜一碟，他们敢在我齐爷头上动土，那他们是不想活了！"

崔殿元听到这里，再也按捺不住心中怒火，拔出短刀，冲了上去。

此刻，齐燮元谈兴正浓，没料到会有人行刺，因此，依然摇头晃脑地夸夸其谈。

崔殿元冷不防冲到齐燮元的跟前，攥住他的一只手，高高举起手中的短刀，高声喝道："齐燮元，认得爷爷吗？"

齐燮元被这突如其来的举动吓坏了，不住地摇头。

崔殿元愤怒地说："睁开你的狗眼，仔细看看，我就是你家的长工崔殿元！"

齐燮元听到崔殿元的名字，立即放松了不少，强装笑脸，皮笑肉不笑地说："爷儿们，咱们远日无怨，近日无仇，干吗这样？"

崔殿元说："你当了汉奸，就是中国老百姓的公敌！"

齐燮元说："你不好好当你的老百姓，跟着八路军瞎掺和啥？"他一面说，一面在寻找机会，伺机反抗。

崔殿元说："你这个恶霸，过去，欺压百姓。日本鬼子来了，你卖身投靠，倚仗着小日本给你撑腰，屠杀自己的同胞，你还配做中国人吗？"

齐燮元厉声说："你说我不是中国人，还骂我是日本人的走狗。走狗就走狗，今儿个，我就作为一条疯狗，拆了你，吃了你，连你的一块骨头也别想剩！"

说着，齐燮元从腰间掏出手枪，顶住崔殿元的脑门儿。

崔殿元说："汉奸，走狗！"

齐燮元恼羞成怒，气急败坏地说："大胆，我看你是活腻了！"他扣动一下枪栓，子弹上膛，正要搂机。

在这千钧一发之际，一把飞刀，飞将过来。

正中齐燮元的右手腕儿。

只听齐燮元"妈呀"一声，顿时，鲜血顺着胳膊往下流。

齐燮元大吼："什么人？"

躲在暗处的穆继英大声叫道："你姑奶奶我！"一面叫嚷，一面飞将过来。

齐燮元吼叫："团丁弟兄们，你们还等啥，都吃干饭去了？"

团丁们吱哇乱叫，一片拉动步枪枪机子弹上膛的声音。

又有一个声音传过来："不许动，谁先动手谁先死，谁先下手谁甭活！"

团丁们借鸡毛凑掸子，仗着人多势众，一起拥了上来。

穆继英蹿上来，大吼一声："看刀！"

一道闪光朝齐燮元飞来，不偏不倚，一把飞刀正中齐燮元的脑门儿，立扑，下了地狱。

又有几柄飞刀，"嚓嚓"飞过，闪电一般。

好几个团丁倒下，动弹不得。

正在大乱之时，穆承英、穆继英姊妹俩，连抻带拽，簇拥崔殿元趁机逃出。

杨府饭庄巧杀齐燮元，到底怎么回事？

其实，全是八路军指挥部胡宝贤政委的巧做安排。

原来，胡宝贤得知崔殿元刺杀齐燮元的消息后，知道崔殿元一个老实巴交的贫苦农民，不是齐燮元这个老狐狸的对手，暗中委派穆承英、穆继英两姊妹，青衣青裤青鞋青袜青包头，躲在暗处，静等时机，在关键时刻，助崔殿元一臂之力，杀死齐燮元。只是，这一幕，被解救的崔殿元却毫无知觉。

那时，兵荒马乱，死人的事是经常发生的，好人坏人都有，似乎并无人过多问津。

好人死了，埋了，找块砖头，立在坟前，做个记号。风吹荒冢，野草丛生，日久天长，无人知晓，不足为奇。

倘是坏人，例如鬼子汉奸之类，死了，暴尸荒野，兴许遇上乞丐拾荒，被剥光衣服扒去鞋，赤裸裸躺在荒郊野外，让群狼野狗撕巴撕巴，散落尸骨无人埋，亦不为怪。

金秋八月，颗粒归仓。崔殿元家耕地原本不多，况且就在尹家府村西，虽说离村不远，可是，家里没有旁的人，只有他和老婆子，地里的农活全靠他一个人。

崔殿元人老实，憨厚，多累的活，没有喊过累，多难的事，没有嚷过难，总是一个人扛着。

韩贵德知道这个情况，打算派几个小战士帮他秋收。

崔殿元死活不肯。他说："部队训练任务这么紧，不能给大家添麻烦！"

韩贵德为这件事，也不能下死命令，便依了他。

崔殿元日出而作，日落而息，急急匆匆、忙忙活活，终于，地里的农活忙活得差不多了，只剩下点儿棒子秸，还没有来得及收拾。

中午饭后，崔殿元向部队请了假，打算把地里的棒子秸扛回家。部队领导知道崔殿元家里有困难，都想帮助他，每次都被崔殿元婉言谢绝。

这次，崔殿元抻条搭背，去地里捆棒子秸。

走到地头，看见斜坡上有一挂大车，车上躺着两三个壮汉。

柳树上拴着一口大叫驴，大叫驴在安详地吃草。

这些，并丝毫没有引起崔殿元的注意。

本来嘛，深秋季节，大车随处放，牲口随便吃，下地的人随意躺，自由自在，这真是田家乐呀！

崔殿元看了，感到当庄稼人真好。想干会儿就干会儿，想歇会儿就歇会儿，想吃什么，就种点什么，想多收，就勤谨些，反正都是自己的事，犯不上用谁管着。自由百姓嘛！

可是，自从来了小鬼子，情况变了。你光顾自家那点事，不行了，得有钱出钱，有力出力，我崔殿元没钱，只好出点儿力。况且，力也没有多大力，蚂蚁搬黄豆，有多大力使多大力呗！中国这么大，人口这么多，一个人使出一丁点儿劲，就能把小日本赶出中国。可是，话又说回来，人人都自顾自，那中国不就遭了殃吗？

崔殿元一面往地里走，一面自己跟自己干仗。

他刚刚弯下腰，准备捆棒子秸，忽从棒子秸摞后面蹿出三两个壮汉，将崔殿元拦腰抱住。

崔殿元吼道："干什么，你们想不想活了？八路军就在尹家府，三步两步的道，我咳嗽一声他们都能听见！"

壮汉们说："崔殿元，死也让你死个明白，千万别认为是我们想杀你。到阎王爷那儿，你告诉他：是齐燮元的小太太素云雇的人，叫我们捉到你，弄到尹家府村西的蛋子坑，把你淹死了。记清楚，见到阎王爷就这么说！"

崔殿元五十好几的人了，一不会武艺，二没带武器，势单力薄。一个人再折腾，也无法抵挡他们。于是，他被捕了。

壮汉们把预先准备好的绳子，紧紧地将崔殿元捆了，慌手麻脚装上马车，稀里糊涂拉到尹家府村西的蛋子坑，三下五除二，把崔殿元往蛋子坑里一推，骨碌碌滚了下去。

"咕嘟咕嘟"，蛋子坑的水面上，冒了几串气泡，很快消停了。

老实巴交的崔殿元，他的神灵，大约正行走在通往天堂的路上。

第十二回
西府兰花眉舒目展
东府贡林弃暗投明

国难最忌玩世不恭　民殃同赴才显忠诚
西府兰花眉舒目展　东府贡林弃暗投明

史书记载"东汉初年，张堪任渔阳太守，在狐奴山下开稻田八千顷，教民种植，使民殷富"。其中，包括东府和西府两个村。就是说，东府和西府是顺义的鱼米之乡。况且，东府、西府这一带生产的"三伸腰"稻谷，是当时的皇家贡品。

东府和西府之间，有一个芦苇荡。四围长满了芦苇，中间的水面，形成了一个不大不小的湖泊，湖平如镜，清澈见底。两个村近在咫尺，鸡犬之声相闻，百姓时常往来。

东府村西有一家姓许，许老爷子一家老两口，无儿无女，孤苦伶仃。虽然，家里有两亩稻田，但无人耕种。每逢育苗、插秧、收割，样样农活都要求人帮助。

一日，村里来了个小伙子，路过许老爷子的地头，正看见老两口在地里忙活，便上来搭话："老爷爷，这么大年纪还在地里干活，干得动吗？"

许老爷子抬头看看，打量了一下面前的小伙子，身板硬朗，眉清目秀，说："小伙子，从哪里来？到哪里去？"

小伙子说："我叫贡林，从口外来，不知道往哪里去。"

许老爷子说："小伙子真会开玩笑，是投亲，是靠友，总得有个落脚之处啊！"

贡林说："我的家，在东北松花江畔的一个小村，叫豹子屯。自从被日本鬼子占领以后，老百姓吃尽了苦头，我随着爹娘逃难，想不到爹娘全被日本鬼子杀害了。只剩我一个人，一路走，一路帮人家干点儿活，为的是有口饭吃，就这样逃到了这里，还不知道明天会到哪里是一站。"

许老爷子说："小伙子，我们家无儿无女，只有我们老两口子，你要是不嫌弃，就到我家吧！"

贡林一听，正中下怀，高兴地说："行，好！我正年轻，能干活，能干好多好多活！"

许老爷子和老婆子把贡林带到了家里。

许老爷子把贡林让到炕头上，跟他东聊西扯，老婆子就进西厢房里炒菜做饭。

贡林说："老爷子，我从东北一路走，一路给人家干活、乞讨，走到哪里算哪里。干脆说，也不知道走到哪里了。后来，我走到了顺义石幢，在那里听说了好多故事。"

许老爷子说："是吗？"

贡林说："听说，有一个叫刘景光的，就因为割了几丈电话线，让日本鬼子阉割后，杀死喂狗；还有一个驼背王勋，竟然无缘无故让小日本点了天灯；还有一个名字叫荷花的姑娘，就由于不愿做日本兵的慰安妇，在石幢上被脱掉裤子受了羞辱。日本鬼子也太不把中国人当人了！"

许老爷子说："怪了，你刚刚从东北过来，咋就知道顺义的这么多事呀？"

贡林说："咱们中国人有个特点：爱看热闹，爱传闲话，无事生非，有梗添个叶，唯恐天下不乱。"

许老爷子："你可别说，无风不起浪。既然这么传，就是有这么档子事。"

贡林说："不说也罢！"

许老爷子说："你还去过顺义什么地方？"

贡林说："顺义是个好地方！昨天，我到狐奴山去了一趟，看到了箭杆河，还去那里芦苇荡里洗了个澡，山光水色，实在美妙极了。我哪里也不去了，您要是收留了我，我就成了顺义人啦！"

许老爷子说:"狐奴山,芦苇荡,这算什么!你等等,我给你找几本书,顺义的美景还多着呢!"许老爷子一面说,一面从墙旮旯掏出几本书,掸掸土,递给贡林,"你看看,这书里写的是顺义十八景。"

贡林接过书,很快翻了翻,挑出几行,读出了声:"内外有桃山、龙山、岗山并峙,盘以狮象、莲花、佛座,上覆荷叶宝亘相连,半现半隐,望之幽秀可观,盖,旁缀金铃,风动玲然有声。俗呼三山不见山。"读了几句,又探过头来问,"老爷子,你说这'三山不见山',到底说的啥意思?"

许老爷子说:"书上说的三山,就是桃山、龙山和岗山,其实呢,这三座山,实际上只是三个土丘,三个土丘四周围,都是平地,远远看去,这三个土丘,就像山一样,又确确实实不是山,可不就三山不见山吗!哈哈——"

贡林继续读道:"两行绿柳,布叶垂阴。每当春日温和,千条万缕,如层峦耸翠,一望无边春色。"

许老爷子说:"这里的景色,常常让我想起我在顺义县城教书诲诗的情景。"

贡林说:"您在顺义县城教过书?"

许老爷子说:"早年我在顺义县城教书,下学后,常常到东门外看郊外风景。顺义县城,实在是太美了!"

贡林说:"后来呢?"

许老爷子说:"后来,闹义和团,县城里实在不安宁。这些个还不算,顶数小日本来到顺义以后,小鬼子做的那些个缺德带冒烟儿的事,叫人实在睁不开眼。俗话说,小乱进城,大乱下乡。城里实在不好待了,我索性回家了。"

贡林说:"您应该留在县城里任教,多培养出一些爱国学生,为国家出力呀!"

许老爷子呵呵笑道:"已矣,勿言之矣!"然后,摇摇头,继续说,"我呀,散木也。以为舟则沉,以为棺椁则速腐,以为器则速毁,以为门户则液樠,以为柱则蠹。是不材之木也!"

贡林说:"我虽年幼,却看得出来,您有很多很多学问,可惜,眼下兵荒马乱,无用武之地啊!"

许老爷子闭上眼睛,吟咏道:"牛渚西江夜,青天无片云。登舟望秋

189

月，空忆谢将军。余亦能高咏，斯人不可闻。明朝挂帆席，枫叶落纷纷。"

贡林说："我听着耳熟。"

许老爷子睁开眼，叹道："诗仙李太白的《夜泊牛渚怀古》。而今，像谢尚那样爱才的人还有吗？还到哪里去找呀，没了，没有了。都去争着当官，抢着发财，买官卖官，钱权交易，谁还管这个国家呀！"

贡林说："我从口外来，听说有一支部队，叫义勇军，他们在同小日本鬼子干，就是说，中国还有希望！"

正说间，许家老太太端着饭碗、菜盘进来了，瘪着嘴儿说："孩子，菜没什么好炒的，可是这米饭，你得多吃点儿。不瞒你说，这可是向皇上进贡的上等好米——三伸腰！"

许老爷子笑笑说："三伸腰，你知道吗？比如，咱们这顿饭，吃剩下了，上锅蒸一遍，再吃，还那么新鲜；吃剩下再煮第三遍，仍然跟新米下锅一样，吃不出剩饭味儿。哈，这种三伸腰，就这么绝！"

贡林先用筷子夹一点点儿，放在嘴里尝一尝，果然又滑腻又清香，连连称赞："好米，好手艺！大娘好手艺！"

许老爷子说："能吃上专供皇上的大米，县长都不换喽！"

"哈哈，哈哈——"

从贫困的农家小屋中，传出阵阵快活的笑声。

东方的太阳刚出山，朝霞映红了半边天。远远地走过来人两个，一个老汉一个青年。许老爷子今年六十多岁，后面跟着干儿子贡林，老爷俩一起去地里插稻秧。

许老爷子走得急，贡林忙跟上。

许老爷子把裤腿儿挽得高高的，拿着一把稻秧，倒退着脚步，一会儿退出老远。

贡林学着许老爷子的样子，手里也拿着一把稻秧，倒退着插秧。半天也没退几步，还有几次，简直要坐在水里，且有几撮稻苗漂在水面上。

许老爷子插的稻苗，苗垄匀称而直溜，苗撮松散且结实。

贡林一会儿就累得腰酸腿疼。感到这种插稻秧的农活，实在使他受不了。

许老爷子并非要看贡林的笑话，心里就是让这个年轻人明白：世界上没有办不到的事，但也不是每件事都那么轻而易举。有些事，看似简单，做起来也不难，若做好就不容易了。

贡林干了一会儿，就希望许老爷子叫他休息。可是，许老爷子仿佛全然不知，依旧他干他的。

贡林一会儿伸伸胳膊，踢踢腿，捶捶腰，一会儿又扭动几下腰肢，活动活动，解解乏。

许老爷子看在眼里，疼在心上，终于发话了："小伙子，歇会儿吧！"

贡林巴不得听到许老爷子这样的话，于是，不管水里泥里，一屁股坐下来喘息。

许老爷子张开黑洞洞的嘴，嘻嘻地笑着，说："累了吧？"

贡林说："不累，是假的。古人说，'谁知盘中餐，粒粒皆辛苦'，句句箴言！"

许老爷子拔出几棵贡林插好的秧苗，拿在手上，一棵一棵掰开，说："稻苗、稻莠你分得出来吗？"

贡林细细看了半天，摇摇头说："我看都一样，没有什么不同！"

许老爷子说："你仔细看，稻苗叶子上有细微的白毛，摸在手里发涩，不光滑；稻莠叶面光滑。稻苗的莛儿是扁的，稻莠的莛儿是圆的。稻苗到秋天结稻穗，稻莠只荒地，不打粮食。所以，稻田里除草灭荒，主要就是除稻莠、灭稻莠，防止它们弄荒了地，影响稻谷的产量。"

贡林说："没想到种植稻谷这么费劲，不照我们东北松花江上，种的都是大豆高粱，那些庄稼省事。春天，在土地里撒下种子，就等着秋天收割了！哈——"

许老爷子说："国家大着呢，忘说了，一方水土养一方人。东北主要是大豆高粱，江南主要是稻谷。华北一带主要应该是小麦玉米。像我们东府、西府、前鲁、后鲁、北小营这些个村子，早先也是以种植小麦玉米为主。只是自东汉，张堪做了渔阳太守之后，才把江南的水稻技术传授于此，渐渐地成了这一带的主要作物。"

贡林笑笑说："想不到您的肚子里有这么多学问！"

许老爷子说："其实，我并没有学问。我读杂书，见什么书读什么书，不求甚解。我喜欢鲁迅，可我并不是研究鲁迅的专家。我知道鲁迅的第一篇小说是《狂人日记》，可《阿Q正传》是第几篇，哪年发表，我就从来没有注意过。再如《红楼梦》，究竟后四十回是否为高鹗所续，我就从来没有考证，甚至也没有过考证的念头。我喜欢唐诗，尤其喜欢李白、李贺、李商隐。数这位李商隐的诗难懂，像《锦瑟》这首诗：'锦瑟无端五十弦，一弦一柱思华年。庄生晓梦迷蝴蝶，望帝春心托杜鹃。沧海月明珠有泪，蓝田日暖玉生烟。此情可待成追忆？只是当时已惘然。'其实，这首诗，最负盛名，凡是喜欢李商隐的，无不乐道喜吟。可是，对于这首诗的解释，宋元以来，莫衷一是。究竟如何，几十年来，我也一直糊涂着。"

许老爷子和贡林一面往回走，一面说，不一会儿，便回到屋里。老爷俩谈得很投机，像父子，更像师徒。

贡林说："我从东北来，一路上认识了很多人，就没有碰见一个像您这样喜欢看书的人！与您相识，幸会幸会！"

许老爷子突然严肃起来，说："我读书，的确不求甚解。可有一样，我是认真的。自从日本鬼子到顺义以后，我就天天记日记，并且，不相信道听途说，哪里发生了什么事，我都要到现场去看，去问，当场就记。可惜，我没有照相机，如果再配上照片，那就更完整了。我想，这不是在做学问，是在记录历史。"

贡林急切地说："您做得对，做得好，做得特别有意义！"

许老爷子说："其实，日本侵华史之类，本应该由政府做。可是，顺义县政府的县长是曹大肚子，他是日本人的狗腿子，靠他的政府官员去记录，那不简直是笑话吗？我想，记录这段历史，只能在民间。如果，没有人把这段历史，如实记录下来，谁都当热闹看，当笑话传，时间久了，这段历史就会变得模糊一片。俗语说得好：好记性不如烂笔头！"

贡林说："您是有心人，您的记录，就是日军侵略顺义的一本账。"

许老爷子一面说，一面从抽屉里取出用篇页纸订的本子，递到贡林手里，说："你看，这些都是我在顺义教书时，跑到石幢，蹲在莲花座旁的台阶上写的。"

贡林一面翻看，一面唏嘘不已。

许老爷子说："你看看，记载顺义石幢惨案的那几篇。第一篇就是记述日本鬼子杀害望泉寺刘景光的罪行。你看，有准确的日期，哪年哪月哪日，日本鬼子在杀害之前，先把他的裤子褪下来，用一把老虎钳子，将他裆里的夹住，用力抻，然后，举起大刀，把他裆里的割下来喂狗。当时，我虽然没赶上亲眼见，确实是我听说后，立即跑到石幢，当场问了好几个人，有男有女，有老有少。白纸黑字，用斧头也砍不掉！"

贡林双手捧着许老爷子的日记，竟然读出了声——

　　望泉寺大庙的夫役王勋被推上了石幢的莲花座，浑身湿漉漉的，散发着汽油味。正在人们不知何故时，叶翻译登上台阶，大声说道："今有望泉寺夫役王勋因私通八路，谋害军犬，处以火刑，示众！"

　　王勋说："慢，容我一言！生来坐不卧，死去卧不坐，一具臭骨头，何为立功果！"

　　石幢莲花座四周围站满了人，有人竟叫了起来："好，是条汉子！"

　　王勋仿佛受到鼓舞，仰天大笑。

　　日军上尉吼道："点火！"

　　一个日本兵点着了火把，举起伸向驼背王勋。一瞬间，变成了一个火人。

　　驼背王勋依然仰天嘶喊："小日本，上天入地我都饶不了你，我日你祖宗——"

　　石幢莲花座四周围观的人，一个个泣不成声。

　　然而，我只听得见抽泣，仅此而已，岂有它哉！

　　我们总以地大物博、人口众多自诩，夸耀于人，难道我们仅以地大物博以博得敌寇笑脸，仅以人口众多以供强盗践踏！

贡林读到这里，眼睛里满是泪水。

许老爷子说："那天，我正在顺义师范给学生们上课，就听见人们在外面叫嚷：小鬼子又要在石幢杀人了，我当场停了课，一口气跑到石幢，看见日本人正给望泉寺如来佛大庙夫役驼背王勋点天灯，我亲眼所见，亲耳所闻，当时，就蹲在朱二先生药铺前的青石阶上写的。我当时写着写着，早已出离愤怒了，竟然大声地吼叫起来：'沉默啊沉默，不在沉默中爆发，就在沉默中灭亡。'大家伙都以为我疯了，赶紧把我弄进朱二先生药铺的里间。朱二先生过来号脉，说：'要是中国人都像老先生似的，说不定真的有救了！'你听听，就是说，我没有疯！"

贡林抹抹眼泪说:"这就是日本鬼子在顺义县城犯下的罪行,不可饶恕。这么说,您不仅是个爱国者,也是个先觉者!"

许老爷子说:"你再往后翻翻,日军里设立慰安所,慰安妇要从中国女人里挑选。他们相中了顺义东街锦花楼里的荷花姑娘,荷花死也不应,日本人就在石幢莲花座上,把她的裤子脱下来,羞辱她。那篇日记就是记述的那次日军暴行。"

贡林翻了几页,找到那则记述日军羞辱荷花暴行的日记,他扫了几眼,轻轻地读道——

日本中士从瓦罐里掏出草蛇,攥在手里,然后甩开,不算太长,也不算太短,在他的手中痉痉挛挛的,有些怕人。有的靠近莲花座的人直向后闪,然而,依然不肯挤出人群,他们还要看热闹哩,还要看究竟如何将这条草蛇变没的哩!

日军中士说着说着,出其不意,将荷花的裤腰带猛地一捅,那条草蛇便被掖进了裤裆里。紧接着,他在荷花的两条裤腿上抽几下子。还没等围观的人们做出判断,只听荷花"啊"的一声刺耳的尖叫,她半蹲着,痛苦地收缩着身体,又一声刺耳的尖叫,只见她怒不可遏,蹲下身来,手伸进裤裆里,摸到那条蛇,攥在手上,狠狠地朝日军中士的脸砸过去。日本中士一闪身,那条草蛇被丢到莲花座边的人群中,"嗷嗷"地一阵叫喊,顿时大乱。

荷花嘶喊着,疯了似的扑向日军中士。

日军中士慌不择路,跳下莲花座,不顾人群的冲撞,狼狈逃窜。

荷花又气又急又羞,晕倒在石幢莲花座上,像一枝清俊的芙蓉,丢在那里。

贡林读完这段话,说:"这也是您亲眼所见?"

许老爷子回忆起那一幕,竟然骂道:"畜生!小日本就是一群畜生!"

贡林说:"谁家没有姐妹?不过,我就纳闷了,这么多中国人,难道都仅仅作为看客,难道就没有一个人挺身而出,不用说拔刀相助,哪怕拍案而起,大吼一声,大骂一顿!区区几个小鬼子,也会吓得屁滚尿流!"

许老爷子说:"得了,得了,中国人就像一盘散沙。中国人呀中国人,什么时候才能团结得像一个人，区区四岛之国的小日本，哪里会是中国人的对手？一人撕巴一把，就能把小日本撕巴烂！"

许老爷子和贡林，一直聊到日头偏西。

西边的太阳快要落山了，蜿蜒起伏的燕山，像铁的兽脊一样，卧在天边。落日的余晖，像一摊摊血，殷红殷红的，胡乱地涂抹在兽脊上。

油灯下，贡林翻阅着许老爷子给他找出的一本本书。《中庸》《大学》《诗经》《楚辞集注》《千家诗》，另有几本残缺不全的《红楼梦》。虽然，这些书，都已陈旧，甚至破烂不堪，但在贡林眼里，都是宝贝，爱不释手。

许老爷子不无感慨地说："我读了几十年书，读来读去，历史和现实教育了我，最最重要的是，先要读懂现实这本活书！"

贡林点点头说："您不仅是我的救命恩人，还是我的领路人。我已经没有爹娘了，您就是我的亲爹！"贡林一面说，一面跪。

许老爷子慌忙把贡林搀扶起来，不住地说："不要这样，不要这样！"

贡林在许老爷子家住下了，成了一家人。一家人不说两家话，一家人不分你我他，有饭就吃，有活就干。有难同赴，有福同享。

东府村不大，只有前后两条街。时日一长，家家户户都知道许老爷子得了个干儿子，既能干活，又能说会笑，长得还标致。总之是，天上没有，地上找不着，被乡亲们夸成了一朵花。

东府村和西府村之间是一面湖，四围的浅水地段，生长着的芦苇，成了中心湖的天然屏障。

夏日，农民们在田里干活热了，累了，或者困了，乏了，常常拨开芦苇，悄悄脱下衣服，挂在芦苇上，慢慢走进湖里。初练狗刨，再而仰泳，也有练习蛙泳的，其实，多是自由泳。自由泳也是有规则的，严格地说，四不像。没有教练，没有师傅，久练久熟，熟能生巧，能在深水里不沉底，就是好活儿。因此，东府西府在这面湖里玩水的特别多。不过，约定俗成，公鸡一窝，母鸡一窝，咕咕头单趴一窝。虽然，有男有女，有老有少，但不会出乱子。有什么乱子可出？在众目睽睽之下，有谁胆敢造次呢！"非礼勿视"，是孔老夫子的教诲，传承了两千多年，即使没有给孔夫子撅过屁股的睁眼瞎，也懂得的。

靠近芦苇的一圈，长的多是些三棱草。三棱草的叶子，三个棱，细高细高，碧绿碧绿的，叶子的顶端，顶着一朵褐色的小花。三棱草坚韧，晒干后，可织蓑衣。

　　和三棱草做近邻的是芦针草，芦针草的名字真没有取错，每一片叶子，都尖尖的，无论谁碰到它，都会毫不客气地刺痛你，才不管你是官爷款爷遗老遗少，照刺不误。乡下的孩子们割草，都躲得远远的。

　　至于野菊花、凉茄、万根草、甜麻酒、车前子之类，则距离芦苇荡愈来愈远。杂花野草，气势汹汹。

　　贡林的东北松花江上与冀东的天然景色，迥然不同。因此，他对这里的一切都感到新鲜。

　　有时，贡林摘一嘟噜小茄子，拿到许老爷子眼前，好奇地问："这是什么，能吃吗？"

　　许老爷子说："这叫凉茄，青的时候涩，等变黑，长熟了，就能吃了。看似貌不惊人，可吃在嘴里，又凉又甜，既能解暑，又能解馋。呵呵——"

　　有时，贡林揪一根草穗，举给许老爷子看，问："这是什么，干什么用的？"

　　许老爷子说："这叫车前子。总有人说，没有绿色的花，错了，咋没有？车前子的花就是淡绿色，结蒴果。叶子和种子都可入药。东府的大米进贡，这里采集的车前子也照样进贡。老百姓吃的草药里，用的车前子，不会有东府的，太贵。就这么绝！"

　　贡林说："我们东北松花江一带，传说有三件宝：人参、貂皮、乌拉草。莫非东府也出产宝贝？"

　　许老爷子哈哈大笑，说："东府三件宝：野菊花、车前子、三伸腰。其实，哪里不长野菊花、车前子，哪里都有，有是有，都比不上东府的有名。你看，哪里不生产大米？江南满都是稻谷，风吹稻花万里香。为什么唯有东府的大米成了贡品？橘生淮南则为橘，生于淮北则为枳，所以然者何？水土异也。东府的水，是泉水。你到芦苇坑的浅水里仔细看，水底下满是小泉眼儿，密密麻麻，千千万万，清清亮亮的；东府的土，都是细油砂，能攥出油来，可攥不成团。黝黑黝黑，松松散散，肥得流油。这样的土地，生产的大米能不好吃！"

　　贡林高兴地说："真好，东府真好！采菊东篱下，悠然见南山。古往今来，野菊花不是到处都有吗？听说，野菊花，可以卖钱，是吗？"

许老爷子说："可以可以，可是，真要等着卖钱，还得靠挖车前子。车前子这东西少，物以稀为贵呀！"

贡林说："噢——"

晚秋的太阳，走得真快，刚才还是毒花花的，在头顶上照，不一会儿，就绕到了许老爷子家西墙外老槐树的后面，把细碎的光斑撒在许老爷子的秃头和贡林的胳膊上。

贡林说："东府真好，您就是用鞭子，也休想把我抽走！"

许老爷子呵呵地笑着，说："我疼还疼不过来呢！"

许老太太走过来说："瞧这爷儿俩！"

油灯下，贡林翻了几页《千家诗》，默默地背诵："卖炭翁，伐薪烧炭南山中。满面灰尘烟火色，两鬓苍苍十指黑。卖炭得钱何所营？身上衣裳口中食……"背着背着，不知不觉中，两眼里满是泪水。

东边的太阳刚刚冒嘴儿，贡林已早早地起来，挎着小竹筐跑到野地里去了。贡林跑到西府荒坡上，愣愣地站着，定格在东方鲜红的天幕上。

贡林终于跑到了荒坡的下坎，一次次弯腰采摘车前子。采着采着，看到一个大辫子姑娘也在地里挖着什么。贡林人生地不熟的，远远地躲着。

殊不知那姑娘竟然走近他，问："啊，不像是东府的吧？东府的人我都认识呀！"

贡林说："不是，也算是吧！"

姑娘把大辫子往身后一甩，抿着嘴儿笑了，说："到底是不是呀？真让人费猜！"

贡林笑笑说："费猜，就甭猜吧！说着玩的。我的家在东北松花江上，逃难到关内，我的爹娘半路都死了。我只身一人，逃到了冀东，没想到遇上了恩人，收留了我。你呢，哪村的？姓什么？叫什么？"

姑娘说："我是西府的，祖上十三代都是西府。我叫兰花，'蓝天'的'蓝'，'叫花子'的'花'。"

贡林说："我猜，应该是'兰花'的兰。也不是'叫花子'的'花'，是'花姑娘'的'花'！"

兰花听了，一脸的不悦，说："小日本鬼子才管中国姑娘喊成花姑娘呢！你叫我花姑娘？还不如喊我叫花子好听呢！"

贡林迟疑半晌，这才说："兰花，你也采车前子，干吗用，卖钱吗？"

兰花说："我娘得了哮喘病，大夫说，得常年服用这种草药。"

贡林说："那，把我篮子里的车前子送给你吧！"

兰花说："不能呀，你也不容易。是卖钱吧？"

贡林说："卖钱哪里有救命要紧呀！"一面说，一面把篮子里的车前子，倒进兰花的小筐里。

兰花说："你真好，还没问你叫什么呢？"

贡林说："我叫贡林，以后，见面的机会多着呢！"

兰花说："立秋热死牛。立秋这么多天了，天气仍然这么热！你看你，采了大半天的车前子，都送了我，那不是白出来半天了吗？"

贡林笑笑说："咋是白出来，不是认识你了吗？认识你，比什么都重要！"

兰花咯咯地笑着，挎起小竹篮跑了。

贡林立在高高的土坡上，望着兰花跑去的背影，忽然想起李白的两句诗，稍作改动，脱口而出："芦荡湖水深千尺，不及兰花……"忽地卡着了，不及兰花什么呢？他正在愣愣地想，突然，身后有人大喝一声："不许动！"紧接着，就是拉动枪机的声音。

贡林回头一看，两个伪军士兵手里端着上了刺刀的步枪，一步步向他逼近。

高个子伪军士兵把刺刀对准贡林的胸口，说："走，跟我们走！"

贡林战战兢兢地说："上哪儿，跟你们上哪儿？"

矮个子说："少说废话！走，快走！"说着，用枪托铆劲儿杵了一下贡林的屁股。

贡林极是无奈，只得跟着他们走了。

贡林一夜未归，许老爷子着急忙慌的，一宿没合眼。

许老太太说："我早说嘛，甭留他。一个外乡人，没根没蔓，你留得住他的人，留不住他的心啊！"

许老爷子说："你懂什么，我看他识文断字的，不会做出糊涂事的。"

许老太太说："不会，不会，是你说的不会！咋不会，人呢？你给我找人去呀！"

许老爷子拍拍炕沿子说:"别烦我了好不好?快,央人去水坑子里找找吧,他从东北来,估计不会水,这水坑子可别要了他的小命!"

许老太太瘪着嘴儿说:"别吓唬我,年纪轻轻的,真要那样,可怜见的。等等,我去东院,找大侄子,再让他找几个水性好的,把整个芦苇荡都搜上一搜!"

许老爷子叫嚷道:"快去呀,练哪家子贫呀!"

直至中午时分,一拨一拨年轻人回到许老爷子家汇报:没有,人影子也没见到。

许老爷子倚在炕脚子的墙上,眯着眼睛,眼泪泡着心。喃喃地说:"多好的孩子,你咋就不辞而别了呢?"

许老太太说:"早我就说靠不住,也就是哄咱几个月饭吃。瞅着机灵鬼怪的,就不是个好东西!"

许老爷子说:"你干你的去,别给我添堵!"

自此,许老爷子和许老太太闹起了别扭,东屋一个,西屋一个,你吃你的,我吃我的,谁也不搭理谁。

祸不单行,不多日,西府村的大辫子兰花也不见了。也央人到芦苇荡里搜了好几遍,连个人影也没有搜着。这就怪了,难道二人商量好了,私奔了不成?

冀东独立团五连连长贺向荣的队伍,常常端炮楼,打伏击,抓俘虏,大大小小的仗,如家常便饭。仗多,侦察员的事就多,难得有空闲的时间。

这日,天气晴好,秋高气爽,侦察员姜曾和于子春从尹家府跑到狐奴山下,侦察敌情,走到芦苇荡北边的庄稼地里,累了,乏了,两个人头枕野草,仰面朝天地躺着。

于子春嘴里衔着一根马尾草,说:"姜曾,你家不就是西府村的吗?这里离西府不远,能不能回家去看看?"

姜曾说:"八路军有八路军的纪律,再说,作为侦察员,纪律更加严格,哪里能这么随便!"

于子春说:"说你胖,你就喘开了。我也只不过说说,不回去拉倒!"

姜曾不再理他,眼睛望着天空上的几朵云彩,飘啊飘啊的,像野兔,在奔跑;像天鹅,在飞翔。望着望着,竟然迷迷糊糊进入了梦乡。

兰花又来找他了，她带来一篮子香瓜。金色的香瓜可香了，她挑出一根最好的香瓜递给他。他只在鼻子下闻了闻，就又推给兰花："你吃，你吃吧！"兰花笑，他也笑："咯，咯咯……"

姜曾醒了，他坐起来，发现于子春不见了，心里说，这小子，净玩儿二百五，到哪里去了呢？他揉揉眼睛，向四周望了望。

突然，姜曾发现了情况，下意识地趴在地上，以野草做掩护，细细观察。

远处有两个人，那两个人接近了。原来是于子春押着一个伪军，正朝他走来。

于子春走到姜曾面前，说："我撒泡尿的工夫，就俘虏了一个伪军士兵。"

姜曾说："姓什么？叫什么？哪里人？"

伪军俘虏说："贡林，工贝贡，双木林，东府村的！"

什么"工贝贡，双木林"之类，乱七八糟的，于子春不懂。

姜曾问："你，真的是东府村里的？"

贡林说："不信吗？东府有一家姓许的老两口子，那是我爹、我娘！我是东北人，日本人进来了，我随爹娘一路讨饭，一路走，我娘又饿又累，半道死了，我和我爹逃到关内，刚入关，我爹又被日本鬼子杀害了。后来，我一路走，一路讨饭，来到冀东，遇到了一个好人，把我领到家里，我认许老爷子当干爹，我们一家过得还算凑合。谁知大祸从天降，日伪军抓兵，我就成了伪军，驻扎在黑水湾。"

姜曾问："是实话？"

贡林说："一句瞎话，天打五雷轰！"

于子春说："听他瞎白话。贺连长常对咱们说，伪军就是一群没有民族气节的败类，认贼作父，狼心狗肺，没有一个好东西。这个贡林，依我看，干脆杀了省事！"

姜曾说："八路军有八路军的俘虏政策，怎能说杀就杀了？"

于子春不耐烦地说："算了算了，你的政策水平高。反正俘虏交给你了，你看着办。我还有别的事，先行一步了！"说着，飞奔而去，不见了踪影。

黑水湾，其实理应被称作"清水湾"。这里的水清澈见底。从春风摇醒的那一刻，弯弯曲曲的身姿，好像一个天才的舞蹈演员，日日夜夜，翩翩起舞，不知疲倦；清清亮亮的歌吟，又好像一个天才的歌手，日复一日，一曲曲低吟浅唱，行云流水，诉说生活的艰辛与苦闷，倾诉心中的追求和梦想。

黑水湾是个好地方。可惜，这里集聚着一大堆日本鬼子的帮凶、中华民族的败类。这堆帮凶为虎作伥，欺男霸女，无恶不作。这伙民族败类狼心狗肺，猪狗不如。

黑水湾驻扎的日伪军，就是一群土匪。他们有时三五成群，老百姓打扮，完全不讲究军容风纪，走没走相，坐没坐相，稀松二五眼。他们最常去的地方最数狐奴山大集，一是人多，二是货齐。说抢人，挑着样儿，拉起就走；说抢货，看准了，扛起就跑。

前晌，黑水湾的土匪从狐奴山大集上，抢了个大辫子姑娘。

土匪们把大辫子姑娘拉进军营，你抻我拽。

一个名叫王言的伪军士兵，把大辫子姑娘拽进小屋，撕扯她的衣裤。

正巧，贡林进来了，好言相劝："王言哥，行行好。留点儿德行，下辈子还能托生人！"

王言说："今朝有酒今朝醉，快活一天是一天。下辈子能不能托生人，那是阎王爷的事，咱可管不了。你先出去，等我跟她好过之后，才能轮到你！出去，出去！"

贡林说："王言哥，咱们虽然落进匪窝，可都是穷苦人家出身。再说，谁家没有姐妹，如果……"

王言不耐烦地说："出去，快出去，别耽误了我的好事。这大辫子姑娘，丰乳肥臀，看上去很美，跟这样的美人，哪怕好上一次，过把瘾就死，也值得了。我就是贼胆包天、狗胆包天、色胆包天，我怕过谁？妈妈的！"说着，把大辫子姑娘的衣裤就往下扒扯。

贡林三步两步奔过去，照准王言的脸，"啪"地一巴掌，随后就是一脚，把他踢倒在地。冲着大辫子姑娘叫道："姑娘，快，快逃！"

大辫子姑娘趁机站了起来，提上裤子，缅好大襟，跌跌撞撞向外就跑。

贡林追上，连拉带拽，顺着黑水湾的一条小道，在茂密杂草的遮掩下，坎坎坷坷，曲曲折折，跑了老半天，两个人早已气喘吁吁。

大辫子姑娘实在跑不动了，说："歇，歇会儿吧！"

贡林说："拣一丛蒿草高的地方，别叫王言追上来！"

大辫子姑娘只顾一路奔逃，还没来得及看上一眼解救她的恩人，说：

"你是谁，为什么救我？"

贡林说："我是东府村的。"

大辫子姑娘说："我是西府村的，我叫兰花。谢谢你的救命之恩！"

贡林听说她叫兰花，大吃一惊，轻轻拨开披散在她脸上的长发，说："你，你，兰花？"

兰花惊异地看着面前的这个人，大声地说："你是贡林，呀，你说你是东府村的，我真相信了，万没想到你原来是个伪军，是个土匪，你这个民族败类！"兰花一面说，一面又哭又叫。

贡林说："兰花妹子，我是被他们抓住当兵的。巧极了，你刚刚让他们抓进来，就遇上了我。相信我，我马上把这身狗皮脱了……"

兰花破涕为笑，眉舒目展，扯掉纽扣，帮助贡林脱掉那身狗皮。

正在此时，只听一声大喊："什么人，举起手来！"

贡林站起身，乖乖地举起双手。

兰花不知啥馅儿，也惹惹地举起手来。

原来是侦察员于子春，正在执行侦察任务，发现蒿草丛中情况异常，悄悄摸近。看见一个伪军和一个大辫子姑娘坐在地上，估计这个伪军不行好事，这才突然出现在他们面前。

于子春当即放了兰花，押着贡林往百草沟方向走，找到姜曾，当面交代清楚情况。

姜曾说："你说，你是东府村的，东府西府近在咫尺，那我想打听西府的一个人，你知道不？"

贡林说："谁？"

姜曾说："梳一条大辫子，名字叫兰花。"

贡林惊讶道："兰花，兰花，大辫子，这么长，到屁股蛋儿，是吗？"

姜曾说："你，你认识？"

贡林把刚才的经过说了一遍。

姜曾听到这里，很是感动。

正在此时，于子春来到了他们面前，大声喝道："你，走！"

姜曾揉了揉眼睛，说："咱们一块儿走，向贺连长交代清楚！"

于子春说："交代什么，就等着'叭勾儿'一声枪响，吃枪子儿吧！伪军里没有一个好东西，一年到头不拉人屎，好容易三十黑夜拉一泡，还拉在芝麻秸上了。缺德带冒烟儿，是些什么玩意儿！"

姜曾本想纠正他，可纠正他什么呢？算了，等见了连长再说吧。

五连连部就设在尹家府一家财主的四合院，门口一对石狮子。穿过门洞，进了四合院，正房五间，两侧东西厢房。

于子春押着贡林走在前面，姜曾跟在后面，上了正房台阶。

于子春喊道："报告！"

贺向荣答道："进来！"

于子春报告："报告连长：在黑水湾附近捉到个伪军，正在企图施暴一个大辫子姑娘！"

贺连长喝道："那还带回来干什么？就地枪决！"

姜曾抢上一步，说："不，不可，万万不可！"

贺连长抬起头来，说："你看，还有为伪军讲情，当说客的！"

姜曾说："不，我不是为伪军讲情，也不是说客。我是说，把问题搞清楚！"

贺连长嘻嘻一笑："讲清楚？这不很清楚吗？他是伪军，况且正打算对大辫子姑娘施暴。这样的东西，难道也配活在世上？拉出去，砍啦！"

于子春扭过贡林的胳臂，大声喝道："走！"

姜曾说："慢，贺连长，刀下留人。听我把事情的经过说完，您再定夺，如何？"

贺连长说："小姜，少说废话，没有工夫听你咬文嚼字！"

姜曾把今日的前前后后，复述一遍。

贺连长搔了搔光头，说："照理，是该留他一命。"看了看于子春，然后挥挥手，"先押下去，再审！"

于子春很是不耐烦，心里想，今儿这是怎么了，婆婆妈妈的！但也不敢违抗上司，极不情愿地把伪军士兵贡林押将下去。

兰花跑进西府，回到家里。门帘还没挑开，一下子扑到炕上，抱着老娘，放声大哭，涕泗滂沱。

第十三回

潮白河畔刀光剑影
狐奴山麓笑语欢歌

光怪陆离丢魂落魄　　打情骂俏弄巧成拙
潮白河畔刀光剑影　　狐奴山麓笑语欢歌

传说河北省丰宁县杨树底村，古时候有个叫鲍丘的小伙子，从云端里望见沽源县独石口村一个叫沽水的女子，这叫沽水的淑女也从云端里望见了鲍丘，然而，他们也仅仅是在云端里望望罢了。至今流传着一支古老的歌谣："鲍在江之头，沽在江之尾，彼此情无限，共饮一江水。"秦时孟姜女千里寻夫万喜良，哭倒长城八百里，惊天地，泣鬼神。神仙知道鲍丘与沽水情深至此，唯恐再发生孟姜女与万喜良式的悲剧，于是，分别在鲍丘与沽水脚下胡乱划了两道线。不过，这两道线，划得过重，成了两道沟，且因随意，两道沟交叉。便成了鲍丘河与沽水河。两条河顺流而下，终于在密云城西南河漕村汇合为潮白河。你中有我，我中有你，时急时缓，时动时静，无论白天与夜晚，相拥南行。

据传，在红日升起的一刹那，透过云雾蒸腾的纱幔，看得见鲍丘小伙与沽水姑娘。鲍丘赤裸着，巍巍屹立，健美异常；沽水姑娘身披蝉翼长裙，翩翩欲飞，舞姿优美。

哦，潮白河竟是这样的美丽与迷人，像童话，像梦幻，光怪陆离。

然而，有谁目睹，美丽的潮白河，曾遭受日本军国主义铁蹄的践踏与蹂躏？有谁耳闻，家乡潮白河，曾遭遇日本鬼子无耻地侮辱与欺凌？

在抗日战争对峙阶段，八路军的扩军之路有三条：一是号召贫苦青壮年参军，二是策反伪军，三是做占山为王绿林好汉的政治工作，劝导他们走上抗日之路。

当然，伪军也好，绿林也罢，大都是地主恶霸为首领，让他们接受八路军的抗日统一战线政策，比要他们的脑袋还难。

为了更大规模地开展游击战，更有效地消灭日本鬼子，韩贵德领导的八路军冀东抗日独立团决定，将部队化整为零。八仙过海，各显神通。三个五个，一群两群，在平原上，在高山顶，到处都有我们的八路军，能招兵的招兵，这里招来三两个，那里招来一大群；能灭敌的灭敌，那里消灭它一个班，这里消灭它一个连。积少成多，积小胜为大胜，以时间换空间。

日本四岛之国，弹丸之地，占领的地盘愈大，兵力愈分散。像是掉进人民战争的汪洋大海，非淹死不可。

傍晚，驻扎在狐奴山脚下的贺向荣率领的五连，奉命消灭驻扎在潮白河东礼务村里的日伪军的一个连。

夕阳好像掉进了潮白河里，跳上跳下地在河里挣扎。

天上的晚霞，飘在水面上，岸柳倒映，静静的潮白河，成了一条彩色的飘带。

贺向荣来到礼务村边，命令队伍开进树林里待命。先派遣侦察员姜曾、于子春二人进村侦察敌情。

姜曾、于子春二人腰揳手枪，向着潮白河边的礼务村，隐蔽前进。

"站住！哪部分的？"突然，从屋脊上传来一声吼叫。

"日本狗腿子，我倒要问你是哪部分的？"于子春从树丛中钻出，大声地喊叫。

房脊上的日伪军士兵举着枪，叫嚷道："大路任我踩，天门为我开。想要从此过，留下买路财！"

"放肆！"侦察员姜曾、于子春齐声嚷道。

这当儿，房脊上的日伪军士兵的枪声响了。

于子春应声倒地，鲜血染红了军帽。

姜曾立即还了一枪，日伪军的士兵，从高高的房脊上骨碌下来。

紧接着，日伪军从村里的四面八方拥过来，枪声大作。

姜曾不敢怠慢，连跑带颠，连滚带爬，返回了礼务村边的小树林，麻利儿向贺连长报告。

大家见于子春没有跟姜曾一同回来，知道准是牺牲了。一个个喊叫起来："冲进礼务村里去，给于子春报仇！"

贺连长急忙用手势制止大家，命令道："大家隐蔽，准备还击。"

果然，没抽透一袋烟的工夫，日伪军像一群饿狼似的，朝礼务村东的小树林里扑过来。

贺连长轻声叮嘱："敌人在明处，我们在暗处。等他们走近了，再开火！"

日伪军接近了，一百米，五十米，三十米。

贺连长手一挥，用力喊道："开火！"

五连战士本来足足有半个月没开荤了，早就憋得鼓鼓的了。听到贺连长"开火"的命令，立即扣动枪机，"唰唰"，倒了一大片。

赵家弟兄三人，更是勇猛异常，挺起长矛，冲向敌人。横扫一片，腿折胳膊断；竖扎一堆，留个血窟窿。

穆承英、穆继英姐妹两个也不甘示弱，飞刀如蝗，刀无虚掷。日伪军就像麦捆似的，噼里啪啦倒了一地。

这伙从密云逃窜而来的日伪军，一群乌合之众。他们这伙子民族败类，平日价就是吃喝玩乐，欺男霸女，今朝有酒今朝醉，哪管明日赴黄泉。更有甚者，也学日本鬼子，抢村里年轻漂亮的女人，终日醉生梦死，谁肯训练。有的伪军士兵，抓来了几个月，还不会使用步枪、冲锋枪。这伙民族败类，平日价就会欺负老百姓，打起仗来，掉地上了。

这场战斗，从日近黄昏，打到天黑。总共不到半个时辰，日伪军横躺竖卧，死伤数十人。

战斗结束，贺连长派姜曾清点人数。结果，除了于子春以外，另有赵大大、李长生，一共三个人牺牲，还有两个重伤，七八个人受轻伤。

贺连长派人把轻重伤员迅速送到独立团医院。随后，处理牺牲了的同志的遗体。

赵小二、赵小三兄弟俩，扑在大哥的身上，"嗷嗷"恸哭。

穆承英、穆继英姐妹二人上前劝阻，无济于事。

贺连长肃立于死难战友面前，脱帽敬礼。

众位战友跟着连长，一一行礼。

赵家兄弟接连站起，彼此擦拭泪痕，抽泣不止。

贺连长在礼务村的小树林里，寻一处黄土坡，作为墓地。

大家七手八脚地挖开墓穴，掩埋好战友的尸体，攒起高高的坟头，从小树林中，捡几块石头，用刺刀刻上名字，立在坟前。

战士们带上缴获的枪支弹药武器装备，返回宿营地。

回到狐奴山脚下的宿营地，虽然打了胜仗，但是，生活中少了于子春、赵大大和李长生。战友间的情谊比亲兄弟还要亲，而今，再也见不到他们可爱的面庞，听不见他们响亮的歌声，为此，战士们整天价愁眉苦脸，蔫头耷脑，打不起精神。

贺连长见此情景，每天和战士们在一起讲故事，聊家常。休整数日，战士们情绪渐渐回缓，终于有了话音，有了笑声。彼此见了面，竟也打起招呼，甚至又有人开起了玩笑，唱歌，说笑话。

贺连长的脸上也有了笑容，见到穆承英、穆继英，竟也开起玩笑来："穆氏姐妹，想不想到密云穆家寨去一趟。那里是你们的老家啊！"

穆继英心直口快，说："穆家寨是老祖宗穆桂英的家，这只不过是个传说而已！"

贺连长哈哈大笑，说："传说就传说吧，还'而已'！啥叫'而已'，说说看？"

穆继英俊俏的小脸"噗"地红了，像小苹果。

穆承英说："继英，连长问你话呢，咋不言语？本来嘛，没给孔圣人鞠过躬，还笨鸭子臭跩上了！"

贺连长温和地说："继英啊，等打完仗，把日本鬼子赶跑了，把地主老财消灭了。咱们也办学校，让穷人家的孩子，都来给孔圣人撅屁股，读书，识字，好不好？"

穆氏姐妹争着说："读书识字，都挺好，干吗还非得给孔圣人撅屁股呀？丑死了，丑死了！"小姐俩一面说，一面捂着脸跑了。

贺连长嘻嘻笑着，说："唉，小小女孩子家，要不是日本鬼子来到中国捣乱，正在学校读书哩！"

赵家兄弟走过来，笑笑说："贺连长，我们把她俩追回来！"

贺连长笑笑，说："甭，甭，大家放下前些日子的悲痛就好。不能总蔫头耷脑的，要是老打不起精神，真的来了战斗任务，你们叫我这个当连长的可怎么办？"

赵家兄弟都是明白人，一点就破，心里豁然开朗，一遍遍地说："打仗嘛，咋能不死人！放心，贺连长，天塌下来，有咱们大家伙顶着呢！"

贺连长用力拍拍赵家兄弟的肩膀，说："好！"

不日，独立团果然向贺向荣下达了作战命令。

独立团准备渡过潮白河，攻打张辛火车站，那里是日本鬼子的军需仓库。

北河村是潮白河的渡口，八路军的必经之路。因此，必须向北河村的反动道会门大刀会借道。

独立团团长韩贵德指示：劝降王效三，倘不投降，就叫他彻底灭亡！

王效三，何许人也？他是潮白河畔北河村的恶霸，反动武装大刀会的头目。乡间流传一段民谣——

> 北河有个王效三，黑不溜秋一张脸。
> 一边一只扇风耳，黑痣嵌在眉宇间。
> 两撇胡子呈八字，鼻子宽阔高又尖。
> 黑衣黑裤黑大氅，无影无踪无人寰。
> 身怀绝技无敌手，飞檐走壁只等闲。
> 白天能在水上飞，夜晚能登山越涧。
> 自称北河王天霸，双脚一跺八方颤。
> 惊蛰他要不吱声，哪个虫儿敢叫唤！

王效三傲慢，霸道，不讲理，家长制，一言堂，指鹿为马，喜怒无常。

王效三坐在大堂上，几个亲支近派围着王效三，为他吹牛拍马，哄逗着王效三开心。

光脑壳说："三爷的枪法好，手使双枪，百步穿杨，百发百中。说打你脑瓜瓢，跑不到你后脑勺！"

一撮毛说："敢情，脑壳那么大，不算。说打你眼珠，都不错眼窝。你没见，三爷的轻功好，能在草上飞，水上跑。一人高的墙头，不叫事儿！"

光脑壳、一撮毛争着说："三爷要说最最拿手的，还得数大刀。三爷的大刀，在北河有对手吗？"

大下巴说："说起来新鲜，你们都没见过。三爷裆里的那支冲锋枪，两颗手榴弹，那才厉害！"

王效三眯起眼睛，用嘴角笑笑："你怎么知道？"

大下巴说："光脑壳、一撮毛，你们信不信？三爷每天夜里，至少能给两个老爷们儿，戴上绿帽子！"

王效三哈哈大笑，得意地说："光脑壳，你信不信？"

光脑壳为了讨好三爷，故意支支吾吾地说："眼见为实，耳听为虚。我没有见识过，我咋能信啊！"

王效三又瞥了瞥一撮毛，说："一撮毛，你呢，你信吗？"

一撮毛说："我信。"

王效三嘿嘿笑笑，说："你怎么信，你又没亲眼见过！"

一撮毛战战兢兢地说："就凭三爷这么硬朗的身板，一晚上仨俩老娘们儿，没问题。是不是？哈哈——"

王效三说："一撮毛，你既然信，就算了，没你的事了。大下巴，你，今天晚上，你带着两个人，把光脑壳的老婆给我弄来。光脑壳，你呢，今儿晚上也甭回去了，我叫你亲眼看看三爷的真功夫！"

光脑壳"咕咚"跪在地上，给三爷磕响头。每抬起一次头，一行鲜血顺着额头往下流，把眼睛都迷住了。

大下巴说："光脑壳，大男人，胎子相儿！女人就是男人身上的衣服，旧了再换，老得穿新的！哈哈——"

王效三说："光脑壳，瞧你那点儿德行！可叹大老爷们坏子给你！我告诉你：人活多大，也是一个死！北河村里活得最大的，就是傻八爷。你听听流传在北河村街上的顺口溜——北河傻八爷，活到八十一。种了一辈子地，当了一辈子驴。八十一年没摸过酒瓶子，八十一岁没摸过女人的 ×……"说到这里，故意卖了个关子，哈哈大笑了一通儿，接着说，"值吗，就算把他扒出来，再活八十一岁，又将怎么样？"

王效三说过，十分得意地笑了。

一撮毛、大下巴也九分得意地笑了。

贺向荣接到作战命令后，深深感到，这是一场特殊的战斗。遂派七班班长张超敏带领两名战士，去北河村找到"大刀会"头目王效三谈判。

贺连长向张超敏等三人交代完任务后，特意叮嘱道："大胆，谨慎！"

张超敏带领两名战士，轻装出发了。

进了北河村口，突然，从树丛中蹿出两个彪形大汉，手执大刀，喝道："站住，什么人？"

张超敏说："八路军，武工队！"

"不准进！"

"我们要见王会长，误事你担当得起吗？"

"那好，跟我来！"大黑胡子瓮声瓮气地说。

三位八路军战士跟随大胡子往村里走。

大胡子说："停，我去禀报！"

大胡子来到王效三的大厅，说："三爷，外面有三个八路军求见！"

三爷说："不见！"

大胡子走出来，见到张超敏等三人，说："三爷有话：不见。"

张超敏等三人也不搭言，手摸枪支，朝里便走。

这是一个好大的院落，大门两侧，各立一名大汉，龇牙咧嘴，满脸横肉，手执一柄大刀，凶相毕露。

正房五间，高高的条石台阶，两侧是厢房。再往上去，就是王效三的大厅了。

张超敏等三人，毫无惧色，大步流星闯进大厅。

太师椅上坐着一个人，满脸杀气，大声说："你们就是八路军武工队的人？"

张超敏说："不错。我们部队首长说，马上就要攻打张辛火车站。那里是日本鬼子的军需仓库。北河村是八路军攻占日本军需库的必经之路，需要向你们借道路过。"

王效三说："条条大路通罗马。你们攻打张辛火车站，那是你们的事，干吗非要路过北河村？"

张超敏说："我们首长说，只是借道，路过而已！"

王效三厉声说："而已，而已，你跟我玩什么里格楞。"

张超敏说："日本侵略中国，中华民族到了最危险的时候，作为中国人，我们理应为国出力，借道通过总该可以吧！"

王效三吼道："天，是北河的天；地，是北河的地。我说借，就借；我说不借，就不借。中华民族到了最危险的时候，跟我说不着！"

张超敏说："现在，是抗日民族统一战线时期。"

王效三说："好，你往前来，我来告诉你，应该是什么时期！"一面说，一面掏出手枪。

"啪"的一枪，正中张超敏的头部，张超敏倒在血泊里。

两名年轻战士，立即扑上去，喊道："班长，班长……"

王效三吼道："小的们，那两个，难道还等我发话咋的？"

大厅里的卫士，心领神会，立即举枪射击。

那两个年轻战士也牺牲了。

贺连长一直等，等到日落，等到掌灯，等到子夜，等到鸡鸣，等到太阳又一次从东方升起。

终于，传来了消息：张超敏和两位战士统统牺牲了。

贺连长拍案而起，大骂道："王效三，兔崽子，老子非把你撕碎，砸烂，扔进潮白河里喂王八。姥姥的！"

贺连长刚要喊"集合"，眼睛一瞥作战室的墙上贴着的"兵民是胜利之本"标语，立即冷静了下来。他在地上站立很久，又想起贺龙的话："作为革命战士，特别是指挥员，即使是个班长，无论在任何情况下，都要冷静，再冷静。每一个八路军战士都是革命的宝贵财富，都是血肉之躯！"他索性坐下来，坐在绿色背包上，双手捧着下巴，他要把事情想清楚。

"报告！"姜曾喊道。

"进来！"贺连长答道。

姜曾走进来，急忙问道："什么时候出发，连长？"

贺连长问："不忙！小姜，你说说，消灭大刀会、铲除王效三，这个仗，该怎么打？"

姜曾迟迟疑疑地说："我，我说不好！"

贺连长微微笑笑，说："说不好，还说不坏？"

姜曾清了清嗓子，说："那，那我就照直说了，大刀会大刀会，就是一群乌合之众。他们除了当头的王效三有短枪，别的土匪就是大刀。他们近战、肉搏，的确不可轻视，那是他们的优势……"

贺连长抢过来说："咱们也有大刀、长矛呀。他们有的，咱们都有，一样不少！"

姜曾说："连长，那咱们的手枪、步枪、机关枪的优势呢。我是说，你有你的优势，我有我的优势，你打你的，我打我的。我们就利用我们的优势，远距离消灭他们！也别太远，您看啊，假如一百米，对于优秀射手还可以。可是，射击水平不一致啊。所以，要等敌人靠近，最好五十米，再开火……"

贺连长"嗖"地站起来，猛地拍了拍姜曾的肩膀，高兴地说："不，再近些，要等到土匪接近到三十米、二十米，再开火，岂不一枪一个！"

姜曾说："三二十米正合适，太近了，敌人蹿上来，又打开了肉搏战，这是他们的长处呀！"

贺连长说："对，三二十米，是最佳距离。敌人想往回撤，百米以内，仍然可以击毙他们。好，通知司号员，集合！"

队伍很快集合完毕。

贺连长马上做了战前动员，并且做了战术说明，然后大声地问："明白吗？"

全连战士齐声答道："明白，坚决完成任务。消灭大刀会，铲除王效三！"

贺连长命令："出发！"

冀东独立团五连全体官兵，以整齐的步伐，行进在奔往北河村的大路上。

目标接近了，贺连长传下命令："隐蔽前进！"

北河村地处潮白河畔，河岸上，杨树成排，绿柳成荫。

一条蚰蜒小道，弯弯曲曲，坎坎坷坷，荆棘蒿草，密密麻麻，半遮半掩，通往北河村。

姜曾走在队伍的最前面，随时向贺连长报告敌情。

突然，发现了目标：村子里的大操场上，王效三集合道徒，人人头裹红绫，身穿葱心儿绿裤褂，足蹬皮靴，手执大刀，正在演练。

道徒们齐声喊道："佛爷保佑，刀枪不入！佛爷保佑，刀枪不入！"

大下巴身背大刀，走向每一个大刀会道徒面前，喝道："使劲儿，没吃饭，妈妈的！"说着，朝一个道徒的腿上踹了一脚。

道徒倒下。

大下巴吼道："起来，加紧练习！"

然后，大下巴继续喊道："大家跟我一起喊：佛爷保佑，刀枪不入！"

于是，大家一起高声喊叫："佛爷保佑，刀枪不入！"气冲牛斗，响彻云霄。

隐蔽在密林深处的八路军战士，一个个想笑，迅速被贺连长以手势止住。

八路军机枪射手田畴轻声说："连长，开枪吧！"

贺连长严肃地说："不行，这么远的距离，敌人稍微一撤，就难打准，并不能保证全歼！"

田畴说："我们要是再往前进一步，就出了树林，暴露目标了！"

贺连长说："要把他们引过来，不能给他们逃跑的机会。服从命令！"

姜曾说："连长，把这伙土匪吸引过来的任务交给我吧？"

贺连长叮嘱道："好，多加小心！"

姜曾坚定地点点头，钻进密匝匝的荆棘蒿草丛中。

姜曾在蒿草丛中逼近操场，故意在道徒们的近处亮个相，并不开枪，迅速折回，给道徒们造成逃跑错觉。

突然，小个子道徒大叫起来："八路，我看见八路了。快追，别叫他跑了！"

大下巴厉声问："是吗？看错了，我一刀砍了你！"

小个子道徒声嘶力竭地叫道："错不了，错不了！"

大下巴从背后抽出大刀，喊道："追，给我往小树林里追，追上八路军有赏。一个女人，二两大烟土！"

一伙道徒朝小树林里，蜂拥而来，穷追不舍。

姜曾见一群道徒追了上来，知道敌人已经中计，心里不觉喜悦异常。装作跛脚，故意跌跤，当跑到接近密林时，把手中的步枪也假意扔掉了，钻进了荆棘蒿草丛中。

贺连长死死盯住迅疾而来的道徒，心里计算着：八十米，五十米，三十米。喊道："打，狠狠地打！"

八路军战士们早就急红了眼，手枪、机枪，步枪一齐射击，"哗啦哗啦"，只听一片推拉枪机的声响，没有闲着的工夫。

道徒们乱作一团，插翅难逃。敌人死的死，亡的亡。

赵家兄弟和穆氏姐妹看到战友们手使各类枪支，一个个敌人倒在他们

第十三回　潮白河畔刀光剑影　狐奴山麓笑语欢歌

面前，急得直跺脚："敌人都叫你们给收拾了，合着没有我们什么事了。劳您驾，给我们剩几个好不好？"

贺连长眼见仍有几拨敌人纷纷逃回大刀会的院内，一声令下："冲！"

战士们像小老虎一样，　　直冲到王效三的四合院，踢开大门，闯进大厅。枪口对准王效三，喝道："缴枪不杀！"

王效三坐在太师椅上，厉声说："来，照这儿打，还是照这儿打？"他先拍拍毛茸茸的胸口，又拍拍锃亮亮的脑门儿。

赵家兄弟蹿上前来，齐声说："今儿叫你尝尝赵家枪的厉害！"说着，兄弟二人挺枪而上。

王效三眼睛瞪得倍儿圆，喝道："远远地站着去！你们当官的呢？出来，别当缩头乌龟！"

贺连长"嗖"地一闪身，闪电般出现在眼前，从身后抽出一把利剑，斜指上方。

王效三手执大刀，从太师椅上一跃而起，蹿到贺连长跟前，厉声说："来者何人？"

贺连长答道："坐不更名，行不改姓。贺向荣的便是！"

王效三说："听过我的名字吗？大刀会长王效三，没把你吓死，就算你还是条汉子！"

贺连长怒火填胸，威风凛凛，宝剑直指王效三的胸膛，厉声说："来吧！"

王效三一跃而起，挥起大刀，用尽平生力气，恶狠狠地向贺连长砍下。

贺连长挥剑，往上一挡，两件兵器，"当啷"一声，火星四溅，震耳欲聋。

王效三"哈哈"大笑："好小子，再吃我一刀！"照准贺连长的面门，用力砍去。

贺连长一个鹞子翻身，只将王效三的大刀一拨，"刺棱"，王效三的大刀险些落地。

王效三跃上高桌，抡刀便砍。

贺连长一侧身，王效三的大刀砍空。

王效三扑到地上，摔了个狗吃屎。

贺连长点点手，说道："站起来！"

王效三急红了眼，挥起大刀，斜刺砍将过来。

贺连长急忙躲闪。

此刻，穆继英向姐姐丢了个眼色。

姐姐穆承英心领神会，姊妹二人各执一把飞刀，"嗖、嗖"，朝王效三飞将过去。

一刀刺进心窝，一刀扎进脑壳。

王效三"扑通"倒地，一双大眼，瞪得溜圆。

贺连长生气地把手中宝剑"当"地往地上一扔，悻悻而去。

战士们一同随着贺连长退出。

调皮的穆氏姐妹从地上拾起贺连长的宝剑，跑上前去，说："贺连长，是我们错了，您呀，照准我们的脊梁，使劲儿拍我们一人一巴掌，行不？"

俩丫头这样一说，反倒把贺连长逗笑了。

贺连长说："班师回朝。歇足了，晚上演出。"

"演出，啥演出，谁给演出？"大家嘻嘻哈哈地说。

贺连长说："谁给演？自己演，自己看！"

"哈，哈哈……"

贺向荣全歼北河大刀会的胜利消息，很快传到了独立团。

团长韩贵德和政委胡宝贤异常高兴。

韩贵德说："王效三这家伙，又臭又硬。现在，贺向荣把这块石头搬掉了，为渡过潮白河打开了通道，这样，攻打张辛火车站，就更有把握了！"

胡宝贤说："我到五连去瞧瞧，慰问慰问贺向荣，看看战士们！"

韩贵德说："要去大家去，我早就想念贺向荣和五连的英雄们了！"

胡宝贤说："那好吧！"

于是，团长和政委，一人骑一匹高头大马从冀东独立团出发，径直朝狐奴山五连军营而来。

穆承英、穆继英看见团长、政委来了，飞身报告贺连长。

贺向荣跑步出来迎接。

团长和政委正走到伙房门口，查看五连的伙食状况。

团长笑笑说："这个贺向荣，真有办法，战士们的伙食改善得不错嘛！快赶上团首长的小灶了。哈哈！"

政委说："看看这里，还有日军的罐头。看来，都是从日军手里缴获的！"

团长说："这叫什么？这就叫狗走千里吃屎；狼走到哪里都有肉吃！贺向荣就是一匹狼，他的身后带的就是一群狼，一群嗷嗷叫的野狼！"

突然，韩贵德和胡宝贤身后喊了一声："报告，团长、政委！"

韩贵德哈哈大笑："说狼到，狼就来了！"

胡宝贤说："贺向荣，贺连长，为什么打了大胜仗，不及时报告？"

贺连长说："等什么时候打了大胜仗，再报。这丁点儿小事，就免了吧！"

团长说："消灭大刀会，铲除王效三，咋是小事？为下一步攻打日军张辛火车站开了路！"

政委说："小事，咋是小事？分明是不想把战利品交公，粮食、武器、装备，留着自己用，是也不是？"

贺连长忙说："他王效三一个破土财主，有啥武器装备，都是些破破烂烂！"

韩贵德说："好了好了，那些破破烂烂都归你五连留着吧。说说今天的安排！"

贺连长搔搔头皮，说："我们今天晚上，准备弄个文艺晚会！"

"文艺晚会，好，是该庆祝一下。啥文艺晚会，哪里请来的文工团？"

贺连长说："自编自演就是为热闹热闹，调整调整情绪。最近，打仗牺牲了好几个战友，大家一想起他们来，就心里难过，一个个蔫头耷脑的，情绪不高。"

政委说："这么说，你的这个晚会，我也表演个节目，好不好？"

贺连长笑笑说："政委表演节目，好呀，哪个不欢迎！那，那团长呢，团长也得给大家伙出个节目呀！"

团长说："我压轴，压轴戏归我，行不？"

贺连长说："顶好！"

战士们吃饱了，喝足了，好容易盼到太阳落山，登台唱戏的时间也到了。

戏台上，在支起的竹竿上，挂起了五盏汽灯，气儿打得足足的，把土台子照得一片雪亮。

戏台原本只是个黄土坨子，经过平整之后，成了现在这个样子。连队点名、开会都在这里。晚会前，挂起了从王效三那里新缴获的双人床单，不仅像模像样地分出前后台，还有了"出将""入相"的两道门。

战士们看了，兴奋异常，奔走相告，更何况又有团长、政委远来助兴。

赵家兄弟赵小二、赵小三在戏台上忙三迭四，特意找来两块床单，分别挂在"出将""入相"的门口，作为门帘，还准备了一块大红被面，留做他用。

一切准备就绪，晚会开始了。

台底下坐满了五连的战士，团长和政委，也和战士们一同席地而坐。

姜曾走上戏台，恭恭敬敬向台下敬了个军礼，大声说道："今天是个好日子。团首长也来为我们助兴。大家欢迎！首先，请团首长为我们做指示！"

韩团长跳上土台，说："大家娱乐嘛，做什么指示呀？这不瞎多余！"

会场下面"哗"的一片笑声。

韩团长继续说："你们五连，消灭了大刀会，铲除了王效三，打了大胜仗，我和政委都十分高兴，来看看你们。好了，我看呀，政委也别讲话了。晚会就开始吧！大家说，好不好？"

场下全体战士们叫嚷道："好！"

姜曾从侧幕走过来，开门见山："第一个节目，魔术。表演者：赵小二、赵小三。"

戏台底下"哗"的一片欢笑加鼓掌声。

土台上，从后台依依袅袅走出一个窈窕淑女，眉清目秀，粉面桃腮，如花似玉，身穿一件大红旗袍，在戏台中间站定，似笑非笑，眼闪秋波。

赵小二、赵小三兄弟二人，走上前来，抻起大红被面，遮住这个窈窕淑女。

戏台下的战士们，不知这两个坏小子会要什么花活，一个个把眼睛瞪得大大的。

突然，赵小二、赵小三把大红被面向侧面移开，窈窕淑女不见了踪影。

正在大家感到疑惑不解的当儿，那个窈窕淑女，从队伍的最后面蹦蹦跳跳地走上戏台。

大家都以为怪。

那个窈窕淑女，仍然在戏台中间站定，似笑非笑，眼闪秋波。

赵小二、赵小三兄弟二人，抻起大红被面，又一次遮住那个女子。

戏台下面的战士们不知啥馅，又一次瞪大眼睛，盯住戏台上的每一处细节。

赵小二、赵小三把大红被面慢慢向侧面移开，奇怪，戏台中央并肩站着两个一样长相、穿着打扮，眉清目秀，粉面桃腮，如花似玉的女孩子。

突然有人叫嚷起来："是穆氏姐妹俩！"

戏台下一片笑声。

这时候，只见政委大步流星走上戏台，他慢条斯理，不紧不慢地说："我叫胡宝贤，胡搅蛮缠的胡、宝贝的宝，贤，可不是盐放多了那个咸！"

韩团长说："你就直说：不是咸淡那个咸。"

戏台下又是一片笑声。

政委继续说："我给大家讲一个历史故事：从前呀，有一座庙，庙里有一群小和尚，坐在一棵大松树下，吵着让老和尚给小和尚讲故事。老和尚拗不过，只好给小和尚讲。老和尚给大家讲的什么故事呢？老和尚说：从前呀，有一座庙，庙里有一群小和尚，坐在一棵大松树下，吵着让老和尚给小和尚讲故事。老和尚拗不过，只好给小和尚讲。老和尚给大家讲的什么故事呢？老和尚说：从前呀，有一座庙，庙里有……"

戏台下一片乱哄哄的叫嚷："庙里有一群小和尚，坐在一棵大松树下……"

哄笑声没完没了。

政委等大家笑过之后，摆摆手，说："我再给大家讲一个小笑话。这个小笑话，可好玩了，我这几十年，就指着这个小笑话活着呢！挺好啊：从前啊，有一个黑媳妇，长得黑。怎那么黑，她怎那么黑？东山烧过炭，西山挖过煤，生了个孩子像块煤。有一天，孩子掉在煤堆里，这下可糟了，分不清哪是孩子哪是煤。倒霉倒霉真倒霉。走来个双眼瞎，说：'倒煤呀！'黑媳妇听了他的话，倒呀倒呀，从这里倒到那里，刚刚倒了一小半儿，累得腰酸腿疼。又来了一个二五眼，手里挂着一根竹竿，说：'你用我的竹竿儿杵呀，软的是孩子，硬的是煤！'"

戏台底下笑成了喜鹊窝。

姜曾大声问道："政委讲得好不好？"

"好！"

"妙不妙？"

"妙！"

"再来一个要不要？"

"要！"

"呱唧呱唧——"

政委摆了摆手，说："下面还有更精彩的，请团长给咱们表演压轴节目，大家欢迎！"

戏台下一阵掌声。

团长走上台来，不言不语，从衣兜里掏出一支烟，往空中一扔，抬手就是一枪，那颗烟卷被击得粉碎，烟末儿纷纷落下。

台下又是一片掌声。

韩团长往台下一看，见炊事班老班长正抽旱烟，烟袋杆老长老长举在手中。

韩团长点手叫道："炊事班老班长，上台！"

炊事班老班长一愣，站起来，问："叫我吗？"

戏台底下的战士们笑倒了一片，乱哄哄地说："秋后的兔子，犯愣，可不叫你吗？"

炊事班老班长登上戏台，手里提着大烟袋。

韩贵德团长说："您的大烟袋太长了，使着不方便。再说，您老通烟袋，免不得弄手上烟袋油渍，咋揉面蒸窝窝头呀？这样吧，我给您的烟袋杆去下一截，怎么样？"

炊事班老班长笑笑，露出一排黑黑的牙齿，说："去下一截儿，咋个去法呀？"

韩团长说："您叼在嘴上，比画着从哪儿去掉合适？"

炊事班老班长伸出手，刚一比画。

韩团长反过身来，背手就是一枪，炊事班老班长的烟袋杆化作两截。

"好！"戏台底下又是一片叫好声。

团长从衣兜里掏出一个烟斗，递给炊事班老班长，说："老班长，平日价您太辛苦了，没有别的奖励您，就把这个从佐佐木手里缴获的雕花烟斗送给您吧！"

炊事班老班长接过雕花烟斗，给团长深深地鞠了一躬。

戏台下面，掌声，笑声，响成一片，热闹非凡。

姜曾走上台来，叫嚷道："晚会到此结束！"

在狐奴山麓，独立团贺向荣五连的战士们，人人谈笑风生，到处笑语欢歌。

第十四回

斗转虎岭山重水复
星移龙潭柳暗花明

缺吃少穿饥寒交迫　　天寒地冻滴水成凌

斗转虎岭山重水复　　星移龙潭柳暗花明

朔风怒吼，寒凝大地，雪压冬云，天冻地裂。冀东独立团五连的战士们，衣衫单薄，别说皮衣大氅，就连像样的棉衣棉裤也没有。吃的粮食，也所剩无几，每个战士一天只能分到一个窝头，再不饱，只好灌稀粥白菜汤了。没有吃，没有穿，自有敌人送上前。然而，事实上，哪里会有那么容易！况且，八路军是人民的军队，即使冻死饿死，也不可能侵害老百姓，可又不能坐以待毙，总得拿出主意。

胡宝贤找到韩贵德，慢条斯理地说："我倒有个主意，说出来想跟团长探讨探讨。"

韩团长说："卖关子？别卖关子！"

胡政委说："穷文黩武，坐失良机。铁树开花，水滴石穿。俗话说，没有过不去的火焰山！"

韩团长说："上干的，少来这些汤汤水水。"

胡政委说："当分则分，当聚则聚。聚而不分，柴米发温；分而不聚，难成大义。以我之见，当前到了该分的时候了！"

韩团长说："你是说，部队化整为零，深入民间，各自为战，分散发展，积小胜为大胜，以时间换空间。好主意！真可谓英雄所见略同，所见略同也！"

胡政委说："当然，这样做，也并非放羊，四散开去，漫山遍野，自由散漫，聚不拢，招不回。不，既要散得开，又要聚得拢。正所谓召之即来，来之能战，战之能胜！"

韩团长哈哈大笑，说："不，分散开去，机动灵活，伺机而战，战之能胜。积小胜为大胜，用时间换空间，就是让小鬼子顾西顾不了东，吃不消停，睡不安宁。咱们就像麻雀，趁他不注意，就啄他几嘴。等他发现了，咱早就扑儿棱飞了！"

胡宝贤说："那就召开一次军事工作会议，让大家伙都明确分久必合，合久必分。分，是为了发展；合，是为了壮大。"

韩贵德说："好，就这么定了！"

军事会议根据情况，决定刘之龙因对顺义南部熟悉，向南发展，何东明、贺向荣向北发展。

何东明与贺向荣，互道珍重，各领任务而去。

贺向荣根据首长的指示，以排为单位，分成三个作战小分队，各小分队还可根据各自的情况，分成战斗小组。在天低云暗、滴水成冰的腊月初八，擦黑儿从狐奴山下的魏家店出发了。

贺向荣率领的小分队，又分为两个战斗小组，两个战斗小组分别各自寻找战机，一一辞别。

贺向荣亲自率领一个组，杨立冬率领一个组，冒着呼呼的西北风，自魏家店往北进发，爬上木林唐指山，穿过茶棚峪子沟，到达密云境内的山区。

密云山高水长，白云缭绕，原本是个极好去处。可眼下冰天雪地，银装素裹。战士们长途跋涉，饥渴难忍，突然，发现一处灯火，好像看到一丝希望。

贺向荣悄声说："姜曾，你带穆承英、穆继英，先进村侦察一下。不管遇到任何情况，都不许开枪。记住了？"

姜曾和穆氏姐妹在黑暗中，坚定地点点头。然后，三个人向那处灯火摸去。

姜曾悄悄地蹭到门口，轻轻地敲敲门，压低声音叫道："老乡，打扰您啦！"

里面没有人应答，却传出窸窸窣窣的响声。

姜曾继续叫道："打搅您，大娘，开开门！"

细细听听，就听见里面一个大娘的声音："小白，你快躲一躲，我去开门！"

姜曾和穆氏姐妹站在门外耐心地等待。

门，终于开了一条窄缝儿，从里面探出一颗头来："谁呀，大半夜敲门？"

姜曾细声细气地说："大娘，我们是八路军，是咱们老百姓的队伍。"

穆氏姐妹也凑过来，说："大娘，对呀，我们是人民子弟兵！"

大娘壮了壮胆子，说："真的是八路军，难道你们也是小白龙的队伍？快请进！"一面说，一面打开双扇门。

姜曾说："小白龙，什么小白龙？我们不是小白龙的队伍，可八路军都是一家人。"

大娘说："你们不是小白龙的队伍，怎么黑间半夜的，找到这里来了？"

穆氏姐妹凑上前来，说："小白龙，我们知道，名叫白乙化，是八路军名将。您怎么知道他呀？他是八路军，我们也是八路军，我们是一家人！"

大娘抿了抿花白的头发，说："那我就放心了。你们等等，我叫那位八路军同志出来。"

一位伤员从里屋扶着门框走出。

姜曾奔上一步，说："同志，慢，慢点儿。我们是独立团五连的。听说您是白乙化将军的部下，怎么，挂花了？"

那名挂花的八路军战士说："我是白乙化将军的警卫员，我叫白小乙。白乙化是我的叔父。"

穆氏姐妹轻轻对撞了一下肩头，相互一笑。

姜曾回过头来说："怎么样，我们回去向贺连长报告吧！我去，你们照理一下伤员，帮助老大娘烧点开水，暖暖屋子……"

穆氏姐妹说："那好，说走就走，赶快报告贺连长，让同志们进来暖和暖和。"

姜曾挑帘出了屋子，忽地，一股刺骨的寒风钻入胸怀，他激灵一下，迈开双脚，跌跌撞撞，渐渐地消失在墨黑的夜色里。

穆氏姐妹做惯了家务活，干活麻利，很快烧开了水，帮白小乙擦拭伤口，洗脚。

寒凝大地

222

正在穆氏姐妹忙忙碌碌之时，贺连长带领同志们也进了屋子。

人人向老大娘嘘寒问暖，把老大娘扶上炕头，用棉被子盖上双腿，这才顾得上歇息。

白小乙说："这里属于密云，东面的山叫虎岭。我的叔父白乙化的队伍，刚刚在这里打了一仗，消灭了小鬼子一个营的兵力。可我却受了伤，一时跟不上队伍，只好留在老乡家里养伤。"

贺连长说："我们从顺义方向来，也是为了打日本鬼子。人生地不熟，总算有了个落脚之地。多亏老大娘的帮助，同时，也感谢你对我们的信任。"

白小乙说："这里的大山叫虎岭，距离溪翁庄不算太远，那里是个大镇子。"

贺连长说："我们这次的作战任务，就是要协助白乙化将军打溪翁庄！"

白小乙急忙说："你们初来乍到，密云溪翁庄一带，北白岩、梨树沟、黑山寺，到处是日本鬼子。我们的队伍几次攻打溪翁庄，都被鬼子打散了。"

贺连长不语，他心情沉重。自加入八路军以来，从来都是精神振奋，斗志昂扬，意气风发。这回，队伍分散了，尚不知其他战友的状况。他第一次感到压抑。他深深地陷入了苦闷与彷徨。

一轮红日，从东方升起。

贺连长走出老乡家门口，望着眼前的崇山峻岭，火红的日光从虎岭的低洼处探进来，正好照在他的脸上。他下意识地抹了抹眼睛，然后，他要把目前的情况仔仔细细地想一想。琢磨来琢磨去，感到最需要解决的是吃和穿，吃不饱，穿不暖，怎么打仗？那么，怎样才能得到粮食和御寒的衣服呢？"没有吃、没有穿，自有那敌人送上前；没有枪、没有炮，敌人给我们造。"保存自己，打击敌人。决不能让鬼子追着跑，要寻找机会，主动出击。"对，主动出击！"他左手用力擂了一下右手，仿佛在叮嘱自己。

白小乙跛着一条腿，从屋子里走出来。

贺连长走近白小乙，伸出一只手，搀扶着他，说："小乙同志，你叔叔白乙化将军，现在怎么样了？"

白小乙说："部队进攻溪翁庄鬼子据点，不知怎么走漏了风声，敌人有了准备，结果吃了大亏。牺牲了不少同志。我当时大腿受了伤，实在追赶不上队伍，我叔叔安排两个战士，把我抬到隐蔽处，我催叔叔赶紧突围。现在不知去向。"

贺连长说："别着急，白乙化将军胆大心细，神出鬼没，定有办法！"

白小乙说："我叔叔明明知道溪翁庄鬼子据点不好打，可他急于求成，总认为密云县城，只要破除了溪翁庄鬼子据点，就可以迎刃而解了，别的地方不在话下。"

贺连长说："听说溪翁庄鬼子据点的供给，并不在溪翁庄，那在哪里？"

白小乙说："这我知道，在黑山寺。"

贺连长说："黑山寺？"

白小乙说："黑山寺距离虎岭并不远，从这里往西几里路。可是，地形却有很大变化。黑山寺紧靠山，下了黑山寺就是一片开阔地。所以，黑山寺易守难攻。"

贺连长登高望远，眺望着依山傍水的溪翁庄，又回过头来望望地处山丘的黑山寺，在他的心里，一个作战方案初步形成。他叫了一声："姜曾！"

姜曾跑步前来，立正敬礼。

贺连长附在姜曾的耳边悄声说了一阵子话。

姜曾说："是，我马上准备。"

过了一会儿，一个老农民和一个年轻小伙子，从老大娘的里屋钻了出来。

原来，他们俩就是贺连长和姜曾。两个人向黑山寺出发了，待接近黑山寺的时候，两个人在一棵大树下站定。观察了好一阵子，这才往西走，爬上小山坡，趴在坡上瞭望，一座大库房赫然出现在他们眼前。不过，哪里是粮库，哪里是弹药库？一时难以断定。不过，这里是粮食、弹药、武器装备的大库房，确定无疑。不仅供给溪翁庄鬼子据点，说不定，整个驻扎在密云县城日本鬼子的粮食、武器、弹药都要靠这里供应。

贺连长叮嘱姜曾："小姜，记清了？"

姜曾点点头："记清了，我画了张草图，都标记好了。"

贺连长说："回！"

贺连长和姜曾绕过土坡，一前一后，互相掩护，穿过树林，回到了虎岭老乡家。

油灯下，土炕中间放一张小炕桌，姜曾、穆氏姐妹、白小乙等围坐在炕上，听候贺连长的部署。

贺连长把声音放得很低，喊喊喳喳，连说带比画，最后，他严肃地望了望每一位战友，说："听清了？"

大家齐声说："听清了。"

姜曾说："连长，要是有两个人会开汽车就好了！"

贺连长说："你、我，这不是两个人吗？"

白小乙挤过来说："我，我也会！"

贺连长说："你是伤员，不能动。"

白小乙说："我的伤好多了。"说着，伸伸胳膊，踢踢腿，"我能成！"

贺连长说："好吧，小乙同志，你执意要去，也可以！"掉转身来，望望穆氏姐妹说，"你们俩，多照顾小乙同志。"

穆氏姐妹齐声说："好！"

一切布置停当，贺连长率领战友们出发了。

初九的新月，弯弯的，挂在西面的半空中，在云彩里钻来钻去，好像同贺连长他们在玩捉迷藏。

"腊七腊八，冻死寒鸦。"一丝风也没有，干冷干冷的。

贺连长他们没有想这么多，他们一门心思跟日本鬼子斗，怎样夺他的粮草大家用，抢他的军火要他的命。

他们很快来到黑山寺的土坡上。

大家按照贺连长事先分派的任务，各自做好战前准备。

穆承英、穆继英和白小乙在鬼子军需仓库大门口附近的小树林里隐蔽，随时准备接应。

贺连长蹲在地上，把姜曾举上鬼子的围墙。

围墙上面布满了铁丝网，姜曾用事先准备好的老虎钳，一根根剪断，扒开一个大口子，抻着贺连长也爬上围墙。两个人一先一后，跳进鬼子军需仓库。

贺连长和姜曾互相掩护，沿着仓库墙根往里靠。

一个日本鬼子的岗哨，把脑袋龟缩在皮大氅的领子里，抱着枪，靠墙站着。

贺连长冲姜曾做了个手势。

姜曾心领神会，慢慢接近鬼子哨兵。冷不防死死地掐住他的脖子，结果了鬼子的性命。

姜曾迅速换上鬼子的衣服，披上大氅。刚要行动，发现不远处有个鬼子，正往他的这个方向而来。

姜曾立即站好，佯装哨兵。

那个鬼子接近了，是一个查岗的日军中佐。

日军中佐说："情况的有？"

姜曾"啪"地立正。正在这当儿，贺连长突然从墙角蹿出，双手掐住鬼子中佐的脖子，"扑通"一声，拧倒在地。

贺连长迅速换上鬼子中佐的衣服，披上大氅。

贺连长和姜曾两个人，化装成日本鬼子，急匆匆摸进值班室。

值班室里，有几个小鬼子，正趴在桌子上，迷迷糊糊地打瞌睡。

贺连长唤起一个鬼子，说："你的，司机的有？"

这个鬼子慌忙站起来，看见一个身穿中佐军衔大氅的军官，立在面前，赶紧说："我的，我就是司机的干活！"

贺连长命他立即开车，送往溪翁庄。

这个小鬼子看看面前站着日军的中佐军官，好像平日从来没有见过，起了疑心，然而，却又不敢怠慢，疑疑惑惑地走出来，打开卡车门，钻了进去。

贺连长钻进了卡车驾驶舱。

姜曾飞身上了车厢。

卡车启动了，向门口开去。

出了大门，两个岗哨走上前来阻拦。

正在这千钧一发之际，不知何故，两个鬼子"扑通"倒地。

原来是穆氏姐妹穆承英、穆继英同时飞出两把飞刀，结果了两个哨兵的性命。

开卡车的鬼子原本就疑疑惑惑，看到这个情况，紧急刹车。

贺连长早已掏出手枪，对准鬼子的脑袋瓜。

不料，鬼子飞快用一只手托住贺连长的手枪，另一只手卡住他的脖子。

穆承英飞身上车，打开卡车门子，用短刀照准鬼子的脖子，就是一刀，结果了这个小鬼子的性命。

穆承英、穆继英姐儿俩，一起将小鬼子的尸体拽出，拉进岗楼后面的草丛里。然后，穆氏姐妹一起钻进驾驶舱。

贺连长正要启动卡车，却不见了白小乙。

贺连长急忙跳下卡车，寻找白小乙。

好容易找到了他。

此刻，白小乙跛着一条腿走到贺连长跟前，轻轻地说："贺连长，我想临时改变主意。"

贺连长说："快说！"

白小乙说："我想炸掉鬼子的军需仓库！"

贺连长说："咱们没有定时炸弹，甩手榴弹的话，小鬼子的弹药库一爆炸，我们跑不了多远，也一同报销了！"

白小乙说："我留下，等你们的卡车开远了，我再甩手榴弹。"

贺连长说："那样太危险，弹药库那么大的爆炸力，你无论如何跑不开的。"

白小乙说："人生自古谁无死。为了炸掉鬼子这么大的军需仓库，太值了。贺连长，不要犹豫了！"

贺连长说："不行，绝对不行！再说，今后我们见了白乙化将军，可怎么向他交代呀！"

白小乙决心已定，大有壮士一去兮不复还之气概，怀里抱着两颗手榴弹，一瘸一拐地朝鬼子军需仓库奔去。

暗夜中，一会儿，便失去了踪影。

贺连长无可奈何，他跳上卡车，颠颠簸簸，奔驰在通往溪翁庄的石子路上。

贺连长开着卡车，一步三回头。

突然，传来手榴弹的爆炸声。几乎是同时，鬼子的弹药库，火光冲天，若隐若现；巨大的爆炸声，惊天动地，响彻云霄。

贺连长大声地嘶喊："白小乙，白小乙！"

姜曾、穆承英、穆继英一同嘶喊："白小乙！"生离死别撕心裂肺。

守卫老大娘的战士们知道贺连长他们胜利归来，喜出望外。然而，她等了半晌，却不见了白小乙，这才问道："白小乙，白小乙怎么没有回来？"

穆承英抢着说："小乙哥原本我们都在一起，可回来时，他突然改变了主意，说要炸掉小鬼子的军火库，拦又拦不住，吱溜钻到树丛里，也没法儿高腔大嗓地喊叫……"

大娘哭诉道："他一个人去炸小鬼子军火库？"

贺连长说："您甭着急，以后我们会设法找到他！"

大娘嘴咧得瓢似的说："找什么呀？怕是凶多吉少！"

穆承英、穆继英搂着大娘，为她擦去泪水，一遍又一遍地说："大娘，您甭着急！"

杨立冬带领的战斗小组，绕过溪翁庄，直奔梨树沟。巧得很，在翻越梨树沟北面的大山时，正巧遇到架在山坡上的电话线。毫无疑问，这是日本鬼子架设的电话线。

杨立冬叫随来的通信兵吴三强，把鬼子的电话线剪断，串连上他身背的电话机，静静等候鬼子们之间的通话。

等啊等啊，终于等到了。得知这是一条连接古北口与溪翁庄的电话线，所有军事行动和军用物资，都要通过一个叫龙潭的检查站。

杨立冬得到这个情报，喜出望外。他断定，这个鬼子检查站就设立在古北口与溪翁庄之间。那么，这个龙潭又在何处呢？

吴三强说："既然在古北口和溪翁庄之间，咱们马上就捯着电话线找呗！"

杨立冬说："眼看西面的太阳就要落山了，天一黑下来，山沟里的风硬。好家伙，腊七腊八，冻死寒鸦。咱们先得找个村子，住到老百姓的家里。不然的话，在山沟里趴一宿，都得冻成冰棍儿！"

吴三强说："那是，那是，先得找个村子。要不说咱们八路军和老百姓是鱼和水的关系呢！鱼离开水试试，能活不？"

战士们饯饯开了："大家都知道：老百姓是水，八路军是鱼。当务之急，就是首先找到村子，再找到一家老百姓，有个吃、喝、住的地方，不就等于鱼儿找到水了嘛！"

杨排长说："对，走！"

战士们一个个跟随着杨排长翻过一座又一座山梁，越过一道又一道山涧，还是不见小山村的影子。

正在大家疲惫不堪的时候，小吴拨开一丛枯草，惊喜地说："那儿，那儿，看见没有，黑咕隆咚的，不像个小村子吗？"

杨排长顺着小吴手指的方向，仔细看了又看，说："像，像是有一个小村子。走，就向那里前进！"

天空，刚才还是幽蓝幽蓝的，飘着几缕鲜红鲜红的晚霞。仿佛转眼之间，天色便暗了下来。远远近近、高高低低的群山，像一尊尊佛像，一动不动，静静地端坐着，像是在等候朝拜者。

杨排长走在最前面，走着走着，那带给他们一丝希望的小村子，被一座小山包遮住了。往东，往西，往南，还是往北，一时犯了迷糊。

吴三强说："爬吧，登上这个小山包，不就又会看见那个小村子了吗？"

杨排长说："上山，登上这个小山包。唉，咱们没有指南针，也只好登上这个小山包再说了！"

吴三强说："没有指南针，天上有北斗星呀！"

杨排长说："北斗星？对，先找到北斗七星。北斗七星就像一把勺子，顺着勺子把柄延长，就能找到北斗星。"

大家都仰起头，还是小吴最先找到，他指着天空中那颗亮晶晶的星星，叫嚷道："那里，那里，那颗就是北斗星！"

大家顺着吴三强手指的方向，看呀看呀，纷纷说："看到了，看到了！"

杨排长说："看是看到了，可是，刚才，那个小村子在北斗星哪边来的？"

吴三强说："啊呀，可不是吗？还得等到登上这个小山包再说吧！"

杨排长说："登吧！"

于是，大家又跟着杨排长一同登山。

刚刚登上小山包，忽然发现星星点点几处火光。无疑，前面就是小山村。

就是这个小村子，让大家看到了希望。那隐隐约约、若明若暗的火光，就是他们的希望之光。

于是，大家不等杨排长发话，径直朝那里走去。

那豆光焰接近了，果然是从一间小屋里透出的光线。

杨排长说："三强，你先去侦察一下。千万不要惊动老乡！"

吴三强把脚步放得轻轻，很快接近了村边的一家小屋。走到窗下，轻轻地敲了敲窗棂。还没有等他开口，窗户突然暗了，很明显，油灯灭了。小吴又等了一会儿，轻声唤道："老乡，别害怕。我们是八路军，是老百姓自己的队伍！"

窗户里面仍旧没有人应声。

吴三强又一次压低声音叫道："老乡，我们是……"

此刻，屋里传出了答话："走吧，走吧。家里没人！"

吴三强听到有人答话，一阵惊喜，可是，里面竟然说"家里没人"，既失望，又觉着好笑。心里说，家里没人，是谁在说话？但是，他还是耐住性子，说："老大爷，我们是八路军，是老百姓自己的队伍。"

小屋里半晌不语，却听见一阵窸窸窣窣的声音。

吴三强觉得很纳闷，刚要开口说话，只听老乡的门"吱扭"响了一下。

吴三强赶紧三步两步奔过去，轻声叫了一声："老大爷！"

老大爷从门缝儿里探出半颗头，问："天，这么晚了，这个龙潭村就我一家姓赵，没亲戚，没朋友，没当家视户，我又不认识你们，干吗敲我的门，我家就我一个老头子，没有你们要找的人，走吧，走吧！"

吴三强说："我们真的是八路军！"

老大爷说："我活了这么大岁数，八国联军、义和团，这号军那号军，我见得多了，谁知道你们是什么军？"

吴三强说："老大爷，您看，我要是土匪、团丁的话，不早就破门而入了吗，还会这样求爷爷告奶奶的？"

吴三强一句话，竟然把老大爷逗笑了，说："倒也是这么回子事，那，那就进来吧！"

吴三强高兴地说："好，老大爷，我们还有旁的人。大爷，我去叫他们！"他颠颠儿紧跑，回去叫杨排长他们。

杨排长等一伙人，在吴三强的带领下，进了老大爷家的小屋。

老大爷点亮小油灯，让大家坐在土炕沿子上，说："天这么晚了，黑咕隆咚的，你们怎么摸到我家里来了？"

杨排长说："老大爷，不瞒您说，我们是八路军，进深山打鬼子！"

老大爷说："打鬼子？我们密云出了个小白龙白乙化，上知天文，下知地理，能掐会算，料事如神，你们可曾知道！"

杨排长说："知道，咋不知道？小白龙白乙化将军，人称'小诸葛'。会打仗，会做群众工作，是冀东非常有名的八路军将领！"

老大爷说："那，那白乙化的侄子白小乙你们听说过吗？"

杨排长搔搔头说："没，没听说过。"

老大爷说："这么说，你们不是来找白小乙的。"

杨排长说："大爷，我们只想在您这里住一宿，能弄点吃的最好，要是不方便呢，我们天一亮就出发。您看行吗？"

老大爷说："行行，怎么不行？都是冀东的八路军，还分什么你我，一家人不说两家话！"

杨排长说："您说的在理。我们驻扎在顺义，和密云山水相连，唇齿相依。我们都是八路军，是共产党领导的队伍，哪儿还能分家呀？"

老大爷说："顺义有个韩贵德。听说这个韩贵德和白乙化都是八路军的团长，他们俩是好朋友。听说过吗？"

杨排长说："知道，知道，我们就是韩贵德团长的队伍，我们是独立团五连的，我们连长叫贺向荣。"

突然，从老大爷的里间，蹿出一个人来。

战士们一个个警惕起来。

从屋里蹿出来的那个人叫道："贺向荣，贺连长在哪里？"

吴三强嘴快，说："你是谁，你怎么认识贺连长？"

那人说："我是白小乙，我就是白乙化的侄子。"

杨排长说："你就是白小乙，白乙化将军的侄子？"

白小乙说："前几天，我和贺连长一起去袭击日本鬼子的黑山寺军需库，我是大难不死。呵呵！"

原来，贺连长在虎岭与白小乙不期而遇，白小乙不顾腿上的伤痛，带领贺连长他们一起去袭击日本鬼子的黑山寺军需库。本来按照原来计划已经抢到一卡车军需物资，安全撤离。可是，白小乙觉着，鬼子的黑山寺军需库这么大，军用物资这么多，对抗日不利。这次，能如此顺利接近它，机会不多，何不趁机炸掉它？于是，他不顾贺连长和战友们的劝阻，腰里揣着两颗手榴弹，投进日军黑山寺军需库。当时，日军黑山寺军需库的大爆炸，火光冲天，山摇地动。近在咫尺的白小乙居然没有蹭着一根毫毛。

白小乙哈哈大笑说："那次，黑灯瞎火的，我只顾往小鬼子的军需库里投掷手榴弹，脚蹬空了，掉进了一口枯井。万没想到，黑山寺村边的这口枯井，救了我一条命！"

吴三强说："不该死，有救星！"

杨排长笑笑说："这才叫大难不死，必有后福。下半辈子，一定有福气！"

白小乙说："你说有福气，还真是有福气。我正在枯井下面想不出辙，你猜怎么着？这位房东老大爷，从这里路过，听到了我的喊叫声，把绳子拴在树上，硬是把我拉了上来。"

吴三强说："这才叫无巧不成书！"

白小乙说："那次，房东老大爷去黑山寺，给闺女家送金丝小枣。你看看，这趟金丝小枣送的，救了我一条命！"

杨排长说："白乙化将军和冀东独立团韩贵德团长，关系很好，比亲弟兄还亲。我们就是这个独立团贺向荣这个连的。"

白小乙说："你们是贺连长这个连队的？"

杨排长说："没错，我们是贺向荣这个连的。"

吴三强指指杨排长说："小乙同志，这位是我们的杨排长。"

白小乙说："同小鬼子山地作战，就适宜小股部队的这种麻雀战法，机动灵活。看准了就打他一家伙，打了立即就撤。他想追，没目标。小鬼子也是人，总得睡觉，那就叫他睡不消停，趁他睡下的时候，溜进营房，用大刀喀里咔嚓，切他脑瓜。别看仗小，胜果不大，这里弄死他几个，那里弄死他几个，全国这么多八路军，这么多老百姓，积攒起来，不也是很大的胜利吗？积小胜为大胜，用时间换空间，这就是毛主席《论持久战》的精髓。啊呀呀，在韩贵德将军的队伍面前说这些，班门弄斧了！"

杨排长说："名师出高徒，白乙化将军培养的人，名不虚传，果真名不虚传呀！"

白小乙说："杨排长，你们初来乍到，人生地不熟。我是密云土著，密云的一山一水，一草一木，我都清楚，你们要我做什么，尽管开口！"

吴三强说："您说，虎岭那里真的有老虎吗？"

白小乙说："可不真有咋的，要不咋叫虎岭呢！"

吴三强说："那，龙潭也真的有龙吗？"

白小乙说："听老人说，这条龙的老家在你们顺义！"

战士们都笑了。

白小乙说："难道你们不知道秃尾巴老李？这秃尾巴老李就是一条黑龙。他的姥姥家就在你们顺义的衙门村。早年间，衙门村有一个姑娘出嫁了，嫁给北郎中村一个姓李的小伙子。一年后，生了个孩子，是一条黑龙，这个媳妇可吓坏了，撒腿就往娘家跑，黑龙就在他娘的后面追。这媳妇跑进屋，赶紧关门，黑龙身子进来了，把尾巴掩掉了一截儿。街坊四邻见了它，都害怕，黑龙怕吓着乡亲们，趁着黑夜，跑到了密云的山旮旯里的一个水洞躲起来。这躲起来的地方，就成了黑龙的窝，大家就叫它龙潭。"

吴三强说："这都是神话，瞎编的，哪里会有这档子事！"

白小乙说："可不就是瞎编嘛。瞎编瞎传，天长日久，就成了神话。好了，不再瞎编了，提点儿正经的。说说你们的任务，我能不能帮上你们的忙？"

杨排长说："冬天到了，战士们连过冬的棉衣还没有着落。平日价总唱'没有吃、没有穿，自有那敌人送上前。没有枪、没有炮，敌人给我们造'，可不嘛，吃的穿的，跟谁要去？跟老百姓要，必然加重人民的负担。就得寻找战机，打小鬼子，跟小鬼子要吃的，穿的，要枪，要炮！"

白小乙说："对，找小鬼子要，不找他们丫挺的，找谁？"

杨排长说："我们已经得知，小鬼子在龙潭设卡，检查来往车辆和行人，我们只要把哨卡拿下来，就能把来往车辆截住。这样一来，吃的、穿的就都有了，说不定还有枪炮呢！"

赖石头说："我首先寻一处隐蔽点，狙击上岗的小鬼子！"

杨排长说："全战斗小组里，顶数你的枪法好。不过，你得在关键时候再开火。多加小心，别碰到战友。"

赖石头说："放心吧，我向来不见兔子不撒鹰！"

白小乙轻声说："依我的话，咱们这样……"

杨排长一面听白小乙说，一面点头，连连说："好，好！"随后，杨排长做了精心部署，叮嘱战士们"好好睡觉！"

一夜无话。

趁着黎明前的黑暗，战士们各就各位，做好战前准备。

杨排长和吴三强，在浓黑夜色掩护下，轻手轻脚地摸到小鬼子的哨所。

吴三强虽是通信兵，但他二十郎当岁，身强力壮，学过擒拿，胆大心细，单打独斗不会吃亏。平日价战友们都称他是"孤胆三强"，搁哪儿哪儿行，这叫杨排长十分放心。

杨排长和吴三强生擒小鬼子，一人负责一个，各自为战，不准使用火器，不准使用刀具，只准使用手脚上的功夫。

杨排长和吴三强趴在地上，把小鬼子的身影放到天幕上，确定好他们的位置。然后，杨排长学了一声猫头鹰叫，两个人同时像闪电一样，各自扑向小鬼子。

杨排长的两只手就像一把老虎钳子，死死卡住小鬼子的脖子，直到只有出的气儿，没有了入的气儿。他放下断了气儿的小鬼子，匆匆跑过去援助小吴。

吴三强干得更利索，黑暗中，只见他扒掉小鬼子的衣服，稀里呼噜正往身上穿。

杨排长用手掌轻轻拍打拍打吴三强，一声没吭，迅速回到自己原来的位置上，扒掉小鬼子的衣裤，穿在身上。

太阳还没有冒嘴儿，天已大亮了。在敌人的哨所两端，杨排长和吴三强，一头一个，端着上了刺刀的日军步枪，晃来晃去。

隐藏在暗处的战友们看着想笑，然而，却没有笑。大家都明白，这是同小鬼子你死我活的战斗啊！

过了一会儿，果然又有两个小鬼子奔哨所来了，是在换岗。

两个小鬼子分别走向换岗位置，见眼前的哨兵，并不相识，正要端枪，冷不防被杨排长和吴三强同时抱住。

隐藏在哨位附近的战士们，一拥而上，踢的踢，端的端，掐的掐，拽的拽，两小个鬼子连气儿都没喘，便一个个见了阎王。

又有两个战士分别扒下小鬼子的衣裤换上。

这一次哨位的两端，各有两个身穿小鬼子服装的八路军战士。

按照原计划，戏一直这样演下去，就可以把所有哨所的小鬼子统统消灭。

可是，战况瞬息万变。

突然，一辆挂着膏药旗的卡车，从古北口的方向风驰电掣而来。

突如其来的军事行动，简直不给杨排长思考的时间，他当机立断："全体注意，准备手雷、手榴弹，子弹上膛，听我口令！"

一阵噼噼啪啪的响声刚刚停止，敌人的卡车便来到了。

杨排长喝道："证件！"

一个小鬼子从驾驶楼中跳下来，手里举着证件。

杨排长的眼睛迅速扫视了一遍，卡车厢里满满一车小鬼子，心里想，必须以迅雷不及掩耳之势，给他们一个突然袭击。于是，厉声说："八嘎呀路！"然后，声音加大三倍，高声喊道："开火！"

小鬼子做梦也不会想到，机枪、冲锋枪，对准卡车上的他们，一齐开枪，火舌道道，枪声阵阵；手雷、手榴弹，一颗颗投进军用卡车里，爆炸声声，震耳欲聋，鬼哭狼嚎，血肉横飞。

驻扎在龙潭哨所里的小鬼子，听到枪炮声，赶来支援，也被杨排长事先安排好的狙击手赖石头，"吧勾儿"一个，"吧勾儿"一个，痛痛快快地消灭干净了。

战士们迅速打扫战场，把打坏的汽车拖得远远的。然后，扒下小鬼子的衣服，拣稍稍干净些的换上，回到各自的位置上埋伏好，专等运送粮食、服装的小鬼子送上门来。

杨排长站在哨位上，一袋叶子烟还没有抽透，又一辆挂着膏药旗的倒霉蛋开来了。

杨排长麻利儿磕打磕打烟袋，别在腰间，喊了一声："准备战斗！"

挂着膏药旗的卡车开到了，停在了哨位的栏杆前。

杨排长喝道："证件！"

一个日军少佐从副驾驶跳下来，掏出证件。

杨排长看看证件，见驾驶舱内只有司机一个人，又走到卡车车厢处，上面装的都是货物，故意拍拍车厢，问道："什么，装的是什么东西？"

日军少佐说："粮食，过冬的服装。嗨！"

杨排长说道："粮食、服装？"然后，又故意大声喊道，"粮食、服装，统统地收下！"

八路军战士们蜂拥而上，把日军少佐和司机，一个个摁倒在地，不由分说，扒下日军少佐和司机的衣裤。

战士们也都换上日本军装，登上卡车。

吴三强蹿进卡车驾驶舱司机的位置，时时刻刻等待杨排长的命令。

杨排长坐在副驾驶上，探出头来，大声地问："点名，到齐了吗？"

车厢上齐声答道："到齐了！"

杨排长命令道："开车！"

挂着日军膏药旗的运货卡车，风驰电掣。

哨兵远远地望见一辆挂着膏药旗的卡车开来，立即举枪瞄准，随时准备开枪射击。

突然，从副驾驶座位上伸出一只胳膊，铆劲儿摇动。

哨兵手搭凉棚，认出那摇动手臂的原来是杨立冬排长。他把一双手做成喇叭，向着贺连长歇息的方位，大声叫道："贺连长，杨排长他们回来了！"

贺连长跑出，大声说："好，我正等着他们胜利的消息呢！"

挂着膏药旗的日本军用卡车停下了。

杨立冬、吴三强、赖石头和战友们，纷纷跳下卡车，飞也似的朝贺连长他们跑过来。

贺连长张开手臂，迎了上去，恨不得把每一个人，统统抱进他的怀里。

贺连长满面春风，大声命令："全体换上日本军服，上车，向着冀东独立团，全速前进！"

在通往顺义的土路上，两辆军用卡车，朝着冀东八路军独立团五连的宿营地开来。带来了满满两卡车精米白面、军用棉装，以及战士们凯旋的欢笑。

第十五回

贺向荣雪中送炭
韩贵德锦上添花

膏药旗歪七扭八　　日本兵噼里啪啦
贺向荣雪中送炭　　韩贵德锦上添花

贺向荣身穿日本军服，足蹬日军皮靴，身披日军大氅，佩戴中佐军衔，坐在日本军用卡车副驾驶位子上。

杨排长同样也是一身日本军服，头戴日本军帽，日军少佐军衔，腰挎日军指挥刀。

两辆军用卡车右前方，各插日本膏药旗，风驰电掣般奔驰在通往顺义的上路上。

卡车行至独立团尹家府营地大门口，门岗士兵手举三角红旗："站住！"

驾驶座上的姜曾摘掉大墨镜，不无俏皮地笑笑。

门岗士兵看到，开卡车的原来是他们平日间最熟悉的战友姜曾，心领神会地笑笑，示意放行。

日本军用卡车开进指挥部大门口，值班士兵拦住："干什么的，找谁？"

坐在副驾驶座上的贺向荣贺连长微微翘起屁股，取下墨镜，笑笑说："面见韩团长，有要事相告！"

值班士兵细细看看，见是贺向荣贺连长，兴高采烈，大声喊道："面见韩团长，有要事相告！"

贺连长一干人等先后从军用卡车里跳下来，大步流星，径直朝指挥部走来。

韩贵德早已听见"面见韩团长，有要事相告"的喊叫声，内心知道又该有部下打了胜仗向他报告。

贺连长迈上高高的台阶。

韩团长举头望望来者，见眼前是个日军打扮的人，一愣。

贺连长从容地往前迈步。

韩团长心里早明白了三分，只是丝毫不露声色。

突然，韩团长大声呵斥："站住！什么人？"

贺连长立马站定。

韩贵德把毛瑟枪往桌子上用力一拍，说："什么事？"

贺连长用手把墨镜往上扶了扶，高高地仰起脸。

突然，韩团长举起毛瑟枪便射，贺连长的大墨镜，被击得粉碎。

贺连长仰天大笑："哈哈，哈哈——"笑声极响，四壁回荡。

韩团长三步两步奔到贺连长面前，说："贺大胆，好胆量，名不虚传，名不虚传呀！这么高兴，一定是得胜回朝！"

贺连长笑道："知我者，团长也！"

韩团长说："怎么样，出去这么多日子，定然收获不小？"

贺连长叫来杨立冬说："快，叫姜曾、吴三强他们把日本军用卡车开到指挥部门前来，请团长检阅！"

杨立冬应声而去。

一辆日军军用卡车开了进来。

贺连长命令道："卸车！"

东西府三伸腰精米，一袋接一袋地往下扔；二十里长山大北务白面，一袋接一袋地往高处码；牛栏山二锅头白酒，一坛接一坛地往外端。

韩团长说："瞧高兴得你，知道出哪道门吗？让他们卸车，你跟我进作战室，汇报一下战况。"

韩贵德和贺连长走进作战室。

韩团长说："怎么样，先说说你们的情况。"

贺连长说："根据团首长指示，我们从狐奴山出发，途经唐指山、峪子沟，进入密云，摸进虎岭村的老乡家，巧极了，正遇上白乙化将军……"

韩团长急忙问："这么说，你们见到白乙化同志了？"

贺连长说："没有，是白乙化将军的侄子，名叫白小乙，他在战斗中，一条腿负伤了。当时，白小乙向我们提供了一些情报，我们炸了日本鬼子在黑山寺的军需仓库，这不，抢了一卡车军需物品。"

韩团长说："完了？"

贺连长说："完了！"

韩团长说："那么，白小乙在哪里？他怎么没有和你们一起来？"

贺连长说："当时，情况紧急，我们并没有定时炸弹，白小乙说，他带着两颗手榴弹。我当时阻止他，他往地上一倒，滚进了鬼子军需仓库。我们的卡车启动以后，军需仓库火光冲天，爆炸声惊天动地。"

韩团长说："我们得想尽办法跟白乙化将军取得联系，不然的话，怎么对得起白乙化将军！"

贺连长说："说来巧得不能再巧，杨排长带领的战斗小组，在龙潭一个老大爷家里遇上了白小乙！"

韩团长说："这么说，白小乙没有牺牲？"

贺连长说："白小乙真是福大命大造化大！"

韩团长饶有兴趣地问："今天是腊月几儿了？"

贺连长说："说不准，反正腊八已经过了十几天了。过了腊八就是年。二十三，糖瓜粘；二十四，扫房子……"

韩团长说："今年是兔年，再过几天，就是龙年。龙年，哈哈，龙年，正好是我的本命年！三十而立，四十不惑，眼见就奔不惑之年了！可我，还事事糊涂呢！"

贺连长哈哈大笑说："您啥时糊涂过呀？世事洞明皆学问，这世界上的事，什么瞒得过您呀！"

韩团长说："胡政委去总部学习去了，我心里总感觉空空荡荡的，没了主心骨，像丢了魂。咱们召开个连以上干部会，集思广益，请大家都拿拿意见。我倒想，能不能利用春节这几天做点文章？"

贺连长高兴地说："那当然好，利用春节这几天做点文章，什么文章？"

韩团长说："等到干部会上再说吧。"

贺连长说："那好！"

日军杨各庄守备司令部的吉田龟，对中国民俗略知一二。他知道端午节为什么吃粽子，中秋节为什么吃月饼，春节为什么放鞭炮？他能从小年夜数到大年初一："二十三糖瓜粘，二十四扫房子，二十五擦尘土，二十六买猪肉，二十七杀公鸡，二十八白面发，二十九蒸馒头，三十黑间坐一宿，大年初一扭一扭。"

吉田龟大佐嘴里数着数着，突然想到要在小年夜与三十黑夜之间做一篇大文章。何以被称作大文章呢？这篇大文章从何处落笔，何处收笔呢？他要细心地想一想。

正在吉田龟坐在指挥部里，哼哼唧唧的时候，日军警卫员从外面带进来一个人。

那人见了吉田龟点头哈腰地说："吉田龟大佐，眼下，中国的传统节日春节快要到了，我想，能不能在这期间，你我合作一篇大文章？"

吉田龟指指自己，指指他，说："你，我，合作的有？"

那人讨好地说："对，你我合作，怎么样？"

吉田龟大笑："顶好的顶好，我问你，一篇怎样的大文章？"

那人附耳叽叽喳喳说了一遍。

吉田龟哈哈大笑，说："中国有句老话：英雄所见略同，英雄所见略同啊！"

原来，这个人是齐燮元的胞弟齐燮魁。那天黑夜，齐燮魁从热河回来，夜里就听说他的哥哥齐燮元被八路军杀了。

齐燮魁勃然大怒，暴跳如雷，只是由于家里人死说活说，左劝右劝，方才答应"早晚得找韩贵德算账！"

齐燮魁到日本留过学，其实，就是到日本镀了一层金，无论什么课程，在他看来，统统"梁山军师——吴用"。比如天文学，在银河系之外，发现了一颗新星，可他却说："甭说在银河系之外发现一颗新星，就算发现十颗，一百颗，能顶饭吃！"因此，他才不愿意吃那份儿苦，受那份儿累呢！人家指责他是实用主义者，他却笑人家，说什么"人生苦短，转眼就是百年。今朝有酒今朝醉，管他明日是何年？再说了，学那么多杂七杂八的，得用去多少时间？何不多学一点儿有用的！"嘴里说学点儿有用的，可什么对他有用？在他看来，似乎什么都没有用。他整天价和日本民间的溜溜球在一块儿吃喝玩乐，歪打正着，别的没学会，倒学会了说日语，一口流利的日语痞话。

齐燮魁平日价浪荡惯了，自称游侠。北自热河，南到石家庄，西起太原，东至保定，方圆几百平方公里的地面上，到处布满了齐燮魁的足迹。就在社会上浪荡。什么人找什么人，夜壶找尿盆。齐燮魁身边很快凑了一大堆狐朋狗友、浪荡公子、流氓地痞二流子，整天价游手好闲，招猫递狗，惹是生非。

去年八月十五中秋节，在杨各庄大街上，齐燮魁碰了个钉子，惹到了日本人的身上。小鬼子把他带到吉田龟那里，原本想让吉田龟收拾收拾这个不知天高地厚的齐燮魁。

吉田龟慢慢地走近他：“怎么，听说你留学东洋？”

齐燮魁不语。

吉田龟说：“你登过富士山吗？”

齐燮魁说：“富士山算什么？还用登，一迈腿儿就上去了！我们的西藏高原，随便一处平地，不，甚至一个大坑的海拔，都比你们的富士山高！”

吉田龟说：“我们任何一个日本国民，都比你们中国人健壮、聪明！”

齐燮魁说：“聪明？可是，世界上的四大发明是我们中国人的！”

吉田龟哈哈大笑：“你们的先人的确聪明。可是，你们中国人的遗传基因退化了！先说这四大发明：你们的印刷术和造出的纸张，干吗用？印刷鬼神糊包袱，祭奠死人；你们发明的指南针，用来看风水，选墓地；火药，则更是用来窝里斗，自相残杀。哈哈，你们祖先的四大发明，流传到你们手里，还有什么意义？”

吉田龟一席话，不仅没有使齐燮魁感到羞愧难言，反倒对吉田龟产生好感，心里说，这个吉田龟，怎么懂得这么多！

吉田龟也不是傻子，从齐燮魁的面目表情上，看出了他心理上的变化，于是说：“你的，聪明的，大大的聪明！”

齐燮魁哈哈大笑：“从何谈起？”

吉田龟说：“你的，不仅懂得大日本帝国的语言，甚至懂得大日本的风俗，还会讲一口流利的大日本民间俗语，我对你很感兴趣。如果，你愿意的话，我们可以通力合作，共同实现大日本天皇‘日中亲善’‘大东亚共荣圈’的愿景构想！”

投靠日本人，背靠大树好乘凉，这也是齐燮魁的梦想。没有想到，齐燮魁因祸得福，不由心中暗喜。他说："吉田龟大佐让我做什么，我就做什么？"

吉田龟说："痛快，痛快！其实，你们中国人自古以来，就聪明得很。你看，从夏商周开始，哪一个头头不抓兵权。到了嬴政，则更是变本加厉，在秦国已大权在握，还要击败其他各国，把齐楚燕韩赵魏统统灭掉，当了始皇帝，手里没有强大的武装力量行吗？所以，一个聪明人，时时刻刻都要抓武装。武装夺取政权，夺得政权，还需有武装维持。手里没有武装，谁听你的？只好做傀儡！溥仪当北满洲国的皇帝，皇帝顶头大，权力至高无上了吧，可他手里没有一兵一卒，还不是个傀儡！"

齐燮魁对吉田龟的一席话，深信不疑。他说："那，我手里也没有一兵一卒，该怎么办呢？"

吉田龟哈哈大笑："建立武装呀，我吉田龟，会处处施以援手！"

齐燮魁心领神会，他想借助哥哥齐燮元的势力，发展地方治安军，借助日本人的力量，从小到大，从弱到强，有了兵，阎老西儿也好，胡宗南也罢，真要是做大做强，自会有他齐燮魁一席之地。他想至此，似乎真的可与阎老西儿、胡宗南平起平坐，也未可知？

其实，齐燮魁的哥哥齐燮元已建立过自己的武装，然而，他似乎并没有过夺取政权那样的抱负，充其量只是要要威风，目光短浅，不善于在日军、国军与共军三者之间周旋。更何况出师未捷身先死，况且死得毫无价值，连治安团也赔进去了，赔得精光，恐怕连一兵一卒也寻不到了！

齐燮魁想到哥哥的所作所为，叮嘱自己要接受他的教训。哥哥也太小脚女人了，光靠劝道式的，今天进来一个，明天进来一个，要组建一个治安团，得等到何年何月？他知道，哥哥齐燮元扬言一个治安团，他那一个团多少人？往多里说也就三两百人。况且，没有营连排班的编制，就是一群乌合之众，毫无战斗力。

齐燮魁踌躇满志，他一出手，先卖了三百亩好地，不采取劝道式，而是大张旗鼓，招兵买马。选人，痴茶呆傻、秃瞎聋哑，白给都不要；选马，膘肥体壮、如虎似狼；置买洋枪洋炮，既轻巧又好瞄。服装也不像哥哥齐燮元那阵子，想穿什么穿什么，想怎么穿怎么穿。齐燮魁团丁的服装，统一制式，整齐划一。请教练，不能用天桥的人，天桥的把式，光说不练，耍嘴皮子，花拳绣腿，摆花架子。练为战，不是唱戏。齐燮魁的想法，跟他哥哥完全不一样。由他亲自组建起来的治安军，自任杨各庄保安团团长，并从热河请来他的小舅子曹海龙做教官，夜以继日进行操练。经过小半年的军训，竟然训练出一支拥有机关枪、坐地炮、三八大盖、汉阳造的保安团队伍。军事技术、作战能力，即使吉田龟如此有见识的将军，对杨各庄治安军，也不敢小觑。

齐燮魁的哥哥齐燮元，从来不把他的部下当人，平日里非打即骂。这样，在用得着时，不会有一个人肯为他卖命，见硬就回，一打一歪屁股，手里的枪高高一举，白白送给了人家。

齐燮魁跟他的哥哥齐燮元完全两样，爱兵如子。当然，并非把当兵的扛在肩上，搂在怀里。恰恰相反，齐燮魁对部队的每一个团丁，要求严格，他不仅懂得"冬练三九，夏练三伏"，还懂得"从难、从严、从实战"训练部队。他常对部下明确说："军事训练，要求严格，就是对士兵最大的爱护。"

齐燮魁比他的哥哥齐燮元更为高明的地方，他能分辨矛盾的主次。在他看来，日军、伪军跟八路军都有矛盾，然而，日军与八路军的矛盾为民族矛盾，处于主导地位。因此，齐燮魁善于利用这一矛盾，而使日军与八路军"鹬蚌相争"，他齐燮魁，却从中"渔翁得利"。

齐燮魁出于这样的思考，这才找到吉田龟大佐商量，要在腊月的小年夜到三十黑夜这段日子里，做一篇大文章。

齐燮魁与吉田龟狼狈为奸，趁着中国人过年的机会，给八路军一次重创，为哥哥齐燮元报仇雪恨。

齐燮魁肚子里的鬼点子多，他委派曹海龙化装成老百姓，到尹家府侦察八路军军情。

腊月二十三黑间，齐燮魁的小舅子曹海龙在姐夫家吃过了糖瓜儿，送走了灶王爷，说了一宿话。

第二天，曹海龙草草地垫补半拉干馒头，推出一辆排子车，车上装了几袋子米，匆匆忙忙上路。

韩贵德在小年夜，召开了连以上干部会，一致同意利用春节期间做一篇大文章，说开了，无非想在这期间，找准机会打上一仗，多消灭一些敌人。

不打无准备之仗。思想、粮草、武器、弹药，缺一不可。所有这些，都属于知己，还须知彼，知彼，就需要侦察。这样，侦察员姜曾便派上了用场。

韩团长叫来侦察员姜曾，意味深长地说："小姜啊，根据你的条件，化装成放羊小伙儿，侦察一下日军和杨各庄治安团近来的状况，你看合适吗？"

姜曾说："从尹家府到杨各庄至少十几里路，赶一群羊，哩哩啦啦，什么时候能走到呀？再说，您想，杨各庄就那么大，谁家养羊，鼻观眼，眼观鼻，街上的人都清楚呀，见到我，想必感到陌生，那不自投罗网吗？"

韩团长拍拍姜曾的肩头说："你小子是愈来愈精了，快，就说说你的想法，咋样？"

姜曾想了想，说："我想装扮个卖炭的，推一辆侉子车，上面装上一些木炭。木炭这玩意儿，春节期间好卖，围上来的人多，容易打听到情况。"

韩团长说："好吧，全依你！"

姜曾小伙儿长得白净，故意往脸上擦点儿黑炭，从老乡家里借了一身黑裤黑褂，戴上一顶旧毡帽，推着一辆装满木炭的侉子车，颠颠儿地上路。

韩团长早已断定，齐燮魁早晚得勾结日军吉田龟，伺机报复。虽然发动进攻的准确时间难以确定，但他们极有可能在春节期间动手。韩团长根据这个判断，要在尹家府把节日的气氛搞得足足的，给敌人造成错误的判断。

于是，他把部队分散到老百姓中去，同群众搞联欢、糊彩灯、写春联。

五连连长贺向荣亲自组织战士跟老百姓一同写楹联。

杨立冬说："我文化浅，可我还记得老家门框上有一副对联：忠厚传家久，诗书继世长。"

贺连长说："你那都老掉牙了，我出一副自己写的：人人爱吃母猪肉，个个好喝公鸡汤。如何？"

贺连长刚刚说出口，早笑傻了一群战士，笑倒了一堆姑娘媳妇。

杨排长笑笑说："连长，我虽然文化浅，也能听出您编的这副对子，太俗气，太俗气了。听我给您改两个字，您再听听，多少比您那副春联强。您听好：人人爱吃瘦猪肉，个个好喝肥鸡汤。咋样，感觉是不是比您编得受听些？"

贺连长说："我听不出来好在哪儿？说正经的，在咱们独立团周边的几个村子，个个爱劳动，人人爱学习。听我编的这副春联行不行？"

杨排长说："说说看！"

贺连长故意清清嗓子，说："同案学习争模范，并肩生产竞光荣。咋样？"

杨排长说："这还像一副春联，写好后，送给娶新媳妇的人家，最合适不过！"

一群老百姓把贺连长和杨排长围得水泄不通，推推搡搡、踉踉跄跄。

巧姐梁霞领着一群姑娘们在剪窗花。

梁霞右手拿着一把小巧的剪刀，左手捏着一对儿剪好的喜鹊，跟姐妹们说："剪窗花，很简单。大家看我怎么剪？双喜字这么剪；喜鹊这么剪。"

赵家兄弟赵小二、赵小三，在团部门前比武，赵小二和赵小三各执一杆红缨枪，你来我往。

赵小三滑稽多智，赵小二憨态可掬，有打有闹，手舞足蹈。

招来一大群当兵的和老百姓，蹦蹦跳跳，热热闹闹。

穆氏姐妹穆承英、穆继英，在团部大院子里，比试飞刀。

姐姐穆承英手持三把飞刀，一起飞出，把把击中对面的小鬼子靶标。

妹妹穆继英左右手上，各执五把飞刀，像飞蝗一样，每一把飞刀，击中一个日本鬼子的靶标。

围观的八路军战士和男女老少乡亲，惊讶不已，笑逐颜开，欢乐开怀。

齐燮魁的小舅子曹海龙，扎进老百姓的人群里，看到尹家府军民联欢的热闹景象，一丁点儿备战的迹象也看不出。

曹海龙高兴极了，折翻了排子车上装的米袋子，连排子车也扔了，高高兴兴地回到杨各庄，向他的姐夫齐燮魁报告。

齐燮魁暗自欢喜，乐不可支。先在家里乐和乐和，碟盘碗摆了一大桌子，杯来盏往，好生快活！

姜曾推着一辆侉子车，车上装满木炭，在杨各庄走街串巷，故意绕来绕去，把吉田龟的日军装备和齐燮魁治安军部署状况，牢记在心，并对小鬼子的军需库、岗楼、哨所等位置，画了一张草图，掖在腰间，心中窃喜。

姜曾在箭杆河里洗干净脸上的炭黑，把侉子车连同车上的木炭，推进一个死胡同。掸掸身上的草末与尘埃，急匆匆地回到了尹家府。走进团部指挥大厅，向韩团长详详细细做了汇报，并打开草图，为韩团长做了详细的说明。

韩团长听了很高兴。

齐燮魁每日组织团丁们操练，日出日落，周而复始，一天到晚不时闲。团丁们筋疲力尽，腰酸腿疼。就这样，连小年夜都不让人喘息。再说，腊七腊八，冻死寒鸦。平日价无风还好说，再加上阴天下雪，嗖嗖的小白毛旋风一刮，滴水成冰，寒气袭人。团丁们从早到晚地趴在地上，饥肠辘辘，手脚麻木。一个个怨声载道，心存不满。

韩团长从部队中精挑细选，组成五个短促突击战斗小组，参加战斗小组的八路军战士，都使用冷兵器，大刀、长矛、飞镖、三节棍。这些战斗小组暗中分组操练，研究战略战术，交流军事技术，一切显得安安静静，平平常常，外人一丁点儿看不出备战的迹象。

韩团长说："'善守者，藏于九地之下；善攻者，动于九天之上。故能自保而全胜也。'这几句孙武子的话，在我理解，就是六个字：藏得住，拉得出！"

日军也同样做了战前准备。他们的武士道精神不是靠几天就形成的，日本人从孩童就开始进行武士道精神的教育。他们武器装备好，阵前的训练，都是军事理论与战术技术。炮兵懂得初速度、抛物线与射程之间的关系。步枪装有瞄准镜，能点射，连发，打狙击。手枪能连续点射二十发子弹。他们也搞近战、夜战、刺杀、肉搏训练。他们天生自我感觉良好，在中国军人面前，一个个张牙舞爪，杀气腾腾，神气十足，不可一世。

齐燮魁来到日军司令部，毕恭毕敬地站在吉田龟大佐面前，说："我们的治安军，土得掉渣儿，和皇军相比，九牛一毛。皇军洋枪洋炮，铜墙铁壁；我们土枪土炮，一堆豆腐渣。"

吉田龟坐在椅子上，扬扬得意地说："齐燮魁先生，不要恭维了。我们先确定一下袭击时间：三十黑间零点整。"

齐燮魁说："听大佐的，您说零点就零点。正是辞旧迎新的交接时间，这个时间顶顶的好！"

吉田龟说："你们的团丁，分成五个部分，战前在尹家府的五个街口隐蔽好。我们的炮兵紧随其后，当我们的炮火停止攻击，你就命令团丁们往尹家府的村子里冲，完全占领冀东独立团指挥部，活捉韩贵德！"

齐燮魁连连说："这是大佐一套完美无缺的作战方案。妙，妙，妙极了！哈，哈哈……"

吉田龟说："我们合作得很好，我们的经验完全可以作为典范推广。

如果是这样，全面开花，大日本皇军建立'大东亚共荣圈'的构想，就一定能够实现！"

齐燮魁说："那当然，那当然！建立大东亚的人间天堂，是中日的共同愿望，需要我们共同担当！"

吉田龟说："讲得好，你是中国大大的良民！"

其实，吉田龟也好，齐燮魁也罢，各怀心腹事。吉田龟想利用齐燮魁的团丁们当炮灰；齐燮魁则想借用日军的力量打击八路军。哪里能谈得上精诚合作与共同担当！

韩贵德组织发动的尹家府春节期间的形形色色的军民联欢活动，意在掩人耳目，糊弄日本鬼子和汉奸败类的，把他们蒙在鼓里，将计就计，打一场漂亮的歼灭战。

日军和伪军发动对独立团的袭击，具体准确时间还没有捕捉到，还须有人再跑一趟。

韩团长背剪双手，在指挥部里踱来踱去，心事重重，翻来覆去地想：这任务重千斤，派谁最好？思来想去，想到杨立冬。韩团长心里一亮：杨立冬有条件把这副担子挑。

于是，韩团长迫不及待地把杨立冬请到独立团指挥部。把这次的侦察任务，交给了杨排长。

韩团长说："杨排长，搞侦察，你经验丰富，但千万不可打草惊蛇，还要千方百计地搞到，一定要拿到他们行动的准确时间！"

杨立冬说："今天是腊月二十八，时间紧迫，说什么也得搞到敌人开火的具体准确时间。这是关系到本次战斗胜败的关键。团长，请您放心，我一定能完成任务！"

韩团长拍拍杨立冬的肩膀，说："要快！"

齐燮魁虽然留学东洋，但他终究没有研究过军事，说他一窍不通，却也略知一二。但有一条，他实实在在太外行了，严守秘密，尤其是军事秘密，则尤其比旁的一切秘密都严格得多。

齐燮魁在战前动员上，声嘶力竭地大声叫嚷："三十黑间零时，知道什么是零时吗？就是子时。记住了？攻占尹家府，活捉韩贵德，消灭八路军。"

知道的人一多，避免不了走漏消息。

齐燮魁的小舅子曹海龙首先就十分不满："姐夫，您干吗都听小鬼子的呀？从年初就盼，好容易才盼到三十黑间，家家户户团圆聚会，吃吉祥饺子。忘说了，打到了儿，骂到了儿，别忘三十黑间这顿饺儿！今年可倒好，三十黑间到尹家府的野风地里去过了！"

　　其他的团丁们也一拥而上，乱哄哄地叫嚷："吃不吃三十黑间的饺子，倒不算是大事，只是这天气太冷，实在是够人受的。要说呢，齐团长并不是窝囊废，怎么小鬼子说什么是什么。他们让咱们三十黑间打尹家府，咱就听他的？吉田龟，你听这名儿，就是田地里的一只龟。听他龟孙子的！哈哈……"

　　曹海龙和团丁们的一口一个"三十黑间"的叫嚷，倒叫杨立冬捡了个不小的便宜，几乎是毫不费力地捕捉到了这个军事机密：腊月三十黑间，日伪联军对尹家府八路军独立团发动攻击。

　　杨立冬听到这个消息，马不停蹄，回到独立团，急匆匆向韩团长做了汇报。

　　韩团长立即召开有关人员的会议，做了精心部署。韩团长还给这次反袭击战，取了一个不无幽默的名字——"守株待兔"。

　　尹家府东西一条大街，南北两条大街，西面村口是一个蛋子坑。站在高处看，俨然一个大大的"吉"字。

　　韩团长委派杨立冬、梁霞、赵家兄弟、穆氏姐妹等善于做群众工作的同志，分别动员几处住在村口的老百姓，暂时腾出房屋，让八路军住进去，"守株待兔"，专等三十黑间日伪军来犯，突然出击，消灭他们。

　　腊月三十擦黑儿，齐燮魁的团丁们纷纷出发了，三八大盖、汉阳造，背包窝伞，背的背，扛的扛，分成五队，各自找到自己的位置。先来的，找个背风的地界儿，后到的，只好迎风了。也有的团丁为此争吵，也有的从中调解："算了算了，再说，总得有个先来后到呀！"闹闹哄哄，吵吵嚷嚷，一丁点儿看不出是一次军事活动。

　　齐燮魁每到一处视察，都要叮嘱："小声些，要是让八路军听见，小命就丢了！"

　　团丁们叽叽喳喳地说："三十黑间出来打仗，都他妈小鬼子的主意。什么吉田龟大佐？依我看，就是地里的一只大王八！听他丫挺的，还有咱们的好？妈妈的！"

其实，团丁们哪里会知道，他们的一言一行、一动一静，早被埋伏在村口老百姓屋子里的八路军战士，看得清清楚楚，听得真真切切。战士们想笑，却一个个使劲儿抿着嘴，没有人笑出声。

吉田龟大佐并非等闲之辈，他早已看透了齐燮魁的用心，就是想借用日军的力量，打击八路军，为他的哥哥齐燮元报仇。吉田龟心想，我的算盘能够任凭你随意拨拉，想得美！但既然答应了，在三十黑间联合行动，怎么着也得做点儿表面文章。于是，直到天大黑了，吉田龟才派出一个排的兵力，从杨各庄出发。吉田龟的队伍，毕竟是机械化部队，一是发出声响，二是必走大道。再则，要到尹家府，二十里长山是必经之路。

韩团长根据这个情况，在山坡上早早地准备下了滚石圆木，隐藏在山沟里的八路军战士，身上穿得暖烘烘的，预备足了手雷、手榴弹，另有轻重机枪、三八大盖、汉阳造，参战的八路军战士，都是精兵强将，专等吉田龟的头伸出来。

天空中的星星，冻得直打哆嗦，一个个挤眉弄眼的，看不透天上人间，到底会发生什么事？

终于，龟缩太久了的吉田龟，露头了，登上吉普车，奔驰在通往尹家府的石子路上，影影绰绰地接近了。

韩团长趴在二十里长山的山坡上，目不转睛地看着吉田龟的动向。

吉田龟的队伍接近了，虽然天黑，但还是能大致看得出来，来犯的吉田龟部队并不很多，也并没有炮车之类的重型武器。为了全歼来犯之敌，韩团长耐心地等待，直等到日军从眼前通过了三分之一的兵力，这才果断下令："打！"

命令下达后，八路军先放下滚石檑木，把来犯之敌的队伍打乱，前面的队伍没有退路，后面队伍前进不得。

八路军战士们居高临下，手雷、手榴弹像冰雹一样从天而降，爆炸声响成一片，轻重机枪、三八大盖、汉阳造一齐开火，噼噼啪啪，叮叮当当，此起彼伏，打得日本鬼子屁滚尿流，鬼哭狼嚎。

紧接着，八路军战士们一面端枪射击，一面高喊"杀呀"，冲下山去。

二十里长山距离尹家府不远，枪声听得真真切切。

齐燮魁听到枪声，看看夜光怀表，远不到零时，感到十分纳闷儿，他也想下达向尹家府进攻的命令，可又拿不定主意，想跟吉田龟联系，可咋联系？

齐燮魁一时慌了手脚，作为一团之长，竟然慌作一团，再加上天寒地冻，可真的成了"团长"。

时间一分一秒地过去，齐燮魁急得直搓脚儿。

埋伏在尹家府村口的团丁们，也都不是聋子，同样听到了枪声。他们也感到纳闷儿，没有到零时呀，鬼子咋就打上了呢？于是，心里骂道："小鬼子，想抢头功呀？姥姥的！"

住进老乡家的八路军战士们，也觉奇怪，但是，他们却沉得住气。他们一定等到独立团房顶上的两盏大红灯笼，被击灭的那一刻，再突然冲到团丁们的面前。

齐燮魁的团丁们，龟缩在村口土墙下，昏头昏脑，藏在茅草屋子里，哆里哆嗦。

团丁们小声地咕叽："要是吉田龟的日本人，在半路上就让八路军给消灭了，那咱们也没有活的路了！吉田龟这个龟孙子，干吗非要到中国来打仗！"

也有的轻声说："倒是打不打？反正是个死，早死早托生。下辈子我可不再当他娘的团丁了。好好置买几十亩地，孩子老婆热炕头，那不是神仙过的日子嘛！"

八路军战士们，有的围着大被服，暖洋洋的，怀里抱着枪；有的趴在破窗洞口，两只眼睛盯着独立团指挥部房顶上的两只大红灯笼，手里攥着飞镖；有的抱着门框，探出半颗脑袋，倾听近处和远处的动静。

三十黑间，伸手不见五指，难分敌友。为了区分敌我，八路军战士们，每个人的左手腕上，都结结实实地系着一条雪白的绦带，作为记号。

凡是不系白绦子的，该杀的杀，该砍的砍。

时间一分一秒地过去。

突然，"啪啪"，两声枪响，独立团指挥部房顶上的两盏大红灯笼，一齐灭掉了。

八路军战士们，知道这是出击的信号，一个个从老百姓的屋子里冲出来。

关礼仁带领的大刀队，摸到没有系白绦带的，挥刀便砍，喊里咔嚓，砍瓜切菜一般。

赵小二、赵小三手执长矛，早已憋足了劲儿，蹿出屋子，见着没有系白绦子的活物便刺，嗷嗷嗷，就像竹签扎蛤蟆。

穆承英、穆继英各执短刀梭镖，飞身而出，只要遇上没有系白绦子的，才不管你的脸子屁股，嚓嚓嚓，飞他一镖，插上一刀。

三节棍战斗小分队的战士们，一跃而上，手中的三节棍，好像长了眼睛，当当当，三下五除二，脑浆迸裂，见了阎王。

贺向荣挥舞手中大刀，奔来奔去，他在悉心地寻找齐燮魁。突然，在黑暗中，发现了一处亮光，就是齐燮魁的秃脑门儿，挥刀便砍。

齐燮魁叫道："好汉饶命，我是齐燮魁，金条银圆你随便拿，我家里有的是，随便，随便拿。放我一条生路吧！"

贺向荣连长大怒，高高举起大刀，劈头劈脸砍将下去。

齐燮魁"扑通"倒地，见他的哥哥齐燮元去了。

仔细查看几处战场，除了左臂系白绦带的，再寻不到旁的人，就是说，齐燮魁的团丁，统统地被消灭。

天空中的繁星，仿佛已经看清了天上人间的故事，它们不再打哆嗦，不再挤眉弄眼，渐渐地隐退到天幕里去歇息了。

紫红紫红的天幕，徐徐拉开，一场威武雄壮的人间活剧，即将开始。

八路军战士们到村口打扫战场，清点团丁尸体，清理缴械物资。

尹家府的几条大街上，早已拥满了人。手提红灯，奔走相告。

韩贵德站在独立团指挥部高高的台阶上，大声地说："独立团的军用物资、枪支弹药，十分匮乏，正需要粮食和过冬的棉衣棉裤，吉田龟和齐燮魁雪中送炭。功劳大大的！今晚，我韩贵德借花献佛，犒赏三军。三伸腰大米饭，敞开肚皮，足吃；牛栏山二锅头，放开喉咙，足灌！"

"哈，哈哈……"

大年初一的太阳升上了天空，为什么韩团长还没有到来？大家等啊等。餐桌上虽说不上丰盛。可是，对于饥寒交迫的八路军战士来说，这一餐简直就是天堂了。看来，大家都有些等不及了，一个个跃跃欲试。

贺连长说："同志们先别急着用餐，等等韩团长的训示！"

于是，大家只好耐心地等待。

韩团长终于到来了，高兴地说："不再讲官话套话，大碗吃肉，大杯喝酒。吃好喝好，喝好吃好嗷！"

战士们爽朗的笑声，久久在大厅里回荡。

突然，韩贵德仰天长叹："停杯投箸不能食，拔剑四顾心茫然！"言罢，将手里的筷子，用力一撇，号啕大哭。

满屋子的人，一个个伸过头去，惊诧不已。

关礼仁威震土岭
付智义败走塔河

烽火起岁月蹉跎　日伪军秋毫之末

关礼仁威震土岭　付智义败走塔河

出任七连连长的关礼仁，终日操练兵卒，刺杀、投弹、射击，无所不能；近战、夜战，毫无畏惧。敢打敢拼，敢于刺刀见红。全连战士里，找不出一个孬种。个个憋得"嗷嗷"叫，时时刻刻准备亮剑拼杀。

韩贵德做出"短期内，化整为零，各自为战，夺取军需"的作战方针之后，独立团的各营、连、排、班的每一名战士，纷纷跃跃欲试。

三营七连连长关礼仁早就憋不住劲儿了，派出好几名侦察员，四处侦察，寻找与日伪军作战机会。

正在关礼仁冥思苦想的时候，侦察员房小青来报：李家桥有一个恶霸地主，名叫付智义，平日间欺男霸女，无恶不作，还建立了治安军独立团，自任独立团团长，投靠日军，助纣为虐。

房小青将几天来的侦察情况向关连长做了报告。

关礼仁说："再探！"

房小青说："是！"

一日，房小青来报。原来，这个名叫付智义的恶霸地主，家住李家桥，日本兵打进北平城之后，向东扩张。当日本鬼子进驻李家桥时，付智义率领本地的地痞流氓二流子小混混儿，打着"欢迎大日本皇军"的三角旗，列队欢迎。日本头目野村大佐对这个付智义极感兴趣，称赞他是"大大的良民"。嗣后，野村大佐还帮他成立了治安军李家桥独立团，委任他为独立团团长。

付智义老奸巨猾，诡计多端。在人世间，最使他感兴趣的，唯有两件：一是金钱；二是美女。他甚至忽发奇想，凡是他所能看到的、摸到的，统统都化作黄金；凡是他所能看上眼的俊俏年轻女子，统统都成为他的姨太太。为了这，他煞费苦心，阴险毒辣。

古语说："君子爱财，取之有道。"天下之人，熙熙攘攘，无不为名而来，为利而往。只可惜，付智义少廉、寡耻、无义。

付智义这个贼胆包天、色胆包天、狗胆包天的家伙，对于名，本无所谓有，无所谓无；对于利，对于色，却如苍蝇逐臭，有缝儿就下蛆。

李家桥是个大村镇，大村镇有个大市场，大市场的摊位多。付智义把这些摊位看在了眼里，认为这些摊位就是他发财的资源。

付智义雇来一群地痞流氓二流子小混混儿，有去好的，有去歹的，到各个摊位上演双簧。

做歹的，来到摊位上，找茬儿，瞎捣乱，无事生非，连拿带抢。

遭抢的摊主则又哭又叫，请人说理，求人保护。

做好的，走到摊位上，见义勇为，自告奋勇，出任保镖。

摊主好话说得上车装，自然还得掏腰包。咬咬牙，破财免灾，请求保护。

这样的双簧你演我也演。摊位多了，日子长了，聚少成多。这个摊主上交一点儿，那个摊主上交一点儿。到了付智义那里，就成了花花绿绿的一堆票子。

今天一堆，明天一堆，天长日久，日久天长，就是一大堆又一大堆。一大堆又一大堆的票子堆起来，就成了大财主。

成了大财主的付智义，喜欢张扬，卖弄，摆谱。

在乡下，像付智义这样的恶霸土财主，最喜欢占大地方，盖大房子，圈大院子。

付智义把左邻右舍的老百姓驱逐，抢占了他们的宅基地，据为己有。

不到两年，就盖起了新房，圈起高高的院墙，东西跨院，雇用了十几个看家护院的。

付智义事事讲排场，死了爹，不仅要糊纸船纸马，还要糊八个美人陪葬，棺材要的是红松，按照四五六寸厚拼接，刷三遍桐油、四遍漆，棺材前堵，要用金粉写成一笔"寿"，出殡要雇三十二个人抬杠。墓地要选在顺风口，坟头要堆成在当地最高最大，东西两侧，是从孔庙移栽的万年青松树。

成了大财主的付智义另有一好，就是女人。

李家桥满街上的人，都知道付智义是个什么货色。见了他，当婆婆的，赶紧把儿媳妇拽到身后藏起来；做姑娘的，麻利儿躲进驴棚里的犄角旮旯不敢露脸。

付智义娶了媳妇，还想要个姨太太，有了姨太太，还想再来个三姨太。

三姨太刚刚一宿不在家，付智义就憋得难受，馋猫似的，邀上三五个地痞流氓小混混，除了吃喝，就是找野娘们儿。

付智义几十年都是这个德行，说是三十年不变，一丁点儿也不夸张。

李家桥逢"五"大集。每个月的初五、十五、二十五，街头人山人海，摩肩接踵，川流不息，络绎不绝。

"糖葫芦儿，又酸又甜的冰糖葫芦儿！"

"驴打滚儿，黄豆面的驴打滚儿！"

"切糕，金丝小枣切糕！"

关礼仁和房小青在大街上，走着走着，在一个卖估衣的摊位前停住。

卖估衣的是一个白净汉子，正撩起一块青布，吆喝得起劲儿："您就看这块布，它怎那么黑？赛过猛张飞，不让黑李逵，东山烧过炭，西山挖过煤……"

房小青指着一座高高的房舍，悄悄地说："连长，这就是付智义家。"

关礼仁抬起头来看，惊讶不已。

付智义家处在李家桥的最高处，越过院墙，可看见五间正房，青砖灰瓦，古香古色，飞檐四角微微翘起，像大鹏凌空展翅。

高高的门楼两侧，两个彪形壮汉，一人一柄大刀，笔挺直立，威风凛凛。

关礼仁转过脸来，正要跟房小青说什么，忽然听见鼓乐齐鸣。远远望去，正有一顶花轿走过来。

这抬轿子的八个杠夫，颤颤颠颠，高低适中，步伐一致，不紧不慢，

第十六回 关礼仁威震土河岭 付智义败走塔河岭

255

走三步，退两步，扭出花样。

花轿后面，有一个人，座下玉马金鞍，头戴礼帽，胸佩红花，足蹬皮靴。满脸喜色，舒眉展目，好一个乘龙快婿。

房小青说："连长，这人您知道是谁？他就是李家桥头号恶霸，大汉奸付智义。"

关礼仁点点头。他又仔细看看付智义的深宅大院，防备森严，固若金汤。若强攻，必遭重大伤亡，还须智取为高。咋个智取？一时难以拿定主意。于是说："小房，先回吧！"

冀东这些乡村，多年传统，姑娘出嫁后的第三天回门。就是说，新媳妇婚后的第三天，必须回趟娘家看看爸妈。

关礼仁翻来覆去地想，对于这样一个卖身投靠的民族败类，一丁点儿不能客气。

关礼仁冥思苦想，他要想出一个完美的破敌方案。思来想去，确定在回门这一天，巧施良策，大事可成。

日军头目野村大佐逮捕了革命群众，无论采用多么残忍的手段，老虎凳、皮鞭子蘸凉水、烙铁烫，都无济于事。

可是，对付这些中国人，在付智义看来，小菜一碟。

有一次，野村捉到一个村干部，皮鞭子蘸凉水、老虎钳子拧里帘儿，统统用遍，毫无效果。

付智义不仅是一个日本鬼子的帮凶，更是一个伤天害理的家伙。他听了，哈哈大笑："野村大佐，有何难哉！"

附耳野村，如此这般。

野村点头称是，他令狱卒找来密云枣花蜂蜜和老太太钉鞋底的细麻绳，让狱卒把村干部的生殖器用麻绳勒紧，狠狠地渴上三天，等他实在口渴难熬，再灌蜂蜜水，不出一日，肚子就会爆裂。果然，这个村干部的嘴被撬开了。

又一日，野村向付智义求教，说有一个青年被捕，三天没有撬开他的嘴。

付智义得知这个青年，二十出头，血气方刚，不怀好意地笑笑说："这个容易！"

付智义又一次给野村献毒计，如此这般。

野村令狱卒扒掉青年的衣服，上下无条线儿，被赤裸裸地关进铁笼。

又命下属从半壁店村捉来一个花姑娘，剥光衣服，披一件破旧的日军大氅，推进铁笼中。

寒冬腊月，北风呼啸，雪花飘进铁笼里。

青年赤身裸体，蜷曲在一角。

无辜的姑娘，用日军大氅紧紧地把自己裹住。

付智义估计，青年一定难以忍受，定会为一件日军大氅，与姑娘厮打，挫败青年的意志。

第二天一大早，北风依然在吹，雪花依然在飘。

付智义陪野村来查狱。令他们难以置信的是，姑娘把日军大氅扔得远远的，和青年紧紧地抱在一起，冻死了。

关礼仁得知付智义是这样人面兽心的畜类，怒火冲天："不除掉这个畜类，誓不为人！"

关礼仁究竟有何破敌良策？难猜。

付智义闲得无聊，带着三五个地痞，来到天竺饭庄。

天竺饭庄老板嘻嘻哈哈地说："是哪阵风把您给吹来了。这可真是我这小店的福气！"

付智义头也不抬，说："少说废话，拣你饭庄里有的上好白酒、上好菜肴，尽管往上端！"然后，附在饭庄老板的耳畔说："另外，挑仨俩俊俏的小娘们儿，陪陪几位爷，乐和乐和！"

那几个跟随付智义的痞子，吆三喝四地说："付爷的话，可真说到我们心里去了！"

天竺饭庄老板说："好，这个容易！"大声地喊道，"上好的菜肴，百年陈酿，外带三五个俊俏的……"

痞子们大笑。

付智义说："我也是人，也跟你们一样，有七情六欲。这不，三姨太还没有搂热乎，今儿就回门了。回门回门，三宿无淫呀！"

付智义身边的痞子们开怀大笑："哈哈，哈哈……"

在付智义他们不远的角落处，有一个人，浓眉大眼，鼻直口阔，头戴竹编斗笠，身穿青裤青褂，足蹬千层底布鞋，紧身束腰，侧身而坐。

"上好的白酒菜肴，来了！"跑堂的吆喝着。

付智义叫嚷道："娘们儿呢？"

跑堂的急忙应道："快了，快了，正涂脂抹粉呢！"

付智义催促道："快点儿，别磨磨蹭蹭的！"

痞子们说："要磨要蹭，咱爷儿们伺候！哈哈，哈哈……"

付智义低声说："说来也是天意，三姨太回门，正好明天野村大佐安排检阅！"

痞子们探过头来说："检阅，啥检阅？"

付智义压低声音说："明天……"

痞子们纷纷说："先甭说明天，先说说眼前的事儿，这几个娘们儿，咋这么费劲呀！老大等得起，老二可急了。瞧呀，瞧呀，早在裤裆里探头探脑的了！"

"无耻！"饭庄角落处，头戴竹编斗笠的那个人，愤愤地说。

一个痞子奔过来，怪里怪气地说："无齿，就是没有牙，是不是？那么，我送你一齿！"说着，举起短刀，斜刺扎将过来。

斗笠只将胳膊一搏，"当啷"一声，短刀落在地上。

痞子挥拳便打。

斗笠只轻轻一推，就将痞子推回原处，冲撞在付智义的后背上，引起哄堂大笑。

付智义走过来，说："哪个山头的？"

斗笠说："这年头，还分这个山头，那个山头，爷爷哪个山头也不是，有奶便是娘！"

付智义说："有奶便是娘，有奶便是娘，说得好，就跟我们一起干吧，有我们吃的，就不让你饿着；有我们穿的，就不让你冻着。怎么样，够朋友吧！"

斗笠说："好吧！"

付智义哈哈大笑，说："好，来来来，那就一起大块吃肉，大碗喝酒！"

痞子们说："光大块吃肉、大碗喝酒，这还不够，还得上几个小娘儿们，吃她们的奶，拧她们的肉！哈，哈哈……"

斗笠说："我还有要事，失陪，失陪，多有得罪，告辞！"

付智义往前走上几步，拱手相送。

痞子们相继起立，乱乱哄哄地说："大哥慢走，后会有期，后会有期啊！"

斗笠速速而去。

痞子们说："付爷，咋不一刀宰了他！"

付智义说："这人，我看留着，对我们有用！"

原来这个戴斗笠、穿青衣的不是旁人，就是房小青。

房小青回到连部，向关连长说起了这件偶然遇到的怪事。

关连长听过后，说："就是说，付智义的三姨太，今儿回门住娘家。明天付智义领兵去塔河，接受野村大佐的检阅，何不在明天付智义领兵去塔河的机会，做做文章？"

付智义在新娘子三姨太回门的第二天，带领李家桥的伪军，去塔河接受日军野村大佐的检阅，就是献媚取宠，卖身投靠。

塔河的日本鬼子和李家桥的伪军勾结，相互紧密配合，对当地的抗日力量必将形成巨大威胁。因此，必须抓住有利时机，粉碎他们的阴谋。

从李家桥到塔河，途经天竺。天竺以龙山、岗山、桃山连成的黄泥岗作为屏障。树木繁茂，遮天蔽日，野草遍地，荆棘丛生，沟沟坎坎，凹凸不平，是打伏击的理想地形。

独立团三营七连连长关礼仁选好时间，带领着队伍半夜绕道行军。

在桃山和岗山之间的制高点密林深处隐蔽，不准出声，不准走火，没有命令，不准开枪。

鸡叫三遍，是黎明前最黑暗的时段。夜，静得可怕，除了野草在寒风中打哆嗦的声音，一丁点儿别的动静也没有。

当时，正值腊月，清冷的月儿，寒光逼人，天上的星星，冻得打哆嗦。

三营七连连长关礼仁根据黄土岗沟沟坎坎、凹凸不平的地形特点，制订出一套极其特殊的作战方案：手榴弹集中使用，每个投弹手阵地前，摆放一筐；每个神枪手面前，摆放两支三八大盖步枪，身边一人作为助手，专门负责装压子弹。就是说，"开火"的命令一下达，步枪射手要拼命地快射，投弹手要一颗紧接一颗地投掷。趁敌人还没有卧倒隐蔽之前，在极短的时间内，尽可能多地消灭敌人。等敌人选好隐蔽地形，还没有来得及拉开枪栓的时候，我们的战士早已挥起大刀，冲到他们的面前。

这是一套完整的作战方案，只是安排作为神枪手助理的战士，稍有不悦，他们不能享受直接射杀敌人的愉悦。

半点钟过去了，连天上的月儿也感困倦，轻手轻脚，不声不响地回到西山老家歇息了。

又过了半点钟，天上的繁星，渐渐变得稀疏了。连通往光明的最后一盏街灯——启明星，也泯灭了。

当初升的太阳，第一缕光线照射在黄土岗阵地的时候，送来了光明与温暖。然而，战士们却并没有欢呼与歌唱，反倒觉得紧张了许多。

年轻战士说："付智义这群土匪来不来呀？要是不来，咱们不是白白挨冷受冻了吗？"

老兵说："听连长的，他神机妙算！"

年轻战士说："身上打哆嗦，手脚也冻麻了，到时候，拉不开枪栓，冲不上去，可咋好？"

其实，最感心焦的还数连长关礼仁，有好几次，他疑心情报有误，都想带领全连部队，打道回府。然而，他又一次次叮嘱自己："耐心，耐心等待。等待什么呢？等待敌人到来的那一刻，等待胜利！"

突然，从远处传来声响。

关礼仁命令："注意隐蔽！"

不一会儿，踢踏踢踏，踢踏踢踏，那声音接近了，果然是付智义这群土匪来了。

七连战士一个个精神抖擞，斗志昂扬。

"走整齐点儿，别他妈的稀里哗啦、踢里趿拉，叫大日本皇军看不起咱，笑话咱们，说咱们还不如土八路！"付智义的声音。

七连的神枪手们，二拇指扣在扳机上。

七连的投弹手们，小拇指套入手榴弹的铁环内。

"妈的，都给我精神点儿，别没精打采的，给我丢人现眼！"还是付智义的声音。

敌人的前队已经接近了。

然而，关礼仁真是沉得住气，就是不肯下达"开火"的命令。

"到达塔河炮楼，接受野村检阅的时候，都给我听着，别蔫皮耷拉脑袋，跟上绳的烟、卸任的官似的，好不好？"依然是付智义的声音。

待付智义这群地痞流氓二流子，从三营七连的脚底下，路过一半的时候，突然，听到关礼仁"开火"的命令。

仿佛在同时，手枪、步枪、手榴弹，响成一片。

敌人乱作一团，喊爹唤娘，一个个只顾四处逃窜，想抵抗，又完全找不到目标。

付智义拼命逃跑，大声喊叫："还击，还击！"

正当这群畜类晕头转向之时，战士们早已端着上了刺刀的步枪，刺进了敌人的胸膛；或者挥舞着锃亮的大刀，向敌人的头上砍去。

"打死几个了？"关连长问身旁的房小青。

房小青一面射击，一面随口搭音："六个。"

关连长说："十六个也多了！"

房小青说："我是说我，打死六个，不多，刚刚凑够半打！"

关连长说："那你，你没给我数着？你小子！"

有的敌人找到了隐蔽处，不断地朝八路军开枪。

关连长双枪齐射，弹无虚发，敌人应声倒下。

房小青一面开枪，一面计数："七个，八个，妈的，怎么着也得让我凑齐一打呀！"

突然，关连长大声叫道："捉拿付智义，别叫他跑了！"

混战中，付智义钻了空子，趁着烟尘斗乱、爆炸声四起之时，骑一匹烈马，仓皇逃命去了。

关礼仁领着战士们打扫战场时，满地都是土匪，却死活不见付智义。

一个个不无沮丧地说："擒贼擒王。贼王溜掉了，必有卷土重来的时候！"

关礼仁说："不忙，付智义，他跑不了！"

付智义骑一匹烈马，只顾逃命。当他跑到黄泥岗尽头时，忽见前面有一高土坡。不禁哈哈大笑："土八路，真正的土八路！若是我，必在这里埋伏一挺机关枪。倘如此，我命休矣！哈哈，哈哈……"

正说间，迎面枪声大作，随来的匪兵，眼睁睁又倒下一片。

付智义来不及细想，只顾催打坐骑，落荒而逃。

万没料到，付智义真的跑掉了，这让关礼仁极为扫兴。他真想立即把负责第二道伏击的一排长叫过来，狠狠地训斥一顿。然而，细细想想，却也责怪不得一排长，平心而论，使用如此落后的武器，三八大盖、手榴弹就是最好的了，多数战士都是大刀长矛三节棍，倘若能给一排配备一挺轻机枪的话，付智义就绝不会跑掉。

付智义和几个随从，跑到了日军的塔河炮楼，虽然狼狈不堪，可终归保住了性命。

等了一天，付智义没有回来，他的太太们急得像是火上房，着急忙慌得四下乱窜，一个个哭成了泪人。

又等了一天，付智义还没有回来，没有同他一起去的团丁以及看家护院的，急得昏头昏脑，一个个晕头转向，有的竟然号啕大哭。

等了三天，付智义仍旧没有回来，他的老弱残兵、鱼鳖虾蟹一干人等，听风就雨，添油加醋，一传俩，俩传仨，三个五个一拍拉，整个李家桥都轰动了：付智义在龙山、岗山、桃山说不定哪个山，叫八路军打死了！

这样一闹腾，付智义的三房太太、看家护院、老弱残兵、鱼鳖虾蟹以及地痞流氓二流子，极尽表演之能事，千奇百怪，各有千秋。有哭的，有叫的，有连哭带叫的，还有嘴里嚷嚷寻死上吊的，甚至还闹腾挡汽车轱辘趴火车道的，不一而足，奔走相告。小庙儿着火慌了神，偌大个李家桥，像闹翻了天。

地痞流氓二流子，平日价溜达滑蹭，好吃懒做，吃喝嫖赌惯了，这次听说付智义让八路军给打死了，自此，没了管销儿，还不飞到天上去！他们平时极少摸到钱，现在，付智义玩儿完了，他家的金银财宝，原本就是他们这些人，巧取豪夺到付智义手里的。而今，这些金银财宝该归还给我们了。他们这样想了，便这样做了。于是，他们三五成群，结伙搭伴，捡鸡毛凑掸子。闯进付智义的厅堂，砸碎箱子柜子，见了金条银圆，珍珠玛瑙，戒指项链，或者稍微值钱的东西，就你争我夺，据为己有。也有为了争抢，小打小闹的，大打出手的，腿折胳膊烂的，赔进小命儿的。

付智义家被这群人渣败类打、砸、抢、抄之后，家财所剩无几。

所剩无几，并不等于一干二净。至少付智义的闺房里，还有三房太太。

这些个窈窕淑女，整日价哭天抹泪，面面相觑。不再搔首弄姿，忸怩作态。可是，人家依然不失为大家闺秀，身穿旗袍，足蹬高跟儿皮鞋，丰乳肥臀，紧身束腰，头发梳得光，脸上搽得香，终归是美人。这并不奇

寒凝大地

262

怪，人家原本一个个就是美人坯子！

生为美人坯子的三房太太，原本付智义在家的时候，就有不少色胆包天的流氓地痞惦记着。见了她们，都跟馋猫似的。这下子可倒好，老猫不在家，耗子成了精。

歪戴帽最先闯进三姨太的屋里，大声说道："三姨太，认得我吗？我比付智义那老东西棒不棒，帅不帅？"

三姨太双手捂着脸，泪水从手指缝儿往外钻。

歪戴帽嚷道："睁眼看看，大不大？伸手摸摸，硬不硬？上上下下，里里外外，你说，我哪一点儿不如付智义？妈妈的！"

三姨太还是不开口，脑袋摇得像拨浪鼓。

歪戴帽接着吼："摇头不算点头算，不不，你刚才不是点头了吗？再说，问你话，不言语，不言语就是愿意呗！来吧，你别装得人模狗样的了！"他一面说，一面强行把三姨太紧紧地搂进怀里。

斜瞪眼见歪戴帽闯进三姨太的闺房，也不同他计较，一下子冲进二太太的卧室。

二太太听说付智义被八路军打死了，倚在梳妆台前垂泪。正在这时，手把门被踹开，闯进来一个人，把她吓得昏死过去。

斜瞪眼见到这种情形，正中下怀，索性把二太太按倒在地，撕扯起她的衣裤。

二太太躺在地上，不停地打滚。

这很使斜瞪眼感到扫兴，骂道："你打滚施头的，好汉子也收拾不了你。其实，你裆里那玩意儿，除了撒尿就闲着。付智义死了，就让它闲一辈子吧。妈妈的！"

嘴里叼着洋烟卷儿的家伙，亲眼看见歪戴帽和斜瞪眼弟兄俩，分别闯进三姨太和二太太的闺房，不行好事。就是说，只留给她一个徐娘半老的大太太。

洋烟卷儿想都没想，蹦上青石台阶，一脚踹开大太太的房门。

洋烟卷儿见大太太正坐在炕沿子上胡思乱想，她也已得知付智义被八路军打死的消息，不知是泪水已经流干，还是压根儿就不曾流过泪，总而言之，她的脸上实实在在的没有泪水。

洋烟卷儿见此情形，反倒感到奇怪，他先是觉得大太太不近人情，忽然又觉得这大太太的不通情理，反倒应该是好事。这样，他似乎可以较容易得到她的温存。

洋烟卷儿想至此，再一瞥大太太，似乎马上换了一个人，原先那个半老徐娘不见了，只剩下风韵犹存。虽只一会儿，洋烟卷儿却从遥远的爪哇国回来了。他朝大太太扑上去，把她压在土炕上，两只手仿佛不够用，这里那里的胡扯乱摸。

大太太不知无力挣扎，还是自觉反抗也没用，索性由他去，爱咋的咋的！

正当一大院子的地痞、流氓、二流子以及歪戴帽、斜瞪眼、洋烟卷儿们，肆无忌惮地打砸抢的当儿，天上响起一声炸雷：付智义付团长付老爷子回来了！

原来，付智义的部队遭到关礼仁的伏击，大部分团丁被消灭，唯有匪首付智义和几个喽啰拼命逃到塔河炮楼，在日军的庇护下，留下了性命。并找准个机会，逃回了李家桥。

逃回了李家桥的付智义，噔噔跳上高高的台阶，声嘶力竭地喊叫："我是付智义，哈哈，是我付智义付团长付老爷子回来了！"

付智义的嘶喊，撕心裂肺，惊天动地，整个付家大院，或者整个李家桥的大大小小、老老少少的老百姓都听到了，胆小的被吓得昏头昏脑，肝胆俱裂。

歪戴帽、斜瞪眼、洋烟卷儿，一个个如丧家之犬，晕头转向，赶紧从付智义的三个娘们儿的房间里奔出。

歪戴帽大步流星，"扑通"跪到付智义跟前，哭诉道："付团长，您可回来了，您让我们惦记死了！"

斜瞪眼疾步如飞，跑到付智义面前，叫嚷道："付老爷子，我们听说您被八路军给困着了，正想办法去营救您呢！"

洋烟卷儿连滚带爬，奔到付智义的眼前，嘶喊道："我的爹，我的亲爹呀，我们都已经商量好了，去找八路军算账，拼命也得把您给救回来！"

付智义大声地叫嚷道："歪戴帽、斜瞪眼，你们都过来！"

歪戴帽、斜瞪眼都很发怵，但又不敢违抗。于是，两个人相互借着胆子，磨磨蹭蹭地挪过来，站在洋烟卷儿的旁侧。

付智义说："歪戴帽、斜瞪眼、洋烟卷儿，你们仨，平日间，是我的心腹。怎么样，我不在家的日子里，有没有做对不起我的事？"

正说间，付智义的三个太太好像商量好了，一起跑了出来，哭诉道："当家的，你好容易回来了？可把我们吓死了！"

付智义说："我正问这三个兔崽子，有没有做对不起我的事？"

三个太太齐声说："有我仨呢，这仨小兔崽子，哪个敢！"

这时，站在付智义面前的歪戴帽、斜瞪眼、洋烟卷儿仨小兔崽子争先恐后地说："是，是呢，我们哪个不是说一不二，忠心耿耿？不信的话，您问问这三位奶奶。"

三个太太乱七八糟地说："是好人，都是好人！"

付智义说："这我就放心了！"然后，向四外看了看，接着说，"你们仨坏种，兔崽子，给我查清楚，谁偷了我的，抢了我的，做了对不起我的事，统统给我揪出来，我打他个腿折胳膊烂！"

歪戴帽、斜瞪眼、洋烟卷儿三个兔崽子吓得多半死。

大太太、二太太、三姨太仨太太也吓得小半死。

付智义吼道："说！"

仨太太说："他们，那仨兔崽子是好人。"

仨兔崽子说："她们，三位奶奶是好人。"

三位太太和仨兔崽子齐声说："你是好人，我是好人，他是好人，大家都是好人，好人！"

付智义说："好吧，咱们重新打鼓另开张，花重金，招兵买马，增置德式、日式的武器装备。跟八路军没完，找韩贵德算账，要关礼仁的脑袋！"

三位太太和仨兔崽子说："咱们这一次，招多多的兵，买多多的马，求皇军帮忙，不能饶了八路军！"

其实，三位太太和仨兔崽子哪个也不是傻子，人人心知肚明，跟八路军没完，要关礼仁的命，找韩贵德算账，这不是鸡蛋碰石头吗！可是，他们为了哄着付智义高兴，不这样说，又能怎么样呢！

那么，付智义就是傻子吗？付智义也不傻，就凭他一个村里的土财主，能跟冀东独立团抗争，明知是以卵击石，可是，他要是卖身投靠了日军，借助大日本皇军的力量，能不能与独立团碰一下，那就难说了！

付智义为此，日思夜想，怎样取悦日军？他琢磨来琢磨去，人生一世，草木一秋。日本人来到中国打仗，为的啥？就是侵占地盘，侵占地盘又干什么？掠夺资源，中国地大物博，咱们给他拿出点儿；强占美女，中国人口众多，咱们有的是呀！于是，他终于想通了，想通了的付智义，出了一个损招：拿出物产他做不到，可是从李家桥挑选点儿美女，送给日军当慰安妇，他付智义还是手拿把攥，完全可以做得到的。

付智义琢磨到了这一层，就像哥伦布发现了新大陆，喜形于色，目不交睫，彻夜难眠。

三十年河东，三十年河西。太阳总不会是正晌午。

付智义卷土重来，重整旗鼓。他虽无振臂一呼，应者如云的大英雄气概，但他对于"有钱能使鬼推磨"深信不疑。钱从何来？老办法：卖地。

于是，他找来歪戴帽、斜瞪眼、洋烟卷儿三个兔崽子，说："老子眼下急需钱，你们快想办法？"

这仨好货吓了一跳，心里说：你丫挺急需钱，让我们替你想办法，我们有什么办法好想呀？

付智义说："别看我手里没有现钱，可是，祖上留德行，给我留下十好几顷土地。你们仨，就给我卖地！"

歪戴帽包藏祸心，却不露声色，说："好说，好说！"

斜瞪眼畏首畏尾，却装得心急火燎，说："老爷的事，就是我们自家的事！"

洋烟卷儿优柔寡断，可是，他亲眼见歪戴帽、斜瞪眼都痛痛快快地答应了，也装出一副杞人忧天的样子，说："天塌下来，大家顶着。更何况付老爷平时对我们不薄，我们绝不可能坐视不管，那样的话，猪狗不如！"

付智义见歪戴帽、斜瞪眼、洋烟卷儿仨兔崽子当面指天发誓，披肝沥胆，自然心满意足，眉开眼笑。心想，卖了地，有了钱，招兵买马。有了兵，有了马，兵强马壮，还愁不能把地再夺回来！到那时，兵多将广，鸟枪换炮，再有大日本皇军给做靠山，哪个丫挺的还敢歹刺儿？姥姥！遥想当年，曹操也是靠兵多将广，挟天子以令诸侯，照这么说，团长算个屁！丁点儿李家桥，就算冀东、晋西、陕北，又都有什么！顶现实的，就是升官发财坐汽车，后半辈子，我再对付俩老婆。

付智义想至此，他陶醉了，他自我感觉无限快慰，无限满足，无限喜悦，无限得意。甜蜜蜜，美滋滋，喜融融，乐悠悠。

他又把歪戴帽、斜瞪眼、洋烟卷儿招呼过来，厉声说："你们说，地卖了，钱有了，兵也招了，马也买了，兵强马壮，再无人敢惹，还干点儿什么？"

洋烟卷儿笑容可掬，抢着说："以我之见，在付老爷遇难期间，谁偷了，谁抢了，叫他们乖乖地送回来，铆足劲儿抽自己的耳刮子！"

斜瞪眼微微一笑，接着说："我进一言，在付老爷遇难期间，谁对太太们不怀好意了，心存不轨了，叫他们拧自己的嘴巴子！"

歪戴帽哈哈大笑，最后说："毋庸讳言，其实，他们俩说的都不重要。顶顶要紧的是，从苏庄、王家场、山子坟这些个村子里，拣最漂亮的姑娘，多抢几个，送给塔河日军做慰安妇，请他们作为靠山。背靠大树好乘凉嘛！付爷，您说，这实际不实际？"

付智义捧腹大笑，欣喜若狂地说："唯此为大，唯此为大也！"

第十七回
仿孔明巧设八卦阵
效陆逊智取九龙山

乱云飞雄心破霄汉　林涛吼壮志冲云天
仿孔明巧设八卦阵　效陆逊智取九龙山

九龙山地处顺义、密云、平谷、三河的交界处。在偌大个中国，无奇不有。有鸡鸣三省，在冀东，还有鸡鸣四县的地方，就是这九龙山。

九龙山是顺义、密云、平谷与三河的枢纽，或曰必经之路。就是说，它的地理位置很重要。无论哪个县有情况了，其他三个县便即可增援。看来，日本鬼子并非都是追逐花姑娘的色狼，或许也有上知天文，下知地理的能人。也未可知？

日本鬼子的九龙山军需库，凡是鬼子吃的、穿的、铺的、盖的，军需库里都有；凡是鬼子枪支、弹药、汽车、摩托，军需库里也都有。鬼子军需库里的保管，好比阿里巴巴，只要从腰间大嘟噜的钥匙中，挑出一把，往锁孔里一探，一拧，甚至不用嘴里再说一句"芝麻开门"之类的话，里面就会要什么，有什么。

耳不听，心不烦；眼不见，嘴不馋。作为独立团连长的刘之龙，对于日本鬼子的九龙山军需库，听过、见过，了如指掌。他天天想，夜夜盼，恨不得也有一日成为阿里巴巴，从腰间大嘟噜的钥匙中，挑出一把，往锁孔里一探，一拧，即使搭上一句"芝麻开门"之类的话也行，吃的、穿的、铺的、盖的，枪支、弹药、汽车、摩托，要什么，有什么。为此，刘之龙想疯了。

可是，刘之龙作为八路军连级干部，不能仅仅停留在幻想上。他是个现实主义者，要将自己的梦想化作现实。

刘之龙盘算了很多日子，心里早有了小九九：他打算把日本鬼子的九龙山军需库端过来，然后，建立起自己的汽车连、摩托队；至于抢到的日本军服军衔一类，可以新建一个特工队。刘之龙并非想入非非，在他的脑海里，几乎已经形成了一套完整的作战方案。于是，他找到韩团长。

韩贵德听了刘之龙的想法之后，站起来，面对着作战地图，端详了好一会儿。

突然，扭转身来，说："之龙呀，你的想法很好，可是，怎么实施？需要坐下来好好考虑周全。不然的话，极难落到实处。"

刘之龙说："我想，这是一场极为特殊的战斗，不动枪，不动炮，仅凭冷式武器。不然的话，弹药库爆炸了，吃的、穿的、铺的、盖的，枪支、弹药、汽车、摩托，统统化为灰烬，也就失去了这次战斗的意义。"

韩贵德说："要完成特殊任务，就需要训练出一支特殊队伍，一支冷兵器队伍。"

刘之龙喜悦万分，说："团长所言极是。"

韩贵德说："我等着你拿出一套完整的训练方案。"

刘之龙向团长敬礼："是！"转身而出。

三天后，刘之龙到各连队去挑选"特殊任务训练队"人员。来到贺向荣的五连，说明来意。

贺向荣说："您这是办了一件大事。这仗要是打好了，冀东独立团吃的、穿的、铺的、盖的，枪支、弹药的后勤供应也就都迎刃而解了！"

刘之龙说："你还没有听我把话说完呢！这次，不光解决独立团吃的、穿的、铺的、盖的，枪支、弹药，还要缴获小鬼子的汽车、摩托，扩建汽车连、摩托队。总说咱们的两条腿，跑不过小鬼子的汽车轮子，那是以往！"

贺连长见刘之龙越说越兴奋，仿佛那些个吃的、穿的、铺的、盖的，枪支、弹药，都已经到手了，还缴获了小鬼子的汽车、摩托，扩建起汽车连、摩托队，于是，接过来说："这是一场极为特殊的战斗。这次战斗，要能做到不动枪，不动炮，仅凭冷式武器。不然的话，弹药库爆炸了，吃的、穿的、铺的、盖的，枪支、弹药、汽车、摩托，统统被炸飞了，炸得稀烂，七零八落，灰飞烟灭，也就失去了这次战斗的意义。"

刘之龙笑笑，说："啊呀呀，你小子咋这么聪明，咋就跟我想的一模一样！正所谓英雄所见略同。"

贺向荣说："我们连，神枪手、投弹手，随便您挑！"

刘之龙说："其实，即使我不说挑谁，你也已经知道我要挑谁了。你跟我玩儿什么里格楞！"他往关连长的脸上扫了一眼，眯起眼睛说，"我就挑几个不会打枪、不会投弹的，行吗？"

贺连长搔搔头皮说："那，那只有穆氏姐妹和赵家兄弟了！"

刘之龙说："好吧，那我只好就这样凑合了！"

贺连长急忙说："不，不能！刘连长亲自点兵，咋能凑合呢！您拣最好的挑，挑剩下归我！"

刘之龙说："我就从你们连挑这四位了！"

贺连长明知道再也护不住，只好说："好吧，叫您挑几个神枪手、投弹能手，您非得拉走几个刚刚入伍的老百姓。好好，叫您费心了，训练好了，您还得还给我！"

刘之龙笑笑，半开玩笑地说："小气鬼！心疼了？"

贺连长说："谁的孩子谁疼，谁的兵谁爱！"

刘之龙又从旁的连队挑选了一些机灵鬼怪、年轻力壮的小伙子，一共三十人。

开班那天，韩贵德特意请来胡宝贤、五连长贺向荣和神枪手陈洪义，亲临开班现场。

刘之龙见训练班队伍整理完毕，跑步到团长面前，敬礼报告："刘之龙报告：特殊任务训练班开班。请指示！"

韩贵德回礼道："好！请大家坐好。先让特殊任务训练班开开眼！"

刘之龙答道："是！"

团长命令："神枪手陈洪义，出列！"

陈洪义持枪跑步上前。

团长命令："目标：正前方，两根蜡烛，打灭！"

陈洪义立姿，端枪，瞄准，"啪"，一烛火苗熄灭；"啪"，又一烛火苗熄灭。

场下响起一片掌声。

团长命令："贺向荣，出列！"

五连长贺向荣手持一双毛瑟枪，跑步到队列前。

团长命令："目标：正前方，两根活动蜡烛，打灭！"

贺向荣双手一举，"啪、啪"两枪，两根活动蜡烛一同熄灭。

掌声响起来，欢呼声响起来。

政委青裤青褂青帽盔，青帽盔顶上镶着一颗绿色翡翠珠，慢慢悠悠走上来，说："贺连长，不是人……"

场上发出一片唏嘘声。

政委给贺连长打躬作揖罢，接着说："是神，是天神下界……"

突然，"啪"，一声枪响，胡政委青帽盔顶上的绿色翡翠珠，被击得粉碎。

全场一片惊叫，一片疾呼，一片昂首长啸，狂呼乱舞。

原来是团长的精彩表演。

韩贵德说："现演完毕，退席！"

韩团长、胡政委率贺向荣、陈洪义一行人，走出训练班。

"呀，他们不是军事教员？怎么把他们放跑了！"学员们叽叽喳喳，乱作一团。

刘之龙做个手势，大声说："安静！大家放心，请来的教员没有离开。"刘之龙弯下腰，朝场下点点手，叫道，"张武同志，上来！"

那个名叫张武的同志，走过来，向刘之龙敬礼，应道："张武，前来报到！"

刘之龙说："这位，姓张，弓长张，名武，武术的武。张武，张教练。他是北平天桥谭嗣同的保镖大刀王五的亲外甥，担任特殊任务训练班的大刀教练。"

场下，有人说道："北平天桥？听说天桥的把式——光说不练！"

全场一片快活的笑声。

刘之龙点名："穆承英、穆继英，出列！"

穆氏姐妹正同赵小二、赵小三，笑得前仰后合，并没有听到刘之龙点她们的名。

刘之龙又点了一次穆氏姐妹的名字，叫道："穆承英、穆继英，出列！"

此刻，穆氏姐妹穆承英、穆继英听到叫声，走出来，蔫皮耷脑的，心里想：这次，刘之龙绝对宽恕不了她俩。

刘之龙说："这二位，宋朝大破天门阵穆桂英同族二十三代传人，穆承英、穆继英，担任飞刀教练。"

穆承英和穆继英同时说："我们毛儿嫩，不行不行……"

刘之龙喝道："服从命令！"

穆承英和穆继英同时答道："是！"

刘之龙点名："赵小二、赵小三，出列！"

赵家兄弟一面向外走，一面嘟嘟囔囔地说："穆桂英的传人，都说不行，我们就更马尾儿拴豆腐——提不起来了！"

刘之龙说："长坂坡前救阿斗的常山赵云赵子龙的六十六代孙，赵小二、赵小三，担任长矛教练！"

此刻，喊叫声、欢呼声、笑声，响成一片。

刘之龙双手举起，做个向下压的手势。

大家安静下来。

刘之龙说："大家知道，小日本，四岛小国，弹丸之地，何以能侵占我们这样一个泱泱大国？他们只有几千万人口，我们有四亿五千万，何以遭受他们的欺凌与蹂躏？一句话：他们有军舰、飞机、大炮、坦克车。可我们手里有什么？只有义和团老祖宗留下的大刀、长矛、七节鞭、三节棍。可是，在我看来，这些武器，是我们的传家宝。祖传武术，是我们的看家本领。不错，超过二三百米的阵地战，我们是要吃亏。为什么？人家有轻重机枪迫击炮，我们呢？我们手里顶好的武器，就是三八大盖汉阳造手榴弹。行吗？不行！咱们要发挥自己的优势。近战夜战肉搏战，那小鬼子的轻重机枪迫击炮就失去了作用。相反，我们的大刀、长矛、七节鞭、三节棍，地雷、手榴弹就能发挥威力。以我们的优势，回避日本人的优势，把我们的劣势，转化成优势；小鬼子的优势，转化为劣势。大家想想，是不是这么个理儿？"

刘之龙一席话，说得大家心悦诚服。

刘之龙说："从今天起，我们的特殊任务训练班就组成了。咱们能者为师，现趸现卖。打鬼子的任务迫在眉睫，什么时候练好了，练精了，随时准备投入战斗。"

自此，训练班日日操练，紧张异常。

一日，刘之龙在作战地图前，看了好一阵子。突然，掉过头来，喊道："来人，把何东明连长找来。"

　　"是！"

　　很快，进来一个服装整洁、威武雄壮的军人，声音洪亮："报告！何东明到。"

　　刘之龙说："请进。何东明同志，请坐。"

　　何连长坐下。

　　刘之龙说："有一个特殊任务，请你们七连协助。"

　　何东明说："请讲！"

　　刘之龙说："别急！"

　　何东明说："上山打虎，入海捉鳖。什么也难不倒我们！"

　　刘之龙说："好样的！"

　　何东明说："说吧！"

　　刘之龙将何东明拉到挂图前，悄声交代了一阵儿，笑笑说："这个任务很特殊，从你连借给我何明山、赵明业二位怎么样？"

　　何东明响亮地答道："完全可以！"

　　何连长回到连部，把何明山、赵明业两个侦察员找来，附耳吩咐。

　　何明山、赵明业说："什么时候去刘之龙部，连长？"

　　何连长说："即刻！"

　　何明山、赵明业齐声答道："是！"

　　二十里长山，其实，只不过是一座小山，可是，在顺义，就是数一数二的大山了。南北走向，北端的起始处，有一堆小山包，说来也怪，这一堆小山包，一共九座，也都是南北走向，每一座都像一条龙，许是这个原因，古人给它取这样一个怪怪名字——九龙山。九龙山很小，占地面积不足两三平方公里；九龙山很低，海拔仅有二三百米。传说二郎神担山赶太阳时，鞋里硌脚，坐下来，磕打磕打鞋壳儿，倒出来的一小堆儿石头渣。

　　九龙山上有一座庙，庙里有一尊神，二郎神。传说，古时候，天上同时升起九个太阳，把大地烘烤得火热，年年闹旱灾。二郎神得知后，担起八座山追赶太阳，追到一个，压上一座山，追到一个，压上一座山，最后，只留下一个太阳。当地老百姓，把二郎神看作恩人，在九龙山顶，为他修了一座庙。每年夏至那天，九龙山周边村子里的老百姓，都来求神拜佛，耍龙舞幡，演小车会，扭大秧歌，热闹非凡。

九龙山下，有一个不大不小的村子，叫九龙庄。

九龙庄村里有一个不大不小的财主，名叫吴三。村里老百姓说：吴三吴三，四脚朝天。悠然自得，游手好闲。

这个名字叫作吴三的人，喜欢舞枪弄棒，听戏唱歌。还鼓捣十几个人，七八条枪，逮兔子，打野鸭，捉螃蟹，捞虾米，掏家雀，捅马蜂窝，什么都干，就是不干正经事。

七七卢沟桥事变之后，日本鬼子不断扩大侵略，一直扩张，打到顺义县城，渡过潮白河，来到九龙山下的九龙山村。

老百姓吓得跑得远远的，唯有吴三带领着一群狐朋狗党、地痞流氓，举着三角旗，列成两队，夹道欢迎日本皇军。

日军星野三郎少佐伸出大拇指，称赞吴三说："好，吴三，顶好，顶好的有！"

吴三得到星野的称赞，喜出望外，就像受到皇上的赏赐一般，出卖灵魂，指望有日本人作为靠山，自此，便可飞黄腾达，步步登高。

果然，心想事成。当地的痞子们，得知吴三有了日军星野这样的靠山，眉飞色舞，蜂拥而至。队伍很快壮大，今非昔比，鸟枪换炮了。

夏至那天，火红的太阳刚出山，朝霞映红了半边天，路上走过来两个人，一个是赵明业，一个是何明山。二人化装成两个庄稼汉，来到九龙山村口，看到村里正在装扮一顶花轿，一打听，说是准备上九龙山，给吴三爷唱一出《三娘教子》。

赵明业、何明山赶紧回到部队，报告了刘之龙。

刘连长想了想，说："咱们给他来个移花接木，狸猫换太子！"

赵明业、何明山问："移花接木，啥移花接木？"

刘连长说："移花接木，就是用你们俩，换回他们中的两个演员。明白？"

赵明业、何明山说："明白。"

刘连长说："咱们给他唱一出肚编的《三娘教子》。这出《三娘教子》，你们以往在戏班子里都演过，轻车熟路，小菜一碟。小赵，你扮演老娘；小何，你扮演儿子。戏词现编，要掌握好先是'劝'，再而'骂'，三是'打'。我和同志们在台底下配合你们，最后……"

何明山、赵明业齐声说："那可真有好戏看了！"

"哈哈，哈哈……"

日上三竿，刘连长带着何明山、赵明业和几个战士，来到九龙山村，找到戏班子老板，说明来意。

戏班子老板很痛快地说："这个吴三爷，难伺候。我们正不愿意接他这破活儿！"

刘连长说："老板，说好，吴三爷要是给赏钱，我们一个子儿不留，全是您的，全归您！要是捅了娄子，我们顶着，没您什么事。行不？"

戏班子老板嘻嘻一笑，说："那敢情好，踏破铁鞋，也难找到这么好的事呀！"

刘连长与戏班子老板说定了，刘连长他们化好装，各自带着不同的任务，向着九龙山出发了。

到了九龙山，吴三爷一干人等，都已在戏台下，坐定等候。

吴三爷从太师椅上站起来，吼道："今年的夏至，来得迟咋的？磨磨蹭蹭，慢慢腾腾，雀毛儿丁点路，怎么走这么老半天？爬也早就爬到了。告诉你们，今年的盘缠钱、赏钱统统免了！戏还得照样演，差一丝半毫都不行，当心砸碎你们的饭盆子。快，马上开场！"

说话间，打鼓的，敲锣的，拉胡的，弹琴的，吹笛儿的，捏眼儿的，各司其职，鼓乐齐鸣。

戏台上，"出将"门帘一挑，赵明业扮演的老娘与何明山扮演的儿子，娘儿俩一起出场：

（合）我们娘儿俩走上台，
　　先说一段开场白。
（娘）他是我的儿。
（儿）她是我的娘。
（合）说的都是我们自家事，
　　你们谁都别乱猜，
　　借口指鸡骂狗、指桑骂槐，
　　把我们娘儿俩赶下台，赶下台。
（娘）我，家住酒农山。

年龄五十三。

二十三年前，

生了个儿子叫胡三。

（儿）不是旁人，是我，我叫胡三，姓胡的胡，不三不四的

三。

台下，吴三从座位上站起来，瓮声瓮气地叫道："别唱了，别唱了。说不是指鸡骂狗、指桑骂槐。妈的，什么酒农山？就是说的九龙山，再者说，我怎么听，都说的是吴三！"

台底下的人，一通儿乱嚷嚷："人家哪是指鸡骂狗、指桑骂槐。吴爷，您听差了。是酒农山，不是九龙山；人家说的是胡三，不是您吴三。吴三爷，您耳背听差壶儿了。接着唱，接着唱！"

（娘）二十三年前，

我养活个带把的，

这可不一般。

全家人没有一个不喜欢。

从此后，一把屎一把尿、一口水一口面，

湿窝挪干窝，旧衣换新衣，

浆浆洗洗，晾晾晒晒，缝缝连连，

忙得我昏头昏脑、晕头转向，四脚朝天。

日日想，年年盼，

长大成人，顶门立户，青出于蓝胜于蓝，

谁料到，长大后，

你无恶不作，贼胆包天，色胆包天，狗胆包天；

你恬不知耻，苟且偷安，认贼作父，行为不检；

你作威作福，生灵涂炭，怙恶不悛，众怒难免。

今儿，老娘我当着老少爷们儿的面，

对你劝上一劝，

浪子回头金不换，回头是岸。

（儿）娘啊，您不懂，"食不厌精""食色性也"，

这是孔夫子两千四百年的至理名言。

您叫我改掉，比登天还难！

（娘）不听娘劝？

（儿）不听。

（娘）真的不听？

（儿）废话，就是不听！

（娘）我好心相劝，但愿心回意转，

不听的话，那我就开了骂啦——

骂一声我的儿小胡三：

你懒、你馋、你好吃懒做，

你吊儿郎当、品行不端。

娘都饶恕你，

你万万不该当那千夫指、万人骂的狗汉奸！

狗汉奸，你们厚颜无耻、狼心狗肺、比畜生还野蛮，

你们丧尽天良、坏事做尽、天生不要脸。

小胡三，娘骂你，是恨铁不成钢，

实指望，我的儿心回意转，不再当汉奸！

（儿）您骂我，我不急不恼、不上火、心里不烦，

现如今，您要认清形势擦亮眼。

大日本天皇"日中亲善"，

皇军帮咱建立"大东亚共荣圈"，

共同繁荣、共同发展，好处说不完！

（娘）呸，呸呸！

小胡三，不要脸，

你对老娘说实话，不然老娘大嘴巴往你脸上扇。

你到底做中国人，还是当汉奸？

（儿）有奶便是娘，汉奸就汉奸！

（娘）国有国法，家有家规，（面向台下）大家说，这样的儿子，该打不该打？该扇不该扇？

台下老百姓，怒不可遏，大嚷大叫："该打，该扇！狗汉奸，往死里

打，往死里扇！"

台下，两名化装成老百姓的八路军战士，分别站在吴三两侧，用手枪抵住他的后腰，厉声问："吴三，你呢，你也死心塌地当汉奸吗？"

吴三大吃一惊，大声叫嚷："伙计们，你们手里拿的，难道都是烧火棍儿吗？"

吴三带来的团丁，纷纷站起来，举起枪，对准台上的八路军战士。

"不许动，谁动就打死谁！"台底下更多的八路军战士，举起了枪，齐声喊道。

刘之龙举起手中毛瑟枪，"啪"，朝天上开了一枪："团丁们，统统放下武器，缴械投降！"

在台上演戏的何明山、赵明业，把行头朝天上一甩，手执短枪，指着太师椅上坐着的吴三，大声喊道："快，缴枪投降！"

吴三无可奈何，大声地叫喊道："团丁兄弟们，放下武器，快放下武器！"然后，仰脸问何连长："你们是……"

刘之龙说："我们是中国共产党领导的八路军！"

吴三大惊道："啊！好说，好说。八路军的政策，我懂，我懂。一致抗日，中国人不打中国人！"

刘连长说："好吧，走！"

吴三说："今儿个，哪儿是《三娘教子》呀，这不成了八路军给我吴三上了一课吗？"

刘连长说："《三娘教子》，救了你。你这个汉奸要是一直当下去，八路军早晚要你的命！你要知道，日本四岛之国，弹丸之地，哪会有这么多兵力？就是你们这群日伪军，助纣为虐，帮狗吃食。看来，伪军比日本鬼子还可恨。"

刘连长说着说着，来了气儿，举起手中大刀，照准吴三的头，刚要砍下，幸亏被身旁的赵明业、何明山抄住胳膊。

吴三的脖颈上，早冒了一股儿小凉风。

赵明业、何明山拽了一下吴三的袄袖子，厉声说："吴三，你说，从今以后，你还当不当汉奸？"

吴三说："不敢，不敢，绝不敢！"

刘之龙亲自勘察了九龙山的地形，连山上的庙宇、古柏、树林，以至坡坡坎坎、沟沟壑壑，都走了一遍。

刘之龙勘察完九龙山的地形，坐在小山坡上，得意地笑了。

他发现，日军的九龙山军需库有一个致命的弱点，四面环山，看似天然屏障，其实，小鬼子却忘记了另有居高临下，这一兵家常识，假如被八路军四面包围，不是成了瓮中之鳖吗？

倘若，刘之龙以一个连的兵力，把九龙山小鬼子的军需库包围，突然发起攻击，集中火力，机枪、步枪、手榴弹，消灭九龙山军需库里的小鬼子，绝非难事。他琢磨着如何不费一枪一弹，不声不响地就能夺过小鬼子的军需库。军需库里的粮食、弹药以及所有军需物资，统统运到独立团，作为八路军的给养与装备。

这不是异想天开吗？

在刘之龙看来，不是异想天开，这是完全可以做到的。他要是这点事都做不来，那他就不是刘之龙了。

刘之龙勘察了小鬼子的九龙山军需库，回到营部，把炊事员送来的饭碗菜盘，推到桌子中间，在饭碗菜盘的周边，摆上墨水瓶、蘸水钢笔、筷子、铅笔、毛笔、墨水瓶盖儿、牙刷、牙签儿。口中念念有词："休、生、伤、杜、景、死、惊、开。"然后，刘之龙依次拿起墨水瓶、蘸水钢笔、筷子、铅笔、毛笔、墨水瓶盖儿、牙刷、牙签儿，颠来倒去，口中磨磨叽叽地说，"乾、坤、坎、离、震、艮、巽、兑，并入休坎、伤震、景离、惊兑，这四道门。然而，想要进入日军阵中拔旗很难，只有一条道。这便如何是好？"

刘之龙围着桌子绕来绕去，走走停停，不停地自言自语道："这便如何是好，这便如何是好呀？"

刘之龙耸耸肩，抖抖手，做出无可奈何的样子，他在想什么，在做什么，鬼才知道！

刘之龙突然停下脚步，拿起一支筷子，敲击着饭碗，哼唱道："我本是卧龙岗……"

他叫警卫员传来张武、穆承英、穆继英、赵小二、赵小三，伸出长长的胳臂，搭在他们身上，轻声说："咱们完成一项特殊的战斗任务？"

穆继英急切地说："上山打虎，下海捉鳖？"

刘之龙说："上九龙山，打小鬼子！"

赵小三说："还用得着这么多人，有我和我哥哥就行。九龙山的坡坡坎坎、沟沟壑壑，我们小时候都去过，再熟悉不过！"

赵小二说："小三，别多言多语，听连长的！"

穆承英也说："继英、小三，你们少插嘴！"

刘之龙说："情况并不紧急，什么时候做好了准备，什么时候动手。这叫什么？召之即来，来之能战，战之能胜！"

张武说："要说什么时候做好了准备，依我说，我们早就准备好了！"

穆氏姐妹和赵家兄弟一齐说："是呀，我们早已经做好准备了，那什么时候动手呀？"

刘之龙说："那就今天晚上，大家吃饱喝足，歇息够了，八点准时集合。向九龙山小鬼子军需库进发！"

张武、穆氏姐妹和赵家兄弟一齐轻声欢呼起来。

八点，一支队伍出发了，他们每个人，都换上一身日军的新军装。刘之龙挂上少佐军衔，走在最前面。他的一侧是张武，两个人各执一柄大刀，穆氏姐妹和赵家兄弟一干人等紧随其后。

穆继英看看自己，看看姐姐穆承英和赵小二、赵小三，看看这支队伍，再也憋不住，扑哧笑了。

姐姐穆承英赶紧剜了她一眼，示意她不要出声。可是，她自己也咧开了樱桃小口。本来嘛，他们要去打小鬼子，可他们却又扮作小鬼子，这不成了小鬼子打小鬼子了吗？真好笑！这要不是在行军路上，他们说不定一个个笑得前仰后合，也未可知？

他们把脚步放得轻轻，屏住呼吸，听不到一丝声响。

天边的新月，眯起一只眼睛，似笑非笑，悄悄躲到燕山的那一面去了。星星们一个个挤眉弄眼，期待着看他们上演的好戏。

小鬼子的九龙山军需库就在不远处，刘之龙命令部队停在庙宇的东房山墙根儿底下，在张武、穆氏姐妹和赵家兄弟的耳畔，轻声吩咐了几句。然后，他们各自带着战斗任务，带领各自人马，分头而去，消失在淡淡的夜色中。

刘之龙唯恐穆氏姐妹吃亏，随着她们一起行动。

穆继英轻声说："连长，您把心放在肚子里！"

穆承英轻轻拍打了一下妹妹的肩膀，示意她不要出声。

刘之龙说："你们传承着大破天门阵穆桂英的血脉，我有什么不放心的呢！"

日军九龙山军需库接近了，似乎能听到小鬼子流动哨来回走动的脚步声。

刘之龙轻声说："注意隐蔽，做好准备！"

穆氏姐妹各自悄悄摸了摸随身携带的几把飞刀。

刘之龙及穆承英、穆继英，顺成了一路纵队，悄悄地朝前摸。

此刻，清清楚楚可以听见小鬼子拉动枪机的声音。

刘之龙及穆氏姐妹朝前走去。

小鬼子大声问："什么的干活？"

刘之龙及穆氏姐妹也不搭言，依然故我，径直朝前走。

小鬼子拦住刘之龙及穆氏姐妹，高声问："证件？"

刘之龙佯装从上衣兜里往外掏证件，底下却猛地一个扫堂腿。

小鬼子"扑通"倒下。

刘之龙弯腰猛力扭了一下小鬼子的脖项，即刻丧命。

几乎是在同时，左右两个门岗，立仆。原来是穆氏姐妹一人投掷一把飞刀，同时结果了两个小鬼子的性命。

刘之龙和穆承英、穆继英姐妹俩，迅速奔向军需库，向小鬼子的岗哨摸去。

刘之龙轻轻拉动一下穆氏姐妹，示意隐蔽。

穆氏姐妹分别躲到粗壮的老槐树后面，警惕地注意周围的敌情。

刘之龙迈着阔步，朝一个岗哨走去。

黑暗中，岗哨隐隐约约看到刘之龙领章上的少佐军衔，立正，敬礼。

刘之龙也不还礼，依然走近他。突然，刘之龙伸出一双大手，像老虎钳子一样，卡住小鬼子岗哨的脖子，拔掉了日军军需库的一颗钉子。

刘之龙冲着穆氏姐妹一挥手。

穆氏姐妹放轻脚步，紧随上来。几个人一同朝军需库的宿营地摸过去。

张武带领的大刀队，钻过军需库的铁丝网，逼近小鬼子的第二排宿舍，躲在黑暗处，等待刘之龙的作战命令。

赵小二、赵小三等几个手执长矛的同志，也早已隐蔽在黑暗处，做好了战前的准备。

刘之龙听到各个战斗小组准备完毕的暗号，即刻发出统一行动的信号。

刘之龙身先士卒，立即摸进小鬼子们的宿舍，举起大刀，向鬼子们的头上砍去。

穆承英、穆继英姐妹俩，手挥短刀，结果了一个个正在熟睡的小鬼子性命。

张武冲锋在前，战斗小组的战士们，一个个手执大刀，蹿进小鬼子的宿营地，抡起手中的大刀，如砍瓜切菜，喊里咔嚓，一丁点儿不带客气的，直到再也摸不着小鬼子的脑袋，才一个个从宿舍里钻出来。

赵小二、赵小三则更是杀敌心切，他们好容易等到了刘之龙的行动命令，迫不及待地冲入敌军住处，举起手中长矛，就像童年竹签儿扎蛤蟆一样，连小鬼子"呱"的一声叫唤，也没有听见，就被扎了个透心凉。

赵小三走出后，嘟嘟囔囔地说："要是小鬼子像蛋子坑里的蛤蟆那样多，就好了！"

赵小二急忙拽了一下赵小三的袄袖子，轻声说："兄弟，说什么呢？这是打仗，你以为闹着玩儿呢！"

正在此刻，影影绰绰的，只见一个鬼子提着裤子跑过来。

大家正以为怪。

小鬼子咕咕噜噜地说："我刚刚上趟便所，就听见你们在宿舍里，叽里咕噜地闹翻了天，当我听不到，咋的？"

几乎是同时，张武的大刀、穆继英的飞刀、赵小三的长矛，一齐到了。

小鬼子大概还没有弄明白是哪档子事，就一命呜呼，小命见阎王了。

刘之龙叫各个战斗小组报了一下杀敌人数，结果，一共杀了三十六个，再加上刚才的送命鬼，总共三十七名。

张武说："不足一刻钟，杀死三十七个小鬼子，不少，不能算少，知足吧！"

赵小三抢过来说："啥不少，还没有蛋子坑里的癞蛤蟆多呢！"

穆氏姐妹都忍不住笑起来。

张武说："刘连长，军需库里的枪支弹药、军用物资，一定少不了，怎么运回去呀？"

刘之龙说："不急，等到天亮之后，咱们派人去通知团长，叫他们派车队来，一车一车拉回独立团！反正驻扎在密云溪翁庄日军司令部一时半会儿，得不到消息，有时间搬运。溪翁庄日军司令部要是得到了消息，他们必然进行反扑，那就更好了，我早已布置好了九龙山伏击战。"

赵小三说："这么说，九龙山伏击战，没有咱们的份了。连长，那太不合理了，我们这么一大堆人，总共才杀了三十几个人。人家打伏击战，说不定来几百个小鬼子呢！"

赵小二用身体撞了一下弟弟，说："顶数你多嘴！这是打仗，又不是哄着你过家家！"

刘之龙说："战场之事，瞬息万变。这样吧，小二、小三，你们哥俩，先跑回去，通知团长派来两辆军用卡车，到九龙山日军军需库拉物资。"

小二、小三答道："是！"哥俩飞也似的出发了。

刘之龙命张武集合队伍，随时准备回营。

赵小二、赵小三哥俩，一路急行军，很快跑回独立团营区，向团长报告了战况，并请求团长派两辆军用卡车拉运战利品。

韩团长欣喜异常，立即派杨立冬和贡林分别驾驶军用卡车，风驰电掣般朝九龙山日军军需库奔去。

巧极了，杨立冬和贡林，正好迎面遇上刘之龙带领战士们回营。

杨立冬和贡林原以为遇上了小鬼子，正不知如何对付。又见迎面而来身着日本军装的人，朝他们摆手，定睛一看，认出了刘之龙，这才放了心。只按了一下喇叭，擦身而过。

当刘之龙率队回到独立团营地，还没有来得及喘息，杨立冬和贡林的军用卡车也回来了。

刘之龙满脸带笑地说："杨排长、贡林，辛苦了！"

杨排长、贡林笑笑说："心不苦，肝苦。军需库里有什么呀！除了几十具小鬼子的死尸，什么也没有看到。我们俩白跑一趟了！"

刘之龙大惑不解，急匆匆跑上团部的青石台阶，进了团长的指挥部，报告了上述战况，以及杨立冬和贡林放空车回营的消息。

韩团长长出了一口气说："看来，日军九龙山并非军需库，仅仅是个中转站。密云、顺义、平谷、三河来来往往的人员调动、武器弹药、军用物资，只在这里调配，不在这里存放。算了，刘之龙，我打算让你带领原班人马，完成一项更艰巨的任务。"

刘之龙说:"团长,我在打响九龙山日军军需库之前,还另外布置了在九龙山打伏击的作战方案。"

韩团长说:"这你放心,地形、地貌,我已经派人侦察过了。"

刘之龙说:"是,坚决完成任务!"

韩团长说:"不忙,孙子说,知己知彼,百战百胜。这一次,要派有经验的侦察员,事先做好细致的侦察工作,要万无一失。虽说,打仗死人的事经常发生,可是,咱们设身处地地想一想,哪个小战士没有爸爸妈妈,哪个老同志没有妻子儿女?指挥员多开动一点儿脑筋,也许就少死或者不死人。"

刘之龙在团长面前,似有好多话要说,但是,他却忍住了。坚定地表示:"团长,请您放心,下达任务吧,坚决完成!"

韩团长笑笑说:"不忙,不忙!"

忽然,从外面跌跌撞撞地跑进一个人来,哭诉道:"我是解绍仙,解小虎的爹。我们村让小鬼子烧了,小虎娘也叫鬼子给杀了,我投奔八路军,也好给小虎娘报仇!"

韩团长说:"好吧!"

第十八回
打架尤显亲兄弟
上阵最数父子兵

胆大更兼武艺精　恨地无环天无柄

打架尤显亲兄弟　上阵最数父子兵

　　魏家店是顺义与密云的枢纽。那里是日寇的军需库，吃穿铺盖、武器弹药，应有尽有。

　　刘之龙虽然拿下了日军九龙山军需库，可是，军需库里什么武器弹药都没有，这叫他很失望。为此，他又把心思放到了魏家店日寇的军需库，琢磨着怎样拿下，是拿下，并非炸毁，为这件事，刘之龙黑间白日睡不着觉。

　　他组建的冷兵器训练班，很有起色。

　　带尖儿的，带刺儿的，带钩儿的，带刃儿的，长矛，短刀，七节鞭，三节棍，蹿房越脊，飞檐走壁，八仙过海，各显神通。

　　穆氏姐妹、赵家兄弟和解氏父子则更是斗志旺盛。

　　刘之龙深知，打仗当然要靠人的勇敢，如果手里再有先进的武器装备，其战果，肯定发生极大变化。刘之龙在指挥室里踱来踱去，毛瑟枪在他的手里急得直打转儿。

　　正在此刻，韩团长从外面走了进来，笑着说："让我猜猜你在想什么？"

　　刘之龙嘻嘻一笑说："我心里这点儿事，都写在脸上呢，还瞒得住您！"

　　韩团长说："算你说对了！"

　　刘之龙说："我还没有考虑成熟，请首长指示！"

韩团长郑重地说："日军魏家店军需库，的确贮存小鬼子的军用物资，不仅有枪支弹药，还有过冬的棉衣棉被。咱们吃的、穿的，武器，弹药，跟谁要去？只有跟小鬼子要！这个任务就交给你，要夺取日军魏家店军需库，记住：不是炸毁，是夺取！"

刘之龙说："明白。"

韩团长说："知己知彼。目前，己已知之，唯彼不知也。要知彼，必做好侦察。"

刘之龙说："是！"

韩团长说："派谁去，可得要好好考虑清楚！"

刘之龙应道："是。"

韩团长说："我等着你拿出一套完整的作战方案。我走了！"转身退出。

刘之龙在指挥室里，嘴里不断地哼唱："夺他的粮草大家用，抢他的军火要他的命。"可咋个夺法，咋个抢法，确实应该想好。懵懵懂懂乱闯，肯定不行。知己知彼，百战不殆。知彼者，侦察也。要钻进魏家店军需库里摸清敌情，实在不是一件轻而易举的事。这任务重千斤该派谁最好？刘之龙思来想去，派穆氏姐妹吗？可是，她们怎么进得去军需库呢？况且，日本鬼子一个个畜类不如，见到花姑娘，就跟饿狼似的，必遭欺凌，虽然她们身揣飞刀，百发百中，以一当十，可侦察任务咋完成？

他停下脚步，愣愣地望着窗外。只见窗外的战士们一个个忙忙碌碌，奔来跑去，突然，他看见一老一少从窗前走过。这使他眼睛一亮。突然叫道："通信兵！"

通信兵跑步进屋。

刘之龙说："把解氏父子找来。"

通信兵问："啥解氏父子？"

刘之龙说："就是解绍仙、解小虎父子俩。"

通信兵答道："是！"

解绍仙、解小虎父子俩，跑步进了指挥部，立定敬礼。

刘之龙说："夜袭魏家店军需库，需要侦察。思来想去，派你们父子俩最好。"

解小虎说："坚决完成任务！"

解绍仙捅了一下儿子，说："小孩子家家，别多嘴，听连长分派！"

刘之龙说："你们父子俩，我看能不能这样……"刘之龙伸出长臂，搂住父子俩，在他们耳边轻轻地叮嘱，如此这般。

第二天，火红的太阳刚出山，朝霞映红了半边天，通往魏家店的小路上，走来两个人，一个老汉一个青年。

扮作老汉的就是解绍仙，他推着一辆平板车，车两侧各驮一个大竹篓子，里面放着圆滚滚的大西瓜。

扮作青年的是解绍仙的儿子解小虎，紧紧地跟在父亲的身后，一声不吭，一筹莫展。

解绍仙叮嘱道："孩子，你呢，就装哑巴。不管遇到什么事，都不要开口，知道了？"

解小虎说："爹，您听连长的，我听您的。总可以了吧？"

解绍仙说："听话就好！"

毒辣辣的太阳，像火球一样挂在天上。

棒子叶儿蔫塌塌的，蝈蝈躲在豆子棵底下打瞌睡，连趴在树枝上的知了，也懒得叫唤，半天才断断续续地"知了"几声，敷衍了事，像当差似的。

父子俩进了魏家店村路口，在一棵大槐树的阴凉下停住。

解绍仙用前襟抹抹脸，擦去满脸的汗水。

解小虎立在父亲身后，把魏家店日本军需库所能进入眼帘的，都默默记在心里。

突然，从魏家店军需库门口，走过来一高一矮两个日本鬼子，叽里咕噜说了半晌。

父子俩只是摇头，以示不懂。

高个子兵用手在自己的脖子上比画几下子，说："八嘎呀路，死啦死啦的有！"

解绍仙急忙把解小虎挡在身后。

矮个子兵哈哈大笑："中国的老百姓，胆小得很！你们的，这里是什么？"他拍拍平板车两侧的大竹篓子。

解绍仙急忙点头哈腰地说："这里，西瓜，西瓜的。"

高个子兵说："西瓜，好吃吗？打开，快快的！"

解绍仙从平板车下，抽出一把长长的西瓜刀。

矮个子兵吓得往后闪。

解小虎掩住嘴笑。

解绍仙急忙用胳膊肘磕了儿子一下。

解小虎心领神会，立即站好。

矮个子兵催促道："快切开，快快的！"

解绍仙不慌不忙，掏出一个又圆又大的西瓜，顶朝上，摆好，照准西瓜，就是一刀。好极了，不偏不倚，正中间。好西瓜，红红的瓤，像宝石，黑黑的籽，点缀其间，煞是好看。

大个子兵、矮个子兵探过头来看，馋得直流口水，一起说："西瓜的好，西瓜的好！"

解绍仙挥起西瓜刀，把西瓜切成一瓣一瓣，不大不小，不宽不窄，均匀地在平板车上摆放整齐，嘻嘻哈哈地说："皇军，大日本皇军的，大大地吃西瓜！"

两个鬼子一人一瓣，举起就吃，边吃边说："好，好！"

解绍仙说："推到库里去，叫每个皇军都米西米西！"

两个鬼子兵齐声说："顶好，顶好的！"

解绍仙推起平板车，小心翼翼地往前走。

解小虎一步不离地跟在爹爹的后面。

两个鬼子背着枪，吆三喝四。

走一处，解绍仙停一处，故意耽误一些时间，让儿子仔细观察，把周围的情况牢牢地记在心里。

当鬼子们围上来啃西瓜的时候，故意逗鬼子们笑，分散他们的注意力。

解绍仙开口唱道：

> 我的西瓜赛砂糖，
> 不蒙不骗不要谎，
> 一个铜板一大块，
> 欢迎太君来品尝。

突然，日军少佐横野走上前来，挥手朝鬼子们的脸上扇去。

鬼子们一个个向后躲闪。

横野朝解绍仙喊道："什么的干活？"

解绍仙忙说："卖西瓜的，良民的有！"

横野吼道："什么良民，八路的有？"一面盘问，一面往解绍仙胸口重重地击了一拳。

"你的，小小八路的有？"说着，用力踹解小虎一脚。

解小虎刚要还手，一瞥爸爸在用力瞪他，解小虎强按怒火。

横野少佐说："说，是不是小八路的？"

解绍仙急忙答应道："他是聋子，还是哑巴。"

横野少佐喝道："走，走开！"从平板车上抽出西瓜刀，"嗖"，扔出老远。

解绍仙急匆匆跑过去，一面拾起西瓜刀，一面嘟嘟囔囔地说："还有用呢，要是给扔了，拿什么砍你们的脑袋呀！"

横野吼道："说什么，我叫你们走开，就得走开！"

解绍仙说："走开，马上走开。"

横野吼道："滚！"

解绍仙知道儿子已经把军情牢牢地记在心里，于是，顺水推舟，就坡下驴，点头哈腰地说："是，皇军，你们吃了西瓜，还没有给一个铜板呢！"

横野喝道："铜板，什么铜板？八嘎呀路，快滚，快快的！"

解绍仙、解小虎爷俩，一前一后往外走。

解小虎顺便把军需库又仔仔细细观察了一遍。

解绍仙推着平板车，故意绕到守卫军需库的鬼子面前，大声地说："吃西瓜的有？"点点头，打声招呼。

心里却说，今儿叫你们吃西瓜，明儿就叫你们尝尝解家刀的厉害！小鬼子，你们听说过宋哲元吗？我儿子跟宋大帅学过大刀，宋大帅是我儿子的师傅。我跟我儿子学的，我是我儿子的徒弟。妈妈的，小鬼子，等着瞧！

解家父子大摇大摆地走出军需库。

解绍仙唱道：

赤日炎炎似火烧，
野田禾稻半枯焦。

第
十
八
回

打
架
尤
显
兄
弟

上
阵
最
数
父
子
兵

农夫心内如汤煮，

公子王孙把扇摇。

当解家爷儿俩途经棒子地间的蚰蜒小路时，庄稼地里的蝈蝈，响成一片。

蝈蝈，在乡下孩子们的眼里，就像绿色使者，不吃饭可以，不捉几个蝈蝈养着，那他的心里，简直无法忍受。

解小虎听到蝈蝈们的歌唱，心里怪痒痒的，说："爹，我捉几个蝈蝈行吗？"

解绍仙说："那怎么行，刘连长还等着咱们，说不定急成啥样子呢！"

解小虎是个听话的孩子，爹爹的话句句听，更何况他成了八路的人。于是说："那好，我听您的。"

解绍仙听了儿子的话，心里一酸，眼泪涌了上来。心里说，也是的，他还是个孩子呢！

指挥部里，刘之龙正与参谋们议论。

突然有人来报："解家父子回来了！"

刘之龙说："快请进来，快！"

解家父子来到连部，立即将身上穿的破衣烂裤甩掉，解绍仙一把将假胡子撕去，立正，敬礼："报告首长！"

刘之龙亲切地拍拍父子俩的肩膀，高兴地说："说说情况。不，等等……"刘之龙走到台桌前，拉开抽屉，取出一支铅笔和一张纸，然后看看解绍仙和解小虎，"咱们绘制一张小鬼子魏家店军需库布防图，说吧！"

父子俩靠近桌前，一五一十地讲述侦察到的敌情。

解绍仙说："日军魏家店军需库，东南西北，四个犄角各有两三丈高的岗楼，岗楼上白天有一个鬼子站岗，不知道多长时间换一次岗。"

刘之龙说："那是，那是。"

解小虎说："军需库门口也有岗哨。"

解绍仙说："废话，哪有门口没有站岗的，拣重要的说！"

解小虎说："大门冲南开。北房大概十间，是军需库，西边盛粮食、布匹一类；东边盛的是武器、弹药，究竟有多少，哪里能说得清呀！"

刘之龙说："看不见的当然不知道。"

解绍仙说："还有还有，东厢房五间，住着鬼子，大连铺；西厢房五间，大概也住着鬼子。"

刘之龙说："侦察敌情，要准确，可不能大概呀，估计呀。可你们父子俩，第一次干这类事，不易啊！还有别的情况吗？"

解小虎说："依我看，别的鬼子还算客气，就妈的那个日军小队长……"

解绍仙捅捅解小虎说："净说没用的！"

刘之龙笑笑说："就那个小队长狗屎，对吗？那个小队长叫横野，是个少佐。"

解绍仙说："小孩子家家的，不懂事！"

刘之龙问："院墙四围的岗哨，持什么枪？"

父子俩一同说："步枪，都上刺刀！"

刘之龙根据解家父子的报告，一一在白纸上做了记号，然后说："很好！你们父子俩辛苦了，回去好好休息！"

父子俩齐声答道："是！"转身而去。

解绍仙回过头来又问了一声："啥时动手？"

刘之龙说："等候命令。"

父子俩齐声答道："是，等候命令！"

刘之龙对着白纸上的记号，端详半晌，不断用铅笔敲打着，眉头紧锁。推开窗，落日的余晖探进来，照在指挥室的桌子、地面以及墙壁上，通红通红的。

西面半拉天上，日头正架在燕山山顶，仿佛一骨碌就滚下去了。晚霞在燃烧，烧红了半拉天。

日军魏家店军需库内，日军小队长横野少佐，吆三喝四地叫喊着。

鬼子们在小队长的催促下，急急匆匆，忙忙活活，有的抬箱子，有的运粮食。

横野东奔西窜，这里催，那里赶，好像世间的事，不够他一个人忙活的。

民间说："忙死呢！"有点儿像。

鬼子们好容易忙活完了，累得腰酸腿疼，脸也不洗，脚也不涮，各自回到宿舍，躺到自己的床铺上歇息。

熄灯号"嘀嘀嗒嗒"一响，整个军需库内，一片漆黑。

夜色朦胧，悠悠的燕山，连绵不断，像天边的一道屏障。

村外的庄稼地，黑乎乎的一片，分不清哪里是棒子地，哪里是高粱地。坡岗处的树林，更是幽深可怕。

天上，弯弯的月牙，像一叶扁舟，静静地漂浮在那不甚宽广的浅浅的银河里。

刘之龙的指挥部里，桌子上的马灯，幽幽的光线，照在围坐在办公桌前每个人的脸上。

刘之龙召集的诸葛亮会，刚刚结束。

刘之龙轻声说："各自按照刚才分派的任务，做好准备。记住：子时准点出发！"

夜深人静，万籁俱寂，远处传来几声犬吠。

夜空中，一弯新月，瘦得像一穗谷子，一会儿钻进白云里，一会儿又从白云里钻出来，好像在同牛郎织女玩捉迷藏。

漫天的星星，一个个神秘地眨着眼睛，仿佛一个个内心中，藏着几多悄悄话。

一支队伍出发了。领头的是刘之龙。人不多，不过二三十。他们穿过庄稼地，淹没在小树林里，从小树林中钻出来，爬上一个小山包，登高远眺，星星点点，几烛灯火，那日军军需库就在眼前了。

刘之龙轻轻地说："小心，不要弄出声响。"

大家在小山包上站了一会儿，那意思也很明确，是刘之龙叫大伙儿定定神，互相借借胆。

刘之龙走到穆氏姐妹跟前，问道："怕吗？"

穆氏姐妹轻声说："不怕，想到妈妈惨死在鬼子手里，今晚，正好能给妈妈报仇，哪里还顾得上害怕呀！"

刘之龙说："沉着，冷静。"然后，他又摆摆手，用双手做成喇叭状，叮嘱大家，"各司其职，见机行事，干净，利落。"

黑暗中，每一个人都似乎在点头儿。

解家父子来到军需库南门的高墙下，解绍仙蹲下身子，解小虎登上父亲的肩头，解绍仙站起，然后，双手托住儿子的双脚，用力高高举起。

解小虎用老虎钳子剪断高墙上的铁丝网，把绳子的一端拴好，把另一端递给父亲。

解绍仙拉住孩子递过的绳子，爬上高墙。

爷俩相互配合，摸进日军值班室。

日军值班室内的高桌上，点着一盏马灯，灯光昏黄。两个值班员，坐在高桌的两侧，一声不响。

解小虎轻轻巧巧地向右侧的鬼子摸过去。

解绍仙小心翼翼地朝左侧的鬼子摸过去。

黑暗中，解绍仙伸出两根手指，示意儿子同时动手。

父子俩几乎同时突然站起，两柄大刀，"咔嚓"，同时向鬼子们的头上砍去。

解绍仙搜出军需库大门的钥匙，迅速打开，召唤刘之龙和他带领的战友们。

高墙下，刘之龙向赵家兄弟和穆氏姐妹做个手势，四个人悄悄拥进日军大门，各奔其位。

赵小二贴着高墙，在密密麻麻蒿草的掩护下，手执长矛，一点一点地朝西北角的日军岗楼，匍匐前进。他爬到岗楼下，仰脸朝上看了看，正要爬梯，突然，听见一串脚步声。

此刻，他料到，是鬼子换岗。

他向自己点点头，肯定是，没错，确定无疑，他下意识地向一丛蒿草后面退去。

只见一个鬼子，背着步枪，沿着上岗的小路，向他走来。

那脚步声接近了。

赵小二本能地挺起了手中的长矛，可是，他距离高墙太接近了，枪柄戳在墙根上，无法移动位置，他只得罢手，静静地等。

不料，那个鬼子在蒿草的那一面，停下脚步，站定，掏出小弟弟，"哗哗"撒尿，溅在赵小二的身上，骚气哄哄，难闻死了。

赵小二真想挺起手中长矛，结果了他。可是，他的长矛早已戳到墙根，无法动弹。

鬼子撒完尿，手提步枪，顺着梯子一级一级往上爬。

赵小二慢慢抽回长矛，悄悄地从蒿草丛中闪出来，挪到鬼子的后面。

突然，赵小二手中长矛像闪电一般，不偏不倚，"噗"的一声，正刺中鬼子的后心，鬼子骨碌碌从梯子上滚了下来。

岗楼上的鬼子听到响动，探下头来观看。黑黝黝的，什么也看不清。嘴里不干不净地骂了一句，又回到自己的岗位上。

赵小二手提长矛，脚步轻轻，一级一级，攀上梯子。登上岗楼，不容分说，长矛挺起，直插鬼子胸膛。

小鬼子头朝下，从岗楼掉到地上

然后，赵小二站在岗楼上，朝着天空，用力挥手。

刘之龙清清楚楚地望见岗楼的天幕上，赵小二朝他们挥动手臂的剪影。

拿下东北角岗楼的任务，由穆氏姐妹的大姐穆承英完成。

穆承英在接到这个任务时，曾在刘之龙面前夸下海口："张飞吃豆芽——小菜一碟！"话是这么说了，可是，对于一个小小年纪的毛丫头，仅凭单打独斗，要端掉一个鬼子岗楼，谈何容易！然而，他刘之龙就敢如此起用人才，穆承英也竟敢立此军令状！

天幕上原本漂浮着一叶小船，船上虽说仅有一只小兔子，但它依然可以为小小年纪的穆承英做个伴，壮个胆呀。可现在，连天上弯弯的月牙，也静悄悄地漂上了西天。

穆承英摸摸腰间的几把飞刀，硬硬的都在，她沿着东墙根儿悄悄地往里摸。

每一丛蒿草都像一个鬼子蹲在那里，龇牙咧嘴地望着她。她有时想闭起眼睛，但她究竟没有闭，一步一步地往前挪。

那本来仅有几十米的距离，仿佛在天边上。无论怎样窸窸窣窣，怎样哆哆嗦嗦，总算来到了岗楼下。是的，那登岗楼的梯子，她分明摸到了。

她向上望，站岗的鬼子就在那里立着，傻愣愣的。

穆承英从腰间摸到一把飞刀，正要照准鬼子的脑袋甩出去，可巧，对面来了一个背着步枪的鬼子。

穆承英赶紧蹲下身子，轻手轻脚地藏在一丛蒿草的后面，目不转睛地观察动静。

那背步枪的日本鬼子，踢踏踢踏走着，近了，更近了，他的皮鞋尖儿，简直碰到了穆承英藏身的蒿草丛。

穆承英慢慢地、轻轻地拨开蒿草，照准鬼子的前胸，"嗖"地一飞刀，鬼子"噗"地倒地。

岗楼上的鬼子听到声响，扶着岗楼上的栏杆，低头探望，嘴里不干不净地骂道："干吗呢，遇见花姑娘啦？"

穆承英一时火起，"嗖"的一声，飞刀正中鬼子面门，"啊呀"一声，仰面朝天。

穆承英麻利儿登上梯子，急急忙忙跑了上去，照准鬼子的喉咙，又是一飞刀，不前不后，不上不下，不左不右，小鬼子一命呜呼，立马见了阎王。

穆承英突然想起，应该给连长发送个"成功"的信号。于是，她用力挥了挥手。

当刘之龙看到幽暗的空中穆承英的剪影，竟然激动得涌上一股热泪，盈满他的眼窝。

赵小三心狠手辣，当地人称"活阎罗"。水浒英雄中的第三十一条好汉、梁山泊四寨水军头领阮小七，原本济州石碣村人氏，可远在千里之遥的冀东顺义前岭村人氏赵小三，性格本性竟与济州石碣村之"活阎罗"阮小七相差无几，怪哉！

这被称之为"活阎罗"的赵小三，在去东南角日军岗楼的路上，毫无顾忌，大步流星，好像就在自家院子里，随意追赶猪羊。一眨眼的工夫，来到岗楼下，一步也不停歇，径直顺着岗梯攀登。

站岗的鬼子正在嘟嘟囔囔地说："中国，地大物博呀！好家伙，要都归了大日本，每个日本人得分得多少财富呀？我呢，金银财宝，我都可以不要。我只要花姑娘，两个，夜夜打双飞！不，不，中国皇帝三宫六院七十二嫔妃，看来，要是中国归顺了大日本，每个日本男人，都相当于中国皇帝的呀！哈，日中亲善，哈哈，大东亚共荣圈，如果是这样，也不枉此一生，不枉此一生啊！哈……"

赵小三就站在那个日本鬼子背后，那个鬼子竟然一无所知。利欲熏心至此，可见一斑。赵小三把手中长矛"当"的一声，狠狠地往下一戳。

鬼子听到声响，吓得魂飞魄散，正要抵挡，只见赵小三伸出两只鹰爪，一上一下，上抠两只眼，下攥两个蛋。上面两眼球滚出，下边俩坏蛋稀烂。鬼子"哇呀呀"倒地，痛苦地躺着打滚。

赵小三说："妈妈的，中国姑娘叫你糟蹋了多少呀！这回呀，弄你个眼睛瞎，蛋子塌。叫你摸不着，看不见。下了地狱，做了鬼，也休想还嚷着要花姑娘，再干坏事啦！"

赵小三戴上鬼子钢盔，站在鬼子的高高的岗楼上，举目眺望，星星闪闪亮亮，四野静悄悄。

正在此刻，忽听脚下似有人来。低头一看，一个鬼子正往岗梯上爬。

赵小三明白了，大概是日本鬼子换岗了。心里想，来得正好，看我怎么消遣你！

换岗的鬼子登上哨位，头也不抬，说："花姑娘的美，花姑娘真的挺美！"

突然，他看到脚下正躺着一个人，大吃一惊，冲着赵小三吼道："你，你是什么人？"

赵小三说："我是中国花姑娘的有，我爱你，叫我搂你！"说着，死死地把鬼子拢在双臂之间，愈拢愈紧，能听得见鬼子脊骨"咯嘣咯嘣"被折断的声音。

少顷，鬼子瘫软在地，不能动弹，一命呜呼。

赵小三举起右手，朝着来时的方向，敬了个军礼。

刘之龙看到赵小三的身姿剪影，心里说：像个兵，像一个八路军战士！

穆氏姐妹之小妹穆继英，出生在密云穆家寨，素有穆家后人之称。不过，更多的人却认为，这穆继英颇像杨家将里的烧火丫头杨排风，为人爽爽快快，做事风风火火。

穆继英在出发前，向刘之龙深深地点点头，当刘之龙叮嘱"要小心"的时候，穆继英已经在腰间披好飞刀，挥挥手，飞一样朝着目标前进了。

夜色更浓了，仅仅一瞬间，就连穆继英的影子也难看见了。

穆继英不仅飞刀绝，还会轻功，跑路如在草上飞，快且无声。这几十米的路，不用眨眼的工夫，便到了。

穆继英来到西南角日军岗楼下，毫不犹豫，"嗖嗖"，登梯而上。以迅雷不及掩耳之势，伸出鹰爪，掐住岗哨的咽喉，不费吹灰之力，日军岗哨便倒于足下。

穆继英究竟年少，不怕活人怕死人。面对躺在地上的鬼子死尸，她心里哆嗦起来。此刻，她多么想身边有个伴儿呀，她想姐姐，要是姐姐在她身边，那她就什么都不用怕了。

突然，岗楼下面有了动静。

穆继英探头一看，正有一个鬼子扶梯而上。此刻，穆继英一下子镇定了，她摸出腰间飞刀，捏在手里。

当鬼子的脑袋稍稍露出，穆继英"嗖"地一飞刀，正中鬼子咽喉，鬼子骨碌碌，顺着扶梯，一直滚到地面上。

穆继英稍稍喘口气，她没有忘记给连长发送个"成功"的暗号。于是，她学了几声布谷叫："光棍多苦，光棍多苦……"

当刘之龙先后收到所有"成功"的暗号时，一阵喜悦，立即向身边的战士们下达命令："各就各位，立即行动！"

解家父子俩，一人一把大刀，最先冲进鬼子宿舍，正想挥刀砍下，一刀一个，就像砍瓜切菜。

不料，小孤山魏家店军需库的日军小队长横野，正好进来夜查，与解绍仙打个照面。

横野大声吼道："什么人？"立即把手里的马灯朝解绍仙砸过来，紧接着，从步枪架上抄起一支步枪便刺。

黑暗中，解小虎感觉小鬼子在刺杀他的父亲，哪里肯饶？抢起大刀，向鬼子的头上砍去。

小鬼子躲闪及时，转身朝着解小虎刺来。

解绍仙眼看儿子遭到威胁，抡刀朝鬼子的身上便砍。

横野左右受敌，渐渐支持不住，跳出包围，退到门口迎战。

此刻，正与刘之龙相遇。

刘之龙手执大刀，迎面砍来。

横野躲过刘之龙手中的大刀，扭过步枪，用枪托猛击刘之龙。

刘之龙转身躲闪，照准鬼子的腰身便是一刀。

小鬼子跳起，举起步枪，恶狠狠地朝刘之龙劈头盖脸抡将过来。

趁此机会，刘之龙高高抡起手中大刀，照准小鬼子的脑袋，狠狠地砍下去。

"噗"，横野的鲜血，喷出老高，四处飞溅，见了阎王。

宿舍里正在酣睡的鬼子全被惊醒，赶紧抄家伙。一时间大乱，一起朝解家父子杀将过来。

恰在此时，赵家兄弟赵小二、赵小三各挺长矛，拥入敌阵。

赵小二、赵小三弟兄两个，长矛横扫，"稀里哗啦"，响声一片。

解绍仙、解小虎父子二人，大刀挥舞，"嚓里咔嚓"，鲜血四溅。

穆氏姐妹各执短刀，飞身而至。

夜空中，只见寒光闪闪，一个个日本鬼子应声倒地。

刘之龙身先士卒，挥舞大刀，冲向敌阵。

八路军战士个个奋勇当先，杀得鬼子屁滚尿流，鬼哭狼嚎。

小鬼子的宿舍里，仓库外，屋脊上，高墙下，到处是杀敌的好战场。

魏家店鬼子军需库里，打杀声渐渐地消失了。

刘之龙审时度势，知道再没有鬼子可杀，举起手枪，朝天上"啪"开了一枪。

在静静的暗夜，枪声显得格外响亮。

突然，驴车、马车、三轮车、四网车、手推车、脚踏车，车辚辚，马萧萧，似从天降，由远至近，滚滚而来。

原来，这都是刘之龙事先安排好的。

刘之龙高声说："鬼子军需库里所有能运走的，统统地运走！枪支、弹药、粮食、布匹，一丁点儿也不能给鬼子留下。一句话，除了鬼子死尸不要，都要！"

冲破黎明前的黑暗，迎来东方一片斑驳的日光。

刘之龙走在最前面，鲜红的阳光照在他的脸上，显得容光焕发。

此刻，刘之龙，你在想什么？实在费猜。

刘之龙身后，走着一长队八路军战士，有男有女，有老有少。天下可曾见过这样的部队吗？

是的，他们的着装还不统一，他们的军姿还欠标准，他们手中的武器，大刀、长矛、棍棒、梭镖，还属冷兵器，然而，就凭这样一支队伍，就能战胜拥有大炮、坦克、装甲车先进装备的不可一世的日本侵略者！

可是，我们八路军付出了怎样巨大的代价啊？要是武器装备再先进一些，怎么可能牺牲那么多年轻的八路军战士，那么多历经爬雪山、过草地的红军老英雄啊！

这一次，剿灭日军魏家店军需库，夺得全部的武器弹药，粮食布匹，来武装自己。

人，是勇敢的人，武器，是先进的武器。那么，我们就更能一天天壮大起来，没有人能够战胜我们。

"夺他的粮草大家用，抢他的军火要他的命……"

积小胜为大胜。小日本，四岛之国，弹丸之地，是不够收拾的！

> 嘈嘈切切吱嘎欢，
> 大车小车连成串。
> 切切嘈嘈疾步行，
> 吱吱嘎嘎更无前。

刘之龙一面走，一面念念有词，嘟嘟囔囔，竟然念出一首打油诗。他自己却先笑了，扪心自问：这难道也能叫打油诗？看来作诗并不难，难的是，"油"不够多罢了。

刘之龙带领的参战士兵以及运输队，回到宿营地，刚刚走进指挥部，就顺着长条木椅，"扑通"躺下了。

是的，刘之龙这些日子，太疲劳了，太累了，是该好好休息了。可是，他刚刚躺下，就有人吵吵嚷嚷闯进来。

刘之龙厉声说："吵吵嚷嚷，成何体统？"

解绍仙说："连长，您给评评理，咱们辛辛苦苦获得的战利品，就应该留给咱们八连。"

赵小三说："一切缴获要归公，咱前些日子就是这么学，这么唱的呀，怎么刚过几天就不算数了，咋的？"

解绍仙说："我是农民，我就懂得谁种的庄稼谁收割，谁栽的果树谁得果。我们流血牺牲缴获的战利品，就只能归我们！"

赵小三说："可，可你现在，不是农民，是八路军战士。刘连长，我说不过他，您给评评理！"

刘之龙笑笑说："解绍仙说得在理。我们的战利品，怎么能随随便便送给旁人呢？"

解绍仙说："怎么样，怎么样，还是我说的对吧？"

赵小三说："那，那……还是你们说得对，那，我随你们吧！"

刘之龙拍了赵小三一下肩膀，说："小三同志，你是从大局考虑，一丁点儿都不错。可惜呀，你没有坚持！"

赵小三搔搔头皮说："连长，您到底是哪头的呀？"

刘之龙说:"解绍仙说得非常对,谁种的庄稼谁收割,谁栽的果树谁得果。可是,那只是农民的小道理。可如今,我们是八路军,八路军有八路军的纪律。八路军的纪律才是大道理。一切小道理归大道理管着。"

刘之龙正说着,忽然,身后响起一串笑声。他回过头一看,原来是团长和胡政委,一面走着,一面大笑。

刘之龙赶紧敬礼,说:"报告首长,独立团八连连长刘之龙,带领战士们,消灭了魏家店军需库日寇守军,缴获了一批军需品,胜利归来!"

韩团长笑笑,说:"哈,咋是一批,是一大批嘛!枪支、弹药、粮食、布匹,就连小鬼子的服装、军衔领章都有啊!刚才,针对军需品物资归属的辩论,是胡政委,哈,是他导演的。试探,看看,试探失败了吧?哈哈,你看你看,胡政委,是你太低估八连了吧?"

政委摘掉帽盔,拿在手中,不紧不慢、不阴不阳地说:"刘之龙,良心,大大的好啊!"

韩团长大笑。

刘之龙说:"不止我们八连这样。我们独立团,我们整个八路军,都是这样。中国共产党领导的八路军,是革命的队伍,它没有自己的私利,完全是为着解放人民!"

解氏父子、赵家兄弟、穆氏姐妹,以及一大帮子战士们,从四面八方拥上来,不约而同地哼唱起来:"夺他的粮草大家用,抢他的军火要他的命!"

韩贵德说:"养兵千日,用兵一时。召之即来,来之能战,战之能胜。这才是地地道道的人民战争。"

胡宝贤说:"我们是共产党领导的八路军,是革命队伍。我们这个队伍是人民子弟兵,完全是为着解放人民的。必将无敌于天下,无敌于天下也!"

黑老鸹强占金凤巢　　芙蓉花偏出烂污泥
苦命郎巧逢苦命女　　小清溪无缘小涟漪

　　密云黑山寺村口，有一户农民，姓张，一家三口，老张整天价在山里打猎砍柴，老张媳妇就在家里洗衣做饭。他们的孩子，叫小龙，十六岁，读书读不起，做工年纪又小，就在家里玩，有时也帮妈妈干点零碎活。室雅何须大，花香不在多。家虽穷，可温馨。

　　自从来了日本兵，密云城开始不再安宁。

　　这二年，鬼子在黑山寺下坎围起了铁丝网，修建了几排房子，黑间白日有鬼子站岗放哨，大卡车进进出出，小鬼子熙熙攘攘。闹得鸡飞狗跳，人心惶惶。

　　老张不再上山砍柴打猎。一家三口，从早到晚，喝点稀粥，吃点野菜，勉强度日。平安是福，不出事便好。

　　八月秋高，阴风怒号。怒号的秋风，大把大把地撕扯着农家屋顶上的茅草，高高地抛到树梢顶，飘啊飘的；或者狠狠地摔到地面上，滚啊滚的。唉，连茅草也拿穷人寻开心，跟穷人逗闷子！

　　老张说："小龙他娘，我看这天色，不够吉祥，八成儿要出事！"

　　龙他娘说："没有的事！关门大吉。咱们把门关得死死的，今儿咱们谁也不许走出这门。再说，有扛大刀的两个门神守护，大鬼小鬼，休想进来！"

老张说："是福不是祸，是祸躲不过。你就是闷在家里，祸会从天降，自己找上门来。"

龙他娘说："快闭嘴，别说丧气话！"

此时，小龙正在房前跑，他追逐一团在风中滚动的茅草。

龙他娘推门跑了出来，厉声喝道："小龙，快回来！"

小龙说："我在追大风从咱们家房上刮下来的茅草，又不是别人家的，谁也管不着。"

龙他娘说："回来，那也得回来！"

小龙一面答应着，一面抱着茅草往回跑。

"站住，站住，再跑就开枪了！"似从小树林里传过来的声音。

只闻其声，未见其人。

龙他娘赶紧喊："小龙，快往屋里跑，别怕，有妈妈呢！"

小龙扔掉茅草，紧跑慢跑，还没有来得及跑进屋，就被小鬼子给了一枪托子。

小龙"扑通"倒地。

妈妈抱起孩子，细细看看，没有见到血，妈妈放心了。一抬头，正与一个小鬼子对视。

那小鬼子长得十分特别，八字眉，大下巴，鹰钩鼻子，大龅牙。

小龙看到他那鬼样子，很是害怕，吓得扑进妈妈的怀里。

这鬼脸并非等闲之辈，有来头。据称是日本"名将之花"阿部规秀中将的外甥，名叫三木，是个小队长。

鬼脸小队长具有日本兵特色，那"特色"二字用在他身上，再恰当不过。咋个特色法？见到稍有些颜色的妇女，先是行"注目礼"，然后，便是"花姑娘花姑娘"地喊叫，接之而来的就是追逐、搂抱、强奸。

鬼脸小队长追到小龙家门口，看到花衣花裤的小龙娘，虽已徐娘半老，但在这个"特色"日本小鬼子眼里，依然是个花姑娘。荷尔蒙分泌过量，精神大振。"注目礼"免了，"花姑娘"也不喊了，上去就动真格的。

小龙娘一面与鬼脸小队长三木撕扯，一面喊叫："小龙他爸，快来救我，快来救我！"

小龙爸听到喊叫，慌了手脚，急忙从门旮旯后头抄起一把铁锹，朝小鬼子疾奔过来，抡起铁锹就砍。

鬼脸小队长举起枪，照准小龙爸，"啪"地就是一枪。

小龙爸立扑。

小龙娘眼见小龙爸被鬼脸小队长击倒，大哭大叫起来。

小龙看见爸爸死去，娘又哭叫，怒气直冲天灵盖，猛地朝鬼脸小队长三木扑过去。

鬼脸小队长三木又举起枪，急忙扣动扳机。

此刻，小龙娘把孩子往身后一拨，用自己的身体挡住了子弹。瞬间，鲜血从胸口喷射而出。

鬼脸小队长三木气急败坏地说："败兴，败兴大大的。好端端的花姑娘，死啦死啦的！"言毕，朝鬼子们叫道："走！"

鬼脸小队长三木带领的鬼子们走了，小龙从妈妈的血泊中爬出，晃晃悠悠地站起来，看着死去的爸爸和倒在血泊中的妈妈，愤怒到了极点。他要给死去的爹娘报仇，他跟跟跄跄追了一程，终于，扑倒在地上。

小龙昏死过去。

自从密云黑山寺日寇军需库被炸毁，鬼脸小队长三木气儿不出，总想找个机会，对黑山寺一带的乡村，实行一次地毯式的扫荡。

鬼脸小队长三木对黑山寺一带的乡村，了如指掌，知道这几个村子，毫无抵抗能力。因此，几乎不做任何军事部署，出兵扫荡，完全出于自由自在。按照中国的解释，就是吊儿郎当。他带兵出去扫荡了，有很大的随意性，赶上哪儿算哪儿倒霉。

这一天，鬼脸小队长三木带领着他的一小队士兵，从黑山寺军需库出发，像游玩，又像逛街，其实是去扫荡。

路过北白岩村，大概不很感兴趣，擦着村边过去了。

转向北，稀稀拉拉爬了一两座山，来到梨树沟，大概以为这梨树沟的名字好听，就进了村。

他们进村时，不放枪，不投弹，不喊不叫，哩哩啦啦，没有多大的动静，并没有引起村民们的注意。该挑水的挑水，该扫街的扫街。

喜欢打扮的女人们，同往常一样，花枝招展，头发梳得光光的，脸蛋搽得香香的。该说笑的说笑，该打闹的打闹。

鬼脸小队长带领的士兵，上行下效。一个个都跟他们的头儿一样，自由自在，吊儿郎当。高兴了，玩玩儿；不高兴了，去娘的。

他们对不感兴趣的男人，随意拉过来，抽一两个嘴巴，或者打几记耳光，是常有的事。

也有喜欢玩火的。玩火，不是指焰火，像放烟花爆竹一类，而是点老百姓的茅草房子。

他们喜欢看老百姓在救火中，老头子如何呼天抢地，老婆子如何簌簌发抖，男男女女们如何一面担水跑，一面摔跟头。中国老百姓真是缺乏知识，愚昧无知，他们根本不明白，往烈火上泼水，杯水车薪不说，还大大助长了火势。他们笑，笑中国老百姓竟然愚蠢到如此地步，他们为此而感到十分快活。

然而，鬼脸小队长和他带领的士兵们，最感兴趣的不是这些，他们最感兴趣的是花姑娘。

这群"特色"的日本强盗，是些什么东西！

这一天，鬼脸小队长和他带领的士兵们，来到梨树沟，不为别的，专为寻花姑娘而来。

鬼脸小队长皮笑肉不笑地说："跟着我三木来到中国，就是到了天堂，鸡鸭鱼肉随便地吃，山珍海味任意地尝。这还不算，最主要的不是这些，是精神上的享受。"

鬼子们开怀大笑："对，对，精神上的享受！"

鬼脸小队长说："有人说美女是男人的上帝，是皇冠上的明珠，是手中的宝贝，是男人怀里最温馨、最甜美的玩偶。享受美女，就是最高境界的精神享受！"

鬼子士兵们听了小队长的高论，一个个眉飞色舞，手舞足蹈，嚎嚎乱叫："那，那就下命令吧，精神上的享受，哈，让我们都跑进村里，找个花姑娘享受享受吧！"

鬼脸小队长的鬼脸拉得好长，装得十分严肃："向梨树沟的花姑娘进军！"

鬼子们果真像冲锋一样，朝梨树沟飞也似的奔跑。

鬼脸小队长带着不无讽刺的意味说："日中亲善，大东亚共荣圈。就是说，你们的矿产资源，统统都属于我们；你们国家最漂亮的花姑娘，也都统统属于我们。这才是我们大日本帝国的真正目的！哈哈……"

大风过后，傍晚下了一场暴雨。

瓢泼大雨浇醒了张小龙，他从梦中醒来，揉揉眼睛，发现自己仍然躺在妈妈的怀抱里，他"嗖"地站了起来，望着躺在血水汪洋中的妈妈，似乎明白了一切。

他抄起爸爸手中的铁锹，踉踉跄跄地在雨地中奔跑，像一头暴躁的狮子。终于，他"扑通"一声，扑倒在地上。

大雨哗哗地从张小龙的头顶往下浇，越过他的眼睛。他坐在雨地里，号啕大哭，泪水随着雨水流入他的嘴里。

一个普普通通、殷殷实实的三口之家，一天到晚说说笑笑、乐乐呵呵。一夜之间，阴阳两分离。为什么？都是小鬼子闹的。妈的，小鬼子，我饶不了你们！他又握了握手中的铁锹。

怒火在张小龙的胸膛里燃烧。然而，在这个世界上，有谁知道张小龙内心的痛苦呢？

仰问高天，打在他脸上的暴雨告诉他：打、打。

怒问大地，轰鸣的山洪告诉他：轰、轰！

张小龙心里明白了：把日本强盗打败，把日本鬼子轰走！

是老天，是大地，给了张小龙勇气与力量。

张小龙手里拖着铁锹，漫无边际地走，眼前究竟是哪里？他不知道；走到哪里是一站？他也不知道。然而，他深信爸爸曾经说过的话："留得青山在，不愁没柴烧。"小小年纪的他，在这种时候，居然能叮嘱自己，不要问我从哪里来，不要问我到哪里去，我要活，我要讨还血债，我要报仇！

张小龙走啊走，天色已晚，坐下来，不觉肚子"咕咕"地叫起来。他向四周望了望，望到的是黑幽幽的山坡，他知道，在那些山坡上到处都种着果树，那里一定有核桃、榛子、栗子、李子、梨，可那不是爸爸妈妈栽种的，一粒也不能摘。他又低头在地上仔细搜了搜，这次搜到了一粒脏兮兮的杏核，他拾在手中，捡了一块石头，轻轻砸开，里面的杏仁滚了出来，放进嘴里，顾不得苦辣酸甜，能治肚子的"咕咕"叫就成。他又猫着腰，捡拾了好几粒杏核、桃核，还能意外地捡到栗子、榛子，这给了他无限的希望。

当他稍稍制止了肚子的"咕咕"叫声，眼皮又打开了架，他太疲劳了。

他走到高处，寻到一块干松的地界儿，用铁锹把当枕头，仰面躺了下来。

天上的新月像一叶小船，船上没有帆，也看不见嫦娥姑娘怀抱的小白兔儿，漂啊漂啊，漂向西天。

天上的星星像明亮的眸子，眼睛上没有睫毛，也看不见它们眼窝里的泪珠儿，眨啊眨的，眨得眼酸。

张小龙，年仅十六岁，贫家养娇子。平日里，还用爸爸牵手，还让妈妈搂抱。此刻，他一个人，孤零零地躺在山坡上。

在幽幽的山谷里，在静静的夜晚，有一个小孩子，天当被，地当床，躺在湿漉漉的土坡上，睡着了。

夜风啊，你慢慢地吹，别叫他着了秋凉。

秋虫啊，你轻轻地叫，别吵醒他的梦境。

天空一轮金黄的圆月，地上一片碧绿的西瓜。

瓜棚里，一架木板床。马灯下，爸爸在给小龙讲故事。爸爸讲的故事，是世间最动听、最美丽的故事。

爸爸说："从前啊，有一座庙，庙里有一群小和尚，小和尚们天天吵着叫老和尚讲故事。老和尚为了不使小和尚们扫兴，就给小和尚们讲故事。老和尚讲的什么故事呢？老和尚说：从前啊，有一座庙，庙里有一群小和尚……"

晚上，爸爸每次给小龙讲起这个老故事，都逗得他"嘎嘎"笑个不停。

张小龙从梦中笑醒了。

他坐起来，揉揉眼睛。

望望天，天是那么高，大大小小的星星，都望着他，像为他祈盼；看看地，地是那么黑，远远近近的群山，都围着他，像跟他做伴。

他孤独，形影相吊，他特想哭。可是，眼下有了星星们温暖的眼神，有了群山亲密的陪伴，他不再感到孤独，不再想哭。仿佛一夜之间就长大了，像一个大人了。

渐渐地，东方发白，张小龙知道，天就要亮了。

他站起来，他在迎接初升的太阳吗？

是的，他在迎接那轮即将冉冉升起的东方红日！

鬼脸小队长三木，带着他的一群士兵跑进梨树沟，喜欢放火的放火，喜欢杀人的杀人。

另有一部分鬼子，就跟随鬼脸小队长三木一块儿，专拣最漂亮的花姑娘追。

梨树沟村西井沿上，有一个年轻妇女挑水。忽见村口一家起火，正要担水赶去救火。

突然，背后有人拼命地朝她嚷道："彩莲，彩莲，快跑，小鬼子来了！"

彩莲一回头，果然看见一群小鬼子，正朝她奔过来，吓得她扔下扁担就跑。

可是，太迟了。她一个妇女怎么能赛得过小鬼子呢？终于，被小鬼子捉到了。

鬼脸小队长三木说："中国地大物博，人口众多。物产再丰富，也统统都属于我们；漂亮的女人再多，也依然统统都是我们的。日中亲善，大东亚共荣圈，这就是我们大日本帝国的真正目的，这就是天堂！哈哈……"一面说，一面将彩莲拦在怀里。这样那样地胡乱地动作。

彩莲拼死挣扎，用手抓，用嘴咬，用脚踹，但无济于事，还是叫鬼脸小队长拉拉扯扯，进了小树林，施用残暴的手段，对付一个柔弱的中国女子。

鬼脸小队长嘻嘻哈哈地说："花姑娘，中国花姑娘的，好玩！女人是上帝送给男人最好的礼物。我深信不疑，深信不疑！"一面说着，一面提起裤子，跟跟跄跄往村里走。

小鬼子们一个个四散开去，东奔西忙，各自在村里搜寻东躲西藏的花姑娘。

村口，小鬼子高高地举起手中的火把，点燃村民的茅草房，浓烟滚滚，烈焰熊熊。

一个老头子和他的老太婆，跪在地上，作揖，求饶。但是，丝毫打动不了小鬼子的恶毒心肠，依然点着了茅草房檐的另一处。火势渐大，听得见毕毕剥剥的响声。

老两口趴在地上，号啕大哭。

小鬼子见到老两口如此狼狈，兴奋地哈哈大笑道："中国人，如此的中国人，不堪一击！"

村里，一群小鬼子在追逐一个年轻人。

小个子兵举枪便射，"啪"，击中小腿，只见年轻人扑倒在地。然而，年轻人挣扎着爬起来，抄起一根扁担，向小鬼子反扑过来。

小鬼子躲闪不及，重重地挨了一扁担，扑倒。

又一个大个子兵搂住年轻人。

年轻人死命反抗，挣脱大个子兵，抢起扁担，照准正举枪朝他扣动枪机的小个子兵，狠狠地砸去。

小个子兵的脑袋，立马开花。

鬼脸小队长看见年轻人正举起扁担，立即朝他开火，"啪"，击中胸膛。

年轻人"扑通"倒下了，怀里依然紧紧地抱着那根扁担，鲜血顺着扁担往下流。眼睛睁得大大的，注视着苍穹。

鬼脸小队长龇牙咧嘴地说："中国人，就是不许你们有点滴的反抗！老老实实，听说听道。不老实的话，死啦死啦的！"

云在涌，一道道晃眼的闪电划破高天。

风在吼，一声声震耳的雷声晃动大地。

高天啊，大地啊，你们对日本军国主义令人发指的野蛮与暴行，为什么如此置若罔闻、无动于衷？你们为什么这样麻木不仁、冷酷无情？

鬼脸小队长三木的扫荡，很大程度上不是为消灭八路军，而是针对老百姓、蹂躏、侮辱中国的平民百姓。这就更加令人怒不可遏、切齿痛恨。

他们也有父亲母亲，他们也有妻子儿女，竟然如此对待中国百姓，岂非无耻到了极点！

三木的家眷就住在黑山寺军需库的军官宿舍，他的妻子山野枝子，容貌娇美，杨柳细腰，樱桃小口，细细的眉毛，大大的眼，高高的鼻梁，红扑扑的脸。极可惜，嫁给了八字眉、大下巴、鹰钩鼻子、大龅牙这样一副长相的三木小队长。中国民间有一句俗语"一朵鲜花插在狗屎尖儿上"。山野枝子是一朵鲜花，三木就是不齿于人类的狗屎堆！

山野枝子还有一个女儿，叫樱花，长得和妈妈一模一样。聪明伶俐，一笑俩酒窝，甚是讨人喜欢。小樱花还特别喜欢唱中国歌谣，如"一个键儿，踢两半儿。三根毛，俩铜钱。左踢，右拐，九十九，一百"。再如，"小小子儿，坐门墩儿，哭哭啼啼要媳妇儿"。又如，"拉大锯，扯大锯，姥家门口唱大戏"。红缎子般的小嘴儿，一张一合，煞是可爱。谁见了她，都想亲一亲，抱一抱。

其实，如果日本天皇不发动侵略中国的战争，放弃"大东亚共荣圈"的痴心妄想，三木、枝子和樱花，一家人亲亲热热、和和睦睦，不是很幸福吗？

然而，历史就是历史，没有假如。历史已经发生，血写的事实不容改变。

三木、枝子和樱花组成的家庭，不是在他们的国家生活，也不是到中国旅游或者侨居，而是强占中国的土地，在中国的土地上横行霸道，肆意掠夺，强奸民意，鱼肉百姓。岂能有幸福可言？

三木长得太困难了。可是，情人眼里出西施。再说，儿不嫌母丑，狗不嫌家贫。枝子其实心里十分清楚，俩人的长相反差太大了，但枝子的确没有嫌三木长得丑。一家人心心相印，甜甜蜜蜜，亦有天伦之乐哉！

当然，三木作为小队长，每天例行公事，按点上班，却不一定按点下班。

有时太晚了，山野枝子和樱花还要等他。

樱花困了，先睡。

枝子一个人等他，等到半夜，等到天明。

风吹开门，枝子急忙蹿到门口，迎接他；有了脚步声，枝子又一次蹿到门口，给他开门。

在枝子的心里，三木简直成了客人。所谓夫妻"相敬如宾"，在枝子这里，真可以说到了极致。

其实，三木在外面做了多少现眼的事，多少对不起山野枝子的事，枝子整天价坐在屋里，她怎么会知道呢？

一个人，无论怎样自我掩饰，装得如何人模狗样，虽说截皮看不见瓤儿，可是，正像古人所说："路遥知马力，日久见人心。"像三木这样天天在外面做亏心事的家伙，怎么可能长久地掩人耳目呢！

作为三木的妻子，枝子对三木的所作所为早有耳闻，但是，她却装得没事人似的，一天到晚笑眯眯的。照样把三木伺候得周周到到，舒舒服服。

魔鬼是不会立地成佛的。

鬼脸三木，其实并不是一个标准的日本军人。不是凭借考核与挑选入伍，是仰仗同"名将之花"阿部规秀的特殊关系，走后门进来的。缺乏武士道精神，没有建立"大东亚共荣圈"的霸气，完全是个到军队里混饭吃的兵痞。不讲军容风纪，不懂内务条令。他的小队，从不学习与训练。人待懒，车待散。惰性是宇宙间的普遍规律，一个单位也好，一个部门也好，都一样的。像三木这样的兵痞，是不可能带出什么好玩意儿的！懒懒散散，吊儿郎当，除了在军需库里站岗放哨，就是到村里镇上杀人放火，追花姑娘，骚扰百姓。因此，密云黑山寺一带的老百姓苦不堪言。

三木抓了无数个乡村妇女，从来谁也看不上。可是，对从梨树沟抓到的彩莲，就不一样了。在兵痞三木看来，彩莲就是姿色出众的莲花，莲花就是出水芙蓉。彩莲的面容确如出水芙蓉，粉嘟嘟的小脸好像红太阳，两条大腿像白藕一样鲜嫩。对于彩莲，只许他三木跟彩莲快活，绝不再允许他的弟兄们跟彩莲胡来。他三木想什么时候发作，就什么时候叫下属把彩莲带进来，然后，他可以随意这样那样的，兽性大发。

彩莲，一个乡下弱女子，除了挣扎，哭泣，她能怎么样呢！

天凉好个秋。这一天，三木心情格外好。他把小队的士兵们安排好，又大呼小叫"把彩莲带进来"！

彩莲知道鬼脸小队长把她带进去之后要做什么，明知道挣扎、反抗、哭叫，统统无济于事，索性听之任之吧！

可是，仅只一会儿，她又转变了自己的想法：我也是人，凭什么任别人摆布？还继续连哭带叫吗？没用，她忽然想道，该用点儿什么损招儿，收拾鬼脸小队长一顿。叫他死不了活受，不死脱层皮！

她想起小时候大人们说过的话：毒蝎尾上针，最狠妇人心。当时她听了这样的话，感到十分反感。可是，到了这样的时候，反倒好像给了她别样的启示。她想，日本鬼子对我们这样狠，不把我们当人，我们为什么不可以也跟他们玩点儿狠的呢！可怎么玩儿狠的呢？她一时想不出辙来了。

彩莲听到鬼脸小队长"带进来"的喊声，从关押她的小黑屋到她要去的地方，仅仅十三步。十三步的距离，也就十米，走十米远的路程，用不了十秒钟。仅仅十秒钟，彩莲的心，好像从密云的黑山寺，跑到爪哇国绕了整整一大圈儿！

彩莲呀，好孤独，好可怜呀！有谁来帮帮你呀！

世上从来就没有救世主，也没有神仙皇帝，要走出地狱，全靠我们自己。

彩莲并没有感到孤独与可怜。她心里想，小鬼子入侵以后，受蹂躏、受欺负的中国人成千上万，他们肯定都会站在我的一边。无论我怎样做，只要没有对不起祖宗，任谁也不会数叨我！

带彩莲去的地界就要到了，一回头，彩莲突然看见一个日本妇人，彩莲当然不会认识她，很友好地朝她笑笑。

山野枝子看见彩莲冲她笑，醋意顿生，她仿佛有预感，已经知道了三木的移情别恋。

山野枝子"腾腾"几步上去，拉住彩莲："哪里去？去找谁？干吗去？"

山野枝子一连串的发问，使押送彩莲的士兵，瞠目结舌，目瞪口呆。

彩莲反问道："你是谁？去找谁？干吗去？"

山野枝子厉声说："我是三木的妻子，三木是我的丈夫，我去找他，你管得着吗！"

彩莲说："我是三木小队长的情人，三木小队长是我的情人。他爱我，我也爱他，我们心心相印，相亲相爱，你说的那个三木呀，早就把你给甩了，你还蒙在鼓里！"

山野枝子勃然大怒，说："你个不要脸的臭婊子！"

彩莲反唇相讥："你要脸，小日本的臭娘们儿，不在日本老老实实地待着，跑到中国这块土地上来，干吗来了，是不是待在家里，痒痒得难受？"

山野枝子怒不可遏，咄咄逼人，大声嚷道："你个浪娘们儿，勾引我的丈夫，是个什么东西！"

彩莲义愤填膺，极其愤慨地说："你去回屋里问问，你那个猪不吃狗不啃的鬼脸丈夫，这类缺德带冒烟儿的事，到底是谁干的？也就你这现眼的骚货，把他当个人儿似的！"

山野枝子来中国几年，虽然学会了不少乡村里撒泼骂人的粗话，但她只是学到了一些皮毛，要是跟中国乡村妇女比起撒泼来，那真是小巫见大巫了。

山野枝子正吵得凶，突然，三木小队长不知什么时候站在她的身后。

山野枝子立即把心中的无名之火，全部撒在三木身上，又哭又闹，又嚷又叫："你个没良心的东西，你得给我做主，把这个浪女人，千刀万剐！"

鬼脸小队长三木一冲动，竟然恶狠狠地抽了山野枝子一记响亮的耳光。

山野枝子晕头转向，两眼冒金花。

彩莲见了，心里极是快活，只是装得漫不经心，无动于衷。

三木怒气冲冲地说："山野枝子，我告诉你，从今以后，我就跟这个中国娘们儿睡了！"

山野枝子气急败坏地说："好你个没良心的东西，明天，我和樱花就回日本，你就别想再找我们！"

三木盛怒之下，猛地把山野枝子推倒。

山野枝子侧侧歪歪退了好几步，终于倒下，脑袋磕在石头角儿上，号啕大哭。

三木大吼："滚，统统地滚！"

彩莲连做梦也没有想到，她会如此这般地消遣了这一对狗男女，像得胜回朝般快活。

这一幕，被樱花摄入双目，录入双耳，抹不去，抠不出。永远永远地留在了她的记忆中。

樱花听了，看了，初以为耻，脸红耳热；再为之泣，泪如泉涌；三为之怒，七窍生烟。小小年纪的樱花，早已经出离愤怒了！

什么"日中亲善"、什么"大东亚共荣圈"，原来就是疯狂地掠夺中国无尽的财富，不知羞耻地欺压中国的老百姓。这一幕看似平常的琐事，给小小年纪的樱花上了生动形象的一课。

樱花为年年岁岁与这样的侵略者搅和在一起，已觉羞与为伍。

樱花为日日夜夜和这样的父母生活在一块儿，尤感羞愧难言。

白小乙揣着两颗手榴弹，朝黑山寺鬼子的军需仓库爬过去，拉开弦，将两颗手榴弹甩进军需库。突然，传来两声手榴弹的爆炸声，几乎是同时，鬼子的弹药库火光冲天，巨大的爆炸声震耳欲聋。

老天保佑，白小乙意外地掉进枯井，意外地被一个老乡救出。身上的那点儿伤，还是那点儿伤，腿上的那点儿痛，还是那点儿痛。

白小乙为自己庆幸，龇着一排小白牙，俏皮地自言自语："祸兮福所倚，福兮祸所伏。我白小乙大难不死，必有后福也！"

白小乙在老乡家里住了几日，憋闷，信步出去走走。他顺山环溜达，突然想起他的表妹。白小乙的表妹彩莲家住梨树沟，何不到表妹彩莲家去看看。

他跛着一条腿，跑到村口，村口上好几家的房子被烧了，房倒屋塌，灰飞烟灭。

他奔到村里，村里正有几家人，跪在地上号啕大哭，纸钱点点，白幡飘飘。

白小乙心想，这肯定又是小鬼子的一次扫荡，老百姓又遭了一次殃。

到了彩莲表妹家，一看，吃惊不小。

院里，屋里，满世界的锅碗瓢盆，炕上，炕下，被子褥子铺的盖的，乱哄哄的一片。

他又屋里屋外地巡视了一遍。突然想到表妹彩莲，他有一种不祥的预兆：表妹肯定被小鬼子抓走了。想到这里，胸中突然升起一团怒火，再也难以抑制。

白小乙跑上高坡，呼天抢地，向着四面八方，豁出命一样地大吼。

他想，日本鬼子还会再来，狗改不了吃屎，还会来扫荡，还会来祸害老百姓。

白小乙简单地收拾收拾，民以食为天，烧火做饭，吃饱了再跟小鬼子算账。

他从地上的破瓦罐里倒出一些棒子面，舀了半瓢水，搅和搅和，拾了一些柴草，点着，胡乱地熬了半锅粥。

白小乙正要坐下来进食，突然，看见一个小女孩从远处蹒蹒跚跚走过来。他想，一定是谁家的大人被小鬼子抓走了，小孩子无家可归，怪可怜的。

那小女孩走近了，在白小乙面前站定，脸上涂满泪痕，雪白的丝绸裙子上，满是草青与泥土。

白小乙问："小朋友，你是梨树沟村谁家的？"

小女孩摇摇头。

白小乙说："你不是梨树沟的，那你从哪里来？到哪里去？找谁？"

小女孩轻声说："我叫樱花。不要问我从哪里来，不要问我到哪里去？我不知道。"

白小乙说："你叫樱花，那你姓什么？"

樱花说："我就叫樱花，不姓什么。"

白小乙突然觉得，这个小女孩不是中国女孩，倒像是日本人。立即升起一股无名之火，厉声说："那，那你一定是日本人。"

樱花说："不错，我的家在日本。可是，不许你说我是日本人，我感到作为日本人是我的耻辱！"

白小乙看到面前的小女孩，她虽是日本人，但究竟是个小女孩，况且她自己甚至羞与日本人为伍，这倒使白小乙感到稀奇。

樱花说："我没有祖国，也不愿认我的父母。我愿意成为一个中国人，可是，我又不知道中国人是否能接纳我。我是世界上最孤独的孩子！呜呜……"小女孩说着说着，竟然痛哭起来。

白小乙见小女孩伤心地哭了，他再没有勇气继续问下去，只好说："小姑娘，先喝点儿稀粥吧。人是铁，饭是钢，一顿不吃饿得慌。喝点儿吧！"

小女孩见面前的这个中国人挺和善，心里放松了不少。她端过白小乙递给她的粥碗，果然大口大口地喝起来。

白小乙等小女孩吃罢了饭，说："小姑娘，你说，你再不愿意当日本人，那怎么办呀？"

小女孩说："我也不知道该怎么办呀！"

白小乙说："跟我走吧，说不定我能帮你想想办法。"

小女孩说："听天由命吧！我想，等我长大了，人家问起我，日本人到中国来打仗时，你在哪里？你是帮助中国人呢，还是在帮日本人？我想，我会无地自容。"

白小乙看看面前的小女孩，这个在我们国家，还须父母照顾的小孩子，她却早熟到大人们难以置信的程度。于是说："你不要自责，这场惨绝人寰的战争，的确给中国人民造成了极大不幸。可是，这跟你们日本的小孩子有什么关系呢！再说，到日本侵略者被赶出中国的那一天，你还可以站出来，历数日本侵略中国的罪行。耳闻目睹，不是更有说服力吗！"

白小乙和樱花一面说着话，一面毫无目的地往前走。

他们翻过了一座山又一座山，不知走了多远的路，来到一个大镇子模样的村庄。累了，乏了，确实也该歇歇了。

白小乙带领樱花进了一家小饭馆，拣一处清静的地方，相对而坐。

跑堂的走到他俩面前，问："二位，用点什么？"

正在此刻，又进来一大一小两个人，坐在他俩的对面。

那年龄大的客人，打扮有些特别：黑衣黑裤黑马褂，头上一顶黑色礼帽，鼻梁上架一副墨镜，手执一柄黑色文明拐杖，足蹬一双黑色皮鞋，油光锃亮。

那年龄小的，看来仅仅是个小伙子，上穿对襟褂，下穿缅裆裤，头戴一顶破草帽，虽无甚特别之处，但也不乏精气神。

白小乙对这两个人注视良久，走过来搭讪道："二位可好？"

戴墨镜的这位站起身来，彬彬有礼道："我们师徒二人，走千村，串万镇，占卜算命，小有收入。买瞎卖瞎，蒙瞎眼的俩钱花！这世道，哪还有真的呀。哥们儿，是不是？哈……"

白小乙说："您可曾听说过，顺义尹家府一带有个算命先生，可灵啦。他说打雷就打雷，他说下雨就下雨，他说谁家的公鸡能下蛋，就能下蛋，他说谁家的……"

墨镜说："那都是瞎扯淡！什么事，传一遍可能没人信，传十遍可能就有人信了，传一百遍，一千遍，人们就会深信不疑。不瞒你说，我就是那位被人们忽悠成神算子的，胡半仙的便是。"

白小乙不由吃了一惊，说："胡半仙，难道您就是胡半仙不成？"

墨镜笑笑说："正是洒家。胡半仙也！"

白小乙说："我叔叔常常提起您，他说得比我说的还神乎！"

胡半仙说："可以问问你的叔叔是谁吗？"

白小乙向四周溜了溜，轻声说："白乙化。"

胡半仙大吃一惊，说："白乙化，难道就是大闹冀东的小白龙白乙化将军？"

白小乙说："就是，就是。"

胡半仙说："听贺向荣连长说，你在偷袭黑山寺军需库时，向军火库投掷了两颗手榴弹，军火库爆炸了，你在那次偷袭中也牺牲了！"

白小乙说："我的老祖宗，姓白，叫白居易，诗好，人也好。水浒第三十六把交椅浪子燕青，也叫小乙，武艺高强。我是沾了两个古人的光，他们在天之灵保护我，我怎么能遇到这么丁点儿微不足道的小事，就会死去呢！"

胡半仙哈哈大笑，说："来来来，咱们围成一桌，我花钱！哈哈……"

大家围在一张桌子周围，坐定。

白小乙看着胡半仙，指指张小龙，问："胡大叔，这位兄弟怎么称呼？"

胡半仙说："他是个苦孩子，爹娘都被鬼脸小队长三木用枪打死了。无家可归，四处流浪，我看他走投无路，收留他当一名小八路。"一面说，一面努努嘴，意思很清楚：这位小姑娘是谁？

白小乙还没有来得及开口，樱花急忙跪在地上，号啕大哭起来，这使四座皆惊。

胡半仙把小姑娘搀扶起来，反反复复地说："有话好说，姑娘，有话好说！"

白小乙记起樱花的话，谁都不要问她从哪里来，她没有祖国，她不愿当日本人，于是说："胡大叔，她如此痛苦，必有难言之隐，就不问了吧？"

胡半仙嘻嘻笑道："尊其便哉，尊其便也！吃饭，吃饭！"

白小乙眼见樱花情绪平静了，这才说："樱花，他们都是八路，是穷人的队伍，专打日本鬼子和中国的汉奸！"

樱花点点头，不语。

胡半仙为打破僵硬的饭局，故意使出一些招数，说："谁能用筷子夹，把鸡蛋给大伙分一分，一人一个，放在饭碗里，我奖励谁一块大洋！"

白小乙最先响应，试夹了几次，都失败了。

张小龙也试了几次，连连摇头："不行，不行！"

胡半仙看看樱花，说："小姑娘，你也来试试！"

樱花腼腆地摇摇头，连筷子也没有敢伸。

胡半仙大声说："看我的！"一面说，一面用手里的筷子，铆劲儿敲打鸡蛋，将蛋皮打裂。然后，一人一枚，夹进每个人的饭碗里。

大家一同大笑起来。

胡半仙说："小姑娘，我们有缘。你看，咱们中国广大的土地上，有四万万五千万人口，怎么就叫咱们几位坐在一块儿成为朋友？这就是缘分，缘分！"

白小乙高兴地说："您说得对，缘分，我信缘分！"

胡半仙大笑，说：老夫偷得两句，凑成七绝，吟诗一首：

> 少小离家老大回，
> 乡音无改鬓毛衰。
> 既然你我有缘分，

何问客从哪里来！

白小乙突然叫道："噢，我明白了，您就是冀东独立团的胡宝贤政委！"

胡宝贤神秘地说："既然这位日本小姑娘都不愿透露她从哪里来，到哪里去，我也只好隐姓埋名了。哈哈……"

樱花似乎听出胡宝贤的弦外之音，赶紧走上前来，彬彬有礼道："中国客人，我的爸爸妈妈是日本人，他们来到中国，给中国人民带来极大灾难。耳闻目睹，残忍至极。我羞于做日本人。我没有祖国。可我确确实实愿意成为一名堂堂正正的中国人。只怕……"

胡宝贤说："樱花姑娘，只怕什么？有我，不，还有韩贵德团长、白小乙叔叔，我们统统为你做主，你就是一个堂堂正正的中国人！"

樱花姑娘"扑通"跪下，痛哭失声。

第二十回

小战士惨遭敌杀戮
大干部乱世竟苟全

联合县巧设伏击圈　日伪军强攻地机关

小战士惨遭敌杀戮　大干部乱世竟苟全

顺义潮白河东，有一座山，叫二十里长山。区区二十里，长吗？仅仅百十米高，高吗？其实，二十里长山，既不长，也不高。然而，在顺义人的眼里，二十里长山既长又高。不信，请听当地人编的《二十里长山小唱》：

二十里长山长又长，
高粱红呀谷子黄，
棒子满山沟，
大豆遍山梁。

二十里长山高又高，
又有杏子又有桃，
大枣红透山，
苹果满山坳。

啊——
二十里长山长又长，

这里就是我家乡!

啊——

二十里长山高又高,

我的家乡无限好!

在潮白河东,在顺义,二十里长山小有名气,并非由于山高水长,也并不是因为《二十里长山小唱》的广泛传播,而是由于在二十里长山周边,分布着许许多多抗日英雄的村庄,流传着可歌可泣的抗日英雄的故事。

古人云:"山不在高,有仙则名。"

二十里长山流传的故事,像天上的繁星,数也数不清;像潮白河里的浪花,唱也唱不完。

二十里长山有一所抗战军校,专门培养冀东独立团的小八路。

军校只是一所仅有二十多学员的无名小校。

校小神灵大。独立团办军校,这在当时晋察鲁豫边区都少有。就是说,它是一件新生事物,新生事物往往能引起上上下下、各个方面的关注。当时的密云、三河、顺义联合县女县长梁红英曾经到这里视察,还为这里委派了不少行家高手传授知识与武艺,声名渐远。

胡政委闲来无事,赋诗一首:

小八路军校,地处浅山坳。

没墙又没框,没钱又没钞。

学生席地坐,老师席地教。

冬天雪花撒,夏天大雨浇。

可怜衣正单,稀粥吃不饱。

军校不起眼,学员呱呱叫。

这些小八路多来自二十里长山周边的赵家峪、六马庄、王各庄、四福庄。学校共有二十多人,其中,解小虎最大,十七岁,选举也好,委派也罢,事实上他就是头头,或者就是班长。说是班长,又常与连、排、班部队编制上的班相混淆,所以,平日里,无论首长,还是战士,一律叫他解小虎。大家叫惯了，他也听惯了，从无计较。

解小虎一是年龄大，二是本领强。因此，在小八路中威信挺高。对他的话，句句听，叫谁扫地，谁扫地；叫谁洒水，谁洒水。

也许正在扫地，或者洒水，集合哨子一吹，马上撂下，就去集合，没商量。

解小虎说："军校有军校的纪律，令行禁止。服从命令是军人的天职。"

这些军事条令、内务条令，有些老八路都说不上来，可解小虎却都知道。

军校军校，文武两道。光知道大道理不行，大道理懂得再多，日本鬼子不怕，还得有本事，枪，瞄得准；刀，砍得狠。因此，军校不仅学文，还练武。文武之道，不可偏废。

宋小元，来历不可小觑。他是宋哲元将军的当家侄子，从三岁就跟叔叔练耍刀，初始，一两斤重，继而，十来斤，再后来，三二十斤，毛儿事，小菜一碟。一气儿耍它三两个钟头，不带喘气儿的。听说，在卢沟桥东的宛平城墙上，用手中三十六斤重的大刀，一连气儿砍死七个日本鬼子，自己身上油皮儿未蹭，威风凛凛，连连大吼："小鬼子，上呀，宋爷爷随时奉陪！"

小鬼子一个个吓得面如土色，屁滚尿流。

名师出高徒。

这一天，烈日当空，暑气灼人，又到了小学员们练习大刀的日子。

宋小元斜背大刀，大刀柄上系一块红绸子，耷拉在肩上，将宋小元的脸庞映得红红的，煞是威风。他在小学员们队前站定，炯炯有神的眼睛，从队前扫视到队尾。

全场肃静得很，连一根绣花针掉在地上，都能听到。

突然，宋小元高声说道："小八路同志们！"

小学员们瞬间立正。

宋小元说："稍息！前些日子，我传授了在平地上的大刀技法，不知大家最近几个月练习的效果如何，有谁来试试？"

小学员们半日不语。

宋小元又问道："有谁来试试？"

解小虎叫道："我，解小虎，我来试试，不敢咋的？"

宋小元道："解小虎，出列！"

解小虎腾腾向前几步，虎头虎脑，满脸稚气。

宋小元把手中大刀，朝解小虎"嗖"地扔过去。

解小虎伸手"啪"地接住，"哗哗"甩了两下红绸子穗儿，挺在手中。

宋小元"啪啪啪"，解下对襟小袄的一排纽扣，甩向半空，拍拍毛茸茸的胸膛，大声说："解小虎，来，照这里，砍！"

解小虎迟疑半晌，赧然一笑，说道："不，不敢！"

全场的小战士们，一片笑声。

宋小元说："大家知道，解小虎在攻打杨各庄鬼子炮楼时，英勇无畏，立了头等功，部队首长亲自给他戴上光荣花。现在，怎么草鸡啦？"

又是一片快活的笑声。

宋小元突然严肃起来，高声说："解小虎，你的娘是怎么死的？是被日本鬼子杀害的。这个仇恨难道忘了不成！告诉你，我就是日本鬼子，你娘就是我亲手杀死的！"

小战士们一个个面面相觑，一下子鸦雀无声。

解小虎圆睁一双虎眼，说道："怎么会？您是我们的大刀教练宋小元师傅呀！"

宋小元郑重地说："你们虽然年纪不大，可已经不是普通的小孩子，你们是八路军战士，八路军战士一天都不能离开手中的武器，把手里的武器，练好，练精，练绝。这还不够，还要学习，学习文化，不管是什么人，他只要比我们强，就要向他学习。把话拉回来，我要告诉你们，操练，不是搞花架子，不是为了到舞台上演戏，是为打仗。打仗就要有敌情观念，对面就是你的敌人！好了，解小虎，我就是杀害你娘的日本鬼子，你怎么办？"

解小虎大喊一声："小鬼子，看刀！"一面喊，一面向宋小元飞奔过去，然而，大刀只在宋小元的头上，虚晃一下，便停在空中。

宋小元将解小虎的手腕捉住，死死地攥在手里，稍稍一拧，趁势将解小虎的大刀夺了过来，准确无误地架在他的脖子上。

场上的小八路们，一个个面如土色。

宋小元说："不错，解小虎的刀功不错。一是手疾眼快，二是动作合拍，三是力有未逮。简单说，就是要稳、准、狠。解小虎都做对了。"

场上的小八路们，一起鼓掌。

宋小元说："解小虎，归队！下面，我给大家演示一遍！"他从刀架上取下一把大刀，拿在手中，颠了颠，"这把刀，三十六斤！"

小八路们一片唏嘘。

宋小元手执三十六斤大刀，奔到一棵大槐树前，抡起大刀，"啪"的一声响，一根碗口粗的树杈砍落在地。"嗖嗖嗖"，他又跃上高墙，攀上大槐树，隐藏在浓密的槐荫间，几乎没有人能发现他的踪影。突然，他又跳到小八路的队伍中间，把他们手中的武器，一一磕掉，缴了他们的械。

小八路们目瞪口呆。

宋小元说："日本鬼子使的是洋枪洋炮，同他们打阵地战，咱们肯定处于劣势。当前，我们手里使用的属于冷兵器。水泊梁山里有一个叫花荣的好汉，箭法好，百步穿杨，多远？百十步；还有个没羽箭张清，他用石头子，石头子能投多远？顶多也就百八十米。我们每个人就算都练成他们那样，也不能跟小日本打阵地战。我们手中的大刀、长矛、七节鞭、三节棍、弓箭、流星锤这些都是老祖宗留给我们的宝贝，宝贝是宝贝，可是到了现在，确实落后了。落后的武器，就决定了我们的作战方式，只能靠运动战、游击战。采用近战、夜战、偷袭这些战术，打击敌人，消灭敌人。"

小八路们一个个不住点头。

宋小元说："采用近战、夜战、偷袭这些战术，避开了小鬼子的优势，坦克大炮、装甲车，让他们用不上。大家想一想，肉搏战，简直连三八大盖步枪都成了烧火棍，我们的大刀长矛，七节鞭、三节棍、弓箭、飞刀就发挥了威力。我的叔叔宋哲元的大刀是非常出名的，他的部队就是靠手中的大刀，杀出了威风！"

小八路们纷纷说："知道，听说过。"

宋小元说："在卢沟桥东的宛平城墙上，我就是用这把三十六斤重的大刀，一连气儿砍死七个鬼子，可我身上油皮未蹭。"

小八路们一片赞叹。

解小虎说："早晚我也有一天，遇到日本鬼子时，也用三十六斤的大刀，一气儿砍死他二十个，三十个！"

宋小元走过来，拍拍解小虎的肩膀，说："解小虎，有志气！"

小八路们纷纷说："啥有志气呀，吹呗！"

解小虎说："等着瞧吧，早晚会有碰到日本鬼子那一天！"

小八路们说："要是鬼子老不来呢，咱们就主动去打他们，端他们的炮楼，扒他们的铁路，拆他们的桥梁！"

解小虎说："夺他的粮草大家用，抢他的军火要他的命。"

突然，响起一片响亮的歌声："大刀向鬼子们的头上砍去！杀——"

天好高啊，云好淡啊，风好柔啊，空气好清新啊！

小八路军校里的孩子们，最喜欢的就是实习课。

练轻功的在房檐上跑，在树梢里钻；练大刀的劈石头，砍树杈子；练流星锤的击坡头子，砸荆棘棵子；练飞刀的，墙壁上插满飞刀，像豪猪，还像刺猬，太有趣了，太好玩了，好像演武场，热闹非常。

正在学员们操练的兴头上，从远处走过来一个黑衣黑裤黑大氅、头戴黑礼帽、足蹬黑皮鞋的人。

他走近学员们，说道："我叫胡宝贤，独立团委派我担任军校的文化教员。"

学员们鼓起了掌，稀稀拉拉，挑不起精神。

胡宝贤说："我告诉你们：打天下靠武，坐天下靠文。就是说，赶走日本鬼子要靠手里的武器；等到小鬼子被赶走了，轮到八路军掌权了，那就非得有文化不可！睁眼瞎，管天下，早晚得乱套！"

小学员们虽然点头称是，可屁股底下像是长虱子，痒痒痛，实在坐不住，一个个抓耳挠腮，顺脸流汗。

胡宝贤说："闲言少叙，书归正传。第一节课，讲《百家姓》——赵钱孙李，周吴郑王。冯陈褚卫，蒋沈韩杨。朱秦尤许，何吕施张。孔曹严华，金魏陶姜。戚谢邹喻，柏水窦章。云苏潘葛，奚范彭郎……"

正当胡宝贤闭着眼摇头晃脑地诵咏《百家姓》时，场上笑声一片。

胡宝贤睁开眼，急忙问："笑，笑什么，我哪里错了？"

石头说："狗子姓范，不就是稀饭吗？"

姓范的狗子反驳说："我是姓范，可谁都不能管我叫稀饭！"

胡宝贤说："对对，是奚范，不是稀饭。"接下来诵咏道，"鲁韦昌马，苗凤花方。俞任袁柳，酆鲍史唐。"

这次，轮到狗子说话了："石头，听见没有？风暴屎汤。你姓史，以后，就叫你屎汤儿，行吗？"

大家都大笑起来。

只有解小虎没有笑，他极其郑重地站起来，严肃地说："石头，狗子，你们都是八路军战士，在课堂上捣乱，本该罚你们。念你们是第一次，向胡老师认个错吧！"

石头站起来，低头说："胡老师，我不该给狗子起外号，叫他稀饭。我错了！"

狗子也站起来，说："石头给我起外号，叫我稀饭；可我不该叫他屎汤儿。稀饭好歹能吃，屎汤儿谁敢喝呀？"

没想到狗子一席话，引起哄堂大笑，就连胡宝贤也笑得前仰后合，文明棍滚到了墙角儿，黑礼帽掉在了地上。

解小虎拍拍用木板支起的桌子，说："严肃点儿，严肃点儿！下面，请胡宝贤老师继续给我们讲《三字经》！"

胡宝贤擦擦笑出的泪水，继续讲解《三字经》。他从头诵咏道："人之初，性本善。性相近，习相远。苟不教，性乃迁。"

石头举手问："胡老师，我不懂，可以问吗？"

胡宝贤说："可以，你有什么问题？"

石头说："狗不叫，是因为家人、熟人才不叫！"

胡宝贤笑笑说："是苟不教，不是狗不叫。"

石头说："那，那，狗到底叫不叫呀？"

胡宝贤擦擦汗说："这个问题先撂下。听后面的：窦燕山，有义方，教五子，名俱扬。知道窦燕山吗？窦燕山是咱们顺义人！"

场上几乎所有的小学员都惊讶地叫起来："是吗，顺义人？"

胡宝贤说："是咱们顺义人，有人说，他的祖宗在衙门村，也有人说，在顺义县城北门外。说法尽管不同，但是，他是咱们顺义人，不容置疑！"

解小虎说："大家听听，就是说，顺义，也可以出名人，让人写进书里去。"

胡宝贤说："顺义，物宝天华，人杰地灵。潮白河水静如练，狐奴山麓圣贤多。也许，在你们之中，就出战斗英雄，出尉官、校官、将军。说不定，你们的事迹，将来，也能让顺义作家写进书里去！"

解小虎说："那，那将来要是能把我们这些小八路写进书里去，每个人总得起个好听的名字吧！咋能石头、狗子，这些小名，怎么能写进书里呢，难听死了。哪像人家，窦燕山，这名字多好听！"

胡宝贤说："其实，名字只不过是个符号，叫什么，并不重要，关键是他这一生做了什么。外国有一个叫拿破仑的，这名字好吗？并不好，可还是被人们称为大英雄！"

解小虎说："反正还是有个好听的名字好！"

胡宝贤说："作为八路军战士，不仅要学会手中的武器，还要懂得一些战略战术。下面，我给大家讲讲《三十六计》。"

解小虎说："大家听好，记好！"

胡宝贤说："也不都讲，选几个好懂好记的，给大家讲讲，抛砖引玉，投石问路。"

大家乱哄哄地说："您就多说点儿，我们记得住！"

胡宝贤看大家伙学习热情挺高，更加来了精神，他说："比如声东击西，这好懂吧；调虎离山，这也好懂；欲擒故纵、擒贼擒王，这些都不难懂，是不是？可隔岸观火、树上开花，就不是那么好懂，对不对？今天，我先提个头儿，以后，我们慢慢探讨！"

张小龙说："别以后了，就现在探讨吧！"

大家说："小龙说得对，别以后了，就现在探讨吧！"

胡宝贤笑笑说："你们见过一口吃个胖子的吗？饭要一口一口地吃，仗要一场一场地打，小鬼子也要一个一个地消灭！学习呢，也一样，大家说是不是？"

大家一起说："是！"

自此，小八路军校形成了一种很好的校风：团结、紧张、严肃、活泼。凡是到过这里的人，部队首长也好，地方领导也罢，无不交口称赞。

密云、三河、顺义联合县梁县长是个远近闻名的女县长，到这里视察后，感到十分惊喜，不断伸出大拇哥，她说："呀，我走过的地方不算少了，没见过搞得这么好的小八路军校。不仅学武，还学文。八路军，不仅是一支武化部队，还是一支文化军队。从这里，叫我们看到了中国的希望与未来！"

梁县长的跟班老张听了，大眼珠子咕噜咕噜转了几圈，伸出大拇哥，连连说："还是领导慧眼识珠，能从现状看到希望与未来。高，高，实在是高！"

韩贵德作为小八路军校的创办人，虽然没有住在军校，但是，军校里的一举一动，无不牵扯着他的心。不错，军校要武化，但还必须要有文化。武化夺取政权，但是，光有武化没有文化，怎么掌握政权？只会武，不懂文，要管好这个国家，怕难，非出李自成不可。到头来，革命还有什么实际意义呢？

　　在人们的酣梦中，夜里下起了雨。清晨，竟然是万里无云，空中湛蓝湛蓝的。有几缕云彩，像是洁白的手帕，大概还嫌天空仍不够洁净，再擦拭几遍？

　　如果留意的话，还可听到从屋檐上滚下的水珠，叮咚作响。草木的绿叶或者花瓣上，水珠们跳起轻盈的舞蹈。

　　春雨呀，你又唱又跳，你是春的使者，好雨知时节，当春乃发生。你伴随着春的时令，快乐地来到人间。

　　韩团长来到小八路军校。他的身边有两个人，不是旁人，一个是小八路们最熟悉的人——黑衣黑裤黑大氅，头戴黑礼帽，足蹬黑皮鞋的胡宝贤。另一个小八路们没有见过，中等个，圆脸庞，眼睛贼亮。他是谁？

　　韩团长站在小八路们面前，威风凛凛，半晌，才开口道："同志们，今天，我给你们带来两个老师，一个是胡宝贤，他已经给你们开过课了，这个人很有学问，你们已经相当熟悉了，不再多说。另一个，就是这位。他是日本人……"

　　场上一片混沌，乱哄哄地叫道："日本人，小鬼子？"

　　韩团长说："他叫星野，在黑水湾遇到我军，自动弃暗投明。今天，我把他介绍给你们，作为你们的日语教员，大家欢迎！"

　　小八路少有人鼓掌，哩哩啦啦。

　　韩团长见了，不仅不生气，反倒觉得很自然，仿佛早已在他的预料之中。他环视了一下大家，深情地说道："日本侵略中国的罪行，一定要清算。但是，这只是日本军国主义犯下的罪行。不错，星野是当过日本军人，但是，由于他亲眼看到日本军人的烧杀抢掠，给中国老百姓造成了极大的灾难，突发猛醒，改过自新，背离了日本军国主义，决心弃暗投明，为中国人民反抗日本侵略，做出贡献。对此，我们没有理由不表示欢迎。对吧？"

　　全场的掌声，仍嫌不够热烈，零零落落。

寒凝大地

326

韩团长耐心地说："小八路同志们，在你们中间，确实有不少人的爹娘被日本鬼子杀害了，有不少家的房子被日本鬼子烧毁了，背井离乡，家破人亡，凄凄惨惨。可是，那跟星野有什么关系？他又没有杀人，又没有放火。他弃暗投明，掉过枪口，帮助咱中国人打鬼子，并没有什么不对的地方呀！"

解小虎闷了半晌，终于开口道："您总说他弃暗投明，帮助咱们打鬼子，说说不算，得让我们看到真章儿！"

大家一片喊声："对对。解小虎说得对！"

韩团长说："大家听话。以后就让星野作为你们的日语教员。过去，咱们总讲，日本弹丸之地，弹丸之地怎么样？能造出自己的飞机、大炮、坦克车。凭的是什么？凭科学技术。以后，我们学会了日语，学习他们的科学技术，我们也会强大起来！"

解小虎说："团长，我们都已经学会了日语，不用再派日语教员！"

韩团长笑笑，说："你们都学会了日语，讲讲看？"

解小虎站起来说："米西米西是吃饭；八嘎呀路是混蛋！对不对呀？"

韩团长笑弯了腰。

胡政委的礼帽落在地上。

星野没有笑，他受到如此的冷遇，感到始料未及。但是，他又想，日本人给中国人民带来的灾难，是几代人也不能忘记的；对中国人民的伤害，是几代人也难以抚平的。星野说："既然小八路都不欢迎我，我也就不再担任这个日语教员。我走，行不？"

胡宝贤把礼帽从地上拾起来，还没有来得及戴在头上，忽听得星野如此讲，赶忙说："星野不能走，星野不能走哇！"

韩团长说："小八路同志们，的确，你们还是小孩子。可你们不是普通人家的小孩子，你们是八路军的小战士，战士以服从命令为天职。星野担任你们的日语教员，这是独立团的决定。今后，发现星野不认真教，要追究。学员不认真学，也要追究！"

胡宝贤说："小八路同志们，大家听话。在军校开日语课，韩团长是经过认真考虑的。他不仅组织眼前的抗日斗争，还考虑抗战胜利后的事。抗战胜利了，我们怎样管理、怎样建设这个国家。没有文化，没有一批懂得外语的人才，能行吗？你们千万不要墨守成规，只看见鼻子尖儿底下的丁点儿小事，要往远处看，看到赶走日本帝国主义以后，该做的事！"

解小虎低下头说："韩团长和胡教员，这样苦口婆心，那我们就没得说了，今后，我们好好学习就是了！再有谁捣蛋，我也不饶他！"

韩团长望望星野，说："好吧，星野同志，解除顾虑，大胆工作。我要的是成果，不听过程。"

星野向韩团长敬了一个军礼，说："团长既然称我为同志，那我就将自己看作是八路军中的一员，服从命令！"

说真的，学习好外语，真不是件容易的事。开初，小战士们以为日语好学，像"米西米西""八嘎呀路"一类，他们早就学会了，精通了。可是，日语不仅仅就是这么简单的两句呀，"嘀里嘟噜"的海了，像猪哼哼，像狗汪汪，哪里记得住呀！

有缺点的战士终究是战士。更何况他们之中，最大的还只有十七岁！对于他们的缺点、错误以及各色各样的不足，老师教员都能谅解。

他们在与困难和自我的斗争中成长，经过痛苦的磨砺与锻炼，一个个成长为钢铁战士。钢铁是怎样炼成的？请问天上的太阳和夜空的星星，只有它们心知肚明。

1945年2月11日，腊月二十九，夜晚，密云、三河、顺义联合县女县长梁红英，在顺义驻马庄召开军政机关干部会。研究第二天召集赵家峪、六马庄、王各庄、四福庄的老百姓的群众大会，动员青年农民积极参军入伍，扩大抗日武装力量。

突然，一个民兵慌慌张张跑进来，附在梁县长的耳畔说："刚刚接到的情报，鬼子已经朝二十里长山方向过来了，黎明前肯定有行动。"

梁红英县长大惊失色，道："同志们，情况有变，初一的大会取消，今晚全体参加会的同志必须赶快撤退！"

"撤退，疏散，这得有一支部队打鬼子的伏击，作为掩护！"

"现在，情况紧急，怎么能最快地组织部队，完成这个任务呢？"

"赶紧向韩团长报告呀，请求他命令一支部队，打鬼子的伏击，掩护军政干部撤退。"

"说得轻巧，现拉电话线横是不行，派通信兵恐怕也来不及了，怎么办？请梁县长紧急酌定！"

梁县长说："孙子曰：'兵者，国之大事，死生之地，存亡之道，不可不察也。'"

"您快做决定吧，没有时间子曰诗云的了！"

梁县长说："慌什么？愈紧急，愈需冷静。看来，现在也只有一条路了。"

"一条什么路？"

梁县长说："你赶快带我去小八路军校，叫他们打伏击战，阻止鬼子的进攻，为这里的军政干部撤离、疏散赢得时间。快！"

半夜三更，星星点灯。

梁县长和她的随从磕磕绊绊来到小八路军校说找负责人。

问了半晌，回答说："没有。"

解小虎说："我们这里没有负责人，有什么话可以跟我说！"

梁县长说："我是密云、三河、顺义联合县县长梁红英，鬼子就要进攻了，要你们打个伏击，为军政干部的撤退赢得时间。"

解小虎说："打仗的事，我们只听韩团长的。"

梁县长说："情况紧急，来不及了。再说韩贵德也得服从联合县委的领导！"

解小虎搔搔头皮，没了主意。

突然，星野"嗖"地站起来，说："他们都还小，有什么话跟我说！"

梁县长厉声问："你，你是谁？"

星野说："我是小八路军校的日语教员！"

梁县长说："啊，知道了，韩贵德自以为是，独断专行，在军校里起用开了日本人！"

星野说："不错，我是日本人，但现在，我是八路军！"

梁县长大概以为此刻什么也没有撤退最要紧，因此，索性顺水推舟，说："好，这次的阻击任务就交给你们，一定想尽办法拖延时间，等到军政干部撤退到安全的地方，才能解除战斗！"

星野说："我们手里，连一支步枪都没有，这个伏击战可怎么打？"

梁县长厉声说："难道你们手里拿的都是烧火棍！"

星野说："我们手里的武器，不能进行远距离射击，只能近距离拼杀、肉搏！"

梁县长说："真正过硬的部队，就是要敢于刺刀见红！"

星野说："你们撤退疏散，把枪支弹药留给我们使用吧！"一面说着，一面从梁县长随从的身上把步枪夺下。

解小虎抢上一步，吼道："还有你，你的这支手枪，也给我们留下！"

梁县长气急败坏地说："反了你们！"她正要夺回手枪，星野举起手中步枪，拉开了大栓，大吼道："走，你们撤退，疏散吧，我们替你们挡子弹！"

梁县长无可奈何，只得就坡下驴。

夜半三更盼天明。今天的黎明，就是大年初一。大年初一，该是一年的开端。"恭喜恭喜，发财发财"，诸如此类的吉祥话，该是不绝于耳。或者"噼里啪啦"的爆竹声，或者"叽叽喳喳"喜鹊的叫声，都没有。这是一种不祥的预兆。会是什么不祥之事呢？难道又有鬼子进村了吗？鬼子进村，不行好事，烧杀抢掠，奸淫妇女。这些千刀万剐的东西，干吗非要跑到中国来祸害老百姓？你不强大，注定挨打；你没有枪，必然遭殃。

星野、解小虎把张小龙、石头、狗子等二十多名八路军小战士集合到操场的大槐树底下，说出了接受战斗任务的真相。

张小龙、石头、狗子们都说："手里拿着真刀真枪的大人们，都撤退疏散，倒叫我们手无寸铁的小孩子打伏击，这不是白白送死吗？"

这回该轮到星野、解小虎给大家做工作了："咋是手无寸铁，你手里的大刀、长矛是干什么的？"

张小龙说："那，那得等鬼子走近了，才能使得上呀！"

解小虎说："看看，咱们手里也有真家伙！"他一面说，一面抖抖手中的枪支，"哈，这家伙，可不是吃素的！"

大家笑了起来。真是小孩子，小孩不知凶兆头！

星野说："解小虎，听令，你带着张小龙、石头、狗子，你们这些人，在鬼子没有近前时，谁也不许动，等到鬼子踩到你们了，你们一拥而上，大刀长矛三节棍，仨人一拨，不许落单。"

解小虎说："我的大刀厉害，我打得过小鬼子，一对一，没问题！"

张小龙说："解小虎行，我就行！"

星野厉声说："严肃点儿，这是命令！"

解小虎吐了吐舌头，说："好家伙，动不动就是命令！"

星野说："大家选择好地形，卧倒！"

太阳刚刚出山，和煦的阳光照耀着大地。这些孩子，正该由大人们牵着手，东家走，西家串。这家拜个年，给串儿糖葫芦；那家鞠个躬，塞点儿压岁钱。可现实是，他们小小年纪，趴在冰冷的二十里长山的石坡上。

石头不耐烦地说："老说小鬼子来，小鬼子到底来不来呀？"

狗子说："咱们可别让大人们给耍了，蒙小孩儿不得好死！"

解小虎不愧大几岁，懂得的事就是多，说："这是打仗，不比小孩子过家家。打仗是玩命，你死我活，闹着玩儿呢！"

张小龙说："石头，狗子，咱们都听小虎哥的。"

石头、狗子说："咱们有头儿，干吗都听解小虎的呀！"

突然，星野用手一指，说："你们看：南面，南面，那是什么？"

解小虎弓起腰，铆劲儿往远处看，惊叫道："真的，真的有小鬼子来了！"

张小龙、石头、狗子们，也都直起身子眺望，纷纷说："看见了，看见了，小鬼子，小鬼子！"

星野异常严肃地说："大家隐蔽好，千万不许让敌人发现咱们。老远的，机枪一突突，咱们就完了！"

解小虎说："那是，那就嗝儿屁着凉了！"

石头、狗子齐声说："嗝儿屁着凉大海棠！"

星野说："隐蔽好，听从指挥！"

那股人接近了，果然是日本鬼子。

这些小八路们，只有星野和解小虎打过仗，他们知道仗该怎么打，其余的还仅仅是小孩子，他们哪里打过仗？只是玩游戏时，在家里的被服垛上，爬上爬下的，一会儿你攻上来，我攻下去，头磕在枕头上，一丁点儿不疼；脚蹬在脚丫儿上，稍有些痒。可眼下，这是真刀真枪地打，真刀真枪地杀，不是你死，就是我活，谁也不让谁！可是，这些小孩子家家，懂得啥？他们兴许还以为大人们逗他们玩儿呢！

二十里长山确实是一道屏障。虽说不长，坎坎坷坷，曲曲折折，要从那头走到这头，也得气喘吁吁；虽说不高，小路崎岖，怪石嶙峋，要从山根爬到山顶，也须筋疲力尽。

小鬼子，究竟不是游山玩水，究竟不是旅游观光，他们走了这一程路，爬了这一道梁，虽不至吁吁气喘、力尽筋疲，却也足够了挺们喝一壶的了。

小八路们死死地趴在地上，身下的冰雪早已经被他们的体温融化了，他们的眼睛睁得大大的，瞪得圆圆的，连呼吸也急促了许多。

小鬼子们往前走着，他们哪里知道，等待他们的有大刀、长矛、七节鞭、三节棍。虽是冷兵器，但只要砍在头上，扎进心窝，砸在身上，不死，也得脱层皮。

解小虎、张小龙、石头、狗子，早已经等得不耐烦了，真想一个箭步，蹿到鬼子的身旁，挥起大刀，挺起长矛，或者抡起流星锤，痛痛快快地干他一场。

可惜，小鬼子走得太慢了，好像没吃饱似的。走在前面的几个人，背着枪，蔫头耷脑的，一丁点儿精神都没有。这要是快些走到跟前，一刀一个，砍瓜切菜，多过瘾！

星野手执步枪，卧姿瞄准，不时关照周边的小八路们。他们是一个整体，况且，他知道，小八路们都在听他的，他说往东，往东；他说往西，往西。他是大家伙的主心骨。此刻，他不再想旁的，他必须全神贯注。他目测着与敌人的距离，二十米，十米，五米，他瞄准最后面那个当官的，把蹿在脚底下的敌人留给他手执冷兵器的战友们。他屏住呼吸，毅然决然地扣响了枪机，"叭勾"一枪，倒下了一个敌人。

枪声就是命令。

所有的八路军小战士一跃而起，各自使出看家本领，大刀砍，长矛刺，七节鞭抽，流星锤砸，一时间，喊里咔嚓，鬼子倒下一大片，血流几大摊。

星野的步枪只有三发子弹，打光了，他将步枪丢在一旁，举起梁县长的手枪，援助同敌人拼杀的小战友们，"啪"一枪，一个小鬼子倒下了，"啪"又一枪，又倒下了一个小鬼子。

解小虎说："别管我，援助石头、狗子他们。我顶得住！"

石头忙说："我行！"

狗子也说："我更行！"

星野趁鬼子们还未来得及用枪抵抗，他的手枪连连点射，效果出乎意料的好，果真一枪一个，一枪一个。他正在兴头上，突然，没子弹了，他索性把手枪狠狠地甩出去，砸在一个小鬼子的鼻梁上，鲜血顿出。

星野弯腰拾起步枪，抢先一步，刺向小鬼子。

正在此刻，星野仿佛认出了一个熟人，在他当日军时，常常遇到他，而且，只一瞬间，竟然想起他的名字：藤野。星野一愣，刺向藤野的步枪停在了空中，说："藤野，放下武器，别再为军国主义卖命！"

藤野厉声说："星野，你怎么可以背叛天皇！"

星野说："什么日中亲善，什么大东亚共荣圈，事实是，它给中国人民带来可怕的灾难！"

藤野说："你这个大日本天皇的叛徒，不可饶恕。看枪！"他举起了步枪，恶狠狠地朝星野刺过来。

星野把藤野的步枪接住，说："藤野，请你迷途知返！"

藤野抬起脚，朝星野踹去，说："背叛天皇，罪大恶极！"

星野向后一闪，险些跌倒，立稳后，说："你们这些给中国人民带来灾难的侵略者，必将永远地被绑在历史的耻辱柱上！"

藤野大声说："无耻的叛徒，去死吧！"举枪便刺。

星野严厉地说："历史将证明我无罪！"说时迟，那时快，他拨过藤野的枪，顺势刺去。

面对执迷不悟的藤野，星野的刺刀，"哧"的一下，深深地扎进了他的胸膛，"扑通"倒下。

张小龙大刀横飞，向鬼子们的头上砍去。

石头、狗子们虽是嫩胳膊嫩腿儿，但他们齐心协力。好有一比，吕布虽然武艺高强，但仍经不住刘关张哥儿仨的奋力拼杀。就这样，竟有好几个日本鬼子倒在张小龙、石头、狗子们的脚下。

一颗罪恶的子弹射中了解小虎的肩膀，他手中的大刀落在地上。

星野赶忙奔跑过来，扶住解小虎。

此时，一个小鬼子扑过来，举起刺刀刺向解小虎的后腰。

解小虎的鲜血立即喷出。

紧接着，小鬼子又举起刺刀朝星野刺来。

说时迟，那时快，星野弯腰拾起解小虎落在地上的大刀，狠狠地向鬼子的头上砍去。

正在这一刻，稍远处的小鬼子朝星野开枪，他倒在解小虎的身上。

两个年轻战士的鲜血流在了一起。

又一个小鬼子举起刺刀逼近张小龙。正在张小龙最危险的时候，石头、狗子扑过来，抱住小鬼子的大腿，用牙咬，痛得小鬼子"嗷嗷"乱叫。

张小龙趁此机会，举起手中攥紧的石块，猛击小鬼子的头，额头的鲜血，流进了他的眼睛。

张小龙站起身，双手撕扯小鬼子的裤裆。

石头和狗子一上一下，你砸我咬，相互救助。可是，他们的年纪太小了，嫩胳膊嫩腿儿，终于被小鬼子翻过身来，一个个被刺刀挑死了。

张小龙、石头和狗子的鲜血流在了一起，与星野和解小虎的鲜血汇合。

终归寡不敌众，更何况鬼子们洋枪洋炮，稍稍拉开距离，就开枪射击。这样，小八路们很快失利。隐蔽，隐蔽不住，光秃秃的山，无处藏身；追杀，追逐不上，小狗撵兔子，愈拉愈远。

日本鬼子的步枪，一枪撂倒一个。

光秃秃的山上，一个个年轻的生命相继倒下。最后，连一个活的小八路战士也没有剩下。

烈士们的鲜血顺着山沟流，汇成了一条条红色的小溪。

日近黄昏，残阳无力地照耀着苍茫大地。一片又一片血红的晚霞，涂抹在空中。

女县长梁红英很快知道了二十多名小战士全部牺牲的消息。她呜呜咽咽地说："二十多名小八路在我们的面前英勇地牺牲了，用他们的生命保护了军地干部。这使我们每个活着的人，想起他们就心里难过。我们没有理由不努力工作，没有理由不努力克服我们身上的缺点和弱点，没有理由不坚决地抛弃我们身上的错误！"

她的亲信杨刚也附和着说："是呢！"

梁县长说："当然，干革命就会有牺牲。不错，军校牺牲了二十多个人，换回我们四十多个革命者的生命。是划得来的，划得来的！"

马灯引路，梁县长派亲信杨刚将消息去报告韩团长。

万没料到，韩贵德还没有听杨刚说完，就已经气得浑身打战，怒不可遏，伸出巴掌，铆足劲，照准杨刚的脸上，狠狠扇去。

杨刚捂着脸，连连说："梁县长说了：要革命，就会有牺牲。她还说，用二十人换回四十人，划得来，划得来呀！"

韩团长厉声说："划得来，什么划得来？早晚要跟她好好算算这笔账！你们这群怕死鬼、癞皮狗，留之何用！梁县长，什么狗屁县长？女贼，叛徒，内奸，迟早是革命的祸害！"

第二十一回
断头路相逢勇者胜
镇山虎遭遇楚江龙

张各庄日军遭糊弄　　豹子湾敌伪倒栽葱
断头路相逢勇者胜　　镇山虎遭遇楚江龙

　　顺义潮白河东的张各庄是顺义通往平谷、三河的咽喉要道。冀东抗日根据地要想向周边发展，日本鬼子的张各庄据点是个大障碍。

　　拔掉这个据点的任务，冀东独立团交给了楚江龙这个连。

　　战士们得知楚江龙连长将要率领他们去拔掉张各庄据点，高兴得"哇哇"叫。

　　楚江龙率领全连战士，来到张各庄。

　　侦察员何明山和赵明业一起找到连长，要求连长把最艰巨的任务交给他们。

　　楚江龙说："你们俩的任务最艰巨。"

　　何明山和赵明业迫不及待地说："连长，快说，什么任务？"

　　楚江龙说："远远地朝鬼子张各庄炮楼放枪。"

　　何明山和赵明业说："远远地放枪，那还打得着小鬼子？不是放空枪吗！"

　　楚江龙说："就是叫你们放空枪！"

　　何明山和赵明业说："那叫什么艰巨任务啊！"

　　楚江龙说："不是叫你们白白放空枪，是叫你们把鬼子引出来，引蛇出洞，引得越多越远越好，这就要看你们的本事了。能完成任务吗？"

何明山和赵明业齐声说："哈，引蛇出洞，不就是把小鬼子给引出来吗？能，保证完成任务！"

驻守在张各庄据点的是日军江天一郎部。

江天一郎额上有三颗黑痣，垂直排列。看上去很像中文的"王"字，且作战勇猛，素有"镇山虎"之称。

江天一郎耳朵尖，能听见别人听不到的声音。

一次，江天一郎在炮楼外查哨，走到哨兵前，忽然问："听到了什么？"

哨兵侧耳听听，晃了晃脑袋。

江天一郎伸出手臂，朝着哨兵就是一巴掌。

哨兵："嗨！"

不一会儿，果然有两个人，在不很远的土坡处，时隐时现。

哨兵向江天一郎报告："八路，土八路的有！"

江天一郎从射击孔仔细瞭望，发现两个身穿灰色服装的人，在土坡后面探头探脑。

江天一郎压低声音说："你们的这样，我们的这样。抓活的，明白？"

何明山和赵明业在张各庄炮楼不远的土坡后面，爬来爬去，翻滚腾跃，半晌不见鬼子的动静。

赵明业终于沉不住气了，不耐烦地说："咱们瞎折腾什么人呀，鬼子也不是傻子，你引人家出来，人家就出来？"

何明山搔了搔头皮，说："来，咱朝鬼子炮楼开两枪！记着，一人只许放一枪。你先开枪！"

赵明业说："临出发前，楚连长特意从全连挑出最次的家伙，让咱们背上执行任务，什么鬼点子！开枪就开枪，鬼子一听这枪声，定准知道咱拿的就是破枪！"说着，他趴下，瞄准鬼子炮楼，"叭勾"一枪。

赵明业放下枪，说："何明山，这次，该看你的了！"

何明山跪下一条腿，端起枪，一扣扳机，"叭勾"一枪。

赵明业和何明山趴在土坡上，静静地观察炮楼里鬼子的动静。正在他们注视炮楼正面铁门时，没料到，鬼子早已经从炮楼后门爬出，绕到他俩的侧面去了。幸亏发现得早，否则，可真的被抓活的当俘虏了。

赵明业和何明山赶紧连滚带爬，向后山撤退。

此刻，他们发现小鬼子停止了进攻。

赵明业悄声说："坏了，鬼子不肯上钩儿！"

何明山着急忙慌地说："那，那怎么办啊？"

赵明业果断地说："怎么办，能怎么办？开枪，继续开枪！"

何明山举枪便射。

鬼子听到枪响，又朝着后山爬来。

赵明业恐怕鬼子继续停下，又开了一枪。

江天一郎侧耳听听，奸笑道："八路，土八路没子弹了，抓活的，一定要抓活的！"

小鬼子口里一面叽里呱啦地叫着，一面从四面八方包抄过来。

赵明业和何明山见鬼子上了钩儿，急急忙忙往后山奔去。

江天一郎声嘶力竭地嘶喊："抓活的，统统地，抓活的！"

鬼子们顺着张各庄后面的葫芦峪小山沟儿奔跑，向着赵明业和何明山躲藏的土坡，蜂拥而上。

赵明业和何明山不禁心中暗喜，他们爬上土坡后，往南边一看，坡度极陡，几近直上直下，眼看鬼子追了上来，这下傻了眼。

江天一郎催促道："快，快，抓活的，抓活的有！"

赵明业和何明山早已没有了子弹，急出了汗，在这种情况下，或者被擒当俘虏，或者跳崖当烈士。

他们俯瞰崖底，绿树满坡，深不可测，然而，两个人并不慌张，紧紧地抱在一起，随时准备跳崖殉难。

鬼子上来了，赵明业和何明山用枪支猛力向鬼子砸去。

又有几个鬼子上来了，赵明业和何明山只有跳崖一条路了。

正在千钧一发之际，只听"啪啪"两声枪响，冲在他们近前的两个鬼子，应声倒下。

江天一郎挥动手中指挥刀，嘶喊道："八路的有，射击！"

原来张各庄后面的葫芦峪小山沟儿被楚江龙率领的全连战士封锁了，手枪、步枪、机关枪一齐响，打得鬼子晕头转向，鬼哭狼嚎。

何明山和赵明业因为枪里早已经没有了子弹，只得趴在高坡上观看。

楚江龙手握双枪，冲在最前面。

突然，江天一郎嘶喊道："我们受八路军糊弄了，快退，赶快给我撤退！"江天一郎高高举起指挥刀，"快退，赶快给我撤退！"

小鬼子听到江天一郎"撤退"的命令，纷纷往张各庄炮楼狂奔。

楚江龙举起手枪，大吼："停止追击！"

何明山和赵明业跑下土坡，朝着连长奔过去。

楚连长伸出手臂，将他们俩紧紧地搂在一起，说："小何，小赵，交给你们俩引蛇出洞的任务完成得很好，要给你们记头等功！"

何明山和赵明业说："可是，镇山虎还是逃回去了！"

楚连长高兴地说："镇山虎躲得过初一，躲不过十五。班师回朝，回到营区，第一件，美餐一顿；第二件，晚上，扭大秧歌，不会扭的，跟着大伙儿瞎扭！"

"嗷，嗷！"战士们高兴得嘶喊起来。

战士们吃过了饭，来到小操场上，扭大秧歌。

其实，大秧歌好扭，进三步，退两步，两只胳膊左右摆。对于战士们来说，早已轻车熟路。然而，战士们照旧兴趣盎然。

楚连长知道战士们对于扭秧歌一类，早已不感兴趣了。为了激起大家的兴致，他出了个新主意："今天的联欢会，先叫何明山和赵明业演个新节目好不好？"

战士们听说有新节目看，哪个不高兴？一个个都站起来，大喊大叫："好，好！"

坐在后面的何明山和赵明业，听到楚连长叫他俩上演新节目，慌了神儿，嘟嘟囔囔地说："演啥节目呀？这照喝棒子面粥那么容易，端起就喝！"

楚连长见何明山和赵明业依然坐在那里，没有动窝，又一次大喊道："何明山、赵明业，你们俩演个新节目，大家说，好不好？"

全场的战士们，一个个都站起来，高声叫嚷："好，好！"

何明山和赵明业站起来，一前一后，一面往前走，一面说："演啥节目呀？"

楚连长说："吃荆条拉粪箕——肚编呗！"

场上一片嘻嘻哈哈的笑声。

何明山说："明业，就演猪八戒背媳妇。行吗？"

赵明业正中下怀，心里想，要是能够背个真的小媳妇，再沉点儿，也心甘情愿！

岂料何明山早已蹲下身子，等着小媳妇往脊梁上爬呢！

何明山恍若大梦初醒，心里说，看我的！一下子蹿到何明山的后脊梁上，险些把何明山压个大马趴。

场上一片哄堂大笑。

何明山背着赵明业绕了几圈，咕咚撂下，把赵明业摔了个屁股蹲儿。

在一片笑声过后，全体战士们的大秧歌便开始了。

闹闹哄哄，快快乐乐一晚上。

晚会结束时，已是繁星满天了。

日子一天天过去，鬼子的张各庄据点还没有被拔去，这成了楚江龙的一块心病。

镇山虎逃回张各庄炮楼，明明知道上了八路军调虎离山计的当，然而，在部属面前，死要面子，不肯承认，依然吼道："土八路，狡猾狡猾的！"

此后，镇山虎谨小慎微，处处小心，即使从炮楼里出来撒泡尿，也要先用望远镜望一望，四外有没有可疑的动静。

日军的碉堡和炮楼好比乌龟壳，碉堡和炮楼比乌龟壳还要结实。乌龟可以将脖子缩进乌龟壳里几天不吃不喝，甚至几个月。所不同的是，小鬼子一天不吃也难受得要死，要是连续十几天不吃不喝，非得死干净不可！他们要活命，必然得出来抢粮食、抢水、抢蔬菜。他们要保命，就得由负责他们后勤供应的单位，把生活日用品、枪支弹药等物资运到乌龟壳里去。就是说，他们总不能把脖子永远缩在乌龟壳里。

楚江龙是有心计的，部队每天处于战备状态，他甚至下过死命令：战时，谁要是拉不出去，立即枪毙！

日近黄昏，楚江龙在指挥所的院子里，走来走去，望望天，天边的乌云一疙瘩一蛋的，总也散不去。他深深地叹了一口气，心里说，这一天又算过去了。

是的，作为连长，没有战机，整天价蹲在屋里，手里发痒。楚江龙冥思苦想，琢磨着再同张各庄的镇山虎干一仗，我就不信，我堂堂楚江龙，五尺汉子，镇不住这个小鬼子镇山虎！他掏出毛瑟枪，拉开枪栓，瞄准老槐树上的一只老鸹，正要扣动扳机。

突然，一头驴闯了进来。

只见一个老百姓模样的人，上气不接下气地说："楚连长，快，江天一郎带人来扫荡，经断头山口……"

楚连长定睛一看，来者是何明山，没有细问，立即大吼一声："司号员，吹紧急集合号！"

部队马上集合完毕。

楚连长命令："一排，断头路左；二排，断头路右。急行军，轻装前进！"

战士们听到楚连长的命令，急急匆匆，风风火火，像赛跑一样出发了。

楚连长深知情况紧急，又吼道："时间就是军队，快，加速！"一面喊叫，一面奔跑，冲到队伍的最前面。

三排长急了，大声问："我们，三排呢？"

楚连长嘶喊道："看家！"

三排长嘟嘟囔囔地说："好容易盼到有仗打，还轮到我们看家，倒霉！"

传说，二十里长山是一条蛇，从东南方的盘山爬出来，正遇上担山赶太阳的二郎神。

二郎神知道这条蛇从天上跑来祸害人间，拔刀将它的头砍了下来。结果，蛇的头与身子之间留下了一条窄道，是二十里长山东西两侧的必经之路。

镇山虎江天一郎带领着一个连的日伪军，原打算悄悄地进庄，打楚江龙一个措手不及，报前些日子的一箭之仇。当他们接近断头山时，西面的太阳刚好落入地平线。

江天一郎心里一沉，似乎感到这是一种不祥之兆，于是，他大声嘶喊，催促部队："快！"

日军加快了行军的速度。

楚连长手握毛瑟枪，一面奔跑，一面催促："快，加快速度！"

他甩掉军大衣，急匆匆登上断头山，他俯下身子望去，好家伙，镇山虎江天一郎带领的日军，已接近断头山路口。

楚连长急忙压低声音命令："快，隐蔽前进！"

待楚连长带领的八路军战士刚刚爬上断头山，只差一袋烟的工夫，日本鬼子就进了断头路口。

江天一郎骑着一匹高头大马，手挥指挥刀，命令日军："快，断头山，不祥之地。快快的！"

江天一郎的话音未落，楚江龙连长手举毛瑟枪，朝着镇山虎就是一枪，并同时高喊："开火，狠狠地打！"

江天一郎应声从马上倒栽在地。

三五个鬼子围上来，纷纷说道："怎么样？退兵吧！"

江天一郎喝道："冲出去，冲出去！"

江天一郎被几个鬼子押的押、拽的拽，拖上马背，掉转马头，落荒而逃。

被截为三段的鬼子们，仓促应战，乱作一团，完全没有目标，胡乱放枪。

断头山路，左右两座小山，不高。

八路军抢占的山头，像两厢屋脊，断头路就像一条小胡同，日军就在八路军的鼻子底下。

断头山上，八路军的机枪、步枪声、手榴弹爆炸声，响成一团，炸得小鬼子血肉横飞，鬼哭狼嚎。

一排长报告："连长，我们的子弹打光了！"

楚连长命令："甩手榴弹！"

一排长说："手榴弹早甩光了！"

正在此时，二排长也来报告："二排的子弹也打光了，手榴弹也没了！"

楚连长朝天上扣动扳机，只听见一声空响，手枪子弹也打光了。于是，嘶喊道："上刺刀，冲下山去！"

八路军战士们如下山猛虎，端着刺刀，杀向小鬼子。

赵明业和何明山，一人一把大刀，勇猛地冲进敌群。

赵明业扑下山去，遇上一个鬼子，挥刀便砍。许是没有收住脚步，大刀劈空了，来了个趔趄。

小鬼子见有机可乘，举起步枪，照准赵明业的面门刺将过来。

正在危急时刻，何明山的大刀早已砍进小鬼子的脑袋，鲜血喷在赵明业的脸上，溅了个满脸花。

赵明业下意识地抹了一把，顿时，成了红脸关公。

何明山举起大刀，又冲向大个子日本兵。

大个子日本兵见何明山向他冲过来，端起刺刀迎战。

二人一枪一刀，你来我往，打得难解难分。

红脸关公一个箭步，冲到大个子日本兵面前，挥刀助战。

大个子日本兵忽见一个满脸淌血的八路军冲到面前，吓了一跳，一走神的工夫，赵明业的大刀，高高挥起，刀从大个子日本兵的左肋入，从右胯出，齐嚓嚓断成两截。

何明山与赵明业越战越勇，一路狂奔，直杀到断头路上。

一个鬼子少佐举起手枪，扣动扳机，正射中何明山的大腿，立即倒地。

赵明业冲近日军少佐，大刀直插他的后腰。

何明山挣扎着站立起来，支撑起一条腿，照准日军少佐的胸膛猛刺一刀。

日军少佐跟跟跄跄，无力地举起手枪，终于，手枪落在地上。少佐倒地，双眼圆睁，瞪得大大的。

一个大胡子鬼子挺起步枪，恶狠狠地朝楚连长刺将过来。

楚连长猛地一闪身，大胡子扑了个空，楚连长趁势飞起一脚。

大胡子往前跑了几步，扭转身来，举枪便刺。

赵明业飞身越过，手中的大刀，正砍在大胡子的步枪上。

楚连长将大胡子扑倒在地，双手掐住他的脖子。

大胡子死命挣扎，双腿乱蹬，终于动弹不得。

赵明业挥舞着大刀，横冲直撞，左右开弓。

八路军战士们越战越勇，杀声震天。

小鬼子横躺竖卧，尸横遍野。

楚连长站在高高的土坡上，举目环视，高声喊道："同志们，清点小鬼子的人数，打扫战场，把小鬼子的枪支弹药，统统拉回宿营地！"

赵明业说："小鬼子的死尸怎么办？"

何明山说："天一黑，野狼成群，这群野狼就替咱们清理了！"

楚连长说："不行，他们好歹也是人，咱们费点事，草草地埋了吧！"

战士们说："坚决执行命令！"

赵明业说："楚连长，一共消灭三十二个小鬼子！"

何明山说："可惜，又让江天一郎跑掉了！"

楚连长说："江天一郎跑了也好，我想，他下次会从张各庄带来更多的小鬼子，给咱们送来更多的武器弹药，往后，咱们再打伏击，就不会缺少弹药了！"

赵明业与何明山都笑了。

围拢过来的战士们也笑了。

逃回张各庄炮楼的江天一郎，由几个小鬼子帮着下了马，搀搀架架地走进炮楼。

江天一郎把指挥刀往桌子上一丢，厉声说："这次扫荡行动，怎么走漏了消息？"

山木少佐附在江天一郎的耳畔说："依我看，就是那个名叫张三的中国人，是他走漏了风声。"

江天一郎说："怎么会是他？"

山木少佐说："我们在研究作战方案时，他就在窗外喂马。我们行动前，他曾经出去买了一趟纸烟。就是说，他既知道行动计划，又有机会把消息传送出去！"

江天一郎眼珠子向上翻了翻，说："张孝祖？带张孝祖！"

山木少佐叫道："带张孝祖！"

一个小鬼子押着张孝祖进来。

张孝祖见了江天一郎大佐，点头哈腰地说："太君，有何贵干？"

江天一郎吼道："你的，张孝祖，良心大大地坏了！"

张孝祖嬉笑着问道："敬请大佐明示，明示的有！"

江天一郎嚷道："张孝祖，我来问你：今日之行动，你可曾知道？"

张孝祖战战兢兢地说："我当然知道，日近黄昏，您江天一郎大佐先生，带领一个连的兵力，为中国老百姓除害，消灭八路军。"

江天一郎说："你是怎么知道的？"

张孝祖说："您看您看，这不是您都带兵回来了吗？不光我知道，大家统统知道呀！"

江天一郎嘻嘻一笑，说："张孝祖，狡猾狡猾的。我来问你：在我带领勇士们出发之前，是你把消息透露出去的？"

张孝祖摇摇头，说："您在带领勇士们出发之前，我怎么知道您去哪里？我既然连您去哪里都不知道，怎么会把消息透露出去呢？再说，我会把消息透露给谁呢？您是不是有些捕风捉影？"

江天一郎吼道："山木少佐，把张孝祖押下去，撬开他的嘴！"

山木少佐的手枪顶着张孝祖的后脑勺，厉声说："走！"

张孝祖一路走，一路叫嚷："江天一郎大佐，我冤枉，冤枉呀！"

山木少佐把张孝祖押进一间小黑屋，命日军士兵把张孝祖吊起来。

张孝祖仍然叫嚷："冤枉，我冤枉！"

日军士兵铆足劲儿抽了张孝祖几个嘴巴。

张孝祖的嘴角儿淌着血，依然哇哇乱叫。

山木少佐说："说，你得说！"

张孝祖说："你叫我说什么？"

山木少佐大声地问："说，这次行动计划，是不是你透漏给八路军的？"

张孝祖说："我连行动计划都不知道，我怎么会透漏给八路军呢？"

山木少佐说："我来问你：我们在讨论行动计划时，你在干什么？"

张孝祖说："我知道你们什么时候讨论行动计划？我在马棚里，一直在为马刷洗，刷洗完毕，就为牲口添料。"

山木少佐嚷道："你的，不老实的有，打！"

日军士兵用皮鞭抽打张孝祖。

张孝祖急急忙忙说："我说，我说！"

日军士兵停下手中皮鞭。

张孝祖说："你们的行动军事计划，是大佐的白马告诉我的！"

山木少佐说："什么，什么，你说什么？大佐的白马是畜类，畜类怎么会说话呢？"

张孝祖哈哈大笑，说："我早就说过，整个一个下午，我都在马棚里，一直在为马刷洗，刷洗完毕，就为牲口添料。你看看，硬说我知道你们军事行动，除了大佐的白马能告诉我，还会有谁呢！"

山木说："依我看，不动大刑，你是绝不肯开口的！"说着，抢起皮鞭，照准张孝祖赤裸的上身猛抽。

张孝祖骂道："你们这群畜类，打了败仗不认输，装模作样找替死鬼。是些什么东西！"

山木喝道："张孝祖，念你这几年，为皇军做过不少事，饶你不死！"

张孝祖说："卸磨杀驴，是你们的拿手戏。妈妈的！"

山木说："不要喊妈妈了！本来嘛，大日本皇军帮助你们，建立大东亚共荣圈，是日中的共同责任，日中原本就如母子，亲如母子嘛。哈哈！"

张孝祖大声骂道："我日你姥姥！"

山木少佐得意地说："这还像句话。我到大佐面前，一定为你美言，一定！"

张孝祖被松了绑，走出小黑屋。

漫天的星斗，一个个挤眉弄眼，它们在笑谁？不得而知。

山木少佐来到江天一郎大佐跟前，不无得意地说："这个软骨头张孝祖，管皇军又叫妈妈，又喊姥姥！中国人，就是这副模样，膝盖的骨头软得很，都是软棉花捏的！"

走出小黑屋的张孝祖，嘴上不骂心里骂：小鬼子，卸磨杀驴，翻脸不认人，妈妈的！唉，现如今，我是猪八戒照镜子，里外不是人。投靠日军，靠不住；投靠八路，八路军饶不了我。也别说，我和韩贵德是同乡，怎么着，不看僧面看佛面，何不找他试试，事到如今，也只好死马当活马治了！张孝祖一路走一路想，想来想去，似乎只有这一条路了。

张孝祖走进自己的小屋，贴身换了一套便装，外面穿了一套日本新军装，少佐军衔，大摇大摆地往外走。

日军门岗拦住张孝祖，问："干什么去？"

张孝祖神气地说："干吗去，还要告诉你吗？滚！"

日军门岗退后几步，打开栏杆。

张孝祖往外走，暗中加快了脚步。

江天一郎找到张孝祖住所，没有见到他，突然觉得有些不对头，急忙来到营区大门前，询问门岗："你的，见到张孝祖的有？"

日军门岗答道："刚刚的出去。"

江天一郎吼道："八嘎呀路！"伸手就是一巴掌。

日军门岗俩眼冒金花，喃喃地说："就是刚刚，刚刚出去嘛！"

江天一郎大声嘶喊："追！"

三五个鬼子端着枪，应声往外就跑。

江天一郎吼道："回来，没用的有！"

三五个鬼子听到命令，又赶紧回来。

江天一郎深深地叹了一口气，说："中国人，见风使舵，狡猾狡猾的！"

张孝祖一路小跑儿，跑到二十里长山断头路口，停住了脚步，四下里张望，黑灯瞎火的，四野无人静悄悄。他有些后悔，不该一怒之下，说走就走，眼下，就是想回去也回不去了。好汉不吃回头草。那么，往哪里去呢，真的投靠韩贵德吗？虽是一个村里的，可人家当了团长啦，还会认我吗？再说，我当了治安军的官，他肯定也是知道的。他那个脾气，从小养成的，恐怕饶得了蝎子妈也饶不了我呀！妈的，冀东之大，就真的没有我姓张的一个屁股印儿了吗？他往前走三步，往后退两步，他实在拿不准主意，干脆给自己的脑门儿上开一枪算了。不行，一个堂堂的男子汉，来到这个花花世界上，还没有玩够呢，这样子死了，值得吗？就这样窝窝囊囊地离开了人世，到了阴间，也让别的小鬼儿瞧不起。在阳间，好歹还混个官的干干，倘若，如此不明不白地和小鬼儿们一块儿混，恐怕连个上等兵都混不上，只能当最底层的列兵。唉，还是到韩贵德那里去，碰碰运气。不看僧面看佛面，一个村里长大的，长辈们平日里，都是哥们儿爷们儿地叫，我们这些做晚辈儿的，都是光着屁股一块儿长大的，谁不知道谁呀，我如今倒霉了，登门上户地去求他，他能把我怎么样呢？对，就找韩贵德，姥姥的！

张孝祖咬牙一跺脚，大步流星地朝八路军独立团走去。

走到兵营大门口，一高一矮两个岗哨把他拦住，问："你是谁？去找谁？"

张孝祖点头哈腰地说："我叫张孝祖，你们韩团长，是我的老相识！"

高个子岗哨走进韩团长指挥室报告："有一个名叫张孝祖的人，说是您的老相识……"

韩团长吼道："这个日本人的狗腿子，认贼作父的民族败类，拉到蛋子坑，砍了！"

高个子岗哨说："我们都知道您最恨的，就是给日本人当汉奸的狗腿子。可是，既然跟您相识，还是见见的好！"

韩团长说："那，那就带进来！"

张孝祖进到韩团长指挥部，哈着腰，两只眼睛溜着韩团长，不紧不慢地说："我是当了几天伪军，可是，那也是没有法子的事，马勺上的苍蝇，混饭吃。其实呢，我也没有给日本人卖过什么力气。再者说，这次，我听说日本人要到尹家府扫荡，我是尹家府的人，真的怕把我的家给毁了，散出风来，叫你们做些准备……"

韩团长说："你这个汉奸，还好意思为自己评功摆好！"

张孝祖讪讪地说："我真不敢为我评功摆好，可是，这次日军计划对尹家府实行大扫荡的风，确实是我散出去的！"

韩团长问："你怎么散的？跟谁散的？"

张孝祖说："当我知道日军计划扫荡尹家府的消息时，我急着要把这个情报传递出去，我借故偷偷溜出，正碰上一个牵着毛驴、头戴破草帽的人，我认定这个人大概就是八路军的侦察员，就故意散出风来……"

韩团长说："你是汉奸，怎么会把这样的情报散布给八路军的侦察员呢？"

张孝祖说："这个您是知道的，我是尹家府的娃娃，俗话说：好狗护三邻。日本鬼子每到一地，就抢光、杀光、烧光，我担心日军也把尹家府给抢光、杀光、烧光。我怎么忍心，眼看着小鬼子祸害我的父老乡亲、左邻右舍呀！韩团长，您若不信，我马上就掏出心来给您看看！"张孝祖一面说，一面扯开纽扣，三两个铜扣子叮叮当当掉在地上。

韩团长说："你也不必把心掏出来，说说，你投靠八路军，总得有点儿见面礼吧？"

张孝祖说："我匆匆忙忙从江天一郎那里逃出来，什么值钱的东西都顾不得带呀！"

韩团长说："我说的不是金银财宝，你带来了什么有价值的情报？"

张孝祖说："你甭看我身无分文，可我是一张日军据点的活地图。另有，日军的作息时间、岗哨位置、武器装备，我都清清楚楚。您饶我一条命，往后，八路军再攻打张各庄炮楼，就会少死好多人！"

韩团长说："上面你说的，都是真话？"

张孝祖急赤白脸地说："若有一句瞎话，天打五雷轰。在屋房柁砸死，出门汽车撞死！"

韩团长说："别别别，你也甭信誓旦旦，主要看你的行动。你先下去！"

张孝祖退下。

韩团长唤来赵明业和何明山，附在他们的耳畔，如此这般地叮嘱了一遍。

赵明业和何明山领令而去，顺便请楚连长来见。

楚江龙来到。

韩团长靠近楚江龙，轻声耳语了好一阵子，然后说："这回，就看你这条龙，跟江天一郎这只镇山虎，龙争虎斗了！"

楚江龙满怀信心地说："请团长放心，我不信，我这条大江之龙，斗不过它这只东洋之虎！"

大二小三，月牙钻天。说的是月亮，大月初二、小月初三，才能出

第二十一回

断头路相逢勇者胜

镇山虎遭遇楚江龙

347

来，出来是出来，只是一条弯弯的细线，比最瘦小的谷穗还要细。不经意间，便从天上泯灭。

这天，比最瘦小的谷穗还要细的月儿，刚刚钻出来，好像天上的仙女眯起的一只眼睛，悄悄偷窥楚江龙和他带领的战士们的行动。也是的，他们的人数不多，全都换上了小鬼子的军装，皮鞋大氅，挺神气的，整装待发。

天上的月儿许是感到稀奇，一闪身，竟然不见了。这次，该轮到星星们偷窥楚江龙和他带领的战士们的热闹了，一个个俏皮地忽闪着大的小的眼睛。它们可不像月儿那样，还没有看明白，就悄悄溜掉了。星星们说不定要陪楚江龙和他带领的战士们整整一宿，也未可知？

张孝祖、赵明业和何明山一行三人，身穿日本军服，大摇大摆地来到日军张各庄据点。

岗哨走上前来阻挡："站住！什么人？"

张孝祖用平日学到的几句日语，叽里咕噜地，一面说，一面往前走。他故意摸摸上衣口袋，出示证件，靠近岗哨。

赵明业和何明山走近另一个日本鬼子。

张孝祖突然把面前的小鬼子扑倒。

与此同时，赵明业和何明山一起上手，把眼前的日军岗哨放倒，狠命地掐住他的脖子。

直到两个小鬼子不再动弹。

黑暗中，张孝祖将手一挥，楚江龙带领的八路军战士，迅速摸进日军张各庄兵营。

张孝祖、赵明业和何明山，闪身进了江天一郎的院落。

张孝祖低声说："这里是江天一郎的住所，你们稍等，我去看看这里的动静！"说着，轻轻地朝江天一郎的宿舍摸去。

江天一郎的宿舍里仍然亮着灯，灯光昏暗。

张孝祖什么也看不清，他把耳朵贴近窗户，竟然听见从屋里传出慰安妇的呻吟。

张孝祖感到这是杀死江天一郎的极好机会。于是，他向赵明业和何明山挥挥手。

张孝祖、赵明业和何明山三个人，以迅雷不及掩耳之势，一起闯进江天一郎的宿舍。

江天一郎还没有来得及做出反应，早被赵明业和何明山一人一刀砍死。

黑暗中，慰安妇被吓得昏死过去。

赵明业和何明山拉过被子，随意给慰安妇盖上。跟随张孝祖一起迅速撤离。

楚连长带领八路军战士们悄悄摸进日军集体宿舍，不费一枪一弹，结果了熟睡的小鬼子。

张孝祖、赵明业和何明山三个人，冲进炮楼。

赵明业和何明山，各持一把大刀，趁着小鬼子还没有反应过来，来点儿痛快的，左右开弓，喊里咔嚓，小鬼子还在睡梦里，就一个个见了阎王。

张孝祖刚要下手掐住一个小鬼子的脖子，突然发现，这个人正是一个平时称兄道弟的日本兵，一时犹豫，停住了手。

此刻，那个日本兵反倒有了机会，返身朝张孝祖就是一刀。

赵明业跃上一步，将手中大刀一隔，只听"当啷"一声，火花四溅。

何明山恰巧赶了上来，向小鬼子的背后，猛捅一刀，小鬼子立即丧命。

张孝祖看了，倒吸了一口凉气，说道："妈的，小鬼子，野兽，畜类，一丁点儿人性都没有！"

赵明业和何明山齐声说："日本鬼子都是野兽、畜类，跟他们就甭来一丁点儿客气的！老兄，刚才，你倒是想跟他来点儿客气的，看看，险些丢了小命儿！"

张孝祖、赵明业和何明山三个人，细细地搜寻了一遍炮楼，再也见不到一个活物，这才走了出来。

楚连长问："张孝祖，别处还有小鬼子吗？"

张孝祖干脆地说："没了！"

楚连长说："同志们，把小鬼子们吃的、穿的、用的，武器装备、枪支弹药，只要对我们有用的，统统搜查干净，连一支枪、一粒子弹也不能丢下！"

冲破黎明前的黑暗，迎来了一片斑驳的日光。

楚江龙带领战友们刚刚启程，还没有走出院子，只见一个妇人跌跌撞撞跑了过来，"咕咚"，趴在地上磕头。

楚江龙心里极为纳闷儿，弯腰拽起那个妇人，问道："咋回子事？请站起来说清楚！"

那妇人呜呜咽咽地说："恩人呀，是你们救了我。"

楚江龙说："站起来，站起来说！我们是八路军，解救老百姓，是我们应该做的。"

那妇人站起身来，一眼认出张孝祖，跑近他，大声悲泣，哭哭咧咧地说："张孝祖，你这个人面兽心的东西！"

张孝祖哈下腰说："秀兰，我的好妹子！"

秀兰哭着说："你这个狼心狗肺的东西，咋还有脸喊我一声妹子。我问你，谁是你妹子，你哪里配做我的哥哥？"

楚江龙走过来说："好啦，好啦，有话回去再说！"

张孝祖正被秀兰数落得面红耳赤，没辙可想，听得楚连长一说，正好就坡下驴，连连说："咱们都听楚连长的，都听楚连长的，有话好说，有话好说，行吧？"

秀兰说："哪位是楚连长？就都听您的，楚连长，您得可替我做主啊！"

楚江龙说："好啦，好啦。赵明业，何明山，你们都收拾好了吗？快！"

赵明业答道："收拾好了，所有小鬼子的东西，吃的，穿的，用的，另有武器弹药，统统地带走，连一片废纸也不能给小鬼子留下！"

何明山开玩笑地说："废纸，废纸要它何用？扔了吧！"

楚江龙说："快，没工夫瞎逗闷子！"

张孝祖强装笑脸，说："我怎么办？"

楚江龙说："你说呢？"

张孝祖讪讪地说："我当过汉奸，我怕八路军不会要我。"

楚江龙说："那，那只好把你留下来，继续当你的汉奸吧！"

张孝祖连连说："不行，那怎么行！打死我也再不当汉奸了！八路军要是不要我，我也只好跳井了！"

秀兰忙说："别，别，求求八路军给他一条活路，以后别再当汉奸就是了。"

张孝祖见秀兰为他在八路军面前求情，心里感到异常欣慰，眼泪险些流下来，说："说的是，秀兰说的是！"

楚江龙发令："打道回府，出发！"

第二十二回

杨俊杰假戏真做
李希恩弄巧成拙

黑老鸹乔装鹰隼　　白天鹅故作轻薄
杨俊杰假戏真做　　李希恩弄巧成拙

　　冀东八路军独立团初建时，只有十几个人，七八条枪。经过短短三五年，人也多了，马也壮了，今非昔比，鸟枪换炮了。人一多，吃的从哪里来？穿的从哪里来？"没有吃，没有穿，自有那敌人送上前。"可哪里会有那么容易！八路军是人民子弟兵，绝不可能向老百姓摊派、征收，更不能抢。"军队和老百姓，咱们是一家人。"唱得震天价响，可总不能吃的喝的都朝老百姓抄手要。"自己动手，丰衣足食。"也像陕北南泥湾那样，抽出一部分战士，搞大生产运动，可是，冀东大平原每一寸土地都有主，无荒可开。

　　韩团长吼道："这也不行，那也不行，活人能让尿憋死！"

　　胡政委说："没有吃，没有穿，自有那敌人送上前；军队和老百姓，咱们是一家人；自己动手，丰衣足食。这实际上，给我们提出了三条准则。每一条准则我们都不能丢。敌人不可能主动给我们送上前，怎么办？杀小鬼子的头，抢他们的吃和穿；八路军和老百姓，原本就是一家人，靠老百姓支援一部分；我们足下的土地，难道就真的连一星半点儿都没法子利用吗？"

　　胡政委一席话，说得大家心悦诚服。

会上，每位领导都做了分工。

韩团长负责组织战斗，吃的穿的，也包括枪炮弹药，就从小鬼子手里抢。

胡政委组织几个负责后勤供应的干部，除了抽调人力开荒种地，还要深入乡村，搞好同老百姓的关系，争取得到他们更多的支持。

巧极了，高庄的游击小队长杨俊杰来冀东独立团汇报工作，胡宝贤顺便向他说明战士们缺少鞋子的实际困难。

杨俊杰说："哈，小事一桩。这事您就放心吧！"

胡宝贤拍拍杨俊杰的肩膀，说："那就谢谢在先了！"

杨俊杰哈哈笑过之后，哼唱："军队和老百姓，咱们是一家人，打鬼子、保家乡咱们是一家人！"

胡宝贤大声说："好，好呀！"

杨俊杰从独立团回来，还没有坐稳，就把应承给八路军做军鞋的任务告诉了他的媳妇杨怀华。

杨怀华和杨俊杰是同乡，斜对门，娃娃亲。两口子成亲三年了，仍没有孩子，老两口，小两口，清清静静的。杨怀华人高马大，家里家外这点事儿，不够她一猫腰的。正愁没事干，便一口答应下来。

钉鞋底，纳鞋帮，三天一双。杨怀华看上去粗粗拉拉的，可她手上的活儿好。

杨俊杰还发动游击队员们的媳妇们也做军鞋。

做军鞋的姑娘媳妇多了，就吵吵着成立个军鞋小组，大伙儿不约而同地选杨怀华当组长。

杨怀华也不推辞，嘻嘻哈哈地说："我知道，家家有本难念的经。家里活儿多的，少做两双；家里活儿少的，多做两双。两口子被窝里的活儿，少做几次！"

杨怀华的大嫂子擂了她一拳头，说："说啥哩？没见还有好几个大姑娘吗？"

杨怀华闹了个大红脸，说："早晚的事儿，家家大道理，用不着瞒着掖着！"说着，拿起自己做的鞋当样子，继续说，"照着做。"

大家伙抢过来，细细瞧瞧，纷纷说："啊呀呀，你们看这鞋底子，竖是竖，横是横儿，中间钉个小盘肠儿；这鞋帮子，叶是叶，花是花儿，鞋口纳圈小南瓜儿。我们可做不成这个样子，这哪里是鞋呀，这简直成了工艺品！"

杨怀华说："咋是宫里品？皇宫里的娘娘、妃子、太后、太监，人家可不穿这个！"

"这么新的鞋子，轮不上他们穿，他们只配穿破鞋！哈哈……"

"破鞋？破鞋，白给八路军，人家也不要呀！"

从小泥屋里，传出了娘儿们姑娘们快活的笑声。

军鞋小组里有个叫胡彩花的姑娘，小时候是高庄的胡老太太从路边捡来的。胡老太太给她取了个名字，叫彩花。小时候，黄皮寡瘦的，胡老太太一把屎一把尿把她拉扯大。女大十八变，越变越好看，出落得水葱儿似的。祸兮福所倚，福兮祸所伏。谁料到，高庄来了日本兵，出落得水葱儿似的胡彩花，被小鬼子发现了，一面叫嚷"花姑娘"，一面追逐，胡老太太急忙把彩花藏好，自己拿把切菜刀躲在门后，等小鬼子冲进来，冷不防朝小鬼子的头上砍去，小鬼子被砍了一刀，鲜血直流，强忍剧痛，朝胡老太太开了一枪。

杨俊杰听到枪响，带领几个村民查看，发现受了重伤的小鬼子，踢的踢，掐的掐，一会儿，小鬼子命归西天，村民们七手八脚地把他弄进坑里，埋了。

胡老太太由于受伤太重，尽管乡亲们想尽办法，还是没有救活。临咽气前，嗓子眼儿里断断续续说道："胡彩花，可怜的……彩花，就……交给……你们了！"

由胡老太太养大的胡彩花，成了孤儿。成了孤儿的胡彩花把仇恨牢牢地记在心里。凡是打小鬼子的事，筹军款、送军粮，事事都跑不了她。这次，听说成立军鞋小组，自动跑到杨怀华家里报了名。

伪保长李希恩跟胡彩花住斜对门。李希恩整天价待在家里。日久天长，觉着无聊，有时找几个游手好闲的二流子推牌九，或者招个娘们儿搞破鞋。腻了，就到街上闲逛。遇到八路军的可疑行动，就去报告小鬼子；碰上高庄游击队的人，就传递小鬼子的情报，谁也不得罪，两面讨好。

太阳出来了，李希恩倒剪双手在街上闲游逛，抬头一看，见一个花枝招展的姑娘正在井沿打水。李希恩的贼眼，亮得放光。他走近前一看，愣住了，原来是斜对门的胡彩花，嬉皮笑脸地说："啊哦，瞧我这双眼，这不是彩花姑娘嘛！"眼睛不住地往彩花的胸脯上溜。

胡彩花脑袋一歪，一只手提起水桶，一只胳膊挓挲着，一步三摇，往家里走去。

李希恩三步并作两步走，撵上去，说："彩花，对门视户地住着，这么吃力的活儿，你一个姑娘家家的，咋受得了，你就言语一声，我随时派人替你干！"

胡彩花怒声怒气地说："不稀罕！"

李希恩碰了一鼻子灰，心里说，敬酒不吃吃罚酒。彩花，等着瞧！

胡彩花把水倒进水缸，放下空水桶，走到土坯墙根下，探头向外望，不见了李希恩，这才提起水桶朝外走。刚出门，一眼瞥见李希恩，赶紧扭身往回走。直到进了屋，高高的胸脯还在怦怦地跳。

胡彩花立在后窗前，一丝昏暗的光线从破旧的窗纸钻进来，投射在她的脑门上。她孤独，寂寞。她无力地扶着一把破椅子，痴痴地想，她自生下来，就没有见过爸爸妈妈，被丢在路边，是好心的胡妈妈把她抚养大。穷是穷，苦是苦，可是还算过得去。谁知又来了小鬼子，还没有等到报答的胡妈妈，就让小鬼子给杀害了。胡彩花越想越伤心，不由得两行泪水顺着面颊流了下来。不知不觉中，她的肩膀觉着暖乎乎的，回头一看，吓得要死。原来是李希恩，这个家伙不知什么时候溜了进来，躲在胡彩花的身后。本来，李希恩进来时并没有憋好屁，可是，当他看见胡彩花痴痴地站着，不禁动了恻隐之心。

胡彩花瘫软在地上，闭上眼睛，半晌不语。

李希恩一时慌了手脚，蹲下身来，轻轻地说："胡彩花，我住在你你家斜对门。俗语说，远亲不如近邻，近邻不如对门。早先，我跟你家老太太对门视户地住着，原本就不错，这些年，你进来了，我对你照顾得不够。这回，老太太让小鬼子给杀害了，只剩下你一个人，可怜见的，以后，遇到什么事，有我呢！"

胡彩花当然知道，这个李希恩，给日本人当走狗，能是个好东西！别听他甜言蜜语，不过黄鼠狼给鸡拜年，没安好心眼儿！胡彩花心里明明白白，清清楚楚，什么能瞒她？可是，她刚刚只有十八岁，一个孤苦伶仃的女娃子，又能怎么样呢？她想到这里，索性顺水推舟。于是，她慢慢地睁开眼睛，断断续续地说："好，好吧！"

李希恩得了道，不由心里一阵快活，高兴地说："一言为定，以后有什么为难事，就跟你李哥提，看谁敢扎刺儿！"

胡彩花虽然年龄不大，但是，世上有好人，也有坏人，她还是知道的。究竟谁是好人，谁是坏人，脸上又没有写着，可就难以分辨了。不过，像李希恩这样的日本狗腿子，胡彩花认准他就是坏人。所以，不管李希恩如何巧舌如簧，胡彩花心里有数。她想到这里，故意睁大眼睛，望着李希恩的脸说："真的？"

李希恩见胡彩花这样容易被骗，不免十分得意，心里高兴脸上笑，嘻嘻哈哈地说："不是蒸的，难道是煮的不成！哈，哈哈……"

军鞋小组乍成立的时候，娘们儿也好，姑娘也罢，都是各在各家，忙完了自家的活，抽空坐在炕沿子上，钉鞋底子，纳鞋帮子。时日一久，总觉着一个人在家里闷。于是，就把活儿拿在手里，来到游击小队长杨俊杰的家里，跟他的媳妇杨怀华一块儿干。说话搭理的，话也说了，活儿也干了，两不耽误。

杨怀华家的东院，有个年轻媳妇，叫段春兰，都叫她快嘴连。平常素日，就跟吃了喜鹊蛋儿似的。原本钉鞋底、纳鞋帮这类活儿，有啥可笑的呢？可段春兰总是笑着，总有笑的理由。她拿过杨怀华钉的鞋底子，举在手里，嘻嘻哈哈地说："姐妹们，你们看，这鞋底子钉得有多好：竖是竖儿，横是横儿，中间还钉个小盘肠儿。小盘肠儿，啥意思？牵肠挂肚，是不是？"

杨怀华说："我牵谁的肠，挂谁的肚呀？"

段春兰说："牵八路军的肠，挂八路军的肚呗！"她又拿起杨怀华纳的鞋帮，"你们看，杨怀华纳的鞋帮儿，叶是叶儿，花是花儿，鞋口纳圈小南瓜儿。这我们就不明白了，干吗在鞋口纳一圈小南瓜儿？"

杨怀华说："吃野菜、喝南瓜汤，是咱们红军的老传统嘛，管多晚儿也别忘了艰苦奋斗的好传统！"

段春兰说："我说呢，跟着杨俊杰过日子，就是比我们强。我们那口子，就知道白天干农活儿，晚上干老婆儿！哈，哈哈……"

杨怀华擂了段春兰一拳头，说："干着干着，就顺嘴胡呐！你没见这里还有个大姑娘吗？再胡呐，看我不撕烂你的嘴！"

胡彩花说："杨嫂，撕她，没正经的！"

段春兰说："天下哪里有那么多正经的？要是都那么正经，街面上怎么会有那么多人？其实，依我看，世上来来往往、出来进去的每一个人，都是两口子在被窝里，干不正经的事养活的！哈哈，哈哈……"

杨怀华扑到段春兰的身上，叫道："来呀，彩花，帮我撕烂春兰的嘴！"

胡彩花只顾笑，钉鞋底的针锥扎着了手指头，鲜血冒了出来。

杨怀华回头看见胡彩花的手指头冒出了鲜血，急忙放下段春兰，抻过胡彩花的手，说："这是咋说的，疼吗？"

胡彩花摇摇头说："不，不疼！"

杨怀华抻过段春兰，说："你瞧，彩花流血了，都是你闹的！"

段春兰看看胡彩花的手指头上的血，说："好姑娘！"

杨怀华说："你呀，好一个三百不卖，二百五！"

段春兰说："你总说我二百五，读书人管二百五叫乐天派。二百五也好，乐天派也罢，其实呢，你们谁也不知道，我有啥法子呢，总不能一天到晚愁眉苦脸的。你愁死有什么用！可不就得自己找乐子！"

杨怀华说："你整天价跟吃了喜鹊蛋儿似的，还有愁死人的事？"

段春兰说："我娘家有房子有地，父母也能干，一年打的粮食，虽不富裕，也够吃的。殷殷实实的小日子，谁知来了小日本，进了村，不问青红皂白，见人就杀，见东西就抢，见房子就烧。结果，爹妈被小鬼子给杀了，房子也给烧了，粮食也给抢光了！"

胡彩花说："段嫂，那，那你呢？"

段春兰说："那回，三五个小鬼子追我，大喊大叫：花姑娘，花姑娘的有！我从小就爬山，路也熟，小鬼子哪里是我的对手呀，越拉越远，大概他们知道赶不上我了，向我开了好几枪，子弹从我的耳边嗖嗖飞过，我是福大命大造化大，才活到今天。"

胡彩花说："那，那后来，咋就成了高庄的媳妇了？"

段春兰说："这，这个你问问杨怀华杨嫂就知道了！"

杨怀华说："彩花，你就甭刨根问底了，以后，嫂子慢慢跟你说。"

段春兰说："彩花，你在家里干得好好的，怎么也不在家里钉鞋底子纳鞋帮子，跑到杨嫂家里凑份子？"

经段春兰一问，胡彩花的眼泪唰地流下来。

杨怀华愣了，急忙说："彩花，咋，咋了？"

胡彩花的脑袋摇得像个拨浪鼓，说："没啥，咋也不咋！"泪水被甩得到处都是。

段春兰说："看你，泪水都甩到我的脸上了，还说没啥！"

胡彩花说："真的没啥，咋也不咋！"

杨怀华说："有什么伤心事，跟别人不好意思说，还不能当着你段嫂和我的面说说。忘说了，话是开心锁，说出来就痛快了，总憋在心里，时间长了，就会憋出毛病来！"

段春兰说："杨嫂说得对，你看我就不憋着。憋久了，连尿泡都给憋坏了！"

杨怀华乜斜了段春兰一眼，说："彩花难过得眼泪都流出来了，你还拿人家逗闷子！"

段春兰说："彩花，你有什么就说出来，杨嫂和我都不是外人，你都不信，还信不过我们俩。我就是嘴快，村上人都叫我快嘴连，可我对谁都没有坏心眼儿。"

杨怀华说："你段嫂，就是嘴快，心好。下辈子我要是男人，就娶你段嫂当媳妇，看着心里都舒坦！"

胡彩花支支吾吾地说："其实，也没有啥。那天，大清早的，我去西井沿儿提水，可巧，李希恩也去了，他一直追到我的家里。你们看，他是不是没安好心？"

段春兰说："李希恩，日本的狗腿子，准没有安好心。他到底怎么你了？有我和杨嫂给你做主。再说了，还有高庄的民兵，他李希恩，借他点儿胆子也不敢！"

杨怀华说："是这个理儿，可是呢，对李希恩这样的日本狗腿子，是要当心。这人，我知道，他是什么屎都拉，就是不拉人屎。三十黑间拉一泡，还拉在芝麻秸上了！"

杨怀华一席话，把胡彩花逗笑了。

段春兰说："咱们也别老逗闷子了，加快手里的活儿，多做一双是一双！"

杨怀华说："说的是！"

几个姑娘媳妇正说得热闹，杨俊杰挑帘进来了，嘻嘻哈哈地说："姐几个，娘几个，都忙活呢？"

段春兰说："我们都是姐们儿，哪里有娘们儿呀？"

杨怀华说："你今儿这么早回来，是不是上级又有紧急任务了？"

杨俊杰说："这叫你说着了，上级除了叫我们做军鞋，还派我们赶紧催一部分军粮，找机会送到团部去！"

杨怀华说："这没问题，我们高庄的老百姓从来没有含糊过！"

段春兰说："也别把话说得太绝，说半夜送去，行吗？你们两口子的事，还没有办完呢！"

杨怀华伸过一只胳膊，张开大手，直奔段春兰的嘴巴，说："我撕烂你这个娘们儿的嘴，看你以后还敢不敢胡沁！"

段春兰和杨怀华滚成一团。

胡彩花又拉又劝，说："别闹了，别闹了！"

杨俊杰笑笑说："挺大俩娘们儿，还没有一个小姑娘儿懂事哩！"

段春兰放下杨怀华，挺身站了起来，冲着杨俊杰吼道："你管谁叫娘们儿，你是高庄民兵小队长，民兵里也有女人，你可别叫惯了，把女民兵也叫开了娘们儿！哈，哈哈……"

胡彩花说："成了，成了。"

杨俊杰打趣地说："行行，往后，就叫你娘们儿，行不？"

段春兰说："好吧，我要是你娘们儿，杨嫂干吗？"

杨怀华说："行了行了，越说越不上串儿了！"

杨俊杰说："怪不得人家都说，三个女人一台戏。这话不假！"

杨怀华说："哪里有快嘴连，哪里就是一台戏！"

段春兰说："依我看，你们两口子，就是一台戏，黑间白日唱二人转，钻被窝里都不老实！"

杨怀华乜斜段春兰一眼，悄声说："说什么呢？没见身边还有个大姑娘嘛！"

段春兰溜了一眼胡彩花，掩住嘴，清了清嗓子，说："我说杨大哥，刚才彩花说，李希恩这个日本狗腿子，对彩花心怀不轨。依我看，你们民兵小队，还不找机会枪毙了他！"

杨俊杰说："李希恩这小子，我知道他。他这个人，人前显贵，色大胆小。看着人五人六的，我估摸着，他不敢动手动脚。彩花呢，你也别太在意，可也别太大意。留着他，或许还能从他嘴里得到小鬼子的情报呢！"

段春兰说："说的是。不过，我总为彩花担心，一个黄花姑娘家家的，让一只色狼盯上了，总得多提防着点儿！"

胡彩花说："李希恩这人倒不会轻易动手动脚，杨大哥刚才说，能从他这里套出点儿小鬼子的情报，我多留意，万一得到有用的情报，我会及时报告给你们民兵！"

杨俊杰说："太好了，太好了！"

段春兰说："杨嫂，你看把杨大哥乐的，比他跟你入洞房那宿黑间还高兴！"

杨怀华说："看我不擂你，一丁点儿正经没有。好了好了，快回去做晚饭吧，你那口子怕早等不及了！"

段春兰说："小气鬼！彩花，咱们走，还带催的！"

胡彩花不知段春兰话里有话，抬起屁股，颠儿颠儿跟了出来。

段春兰一面走，一面跟胡彩花说："杨嫂这人，没心少肺，挺好的！"

胡彩花随和着说："杨嫂，是挺好的！"

胡彩花走到家门口，刚要推开街门，就听到身后一串脚步声。她回头一看，是李希恩，这突如其来的一瞬，使胡彩花不知所措，心里突突地跳个不停。

李希恩搭讪着说："彩花姑娘，你回来了？"

胡彩花慌忙说："李大哥，放尊贵些，别让人看见！"

李希恩说："看见咋了？又没有做贼养汉！"

胡彩花嗔怪地说："说啥哩？"一面说，一面推开街门，一闪身，进去了，立马带上街门，上了门闩。胡彩花倚着门，两行泪水，像断了线的珍珠，扑簌簌砸在她那挺挺的胸脯上。

胡彩花的街门外，李希恩呆呆地站着，像一只放走了老鼠的猫，蔫头耷脑的。真想破门而入，可又怕弄出太大的响动，对门视户的，让该死的老婆子听见，跟他招呼架。又怕左邻右舍知道，往后没面目见人。罢了，放长线，钓大鱼。于是，李希恩悻悻离去。踹开家门，见了媳妇，不哼不哈，钻进屋里，扑通躺在炕上。

李希恩的媳妇，两只眼睛总是水里浆汤的，右眼还似乎有点儿肿胀，像个烂桃儿。段春兰私下里给她取了个外号：烂桃儿。一传十，十传百，久而久之，凡是高庄人，每提到烂桃儿，就都知道说的是李希恩媳妇。

烂桃儿原本有一个特别好听的名字，叫佟红桃，红桃的娘家是崇国庄一户不大不小的财主，姓佟。佟老爷子就这么一个闺女，小时候长得水葱儿似的，佟老爷子对闺女疼得下不去手，顶在头上怕吓着，含在嘴里怕化了。天有不测风云，人有旦夕祸福。一次，佟红桃打枣儿，一不留神，捅到马蜂包上，马蜂蜇了红桃的一只眼睛，肿得桃儿似的，不承想感染化脓，自此，落下了毛病，这只落了毛病的眼睛，总是水里浆汤的。

佟老爷子信佛，在他看来，这也是报应。可是他佟老爷子活到这把年纪，实实在在的没有做过一丁点儿亏心事，不知怎么佛就找寻到他的宝贝闺女头上。为此，佟老爷子对佛愈加深信不疑。在他看来，佛无处不在，人只能做好事，不能做一丁点儿坏事，无论做好事，还是做坏事，佛都知道。善有善报，恶有恶报，不是不报，时机未到，时机一到，一切全报。

佟红桃从小就信佟老爷子的话。嫁到李希恩家，仍然抱着这个信条不放。她总担心丈夫在外面不做善事，做了恶事遭报应，于是，她处处加丈夫的小心。此刻，李希恩从外面回来，一句话不言语，上炕就睡，起了疑心，问："咋啦，有啥不顺心的？"

李希恩不耐烦地说："一边儿去，红桃，你知不知道，外边儿都管你叫烂桃儿！"

烂桃儿说："他们不怕嘴歪就让他们叫去！瞧你，一进这门儿，就鼻子不是鼻子，脸子不是脸子，是白日没伺候好你，还是夜里没伺候好你！"

李希恩说："行了行了，睡觉！"

烂桃儿说："我可告诉你，缺德带冒烟儿的事，咱可千万不能干，老佛爷的眼睛盯着呢！"

李希恩说："你信你就信，你甭跟我提狗屁老佛爷，好不好！"

烂桃儿急忙掩住李希恩的嘴，说："不兴胡说！"

李希恩说："再说了，我干什么坏事了？"

烂桃儿说："我知道你不会跟我说实话，可是，你瞒得住我，瞒不住老佛爷呀！"

李希恩说："你瞎唠叨什么呀！"

烂桃儿说："你还嫌我唠叨，斜对门的胡彩花，她妈妈让小鬼子给杀了，是个孤儿，怪可怜见的。咱救不了人家，可也别糟毁人家，给人家雪上加霜。"

李希恩说："哪儿的话！"

烂桃儿说："我又不是瞎子，什么事能躲过我的眼睛！"

李希恩说："算了，算了！"

烂桃儿说："我是怕你遭报应！"她一面说，一面趴在炕沿子上呜呜地哭开了。

李希恩听到烂桃儿的抽泣声，撩开被子，吼道："你哭什么呀，报庙儿呢？"

烂桃儿说："我就是担心你将来遭报应！"

李希恩说："遭报应，遭报应，遭啥报应呀？"

烂桃儿说："村里闹土匪，哪次不是你铆劲儿敲锣，把李洪庄的日本鬼子招来？这也罢了，可八路军来村里，你也铆劲儿敲锣，把小鬼子给招来。你要知道，八路军是好人呀，给老百姓办好事呀，你咋也把小鬼子招来呢？"

李希恩说："啊呀呀，我当你说啥呢？土匪到咱们高庄来，祸害乡亲，叫日本兵把他们赶走，这就叫借劲使劲，鹬蚌相争，渔翁得利。不管谁打了谁，都碍不着咱的蛋疼。"

烂桃儿说："那，那你叫日本兵打八路，那不是吃里爬外吗？"

李希恩说："八路军，八路军把咱们看作什么人？把咱们当日本人的狗腿子，是他们的眼中钉、肉中刺呀，咱们就是要借助日本人打击八路军！"

烂桃儿说："那，那等八路军赶走了小日本，你还不遭报应吗？到那一天，你咋办？"

李希恩说："要真到那个时候，中国这么大，还怕没有咱们的立锥之地？"

烂桃儿说："神是无所不知呀，我可有言在先，到遭报应的那一天，可别埋怨我！"

李希恩说："行了，行了，老娘们儿家家懂个屁！咱们借助日本人的刀杀八路军，也别叫他们看出来，我跟你说，我和日本人早已商定，以锣声和喊叫声为号，只要高庄闹土匪，或者来了八路军，日本人听到敲锣和人的喊叫声，马上派兵到高庄来。你听听，即使八路军遭到日本人的打击，他们能怀疑到咱们的头上吗？"

烂桃儿说："八路军不怀疑，就怕老佛爷知道。"

李希恩伸进媳妇被窝一只胳膊，把她拽进自己的被窝，不无调侃地说："来吧，你摸摸，看看这个秃和尚知道不知道？"

烂桃儿说："跟你说正经事，可叹呀，你也配当保长，连一丁点儿正经的都没有！"

李希恩说："这回你知道了吧，什么神啦鬼啦老佛爷小和尚呀，狗屁，我一概不信！"

烂桃儿抻抻被子，把头蒙上，在被窝里饮泣，不出一丁点儿响动。

段春兰、胡彩花和军鞋小组的几个姐们儿，正在杨怀华家里忙活，突然，跌跌撞撞地跑进来一个人。大家抬起头来一看，不是别人，是烂桃儿，一个个挤眉弄眼。

烂桃儿说："我告诉你们一件事，一件大事。我们家的李希恩跟我说了：咱们村跟李洪庄日本人的联络暗号，就是敲锣呐喊。"

段春兰听了，大笑，笑得前仰后合。

胡彩花见段春兰笑成那个样子，掉过脸去，掩着嘴笑。

杨怀华看看段春兰，瞅瞅胡彩花，一个个笑成那个模样，不觉也笑开了。

烂桃儿怎么也没有想到，她的一句话，会招大家伙哄堂大笑，好生纳闷儿，于是说："各位姐们儿先别笑，我说的可是真话。对天发誓，有半句假话，天打五雷轰！"一面说，一面双手指天，两脚跺地。

谁知烂桃儿的这一表演，越发使人觉得可笑之至。

杨怀华等大家笑足了，乐够了，这才说："佟红桃，你再说说，到底是怎么回子事，大家伙根本没听明白。"

烂桃儿说："是这么档子事：咱们高庄经常闹土匪，来八路，我们家的李希恩是咱们村的保长，他跟李洪庄的日本人商量好了，鸣锣为号，李洪庄的日本人一听见咱们高庄的敲锣声、人喊声，就立即出兵，到咱们村里来，剿灭土匪，打八路。"

段春兰一面听，一面笑，可是，当她听到"打八路"三个字时，立即止住笑，厉声说："打八路？以锣声为号，给李洪庄的日本鬼子送信，叫小鬼子来打咱们的八路军？怪不得说保甲长都是日本人的狗腿子。烂桃儿，你这是不打自招呀！"

杨怀华急忙伸出一只手，掩住段春兰的嘴，说："说正经的，不兴胡说！"她拍拍烂桃儿的肩膀，"红桃儿，我跟你说，土匪来到咱们高庄，的确是祸害老百姓，鸣锣报信，借助小鬼子，把他们赶跑，还算说得过去。可是，八路军是咱们老百姓的子弟兵，他们来了，怎么能告诉给小鬼子呢？"

烂桃儿说："我明白了！"

段春兰说："这事，要是别人跟李希恩说，就难了。我琢磨着，怕磨破嘴皮子也不见得管多大事儿。你来告诉他，连劝都不用劝，枕头风儿一吹，兴许就行了！"

段春兰的一席话，把杨怀华、胡彩花都逗乐了。

烂桃儿说："那，那我回去试试。"

段春兰说："忘说了，三口子就没两口子亲，甭试，一试就灵！"

日本鬼子在李洪庄修起了炮楼，从高高的炮楼上，可以望得见高庄、马庄一带的八路军和游击队的动静。这里驻扎的日本鬼子，不仅武器精良，还同各村的敌伪政权内外勾结，这给八路军、游击队开展抗日活动，造成很多困难。

李洪庄炮楼距离高庄只有二里路，高庄游击小组长杨俊杰就在敌人的眼皮底下活动，要是被伪保长李希恩知道，锣声一响，李洪庄的鬼子放个屁的工夫就能跑到高庄。

杨俊杰最近几天，忙完了筹集粮款，又到各户收集军鞋。等都筹集好了，正准备找车送往尹家府团部时，日头也快落山了。

杨俊杰跑到村西，悄悄溜进驴嗓门邹大山家，开门见山地说："大山，借你家驴车使使，送趟东西。你记好，用过你几次车，将来赶走了小日本，一齐算，给你钱！"

驴嗓门邹大山瓮声瓮气地说："要提给钱，那就远了。你们游击小组一天到晚为什么呀，有谁提过半个钱字。到我这里，就非得叫我记账，都是中国人，打小鬼子都有份儿！"他一面忙活，一面说，话还没有说完，小驴车早已经套好了。

邹大山赶着小驴车出了家门，拐上了去杨俊杰家的胡同。

天已经大黑了，夜空中的月牙，像女孩儿眯起一只眼睛，俏皮地望着大地上不断发生的趣事。星星们一个个睁大了眼睛，好奇地探视着人间争斗的秘密。

杨俊杰招呼屋里的姑娘媳妇老少爷儿们，把筹集到的粮食、军鞋装到小驴车上。

驴嗓门邹大山高腔大嗓地说："杨俊杰，咱们走吧！"

段春兰说："小声点儿，蝎子蜇着了！"

驴嗓门邹大山哈哈笑道："我要是蝎子，要蜇，我就先蜇你，专拣你那用遮羞布遮着的地方蜇！"

段春兰说："快回家，蜇你媳妇用遮羞布遮着的地方去吧！"

杨怀华抢过来说："越说越不上串儿！邹大山，赶紧的，轰车，上路！"

驴嗓门邹大山："谁跟去？一块儿走！"

段春兰说："我跟去。驴嗓门，黑灯瞎火的，驴嗓门，就你那二五眼，不好使，别把小毛驴车赶到沟里去！"

驴嗓门邹大山说："好使不好使，你怎么知道呀？"

杨怀华说："别逗瞎丫头了，快走吧！叽叽喳喳的，把李洪庄炮楼的小鬼子招来，就坏醋了！"

胡彩花说："我也去！万一遇到什么事，人多主意多！"

杨怀华说："是这样！"

杨俊杰说："那好吧，咱们都去，送到冀东独立团团部。人多卸车也快，早去早回！"

邹大山说："那好，那好，摸瞎赶路，我就喜欢搭伴。人多，说话搭理的，路远，也不显得远！"

于是，一伙人就都跟着邹大山的小毛驴车走，拐出了胡同口，奔南，出了村。

邹大山一面赶着小毛驴车，一面逗段春兰，说："是谁给你取了快嘴连这么个外号呀？要是我，早拧他里帘儿了！"

快嘴连段春兰说："谁知道哪个不吃人饭的东西！你以为你就是好东西，别忙，先搁着你那张贼皮！"

杨怀华说："小点声儿，别招得狗咬吵哄的，留神叫李洪庄炮楼的小鬼子听见！"

段春兰说："杨嫂总是那么婆婆妈妈的，小声点儿，小声点儿，谁不知道小声点儿！再说，咱们这里离李洪庄至少也有三里路，你当小鬼子都长着驴耳朵呢！嘻嘻……"

邹大山说："驴耳朵再长，也听不到咱们这里说话呀！哈哈……"

杨怀华说："咱们这次送粮和军鞋，大小也算得上是一次军事行动。可不能太掉以轻心！"

段春兰说："杨嫂真不愧为高庄游击队队长的媳妇，都跟杨大哥在被窝里学的吧？病鸭子，还跩上了。掉以轻心，小耗子掉进胆瓶里——口口咬瓷！"

杨俊杰轻声说："别逗了，现在，距离李洪庄小鬼子炮楼越来越近了，响动太大了，留神叫小鬼子听见，那可就坏醋了！"

段春兰说："好，都把我们当哑巴卖，得了。唉，你们倒是两口子！"

驴嗓门邹大山说："春兰，说什么呢？一丁点小事儿，别当真，千万别噘嘴捧场的，伤了和气！"邹大山只顾说，忘了拉着小毛驴的缰绳，小毛驴蹚进了水坑，车轮陷了进去。他一时着急，放开驴嗓门吆喝了一声："得儿，驾！"

驴嗓门邹大山的一声吆喝，划破夜空，传向远方。

快嘴连段春兰压低声音说："干吗呢，这一声驴嗓门，非得叫李洪庄的小鬼子听见了！"

驴嗓门邹大山自知犯了天大的忌讳，铆劲儿抽自己的嘴巴子。

杨俊杰急忙说："行了行了，大山，别添乱了！李洪庄的小鬼子肯定听到了，说不定他们马上就会过来，怎么办？"

段春兰三步两步蹿到杨俊杰跟前，说："杨哥，赶紧派人回村，叫李希恩敲锣呐喊，把李洪庄的小鬼子引到村里去，咱们这里赶紧把小驴车推出水坑，大山哥轰车赶紧走，就没事了！"

杨俊杰说："好主意，春兰，还有你，怀华，你们俩跑回村，找李希恩，就说高庄来了八路军，叫他们赶紧敲锣，再多找点儿人，大喊大叫！"

段春兰说："那个李希恩，小日本的狗腿子，就那么听我们的？"

杨俊杰说："放心吧，他的媳妇佟红桃，准会帮你们说话。快走，晚了就来不及了！"他一面催促媳妇和段春兰，一面拉起胡彩花，"彩花，咱们先帮助大山把小毛驴车推上来！"

驴嗓门邹大山知道自己闯了大祸，此刻，只有卖死劲儿的份，一面用鞭杆儿捅小毛驴的屁股蛋子，一面抠轱辘扳条。杨俊杰和胡彩花，分别在车辕左右用力推，可是，小毛驴车愈陷愈深，杨俊杰脱掉夹袄，垫在车轱辘下面，胡彩花也急急忙忙脱掉花褂子，折巴折巴垫上，大家屏住呼吸，一起用力，终于，小驴车被推出水坑。

驴嗓门邹大山长舒了一口气："啊呀，我的妈呀！"

杨俊杰说："快别爹呀妈呀的了，出了这条小路，拐上大道，就没事了。我和彩花得设法把小鬼子引开，你不要再出声儿，赶紧往尹家府的方向走！"

邹大山说："都是我的错。"

杨俊杰说："没工夫说这些，快点儿赶车走吧！"

邹大山赶着车，拐上大路，回头向杨俊杰他们招招手，径直朝尹家府的方向而去。

杨俊杰和胡彩花从泥坑里抻出沾满泥浆的衣服，各自提在手里，一同朝高庄村南奔去。

杨怀华和段春兰呼哧呼哧跑回村，站在李希恩家门口，叫嚷道："李保长，红桃儿，快起来，咱们村来八路了！"

李希恩刚钻进佟红桃的被窝，还没有焐热乎，听到外面有人喊叫，撩开被角儿，伸着耳朵听。

杨怀华和段春兰听不到李希恩屋子里的响动，段春兰说："杨嫂，咱们俩一起喊，一二——三，李保长，快起来，咱们村来八路了！"

李希恩这一次听清了，着急忙慌钻出被窝，慌慌张张蹬上裤子，披上衣服，急急忙忙端开折扇门，跑了出去。

佟红桃紧嚷："当心着凉！"

李希恩立即跑到大庙，喊醒夫役歪嘴子刘。

歪嘴子刘说："又啥？霜降都好几天了，摸哪儿哪儿冰凉的！"

李希恩说："你没听，八路军都进村了！"

歪嘴子刘说："人人都知道八路军是好人，我早说过：土匪进村叫日本人帮忙，八路军进村就别嚷门打鼓的！"

李希恩叫嚷道："叫你敲锣，你就敲锣，哪儿那么多废话！"

歪嘴子刘趿拉着一双破鞋，从高桌上摸到炸了口的铜锣，走出院子，铆足劲儿敲了几下，直着脖子叫了几声："八路进村了！"

杨怀华和段春兰听到歪嘴子刘的锣声，也一同乱叫起来。

高庄的老百姓一次次听惯了，可是，谁知是真是假，也都穿好衣服，站在自家院子里，支棱起耳朵听动静。

杨俊杰和胡彩花跑到高庄村的东南角，站在土坡上的大榆树下，听着李洪庄通往高庄路上的人嘶马叫。

胡彩花年轻，眼尖，透过夜色，远远看见李洪庄的小鬼子，走到误车路径的岔道口，向北拐去，惊讶地说："杨哥，太险了！小鬼子准是听到邹大山的吆喝声，奔咱们误车的方向来了，他们听到高庄村里锣声，才改变了行军的方向，抄近路进村了。要是村里没有动静，咱们的送货车，肯定得遇上小鬼子，那下可就全完了！"

杨俊杰低头看见胡彩花沾满泥浆的花褂子，说："冷吧？"

胡彩花一面打哆嗦，一面说："不，不冷！"

杨俊杰说："不冷打哆嗦？"

胡彩花说："打，打哆嗦，也不冷！"

杨俊杰本想把自己的褂子给胡彩花披上。可是，他的褂子上，沾的泥浆更多。他瞥了瞥胡彩花，心里说，有这么好的老百姓真心实意地拥护八路军，弹丸之地的小鬼子是不够收拾的！

日伪军被高庄村的敲锣声和喊叫声懵住了，不知村里发生了什么事，队伍开到高庄村口，带队的日本仁丹胡子小队长喝道："八嘎呀路，什么的干活？张树，你到村里的问问！"

伪警察张树答道："是，太君，我的进村探听一下情况。回来向太君报告！"

日本小队长说："快快的，夜里天气太冷，快快的！"

张树地熟人熟，绕进了高庄村，高喊道："我是李洪庄警察张树，快把李希恩保长找来见我！"

高庄村的民兵早就知道，张树是我军在李洪庄警察所的卧底。于是，纷纷四处去找。

李希恩来到高庄村西老槐树下，匆匆走到张树跟前说："你告诉皇军，就说八路军小股部队，到高庄骚扰，被高庄保安队打出村了！"

正说间，高庄村南传来一声枪响。

李希恩耳朵一支棱，吓了一跳，战战兢兢地说："你听，八路军已经被我们打出高庄村了！"

张树说："好的，回去我就说高庄保安队已经把八路军打跑了，行不？"

李希恩说："不，还要多多为高庄保安队美言几句！"

张树嘻嘻哈哈地说："自家人，自家人不说两家话！"

李希恩心里说，狗，甭净说我，你也是一条狗，一条日本人的走狗。到时候，等到八路军胜利的那一天，一根绳子拴俩狗，你也跑不了，我也颠不了，统统都得叫八路军给宰了！

张树急急忙忙、呼哧呼哧地向日本仁丹胡子小队长报告："报告大日本皇军长官，高庄村确实来过小股八路军，被高庄保安队赶跑了。大日本皇军，应该大大地奖励高庄的保安队！"

日本仁丹胡子小队长伸出大拇指，说："好的，高庄村保安队，大大的好，应该大大地奖励！"

第二十三回

曾万山强闯马官邸
李中飞智擒人来疯

　　渔阳府名扬曾大胆　　诸葛店流传小卧龙
　　曾万山强闯马官邸　　李中飞智擒人来疯

　　西面的太阳快要落山了，高低起伏的燕山，横在天边，天空上的暗红色的晚霞，一骨朵一块的，不像花，倒像一摊摊血。

　　曾万山头戴毡帽，身穿长袍，足蹬皮靴，手拿文明棍，鼻梁上还架着一副金丝眼镜，坐在马车上，俨然一个不大不小的商人。

　　金哥赶着马车去北平，走到北平东直门，被小鬼子的帮凶皇协军士兵拦住，大声喝道："站住！什么人？"

　　曾万山坐在车上，伸出一只手，往上托了托鼻梁上的眼镜，不紧不慢地说："年轻人，你看我像什么人？"

　　伪军士兵问："有良民证吗？"

　　金哥走上前来，说："他是酒仙桥一带知名的大善人，挥金如土。今儿个，你能认识他，算是你的造化！"一面说，一面掏出两块银圆，用另一只手遮掩住，递到伪军士兵的手里，"良民证，看仔细！"

　　伪军士兵稍一愣，接过银圆，攥在手心里，假意退还给赶车金哥，说："老爷，我姓苟，叫苟顺。"

　　曾万山说："苟顺，狗眼看人低。你们这种差事，只当马勺苍蝇混饭吃！"

　　苟顺递过笑脸说："老爷说得对，老爷说得对，慢走！"

金哥轰着车，嘻嘻笑道："手中银圆白花花，世上没人不爱它！"

马车走到簋街，曾万山走进簋街靳家小店。

靳老板见进来了顾客，满面春风地迎了出来，嘻嘻笑道："嘻嘻，您买点什么？"

曾万山慢慢摘下礼帽，捋了捋头发，微微一笑，并不答话。

靳老板定睛一看，感到来者并非凡人，于是问道："先生，一向可好，别来无恙？"眼睛向外溜了溜。

曾万山抬头望望店里北墙上的大铜挂钟，说："老板的大铜挂钟，滴嘀嗒，行云流水！"

靳老板叉开两个手指，说："嗒嘀嘀，一路货色。"

曾万山问："有现货吗？"

靳老板说："要现钱。"

曾万山说："快，包装严实点儿。"

靳老板提高嗓门儿说："好了您哪！"

小店伙计把货装进麻袋，说："先生，您置买的东西都齐了。"

曾万山说："别急，再装上三百斤劈柴、五百斤煤球。"

靳老板向伙计挥挥手，压低嗓门儿说："快，从后院再装三百斤劈柴、五百斤煤球！"

小店伙计一趟一趟从后院取来劈柴、煤球，一麻袋一麻袋装好，码放整齐，累得呼哧呼哧喘，心想，靳老板疯了，刚刚进的劈柴、煤球，费劲巴拉的，怎么又倒卖给人家了呢？百思不得其解。

靳老板环顾门外，大声说："劈柴三百斤、煤球五百斤，称好了给您。先生，走好！"

突然，耳边响了一声："别走！"

曾万山侧眼一溜，厉声叫喊的是一个五大三粗的壮汉，心想，来者不善，善者不来。

壮汉说："你们自以为做得很神秘，天衣无缝。嘻嘻，早被我看得清清楚楚，我是谁呀，今儿叫你们认识认识！"

曾万山向金哥使了个眼色。

金哥心领神会，"噌"地蹿过来，用钢锉一般的手指，铆足劲儿往壮汉的软肋上一戳，顺势摸出壮汉腰间的家伙，神不知鬼不觉地塞进自己的内衣。

壮汉"妈呀"一声，疼得靠在靳家小店的栏柜上。

街面上的人以为二人在干架，一个个驻足，看热闹。

曾万山大声说："这俩货头子，灌二两猫儿尿，就醉成这样！"

靳老板借机说："小伙子，把他拽进里间，弄到炕上，醒醒酒！"

金哥堵住壮汉的嘴巴，连拉带扯，把他弄进屋里。

曾万山假装无意地说："醒会儿酒，这点儿猫尿儿喝的！"

驻足在外面看热闹的人们，误以为真是两个酒鬼，纷纷说道："没劲！"一个个四散开去。

曾万山等外面清静了，一闪身，进了里间。金哥将壮汉死死地按在地上，抄起一把扫炕笤帚，猛力向壮汉的争嘴窝儿杵去。

金哥把壮汉拉起来，将他死死地按在栏柜上，厉声问："什么人？"

壮汉耷拉着脑袋，不语。

金哥又在壮汉的软肋上一捅，这下子他实在吃不住劲儿了，呜呜咽咽地说："二位好汉饶命，我说，我说！"一面说，一面不住地点头，像老公鸡啄米一样。

曾万山问："叫什么？谁派你来的？"

壮汉说："我叫李福，干巡抚，是马巡官派我来监视靳家小店，他早就对这里起了疑心。"

曾万山问道："马巡官，马巡官住在哪里？"

李福支支吾吾，半晌不语。

曾万山压低声音，却很严厉地说："说，你倒是说不说呀？"他掏出手枪，在壮汉的后脊梁上用力一顶。

李福吓得面如土色，连忙说："我说，我说，马巡官的家在北小街五十二号。"

金哥说："真的吗？再说一遍！"

壮汉说："北小街五十二号。有半个假字，您枪毙了我！"

曾万山说："好吧，今儿就饶了你的小命。可是，你听着，往后要是再看见你为非作歹，欺压百姓，决不饶恕！"

金哥松开手，说："听见没有？"

李福连连说："听见了，往后再不敢了！把枪还给我，行吗？"

金哥掏出他那把手枪，说："枪，怎么能还给你！"

李福说："这是马巡官发的，要是没了它，非枪毙我不成。"

金哥说："要是把枪还给你，你不是照样欺压百姓吗？"

李福说："您看，这是支假枪，吓唬老百姓的！"

金哥把那支枪在手里转了几个弯，拉拉枪机，拉不动，心里说，的确是支假枪，抬眼看看曾万山。

曾万山向金哥甩甩头。

金哥说："枪，也还给你。不过，你呢，只能拿着它在马巡官的手底下混饭吃，不准你用它吓唬老百姓！"

李福说："是是是，一定，一定！"

曾万山说："咱们走吧！"

金哥跳上车辕子，又细细地检查一遍，朝曾万山点点头。

曾万山说："走吧！"

金哥从车辕子上摘下鞭子，在空中甩了一个圆，炸了个鞭花，声音不大不小，吆喝道："得儿，驾！"

突然，有人叫道："小鬼子又戒严了，东直门布满了日本兵，荷枪实弹，可吓人了！"

刚刚启动的马车，"咯噔"停住了。

曾万山伸手摸摸腰间的手枪，留神望望东直门大街上急急忙忙来来往往的人流。心里想，糟糕。今儿要是出不了城，被鬼子搜查出这些军用物资来，个人搭进去一条命，倒是无所谓，上级为了破除日本鬼子的三光政策、强化治安，冀东根据地急等这批通信器材呢！

曾万山站在东直门大街上，每一根神经都参加了战斗，反反复复地琢磨：怎么办，怎么办？急得他直拍脑门儿，忽然，他想起一个人来，这个人就是马巡官，不觉计上心来。

曾万山理了理长袍，整了整礼帽，抚了抚鼻梁上的金丝眼镜，向金哥一扭脸，说："金哥，把马车靠在路边。我去去就来。不要慌，待会儿，看我眼神，见机行事！"

金哥忙说："您咋也叫我金哥呀？"

曾万山说："行了，行了，哪里有工夫争论这个呀！"一面说，一面三步并作两步行。

东直门大街上，初冬的风，冷飕飕的。曾万山抄起手，走到一位蹬三轮车的师傅跟前，说："师傅，雇车！"

蹬三轮的师傅说："天冷，多给几个吧！"

曾万山说："好说，前面，簋街，百货商店！"

三轮师傅说："好嘞，先生，请上车！"

不远处，三轮车在簋街百货商店门前停下。

曾万山嗖嗖进去，烟果茶糖，见样就买，大包小包叮啷当啷地提在手里，出了门，就急匆匆地上了三轮车，说："北小街五十二号。"

三轮车师傅说："好啦，北小街五十二号。"

曾万山催促道："快！"

三轮师傅心里想，这主，这么急，大概是奔丧。

其实，三轮师傅哪里知道，曾万山的心里，比奔丧还急呢！

三轮车停在门口，曾万山说："师傅，一个银圆够吗？"

三轮师傅说："脚钱？用不了这么多！"

曾万山说："师傅，眼看入冬了，你还没有穿上棉鞋，只当我送你一双棉鞋！"

三轮师傅说："谢谢，好人，好人有好报！"

曾万山站在石灰的门楼下，又抬头看了看门牌：北小街五十二号，这才轻轻敲了两下门。

对扇门"吱扭"一声，闪开一条缝儿。一个年轻的摩登女人站在里面，探出头来，嗲声嗲气地问："找谁，怎么不认识？"

曾万山点点头，说："找马巡官，我是他的朋友，从顺义来，多年不见，来看看他。"一边说，一边把刚刚置买的礼物，往那女人手里塞，"劳驾，劳驾！"

摩登女人一看，客人拿了这么多礼物，立马眉开眼笑，咧开樱桃小口，说道："让您太破费了！"一面说，一面帮着拎起礼物，往院里走。

曾万山大模大样跟着摩登女人进了屋。

摩登女人高腔大嗓地叫嚷："孩子他爹，你看看谁来了？"

马巡官在官场上，人模狗样，大呼小叫，可在家里，大事小情都听太太的。听到太太喊叫，岂敢怠慢，一面答应着，一面往外走。

曾万山哈哈大笑，说道："马巡官，别来无恙！"

马巡官愣住了，一时想不起，来者何人，只得"呵呵"两声敷衍。

曾万山说："马老弟进城当官了，把乡下的庄稼兄弟忘得一干二净！我是你二哥，住你家东院。小时候，一块儿光着屁股在盆底坑洗澡，一起偷海爷家的枣，忘了？真是贵人多忘事！"一面说，一面把手里提着的礼物放在桌子上。

马巡官急忙摆手，哈哈笑道："别提那些小时候的现眼事！"

曾万山向屋子里扫了几眼，低声说："无事不登三宝殿，夜猫子进宅，无事不来。明人不做暗事，马巡官，直说吧，你当你的马巡官，我干我的八路军……"

马巡官听到这里，忙伸手摸枪。

曾万山立马掏出两把盒子枪，厉声说："这里有两把，德国造毛瑟枪，你用哪把？"

马巡官吓得一愣，没敢动窝。

曾万山厉声说："咱们都是中国人，不能死心塌地给日本人当走狗。我的马车要出城，马上戒严，你帮这个忙，还是不帮？说痛快的！"

马太太站在一旁，怕把事闹大了，央求道："您别急，这么丁点小事，好商量，好商量！"

马巡官说："对，对，好商量。"

曾万山说："那好，你想办法放我的大车出城。"

马巡官支支吾吾："我做不了主，得请示署长！"

曾万山说："我不管你请示谁，立马给我想办法。"

马巡官说："我就说，您是我的亲戚，有急事要出城。"

曾万山说："随你的便。但是，你要是去告密，这儿有你的太太和两个孩子——你要不讲义气，可别怪我不客气！"

马太太接过话茬，说："这么丁点小事，请示啥狗屁署长？你跟他们去，现在，正是你的下属值班。晚了，等日本人戒严，就坏醋了！"

马巡官原本想耍点儿花活，听了太太的话，无可奈何，也只能顺水推舟了，说："太太这么一说，倒提醒了我，好吧，我们赶紧走，到东直门！"

曾万山说："好！"说着，摽起马巡官，一同回到金家小店。

金哥见曾万山摽着一个人走过来，心里有了底。

曾万山说："马巡官，就是这辆拉劈柴和煤球的马车。现在戒严，只好麻烦你送我们出城！"

马巡官心里犯嘀咕，放一辆拉劈柴和煤球的马车出城，原本小事一桩。可是，要是出城时，检查出别的东西来，别说出不了城，连我也得搭进去，吃不了兜着走！于是说："真的只是劈柴和煤球吗？"

曾万山厉声说："要有金银财宝袁大头算你的！"

马巡官说："可开不得玩笑！"

曾万山说："你别跟我玩里格楞，快，趁着小鬼子还没有开过来。不然，你就自找麻烦！"

马巡官无可奈何，只得耸耸肩，摊开双手，说："碰碰运气！"

曾万山望了一眼金哥，说："金哥，轰马车，咱们走！"

金哥摇了摇手中的马鞭，打了个口哨。

老马极是听话，一撞肩，马车便上石子路。

曾万山和马巡官肩并肩地跟在马车的后面。

马车急匆匆地来到东直门城楼洞口，正赶上伪军挨个检查。

一个身材魁梧的伪军士兵走过来，说："什么人？拉的什么？"

赶马车的金哥并不回答，只把头向后甩了甩。

身材魁梧的伪军士兵刚要开口问，只见苟顺急急忙忙跑过来，说："老爷，您出城？"

曾万山稍稍一愣，随口搭音，道："啊哦，苟顺，是吧？瞧我这记性！哈哈……"

苟顺抬眼看见马巡官同行，正好想借机会套近乎，于是说："马巡官，您认识？这位就是县……县，长……"

马巡官睁大了眼睛，吃惊不小，说："县长？"

苟顺说："县长的爹！"

马巡官厉声说："哪儿远，哪儿玩去！"

曾万山趁机打哈哈，说："金哥，我们走！"

金哥抿嘴笑笑，摇鞭赶路。

马车还没有走出多远，只听身后一通乱嚷嚷。回头一看，一队日本鬼子的队伍正向东直门城楼开过来。

曾万山侧过头，悄悄地说："金哥，多悬！快，快离开这个是非之地！"

金哥说："曾叔，上车，快点儿赶路！"

马车走到孙河，看见河边一家小店正亮着灯。

曾万山说："把马车朝那家小店赶去。"

金哥问："有事？"

曾万山说："唔。"

金哥赶着马车向孙河岸边的那家夜店走去。

马车停在夜店的土墙外面。

曾万山推开虚掩着的栅栏门，轻轻叫道："掌柜的，请开门！"

折扇门被推开了，问："大冷的天，这么晚了，有事？"

曾万山向掌柜的鞠了一个躬，彬彬有礼地说："掌柜的，我们出来一整天了，还有吃的吗？"

掌柜的向外溜了溜，说："我们这里不开饭铺，是个小杂货铺，吃的倒是有，不知什么合您意？"

曾万山走到小小货架前，借着微弱的光线，看到浅碟里有几块槽子糕，说："就这个吧！"

掌柜的说："好吧，不太好，官人凑合着用吧！"说着，取过浅碟，递给曾万山。

曾万山接过来，向金哥一扭脸，说："垫补垫补，别饿坏了！"

金哥说："还真饿了！"说着，取过两块槽子糕，叠在一起，大嘴马牙地啃开了。

曾万山吃完槽子糕，打了个饱嗝。这才说："掌柜的，我们是买卖人，经常从您家门口过，低头不见抬头见。跟您商量个事，我们走了一整天了，这匹老马累了，把车上的劈柴和煤球卸您这里，槽子糕钱，您就从这里刨，您看如何？"

掌柜的说："唉，我在这孙河边上开了多半辈子小铺，您这是大姑娘坐轿子，头一回。我是马辛庄的，坐不更姓，行不改名，张耀宗的便是。东西您就放在我这里，想什么时候来取，就什么时候来取，行不？与人方便，自己方便！"

曾万山说："痛快，痛快！"

金哥听了，赶紧把马车顺到夜店门口，把马车上的劈柴和煤球一趟一趟卸下来，码放在小店的西房山墙根底下。

曾万山说："耀宗老哥，后会有期，后会有期！"

张耀宗趵着一条腿，把曾万山和金哥送出，说："不送！"

曾万山作揖道："客气，客气！"

金哥拉着缰绳，把马车领到通往顺义的石子路上，说："曾叔，上车，披上我那件旧棉袄，忍一觉。放心，天不亮，就到顺义了！"

曾万山跨上车辕，往车里爬了爬，靠在车厢上，坐稳。

金哥抻过旧棉袄，递给曾万山，说："盖上点儿，别嫌破，暖和就行！"

曾万山说："你呢，你就不怕冷？"

金哥说："我年轻，再说，冷了，我在地上跑跑，没事，放心大胆地睡一觉吧！"

金哥还在絮絮叨叨地说，车上早已响起了呼噜声。

马车行到尹家府村北的大庙前，太阳从东山冒嘴儿，一缕缕的朝霞映红了半边天。

金哥抻了抻缰绳，马车停住，叫醒曾万山："曾叔，到了！"

曾万山从马车上跳下来，揉揉眼睛，说："到了？快把马车赶到团部，那里有人来接应我们！"

金哥把鞭子挂在马车辕子上，正要赶着马车走，一抬头，只见一个人正从大庙里急匆匆走出来，说："团长让我在大庙里等你们，好家伙，你们整整走一宿了，怎么样，冷吧？"

曾万山说："咋不冷，快冻僵了！哈哈，哈哈……"

金哥说："曾叔，您摸摸，我的头还冒汗呢！"

那人说："我就是解绍仙。韩团长让我在大庙里等你们。"

曾万山快步走了过来，说："解绍仙老哥，几年没见，还那么壮实！"

解绍仙说："好家伙，你们整整走了一宿，赶紧回团部歇吧。"

曾万山说："团长等急了吧？"

解绍仙说："赶紧走，他肯定等急了。不知什么东西这么重要！"

曾万山说："金哥，快，快吆喝牲口！"

金哥手中小鞭儿在空中划了一个圆，抽了一个不大不小的鞭花儿，马车轱辘"嗖嗖"地往前滚。

刚进大门，马车还没有停稳，就见韩团长身披日军呢子大氅，从指挥部里走出来。

韩团长满面春风地迎了上来，说："曾万山同志，好容易把你盼来了。

怎么样，冷不冷？"一面说着，一面脱下日军呢子大氅，给曾万山披上。

曾万山说："不冷，不冷，真的不冷！"

解绍仙说："实话，不冷，舌头底下还出汗呢！"

韩团长说："金哥，你也进来休息。解绍仙，你找几个人卸车，把东西搬到指挥部来！"

解绍仙说："好嘞！"

曾万山、金哥跟随着韩团长进了指挥部。

勤务兵早早打来了洗脸水，在脸盆架上腾腾地冒着热气。

韩团长说："万山、金哥，你们洗洗脸，暖和暖和。勤务员，等他们洗过脸，你带他们去食堂吃饭！"

勤务兵答道："是！"

胡政委从外面走进来，见到指挥部的大桌子上摆放的无线电通信器材，"噌噌噌"径直走了过去："到了，送到了！"

曾万山正在洗脸，满脸都是雪白的肥皂沫，听到胡政委的说话声，急忙过来打招呼："政委！"

胡政委嘻嘻哈哈地说："哟，这是谁？白脸曹操？哈哈……"

曾万山说："曾万山！"

胡政委说："知道，知道。这一夜路，又冷又累又饿，是不是？赶紧暖和暖和，吃过早饭，好好睡上一觉！"然后，急匆匆地走近指挥部的大桌子前，抚摸着大桌子上摆放的无线电通信器材，半哼半唱："无线电，无线电，我天天想，夜夜盼，好容易盼到见了面。上级的指示听得见，下达命令更方便。机枪步枪手榴弹，打得小鬼子团团转来团团转！"

韩团长哈哈大笑，说："胡政委，你有见识，你说，这里面也听不到有人说话，只能听见嘀嘀嗒嗒的响声，怎么就能知道说什么呢？"

胡政委一面敲击，一面说："短音为'嘀'，长音为'嗒'。比如'嘀嗒'就代表'1'；'嘀嘀嗒'就代表'2'……每4个阿拉伯字码为一组，每一组代表一个汉字。电报员把收到的信号记录下来；或者，把要发送的命令发送出去。就这么简单！"

韩团长听了，哈哈大笑，说："啊呀呀，这可大姑娘脱裤子——不简单呀！"

胡政委说："团长，你看，尽快从咱们团里挑几个有知识的年轻人，训练训练。这可不是三天两早晨就能练出来的，必须抓紧呀！"

韩团长说："有知识的年轻人，这不现成的。女的行吗？"

胡政委说："不分男女，男的女的都行，第一，年轻；第二，有知识。"

韩团长在指挥部里踱来踱去，突然站定，说："我点几个，你看看行不？陈洪义、梁霞、穆承英、穆继英、白丫，还有，还有……"

胡政委接过来说："咱们独立团缺的就是像陈洪义这样的神枪手，真的打起仗来，像陈洪义这样的狙击手，可以以一当十。依我看，陈洪义就免了。其余的几个，像梁霞、穆承英、穆继英、白丫，年轻，有文化，就组成一个无线电女子班，班长就任命梁霞。你看怎么样？"

韩团长说："好，就这么定了。可是，梁霞不行，这丫头爱哭，依我看，这个班长不如叫穆承英当。另外，要不要向上级报告，给咱们独立团委派一名无线电技师？"

胡政委点点头，说："要得，咋要不得？非常要得！能早一天训练出格，就早一天嘛！"

树林子大了什么鸟都有。

潮白河东有一个大村子，叫王泮庄，有一个姓李，名字叫尚仁的，十三岁就给当村的财主王胖子家当小半伙，长到二十三岁，王胖子见李尚仁机灵鬼怪，手脚勤快，实实在在，不阴不坏，仍然收他扛长活。

和李尚仁一起扛长活的阎复天、刘凤九、王子厚、葛书本、吴继武几个人，这些人里头，有能说会道的，有鸡鸣狗盗的，有上蹿下跳的，有油腔滑调的。他们房无半间，地无一垄，除了身上穿的破衣烂衫，一无所有。

雪天饿不死瞎家雀。这些人有的是力气，凭好身板换饭吃。打短工的，扛长活的，都有。只有李尚仁在王胖子家年月长，久而久之，这些人都和李尚仁混得很熟。

和李尚仁混得很熟的长工们，对他都很尊敬，天长日久，李尚仁成了北斗，大家成了星星，都围着他转。他说往东，往东；他说往西，往西；他说打狗，打狗；他说骂鸡，骂鸡。下地干活，他是打头的，耕耪拉拽，他不惜力；回府，他是领班的，喂猪遛马，他不捏着。总之，他总是干在头里，吃在后头。日久天长，他在长工里就有了位置。

人拍挨，酒怕筛。人挨久了，就斗心眼；酒筛长了，就变滋味。李尚仁和他的伙计们，别看白天一块地里干活，晚上一条炕上睡觉，有爱酒的，有爱色的，有爱财的，有爱气的。酒色财气，各有所好，五花八门，无奇不有。贼咕溜滑，各怀鬼胎，自以为得计，神不知鬼不觉。其实，做了亏心事，岂有人不知！

儿马蛋子，没根拴马桩，信马由缰，真不是个法子。何况一堆光棍子，长年累月、白天黑夜地在一块儿混！

作为男人，最为难以拒绝的，便是吃喝嫖赌。王胖子雇用的这些长工，除了管吃管喝，年底还要支付一年的工钱。男人有钱就学坏。"男人不喝酒，白在世上走。"确是大多数男人的信条，李尚仁也不例外。

腊月二十三，小年夜，王胖子家的磨坊里，四外堵得严严实实。圆圆的磨扇上，铺了一块席头儿，中间点着一盏小黑小子灯。磨盘四周围着一圈汉子，在掷骰子。幺二三、二三噜、三四五、四五六，依次为大，最大的是豹子，三个一、三个二……以此类推，直至三个六，属三个六这个豹子最大，被称作骰子王。就是说，你无论掷个什么点儿，都得归骰子王管着，不管多少赌徒，也不管磨盘上堆多少钱，全得归骰子王统儿搂。掷骰子这种赌博，不管聪明人和傻子和奴才，也不管你是甲长或保长或县长，全凭你的手气，傻子手气好，能把聪明人给赢了；奴才的手气好，能把主子给赢了。因此，对于只知一年到头傻傻愣愣出臭汗的穷人，脏了吧唧讨饭吃的乞丐，最有诱惑力，都想试试运气！

李尚仁平日价人五人六的惯了，这种场合，能少得了他。他要坐在最亮处，免得看不清；最避风处，免得身上冷。无论有多少人，都得叫他过得去。

王胖子家里人少，院子大，房间多，何况磨坊距离王胖子家人住的上屋又远，多少人的动静也妨碍不着。这样，每年从小年夜开始，直到正月十五，磨坊里，南墙外，总不断有人玩儿掷骰子。只要不是因为输不起，斗嘴吵架，抄家伙打起来，就不会散伙。

腊月三十晚上，李尚仁点儿背。过了三十几招儿，居然没有一次上手，输得精光。他把手一次再次地探进衣兜里，分文不见。赌博这活儿，讲的就是干货，要现钱，不借不贷，他急得心里发躁，眼里冒火，可无济于事。

阎复天见状，心里想，救急如救火。李尚仁是他最好的哥们儿，咋能眼看着他输得精光，光着屁股走出这小小磨坊！于是，他悄悄地在手心里攥紧几枚小钱，神不知鬼不觉地捅进李尚仁的兜里，然后，故意大声说："我不信尚仁大哥会没钱了，再仔细掏掏！"

李尚仁说："真没了，不信的话，你们翻！"他一面急赤白脸地说，一面将自己的衣兜翻给大家伙看。不料，竟有几枚铜钱掉在磨盘上。怪哉？李尚仁好生纳闷，心里想：莫不是天助我也！

大家一阵乱嚷嚷："李大哥呀，李大哥，你不想跟哥们儿玩儿了，就说实话，干吗非说没钱了？"

李尚仁说："好好，我把这几枚小铜钱全押上！"

弟兄们重新开始掷骰子，点儿顺的有，点儿背的也有。等大家伙都支完，轮到李尚仁了，许是他以为押得最少，不值得那么专注，只将那三个骰子，捏在手指尖，随意一丢，那三个骰子在磨盘上滴溜儿乱转，像是三个调皮鬼儿转磨磨，谁也不肯停下来。

大家无不以为稀奇，一个个瞪大了眼睛，不断发出唏嘘声。

过了好大一会儿，一个骰子转累了，停了下来，是个六；接着，第二个骰子大概也觉得累了，不再转了，也是个六；第三个骰子仍然转得很欢，像一个顽皮的男孩子逗你玩儿，就是不肯停下来，让你着急忙慌。许是真的累了，乏了，这才停了下来，定睛一看，仍是个六！

大家伙儿几乎一起叫了起来："豹子，豹子王！"

李尚仁兴高采烈，手舞足蹈，大声叫嚷："豹子王，哈，豹子王，统儿搂！"一面说，一面把磨盘上所有的银圆、铜子儿，铜子儿、银圆，稀里哗啦，统统划拉到自己的胸口近前。

刘凤九、王子厚、葛书本、吴继武几个人几乎一起叫了起来："发了，李尚仁大哥发啦！"

大家都十分惊喜，一起惊叫，只有阎复天绷着脸，闭气不出，所幸的是，没有一个人注意他。

这天夜晚，赢得高兴，输得痛快，一个个嘻嘻哈哈。

阎复天等大家伙儿笑够了，笑饱了，这才说："李哥原本输了，输光了，起死回生，凤凰涅槃！"

大家又是一阵乱哄哄地叫嚷："啥叫凤凰涅槃？"

阎复天说："说你们也不懂！这么着，今儿晚上，都高兴，李哥呢，也别扫了大家的兴致，咱叫李哥到李洪庄饭店撮一顿好不好？"

白吃白喝，能有不喜欢的吗？于是，又是一阵儿闹嚷嚷："李哥请咱们白吃？哈，吃了也白吃，哈哈，白吃谁不吃？哈哈……"

阎复天、刘凤九、王子厚、葛书本、吴继武，你挤我拥，把李尚仁挤出了小磨坊。

大家说说笑笑，唱唱咧咧，不一会儿，走进李洪庄饭店，争先恐后来到一张大圆桌前，不由分说，推推搡搡，噼里啪啦，七嘴八舌，把李尚仁拥到了上座。

李尚仁被大家伙儿拥到了上座，并没有坐下来，伸开双手，大声说："四面为上，四面为上！"

阎复天说："李大哥坐定，然后，咱们按照年龄大小，依次坐。"

刘凤九说："李大哥属蛇。"

王子厚说："蛇，就是小龙。你直接说李大哥属小龙，好不好？非得说属蛇，多吓人！"

刘凤九说："好好，李大哥属小龙，我属马，差一岁，我得挨着李大哥！"

王子厚说："人前显贵，老得显摆你！"

葛书本说："行了行了，你不人前显贵？你坐在李大哥这边，我跟吴继武年龄最小，一边一个桌子腿儿，归我们两个垫，这回你的小心儿，总该满意了吧？"

分不清是谁的声音，总之是一片笑声："哈，哈哈……"

正说得热闹，几大盘子碟子凉菜端上来了。不知是谁在乱乱哄哄中点的菜，好家伙，盘盘大荤，碟碟有肉。

葛书本说："瞧，吴继武的哈喇子都流到大襟上了！"

王子厚说："老鸹落猪身上了，净看人家黑，没看看自个儿！"

刘凤九说："俩豁唇子吹灯，谁也甭说谁，都一个德行！"

分不清是谁的声音，总之，又是一片笑声："哈，哈哈……"

在笑声中，几大坛牛栏山二锅头提了上来。

不由分说，最先给李尚仁斟上满满一大海碗。

接着，阎复天、刘凤九、王子厚、葛书本、吴继武几个人，依次满上。

阎复天、刘凤九、王子厚、葛书本、吴继武几个人，不约而同地说："李大哥在上，先敬李大哥！"

然后，大家一饮而尽。

又是一片笑声。

颇有梁山好汉大块吃肉、大碗喝酒的氛围。

酒过三巡，菜过五味，一个个醉醺醺的。

突然，阎复天呜呜咽咽地哭开了。

大家虽然喝醉了酒，但还是清醒的，纷纷问道："复天，复天，怎么了？怎么了？"

阎复天擦一把抹一把地说："咱们这是今朝有酒今朝醉，明日呢？后天呢？哪比得上梁山好汉，没酒了，没粮了，没钱了，去偷，去抢，去杀人，去放火。钱也有了，粮也有了，酒也有了。整天价，整年价大碗喝酒，大块吃肉，岂不快活？哈，哈哈……"

李尚仁大声说："锣鼓听声，听话听音，阎复天阎老弟话里有话，你们有谁听懂了？"

大家一片唏嘘，顿时，鸦雀无声。

阎复天说："今儿个，打开天窗说亮话：晁盖当年七星聚义，咱们现在六个人，不会弄个六星聚义。"

王子厚说："干吗六星？算上我哥哥王子忠，正好凑齐七个人，也是七星聚义，岂不好？"

阎复天说："妙哉，妙哉！咱们就推举李尚仁为老大，如何？"

李尚仁哈哈大笑："当仁不让，当仁不让也！哈，哈哈……"

刘凤九说："甚好！老二呢，理所当然地归阎复天！"

阎复天说："刘凤九、王子忠、王子厚、葛书本、吴继武，依次排列，如何？"

大家有说的，有笑的，有连说带笑的，好不热闹。

李尚仁说："梁山好汉都有个诨号，咱们在外面打家劫舍，不能提名道姓，也都该有个诨号才好！"

刘凤九说："阎复天脑瓜灵，能说会道，他就是军师，就叫他军师，如何？"

大家说："就叫他军师！"

阎复天说："行，我就当这个军师。"

刘凤九说："王子忠、王子厚哥儿俩，你们打过猎。"

王子厚抢过来说："我们哪里是打猎？就是冬天打打野猫，秋天打打野鸭子！"

刘凤九说："行了行了，你哥哥王子忠叫解珍，你就叫解宝！"

阎复天说："葛书本，你的大刀耍得好，你就当关胜，吴继武你的石头子甩得准，你就叫没羽箭张清！以后，外面有事，打也好，砸也好，抢也好，谁也别喊真名儿。知道不？"

大家点头称是。

阎复天说："我重复一遍：李尚仁为老大，刘凤九关胜。王子忠解珍、王子厚解宝、葛书本关胜、吴继武张清。记清了吗？咱们也得打出一面旗帜呀，水泊梁山打出'替天行道'，依我看，替天替地不如替己，忘说了，爹有娘有不如自己有。咱们索性谁也不替，就替己，'替己'自卫队！李尚仁大哥出任队长，我就是军师，或者叫参谋长，等咱们这支队伍扩大了，你们个个都弄个师长旅长的干干！"

大家乱哄哄地说："就叫'替己'自卫队，李大哥当队长，阎哥当参谋长，将来混好了，我们都弄个班长排长就行，咱们也过过官瘾，过把瘾就死，汽车压罗锅——死也值了！哈，挺好！跟真的似的。"

此后，"替己"自卫队这伙子人再不去王胖子家里扛活，也不再应人打短。梁山好汉替天行道，劫富济贫。可"替己"自卫队这伙人从来不干正经事，整天价聚在一起，杀人放火，伤天害理，胡作非为。

"替己"自卫队对于社会上那些游手好闲、好吃懒做、存心不良、阴险毒辣的人，极其具有诱惑力，不足半年，人也多了，枪也有了，鸟枪换炮了。这使得李尚仁的胆子更壮了，愈来愈"人来疯"，什么缺德带冒烟儿的事，都敢带着弟兄们玩儿命。

最无耻的是，他们常常假冒八路军或者游击队，烧杀抢掠，奸淫妇女，这给八路军、游击队造成了极坏的影响。

这个消息传到了冀东八路军独立团。

韩团长抽出腰间的毛瑟枪，往桌子上一拍，吼道："什么狗屁'替己'自卫队！消灭，消灭他们！"

胡政委说："团长息怒！对付这个李尚仁，我给你准备了一个人，就是李中飞，这个李中飞是号称军师阎复天的表兄弟。"

韩团长说："那又怎样？"

胡政委说："李尚仁虽为老大，可他是个酒囊饭袋，只会人来疯。对阎复天言听计从。你看，这就好办了不是！"

韩团长说："是吗？"

胡政委说："这事归我办，保证滴水不漏。"

韩团长说；"好吧！"

胡政委连夜把李中飞找来，附耳吩咐道："如此这般，照计行事。"

李中飞不住地点头儿，说："行，行行！"

天刚蒙蒙亮，李中飞只身来到表弟阎复天家里，单刀直入："表弟，你跟着李尚仁一起组起'替己'自卫队，你们就是一群乌合之众，连土匪都不如。再说，你们干的那些事，老百姓恨透了你们。复天表弟，你跟着李尚仁干什么？草包一个，除了人来疯，他还会什么？你总跟着他胡闹，没有你们好果子吃！"

阎复天说："早知道你为八路军做事，可像我这样的人，八路军怎肯要我呀？"

李中飞说："你咋了？你一直扛长活，无产者，正该当八路！"

阎复天说："可，可我跟错人，走错路了。抢劫杀人，欺男霸女，什么坏事都做了。八路军饶得了蝎子妈，也饶不了我们呀！"

李中飞见机会来了，说："听表哥的，只要你回心转意，浪子回头金不换，八路军这边儿，有表哥我呢！"

阎复天低下头，半晌才说："表哥，听你的！"

李中飞把手里提着的一个布袋子，"啪"地扔上桌子，说："打开！"

阎复天望着表哥，满脸狐疑，半晌才说："表哥，啥？"

李中飞再一次说："打开！"

阎复天迟迟疑疑把布袋子打开，嘴儿朝下一倒，"哗啦啦"，一堆银圆。他惊呆了，连连说："咋啦，表哥，这是咋啦？"

李中飞如此这般地细说了一遍，然后，将银圆划拉给阎复天，附耳道："此次行动，照计行事。"

中午时分，阎复天同李尚仁约好在李洪庄饭店吃饭。

中午时分，阎复天正在李洪庄饭店门口迎候李尚仁，不料，李尚仁随身带来了王子忠和王子厚哥儿俩。

阎复天看了，不知所措，不由看看稍远处的李中飞。

第二十三回　曾万山强闯马官邸　李中飞智擒人来疯

李中飞微微向他点点头。

阎复天把李尚仁和随身带来的王子忠、王子厚哥儿俩让进里间。李尚仁当仁不让坐在上座，阎复天、王子忠、王子厚各分大小入座。

店小二刚刚把酒菜端上来，只见李中飞挑帘而入。

李尚仁厉声问："什么人？"

李中飞说："你问他！"用手指指阎复天

李尚仁顿起疑心，顺手去摸手枪。

不料，阎复天却早已将李尚仁的手枪抽在手里。

李尚仁双眼瞪着阎复天，大声吼道："阎复天，你！"

王子忠、王子厚各自掏出短刀，向阎复天逼过来。

此刻，李中飞左右开弓，"啪啪"两枪，击落王子忠、王子厚手中短刀。

李尚仁问："什么人，你？"

说时迟，那时快，李中飞跃上高桌，抓住李尚仁的衣领，像老鹰抓小鸡一样，把他提溜起来，大声说道："八路军，武工队！"

第二十四回
秦长龙长矛挑日寇
张大虎大刀劈汉奸

冲云霄孤胆英雄汉　群雄起万众战犹酣
秦长龙长矛挑日寇　张大虎大刀劈汉奸

秦长龙何许人也？秦长龙冀东顺义潮白河东李洪庄村人氏。家有草房三间，薄地两亩。他自出生就没有见过爸爸的面，遗腹子。是孤寡妈妈把他拉扯大，母子俩相依为命。好年景，糠菜半年粮。遇上旱涝天灾，忍饥挨饿，家常便饭。

中国农民，其传统的思想莫过于传宗接代，望子成龙。秦妈妈家里虽然穷，可她心里横，为什么？她有儿子！儿子就是她的希望与未来。无论多苦，多累，秦妈妈只要瞥儿子一眼，她的精神头儿就来了。娘儿俩讨饭，在院子外面叫门，秦妈妈站在前面，挡着狗，怕咬了儿子。秦妈妈乞讨来吃的，一块白薯，掰成两半，大头儿给儿子；半块饽饽，秦妈妈只用两颗门牙咬掉一小块儿，然后，递给儿子，怕把儿子饿坏。

秦妈妈在小院子四周围，栽了三十六棵榆树，小树苗苗只有大拇指粗细，比儿子的个头儿还低。秦妈妈天天浇水，小榆树一棵棵都成活了。秦妈妈填上泥土，用脚踩结实，然后说："儿子，这三十六棵小榆树，你每天早晨起来，每一棵都要摇一摇。"

儿子不解，摇摇头。

秦妈妈说："儿子，我不是叫你摇头，是叫你摇树！"

儿子说："干吗？"

秦妈妈说："长大你就会知道了。"

儿子是个听话的孩子，妈妈的话句句听。叫他洗碗，洗碗；叫他剥豆，剥豆。从那一日起，儿子每天早晨起来的第一件事，就是跑到每一棵小榆树前，摇一摇。开始，儿子一面摇，一面笑，觉着挺好玩儿，不承想，几天过去了，摇树的兴致日渐淡薄。在妈妈不注意时，自欺欺人，开始糊弄。

秦妈妈知道了，伤心得流了泪。

儿子一面抹着妈妈脸上的泪珠儿，一面说："妈妈，我错了！"

秦妈妈一把将孩子揽在怀里，说："好孩子，为妈妈争口气！"

此后，儿子一直坚持。

到第十个年头上，当年的三十六棵小榆树，枝繁叶茂，每一棵都比碗口粗，高过了屋顶。十几岁的儿子，依然每天坚持摇树，把树摇得东摇西晃，哗哗作响。

秦妈妈见了，拍拍儿子的身板，露出了笑容。

秦妈妈家的斜对门家，从城里来了一个亲戚。还没登斜对门家的门，就看见小伙子，一棵棵地摇树，碗口粗的大榆树，竟然被他摇得树梢乱扫。

陌生人惊呆了。

他随手扔下捎马子，三步两步跑到小伙子跟前，问："你是谁家的？姓什么？叫什么？"

小伙子说："我姓秦，叫小龙。"

陌生人跑进小龙家，见到秦妈妈打躬作揖，道："秦妈妈，向您道喜，生了个这么好的儿子！"

这天晚上，陌生人来到秦妈妈家，当即作了自我介绍。

原来，从城里来的这位斜对门的亲戚，在长安大戏院唱戏，艺名小叫天，短打武生。

小叫天说："秦妈妈，您要舍得，我把您的儿子带回城里，叫他跟我学徒，唱戏。您看行吗？"

秦妈妈说："孩子大了，就像鸟儿一样，长全毛了，就得出飞儿，哪能总在大人翅膀底下偎着。"

小叫天哈哈笑道："秦妈妈真是个明白人！这样吧，明天我就把他带回城里。日子长了，您要是想他，就叫他回家看看。要不，您去城里找也行！"

秦妈妈说："我一看，你也是个厚道人，把孩子交给你，我还有什么不放心的！"

小叫天说："可这么说，学艺学艺不容易，不脱几层皮，学不成艺。"

秦妈妈说："哪里会躺着卧着就能把手艺学到手的，那不成了天上掉馅饼了吗！"

小叫天说："秦妈妈真是个明白人！"

第二天，小龙就让小叫天带回了城里。小叫天收了小龙做他的徒弟，还给取了个艺名：秦长龙。

秦长龙给小叫天师傅磕过头后，刚要站起来，小叫天严肃地说："秦长龙，听我给你立规矩：管吃，管穿，不兴犯懒；许闹，许疯，不练功不成！"

秦长龙说："师傅在上，一日为师，终身为父。您就是我的再生父亲！"

说干就干，说练就练。学艺，先从基本功练起。腰，屈得对头弯；腿，压成老虎钳。

秦长龙满脸流汗，浑身打战，强忍疼痛，咬紧牙关。他记得妈妈的话：哪里会躺着卧着就能把手艺学到手的！

久久为功，终于，秦长龙的身板练得硬得像钢刀儿，软得像丝绦儿。

小叫天叫秦长龙试过多次，心里十分满意，可嘴上不说。拿来刀枪剑戟，放在台子上，说："从头练起！"

秦长龙天天操练，日渐长进。

细心的小叫天感到秦长龙刀枪剑戟，样样拿得起，放得下，心里踏实了不少，仿佛干什么都成。一时拿不准主意，干脆问问秦长龙，叫他自己选择。

秦长龙说："我听师傅的！"

小叫天嘻嘻笑道："今天师傅听你的！"

秦长龙说："刀枪剑戟，我都喜欢。不过，师傅，我顶顶喜欢的，最属花枪，丈八蛇矛！"

小叫天哈哈大笑："好吧，花枪，丈八蛇矛？记住：京剧里的学名，那叫长矛！"

自此，小叫天给秦长龙安排的角色，就都是手使长矛的人物。

"学，学，三年零一节。"就是说，无论学什么行当，至少需要三年零一节的时间。秦长龙心灵手巧，没有用这么长的时间，就已十分娴熟。

第二年的中秋节，长安大戏院贴出海报——《岳飞枪挑小梁王》，主演：秦长龙。

听惯了京剧的老北京，长安大戏院里的几位京剧名伶，他们都熟悉，从未听说过秦长龙的名字。这秦长龙到底是从天上飞来的，还是从地里冒出来的，他们得要亲眼看一看，亲耳听一听。于是，他们一个个挤进长安大戏院，睁大了眼睛看，伸长了耳朵听，当他们走出来时，一个个伸出大拇哥，说："秦长龙主演的《岳飞枪挑小梁王》，那唱腔，那武功，到家了，到家了！"

人啊人，经得住压，经不住夸。人在受压抑时，焕发斗志，有所作为；可是，当他们取得了些许成绩后，往往滋生自满情绪，停滞不前，以致滑坡，倒退。

京剧里武生这行当，主要的功夫就是武打，打得娴熟，打得好看。演员的武功不到家，表演时还能好看？

一天不练功，自己知道；两天不练功，师傅知道；三天不练功，观众知道。

后来的一些日子，秦长龙再演《岳飞枪挑小梁王》，屡屡出现纰漏。

师傅找到秦长龙。

秦长龙还没有等师傅开口，就"扑通"给师傅跪下了，哭诉道："师傅，我错了，这些日子，我常跟您的闺女小花，悄悄溜出去玩儿。功夫练得少了。"

师傅长出了一口气，不无责备地说："长龙啊，你也不小了，看着办吧！"

秦长龙是个争气要强的孩子，不仅继续上演《岳飞枪挑小梁王》，还练习使用双枪，上演《双枪陆文龙》，火爆京城。一时间，秦长龙的名字家喻户晓。

天有不测风云，人有旦夕祸福。

卢沟桥的枪声响过不久，小日本进了北平。烧杀抢掠，无恶不作。

小叫天把秦长龙叫到跟前，说："小难进城，大难下乡，你赶紧带着小花回到乡下去避难！"

就在秦长龙准备回乡下时，万没想到，大祸从天降。

日本鬼子来到长安大戏院。

日军少佐大叫："统统地出来！"

小叫天手持双枪，大声问："你是谁？你找谁？"

日军少佐用鼻子哼了一声："我嘛，是大日本少佐。我告诉你，我来找谁？就找你们长安大戏院的花姑娘！"

小叫天气炸了肺，拿起双枪，向着日军少佐猛投过去。

日军少佐一闪身，躲过小叫天的双枪，他掏出手枪，"啪啪"，被少佐的手枪击中。临咽气前，断断续续地说："长龙，听师傅的话，带着小花，快逃！"

秦长龙带着小花，星夜化装出城。

当他们走到东直门时，日伪军拦住了他们，一时无法脱身，被关进了一间小屋子里。

小屋子黑洞洞的，伸手不见五指。

第二天，天明的时候，伪军"咣当"打开了门，大声叫道："你，走吧！"一面说，一面押起秦长龙，"快滚！"

秦长龙迷迷糊糊地说："小花，小花呢？"

伪军喝道："小花，什么小花？快滚，饶你不死，算是便宜了你，还不快滚！"说着，拉动了枪栓。

秦长龙心想：留得青山在，不愁没柴烧，一路跌跌撞撞，跑回了家。

祸不单行。逃回家的秦长龙，同样遭遇了不幸，就在寒凝大地，冰封雪飘的日子里，日本鬼子开进李洪庄。

小鬼子进庄的第一件事就是抢粮。

小鬼子闯进秦长龙的家。

秦妈妈赶紧用破被子将秦长龙盖严实，叮嘱他千万不许出声儿。

小鬼子吼道："粮食，粮食的有？"

秦妈妈用眼睛使劲儿剜着小鬼子，一语不发。

小鬼子把声音提高了三倍，叫嚷道："你的，我问你：粮食，粮食的有？"

秦妈妈说："我家没有粮食！"

小鬼子望望两个日本兵，叫嚷道："你们，动手翻，快快的。我不信一丁点儿粮食也翻不出来！"

秦妈妈厉声说："你们怎么这样不讲理，进屋就翻粮食！"

小鬼子嬉皮笑脸地说："抢粮食？我还要抢人呢！"一面说，一面就撕扯秦妈妈的衣裤。

秦妈妈扬起手臂，照准小鬼子的脸，狠狠地抽去。

小鬼子向后一闪，"咣当"，脑袋磕在门框上。他从腰间掏出手枪，照准秦妈妈的后背，一连开了三枪，鲜血四溅，流得满屋地上都是血。

秦妈妈声嘶力竭地叫嚷："小鬼子，你们这群畜类！不得好死！小龙，记着妈妈是怎么死的，给妈妈报仇！"

小鬼子又朝秦妈妈开了一枪。

秦妈妈挣扎着喊道："小龙，记着妈妈，是，是怎么死的，给妈妈，报仇！"

国恨家仇，就像一粒种子，深深地播种在秦长龙的心里。他无时无刻不在琢磨向日本鬼子讨还血债的机会。

"二十三，糖瓜粘"，启发了秦长龙的灵感。

腊月二十三，小年夜。

冀东一带，有个民俗，"二十三，糖瓜粘"。是祭灶的日子，所谓"糖瓜粘"，就是贿赂灶王爷，为的是让老人家"上天言好事，下界保平安"。其实，不过表达一下老百姓的希冀与期盼，如此而已，岂有他哉！

每年进了小年夜门儿，春夏秋冬忙忙活活的老百姓，越发显得忙碌。

可是，冀东重镇杨各庄，1942年的小年夜，似乎确凿看不见一星半点儿节日的景象。

这天黄昏，西面的太阳，早早地滚进了燕山山谷，紫黑色的云霞像一摊摊凝固的血块，零零乱乱地堆积在犬牙交错的山顶上。

本已凄冷的冀东大地，愈加冷寂得让人发颤。日寇的"治安强化"使得昔日熙攘繁华的杨各庄死气沉沉，笼罩着令人窒息的氛围。

大街上的行人，来来往往，急急忙忙。往年赶路搭车的老百姓，总是唱唱咧咧的，可现在，一个个好像生怕弄出一丁点儿声响，惊动了龇牙咧嘴的魔鬼。

其实，仅仅是由于杨各庄驻扎着日本宪兵，他们的"治安强化"，才使杨各庄显得如此阴森恐怖，笼罩着令人窒息的氛围。

"二十七，杀公鸡。"这一天，明朗的天，太阳当头照，身上暖洋洋。

一个高挑个儿的年轻人，头戴一顶灰色毡帽，上穿黑色羊皮对襟小袄，下穿缅裆棉裤，足蹬一双千层底棉鞋，肩挑两筐大花公鸡。

年轻人一面走，一面哼唱：

> 小扁担，三尺三，挑起担子不压肩，
> 小扁担，颤颤颤，春风摆柳飘飘然。

这个年轻人，挑着两笼子花公鸡，来到杨各庄大集上，把货挑子拣一块清净地方放下。放眼看看杨各庄集市，只见大集上人头攒动，摩肩接踵，熙熙攘攘。忽见三五个日本鬼子杂色其中。他为了把小鬼子吸引到自己的地方来，放开喉咙吆喝起来：

> 腊月二十七，杀公鸡。
> 快来看呀，快来瞧。
> 先来的，拣好的挑。
> 后到的，您凑合要。
> 早来的，听鸡叫。
> 晚到的，摸摸毛！

左手边的笼子里有一只既高又大的公鸡，疑似善解人意，伸长脖子铆足劲儿叫了一声。

一唱公鸡集市闹，像是合唱队里的男高音领唱，这边的公鸡们扯起嗓子高声叫唤，那边笼子里的公鸡们也不甘示弱，一同叫起来，极像拉歌，这边唱来那边和。

一时间，杨各庄集市好不热闹！

小鬼子们听见集市这边闹闹哄哄，不由自主地走过来看个究竟。

一个衣领上挂着上士军衔的小鬼子，走到年轻人面前，问："你的，叫什么？什么村的？"

年轻人说："我的李洪庄，秦长龙的便是！"

日军上士笑笑说："年轻人，你很幽默！"

秦长龙说："幽默吗？"

日军上士说："幽默！"

秦长龙说："幽默的人，才有力量！"

日军上士说："什么，什么？"

秦长龙说："你们不懂！"

日军上士说："我们不懂？笑话！依我看，我们大日本帝国，就是一匹快马，神马；你们中国，就像一头驴，一头疲惫的驴！哈，哈哈……"

秦长龙笑笑说："笑，笑什么？在笑你们！快马也好，神马也罢，那只是你们已说的。即便是神马，也往往只能跑一两个驿站。就是说，你们已经筋疲力尽，日暮途穷了！我们呢，正在日夜赶路，一直向前！"

日军上士说："八嘎呀路！你的两笼子公鸡，统统地挑到杨各庄日军指挥部。快快的！"

这正中秦长龙下怀，然而，他却装出无可奈何的样子，摊开双手，说："腊月二十七，杀公鸡，今天，是我们中国人办年货的日子，咋能全卖给你们日本人！"

一个花白胡子老人气昂昂地说："小伙子，有骨气！鸡，是你的，干吗听日本人的。你想卖给谁，就卖给谁！"

老头子的话是对的。

于是，挤过来一堆人，乱乱哄哄地说："老人家说得对，老人家说得对！鸡，是你的，你说卖给谁，就卖给谁！"

秦长龙心里想，我是带着任务来的，就是要挑进杨各庄日军指挥部的。要照这样闹下去，那就坏醋了。于是说："日本人，咱们惹不起，就送到日军指挥部去吧！"

日军上士说："好的，开路！"

花白胡子老人气得仰面朝天，大叫道："天啊，我刚才还夸他有骨气，这么一会儿的工夫，说变就变了。中国人，要都这样，希望在哪里？希望在哪里！"老人家一面说，一面将手里的竹竿用力在地上戳打，直至竹竿下端开了裂。

一个老婆婆见到把老头子气成这样，走上前来，嚷道："中国人，做不了自己的主儿。这是什么世道！"

日军上士将手里的步枪掉过来，照准老婆婆的后腰，恶狠狠地就是一枪托子。

老婆婆立马瘫软在地上，嘴里不住地喊叫："小日本，姥姥的，我这把老骨头交给你们了，跟你丫挺的没完！"

秦长龙看见日本兵的暴行，真想一跃而起，奋力反抗。可是，他深知这次任务的重大，强压怒火，索性挑起担子，径直走向杨各庄日军指挥部。

日军上士等一行军人，跟随秦长龙而去。

老婆婆一面爬，一面嘶喊："小鬼子，你们走不了！"

花白胡子老人拄着下端开裂的竹竿，叫嚷道："小鬼子，你打了人就走，我日你姥姥！"

小鬼子们走后，杨各庄集市渐渐恢复了平静。

秦长龙挑着两笼子公鸡，走进日军杨各庄指挥部大门，他向两边望了望，门口两侧一边一个矮矮的岗楼。

门岗向他走过来，问道："什么的干活？"

秦长龙不搭理，只把头向后甩了甩。

门岗似已知情，两个门岗分别向后退去。

秦长龙挑着鸡笼，继续向前走。望望东，望望西。东侧一排日军宿舍，西面一排库房。只是不知道东边日军宿舍如何安置，西边库房存放何物？他故意放慢了脚步，一路心里盘算着，如何借机侦察？一个灵感突然在他的心头撞击了一下，然而，只是一会儿，没有被及时抓住，溜掉了。他放下挑子，公鸡们似乎受到伙伴们的挤压，"咕咕"叫了起来。这倒给秦长龙提了醒，刚才的灵感，一下子被他抓住了：借机，不就是"借鸡"吗？他想到这里，自己却先笑起来。

日军上士催促道："走，一直送到厨房里去！"

公鸡们仍然在"咕咕"地叫个不停。

秦长龙假装发怒，一面嚷，一面抽打公鸡们。

公鸡们叫得更加厉害了。

秦长龙抽出扁担，假意抽打，一下子把鸡笼盖儿挑掉了。

公鸡们见有机可乘，一个个飞将出来。

俗话说，家鸡打得团团转，野鸡不打满天飞。

公鸡们好生纳闷，无缘无故把它们攒到一块儿，糊里糊涂挑出这么老远，到底把它们送到哪里去？又为什么把它们随随便便放飞？既然放飞，干吗又死命地捉回？人啊人，真叫我们难以琢磨！

秦长龙追追东面的公鸡，假装无意地将日军宿舍看个究竟；又折回来追追西面的公鸡，假装无意地将日军库房看个究竟。他一一记在心里。然后，他执着地追赶一只大公鸡，攥在手里，大声叫道："叫你跑，叫你跑，你还跑不跑？"

日军上士带领着一群士兵，在日军杨各庄指挥部的大院子里，扔下武器，四面八方，闹闹嚷嚷地捉起鸡来。一时间，闹得昏天黑地，天翻地覆。

突然，一个日军少佐大步流星地走到上士身边，伸出一只手，"啪"的一声，铆足劲儿抽在上士的嘴巴上，吼道："什么的干活，成何体统！"

上士立正答道："报告少佐，在捉鸡！"

日军少佐说："什么的捉鸡？八嘎呀路！"

上士答道："是！"

此刻，日军杨各庄指挥部的大院子里，满院子都是公鸡，有钻进犄角旮旯死活不出来的；有飞上高墙屋顶扬扬得意地高声鸣叫的；还有的慌慌张张东跑西颠不知所措。

秦长龙一直追到日军的厨房，一只鸡也没有捉到。站在高高的指挥台上，四下里观看。此刻，他发现指挥部东墙处，有一处小豁口，近前一面土坡，这使他的心里一亮，他镇定了一下，嘴里继续不停地叫："咕咕，咕咕……"

日军少佐朝他走过来，吼道："八嘎呀路，走！"

秦长龙说："太君，还没有给钱呢！"

日军少佐说："给钱，给什么钱？滚！"

秦长龙说："就是没有给钱呢！"

日军少佐大声叫嚷："滚！"

秦长龙说："吃鸡，不给钱，还叫我滚，天理难容！"

日军少佐抽出指挥刀，喊道："死啦死啦的！"

秦长龙落荒而逃，回过头来，见日军少佐朝靠近南墙的独间宿舍走去，推开折扇门，钻了进去。

逃出日军杨各庄指挥部的秦长龙，一直跑回李洪庄，钻进他的土窝窝。

"二十七，杀公鸡。"可是，累了一整天的秦长龙，躺在炕上，不想吃，也不想喝，糊涂涂忍了一觉。

冀东的三九天，寒凝大地，冰封雪飘。西北风"嚎嚎"叫，像魔鬼一样，把低矮屋檐下的麦秸，大把大把地扯向天空，挂在柳梢上，或者一堆一堆地，滚进塘坳里。

日本鬼子冒着刺骨的寒风，开进李洪庄。

老百姓四散逃走。

秦妈妈，披头散发，跑着跑着，跌了一跤。

小鬼子追了上来，高高地举起刺刀。

秦妈妈，鲜血四溅。

"妈妈，妈妈！"

秦长龙惊醒了。

他揉了揉眼角上的泪水，腾地跳下炕，向着破窗，撕心裂肺地高声骂道："小鬼子，我日你姥姥！"

腊月二十七的夜里，秦长龙趴在桌子上，找来一张烂纸，画了日军杨各庄指挥部的草图。虽然，画得很不成样子，但他心里懂，哪里住人，哪里放物，那个该死的日本军官住在何处，他心里都有极明白的计算。画着画着，他觉得很难看，索性将它揉成一团，扔到地上。那个日本军官的狰狞面目，久久地出现在他的面前，挥之不去，秦长龙狠狠地骂了一声："你叫我死啦死啦的，我还叫你死啦死啦的呢！小鬼子，等着瞧，妈妈的！"

马灯玻璃罩被熏得黑不溜秋的，原本就不很亮的灯光，愈发显得昏暗。终于，马灯里面"啪"地响了一声，灯花闪了闪，"噗"地灭了，整个屋子漆黑一片。

"腊月二十九，蒸馒头。"秦长龙躺在炕头上，无心下地和面，心里总想着跟小鬼子干，给师傅和小花报仇，给娘报仇。他不想拼一个够本，拼俩赚一个，他就想今天杀一个，明天杀一个，年年岁岁杀下去，早晚把小鬼子都杀光！

人小心不小，他总想干得天衣无缝，总想滴水不漏。因此，他连吃饭也不在意了。他从炕上坐起来，望着从师傅那里带回来的两杆长矛，愣愣地发呆。突然，他有了个新的想法，这个新的想法，被他牢牢地捉住了。

他用一根麻绳量量长矛，挽个疙瘩，使个记号，装在口袋里，把戴在头上的毡帽，压得很低，走出家门。悄悄溜到杨各庄日军指挥部的东墙外，猫着腰爬上土坡，躲在树丛中，朝里探望。掏出做了记号的绳子，把绳子的一头儿，丢到墙根，量量墙的高度，心里有了底。他缩回身子，溜下土坡，一溜烟儿跑回家里，就等着腊月三十那一天。

杨各庄是顺义潮白河东的一个大镇，人多眼杂，地方大，好人坏人，善人恶人，不好不坏，亦好亦坏，中不溜儿的芸芸众生，一句话，世间各色各样的人，在这里应有尽有。

杨各庄东街有一个怪人，小时候，许是长得寒碜，一生出来就被家人扔掉了，是杨各庄里一个叫刘杨氏的好心人，把他抱回家，一把屎一把尿把他拉扯大的。

原本有名有姓，可是每年从正月初一到腊月三十，从来不干人事，见谁跟谁玩三青子，久而久之，人人叫他三青子，大名反而谁也记不起来了。

三青子活到三十五岁没有娶上媳妇。大名鼎鼎的三青子，杨各庄人无人不知。

有的人竟然指天发誓："三青子要能娶上媳妇，把我的眼珠子抠出来当球弹！"

还有的说："把姑娘撒大河去，也不能给他三青子！"

三青子游手好闲，早些年，打鱼摸虾。人见人劝："打鱼摸虾，耽误庄稼。好好种地，才是庄稼人的本分。"

三青子说："种地累，面朝黄土背朝天，直不棱登的身子，一撅三道弯，受不了。谁受得了，谁种地，我不种！"

宁跟明白人吵顿架，不跟浑人说句话。时间长了，也就没人再劝。

后来，连打鱼摸虾的活也不干了，偷鸡摸狗。

人们都说：兔子不吃窝边草。

可在三青子看来，窝边草省心省力省事。因此，三青子专门吃窝边草。吃窝边草的贼最招人恨，为此，把他养大的刘杨氏也吃了瓜落儿，遭街坊邻居的白眼。久而久之，刘杨氏受不了这个，渐渐疏远了三青子。

三青子受不到刘杨氏的管束，愈发不往人里走，什么缺德带冒烟儿的事都敢干。不过，这些琐屑之事，跟他后来的所作所为相比，简直不值一提。

那么，后来，三青子都做些什么了？

小日本进了顺义，这本不吃人饭的三青子，竟然跑到顺义县城，手举彩色三角旗，铆足劲儿嘶喊："欢迎大日本皇军，'日中亲善'，'大东亚共荣圈'万岁！"

许是就从那次，这个三青子让日本人给看上了。三青子也觉背靠大树好乘凉，渐渐成了小日本的红人，人模狗样地在杨各庄日军指挥部随意进进出出，日军少佐竟然将这个在中国人眼里的三青子看成座上宾。

杨各庄认识三青子的老百姓，知道他不好惹，碰见他，大都点头哈腰，这愈发使得他蹬鼻子上脸，不可一世，耍威风。

事有例外，杨各庄镇上，就有个名叫张大虎的汉子，见到三青子这类人就气儿不打一处来，心里憋闷，摽着劲儿，早晚得收拾三青子丫挺的。

什么人找什么人儿，夜壶找尿盆儿。

杨各庄这个冀东大镇，人多，英雄好汉、人蝎子、二流子、溜溜球儿，三六九等，五行八作，不由自主地往一块儿凑。

可巧，秦长龙和张大虎就遇到了一块儿，俩人都是苦孩子，命运颇似。秦长龙和张大虎的妈妈都叫小鬼子给杀害了，所不同的是，秦长龙的师傅被日本人杀害，张大虎的师傅是叫日本狗腿子逼死的。秦长龙善使长矛，张大虎善使大刀。时日一长，竟然称兄道弟，吃喝不分，热乎极了。这二位，跟小日本和小日本的狗腿子，疾恶如仇，势不两立，不共戴天。凑在一块儿，总商量杀鬼子、除汉奸这类事。

不过，秦长龙打算在腊月三十黑间偷袭杨各庄日军指挥部的事，对张大虎隐瞒了。在他看来，杨各庄日军指挥部，戒备森严，好比龙潭虎穴，太危险，万一出了事，不能搭一个饶一个。秦长龙这样深思了几日，决定还是独自杀掉这个双手沾满中国人民鲜血的日军少佐。

世上真是无奇不有。张大虎和秦长龙想到一块儿去了。张大虎打算在腊月三十黑间收拾三青子的事，对秦长龙隐瞒了。三青子这条日本鬼子的走狗，虽不身怀绝技，却也会个三招两晃，身边又有一伙子帮狗吃食的痞子，况且，还有日本鬼子作为靠山。在张大虎看来，收拾三青子，实在太危险，万一出了事，不能搭一个饶一个。张大虎这样深思了几日，决定还是独自除去这个中华民族的败类，日本人的走狗三青子。

腊月三十黑间，原本应该吃饺子。可是，秦长龙一想到妈妈惨死在日本鬼子的屠刀下，茶不思、饭不想，只想找个机会给妈妈报仇。好容易盼到了天黑，秦长龙从墙角摸到长矛，脚步轻轻，猫着腰来到杨各庄日军指挥部的东墙外，爬上土坡，躲在树丛中，悄悄地往院子里窥探，见不到小鬼子的丝毫异样。他将长矛挂在墙头上，一跃，上了墙，弯下腰再探，小鬼子仍无动静。他把长矛的一头儿，够到东墙内根儿，顺着长矛，出溜下去。手持长矛，紧贴着墙根儿，溜到日军少佐独间宿舍的门外，把耳朵紧紧地贴近窗户，听见日军少佐呼吸均匀，睡得正香。秦长龙摸摸门上的钉锦儿，找到门闩的位置，想用枪尖儿拨开门。弄出了响动。他听到日军少佐仿佛翻了个身，并没有起床的响动，他又一次拨动门闩。

不料，对扇门"哗啦"一声，突然敞开，日军少佐手里端枪，吼道："八嘎呀路！"

说时迟，那时快，秦长龙照准日军少佐喉咙便刺。

日军少佐的手枪，来不及举起，朝地面开了一枪。"啪"，在沉沉的暗夜，枪声显得格外的响。

秦长龙唯恐日军少佐没有死，又狠命刺了几枪，这才急急忙忙朝东院墙迅跑。

不多时，杨各庄日军指挥部的大院子里，"八嘎呀路"，叽里咕噜地乱作一团，噼里啪啦，长枪短枪响成一片。

秦长龙肩上扛着长矛，嘴里打着口哨，自由自在地行进在通往李洪庄的大路上。

走着走着，想起了师傅，想起了妈妈，他真的想仰天长啸："师傅，妈妈，我给你们报仇了——"

张大虎这几天总是心事忡忡，总盘算着除掉汉奸三青子的事。盘算来盘算去，感到三十黑间是个好机会。

"二十九，蒸馒头；三十黑间坐一宿。"按照中国人的习俗，三十黑间，热闹一宿不睡觉。人能有多大精神？到下半夜，精神疲惫，昏昏欲睡。他三青子也不可能例外，到时候，悄悄地接近他，能有他的好？

张大虎想到这里，自我感觉天衣无缝，他惬意得很，咧开嘴，笑了。

为此，他天天盼着腊月三十的到来，真的到了这一天，从大清早一睁眼，就巴不得到晚上。好容易到了黄昏，他站在高高的土坡上，望着西面的太阳，一点一点西沉。

夜幕降临了，远远近近的乡村，在幽幽的天幕的映衬下，像一幅剪影，美极了！

张大虎站久了，感到身上冷飕飕的，他钻进丁点儿的小屋，坐在破旧的椅子上，昏暗煤油灯照着他稍有些稚嫩的脸，是啊，他还是个孩子啊。

小小年纪，爹没了，娘也被三青子带着的小鬼子杀害了。此刻，他想到了这个不共戴天的三青子，恨得咬牙切齿。他下意识地摸摸高桌上的大刀，义愤填膺，怒火万丈，拍案而起。然而，他还是坐了下来。善有善报，恶有恶报，不是不报，时机未到。就是说，还不是火候。于是，他等啊等啊，好像时间凝固了。一遍又一遍地从破旧的窗户向外望，望天上的三星，看看天上的那一溜儿三颗星走没走，越过西墙外的榆树梢没有？呀，慢慢腾腾，磨蹭个啥！

张大虎实在太性急了，他手握大刀，一次次蹿到院子里，不由自主地抬起头来，再看看天上的那一溜儿三颗星，仿佛还在那里，嘴里不骂心里骂。然而，无济于事，他仍然乖乖地趿拉趿拉走回屋，把大刀"咣当"扔在炕上，只好再等。

他等啊等，不知怎么就睡着了。

妈妈在煤油灯下，给他钉鞋底子。他躺在妈妈身边，麻绳"哧啦"一声，"哧啦"一声，挺好听的，可他无意中，看见妈妈脸上的汗花一闪，他感动了，"嗖"地坐起来，帮着妈妈拉麻绳儿。

不料，妈妈却说："别添乱，好好躺着，正长个儿呢！"

他老老实实地躺下，妈妈不打。

妈妈依然"哧啦"一声，"哧啦"一声，给他钉鞋底子。

等他一觉醒来，妈妈还在干活。

那个夜里，他的枕边儿洇湿了一大片。

突然，张大虎醒了，急忙趴近破窗看，天上的那一溜儿三颗星，越过西墙外的榆树梢了。他心里说，莫不是后半夜了！慌忙摸到他的大刀，急匆匆往外便走。

张大虎猫着腰，脚步轻轻，急匆匆地穿过一片小树林，跨过一道小河沟，消失在茫茫的夜色里。

借着幽幽天幕上闪闪的星光，张大虎的身影又出现了。只见他从一家老房子的后面，越过矮墙，钻进了一条胡同。

张大虎把大刀掖在腰间，攀上紧贴墙根儿的枣树，轻轻跳进三青子家的院子，悄悄溜到窗根下，听了半天，一丁点儿声音都没有。他又挪动脚步，从门缝儿向里张望，发现有五六个人在炕上，横躺竖卧，另有两个人趴在高桌两边儿，呼呼大睡。很显然，这伙子人都来三青子家凑热闹，困了，乏了，正在歇息。

张大虎悄悄溜了进去，可是，炕上地下这么多人，实在难分哪个是他要收拾的人。虽然，这里边不会有一个好东西，可是，张大虎还是觉得，是谁跟谁来，没有必要茄子黄瓜一块儿煮。况且，在这里边，也不免有几个仅仅是人头刺，并非可杀之人。这样，他就必须从这一大堆人中，仔细分辨出究竟哪个是三青子。

张大虎透过沉沉的夜色和幽幽的光线，实在难以分辨，却也不能照翻场似的，翻过来调过去，一个一个细细地看。

这可实在难为了张大虎。

正在张大虎站在地上细细辨认的时候，有一个人"嗖"地从炕上坐起来，这使张大虎吃了一惊。他赶紧猫下腰，定睛一看，这个人原来就是三青子。张大虎一时火起，举刀便砍。

三青子平时曾经练过一些拳脚，黑暗中，急忙躲闪。

张大虎的大刀砍空了，自己倒先趴在了炕上。

三青子立马站起，腾空一脚，踢在张大虎的手腕上。

张大虎站在地上，向后退了几步，抢起大刀，朝三青子的大腿砍去。

此刻，旁的人——被惊醒，黑暗中，乱作一团。

张大虎感觉不妙，腾地跃上土炕，挥动大刀，向三青子的头上砍去。

只听三青子"啊"的一声叫唤，扑通，倒在炕上。

张大虎担心他们人多势众，无心恋战，蹿出门外，翻墙逃走了。等张大虎滚下土坡，钻进小树林时，矮墙的那一面，传出一片呐喊和哭叫声。

三青子出殡那天，一大群地痞流氓二流子，干号的，嘶喊的，真的假的都有。

张大虎扎在人堆里窃笑。

突然，有人从背后，拍了一下他的肩膀。

张大虎大吃一惊，回头一看，是秦长龙。

秦长龙悄悄说："谁干的？"

张大虎摇摇头，狡黠地笑笑，说："你可说呢！"

秦长龙笑笑说："依我说，这个人远在天边，近在眼前。"

张大虎听了，感到秦长龙的话里有话，大吃一惊："远在天边，近在眼前，是什么意思？"

秦长龙说："跟哥哥来这套，那可真的不够意思了！"

张大虎说："你倒够意思，明知故问。哪里有一点儿哥哥味儿！"

秦长龙压低声音说："这里不是说话的地方，走，找个清静的地方，好好聊聊！"

张大虎说："好吧，哥哥说去哪里，我就去哪里，好吗？"

秦长龙说："这才是我的好兄弟！"

秦长龙和张大虎，肩并肩走出这是非之地。

惺惺惜惺惺，他俩都是苦孩子，他们能到哪里去？

他们一面走，一面心里盘算，嘴上却无话。默默地来到一片小树林里，在一块干松的大石头上坐下来。

秦长龙说："大虎，你的仇报了，我的仇也报了。可是，往后，我们到哪里去？哪里是我们的归宿？"

张大虎说："归宿，什么叫归宿？"

秦长龙说："就是说，我们以后到哪里去呀？"

张大虎说："我们能到哪里去呀？"

秦长龙说："古有逼上梁山，我们不如投奔八路军吧？"

张大虎说："八路军，到哪里去找八路军？"

秦长龙压低声音说："冀东独立团，投奔韩贵德！"

张大虎说："对呀，我怎么就没有想起来？走，这就去找八路军，投奔韩贵德！"

秦长龙和张大虎刚刚走出几步，不料，秦长龙却放声大哭。

张大虎吃了一惊，忙问："咋？"

秦长龙呜呜咽咽地说："我的师妹丢了！往后，我到哪里去寻她，她到哪里来找我？"

张大虎说："雪天饿不死瞎家雀儿，老天有眼，总有睁开的那一天！"

第二十五回

马玉俊子夜拔据点
狗顺子枪击刁猴头

国难时国民共患难　同心干同搏风雨舟

马玉俊子夜拔据点　狗顺子枪击刁猴头

伏天的北平，就像烧透了的砖窑，闷热闷热的，令人窒息。

冀东独立团院子里的老槐树，无精打采。树叶间的知了，热得不停地嘶叫"热儿——"

韩团长坐在老槐树下的大石头上，手中的芭蕉叶大蒲扇，咕答咕答扇个不停，他的眼睛盯着天空。天上有什么呢？没有雀鸟，连常见的麻雀也没有，雀鸟们大约由于天气太热，躲到树荫里正在打盹。那么，天上还会有什么呢？没有云彩，连一丝淡淡的白云也没有，云彩大概也因为天气太闷，躲到连绵起伏的燕山那一面去了。那么，韩团长始终把目光投在高天上，所以然者何？

正在此刻，胡政委从韩团长的身后走过来，顺着韩团长的目光，朝天上看，望了半晌，除了刺眼的白花花的亮光以外，什么也没有看到，不由得笑了。

韩团长回过头来，挪了挪屁股，说："坐下来，咱们还得好好琢磨琢磨。天气这么热，小鬼子的张喜庄据点可咋个端法？"

胡政委说："天是一样的天，地是一样的地。咱们坐在树荫下，咕答咕答扇着蒲扇，还觉着热；窝在地堡里的小鬼子就好受吗？这时候的地堡，还不跟蒸笼一样，把日本鬼子一个个蒸个半熟，能撕巴撕巴蘸点盐花儿吃啦！"

韩团长把手中的芭蕉叶蒲扇掉转个方向，铆劲儿给胡政委扇了几下子，说："北平这地方，我知道，冷在三九，热在中伏。一年之中，数这几天最热！"

胡政委说："你看，你扇过来的风，都是热的，一丁点儿凉快气儿都没有。上级命令咱们独立团拔掉张喜庄日寇据点，肯定在战略上有全局的考虑。我们不能因为天气的原因，有丝毫的动摇。"

韩团长说："那是一定的。我考虑的不是打不打，是咋个打法？咱们要是有大炮就好了，哪怕有一门也行！"

胡政委说："现实一些，看菜吃饭，量体裁衣，没有大炮，咱们就考虑没有大炮的打法，活人不能让尿憋死！"

突然，大门口骚乱起来。

大门口出现的两个人，一个精精瘦瘦，细高挑儿；另一个矬矬墩墩，车轴汉子。这两个人和门岗吵嚷起来。

门岗说："不让进就是不让进，没有什么好说的！"

细高挑儿说："我们是投靠八路的！"

车轴汉子说："对呀，我们是逼上梁山！"

门岗说："我们这里不是梁山，是冀东独立团。"

细高个儿说："那正好，我们就是找冀东八路军的！"

车轴汉子附和说："对呀，以我们看，冀东独立团就是梁山。梁山招贤纳士，我们也能称得上贤士，为什么拒绝我们？"

门岗说："我们这里不是梁山，你们找的梁山，不在我们这里！"

细高个儿说："早听说你们这里有个韩贵德，有个胡宝贤，招纳各地抗日人才……"

门岗厉声说："大胆！韩贵德、胡宝贤这些名字，也该你们提名道姓？好大的口气！"

车轴汉子高声叫道："你不叫我们进，今儿，我们就闯了！秦长龙，闯，咱哥儿俩一起闯！"一面说，一面真的往里闯。

门岗一面拉扯，一面喊道："反了你们啦！"

韩团长和胡政委听到大门口吵闹，一同走过来。

第二十五回
马玉俊子夜拔据点
狗顺子枪击刁猴头

405

胡政委说："独立团大门口，吵吵闹闹的，成何体统！"

门岗说："报告：团长，政委，这两个人，不知什么来路，说什么要投奔梁山……"

韩团长说："说，你们两个，到底是怎么回事？"

细高个儿刚要开口，车轴汉子抢过来说："他叫秦长龙，我叫张大虎，我们两个杀了人。早年先，就有逼上梁山的。如今，我们就想投靠八路军！听说……"

秦长龙说："我们可都是杀的坏人，他用大刀杀的是日本狗腿子，我使长矛把小日本的一个少佐挑了！"

胡宝贤听了，吃惊不小，不由一愣，问道："去年年底的腊月三十黑间，在杨各庄发生了两件事，一个是杀了日军少佐，一个是杀了三青子。闹得满城风雨，难道就是你们俩干的？"

张大虎瓮声瓮气地说："可不就是我们俩吗，为此，我们哥俩这半年多来东躲西藏，无处藏身，就商量着投靠八路军。"

韩团长说："不叫投靠，叫参加八路军！"

张大虎急切地问："就是说，你们要我们啦？"

秦长龙睁大了眼睛，望着韩团长。

韩团长盯着胡政委，似在征询他的意见。

胡政委哈哈笑道："我看可以吧！你们俩的事，惊险，传奇。将来如果有人编书，就编一段'秦长龙长矛挑日寇，张大虎大刀劈汉奸'，不知意下如何？哈哈——"

韩团长说："政委，我看你识文断字，这些事，归置归置，添油加醋，就能写一本书，一本抗日传奇。"

"哈哈，哈哈——"

笑声惊飞了躲在树荫里乘凉的小鸟，掠过蓝天，飞到另一片树林里去了。

据韩团长他们掌握的情况，张喜庄日军据点，地形特殊，是一处不大不小的土坨子，四周高出地面，四面八方，都往里掏出窑洞，外面小，只能进进出出一个人。里面大，大得能住下一个班，围着洞口，掏出通气孔，还可以当射击孔，活像一个天然地堡。在这个天然地堡的中间，修筑一个低矮的炮楼，四个方向都有射击孔。要想拿下这样一个据点，谈何容易！

为此，韩团长和胡政委，两个人商量来商量去，都没有一个十分满意的方案。

胡政委说："团长，我提议，还是采取老办法，有了困难找群众，走群众路线，如何？"

韩团长说："召开诸葛亮会，可以呀！"

胡政委掐指算算，如数家珍，然后说："好吧，还是这几个人：刘之龙、贺向荣、关礼仁……"

韩团长抬头仰望漫天的繁星，看着那隔着河的牛郎织女，突然，一颗流星划过，这使他陷入了深思。

胡政委望着走了神的韩团长，竟然不知如何是好，只得静静地等。

不料，韩团长却侧过头来，问道："说呀，还应该有谁？"

胡宝贤说："你说呢？"

韩团长看了胡政委半晌，这才说："依我看，这次咱不找旁人，可不可以只找新来的两位。正所谓新官上任三把火。他们新来乍到，必有新招儿。"

胡宝贤说："你是说秦长龙、张大虎？也可以，听听他们俩的主意。"

正好开晚饭，通信兵找来秦长龙、张大虎。这两个人新来乍到，就能跟团长政委一同吃饭，喜出望外。团长政委还要听听他们拔掉张喜庄日军据点的意见，则更是受宠若惊。

平日间，冀东独立团上上下下，官兵一致，吃的都是窝头稀粥老咸菜。这次，因有两个新战士，况且又是诸葛亮会，特意添了两个菜，一盘烧茄子，一碟炒莴笋。

秦长龙和张大虎望着桌子上的菜肴，两只眼睛发呆，心里说，八路军的大官就吃这个！

胡宝贤似乎看出了二位的心思，笑着说："今天，我和团长也借你们的光，享受一次待遇，这是特意为你们哥儿俩加的两个菜，吃吧吃吧！"

张大虎举着一双筷子，盯着"待遇"，好奇地问："团长、政委，你们平时就吃这个吗？"

韩团长说："平时不吃这个。"

张大虎说："那吃什么？"

胡政委说："总吃这个，还吃得起！今天特意给你们添两个菜，要不，怎么叫享受'待遇'呢！"

张大虎说："噢，说了半天，我刚刚弄明白'待遇'。原来你们当大官的也和当兵的一样。"

秦长龙说："我说大虎呀，咱们赶紧吃，待会儿还开诸葛亮会呢！"

胡政委哈哈笑道："这就是诸葛亮会，边吃边说。"

秦长龙说："您说要拔掉张喜庄日伪军据点，其实，这很简单。"

张大虎说："别吹，先别吹好不好！"

秦长龙说："咋是吹，你听我讲嘛！"

团长说："大虎，咱们先听秦长龙的，待会儿你再讲，好吧！"

张大虎点点头说："好吧，先听他的，他有高见！"

秦长龙说："古人说，知己知彼，百战百胜。我不知道团长、政委手里究竟掌握了多少情报？详细不详细？有没有还可以利用的条件？"

胡政委听了秦长龙的一番话，心里感到很吃惊，不由得拍拍他的肩膀说："好吧，听你说。"

团长说："继续往下说。"

秦长龙说："你看这样行不行，由我和大虎先去侦察一下。再说，我和大虎还有个小时候的伙伴，名叫马玉俊，那年，被伪军抓去当兵，他妈妈急瞎了眼。后来，得知马玉俊在张喜庄伪军据点，马玉俊小时候，他的算盘打得好，抓去半年，就当上了伪军司务长。要拔掉这个据点，能不能利用一下这个条件？"

团长说："说说看。"

秦长龙一面吃饭，一面说："小时候，我、大虎和马玉俊是最要好的朋友……"

张大虎抢过来说："提那些陈谷子烂芝麻干吗，甭提他丫挺的，现在，咱们俩参加了八路军，他是伪军，日本人的帮凶！"

秦长龙白了张大虎一眼，说："你知道什么，我不是得从头说嘛！"

胡政委说："大虎，先别打断他，听听他怎么说。"

秦长龙说："其实，这个马玉俊也是被伪军给抓去的，并不是他自愿当伪军，心甘情愿地做日本人的狗腿子，是不是？"

胡政委鼓励他继续说。

结果，秦长龙说了一大串。

这样，由团长、政委、秦长龙和张大虎组成的诸葛亮会，一直开到掌灯前儿。桌子上的饭菜也被他们几个人打扫得精光。

团长、政委都说："好，好，等你们侦察回来，再做出详细的作战方案。"

太阳刚刚冒嘴儿，就看见有两个人走在通往张喜庄的路上。

走在前面的，头戴一顶蝎虎家雀儿的草帽，裤腿挽得高高的，赤着一双脚，推着一辆独轮车，上面放着茄子、莴笋、西葫芦。

后面走着的那位，细高挑儿，上穿小白褂，下穿蓝裤子，足蹬一双千层底儿布鞋，走起路来，不紧不慢，轻轻松松。

直到这二位拐过二十里长山路口，才看清他俩，原来是张大虎和秦长龙。

秦长龙说："大虎，咱们见到马玉俊，就说咱们是卖菜的，别说漏了！"

张大虎说："你怕我说漏了，我什么都不说，就让你一个人说，行不行？"

秦长龙说："不是不让你说，两个人都说，就容易说岔劈了，你说是不是？"

张大虎笑笑说："是不是都叫你说了，我还说什么呀？"

秦长龙说："咱们就提小时候，怎么在一块儿淘气，捉蝈蝈、逮蚂蚱、掏家雀、套知了、捅马蜂窝。别的咱们不提，省得让旁的伪军听出什么来！"

张大虎说："等见了马玉俊，咱们小时候，跟玉儿、毛豆她们玩儿娶媳妇那些事，也能说说吗？"

秦长龙笑笑说："说说那些事，当然也行！"

张大虎说："那次，玩儿娶媳妇，玉儿当小媳妇，马玉俊当新姑爷，你当赶脚的，我当毛驴，玉儿骑在我身上，沿着河边儿走呀走，玉儿就是不肯下来，总说还没到家哩，不进家咋入洞房呀？差点儿把我累死了！"

秦长龙哈哈大笑，说："行了行了，那次，你实在受不了啦，尥开蹶子了，差点儿把玉儿翻到河里去。你小子也够坏的！"

张大虎说："要是现在玉儿还骑我，即便骑我一整天，我也不喊累。也不知道玉儿，还有毛豆，这两个丫头到哪儿去了？"

两个人说话搭理的一气儿走出了几十里，临近张喜庄时，都小晌午了。

秦长龙说："早累了吧，我替你推会儿车吧！"

张大虎说："这半天，你也不张罗替我，眼看都到张喜庄了，你才想起替我，算了吧！"

秦长龙说："那好，是你不用我替你，可别怨我没张罗！"

张大虎说："怨我怨我，行不？"

两个人一面戗戗，一面走，绕过一片高粱地，那张喜庄真的在眼前了。

其实，他们并非去张喜庄村，只是想到张喜庄伪军据点去侦察敌情。

听韩团长和胡政委介绍的张喜庄伪军据点，设在一个大土坨子上。秦长龙和张大虎透过庄稼地，看得清清楚楚，果然如其所说。这个大土坨子，迎面确实一个接一个的窑洞，临近窑洞两侧是一个个的黑窟窿，很可能那就是伪军的地堡。

秦长龙和张大虎径直朝那大土坨子上走去。

当他们走近大门口时，两个哨兵拦住他们，喝道："站住，什么人？"

张大虎说："什么人，看看不就知道了！"

哨兵喝道："少废话，站住！"

张大虎大声说："行，我站住，你把菜给我弄进去！"说着，就装作翻车的样子。

秦长龙心领神会，赶紧一面扶着独轮车，一面叫道："怎么耍起小孩子脾气！"

张大虎说："他们的司务长马玉俊买的菜，他不让我推进去，那我只好把菜卸在这里呀！"

哨兵一听，原来是马司务长买的菜，这才压了压火，搭讪着说："你怎么不早说呢！进去进去，快推进去！"

张大虎乜斜了哨兵一眼，说："就欠把菜都翻在你们的大门口，叫你们丫挺的自己一点一点儿往里搬！"

秦长龙说："我头里走，先去找马玉俊！"

张大虎说："快！"

秦长龙一面小跑儿，一面叫嚷："马司务长，司务长，送菜的来了！"

炊事班的伪军，有人听到叫马司务长，于是，便急急忙忙去通知："司务长，送菜的来了！"

马司务长很纳闷儿，什么送菜的？可是，他还是磨磨蹭蹭地走了出来。

秦长龙看到十几年未见面的伙伴，紧走几步，迎了上去，叫了一声：

"司务长，马大司务长！"

司务长看了半晌，疑疑惑惑地说："你，你是谁？"

秦长龙说："玉俊，当了个司务长就不认识我了？我是秦长龙呀！你再回过头来看，那个推车的是谁呀？"

马玉俊不无惊讶地说："呀，你是长龙？"又回头细细看看，"这个，我可真的想不起来了！"

秦长龙说："他是……"

张大虎放下独轮车，急忙拦住秦长龙，说："不告诉他，叫他猜！"

马玉俊仿佛突然想起来，哈哈大笑道："我想起来了，想起来了！咱们小时候，玩儿娶媳妇，就是玉儿骑的那头驴，骑着骑着，犯开了驴脾气，尥开蹶子了，差点儿把玉儿翻到河里去。你小子也够坏的！哈哈……"

张大虎说："再别提那些现眼的事！"

马玉俊说："这车菜是怎么回事？"

秦长龙说："见面礼！"

马玉俊吃惊不小，说："见面礼，啥见面礼？"

秦长龙说："别忙，细细说！"

马玉俊说："好好，进屋，进屋说。"

秦长龙留神地望望四周，说："隔墙有耳，能不能找个僻静的地方？"

马玉俊小声说："我屋里没有旁的人！"

秦长龙说："那好吧！"

马玉俊领着秦长龙和张大虎进了里屋，刚要沏茶，秦长龙走近他，贴近他的耳朵，轻声说："玉俊，咱们小胡同赶猪——直来直去，打开窗子说亮话。"

张大虎催促道："少说废话，简短直说，你是不是心甘情愿当小日本的狗腿子？"

马玉俊说："这是什么话！"

秦长龙说："我们俩都参加了八路军，我们是八路的人。你呢，是伪军，为小日本做事。当然了，你也是苦出身，让伪军给抓来的，并不是死心塌地愿意当伪军，替小日本杀中国人。再说，你妈就因为你被抓走了，急得眼睛都哭瞎了，还是叫独立团的军医给治好的！"

张大虎急赤白脸地说："长龙，你犯不上啰啰唆唆跟他贫那么多，让他直说：他到底跟谁走？"

马玉俊说："小时候玩儿娶媳妇，让你当驴。想不到，你现在真的成了驴！"

秦长龙说："都别急赤白脸的，有话好好说！"

马玉俊说："这不结了！"

张大虎说："有话说，有屁放，是说是放，快点儿，尿都急出来了！"

秦长龙说："俊哥，是这么回子事，冀东独立团派我们来，就是要拔掉张喜庄伪军据点。这事，要不告诉你，你说对得起人吗？我们跟韩团长和胡政委都说过了，劝你反水，弃暗投明，配合冀东独立团拔掉张喜庄伪军据点。"

张大虎催促道："听明白了吗？"

马玉俊吭哧半晌，才说："这叫我怎么说呢？"

张大虎说："怎么说？怎么想就怎么说嘛！"

马玉俊挠挠后脑勺儿，欲言又止。

秦长龙说："我知道，你兴许为这个破司务长当不成了！我告诉你，汪精卫的位子，顶到头了吧，也只不过是一只狗，一只日本人的走狗！到日本鬼子滚蛋的那一天，汪精卫绝没有好下场！你要是舍不得呢，你今天就把我和大虎交给日本人，你还当你的司务长！"

张大虎气愤地说："没有那么便宜！"说着，一拍桌子，"快说，何去何从，由你选择！"

秦长龙乜斜大虎一眼说："别那么冲的火气！"

马玉俊说："我当然跟你们走，一个破司务长，算个屁！"

张大虎笑笑说："在伪军里当官，原本就是狗屁官！有能耐到八路军里弄个官当当，像韩团长、胡政委那样，小盒子枪一挎，那才牛气呢！"

秦长龙说："说正事，说正事！"

马玉俊说："其实我早就想过，早晚我得反水，弃暗投明，就是找不到机会，今儿你们俩来了，机会难得。咱们一不做，二不休。就让这个据点，坐坐土飞机，成烂泥；连锅端，送上天！"

张大虎一拍桌子："顶好！"

秦长龙说："咋个坐土飞机，咋个连锅端？"

马玉俊说："走，我带你们去后院看看。"

张大虎说："看什么，有话直说！"

马玉俊说："看看便知。"

秦长龙说："大虎，看看也好！"

秦长龙、张大虎二人跟随马玉俊来到后院，二人正不知何意，只见马玉俊指着一个大菜窖，说："你们看！"

张大虎说："这只是个大土坑，让我们看这个，能有什么用？"

马玉俊说："这里是个菜窖，冬天贮存大白菜，现在空着。"

秦长龙说："那又怎的？"

马玉俊附近秦长龙的耳朵，比手画脚，声音轻得不能再轻。

秦长龙一面听，一面点头称是。

张大虎急了，叫道："背人没好话，好话不背人，背人没好话！"

秦长龙急忙制止他，说："大虎，别嚷！"

张大虎说："本来嘛，要是好话，干吗背着我？"

马玉俊说："墙外有耳，千万不能走漏一星半点儿风声！"

张大虎向四外望了望，嗔怪地说："哪里有旁人，大惊小怪了！"

马玉俊说："走，回屋里，再作商议！"

张大虎说："小题大做，神神秘秘的！"

秦长龙说："咋是神神秘秘，小题大做？"

马玉俊又领着他们进了屋里，刚要开口，只见刁连长一掀帘儿，走了进来。

刁连长也是二十里长山的人，长得跟瘦猴似的，脑筋好使，猴精猴精的，背地里都叫他刁猴头，生性多疑，一副公鸡嗓，见到什么都要问一问。

马玉俊急忙站起来说："你们二位，我给你们介绍一下，这是我们连长，姓刁，刁连长！"

刁连长疑疑惑惑地望着秦长龙和张大虎，说："什么人，带进屋里做什么？"

马玉俊忙说："这二位是来送菜的！"

刁连长说："赶紧走，军事重地，咋能随意让生人进进出出！"

马玉俊说："是，连长！"

秦长龙说："快，给我们算账，算了账，我们马上就走！"

刁连长吼道："快！"说着，一挑帘儿，走了出去。

秦长龙说："快，算账吧！"

马玉俊果断地说："算什么账，都拿去，都拿去，交给冀东独立团，也算得上是我的一份见面礼！"他一面说，一面将抽屉里的所有的大钱小票都打扫出来。

秦长龙和张大虎把几个内兜装得满满的。

马玉俊说："快走，出了门往东拐，有一家酒店。提我马玉俊，借一辆自行车，你们马上回冀东独立团！人多眼杂，夜长梦多，事不宜迟。我还有个表弟，叫顺子，大家伙都叫他狗顺子。他也会帮助我的，我们事先把炸药放进菜窖。今儿夜里子时，以夜猫子叫声为号，我这里点燃导火索，独立团把四周所有的洞口用火力封死，里应外合，拔掉这个据点！"

张大虎说："哪里会有那么巧，正好会有夜猫子叫？"

马玉俊说："记住，夜间子时，准点，我学夜猫子的叫声。"

张大虎恍然大悟："噢，明白了！"

秦长龙说："大虎，少说废话。玉俊，刚才提到你的表弟顺子，可靠吗？"

马玉俊说："没问题，他就在我们家里长大的，放心！"

秦长龙和张大虎急急忙忙走出张喜庄伪军据点，从小酒店里借了一辆自行车，秦长龙推着车，匆匆上了路。

酒店掌柜看了，不免发笑，心里说，这二位，等着娶媳妇呢！

秦长龙和张大虎上了路。

张大虎说："快骑上，你捎着我，我不会骑车。快！"

秦长龙骑上车，说："大虎，快上！"

张大虎笨手笨脚地往上骗，险些把车给撞倒。

秦长龙急忙铆劲儿掌稳车把，说："慢着点儿！"刚刚骑出几棵树远，就觉得死沉死沉的，实在蹬不动，这才说，"捎不动你，比猪还沉，这得什么时候骑到团部呀！"

张大虎说："你使点劲儿呀，我给你加油！"

秦长龙说："你加个屁，加什么都没用！"说着，两只脚站在自行车脚蹬子上，使出吃奶的劲儿，也没有蹬出几丈远。

张大虎不无揶揄地说："你的劲儿都干吗去了，都留着娶媳妇入洞房时候用呢！"

秦长龙累得呼呼直喘，没有力气和他争辩，又铆足劲儿蹬了一程，实在丝毫力气都没有了，这才说："大虎，下车，快！"

张大虎说："军事行动，贵在神速。你咋这都不知道！关键时候，得卖一膀子。养兵千日，用兵一时。团长、政委正等着咱们的消息，说不定有多么着急呢！"

秦长龙着急忙慌地说："下车下车，你跟我练什么贫！"

张大虎拧不过，终于下了自行车，说："哎呦妈哦，就这点儿能耐，平时吹牛皮的劲儿都哪里去了？"

秦长龙也不搭言，扶着车，只顾喘粗气。

张大虎说："怎么办，总不能把我一个人扔在这儿，不管了吧！"

秦长龙又深深地喘了几口气，说："看来，要完成任务，也只能把你先扔在这里，受受委屈了！"

张大虎说："别别，你先歇会儿再骑，行不行？"

秦长龙说："我一个人先回去向团长、政委报告，你就在这里等，顶多等太阳落山，咱们的队伍就到了，你给他们带路，等仗打完了，肯定给你记上一功！"

张大虎心里早已明白，事情到了这份儿上，也只能如此了，别无选择，于是说："你回去，告诉炊事班，给我带点儿干粮！"

秦长龙说："听话，千万不要暴露目标！"

张大虎答应道："快走吧！"

秦长龙骑上车，先是铆劲儿蹬了几步，可是，一回头，看见大虎一个人孤零零地站在路边，又有些心疼开了，不由得放慢了脚步，泪水直往上涌。

张大虎向他摇摇手，眼窝里的泪水，"哗"地流了出来。

是的，在这个世界上，有什么能比战友更亲密的呢！

秦长龙回过头来，使劲儿骑着车，他要以最快的速度回到冀东独立团，向团长、政委报告。

石子路两旁的杨柳树"唰唰"地向后退去，前面的庄稼地"哗哗"地朝他涌来，耳旁的风"嗖嗖"地掠过。

路上的行人，大概都以为这人有急事，兴许做出各种各样的猜测，也未可知。

近了，更近了，终于到了。

秦长龙骑到独立团大门口,连个招呼也没有打,径直飞了过去。

岗哨急得直喊:"长龙,急什么,等着吃死鸡肉呢!"

秦长龙急急忙忙把自行车靠在墙上,没靠稳,倒了,也顾不得再扶起,三步并作两步跑,刚到指挥部门口,气喘吁吁地喊了一声:"报告!"还没有等到里面回应,就推开门进去了。

团长和政委都在,见秦长龙进来了,急忙站起来,迎了上去。

秦长龙奔到团长、政委跟前,说:"团长、政委,我来迟了!"

团长走上前来,看见秦长龙浑身都湿透了,脸上仍然淌着汗,心里颤颤地抖,说道:"快歇息一会儿。"

秦长龙说:"团长、政委,快,大虎还在张喜庄的庄稼地里等着咱们发兵呢!"

胡政委说:"坐下来说,坐下来说!"

秦长龙把他和张大虎一同见到马玉俊以及张喜庄伪军据点的情况,一一介绍给韩团长和胡政委。

马玉俊送走秦长龙和张大虎以后,紧锣密鼓,马不停蹄,立即把他的表弟顺子找来。咬着顺子的耳朵把见到秦长龙、张大虎的事,细说了一遍。

不料,顺子大惊失色,叫道:"那不是明摆着往枪口上撞吗?"

马玉俊急忙捂住顺子的嘴,轻声说:"你叫嚷什么,不怕把狼给招来?"

顺子说:"狼招不来,倒把小鬼子给招来了!"

马玉俊说:"顺子,你还记不记得,你让伪军给抓来的当天,你爸爸不依不饶,叫伪军的一个士兵活活打死了。我妈妈为我被抓去当伪军,眼睛都急瞎了。这几年,我一直想找机会报仇,可没有机会。今儿秦长龙他们找到我,这不正是个机会。"

顺子说:"那,那,表哥,我听你的,你让我做什么呢?"

马玉俊扳过顺子的脑袋,附在他的耳边,吩咐了一遍。

顺子不住地点头。

中午,马玉俊特意为匪军们准备了鸡鸭鱼肉和二锅头白酒,还特意给刁连长多送了两个菜和一瓶老白干,点头哈腰地说:"连长,俗话说,数伏的饺子六月六的面,今儿是数伏,照理该吃饺子,可是,光吃饺子显得不够丰盛,再说,也不得喝酒。是吧,刁连长?"

刁连长说:"想得周到,这几年的司务长,没白当,有长进,有长进!哈哈……"

马玉俊笑眯眯地说:"刁连长,慢用,慢用!"一面说,一面退出。他来到食堂,先向大家作了个揖,然后说:"弟兄们,我当这个司务长,全凭大家捧着干,大家给我脸,我就变着法地叫大家吃好,喝好。咱们有节就过。今儿是数伏,按理说,数伏能算得上什么节呀?咱们不管旁人,连天王老子都管不着咱,数伏节也过,鸡鸭鱼肉管饱,二锅头管够。大家伙高兴就行!"

马玉俊一番话,说得大家心花怒放,笑逐颜开。纷纷叫嚷道:"鸡鸭鱼肉管饱,二锅头管够。这不就跟上了梁山一样吗?哈哈……"

"一醉方休,一醉方休!"

饭厅里人声鼎沸,逍遥自得。

有的伪军,喝到高兴时,竟然划起了拳,闹闹哄哄:"哥俩好呀,五魁首啊,八匹马呀,六六六啊……"

一时间,一个个酩酊大醉,晕头转向,东倒西歪,一塌糊涂。

马玉俊叫顺子悄悄打开库房的大门,用秦长龙留下的独轮车,从库房里推出足足两车炸药,码放在菜窖里,压上三根导火索,理出导火索的头儿,以便于点燃。然后,把菜窖盖好,两个人像没事人一样,也来到士兵们中间,又说又笑,又打又闹。可是,会有谁知道他们正烧心呢!

早骑马,午骑牛,黄昏骑个葫芦头。说的是太阳行进的速度。

马玉俊坐在树荫下,望着午后的太阳,总感到它仍像一头老黄牛,慢慢腾腾,悠悠嗒嗒,走得太慢。他实在不耐烦了,就踢打土坷垃,心里说,太慢了,也太慢了,妈妈的!

顺子躺在黄土坡上,嘴里叼着一根狗尾草,心里想,自从小鬼子打进来,就没有一天消停日子,哪个中国老百姓不恨得咬牙切齿。可是,伪军不帮助中国人打日本,竟然帮狗吃食,掉转枪口打八路军,打老百姓,是些什么东西!照理,这些日本人的走狗,比小鬼子还可恨,饶得了蝎子妈,也不能饶了这群不是东西的东西!顺子想到这里,"呸"地吐掉嘴里狗尾草的碎末,心里骂道,刁连长,什么狗屁连长,刁猴头,我要是得手,先杀了你!顺子将手掌在空中一挥,做了个挥刀的动作,仿佛冲着刁连长刁猴头的脑袋,口中随即"嚓"的一声。好痛快,真痛快。妈妈的!

马玉俊像热锅上的蚂蚁，四处乱转，心急火燎，又恐被刁连长发现盘问他，他总在心里叮嘱自己控制，控制，再控制。就这样，待会儿仰脸看看太阳，待会儿仰脸看看太阳，恨不得马上就到子夜。

太阳不懂人的心，它该怎么走还怎么走，才不管你是否心急火燎呢！

就这样，马玉俊盼呀盼啊，总算盼到了黄昏，盼到了日落西山红霞飞。

天空上，一道霞光，像一把长剑，刺向燕山的那一面。

马玉俊站在老榆树下，望着西面起伏的燕山顶上，那落日的余晖，心里像万马奔腾。

天色渐渐暗了下来，渐渐暗下来的天色，使马玉俊不由得滋生起恐惧，而且，愈来愈厉害。他有些后悔了，当伪军是挨骂，可人活在这个世界上，又有多少不被人骂的呢？不错，妈妈为我被抓，当了伪军，眼睛都急瞎了，可是，即使不瞎，娘儿俩不也是土里滚、地里爬吗？日子也没有好过一天！当了伪军是寒碜，见不得人，可刁连长给我个司务长的差事，整天价吃香的喝辣的，也算神仙的日子啦！

马玉俊仰脸望望天上的星斗，中天的三星儿，像是三只眼睛盯着他。传说那三颗星是二郎神的三只眼，他盯着人间，谁做了好事，谁做了坏事，他都看得清清楚楚，任谁也逃不掉的，是的，逃不掉的！

马玉俊望着望着，似又良心发现。不能反悔，如若那样，不说对不起生我养我的妈妈，就连秦长龙和张大虎，也无法面对。再者，那还叫人吗？难道良心叫狗吃了不行！此刻，马玉俊又渐渐坚定下来，心里自我叮嘱：当心，子夜，学声夜猫子叫，只要听见了回应，就去点燃导火索。记住：三根，同时点燃。一根不行，不保险。一定三根一块儿点着，不可能都灭火。

冀东八路军独立团，由韩团长亲自点兵选将，步枪手，机枪手，爆破组，丁是丁，卯是卯，严丝合缝，滴水不漏。派秦长龙骑自行车带路，由五连连长贺向荣率队，以急行军的速度，向张喜庄日伪军据点进发。

俄顷西天云墨色，夏夜漠漠向昏黑。

战士们这些日子没有仗打，早就憋得"嗷嗷"叫了，这次，团首长亲自一个个上手挑，这无疑是他们的光荣。为此，他们精神抖擞，信心十足。

光荣的任务总要更多地付出汗水和牺牲，刚才还是欢蹦乱跳的小伙子，急行军一段路程之后，竟有几个小战士草鸡了，气喘吁吁，上气儿不接下气儿。汗珠子下来了，腰也哈了。

贺向荣连长压低声音催促道："坚持，不要掉队！"

战士们相互鼓舞，轻声说："永不掉队！"

马玉俊一次次望着东面的庄稼地，忽听到棒子地里传过一片声响，心里一阵慌乱，侧耳听听，是风声；再望望夜空中的星星，一个个眨着眼睛，似在嘲笑他。他按捺住心跳，耐心地等，等什么呢？他后悔当初咋这样粗心，咋能把时间定在子夜？本应该定准几点几刻，现在再怎么后悔也来不及了。毫无办法，只好凭着天上的三星儿说事了。

他真想试着学几声夜猫子叫，听听有没有回应。然而，他又恐怕叫几声之后却得不到回应，引起刁连长的怀疑，弄巧成拙，那可就真的坏醋了。怎么办？怎么办？兴许独立团的八路军正藏在庄稼地里等着他学夜猫子的叫声呢！等到何时，等到黎明，等到天亮？他再也不能等了，轻轻咳了一声，小声地学了一声夜猫子叫，静静地等，他要等，等到回应。没有，还是没有回应。他心里颤颤的，嘴唇抖抖的，他又试了一次，这一次，他居然听到了回应。他心里一阵兴奋，放轻脚步，去找顺子，告诉他这个天大的喜讯。

顺子说："你说，现在还要干什么，我听你的！"

马玉俊轻得不能再轻地说："别慌，我去点导火索，你往外跑，千万别让人发现，真有人发现了，开枪，打死他！"

顺子说："表哥，我怕！"

马玉俊说："别怕，有表哥呢！导火索得着三分钟呢，你放心，崩不着咱们！"

顺子问："马上就跑吗？"

马玉俊说："把子弹推上膛，不然，遇到情况就来不及了！"

顺子手持步枪，子弹上膛，悄悄地贴着墙根儿跑了，渐渐地消失在暗夜里。

马玉俊溜下菜窖，迅速点燃三根导火索，麻利儿爬上来，越过东墙，钻进黑沉沉的庄稼地。

两个多小时的急行军，战士们神不知鬼不觉把张喜庄据点严严实实包围了。机枪、步枪，按照事先担负的任务，对准敌人据点的目标，等待着马玉俊点燃炸药的爆炸声。

　　突然，一声巨响，天崩地裂，震耳欲聋，烈焰熊熊，火光冲天。

　　紧接着，敌人从各个洞口奔出，喊爹叫娘，乱作一团。

　　隐藏在庄稼地里的八路军战士们，机枪、步枪一齐开火，打得敌人血肉横飞。

　　刁连长刁猴头从猛烈的爆炸声中惊醒，随手抓起王八盒子，裤子也来不及穿，赤着一双脚，蹿出单间宿舍，向北门奔跑。

　　顺子早已跑出老远，正在一棵遮天蔽日的老槐树下躲避，远远地看见一个黑影子朝他跑过来，他警惕地端起步枪等候。那黑影子接近了，原来是刁猴头，顺子举枪便射。"啪"，一枪击中，黑暗中，只见刁猴头"扑通"倒地，顺子走近细看，那家伙早已只有出的气儿，没有了入的气儿。

第二十六回
东白山上硝烟滚
西洼地里炮声隆

山里辛庄飞捷报　青纱帐里出奇兵
东白山上硝烟滚　西洼地里炮声隆

山里辛庄在山里吗？在，不全在。东面是山，南面是山，北面是山，西面是一望无际的大平原，坦荡如砥。山里辛庄另有个特点，东临平谷，北靠密云，是一个鸡鸣三县的小山村。

小日本部队里，不全是"八嘎呀路"，并非只懂得"米西米西"与"花姑娘的有"，也有懂天时地利的，他们知道该对哪里的人"死啦死啦"的。因此，日本鬼子对山里辛庄，发动了一次又一次的进攻，但是，英雄的山里辛庄却巍然屹立。

这个世界怪得很，愈得不到的，愈想得到。日本人也无法逃掉这个规律。

日本鬼子像饿狼一样，视山里辛庄为一块肥肉，不吃掉它就心里难受。

并非八路军懂得利用庄稼地，以茂密的高粱、棒子为屏障，"青纱帐里逞英豪"。小鬼子也懂，山里辛庄三面环山，西面统统都是老百姓的庄稼地。那时节，漫说冀东，即便整个华北大平原上，主要农作物，就是红高粱、黄玉米。八路军和抗日民兵善于利用青纱帐打击日本鬼子。同理，日本鬼子也东施效颦，学开了利用青纱帐，向八路军进攻。

黍子是金秋的特使。处暑找黍，最能说明它的这个特殊身份。就是说，旁的庄稼都要等立秋过后的白露节气，才能日渐成熟，只有黍子早早地从处暑节气开始收割。

小日本，鬼道，屁精。他们来到中国，时时留意，处处搁心。你懂得孙子兵法的"兵贵神速"，恨不得人人成为"神行太保"；小鬼子也不傻，更是利用汽车摩托，你十个水浒英雄戴宗绑一块儿，也不是他的个儿。

早立秋，冷飕飕；晚立秋，热死牛，更何况刚刚进入立秋后的处暑。天气热得叫人没处藏没处躲的，庄稼地里则更像闷葫芦，汗滴禾下土的农民，在这个节气里，也早已停止锄禾，东阴凉儿挪西阴凉儿，专等金色的秋风一来，谁种的庄稼谁收割了。

就在大片大片的庄稼没有收割之前，就在庄稼人东阴凉儿挪西阴凉儿之时，冀东十四分区来了消息：小鬼子纠集盘踞在怀柔、密云、三河的几百名伪军，出动卡车、摩托和几十辆马车，配备九挺机关枪和一门小炮，疯狂地扑向山里辛庄。

东阴凉儿挪西阴凉儿的庄稼汉，突然看见北面山上的消息树倒了一棵，又倒了一棵。

山里辛庄民兵中队长聂宗跃大声喊道："快，山里辛庄所有民兵，紧急集合！"

训练有素的山里辛庄民兵们，迅即集合完毕。

聂宗跃说："同志们，不要慌，我早就料定小日本会在秋收之前，进犯咱们山里辛庄。因此，我早已派二中队副队长杜长瑞，去后王会村，同苏保瑞同志取得了联系。枪声一响，苏保瑞同志就会带领一个小队的民兵来支援我们。"

杜长瑞点点头，说："大家请放心，我已经跟后王会的苏保瑞谈妥了，只要我们这里枪声一响，他马上带着民兵来支援咱们。"

山里辛庄的民兵，听说又有仗打了，一个个跟吃蜜蜂屎似的，兴奋得"嗷嗷"叫，跃跃欲试，一显身手。

聂宗跃说："军情紧急，没有时间再耽搁了。聂挺茂，带一小队，东白山豁口；李保卿，带二小队，北面村口；李保臣，带三小队，村南路口。各自选好有利地形，让小鬼子来咱们山里辛庄见识见识，中国人是不是好惹的！"

民兵中队副队长杜长瑞问："西面，西面出了村子就是西洼地，西洼地里的庄稼，还没有收割，青纱帐，这里更需要有人把守。"

聂宗跃说："你说得对，小鬼子的这次进攻，恐怕把村西作为重点，西面由我和你负责。好吧，出发！"

聂挺茂叫道："一小队，东白山豁口，跑步走！"

李保卿喊道："二小队，村北路口，跟我走！"

李保臣叫喊道："三小队，村南老街墙外，跟上！"

聂宗跃见各个小队长领军出发，走到杜长瑞身边，说："长瑞，我料定，这次小鬼子的进攻，村西是重点，你带一个班，你扛一挺机关枪，其余每个人除了自己的步枪，再捎上一箱手榴弹。"

杜长瑞应道："我打算把部队放在距离庄稼地最近的壕沟里，行吗？"

聂宗跃说："好，距离庄稼地越近越好。可有一宗，一定要隐蔽好，尽可能使小鬼子统统走出庄稼地，完全暴露在咱们的枪口之下，让小鬼子尝尝汉阳造和手榴弹的威力！"

杜长瑞说："依我之见，最好要等到小鬼子接近五十丈以内，再开火！"

聂宗跃说："不行，太远。汉阳造的射程还行，可准确率呢？再者，咱们民兵里面，能有几个把手榴弹扔出五十丈远的？十丈，二十丈，放小鬼子再往回跑出几丈远，手榴弹依然可以够得着！"

杜长瑞说："那就把小鬼子放进二十丈以内再开火！"

聂宗跃说："我带领大刀队，隐藏在老爷庙墙外，被你打散的小鬼子，必然顺着老爷庙，夺路而逃。逃到这里时，就由我们来收拾这帮小鬼子！"

杜长瑞说："好，顶好！"

聂宗跃说："分头行事！"

东白山豁口，聂挺茂带领的一小队民兵，躲在豁口两侧的大青石后面，各自做好战前准备。

聂挺茂又派出两个民兵，登上东白山顶站岗放哨。

李保卿带领的二小队民兵，迅速来到村北路口，躲在茂密的丛林中，支好机枪，架上步枪，搬出手榴弹，专候从密云开过来的日本兵。

李保卿像猴子一样灵巧，"噌噌"爬上树，手搭凉棚，向远处眺望。

李保臣带领的三小队民兵来到村南老街墙外，这里破破烂烂，砖头瓦砾这里一堆、那里一片。

李保臣说："大家先歇一会儿，然后捡捡碎砖烂瓦，能码工事的码工事，不能码成工事的捡成一堆儿，万一子弹打光了，手榴弹扔完了，咱们就用这些碎砖烂瓦跟小鬼子拼。"

正说间，放哨的民兵轻声叫道："看，来了！"

李保臣赶紧登上老街的高墙，往南一望，说："同志们，小鬼子来了，给咱们送武器弹药来了，不打收条！"

民兵们各自选好地形，支机枪的，拧手榴弹的，一阵忙活。

李保臣跳下高墙，说："这一仗，等得我都上火了。小鬼子好容易来了，这回夺到了好枪，咱们可留点心眼儿，别又如数交上去，结果，闹得咱们还是老样子，破枪破袜子旧军装！"

远远地望见日本鬼子摩托车开路，卡车紧随其后，卡车后面跟前一群小鬼子，至少几十个。

李保臣说："大家注意：把小鬼子放近了再开枪，不能让他们掉头跑了！"

民兵们一个个扳动枪机，或者摆放手榴弹，双眼盯住前方。

李保臣说："大家听好：听我命令，谁要是距小鬼子不到三十丈远就开枪，别说我缴他的械！"

大家答道："明白！"

虽说摩托车跑得快，可是，这是山路，曲里拐弯，坎坎坷坷，荆棘满坡，石头遍地，开起来十分费劲，经常有翻车的，还有的拐到了沟里。

民兵们躲在破烂的高墙后面，看到小鬼子们的窝囊相，你抻抻我的衣角，我捅捅你的屁股，窃笑，意在幸灾乐祸。

李保臣说："不许笑，集中精力！"

正说间，看见一个小鬼子的摩托车，撞在一块大石头上，"嗖"的一下子，向山坡下冲去。

李保臣不由得笑了。

民兵们也都笑了。

李保臣压低声音说："不许笑，准备打仗！"

终于，小鬼子们使出吃奶的劲儿，总算爬了上来。来至山里辛庄村南，一个个累得大汗淋漓。

小鬼子们大概连做梦也不会想到，在他们刚刚想歇一歇的当儿，一个个黑洞洞的枪口正对准他们，一颗颗手榴弹正准备在他们的头上开花。

李保臣刚刚下达了"三十丈以外不准开枪"的命令，可是，眼前的日本鬼子，距离村南老街墙，至少还有百十丈远，小鬼子们居然停止前进了。怎么办？等，只有耐心地等待。

过了半点钟，仍不见小鬼子有进村的动作。

李保臣心里说，只要我们耐心地等待，小鬼子就会往村里进发。

民兵们的眼睛望酸了，胳膊也架累了，汗珠子骨碌骨碌顺着脸颊往下滚。

满脸胡子的李尚奎说："保臣，你看，咱能不能冷不防冲下去，干他一仗？"

李保臣说："老叔，别急，再等等。我估计，他们在等候总攻命令！咱们冷不防，他们兴许还打算给咱们来个冷不防呢！"

李尚奎说："那好，等他们冲到咱们跟前，我这几颗手雷可不是吃素的，足够小鬼子喝一壶的！"

突然，远远的一声炮响，李保臣他们眼前的小鬼子像一窝马蜂似的，从山下爬上来。

李保臣命令道："大家听好，没有命令，不准开枪！"

李尚奎说："那是，那是！"一面说，一面拧开几枚手雷盖子，放在眼前。

蜂拥的小鬼子越来越近了，五十丈，三十丈……

李保臣死死地盯着小鬼子，二十丈。

他慢慢举起手枪，用眼睛示意大家。

民兵们心有灵犀，一一点头。

突然，李保臣从破砖烂瓦中跃起，大喊一声："打，狠狠地打，不许放走一个小鬼子！"

一声令下，好像突然来了一场暴雨，机枪、步枪、手榴弹、手雷，乱作一团。嗒嗒嗒，轰隆隆，在小鬼子的人群里汇成巨响。

只见一堆堆小鬼子倒下去，又有一群群小鬼子滚下山，喊爹叫娘，鬼哭狼嚎。

李保臣大喊："冲啊！"

山里辛庄第三小队民兵，早已憋足了劲儿，一个个像猛虎下山，一面大喊，一面打枪，投掷手榴弹、手雷。

突然，山坡上一块巨石的后面，小鬼子响起了机枪。

冲在前面的李尚奎"扑通"倒在地上。

李保臣看了一眼，撂下一句话："老叔，顾不得了，我去干掉这挺机枪。"一阵风似的从李尚奎身边飞过。

此刻，受了伤的李尚奎把手里的手雷扔进敌群，"轰"的一声，只见又有几个小鬼子倒下。李尚奎看此情景，发声大笑："杀一个够本，杀俩赚一个。赚了，赚了，赚多了！哈哈……"

李保臣奋不顾身地冲了上去，冲着小鬼子的机枪射手"啪啪"两枪。

一时间，机枪变哑巴了。

李保臣趁势冲到小鬼子机枪射手跟前，扣动手枪扳机，没有声音。李保臣极其果断地扑向小鬼子。

可巧，小鬼子的脸撞在了扑翻的机枪上。还没等他反应过来，李保臣早已将他踢翻在地，像饿虎扑食一样，将小鬼子压在身下，双手狠狠地掐住他的咽喉。

此刻，李尚奎的侄子小福子冲到跟前，一把薅过小鬼子的机枪，掉转方向，朝逃往山下的日本兵射击。

李保臣放下被掐死的鬼子，从李福的手中抄过机枪，说："小福子，我来！"说着，一颗颗仇恨的子弹扫向敌群。

李保卿带领的二小队民兵，守在山里辛庄村北路口。在两声炮响的同时，躲在村北壕沟里的小鬼子们，一个个猫着腰，鬼鬼祟祟地朝村子里开过来。他们大概以为山里辛庄的民兵都是吃干饭的，睡大觉的，走着走着，不再猫腰，越来越大模大样，有说有笑，倒像是接闺女、请女婿，到姥姥家门口听大戏来了。

李保卿从树上跳下来，说："这群小丫挺的，太猖狂了，看他们那相儿，一丁点儿没把咱们中国人放在眼里！"

矬个子李说："冲上去，杀死丫挺的！"

李保卿说："别忙，耐点儿心，等小鬼子走近了，一枪撂倒一个。"

矬个子李说："好咧，今儿叫俺新磨快的大刀，也尝尝小鬼子的荤腥儿！"他一面说，一面不时望望渐渐走近的小鬼子，一只手挺着大刀，另一只手的大拇指不停地试着刀刃儿，嘴里不停地轻声叨咕："嚓"一个，"嚓"一个，妈妈的！

日本兵进了小树林，接近了村口，距离山里辛庄民兵第二小队阵地，仅仅一步之遥。

李保卿大吼一声："杀！"

矬个子李第一个从丛林中蹿出来，手里的大刀，照准小鬼子，迎面砍去。

小鬼子连"妈哎"都没有叫唤出来，便"扑通"倒地，鲜血溅了矬个子李满脸都是。

矬个子李伸手抹了一把，一时间，成了花狗脸。他正在得意，有一颗罪恶的子弹朝他飞过来，钻进他的前胸，顿时倒在地上。

李保卿看见矬个子李倒在地上，大叫一声："李哥！"

矬个子李手捂胸口，断断续续地说："不要，不要管我。去，赶快去打小鬼子。你，你李哥没有白当民兵，杀死了一个小鬼子，够，够本了……"

李保卿的手枪，"啪啪"，连击几发子弹，弹无虚发。

民兵们一个个精神抖擞，斗志昂扬，手榴弹一颗接一颗地甩进敌群，小鬼子东倒西歪，踉踉跄跄，接二连三地倒在山坡上。

聂挺茂的一小队民兵，在东白山豁口两侧的大青石后面隐藏好，专等日本鬼子来犯。

等候的时间总觉得漫长，于是，就小声地闲聊天。

胖子说："你也老大不小了，你知道这里为什么叫作东白山？"

瘦子说："嗨，这还不知道！"

胖子说："知道？说呀！"

瘦子说："老年间给取的名字呗！你的名字不也是你的爸爸给取的吗！"

胖子说："废话！传说……"

胖子的话还没有说完，突然，"轰隆隆"，不知从什么方向传来了两声炮响。

聂挺茂站起来叫嚷道："做好战斗准备！"

其实，准备，准备什么呢？土枪、土炮、手榴弹，靠这些土玩意儿，跟洋枪洋炮的日本鬼子干，只能靠近战，冒着敌人的炮火，以手中大刀长矛拼杀，或以血肉之躯和敌人展开肉搏战，用血肉筑成我们新的长城！

聂挺茂"准备战斗"的命令下达之后，民兵们等啊等啊，小鬼子的踪影也见不到，这可把大家急坏了，在毒花花的阳光下，长矛握出了汗，手

第二十六回　东白山上硝烟滚　西洼地里炮声隆

427

榴弹攮出了水。

胖子说："怎么着，小鬼子的妈，还没给养活出来呢！"

瘦子说："别着急，老娘婆上炕了，小鬼子快生出来了！"

民兵们都笑开了，像个喜鹊窝。

聂挺茂严厉地说："做好战斗准备，不许说笑！"

于是，大家又恢复了平静，变得鸦雀无声。

聂挺茂把头探出大青石，朝东白山的蚰蜒小道上望，那里是唯一能进村的山口，小鬼子要想从东面进村，没有旁的路，聂挺茂土生土长，能不知道这个。于是，他只得等，再等。

大家伙见聂挺茂头上的汗顺脸流，心疼他，也替他着急。可是，又能有啥法子？总不能去小鬼子那里，跟他们说，你们快点儿来吧，我们的小队长聂挺茂着急了，急得满脸流汗。笑话！目前，没有别的法子，只有等。

正在大家等得不耐烦的时候，聂挺茂突然说："大家注意，做好战斗准备！"

大家一下子激灵起来，举枪的举枪，拿刀的拿刀，小拇哥钻进手榴弹的拉环，就等小鬼子走近，等候聂挺茂的一声令下。

看小鬼子的阵势，气势汹汹，不可一世，好像要把山里辛庄给吃掉。

聂挺茂带领的第一小队民兵，只有十七个人，七支步枪，一挺机关枪，其余的人，就只能拿手榴弹说事了。

聂挺茂原本是个急性子，可是，性急吃不成热豆腐。他完全懂得，这是在打仗，是在同小鬼子玩儿命，你死我活。哪个民兵没有一家老小？死了就活不了，他能不懂这个！他心里磨叨，自己叮嘱自己：我不着急，不要着急！他的胸前滴里嘟噜挂着十几颗手榴弹，右手握着手枪，心里在喊：小鬼子，来吧，走得近些，再近些，这些都是给你们准备的！他死死地盯着眼前的日本鬼子，心里计算着距离。

躲在大青石后面的民兵们，一个个眼巴巴地望着聂挺茂，像是在问，在催促。

突然，聂挺茂的手枪响了，几乎是在同时，对面一个小鬼子"扑通"一声，扑倒。

民兵们机枪"嗒嗒嗒"叫得好欢，步枪也不怠慢，手榴弹则更是一片爆炸声。

小鬼子刚才还扬扬得意，嘻嘻哈哈，连做梦也不会想到，灭顶之灾从天而降。被突然打懵了的小鬼子仓皇应战，有的趴在地上还击，有的端着枪冲上前来。

聂挺茂见到小鬼子冲到跟前，恨不得一下子把手榴弹全部扔出去。

和敌人短兵相接，正是我们的优势，小鬼子的洋枪洋炮反而无用武之地。

民兵们大刀向鬼子们的头上砍去，长矛向敌人的胸膛刺去，打得小鬼子鬼哭狼嚎，喊爹叫娘。

一个小鬼子抱住山里辛庄的瘦子，摔倒在地，双手紧紧地掐着他的脖子，眼看无力挣扎。

山里辛庄的胖子用大刀砍倒眼前的敌人之后，正在寻找目标，可巧看见瘦子被小鬼子压在身下挣扎。一下子扑将过来，挥起手中的大刀片儿，照准小鬼子的脑袋就是一刀，小鬼子顿时丧命。

得救了的瘦子骨碌爬起来，抓起长矛向日本兵冲过去。

胖子挥舞着大刀冲向敌阵，一排冲锋枪子弹射入他的后心，即刻扑倒。

瘦子跑过来，扑通跪倒，把胖子的脑袋放进肘弯里，叫道："胖子，你不能死，不要死啊！"

胖子说："我杀了俩，杀了俩，赚啦。哈哈……要是，要是中国人，每个人，都能杀俩小鬼子，那，那……"说着，脑袋侧歪下来。

瘦子大喊："胖子，胖子！"他放下胖子，抄起长矛，向小鬼子人多的地方冲过去。

溃不成军的日本鬼子拼命往回逃，终于逃出了聂挺茂他们机枪、步枪的有效射程，顺着东白山山沟往回溜。

小鬼子逃至山里辛庄东口，突然，洋枪土炮一齐开了火，从山坡上压下来，迫使敌人用机关枪封锁住山口，向南流窜。此时，后王会村的苏保瑞同志率领两个民兵班，正好杀进敌阵中，打得敌人丢盔弃甲，顺着山沟向后王会村方向逃跑。敌人万没想到，他们从这只口袋漏掉，却又钻进另一只口袋。原来，苏保瑞在听到日军的两声炮响之后，迅疾率领十八个民兵，埋伏在东白山坡上，专等从山里辛庄败下阵来的残兵钻口袋。一直等到敌人逃到民兵们的鼻子底下，苏保瑞才大吼一声："打！"敌人本来已成惊弓之鸟，此刻，又听到四面开火，一个个肝胆俱裂，完全丧失了抵抗力，东逃西窜，死伤惨重。战斗只进行了两个半小时，便胜利地结束了。当聂挺茂同苏保瑞率领民兵在东白山顶胜利会师时，欢呼的声浪，冲碎天上雪白的云朵，向远方飘去……

人算不如天算。日本鬼子原本以两声炮响作为信号，对山里辛庄形成四面包围之势。咋料到，进犯东白山豁口、村北道口、村南路口的小鬼子死的死，逃的逃，一个都没有放进村里来。

山里辛庄的西面，出了村子就是西洼地，一片青纱帐，狡猾的日本鬼子很可能东施效颦，也学着八路军的样子，利用青纱帐做隐蔽，悄悄地偷袭山里辛庄。

聂宗跃将计就计，由他和杜长瑞正副民兵中队长，各带两个班，兵分两路，把住村西路口，打日本鬼子一个措手不及，阻击敌人，不让小鬼子进庄。

聂宗跃把最精良的武器调配给杜长瑞，加强村西口的防御力量。

杜长瑞按照轻重武器的配置，迅速布置好民兵们在阵地上的位置，又一次强调，说："记住：一定要把小鬼子放进二十丈以内再开火，所有手榴弹的盖儿，统统拧开，两三颗捆绑在一块儿，等到把小鬼子放进二十丈以内，拼命把手榴弹扔出去，扔得越远越好，炸远处的，把近处的鬼子往里挤。不要紧，我们手里的大刀，哪一把也不是吃素的！再者，即使小鬼子顺着老爷庙，夺路而逃。这正好上了我们的圈套，由聂宗跃带领的两个班的大刀队来收拾他们！"

西洼地青纱帐里蝈蝈们的大合唱渐弱，稀稀拉拉，以至停止了，代以高粱棒子们哗啦哗啦乱七八糟的声响。

杜长瑞竖起耳朵听听，赶紧以手势助说话，压低声音，轻轻地说："快，注意隐蔽！"

一时间，西洼地的壕沟里变得鸦雀无声。

果然，小鬼子出现了，一个个钻出庄稼地，猫着腰，端着枪，沿着长满荒草的小路，往村里走。

近了，五十丈；更近了，三十丈……

突然，杜长瑞大吼一声："打！"

"突突突"，机关枪向小鬼子密集的人群吐着火舌。

"嗒、嗒"，汉阳造步枪，像是为小鬼子点名，一枪一个，一枪一个。

"轰隆轰隆"，成捆的手榴弹，在小鬼子的人堆里爆炸。

小鬼子们被打得晕头转向，一时间不知所措。有的一面还击，一面退回庄稼地。

杜长瑞眼尖，大声喊道："手榴弹往远处扔，炸断小鬼子的退路！"

此刻，投弹的民兵捡起一个，铆足劲儿往庄稼地深处投出去，捡起一个，铆足劲儿往庄稼地深处投出去。

结果，钻进青纱帐的敌人，一窝蜂似的沿着庄稼地的边际，向老爷庙的方向，夺路而逃。

杜长瑞正中下怀，端起机关枪，发疯似的狂射。

逃到老爷庙的小鬼子自以为得计，遂从这里可以大摇大摆地进村。

聂宗跃带领大刀队，隐藏在老爷庙墙外，专等被杜长瑞他们打散的小鬼子送上门来。

怪不得聂宗跃平时被人称作小诸葛，真正的上知天文下知地理，料事如神，被杜长瑞们打散的小鬼子，果然送上门来。

聂宗跃和他带领的民兵们，平时训练就是以大刀为主，手中八斤重的大刀，拿在他们手里，就像耍剃头刀一样，随心所欲，得心应手，早就憋得手心发痒。仇人相见，分外眼红。此刻，再不大显身手，更待何时！

聂宗跃大喝一声："小鬼子，哪里走！"第一个越过老爷庙的矮墙，扑向敌人，挥起大刀，向鬼子们的头上砍去。

"杀呀，杀呀！"喊声震天动地。

民兵们的劲儿，憋了一天又一天，今儿个，好容易盼到小鬼子送上门来，杀他个淋漓尽致、痛痛快快。

小鬼子们手中的洋枪无用武之地，哪里会有民兵们手中的大刀得心应手！然而，不可小觑的是，日本兵究竟身体彪悍，训练有素，也有些本事。

一个胡子拉碴的小鬼子，蹿上老爷庙的高墙，照准聂宗跃扑了下来，险些将聂宗跃扑在身下。

聂宗跃返身一刀，向那个胡子拉碴的小鬼子砍去。

胡子拉碴的小鬼子，极是机敏，闪身一躲。

聂宗跃的大刀，不偏不倚，正砍在一棵柏树的枝丫上，"咔嚓"一声，坠落下来。

胡子拉碴的小鬼子被吓得目瞪口呆。

聂宗跃手持大刀，跃上一步，正待挥刀。

不料，他身后的一个矮个子日本兵朝他扑过来，扬起一脚，将聂宗跃踢倒在地。

倒在地上的聂宗跃，手里的大刀，往上一挑，可巧挑进矮个子日本兵的裤裆，砸在聂宗跃的身上。

胡子拉碴的小鬼子见有机可乘，张牙舞爪地扑过来，试图用双手掐住聂宗跃的脖子。

不料，聂宗跃一闪身，胡子拉碴的小鬼子来了个狗吃屎，反倒趴在了地上。

聂宗跃挥起大刀，狠命地向胡子拉碴的小鬼子砍去，一时间，身首两处。

顿时，老爷庙墙外的小小空场上，几乎听不到枪响，倒像演武堂。

演武堂是演武堂，此刻，老爷庙墙外的小小空场上的演武堂，真杀真砍，真流血，真掉脑袋。

聂宗跃原本估计到，小鬼子会把这次进攻山里辛庄的重点，放在村西，确实料事如神。然而，始料未及的是，小鬼子在战斗中，竟然出动了这样多的兵力。民兵们平日里的信念就是"杀一个够本，杀俩赚一个"。这说的是一种敢打敢拼的自我牺牲精神。可是，这一仗，即使每一个民兵，都能"杀俩赚一个"，还是难以阻止日寇的进攻。

猛虎怕群狼，像聂宗跃这样彪悍的猛士，竟然遇上了一群饿狼一般的小鬼子。

聂宗跃手使八斤重的大刀，一气儿杀了七个小鬼子。待第八个冲上来的时候，聂宗跃早已筋疲力尽。这一次，小鬼子抱住他的后腰，他无力挣脱。当他拼尽最后一点力气，翻转过来的时候，又一个小鬼子端着刺刀，朝他刺来。

巧得不能再巧，聂宗跃的侄子聂小力举着大刀冲过来，朝着小鬼子，没脸带屁股地就是一刀。

小鬼子倒了下去。

聂宗跃趁势掐住小鬼子的脖子，使尽全身力气，小鬼子睁大的眼睛，外眦开裂，一命呜呼。

聂小力问："叔叔，怎么样，没事儿吧？"

聂宗跃说："毛事，快撤，往东白山撤！"

西洼地壕沟里的民兵中队副队长杜长瑞带领的民兵，也遇到了麻烦，他们的子弹打光了，手榴弹只剩下了一颗。

杜长瑞叫过仅剩下的三五个民兵，说："同志们，死也不能当小鬼子的俘虏！"

战友们齐声说："对，死也不能当小鬼子的俘虏！"

杜长瑞双眼紧紧地盯着冲上来的一群小鬼子，拉开了手榴弹。就在这千钧一发之际，杜长瑞将即将引爆的手榴弹毅然投向了小鬼子。

"轰"的一声，手榴弹在敌群中爆炸了，炸得小鬼子东倒西歪，血肉横飞。

杜长瑞大喊一声："撤！"

民兵们跟随杜长瑞跃出西洼地的壕沟，朝村里跑去，就像水珠儿掉入了湖泊，鱼儿游进了大海。

从西洼地进攻的日本鬼子，没有了抵抗，就像潮水般涌进了村里。挨门挨户地搜查，抓走山里辛庄的无辜百姓，用枪托打，皮鞭抽，刺刀扎，逼迫他们交出村里民兵和八路军，拷问半晌，竟没有一个人开口。

穷凶极恶的敌人，从人群中拉出一个小伙子用枪托打，小伙子一个字也不说，直到被活活打死。

日本鬼子又拉出一个老人，用鞭子抽，遍体鳞伤，气息奄奄，老人家咬紧牙关。

小鬼子死不甘心，拉出一个穿花褂子的妇女，用刺刀扎，扎她的大腿，血流如注。

花褂子开口大骂道："畜生！"

此时，小鬼子又拉出来一个青年男子。

花褂子一看，正是她的男人李青，急火攻心，一下子昏死过去。

小鬼子的指挥官叫道："把这个贱女人扔到河里去！"

李青仰天大骂："小鬼子，你们厚颜无耻，丧尽天良。老天爷绝不会饶恕你们这群狗强盗！"

小鬼子的指挥官叫道："你的，民兵，土八路，统统地交出来，不交出来的话，统统地杀掉！"

李青仍咬紧牙关，不肯开口。

敌指挥官气急败坏地叫道："统统地杀掉，统统地杀掉！机枪！预备——"

机枪手得到命令，趴在高坡上，黑洞洞的枪口对准无辜的百姓。

突然听到一声怒吼："慢着！"

原来是化装成老百姓的杜长瑞，威风凛凛地跨到敌指挥官面前，威严地逼视着敌人，坚定而有力地说："机枪下掉！把乡亲们放回去！八路军，武工队我都知道，不关他们的事！"

日军指挥官命令放掉在场的老百姓，又来审问杜长瑞："你的，中国人的这个！"他伸出大拇指，夸耀道。

杜长瑞仰天长笑，说："八路军，武工队，他们在哪儿？看，统统在这里！"他把胸膛拍得山响，"在我心里！"

日军指挥官气炸了肺，将手一挥，小鬼子立刻扑向杜长瑞，用枪托打、皮鞭抽、刺刀扎，打死过去，用凉水喷醒，又打死过去，直打得他皮开肉绽。

然而，凶恶的敌人，从杜长瑞的嘴里没掏出半句话。

傍晚，杜长瑞又一次苏醒过来。

他望望天，漫天的星星，一个个莫名其妙地向他眨眼睛。他看看西沉的月儿，月儿朝他深情地眯起了眸子。

这是哪里？我怎么会在这里？

他伸出一只手，摸摸脑袋，黏糊糊的，是血；他又摸摸胳膊摸摸腿，疼痛难忍，他受伤了。

忽然，传来一阵杂乱的脚步响。

杜长瑞侧耳听听，夹杂着叽里咕噜说话的声音。

他明白了，他是在日本鬼子的人堆里。他想：逃，快，必须逃。晚了，就没有机会了！

杜长瑞这样想了，便这样做了。然而，他的一条腿不听他的话，不肯站立起来。心里骂道，妈妈的！不知在骂谁？无济于事！

他在黑灯瞎火中，伸手瞎摸。摸到了一根树棍儿，作为拐杖，靠着这一条好腿，气喘吁吁，浑身淌汗，吃力地往外走，巧妙地溜下山坡，爬回山里辛庄一户老乡家。

老乡家走出一个老太太，她一眼就认出了杜长瑞，急忙说："进屋，长瑞，快进屋。"

杜长瑞认出这位老太太，她就是李青的妈妈，亲亲热热地叫了一声："李婶！"

青他娘说："你呀，是俺家的恩人。要不是你，俺家李青的小命早玩儿完了！"一面说，一面哭，拉着杜长瑞的袄袖子不肯松手。

杜长瑞说："李青，我兄弟呢？"

青他娘说："不吃人饭的小鬼子，把我的儿媳妇兰英扔到金鸡河里去了，还不知道死活呢！这不，李青找了几户当家子，跟他去金鸡河，捞他媳妇去了。呜呜……"

杜长瑞说："您甭着急，兰英不会有事的！"

青他娘说："小鬼子在把兰英摔进金鸡河里之前，又用枪托子打，又用刺刀扎，再经过河水一泡，凶多吉少。"青他娘说着说着，眼泪又流了出来。

杜长瑞说："就说兰英这丫头自小就命硬，爹娘都死得早，这么多年，泥里水里，摸爬滚打，好容易盼到了今天，有家有业了，过上几天消停日子，日本鬼子来了！"

青他娘说："小日本，真叫坏，到处杀人、放火、抢东西。咱们中国这么大，人口这么多，咋就该小鬼子欺负呢！"

杜长瑞说："李婶，您说得对，您想想，咱们中国这么大，人口有四亿五千万，小日本弹丸之地，咱们中国十个人打他们一个人，还得富余几千万人，坐在树荫凉里歇凉呢！关键是人人都起来跟小鬼子干。比如，今儿个，要是全村的老百姓，人人抄起锄头、大镐、扁担、镰刀，那么几个小鬼子，不给打得屁滚尿流！"

青他娘说："等青儿回来，不管兰英是死是活，都叫他跟你走，参加游击队，当八路军！"

正说间，院子里有了响动。

青他娘低声问："谁？"

李青答道："是我，娘，兰英，兰英我找到了！"

青他娘颠着一双小脚，急匆匆跑了出来。

李青背着兰英，跌跌撞撞进了屋。

青他娘打开门帘，说："快，快把兰英放下！"

李青刚要把兰英放在炕上，忽见一个人影子，大声问："谁？"

杜长瑞蹭下炕，跛着一条腿，说："我，杜长瑞！"

李青把媳妇兰英撂在炕上，"扑通"，跪在地上，说："长瑞大哥，是你救了我！"

杜长瑞忙说："不不，快看看兰英怎么的了？"

青他娘举过"黑小子"灯，从头至脚，把兰英仔仔细细地查看了一遍，长长地舒了一口气，说："吓死我了，吓死我了！"

杜长瑞说："李青，我出去一会儿，你给你媳妇换一身干松的衣服，盖上点儿被子，一会儿就缓过来了！"

青他娘说："你甭出去，你们哥俩在那边说会子话，我给兰英找衣服换上。"

李青说："行，秋夜，外面凉了。你的腿伤成这样，哪能再着凉呢？"

杜长瑞说："李青呀，哥哥跟你说个事，你就说，咱们中国这么大，人口这么多，咋就受小鬼子的欺负呢？要是全民皆兵，全民抗战，不怕赶不走日本鬼子！"

李青说："杜哥，你的话里有话，可我听出来了！"

杜长瑞说："听出啥来了？"

李青说："其实，你不说，我也正想跟你说呢？听说你认识独立团团长韩贵德，是吗？"

杜长瑞说："有话直说，还跟你杜哥试心眼儿！"

哥俩正说得热闹，突然，兰英叫唤了一声："妈呦！"

青他娘说："你们哥俩快过来！"

李青回过头来，紧紧拉着杜长瑞的手，说："杜哥，你看，兰英缓醒过来了！"

杜长瑞说："我说啥来，老佛爷长眼睛！"

青他娘说："虽说节气已经过'立秋'了，可是雷公雷母并没有睡大觉，好人做好事，坏人做坏事，都在他们心里装着呢！不过呢，小鬼子做了这么多坏事，咋就不狠狠地打几个霹雳，劈死几个小鬼子，叫咱们也解解恨呀！"

李青说："光解解恨能有多大用呀！咱们要把小鬼子统统赶出中国去！"

兰英长长地舒了一口气，断断续续地说："娘，李青说得对，咱们要把小鬼子赶走，那才会有咱老百姓的消停日子！依我说，娘，就叫李青去当兵，杀小鬼子去！"

李青说："娘，兰英说得对，我就托长瑞哥，找个门路去当八路军！"

杜长瑞说："穷人家的青壮年自愿当八路，用不着托人，找冀东八路军独立团的韩贵德团长，他一定欢迎！"

后来，山里辛庄民兵中队的战友们，只要一提起杜长瑞，无不交口称赞："杜长瑞，真爷们儿，牛！"

山里辛庄人民在村内挖地道网，修筑两座炮楼，街道上到处都有射击孔，村口每二十米设立一个地雷区，每区至少埋二十枚地雷。

从 1942 年起，日寇同山里辛庄人民较量了十七次，没有得到丝毫便宜。整个山里辛庄果真成了攻不克、打不破的堡垒，切断了敌人从平原通往山区的咽喉。

第二十七回
咒天骂地鬼斗鬼
你来我往毒攻毒

假作真时真亦假　无为有处有还无

咒天骂地鬼斗鬼　你来我往毒攻毒

　　七九河开河不开，八九燕来燕没来。往年，潮白河到了这个时令，春光融融，河水涣涣。可是，今年倒春寒。潮白河两岸，依然残雪点点，冷风嗖嗖。

　　潮白河东，李洪庄日军指挥部里，龟田大佐踱来踱去，突然，高声叫道："来人！"

　　小林多喜少佐匆匆而至，规规矩矩立正，答道："嗨！"

　　龟田大佐吼道："山里辛庄的杜长瑞不翼而飞，莫非真的长了翅膀不成！"

　　小林多喜少佐战战兢兢，答道："嗨！"

　　龟田大佐吼道："山里辛庄和李洪庄，仅仅一步之遥，杜长瑞能飞到哪里去？挖地三尺，也要把他挖出来！"

　　小林多喜少佐晃晃悠悠，答道："嗨！"

　　龟田大佐吼道："再说，八路军到底转移到了哪里，一定要找到他们。快，快快的！"

　　小林多喜少佐颤颤巍巍，答道："嗨！"

　　当天，小林多喜少佐带领一个排日本兵，急匆匆地来到李洪庄大庙的空场上。

小林多喜少佐下达命令："围绕大庙空场的土坡，各就各位，做好准备！"

日军士兵齐声答道："嗨！"四散开去。

李洪庄的伪保长李来福，为了应付日本人，白天就坐等在大庙里。这时候，刚刚吃过午饭，饱了发呆，正在打盹。

忽然，李来福听见大庙外面一阵嘈杂的脚步声，觉着有些不对劲儿，慌慌张张一通小跑儿，出了庙门。

小林多喜少佐冲李来福迎面走来，喝道："你的，就是李洪庄的保长李来福？"

李来福点头哈腰地说："我的，李来福，李洪庄保长的干活！"

小林多喜少佐厉声问："山里辛庄的杜长瑞，逃到你们李洪庄，你的为何不报告？"

李来福哆里哆嗦地答道："我们这里，是李洪庄，山里辛庄的杜长瑞，怎么会跑到这里来？"

小林多喜少佐大声问："八路军，八路军到底跑到哪里去了？"

李来福颤颤巍巍地答道："八路军，长胳膊长腿儿，我怎么知道，他们跑到哪里去了？"

小林多喜少佐吼道："你的，李来福，李洪庄保长，你的，一问三不知。这样吧，赶快集合村民，到大庙空场上来，就说大日本皇军给支那人讲'日中亲善''大东亚共荣圈'，到场的老百姓，奖金大大的有！"

李来福回到大庙里，取了一面破锣，一下紧接一下地敲，"当当，当当——"

李来福一面敲锣，一面高声叫嚷："老乡们，到大庙空场上来，听听大日本皇军给大家讲'日中亲善''大东亚共荣圈'，开开耳朵，大日本皇军说了，到场的老百姓，奖金大大的有哇，好事还多着呢！"

李洪庄有个名字叫二愣子的年轻人，瓮声瓮气地说："李来福，你还是不是中国人？你吃里爬外，狗仗人势，帮狗吃食，日本人说什么，你信什么。我来问你：小鬼子给中国人讲'日中亲善'，问问他，狗日的小日本跟中国什么人亲善？'大东亚共荣圈'，问问他，狗日的小日本，究竟什么叫狗屁大东亚共荣圈？"

李来福说："嘴长在日本人的脑瓜子上，我哪里知道他们讲什么呀？你到大庙空场上听着去，一会儿大日本皇军就有人给你讲。到时候你有能耐再去问他们！"

二愣子说："好，我等着去，听他们会讲出什么狗屁'日中亲善''大东亚共荣圈'来。妈妈的！"

李来福一边儿"当当、当当"敲着破锣，一边用他的破锣嗓子叫嚷："老乡们，到大庙空场上来，听听大日本皇军给大家讲大东亚共荣圈，开开耳朵，奖金大大的有，好事还多着呢！"

听见李来福叫唤的老百姓，一个个都觉得莫名其妙：小日本还会给中国人奖金，有多少也不够他们抢的，还会给中国人？怪事！

捡鸡毛凑掸子，成群搭伙地进了离大庙空场不很远的小树林里观望。

李来福一边儿"当当、当当"敲着破锣，一边用他的破锣嗓子叫嚷："老乡们，到大庙空场上来，听听大日本皇军给大家讲大东亚共荣圈，开开耳朵，奖金大大的有，好事还多着呢！"围着李洪庄村，转来转去，又转回了大庙空场。

二愣子走近李来福，问："我来问你：小鬼子给了你多少好处，你替小鬼子这么卖力？"

李来福说："二愣子，大日本皇军究竟给了我多少好处，这事儿跟你说不着！再者说，二愣子，我好言好语劝你，今后，你可别小鬼子小鬼子地叫起来没完。大日本皇军要是听见了，那就是你自己找死，你可得自认倒霉，怪不得别人！"

二愣子说："我就小鬼子小鬼子叫他们了，他小鬼子还敢咬我鸡巴咋的？"

李来福说："二愣子，我这可是好言劝你，你可别拿脸不当脸，给脸不张兜！"

二愣子说："李来福呀，李来福，叫我说你什么好呢，奴才，走狗，软骨头！"

李来福说："好，二愣子，你听好，可别后悔！世上什么都有卖的，就是没有卖后悔药的！"

小林多喜少佐从大庙门口，朝李来福走过来，抻过李来福，拽着他的脖领儿，大声地问："你的，李洪庄的老百姓呢？"

李来福说："来了，这不？"他指指二愣子。

小林多喜少佐龇牙瞪眼地说："开什么国际玩笑？怎么就只有他一个？"

李来福说："就是这坏小子给使的坏，大家伙就都不敢来了！"

小林多喜少佐发疯似的大叫："死啦死啦的！"他走近二愣子，抽出指挥刀，高高举起。

二愣子横眉立目，说道："小鬼子，我告诉你，这是中国的地盘，你这样张牙舞爪的，算哪趟赶牛车的？"

小林多喜少佐哈哈大笑："赶牛车，我是赶牛车的，赶什么牛车？你的说说！"

二愣子说："赶牛车，也得滚回你们日本去赶，中国老百姓的牛车，用不着你来赶！"

小林多喜少佐手中的指挥刀，向大庙空场的黄土岗方向一挥，狂吼道："机枪，死啦死啦的！"

立即，有三五颗罪恶的子弹，呼啸着飞将过来。

二愣子倒下去，拼死命地大叫："小鬼子，我，我日你姥，姥姥！到了阴曹地府，我也饶，饶不了你！李来福，走狗，汉奸，狗仗人势，绝，绝没有，好下，好……"

在大庙空场南边小树林里观望的村民，听到了机关枪响，一个个大惊失色。

一个骑在树杈上的年轻人，惊讶地说："呀，小鬼子又杀人了，八成是二愣子！"

披头散发的老妈妈，颤颤巍巍地走过来，问："小伙子，你看清了，到底是谁？"

年轻人从树上跳下来，说："看清楚了，就是您家的二愣子，一丁点儿错都没有！"

披头散发的老妈妈听了，颠着一双小脚儿，跌跌撞撞往前扑了几步，撞到一棵大树上，跌倒了，哭叫道："我的儿呀……"

乡亲们都走过来，连抻带拽，可是，无济于事，此刻，老妈妈只有出的气儿，没有了入的气儿。

一个白发苍苍的老大爷仰天大叫："天呀，老天爷呀，你太没良心了！我们不管一年的收成如何，年年给你烧香上供，你咋就不睁开眼看看？日本人在东洋，为什么跑到中国来，杀人放火，无恶不作？老天爷呀，你也太没有良心啦！"

小林多喜少佐拉过李来福，叫嚷道："你的说，山里辛庄的杜长瑞，是不是你们李洪庄的人给藏起来了？挖地三尺，也要把杜长瑞给找出来，要是找不到杜长瑞，统统死啦死啦的！"

李来福手里的破锣"咣当"一声，掉在地上。

小林多喜少佐吓了一跳，瞪着一双牛眼，吼道："你的，良心大大地坏了！"

李来福无可奈何地垂下双手，蔫头耷脑的，不再言语。

小林多喜少佐的指挥刀，往大庙空场南边的小树林一指，气急败坏地叫嚷道："大日本皇军，注意，目标：大庙空场南边的小树林，射……"

小林多喜少佐的"击"字，还没有喊出口，就听见一声炸雷般的声音："我来也！"

大家定睛一看，原来是杜长瑞从大庙的房脊上，飞了下来。

小林多喜少佐走近杜长瑞，厉声问道："什么人的干活？"

杜长瑞说："杜长瑞是我，我就是你们打不死的杜长瑞！"

小林多喜少佐说："我的问你：八路军逃到哪里去了？"

杜长瑞说："八路军，八路军统统的在这里！"他把胸膛拍得"啪啪"作响。

小林多喜少佐从牙缝儿里龇出一句话："带回去！叫他尝尝我的三十六种刑具，没有一件肯吃素的！"

杜长瑞哈哈大笑，道："你，小日本鬼子，有多少荤的尽管往上端，我正想来点儿荤的尝尝呢！"

小林多喜少佐大怒，声嘶力竭地吼叫："把杜长瑞带回去，带回去！"

月儿弯弯，繁星满天，夜阑人静，冷风吹面。

高庄和李洪庄仅几十步远，李洪庄的一声狗吠高庄都能听见。高庄民兵小队长杨俊杰听说杜长瑞转移到李洪庄又一次被捕，站在自家的小院子里，踱来踱去。

突然，他停下脚步，手扶在一棵枣树上，久久未动，犹如一尊铁的雕像。

不知不觉中，杨俊杰感到身上暖烘烘的，他下意识地回头一看，原来是他的妻子杨怀华为他披上了一件棉大衣。

杨怀华深情地望了他一眼，轻声说："回屋吧，外面凉！"

杨俊杰不言不语，往屋里走。

杨怀华劝说道："表哥在李洪庄又让小鬼子逮着了，我也正为这事着急，可光傻着急又有什么用！忘说了，劝皮劝不了瓢，什么事，都得往开里想。"

杨俊杰赌气地说："往开里想，往开里想！表哥为了保护李洪庄老百姓，挺身而出，又一次被捕。你知道，上次受刑的伤还没有好利落，依我看，恐怕这次凶多吉少！"

杨怀华说："光傻着急顶屁用，快想些办法呀！"

杨俊杰着急忙慌地说："我这不是正想嘛！"

杨怀华看到丈夫着急的样子，又心疼开了，转脸给他倒了一碗水，说："先喝碗水，定定神，慢慢想。"

杨俊杰连看也没看，伸出一只手就推，连连说："不喝不喝！"不料，他的手正推着了大花碗，落在地上。

杨怀华赌气捡起破碗，掀起门帘儿就扔。

外面传来"妈呀"一声。

杨怀华急忙躲到门后，大声问："谁？"

外面的人答道："我，李杰。"

杨怀华急忙迎了出来，说："咋不进来？"

李杰说："杨嫂，你往外扔的啥呀，该不是大元宝吧，正扔我裤裆上，要是把二和尚给砸坏，不能干事了，到时候我家那只母老虎，不找你们家里来才怪！"

杨怀华说："没正经的！这么晚了，有话，屋里说，有屁，外面放！"

李杰说："行行，等我先把屁放完，再进屋里说话，免得把屋里熏臭！"

杨怀华笑笑说："贫嘴贱舌的，整天价一点儿正经没有！"

李杰说："今儿来，正有一件特别正经的事，报告我杨哥！"

杨怀华说："快进屋，快进屋！"

李杰进了屋，压低声音说："杨哥，想媳妇呢，一天到晚厮守着，没完没了地想，这点儿起色！"

杨俊杰说："你能不能说点儿正经的？"

李杰说："巧极了，今儿还真有一件特别特别正经的事，要不，干吗这么晚来你家，对不起，耽误你们两口子的事啦！"

杨俊杰说："快说！"

李杰说：“是这么档子事：今儿晌午，我在村西口遇上的。”

杨俊杰探过身子。

李杰压低声音，说：“村西的老槐树底下，有一个人在大青石上坐着，等我走近了，那人'妈呀'一声，吓我一跳。我上前一打听，那人说，他是个八路军的伤兵。没有跟上大部队，落伍了。问我能不能给他找个地方养养伤，帮他找到八路军。我越听越感到蹊跷，我当时想，先把他稳住，于是，搀着他进了我们家。现在，我媳妇秀芝正伺候他呢！”

杨俊杰说：“李杰呀，你这件事做得好，先把他稳住，考察考察再说！”

李杰说：“咋个考察法？”

杨俊杰说：“八路军都是正经人，他要是土匪兵痞化装的，就什么坏事都干得出来！”

李杰慌慌张张地说：“那，那我把他撵走吧！”

杨俊杰说：“要试出他是好人呢，咱们就帮助人家把伤养好，找到八路军，赶上大部队。要是坏人……”

李杰说：“妈呀，要是坏人，那可咋好！要不，把他弄到你们家来吧？”

杨怀华插嘴道：“没有那个样子的，你怕他是坏人，难道我们家就不怕！”

杨俊杰说：“别怕，他要真是坏人，也绝不会把你们怎么样。我估计，很可能是刺探我军情报的。”

李杰说：“怎么能试出他是好人还是坏人呢？”

杨俊杰说：“那得叫你媳妇秀芝跟你配合。”

李杰说：“那怎么配合呀？”

杨怀华抢过来说：“你们自己想辙，就是一层窗户纸，要靠你们自己捅破，真费劲！”

杨俊杰扳过李杰的肩膀，嘴巴附在他的耳畔，轻轻地嘀咕一会儿，这才说道：“如此这般……”

李杰说：“好吧，我就照你说的办。”

杨俊杰说：“试出好人坏人来，下一步再做安排。”

李杰挑帘儿出去了。

外面黑咕隆咚，静悄悄的。

李杰踏着朦胧的月色，拐进了一条小胡同，他的家就在眼前了。

破旧的窗纸上，有两个人影子在晃动。

李杰把心提到嗓子眼儿，心里说，屋里会不会发生了什么事？于是，他不由得加快了脚步，在矮墙外面，踮起脚尖儿，伸长耳朵听，却也听不到什么。他轻轻地推开栅栏门，悄悄地掀开门帘儿，看见秀芝正在给那人洗脚，他生出些许醋意，但还是走了进去，假意地咳了一声："咳咳！"

秀芝正在专心致志地为伤兵洗脚，突然听到身后一声咳嗽，吓了她一跳，回头见是李杰，秀芝说："该死的，吓了我一跳，咋不言语一声？"

那位伤兵也搭讪着："呦，大哥，回来了，咋去了这半天？"

李杰说："你不说找不到队伍了吗，我出去打听打听，八路军到底去了什么地方。"

那位伤兵心里激灵一下，他怕真的有八路军进来，那样就露馅儿了，非被捉走不可。他突然变得沉静下来，说："不忙，找八路不忙，别为我，把你们给急坏了！"

秀芝说："好了，擦干了，穿上鞋吧！"

那位伤兵穿上鞋，看着很吃力的样子，扶着炕沿儿，坐下。

李杰问道："同志，你叫什么？哪个部队的？"

那位伤兵似乎有些紧张，稍稍镇定了一下情绪，说："我叫李奎，八路军密云支队，我们的部队首长叫白乙化。"

李杰笑笑说："不是水泊梁山上的黑旋风李逵吧？你是打仗受的伤，还是行军时受的伤？"

李奎说："我哪里比得上黑旋风李逵，一个脚指头也比不上呀！行军时，不小心，崴了脚。"

李杰说："啊，今儿不早了，躺下歇歇吧！"

李奎说："那，那好吧！"

秀芝说："你们俩大男人睡东屋，我去西屋里睡，公鸡都叫了，看来睡不了多一会儿，也就天亮了。"

李奎说："嫂子，你忙了这大半天，早该歇歇了，快去睡吧！"

李杰说："都快睡吧！"一面说，一面钻进了被窝里。

秀芝回到了西屋，也没有点灯，大约也睡下了。

李奎鞋也不脱鞋，和衣躺下。

从李杰那边，很快传出了闷雷般的鼾声。

李奎躺在一个陌生人家的炕上，身底下，就好像有一堆鹅卵石，硌得疼，不舒服。他翻来覆去无法入睡，心里怕，总好像突然会进来几个八路军，一把将他薅起来，五花大绑，将他捉走，带到空场上，"叭勾"一枪，毙了。

其实，他这般惶恐，不无道理。这个自称李奎的人，原来是个兵痞。见了日本人，一口一个"大日本皇军"，要么就是嘴嘴不离"大东亚共荣圈"，久而久之，得到了日军龟田大佐的赏识，封他个治安军小队长。

被封为治安军小队长的李奎，受宠若惊，越发为日本人卖命。龟田说东是东，说西是西。龟田说公鸡能下蛋，他说亲眼见；龟田说砂锅能捣蒜，他说打不烂。天生的软骨病，软棉花捏的，地地道道小日本的走狗。

甘心当日本人走狗的李奎，接受了一项特殊任务，龟田大佐命令他化装卧底，打探八路军的行踪和部署。

李奎平日里吃喝嫖赌惯了，此刻，他竟然躺在了陌生人家的炕上，况且，还总有被人监视的感觉，这他哪里受得了，身上像长了虱子，痒痒得难受。平日里，唯有供日本人享受的慰安妇，龟田大佐特许李奎可以享受，也同日本人一样，每天夜里也可以跟慰安妇快活快活的。时日一长，养成了习惯，犯成了毛病。一夜不同慰安妇快活，就好像丢了魂儿似的，蔫皮耷脑没精神。

李奎躺在土炕上，身边的李杰鼾声大作，这使他烦躁不安。忽听从西屋里传出窸窸窣窣的动静，这窸窸窣窣的响声，对他极有诱惑力。他支棱起耳朵听听，渐渐又传来了均匀细微的喘息声。他试着慢慢坐起来，轻轻下了地，悄悄掀开西屋的棉门帘儿，一束残月融融的亮光，透过窗纸的破洞，可巧洒在秀芝的脸上，越发青春靓丽、楚楚动人。李奎控制，控制，再控制，他简直不能自已。

正在此时，李杰停止了鼾声，翻了个身。

李奎赶紧悄悄往回蹭，轻轻上炕，慢慢躺下。仰卧在土炕上，双眼望着黑黢黢的天花板，发呆。

一唱雄鸡天下白。

李杰家破旧的窗纸发黄，天大亮了。

李杰一骨碌从土炕上爬起来，仔细看看身边躺着的李奎，睡得跟死狗似的。他下了炕，趿拉着鞋，进了西屋。朦胧中，隐隐约约看见秀芝四脚八叉地仰卧着。李杰慢慢爬上炕，悄悄拉开秀芝的被子角儿，慢慢地把一只手，伸进秀芝的短裤里。

秀芝醒了。

李杰立即轻轻地说："是我。"

秀芝嗔怪地说："瞧这起色，一宿没搂着，就馋猫似的！"说着，撩开被子，"由你，管够，讨厌鬼！"

李杰一下子朝秀芝的身上扑了上去。

清晨，李奎在李杰家喝完稀粥，开口打听八路军的消息。

李杰说："你先在我家安心住下养伤，我慢慢给你打听，这事包在我的身上，关门打瞎子——没跑儿。"

李奎说："那是，那是。"

李杰说："我到杨各庄大集上买点儿东西，好好招待招待李同志，早早治好伤，追赶部队去。"

李奎说："不急，不急！"

秀芝说："你放心，渣儿错也出不了！"悄悄朝丈夫眨了眨眼。

李杰说："我走了。"说着，背上捎马子，推开栅栏门，回头看看秀芝。

秀芝说："你到杨各庄大集上买东西，甭忙，挑好了，别让人家给蒙了！"关上了栅栏门。

李杰说："秀芝，好好看家，你也别把野狗放进来！"大步流星地上了路。

秀芝回到屋里，洗了筷子碗，收拾了桌椅，又挑了几件衣服，丢在脸盆里，倒进几瓢凉水，有一搭没一搭地说："你们当八路军的，苦啊！"

李奎说："是呀，没得吃，没得穿，哪有你们当老百姓的好。种完那几亩地，就在家里闲着了。冬仨月，白天，小热炕头一委咕，夜里，小两口钻一个被……"李奎自知失言，赶紧把那个"窝"字关在了嘴里，没有叫它钻出来。

秀芝的修养极好，丝毫不为之所动，意味深长地说："你们当八路军的，都是为我们老百姓。"

李奎说："老百姓都说八路军好，可是呢，哪里的日本人不是八路军给招来的？没有八路军的地方，村子可安定了。哪里有了八路军，哪里的老百姓就遭殃！"

秀芝说:"话可不能这么说!是日本人不在他们国家里好好待着,跑到咱们中国来,杀人放火抢东西,糟害老百姓。中国老百姓就不该拿起枪把小日本赶走?说哪里有八路军,哪里就不安宁,全是没有良心的人,跟着瞎说。李同志,你说说,是不是这么个理儿?"秀芝一面说,一面"泼滋泼滋"洗衣服。

李奎点点头儿,唔哩唔吐地说:"唔唔,唔唔,倒也是这么个理儿……"

秀芝说:"你们家也是苦出身?"

李奎说:"是是,是是,是苦出身,当八路的有几个不是苦出身,要不怎么都说八路军和老百姓是一家人呢,你说是吧?"

脸盆里的水"泼滋泼滋"地响着,秀芝两条大白胳膊光溜溜地露着。

李奎坐在秀芝的对面,死死地盯着秀芝那两条光溜溜地大白胳膊,想入非非。

秀芝也不是傻子,只是假装毫无察觉,依然光溜溜的露着两条大白胳膊,照常使脸盆里的水发出"泼滋泼滋"的响声。

李杰出了家门,赶紧来到杨俊杰的家里。他刚要叫门,突然,门开了,杨俊杰迎了出来。

杨俊杰小声说:"来来,进屋里说!"

李杰跟杨俊杰进了屋。

杨俊杰问:"怎么样,那个姓李的?"

李杰说:"试出来了,这个李奎,绝对不会是八路军,肯定不是好人!"

杨俊杰说:"怎么试出来的?"

李杰溜了杨嫂一眼,轻声说:"当着嫂子不好说。"

杨怀华说:"坏小子,有啥不好说的?"

李杰说:"啊呀!"

杨俊杰说:"你小子甭跟我玩儿里格楞,直说吧!"

李杰说:"一躺炕上,我就装作睡熟了,我发现这小子翻来覆去睡不着,肯定有心事。再者,他真以为我睡熟了,就偷偷摸摸下了地,腿也不瘸了,我想八成要钻进西屋行坏事,我当时翻了个身,他匆匆忙忙就回到了炕上,一丁点儿受伤的样子也没有。要是好人,干吗装成伤兵呀!"

杨俊杰说:"第一,要是八路军战士,轻伤不下火线;第二,要是八路军伤兵，住在老百姓家里，绝不行坏事。李杰，好小子，你分析得完全正确，跟我想的一样。"

李杰说："杨哥，快想办法，我家里就秀芝一个老娘们儿在家，这个假八路别跟我媳妇使什么坏心眼儿吧！"

杨俊杰说："放心，他既然把自己装成八路军，他就一定不会明目张胆地干坏事。要那样，他不是往枪口上撞吗？你记着，他再愚蠢，也不会做出那种蠢事来！"

李杰说："那，那怎么办，总不能老放在我家里呀？"

杨俊杰扳过李杰的肩膀，附在他的耳畔，轻轻地说："放心吧，我已经做好了精心安排，你就等着看好戏吧！咱们借李洪庄小鬼子的刀，为民除害……"一面说，一面推着李杰，"走吧，先回你家吧！"

秀芝立在门口，见李杰回来了，推开栅栏门，小声说："你走后，那家伙要跟我动手动脚的。"

李杰一脸怒色，说："妈的！"

秀芝刚要关上栅栏门，一眼看见杨俊杰。

李杰说："别言语。"

李杰和秀芝一起进了小院。

李奎发现李杰回来了，装作瘸子，一拐一拐地来回在屋子里遛弯儿。

李杰说："李奎，你的脚崴成这样，太厉害了，时间长了，怎么受得了！"

李奎说："有你们这样细心的照顾，慢慢地养呗！"

李杰说："慢慢养咋行，时间长了，成了废人，可就没法子打小鬼子了！"

李奎愣了一下，语无伦次地说："打小鬼子？啊，对对，打小鬼子，是打小鬼子！"

李杰说："为了你早日痊愈，我给你请了个八路军大夫。"

李奎急忙说："不用，不用麻烦八路军，我这点儿伤，不算什么！"

李杰说："我已经帮你请来了。秀芝，你去把八路军大夫请进来，给李同志看看。"

秀芝点点头儿，心领神会，走了出去。

李奎说："太麻烦你们了，太谢谢八路军了！"

正说着，秀芝带杨俊杰进来了。

秀芝说："就这位，他是八路军的伤员，给好好看看。"

杨俊杰望了望李奎，说："坐下，坐下。"

李奎坐到椅子上，说："八路军，八路军真好！"

杨俊杰大笑，说："八路军真好，真幽默，真会开玩笑，你不也是八路军吗？"

李奎窘得脸色发青，结结巴巴地说："是，是是。"

杨俊杰说："把袜子扒下来，让我看看崴在哪里，伤势如何？"

李奎支支吾吾地说："就别看了吧，脚臭，臭脚。呵呵……"

杨俊杰哈哈大笑："啊，我可没有那么大能耐，截皮儿看不见瓤儿！"

李奎极不情愿地脱掉袜子，慢吞吞地把脚丫子伸了过去。

杨俊杰刚一伸手，几乎还没有碰到李奎的脚面，他便喊起来："疼，疼！"

李杰说："啊呀，这样的八路军，我还真没有见过！"

李奎龇牙咧嘴地说："本来疼嘛！"

杨俊杰站起来，大模大样地说："这样吧，把他送到八路军后方医院吧！"

李奎说："不不，养几天就会好的！"

杨俊杰说："别客气，救死扶伤，是我们的责任，更何况都是阶级弟兄！"

李杰走过来，把李奎搀起，说："走吧！"

杨俊杰说："我来搀，你去找一辆车来，快去！"

李杰心里明白，麻利儿走了。

杨俊杰搀着李奎往外走。

刚出门，迎面蹿出一名黑脸大汉，拦路喊道："不许动！受大日本皇军小林多喜少佐之命，来捉八路！"

杨俊杰说："他不是八路，我也不是八路，大家都不是八路。"

黑脸大汉说："这里没有你的事，走开！"

杨俊杰说："他是不是八路，你得问问李保长。"

黑脸大汉说："用不着你管，自然要有李保长做主！"

李来福走过来，指着李奎的脑门儿，说："你这个人，就是八路，有人告发了。小林多喜少佐下达了命令，就地枪毙！"

李奎慌了，急忙跪在地上，磕头如捣蒜，连连说："不是，不是，错了，错了……"

李来福说："是你的不是，还是我的不是？是我错了，还是你错了？"

李奎声嘶力竭地叫喊道："我真的不是八路，我是龟田大佐派来打探八路军……"

李来福说："你难道真的不是八路，是龟田大佐派来的？"

黑脸大汉厉声说："李保长，小林多喜少佐既然下达了就地枪毙的命令，你要是犹犹豫豫，听他耍花招儿，叫这小子给跑了，那你的责任可就大了！枪毙，有小林多喜少佐顶着呢！"

李来福挺了挺腰，看看黑脸大汉，说："那就依你，就地枪毙？"

李奎急得连连磕头，地上"咕咚咕咚"地响，头上的血哗哗地流。

黑脸大汉大声地叫嚷："李保长，我的李保长，可别上了这小子的当，这小子的花活多着呢，听小林多喜少佐的，就地枪毙！"

李来福说："好，那就枪，枪……"

黑脸大汉还没有等李来福的"毙"字说出口，只听"叭勾儿"一声。

李奎"扑通"倒地。

黑脸大汉长长地舒了一口气，心里说，这条日本鬼子的走狗，死有余辜，活该！

李洪庄李来福保长，令保公所的关公脸，赶快向日军小林多喜少佐报告。

关公脸气喘吁吁地跑到日军兵营，找到小林多喜，向他报告：李洪庄保公所在高庄捉到了一个八路。

小林多喜少佐问："带来没有？"

关公脸惊讶地说："你的不知道？"

小林多喜少佐问："什么的不知道？"

关公脸说："毙了，枪毙了！"

小林多喜少佐问："是谁叫枪毙的？"

关公脸说："不是你吗？是你叫枪毙的！"

小林多喜少佐厉声说："八嘎呀路！"

关公脸吓得浑身打战，喃喃地说："那，那会是谁呢？"

小林多喜少佐搔了搔脑袋，极不情愿地拿起电话："喂，龟田大佐。我是小林多喜，向你报告：李洪庄保公所抓到一个土八路。"

龟田大佐的声音："带到这里，我来审问！"

小林多喜答道："死了。"

龟田大佐的声音："死了？"

小林多喜说："李洪庄保公所枪毙的。"

龟田大佐的声音："八嘎呀路！"

小林多喜答道："嗨！"

龟田气势汹汹地来到李洪庄保公所，厉声问："那个土八路是你们捉住的？"

李来福点头哈腰地说："是我，是我们抓住的。"

龟田大佐问："人呢？"

李来福说："死啦。"

龟田大佐说："怎么死啦？"

李来福说："是小林多喜少佐下令枪毙的。"

龟田大佐吼道："八嘎呀路！"

李来福说："是我八嘎呀路，是我们八嘎呀路！"

龟田大佐说："弄过来，让我看一看！"

李来福唤过几个保公所的人，说："快，把那具死尸拖过来，叫大日本皇军过目！"

龟田大佐用脚丫子踹了踹，极其无奈地吼道："八嘎呀路，八嘎呀路！"

此刻，李来福虽也心存疑虑，但到这份儿上，也只得一口咬定："这，确实是一名八路！"

伪保公所的人也随声附和道："是，是八路，那还有错！"

龟田大佐极其窝火，却又无可奈何，于是，恶狠狠地踹了死尸一脚，似从鼻子里喷出："呸——"

杨俊杰同李杰巧妙除掉了假八路李奎，本该高兴，可是他们心上的事，并非除掉一个假八路，杜长瑞被小鬼子捉着，几天来一直下落不明。至于关押何处，是死是活，也无从知晓。

为此，杨俊杰茶不思，饭不咽。这可急坏了她的媳妇杨怀华。

杨怀华说："可叹你一个老爷们儿坯子！"

杨俊杰说："你呀，真是骑驴的不知赶脚的苦！老爷们儿都干不了的事，难道老娘们儿倒能干！"

杨怀华说："我倒没说老爷们儿干不了的事，老娘们儿就能干。我就说，甭管老爷们儿、老娘儿们，遇到事，都得坐下来想辙，不能光是不吃饭，一天两天不吃，行，几天不吃饭，不是等着饿死呢！"她说着说着，泪水在眼窝里打转儿，终于，像一串串珍珠，砸在她鼓鼓囊囊的胸脯上。

杨俊杰说："瞧你，我吃还不行！"

杨怀华说："这会儿你想吃了，饭菜都凉了！"

杨俊杰说："那，那就不吃了呗！"

杨怀华说："你叫我说你什么好呢，好了，你等等，我这就给你热乎热乎去！"

李杰回到家里，像是吃了喜鹊蛋儿似的，乐呵呵地跟他的媳妇秀芝说："平日里，你总说我胆小，干不成大事。这不，没怎么费劲，就除掉了一个假八路！"

秀芝撇撇嘴说："你也就是借了人家杨俊杰大哥的光，就凭你一个人，好配色了！撒泡尿也照照呀！"

李杰说："尿哪能说有就有呀，你要有现成儿的……"

秀芝说："说着说着，就没正经的！"

李杰说："两口子，哪儿有那么多正经的？要是家家两口子都那么正经，街上蹦蹦跳跳那么多小孩子，都哪儿来的？"

秀芝说："不跟你说了！咱们在这儿嘻嘻哈哈地穷逗闷子，还不知道杨俊杰大哥心里为杜长瑞有多烧心呢！"

李杰说："依我说呀，杨俊杰这个人，也是咸吃萝卜淡操心！杜长瑞也不是咱们高庄的人，人家山里辛庄的民兵都不着急、不上火，他着急忙慌的，不是多余嘛！"

秀芝说："瞧你这话说的，真没劲，要是让杜长瑞听见，会有多么伤心，你要这么说，连我都瞧不起你！"

李杰说："你瞧你，我不也就是说说嘛！看你着急打脸的，至于嘛！"

李杰和秀芝两口子正说间，门外有人搭言了："呀，小两口刚刚结婚几个月，到底为啥事着急打脸的？"

李杰和秀芝赶紧迎出来。

原来是杨怀华，正大步流星地朝李杰家里走来。

秀芝一下子扑上去，叫道："怀华嫂！"

杨怀华说："咋啦？"

李杰说："怀华嫂，屋里坐，屋里坐！"

三个人在屋里坐下。

秀芝说："怀华嫂，无事不登三宝殿，有事儿？"

杨怀华说："我是夜猫子进宅，无事不来。"

李杰笑笑说："啥事？"

杨怀华说："你杨大哥，正为找不到杜长瑞，着急上火，饭也不吃，觉也不睡。要是这样下去，非病倒不可！"说着，泪水又流了下来。

李杰说："别急，依我看，孩子哭，给他妈送去！"

秀芝说："给他妈送去，送谁去？送给山里辛庄去，这够得上一句话吗？"

杨怀华劝阻道："别急，谁都别着急。秀芝，李杰说的也有道理。咱们能不能到山里辛庄去一趟，肯定他们村也正在为寻不到杜长瑞着急呢！我总相信众人拾柴火焰高，三个臭皮匠赛过诸葛亮！"

秀芝说："走，说走咱就走！"

三个人风风火火地奔走在山里辛庄的小路上。

第二十八回

无辜百姓遭涂炭
有为青年赶豺狼

残月如钩霜雪飞　　乱云翻滚风雨狂

无辜百姓遭涂炭　　有为青年赶豺狼

潮白河东唐洞村的刘文亮、王斌、胡芝三个小伙子，运气真不错，刚刚参加八路军，就赶上部队培训。在冀东独立团军校学习了三个月，毕业典礼时，都得到了韩团长和胡政委的表扬。

也是的，穷人的孩子早当家。这几个小青年，从小苦出身，一家比一家穷。十来岁了，还光着屁股。喊他们"光蛋"不行，还须在前面加一个形容字："穷"。

这三个穷光蛋，小时候就在一起玩儿，一起光着屁股长大。

唐洞村，洼地多。洼地积水，到处是水坑子。水坑子是乡下毛孩子们的乐园。

夏日炎炎似火烧，热得人们没处藏没处躲的，连趴在树杈上绿荫里的知了，都热得发昏似的嘶叫："热——"

刘文亮、王斌、胡芝三个毛头小子，在村头老槐树下，扎在一起玩儿老虎吃小猪。

刘文亮说："太热了，咱们不玩儿老虎吃小猪了。"

王斌说："行！"

胡芝说："文亮，听你的，你说咱们玩儿什么？"

刘文亮说："游泳！"

王斌说："哈，快别提游泳了。我和胡芝还行，你呀，属秤砣的，掉河里就沉底！"

刘文亮说："你们会水，到深处玩儿，我不会在浅的地方练狗刨儿，还不行？"

胡芝说："谁说不行了？"

王斌说："行！"

三个毛孩子一蹦老高，争先恐后地往唐洞村南跑。

这一带水坑子多，浅的大，像碟子；深的小，像碗儿。

刘文亮说："今儿就来咱们三个，人少，挑一个小水坑子，玩儿打水仗，怎么样？"

王斌说："小水坑子深。"

胡芝说："文亮别到水坑子中间去，再说，鸡蛋壳大个地方，咱们俩好歹会点儿水，能有什么危险？"

王斌说："行！"

于是，三个毛孩子，噼里啪啦脱光衣服，跑进水坑子里，把原本平静的水面，激起一串串水花。

打水仗，得分拨。三个人咋分？咋分都不合理。于是，不分，打烂仗。其实，不分拨的打烂仗，更好玩儿。

三个小小毛孩子，把水坑子闹得劈里扑腾，水花四溅。

多么好玩儿的游戏也有感觉厌倦的时候。

三个小小毛孩子，累了，乏了，爬到水坑子岸边，在沙滩上折跟头，打把式，汗流浃背，满身满脸沾满了细沙，一个个土猴儿似的。他笑我，我笑你，笑翻了你我他。

笑够了，笑饱了，王斌说："咱们下水里，把浑身的细沙洗洗，躺对岸的高粱地里凉快凉快。"

胡芝说："好主意！"

于是，三个毛头小子，扑腾跳下河。

王斌说："文亮，我和胡芝游到对岸去。你呢，不会水，从岸边儿绕过去。"

刘文亮说："我才不从岸边儿绕呢，河岸上的芦锥草长得可凶了，扎屁股，我从浅水地方走过去。"

王斌说："行！"

胡芝说："王斌，咱们两人紧挨着，让文亮在中间，扶着咱们俩的肩膀，一块儿游过去，好玩儿吧？"

刘文亮高兴得直蹦。

王斌说："行！"

于是，胡芝、王斌先趴在水里，刘文亮插在他俩中间，向对面游去。

刘文亮叫嚷道："真好玩儿，真好玩儿！"

不承想，胡芝和王斌吃力过大，渐渐分开了，愈来愈远，终于，刘文亮沉入水底。

胡芝和王斌游到对岸，坐在沙滩上，一个个急得号啕大哭。

王斌说："我下去，下去救文亮。"

胡芝说："我也下去！"

王斌说："行！"

刚刚上岸的胡芝和王斌又跳进河，扎进水里。

王斌扎在水里摸啊找哇。

胡芝扎在水里找哇摸啊。

王斌把头探出水面，问："摸着了吗？"

胡芝把头探出水面，问："找着了吗？"

正在王斌和胡芝晕头转向的时候，就听水坑子的岸边大声地叫唤："王斌，胡芝，我在这儿呢！"

王斌和胡芝听到喊声，回过头来一看，原来刘文亮已经爬上了岸。于是，他俩又往回游，一齐跑上岸边。

王斌叫道："文亮！"

胡芝问："你不会水，怎么游到岸上来了？"

刘文亮说："我当时沉到河底，心里想，完了。可是，我并没有慌张，在水底下揪着水草，照直往前爬，爬着爬着，我憋得实在受不了啦，就站了起来，想不到，水面连我肚脐儿都没有没过去，哈，多逗呀！"

王斌说："你可把我俩吓坏了！"

在朋友处于危险的时候，不顾个人安危，去营救，有什么比这更可贵的呢！

自此，这三个毛头小子，愈来愈亲密，说生死之交，并不为过。

这仨人，一同参加八路军，一块儿进入冀东独立团军校接受培训。今儿个，又一起回村，高兴得说了一路，笑了一路。

他们走近黄土岭，再翻过横在前面的一道丘陵，故乡唐洞村就在眼前了。

刘文亮说："二位哥哥，眼看就进村了，咱们还不进'独龙岗'小饭馆撮一顿儿？我掏钱！"

胡芝说："你属狗，我属鸡，我比你大一岁，大一岁也是你哥，怎么能叫你掏腰包呢？"

王斌说："你这话说得，不是在将我的军吗？你属鸡，比文亮大一岁，我属猴，比你大一岁，怎么能叫你掏腰包呢？"

刘文亮和胡芝都笑起来。

王斌发了一会儿愣，说："你们这俩坏小子，是不是商量好了，算计傻哥哥呀？哈哈……"

三个人一面说笑，一面朝"独龙岗"小饭馆走去。

在顺义潮白河东，唐洞这个村地形特殊，背靠大山，村前是一道丘陵，这道丘陵东西走向，东高西低，远远望去，仿佛一条龙。许是这个原因，聪明的唐洞先人，给这道丘陵取了"独龙岗"这样一个好听的名字。

小孩子们把水坑和独龙岗作为极好去处，他们玩耍的地方，非此即彼。

冀东流传着一句民间谚语："八月十五云遮月，正月十五雪打灯。"

老天爷真的很讲信用，正月十五这天真的下了一场大雪。

刘文亮、王斌、胡芝这三个毛头小子，每个人手里提着一盏灯笼，不约而同，来到独龙岗。

王斌和胡芝的灯笼并没有什么特别，就是纸糊的。

唯有刘文亮的灯笼，与众不同。他的灯笼是用橘子皮做的，中间插上一小截红蜡烛，四条短线均匀地穿进橘子皮，拴在一根小棍儿上。

王斌说："亮子，你这叫啥灯呀？一丁点儿都不亮！"

刘文亮说："谁说的不亮？这不，也能照出丁点儿亮光嘛！有点儿亮光就能照路！我姨姐说，这叫小橘灯。城里的小孩子，都时兴玩儿这种灯。"

胡芝说："城里的你姨姐来了，倍儿漂亮吧？"

王斌说：“你姨姐从城里来，一定给你带许多好东西吃，是不是？”

刘文亮说：“橘子，桂花糖，啥都有。”他一面说，一面掏口袋，说，“王斌，胡芝，你们俩，把眼睛闭上，把手张开。”

王斌和胡芝不知啥馅儿，一个个都把眼睛闭上，把手张开，伸给刘文亮。

刘文亮放在王斌和胡芝手里每人一块糖，然后说：“睁开眼吧！”

王斌和胡芝睁开眼睛，发现他们原本空空的手里多了一块糖，两个人高兴得跳了起来。

三个小孩子提着灯笼在独龙岗上又追又跑。玩儿得正热闹，漆黑的天上，又悄悄飘起了雪花。

还是刘文亮的主意多，他说：“咱们把灯笼挂到树上去，玩儿吃雪花儿！”

王斌和胡芝齐声说：“行，看谁吃得多。可有一宗，谁都不许说瞎话！”

刘文亮说：“那是呀，谁要说瞎话，叫谁爬着走！”

于是，三个人玩儿起了“吃雪花”。

玩儿的兴致正浓，好像远远地传来了大人们的喊叫声。

三个毛头小子停下比赛，侧耳仔细听，仿佛是家里的大人们在呼唤他们回家。

刘文亮的耳朵尖，最先作出判断，说：“你听听，好像是王斌的妈妈，是的，是你妈妈在叫你！”

王斌细细地听听，点着头说：“许是我妈妈，是，是我妈妈在叫我！”

胡芝说：“要不，咱们回去吧，回家晚了，又该挨揍了！”

刘文亮说：“好吧！”

于是，三个毛头小子拿起灯笼，朝家里跑去。

时光过得好快，一下子飞过整整十年。

啊，十年光阴过去，弹指一挥间。

王斌、刘文亮和胡芝刚刚走到土坡前，他们一下子被惊呆了。

昔日“独龙岗”小饭馆，可怜一片焦土。

王斌叫嚷道：“这是怎么回事？”

胡芝嘶喊道：“这是为什么？”

刘文亮仰天怒吼：“这是谁干的？”

三个人不约而同地朝家乡唐洞的方向眺望，然而，被前面的一片棒子地挡住了视线。

刘文亮迫不及待地爬上一棵大树，骑在树杈上，手搭凉棚，往唐洞一望，大吃一惊，险些从大树上掉下来。

王斌问："怎么了，文亮？"

胡芝问："文亮，怎么了？"

刘文亮大哭，叫嚷道："怎么了，怎么了，你们看看，到底怎么了？"他从大树上跳下来，急匆匆地往村里跑。

王斌和胡芝一起追着刘文亮快跑。

胡芝问："怎么了，到底发生了什么事？"

王斌问："是呀，你怎么不说一声呀？"

当他们三个人跑到村口时，一个疯疯癫癫的老人，手里横着龙头拐杖，将他们拦住，大喝一声："站住，不许进庄！"

刘文亮问："焦德昌大爷，怎么了？"

满头白发的焦德昌说："我在这里等你们半天了，就担心你们会进庄！"

王斌急切地问："那为什么？"

焦德昌老人说："你们在这儿看不见，登高坡上看看，咱们村让小鬼子给糟蹋什么样子啦？"

胡芝问："为什么？"

焦德昌说："为什么？为什么？就是因为你们！"

刘文亮说："怎么是因为我们？"

焦德昌说："咱村的伪保长焦让，怎么就知道你们仨当八路军去了，报告了驻扎在龙湾屯的小日本鬼子。结果，他们来了整整一个连，进村就把老百姓都驱赶到了老爷庙。挨个问：你们三个到哪里去了？问一个，不知道，挑死一个；问一个，不知道，挑死一个。呜呜——"他说到伤心处，实在忍不住，放声大哭。

刘文亮、王斌、胡芝齐声说："走，咱们进村里看看！"

焦德昌只顾痛心疾首，却忘了提防这仨小伙子，追也追不上，攥又攥不着，眼睁睁地望着他们的背影，唇焦口燥呼不得，站在路旁，倚着手里的拐杖叹息。

刘文亮、王斌、胡芝最先跑到大庙前。

果然，大庙前的几排大青石上，血迹斑斑。

抬头一看，大庙的横梁上还吊着绳索。他们真想找个人问问清楚，可是，哪里去找人呀？连一个人的影子也没有，四周静得可怕。

刘文亮说："咱们回家里看看吧？"

王斌、胡芝说："好吧，那咱们就先到你家去，看看你的爹妈在哪里？"

于是，刘文亮、王斌、胡芝飞也似的朝刘文亮的家里跑去。

三个人上气不接下气地跑到刘文亮家的小院。

正房的大门破损，门扇歪在一侧。刘文亮踹开门，叫道："妈妈，妈妈——"

没有应。

王斌、胡芝齐声叫道："刘大妈，刘大妈！"

依然没有人答应。

刘文亮、王斌、胡芝进了东屋搜寻，没有一个人影儿；又跑进西屋翻腾，仍然不见一个人影儿。

刘文亮急得干号："妈妈，爸爸，爸爸，妈妈……"

三个人站在堂屋地上，面面相觑，想不出辙。

突然，刘文亮跑到东房山，弯下腰掀开扣在小窑洞上的破锅，大吃一惊。

原来他的妈妈爸爸都闷死在这里。

刘文亮"扑通"跪下，号啕大哭。

王斌说："胡芝，去你家看看吧！"

胡芝说："我们家在尽头，这儿离你家近，先到你家看看去吧！"

说着，两个人一起跑开了。

远远地望见王斌家院子里的金丝小枣树，气喘吁吁跑近前，王斌踹开栅栏门，一眼望见爸爸在枣树上吊着。

王斌吓蒙了，站在院子里的枣树下，半晌没有动弹一下。

胡芝愣愣的，一句话也说不出。

终于，胡芝拍拍王斌的肩膀，说："王哥，别别……"

王斌终于扑倒在地，失声痛哭："爸爸，爸爸——"

胡芝说："找找你的妈妈吧！"

王斌站起来，慌手麻脚地四处乱翻，终于在西厢房里找到，老人家躺在地上，后背上留下一个大口子，棉袄被血水浸透了。

王斌蹦上院里的凉灶锅台，仰天怒吼："小日本，我日你八辈儿祖宗！"

胡芝自然而然也想跑回自己的家里看看。于是，他放开脚步，朝家里飞奔。

家里没有一个人，东翻西找，也不见一个人的踪影。

胡芝慌了，欲哭无泪，干着急。

正在此刻，栅栏门开了。

胡芝回头一看，见是自己的爸爸妈妈走进来。他一下子扑了过去，声嘶力竭地叫道："爸爸，妈妈！"

老两口一个个张大嘴巴，问道："咋，咋？"

巧极了，今儿前晌，胡芝的爸爸妈妈没有在家，是头天儿让嫁到柏树庄的闺女接走的，到闺女家过六月六去了。其实，上午小日本到唐洞扫荡的事，这老两口并不知道。

那么，儿子扑到他们的怀里，失声痛哭，他们怎么会知道呢？

胡芝哭诉道："小鬼子前晌儿，到咱们村扫荡，把王斌的爹娘都给杀死了，刘文亮的爸爸妈妈也让日本鬼子害死了！"

胡芝的爸爸胡崇德气得直哆嗦，声音发抖，问道："是这样吗？怎么会，怎么会是这样？小鬼子也太欺负咱们中国人啦！"

胡芝噔噔跑进厢房，取出铡草刀，高高举过头顶，大声叫道："找小鬼子算账去！"

芝他娘死死地抱住儿子，哭叫道："你不能这样，你这样去，不是白白送死吗？"

胡崇德说："你们几个不是一块儿参加八路军了吗？要报仇，找部队去，找韩贵德，他会有办法！"

胡芝说："我、刘文亮和王斌，今儿头上午刚刚从军校回来，我们还没有到家，小鬼子已经从咱们村撤了，连我们几个也没有看见小鬼子的影子！"

胡崇德说："儿子，先撂下铡刀，咱们把刘文亮和王斌找到一块儿，商量商量，找人家韩贵德，人家会不会管咱们这档子事！"

胡芝说："打小鬼子是八路军分内事，管是得管，不过，同小鬼子作战，非同儿戏！"

胡崇德说："那，那你娘看家，咱们爷儿俩，先去王斌家里去看看吧！"

胡芝扔下手里的铡刀片儿，说："走！"

胡崇德和胡芝爷儿俩，一面气喘吁吁地走，一面看村子被小鬼子糟蹋的惨状。

唐洞村子并不大，只有三条土街。胡崇德和胡芝爷儿俩走到中街，不由得停住了脚步。

高高的白杨树下的那间小土屋被烧塌了，那是胡芝的当家子大伯胡崇礼的。

胡崇德和胡芝爷儿俩，急急忙忙走进院子，脚下满是灰烬。

胡芝正要往院子里探身，忽见高高的白杨树上吊着一个人，他不由得激灵一下子，浑身泛起鸡皮疙瘩，叫道："爸，爸您看！"

胡崇德抬眼一看，吓个半死。半晌才缓过神儿来："大哥，你死得好惨呀！"

胡崇德和儿子一起，费劲巴拉地把胡崇礼从白杨树上卸下来，发现他的胸口上、肚子上，满是血窟窿。

胡崇德的眼窝里都是火，没有泪水，不哭，也不叫。

胡芝见爸爸气成这样，担心老人家挺不住，这才说："走吧，先找到王斌和刘文亮再说！"

胡崇德不言语，慢慢站起，挪动着脚步，趿拉趿拉跟着儿子往外走。

胡崇德走着走着，被绊了一跤，幸亏儿子扶住，才没有跌倒。

胡芝搀扶着爸爸，一步一步往前走。

是的，孩子小的时候，是爸爸牵着儿子的手，学会走路；而今，儿子长大了，爸爸变老了，是儿子搀扶着老人，往前赶路。一代又一代，究竟往哪里去？茫茫然。

啊，还是走吧，那地方就在前面！

胡芝搀扶着爸爸，一步一步往前走，拐过了一条小胡同，突然，他们站住了。

原来，王斌和刘文亮正要去找胡芝，可巧在小胡同口遇上了。

王斌说："胡大爷！"

刘文亮抱住胡崇德的腰，哭着说："我，我的爸爸……妈妈都死了！呜呜——"

胡崇德哈下腰，说："你的爸爸妈妈，还有王斌的爸爸妈妈，都让小鬼子给杀害了。一个个都走了，倒把我这把老骨头剩下了，留在这个世上何用？"他呼天抢地，"天呀，老天爷啊，你咋就这样不睁眼睛啊！"

刘文亮说："哪里有老天爷呀？不靠天，不靠地，全靠我们自己！我们要是不团结起来，一同跟小鬼子斗，把他们赶跑，那我们就休想过上一天消停日子！"

王斌说："我们还是赶紧回部队去，向团首长报告这里发生的事情，为乡亲们报仇！"

胡芝说："回部队，咱们更得好好练兵，不然的话，报仇报仇，拿什么报仇呀！"

胡崇德说："也别总指望八路军，八路军有八路军的事做，他们有他们的计划。依我看，每个村都该有自己的民兵，有自己的武装，村自为战，人自为战，能拿刀的拿刀，能拿枪的拿枪！"

胡芝说："爸爸，您说的跟我们部队首长说的一模一样！"

胡崇德说："可惜，爹上岁数了。不然的话，仨俩小鬼子，也未必能对付得了我！"

王斌说："胡大爷，我们还是得赶紧回部队去，马上向团首长报告，再说，部队首长只允许我们一天假，回家看看。"

胡崇德说："回什么家呀，一个个闹得无家可归了！"老人家说到这里，泪水涌满了眼窝，"走吧，走吧，部队上有纪律，这我清楚，赶紧回去吧！"

胡芝说："爸爸，那我们就走了！"

王斌说："走吧，走吧，咱们走吧！"

胡芝、王斌、刘文亮三个人，一步三回头，走了。

三个人出了村，又站在村头的黄土坡上，望着生于斯，长于斯的唐洞，一个个泪流满面。

数伏的天，像小孩子的脸，说变就变。刚才还是毒花花的日头当空照，眨眼之间，从西北的燕山缺口，涌来一堆乌云，像脱缰的野马，狂奔而至头顶，遮住了明晃晃的阳光。

王斌说："要下雨！"

胡芝说："暴风雨就要来了！"

刘文亮说："这可咋好，前不着村，后不着店，还不淋个落汤鸡！"他的话音未落，铜钱大的雨点子便从空中砸下来，砸在脸上生疼。

胡芝说："到大树下避避雨吧？"

王斌说："你没听说，不能到大树下避雨，大树招雷电，咱们要是让雷给劈死，还怎么杀小鬼子，给唐洞的乡亲们报仇雪恨了！"

刘文亮说："那，那就顶风冒雨，一直往前跑！"

王斌说："行！"

胡芝说："行就行！"

唰唰唰，一道道闪电在眼前照。

轰隆隆，一声声雷声在头上轰。

雨点连成了雨线，雨线织成了雨幕，从天上到地下，白花花，雾蒙蒙，什么也看不清。

胡芝扯着嗓子喊："还走吗？"

刘文亮嚷道："当然得走，不走怎么行！"

王斌吼道："对，当然得走，不走怎么行，走！"

三个年轻人，一面叫喊，一面顶风冒雨前行。

许是雷公感动了，许是闪母怜悯了，渐渐远去，大概跑到燕山的那边去了。

暴雨也突然停歇了。

红日拨散了乌云，明晃晃的，照得天上地下一片雪亮，眩惑着人们的眼睛。

王斌说："落汤鸡什么样，咱们就什么样！"

胡芝说："不用天天洗澡了，得省多少事呀！"

刘文亮说："反正前不着村，后不着店，没有人能看见，咱们何不脱掉衣裤拧干了，晒晒再走？"

王斌说："行！"

三个年轻人前后看看，确定没有来往行人，一个个脱掉衣裤，哗哗地拧水，抖开，晾晒在草丛顶上。赤裸裸地坐在光溜溜的地上，光着腚闲聊。

王斌说："你们说，是小鬼子可恨，还是日本狗腿子可恨？"

胡芝说："依我看，还是小鬼子可恨。日本狗腿子，好歹还算中国人。"

刘文亮说："分不出来谁可恨，谁不可恨，都可恨！"

王斌说："你就说咱们村的伪保长焦让，你干吗非把咱们仨当八路军的事，报告给小鬼子，吃饱了撑的！"

胡芝说："狗腿子，狗腿子嘛！"

刘文亮说："焦让，你瞅他那相儿，歪戴帽，斜瞪眼，嘴里叼着洋烟卷儿，弯腰弓背蚯蚓腿儿，满口没牙瘪咕嘴儿，一看就不是个好东西！"

王斌说："咱也不是以貌取人。可我就是不明白，干吗好好的中国人不当，当人家日本人的狗腿子！"

胡芝说："狼走千里食肉，狗走万里吃屎。江山易改，本性难移。狗这玩意儿，见着阔人就摆尾儿，见着穷人就龇牙。"

刘文亮说："焦让这类人，就跟狗一样，见着中国人就气势汹汹，见着日本人就点头哈腰。什么东西！"

王斌说："你们还没说呢，到底是小鬼子可恨，还是焦让这类日本狗腿子可恨？"

胡芝说："不用说，切糕换粽粽，一路货，没有一个好东西！"

刘文亮说："依我看呀，日本狗腿子比小鬼子还可恨。这回，要不是焦让这类日本狗腿子告密，日本鬼子咋会在咱们唐洞杀了那么多老百姓？"

王斌说："我说也是，像焦让这类日本人的狗腿子，说出状元榜来，也不能饶了他！"

胡芝说："别聊了，这会儿，裤子褂子也都快晒干了，咱们还精光溜丢儿坐这儿聊票，要是碰见下地的老娘们儿，可咋好！"

刘文亮说："那就穿衣服吧！"

王斌说："好！"

三个年轻人，很快穿好衣裤，继续走在弯弯曲曲、坑坑洼洼的小路上。

冀东独立团作战室里，韩团长坐在太师椅上，眯着眼睛吸烟。

胡政委站在他的对面，说："咱独立团的这一期培训班，情况还挺令人满意。"

韩团长说："你注意到没有，顶数唐洞那三个新战士，留给我的印象最好，注意政治学习，军事训练还刻苦。"

胡政委说："我看了他们的登记表了，这三个新战士都是唐洞的人，苦出身。"

韩团长说："好苗子！"

胡政委说："种豆得豆，种瓜得瓜，栽什么树苗结什么果，撒什么种子开什么花，未来属于他们！"

韩团长从上衣兜里掏出怀表，看后说："我就批准他们一天假，时候不早了，马上该归队了。"

胡政委透过西面的玻璃窗，意味深长地说："西面的太阳快要落山了！"

"报告！"

胡政委高兴地说："是他们，进来！"

果然是胡芝、王斌、刘文亮三个人。

韩团长站起来，问："你们的家里怎么样？"

胡政委本以为他们会高兴得跳起来，万没想到，他们三个人，一个个蔫头耷脑的，一声也不言语。

韩团长说："怎么了，说话呀！"

突然，刘文亮"哇"的一声，号啕大哭。

王斌、胡芝也随着哭开了。

胡政委拍拍他们的肩膀，说："怎么了，到底发生了什么事？"

刘文亮哽咽半晌，抽抽搭搭地说："日本鬼子到我们村里扫荡，我的爹娘都死了！"

王斌说："我爸妈也都让小鬼子给杀害了！"

胡芝说："我的爸妈可巧让我姐姐接走，倒是没有遇害，可是，我的当家子大伯，让小鬼子吊在树上，弄死了……"

三个人泣不成声。

胡政委说："小鬼子又欠下中国人民一笔血债，血债要用血来还！"

韩团长说："估计又是驻扎在龙湾屯的龟田干的，这伙日本鬼子，在山里辛庄、焦庄户、唐洞一带，十分猖狂。咱们是该给这帮小鬼子点儿颜色看看了！"

胡政委说："还是要帮助当地组织起民兵队伍，要是放手发动广大人民群众，每个村都建立起民兵组织，人人拿起刀枪，那力量可就大了，个把子小日本是不够打的！"

韩团长说："你们先回去，好好休息，准备接受新的任务。"

胡芝、王斌、刘文亮三个人，同时答道："是！"转身而去。

韩贵德团长平日间，最喜欢看书，桌子上，枕头边，常常堆满了各式各样的书，《孙子兵法》《三国演义》《水浒传》，另外，还从陈洪义那里借了一本《铁流》。《水浒传》里的"智取生辰纲""三打祝家庄""大破连环马"这些回目，他不知翻阅了多少遍。平日聊票，也喜欢以这些书籍为题。然而，他并不喜欢《红楼梦》，他甚至说："都说'开卷不谈《红楼梦》，读尽诗书也枉然'，这都是瞎掰。《红楼梦》里写的都是些婆婆妈妈的事、一群哭哭啼啼的人，没劲！还是'血溅鸳鸯楼''拳打镇关西'解气，过瘾！"

为了读书的事，胡宝贤常常跟他争论。他总是说："《红楼梦》是给有学问的人看的。老粗不喜欢《红楼梦》，这也很正常！"

韩团长说："行了行了，我是个粗鲁人，你是个儒雅人。你读你的《红楼梦》，我看我的《水浒传》。"

胡政委哈哈大笑，说："酒色财气，各有所好。萝卜白菜，各有所爱。红黄蓝白，各好一色。你说好吃不过饺子，还就偏有人不喜欢吃饺子。谁也不能强求谁，是吧？"

韩团长说："说真格的，陈洪义这本《铁流》，我想能不能在军校里传看一下。据说，苏联红军背着《铁流》作战！"

胡政委说："当然可以！军校不只学军事技术，还要进行思想教育。军事技术当然要学，而且一定要学好，人人当神枪手、神炮手、技术能手，才能提高部队战斗力，这是不容争议的。但是，军事技术要靠人去掌握。人的思想觉悟提高了，手里的武器才能发挥最大作用。"

韩团长说："你这个团政委，我算服了你。砂锅不打不漏，话不说不透。经你这么一说，我才懂得苏联红军为什么背着《铁流》作战。你能不能也给咱们团的战士写一部《铁流》那样的小说，背着你的书作战？"

胡政委说："我不行，将来让陈洪义他们去写吧！我想，即使陈洪义不写，早晚也会有人去写，红军的两万五千里长征，就是一股铁流。咱们的抗日战争，原本就是一场壮怀激烈的活剧，早早晚晚会有人来写，况且，一部书远远不够，至少要写出十部八部、百八十部来！"

韩团长忽然扭转话题，说："说点儿现实的，平日常说，'养兵千日，用兵一时'，这话有些欠缺，应该改为'练兵千日，用兵一时'。兵，咋能养？要练，把兵练得棒棒的，战时，才能拉得出，攻得上，打得胜。光养，吃得好，睡得好，养得白胖白胖的，一个个像一头头肥猪，到时候还能打仗？门儿也没有！"

胡政委说："这话对，有道理！咱们办军校，既练兵，又练思想。就是要让战士们憋得'嗷嗷'叫，感到没有仗打，浑身痒痒，不舒服，不自在。这样的部队才是最棒的，不可战胜的！"

韩团长说："我读《三国演义》，让我最感失望的就是'马谡失街亭'。诸葛亮平生谨慎用事，可是，在选择谁去镇守街亭这件事关重大的问题上失策，常常令我为之扼腕。诸葛亮明明知道马谡这人虽熟读兵法，深通谋略，但他意气甚高，骄傲自满，只是由于当时马谡奋力争先，且立下军令状，诸葛亮就决定马谡去担当镇守街亭的重任，结果落得街亭失守，挥泪斩马谡。每次读到这里，我既恨马谡，又心疼马谡；既为诸葛亮惋惜，又为诸葛亮叹息。我常常想，我们作为八路军的指挥员，既不能犯马谡那样的错误，又不能出现诸葛亮那样的失误，反胜为败，造成损失。"

胡政委说："其实，我们的军校里的课程，完全可以充实一些这样的内容，形象生动，活跃气氛，省得都是些干巴巴的教条。"

韩团长说："要么这样，结合战例，你给大家讲《红楼梦》……"

胡政委哈哈大笑：《红楼梦》里写的都是婆婆妈妈的事、哭哭啼啼的人。有什么战例可讲的呀！不过，我可以讲讲《铁流》，讲一讲八路军战士怎样在部队中锻炼成长。"

韩团长说："好好，这样可以使战士们开阔眼界，不光是杀死几个日本鬼子，要跟世界革命联系起来。"

胡政委说："你可以结合《水浒传》里的许多战例，讲现代战争的战略战术。像'三打祝家庄'，前两次宋江为什么失败了？为什么第三次攻打祝家庄就打胜了？这里就有很多作战知识可以传授。"

韩团长说："我想：这些理论上的课程，还是由你来担任。我就负责军事训练，像狙击手、大刀队、神炮手的训练，都由我包干了，怎么样？"

胡政委说："知人善任。尺有所短，寸有所长，人尽其才，物尽其用。

哈哈……"

满头白发的焦德昌,拄着拐杖,气喘吁吁地往村里走,累了,乏了,坐在老槐树下喘会儿气儿,刚刚坐下,对面来了一个人。

那个人走到他的对面,站住了,说:"八叔,老八叔!"

焦德昌慢慢挑起眼皮,问:"你是谁?"

来者说:"八叔,老八叔!真老了,咋的?我是焦让,这老爷子,耳聋,眼也不好使了?"

焦德昌说:"噢,焦让呀,咋着,又去龙湾屯勾结小日本儿去?那就快去,别耽误了你的事!"

焦让说:"八叔,我的老八叔!您说什么呢?哪里的话,那些缺德带冒烟儿的事,找不着咱爷们儿!"

焦德昌说:"你也甭变着法子蒙我,我也不是瞎子、聋子,我看得见、听得见。我可告诉你,你姓焦,我也姓焦,咱们五百年前是一家。那些给祖宗脸上抹灰的事,你就怎么干得出!"

焦让说:"八叔,老八叔!您真是老糊涂了,还用往上捣五百年吗?咱们两家子刚刚出五服,您比我的亲叔叔能差多少呀!"

焦德昌说:"你也用不着跟我套近乎,唐洞村的老焦家,出了你这么个汉奸,都没脸见人呀!"

焦让说:"这是什么话!锣鼓听音,说话听声,好像龙湾屯的日本驻军是我引进来的!大日本皇军长胳膊长腿,他们要去哪里,我能管得着,关我屁事!"

焦德昌说:"不做亏心事,不怕鬼叫门!"

焦让说:"您说老半天,不做亏心事,不怕鬼叫门,这倒是句实话!"

焦德昌说:"那我问你:刘文亮、王斌、焦芝,这几个孩子当八路军的事,到底是谁报告给小鬼子的?"

焦让装出惊讶的样子,说:"这仨孩子当八路军啦?您要不说,我连影儿都不知道!"

焦德昌说:"快去吧,去告诉你的日本爹去吧!别耽误了你的事,快去吧!"

焦让说:"怎么着,我说什么您都不信呀!"一面说,一面甩手走了。

焦德昌抡起手中拐棍儿，冲着焦让出走的方向，大声说："当心，天打五雷轰！"

果然，一堆堆乌云从燕山的那一面，滚滚而来，一会儿，便把明晃晃的太阳遮住了。

焦德昌高高地举起手中的拐杖，直指高天，声嘶力竭地高喊："老天爷，显灵了！显灵了！"

几乎是在焦德昌叫喊的同时，"呼啦啦"一道闪电，大地一片亮光，"轰隆隆"一声炸雷，震耳欲聋。紧接着，铜钱似的雨点子，"噼噼啪啪"砸了下来。

焦德昌拄着拐杖，一面踉踉跄跄地走，一面高声嚎叫："老天爷，睁睁眼吧，打几个霹雳，照准小鬼子的脑袋，狠狠地劈！"

"哗哗啦啦"，大雨倾盆，像是从天而降。

焦德昌一路东倒西歪，连滚带爬，回到家里，早已成了落汤鸡。他急急忙忙脱下湿衣服，哆哆嗦嗦爬上炕。往外一看，从房檐上流下来的雨水，织成白亮亮的雨帘，院子里白花花一片，什么也看不清。

焦德昌喃喃地说："也许，老天爷真的睁眼了。这么说，小日本的日子，长远不了啦！"

第二十九回
谭志诚神机妙算
李满盈语重心长

鸡毛信传递情报　　日伪军偷袭薛庄
谭志诚神机妙算　　李满盈语重心长

薛庄鸡鸣三县，只要顺义薛庄的公鸡，站在高高的土坡上一唱，连三河、平谷都能听得见。

冀东五区区长信宁熟读兵法，深知情报的重要性。他培养了好几个侦察员，作为他的耳目。

夜幕降临，信宁正在油灯下看《孙子兵法》，读着读着，声音渐大："纷纷纭纭，斗乱而不可乱也；混混沌沌，形圆而不可败也。乱生于治，怯生于勇，弱生于强。治乱，数也；勇怯，势也；强弱，形也。故善动敌者，形之，敌必从之；予之，敌必取之。以利动之，以卒待之。"

信宁读到这里，伸了伸懒腰，自言自语道："《孙子兵法》，处处充满了辩证法。用兵如神者？孙武也！"每逢读到他十分感兴趣的地方，总要手舞足蹈，摩拳擦掌，或者取下墙上挂着的宝剑，在屋子里演练几招。

信宁正在兴致勃勃地演练，忽听门外传来一阵急促的脚步声。他停下手中的宝剑，支棱起耳朵听着。

"报告！"侦察员燕小青的声音。

信宁应道："进来！"

燕小青递给信宁一个纸团，说："薛庄的情报。快！"

信宁抠开纸团，靠近油灯扫了一眼：1943 年 4 月 25 日凌晨，日伪军联合进攻薛庄。

信宁看了一愣，心想，今儿是 4 月 24 日，况且，天已大黑了。太紧急了，一刻也不能停，必须马上通知区民兵大队长李满盈、教导员谭志诚。

他把抠开的纸团，展开抚平，装进信封，在封口之前，特意插进三根鸡毛，表示十万火急。命令燕小青火速送到李满盈、谭志诚处。

燕小青把信揣进怀里，立即出发。

天色漠漠向昏黑。燕小青沿着坎坎坷坷的蚰蜒小路，一路奔跑。他真羡慕水浒英雄神行太保戴宗，要是自己也有那样两条腿就好了，只恨爹娘给他这样两条腿，他一面这样想着，一面飞奔。穿过一片小树林，爬上高高的黄土岗，越过一条不深不浅的壕沟，翻过土地庙的矮墙，二区民兵大队指挥部的灯光，便在眼前了。

当燕小青推开大队长李满盈的对扇门时，早已大汗淋漓。"扑通"，扑倒在地上。

李满盈大惊失色，急忙把燕小青扶起，问道："小青，燕小青，怎么了？"

燕小青望着李满盈说："大，大队长，鸡，鸡毛信，冀东五区区长信宁转来的鸡毛信！"

李满盈问："信宁区长转来的鸡毛信，在哪里？"

燕小青从靠近肚皮的内裤里，伸手摸出，递给李满盈。

李满盈抽出来看一遍，又看一遍，急忙喊道："小刘！"

小刘应声答道："到！"

李满盈急忙说道："快，快去把谭志诚教导员找来，快！"

小刘问："天这么晚了，这会儿他大概都躺下了……"

李满盈说："多嘴，快去。你就说：鸡毛信，信宁区长转来的鸡毛信，快到指挥部来！"

小刘答道："是！"

李满盈催促道："一定要快！"

小刘一面答应着，一面飞出了小院。

谭志诚打开插着三根鸡毛的信件，扫了几眼，立即拔开双腿，匆匆忙忙来到大队指挥部。

李满盈说："情况紧急，赶快研究部署。"

谭志诚说："心有主张，遇事不慌。心慌意乱，万事难办。"

李满盈说："新媳妇上床，大火上房，小孩儿趴在井沿儿上，哪件事也比不上鸡毛信上的事更急！"

谭志诚说："快把民兵的三个小队长找来，一竿子插到底，当面锣，对面鼓，各负其责，谁出问题，拿谁是问！"

李满盈喊道："小刘，去，把民兵的三个小队长，统统叫到这里来，快！"

小刘飞速而去。

不一会的工夫，民兵第一小队长陈永生、第二小队长李庆祥、第三小队长马长禄三人，急速而至。

李满盈、谭志诚见民兵三个小队长都已到齐。

谭志诚说："刚刚接到一封鸡毛信，插着三根鸡毛，信上说，明晨有日军和敌伪军联合进攻薛庄，军情紧急，星夜布阵，调兵遣将，打击敌人。"

李满盈说："薛庄鸡鸣三县，三条大路可抵达。我想，三个小队民兵，可采取分兵把守，各自为战，大家以为如何？"

谭志诚说："分兵把守，实为下策。依我看，不如这样……"他伸开双臂，把几位民兵小队长聚拢一处，轻轻地说了一遍。

三个民兵小队长齐声说："好！"

谭志诚说："大队长，你意如何？"

李满盈说："照计行事，马上行动。"

三个民兵小队长领令而去，各自召集人马，迅疾到位。

谭志诚说："大队长，我推断，小鬼子进犯薛庄，黄土岗是必由之路。我赶紧去找信宁同志，请求支援，打小鬼子一个伏击战。"

李满盈说："好，立马出发。我去薛庄村北树林里，协调三个小队民兵，协同作战，打日伪军一个措手不及。"

由第一小队长陈永生和第二小队长李庆祥带领的民兵，在前岭设伏，由第三小队长马长禄带领的民兵，埋伏在薛庄的村头，区长信宁率区小队到佟辛庄待机抄敌人的后路。

原来，山村大佐带领的日军杨各庄联队，在同冀东独立团的较量中，吃了大亏，整天价琢磨报这一箭之仇。

4月23日，山村大佐正站在日军杨各庄联队指挥部里，借着马灯发出的微弱光线，察看墙上的作战地图。

突然，山村把目光停留在薛庄这个点儿上，一动不动。

半晌，山村才从牙缝儿里滋出："薛庄，薛庄的有！"说着，挥出右拳，"咚"的一声，狠狠地砸在地图上。

山村像发疯一样地叫道："来人！"

立在门口的小白脸日本兵赶紧走上前来，答道："嗨！"

山村大佐说："你的，快，把韩长波的传唤来！"

日伪军连长韩长波的连部，就在黄土岗的那一面。韩长波接到山村大佐的命令，怎敢怠慢？立即骑马奔驰而至。

山村大佐说："韩长波，你的一个连，明天拂晓之前，准时到达薛庄村南的黄土岗子，配合大日本皇军扫荡薛庄。你的明白？"

韩长波应道："嗨，我的明白！"

韩长波，由于他的脖子长，叫来叫去，叫成了韩长脖。

韩长脖一生下来，脖子就长，天生的。

生下韩长脖那天，老娘婆照例倒提着这个刚见天日的小生命，脖子出奇的长，比别的小孩儿长得多，像提着一只白条鸡。

老娘婆拍拍后脊梁，原本应该"啊啊"地哭，意外的是，孩子并没有哭。

无奈，又稍稍用力拍了几下，孩子仍然没有吱声。

老娘婆又一次举起手。

猛然间，被站在炕沿子下的孩子爹一把薅住，瓮声瓮气地说："算了，扔了吧！"提起这个"白条鸡"就往外跑。

一小会儿，回来了，正见孩儿他妈呼天抢地。

孩儿他爹问："咋？"

孩儿他娘像一只母狼，朝他扑过去，大叫道："孩子，我的孩子，咋着，叫你给扔了！"

孩儿他爹说："对呀！"

孩儿他娘叫嚷道："你赶快给我捡回来！"她一面叫嚷，一面向院子里跑。

孩儿他爹追了出去，无可奈何，只得又把孩子捡了回来。

孩子的命保住了，意外的是，孩儿他娘的命却没了。

自此，孩儿他爹，又当爹，又当娘，一天天盼着孩子长大。

唉，有娘的孩子像块宝，没娘的孩子像棵草。像棵草的孩子，长到十几岁，连个像样的名字也没有，就那么让人家"长脖长脖"地喊。

长大了，连一天学也没有上过，连一个字也不认识。一丁点儿正经事不干，整天价和一群二流子小混混疯打疯闹。

日久天长，韩长脖竟然混成了小头头。吆三喝四，在这群二流子小混混之间，说一不二，叫往东往东，叫往西往西。

水泊梁山集聚天下好汉，替天行道。韩长脖的麾下，都是些流氓阿飞溜溜球儿，有人管这些人渣称作"流氓无产者"，也真是高抬他们了。

就是这样一群货，到处祸害老百姓，惹是生非，吃喝嫖赌，偷鸡摸狗，胡作非为，啥不撩人干啥。最可恨的是，随意调戏小姑娘，可恨！

更可恨的是，认贼作父，狐假虎威，为虎作伥，吃里爬外，把小鬼子当亲爹。

其实，韩长脖目不识丁，日本人不把他们当人，当狗；打起仗来，把他们当替死鬼，当炮灰。韩长脖心知肚明。可是，长脖子上长的大脑袋转念一想，而今，有谁把咱当人？有奶便是娘。就这样，韩长脖一伙，竟然成了小日本的帮凶和打手。

韩长脖公鸡嗓，喊起话来像公鸡打鸣，他头天接到日军要他配合扫荡薛庄的命令，心里发毛。但是，又不敢违抗军令，他知道违抗军令该是个什么下场。于是，他勉勉强强集合了队伍，咋咋呼呼地叫唤道："弟兄们，日本皇军要咱们配合扫荡薛庄。大家听好，既然是配合，就是以皇军为主，咱们为辅。再说，咱们的武器弹药也不是白来的，都是花钱买的，能少放一枪，就少放一枪。还有一宗，咱们当的这个兵，都是穷闹的，马勺上的苍蝇——混饭吃。咱要是为日本人拼命，把命搭给日本人，那还不如在家，等着饿死呢！"

伪军们乱七八糟地说："连长说的是，是这么个理儿，这话可说到我们心里去了！"

韩长脖说："咱们在日本人面前，装作给日本人卖命；在八路军面前，要让他们感觉我们是迫不得已，枪口抬高一寸。"

大个子伪军说："那，咱们能不能就投降八路军？"

韩长脖说："也不行。听说，八路军最恨的就是小鬼子和日伪军。有的说，他们恨伪军，比恨日本人还厉害，抓住就枪毙。假如八路军收留了我们，当了八路，日本人也不是那么好惹的。再说，八路军的生活，咱们也受不了，吃糠咽菜不说，不叫搞女人，你们谁受得了？先到我这里报个名！"

大个子伪军哈哈大笑："受不了，受不了。少吃一顿饭行，不让搞女人，谁受得了？我说实话，受得了，你们谁受得了？到连长那里报个名！哈哈……"

伪军们七嘴八舌地说："古今中外，天下一个理儿：老大做不了老二的主呀！"

韩长脖说："少扯淡，目标：薛庄村南的黄土岗子，快快出发！"

三月三，苣荬菜钻天。在冀东一带，野地里最耐寒的野菜有两种，一种是蒲公英，每棵蒲公英，刚刚生出三五片叶子，挺着一球花骨朵。再就是苣荬菜，苣荬菜刚刚钻出地面，瘦瘦的，小小的，怪可怜的。就是说，天气乍暖还寒，在这个季节的暗夜里，军队要在野外宿营，还相当寒冷。

韩长脖带领一个连的伪军，从子夜出发，背包窝伞地急行军，走了二十多里路，等到达薛庄村南的黄土岗子时，一个个歇呼带喘，汗流满面。可怜那些嫩胳膊嫩腿儿的小新兵，累得腰酸腿疼，手脚发麻，打开背包，躺下便睡。谁知，浑身的汗水，嗖嗖的小凉风一吹，咳声不断。

韩长脖压低公鸡嗓说："不许出声！"

正说间，一个小新兵，可巧咳了一声："咳咳！"

韩长脖噔噔走过去，抡起手臂，就是一巴掌。

不料，正在韩长脖抡起手臂，几乎是在同时，他自己倒先打了个喷嚏："啊嚏！"

小新兵嘟嘟囔囔地说："这可让老人古语说着了：只许州官放火，不许百姓点灯。"

韩长脖把声音提高一倍，叫道："孙二林，你个新兵蛋子，嘟囔什么？我没听见，你再给我说一遍！"

小新兵孙二林摸摸嘴巴子，没有再言语。

大个子伪军坐在背包上，抻抻孙二林的裤脚子，轻轻地说："像咱们这种部队，哪里像人家八路军，作风民主，不打不骂，官兵一致。"

孙二林说："这会儿，你又说人家八路军好了！"

大个子说："八路军就是比咱们强，哪像咱们，放个响屁，都得看着当官的脸色，他要是不高兴，你只能放个蔫儿屁，连个响儿都不许带，妈妈的！"

孙二林悄声说："快别磨叨了，让韩长脖听见，那可得吃不了兜着走！"

大个子说："看看天色，都东挑哨儿了？"

孙二林问："啥叫东挑哨儿？"

大个子说："毛孩子，连这也不懂，就是说，天快亮了！"

孙二林不再言语，抱着枪，倒头便睡。

大个子看看孙二林，又心疼开了，心里突发恻隐之心：二林子，他还是个孩子呀！

韩长脖死也不会知道，他们这个连的伪军，早已进入埋伏在薛庄村头的第三小队民兵的视野，虽是黑夜，可他们的一举一动，都被马长禄带领的民兵们看得清清楚楚。

一个长满络腮胡子的民兵压低声音说："我知道，埋伏在薛庄村南黄土岗子坡下的伪军，就是韩长脖的那个连，渣儿错都没有。"

马长禄问："张若飞，你怎么知道，坡下的伪军就是韩长脖的那个连？"

张若飞说："除非扒了皮，我不认识！"

马长禄说："确实是韩长脖的那个连，都说你是猛张飞，你的心，原来比针鼻儿还细。"

张若飞说："马队长，咱们何不先把韩长脖这个连的日伪军给收拾了？"

马长禄说："刚刚夸你心细，看看，又上粗的了！"

张若飞说："那就先让他们多活一会儿？"

马长禄说："等候命令！"

张若飞说："是！"

马长禄弯着腰，一个班一个班地检查，一个班一个班地盘问："准备好了吗？"

班长们一个个答道："准备好了，就等着作战命令呢！"

由第一小队长陈永生和第二小队长李庆祥带领的民兵，在前岭设伏。

陈永生的第一小队和李庆祥第二小队之间，仅仅隔着一片小树林，密密匝匝，杂草丛生，寸步难行。

陈永生和李庆祥都是吕布屯村人，两家仅仅隔一堵矮墙。俩人同岁，属牛，见面就顶牛。

传说，三国时期，董卓的干儿子吕布，就出生在潮白河东的吕布屯。许是这个原因，两个人从小就都喜欢读《三国演义》。

陈永生最喜欢的并非天下无敌的吕布吕奉先，而是东吴的陆逊，小小年纪就能使出"白衣渡江"的诡计，打败傲视天下的关羽关云长。

李庆祥淳朴实在，他喜欢鲁肃鲁大夫。鲁大夫为人忠厚，不要滑头。这也许就是人以群分、物以类聚之故吧！

陈永生滑稽多智，常以东吴陆逊自喻。平日里说话，也常常言必称陆逊："倘有朝一日，国家能起用我陈永生，统率三军，我保证能……"

李庆祥听惯了陈永生的吹牛，总是不等他说完，就打断他："行了行了，你能把你那第一小队的三十几个民兵带好就不错，还统率三军呢！"

陈永生说："人无大志，白来一世。"

李庆祥说："人，先要脚踏实地，一步一个脚印地往前走。"

陈永生说："你这话，我就不爱听了。周瑜，十八岁当统帅，真要是一步一步走，他从一岁学走路开始，到十八岁也当不成统帅。就得立大志，迈大步……"

李庆祥说："咱们先别抬杠了，赶紧布置一下兵力，再有仨俩钟头，就开仗了。先打好这一仗，再说旁的。别的都是假瞎子！"

陈永生说："这只是个小仗，马尾儿拴豆腐——不值一提；张飞吃豆芽——小菜一碟。"

李庆祥说："谁也别吹牛，咱们拉线瞧活。"

陈永生说："拉钩上吊，说话算数！"

信宁率区小队到佟辛庄，待机抄敌人的后路。

佟辛庄村北，有一个大水坑。水坑大，坑水浅，水面上长满了芦苇、三棱草，水坑岸边满是荆棘、灌木树棵子。

信宁率区小队，就埋伏在这水坑子北侧的土坡下面。

真可谓，万事俱备，只欠东风。

天色突然转黑，刚才还能看清对方的五官，可现在，则是一片模糊。

太阳正在地球的那一面挣扎，等到它翻过身来的时候，必将从东方冉冉升起，光芒万丈，把大地照亮。

韩长脖从上衣兜里掏出怀表，贴近眼前仔细看，自言自语道："快三点了！"于是，轻声说，"各自做好战斗准备，贻误战机者，就地枪毙！"

韩长脖的命令，哪个敢违抗？一个个都蔫蔫儿的，不声不响地行动开了。

大个子喃喃地说："韩长脖这家伙，一阵风一阵雨的，你到底是哪头儿的！"

孙二林悄悄说："别出声儿，不要脑袋了？"

大个子说："我就说韩长脖没长舌头，说话有准儿没有？刚才还说枪口抬高一寸，还没屁大会儿，又枪毙这个，枪毙那个的。当鸡巴丁点小官儿，事儿是的，丫挺的，什么玩意儿！"

说归说，做归做。平日里常说，宁管千军，不管一民。

大个子兵也好，孙二林也罢，规规矩矩，乖乖巧巧地寻找好地形。该趴下的趴下，该卧倒的卧倒。拉开枪栓，子弹上膛，摆好姿势，目视前方。

韩长脖自以为得计，一切顺顺当当，干净利落。

其实，他们的一举一动，早已进入埋伏在薛庄的村头的马长禄的视野。

第三小队的民兵们，早已做好准备，黑洞洞的枪口，打成捆的手榴弹，就等着李满盈大队长的一声令下，射出枪膛，投向敌群。

等待，免不了焦急。

李满盈大队长指挥的民兵们，磨刀霍霍，跃跃欲试。可他们还须捺着性子等。

那么，等什么呢？等小鬼子进庄。

终于，山村大佐带领的日军杨各庄联队，出现在李满盈和谭志诚的面前。

透过黎明前黑幽幽的夜色，隐隐约约可以看见山村带领的日军，扛着机枪、步枪，拉着迫击炮，耀武扬威，行进在通往薛庄的石子路上。

山村站在高高的黄土岗上，向行进的日军队伍下达命令："大日本皇军，听着：悄悄地进庄，打枪的不要。向下传达！"

日军士兵从队伍的排头，一个接一个地向后传达山村大佐下达的命令："悄悄地进庄，打枪的不要！"

明明早已看清楚日本鬼子的队伍，进入了中国武装力量的包围圈，那么，还等什么呢？

李满盈、谭志诚带领的民兵们，一双双警惕的眼睛，死死地盯着眼前的日本鬼子，一颗颗复仇的心，焦渴地期盼着作战的命令。

"悄悄地进庄，打枪的不要"的日本鬼子，竟然一不留神踏响了地雷。

"轰隆隆"，随着地雷的爆炸声，小鬼子被炸得血肉横飞，腿折胳膊烂，一片惊乱。

李满盈大队长急令通信兵小刘："快，吹冲锋号！"

小刘跃上黄土岗的最高处，铆足劲儿吹起了冲锋号："嘀嗒，嘀嘀嗒……"

第一小队长陈永生、第二小队长李庆祥带领的民兵，像猛虎下山一样，从东西两翼包抄过来，"大刀向鬼子们的头上砍去！"喊杀声，惊天动地。

惊慌失措的日本兵仓皇应战，顾头不顾尾，顾西不顾东，像无头苍蝇一样乱撞。

陈永生，手使双枪，一面狂奔，一面扣动扳机，左右开弓，弹无虚发，百发百中，一枪一个，一枪一个，真过瘾！

正当陈永生得意之时，一颗罪恶的子弹，击中了他的胸膛，"扑通"，扑倒在地。

扑倒在地的陈永生，依然高喊："杀呀！"并举起手枪，瞄准前方的小鬼子，然而，没有来得及扣下扳机，他的胳膊松松软软地垂落到地上，一双圆圆的大眼睛，逼视前方。

民兵们一个个迅疾跑过，同小鬼子展开了激烈的肉搏战。

李庆祥带领的第二小队民兵们，一个个手舞大刀，一面高喊："冲呀，杀呀！"一面追赶奔跑的小鬼子。

强将手下无弱兵。民兵们见李队长如此身先士卒，一马当先，深受鼓舞，手里的三八大盖、红缨枪、王八盒子、大刀片，五花八门，各显神通，砍瓜切菜，喊里咔嚓，小鬼子死的死，亡的亡。幸存的小鬼子，有的顺着石子路朝薛庄村子里面奔跑，有的顺着蚰蜒小道往黄土岗山逃窜。结果，妄想进村子的小鬼子，遭到村子里民兵的冷枪。企图逃上黄土岗子的日本兵，遭到第三小队民兵们的截杀。

山村带领散兵游勇，翻过黄土岗子，向下冲去。

巧得不能再巧，山村正与埋伏在薛庄村头的第三小队马长禄遭遇。

仇人相见，分外眼红。

马长禄深知山村其人，他是一个相当残暴的日军头子，在潮白河东的杨各庄一带，到处残害中国老百姓，烧杀抢掠，无恶不作。现在，这个双手沾满中国人民鲜血的小鬼子，就立在他的眼前，马长禄岂能饶过他！

不料，张若飞先他一步，挥舞大刀，"哇呀呀"地冲上前去。

山村忽地闪向一侧。

张若飞扑了个空。

山村稳稳地站定，做个手势，嘴里说道："你的，来！"

马长禄听懂了山村的意思：与他决斗。

山村又一次做手势，嘴中叫道："你的，上！"

马长禄被激怒了，挥起大刀，高高举过头顶，就向山村的脑袋劈将下来。

山村的双腿，动都没动，只把上身一闪。

马长禄的大刀劈空了，自己也险些跌倒。

张若飞唯恐马长禄吃亏，立即飞奔过来，举刀便砍。

山村伸出指挥刀，把张若飞的大刀隔住，说："下去！"并同时向马长禄点点手，"你的！"

马长禄定了定神，手持大刀，照准山村的腰际，直刺过来。

山村仰面朝天，向后一闪，躲过马长禄的大刀。

马长禄心想，山村并非等闲之辈，仅靠程咬金的斧子三两下，怕是难以制胜。于是，他使出了看家本领：静默，以守为攻，以静制动。马长禄竟然愣愣地站着，一动不动。

山村以为马长禄的几招儿用绝，吓破了胆，信心倍增，趾高气扬，高高举起指挥刀，向着马长禄劈头盖脸砍下来。

马长禄佯装吓昏，向后紧退几步，险些倒地。

山村见了，哈哈大笑道："支那人，胆小鬼！"手中的指挥刀，直指马长禄前胸。

马长禄佯装傻傻愣愣，圆睁着一双大眼，轻轻闪过身子。

山村收回指挥刀，猛地朝马长禄的颜面刺去。

马长禄佯装胆战心惊，吓得向前噔噔跑了几步，佯装跌倒。

山村许是用力过猛，反倒向前扑去。

马长禄正待返身挥刀，突然，眼前一道亮光，又听"咔嚓"一声，正不知啥馅儿，一颗斗大人头从天而降。

原来，张若飞以为马长禄只有招架之功，无反手之力，唯恐他吃亏，心里想：该出手就出手。于是，他见有机可乘，挥起大刀，使尽平生之力，可巧，不偏不倚，正砍在山村大佐的脖子上。结果，山村的脑袋飞上了半空。

万没想到，马长禄将手里的大刀，往远处一撇，气急败坏地叫道："张若飞，谁要你多管闲事！"

张若飞也来了气儿："拿好心当驴肝肺了！"

马长禄喝道："好心，好心，你安的什么心？你这样做，丢了中国人的脸！"

张若飞哈哈大笑，说道："他，他人都死了，还丢哪门子脸？打死只苍蝇，何必大惊小怪！哈，哈哈……"

薛庄的村头，民兵们越战越勇，"打呀"，"杀啊"，喊声不断，枪声大作。

日本鬼子东逃西窜，像无头苍蝇一样乱飞乱撞。

燕小青手里举着小马枪，像一匹小野马，急速奔驰，大声喊叫："小鬼子，哪里逃？"一面叫嚷，一面端枪射击。他发现没有被击中，又扣动扳机，"叭勾儿"一枪，一个小鬼子应声倒下。

"击中了，击中了，好样的！"一个声音从燕小青的身后传过来。他回头一看，是身背小号的通信兵小刘。

燕小青说："小刘，你打死几个了？"

小刘说："我还不够本儿呢！"

燕小青说："这么说，你还一个没打着呢！别灰心，我打死俩了，就算有你一个，行不行？"

小刘说："算我打死一个，这有什么用！我要亲手打死一个小鬼子！"话音未落，小刘早已挥着大刀，冲到前面去了。

燕小青一面跑，一面又往枪膛里推进一颗子弹。他见一个小鬼子迷了头，竟然顺着窄窄的小路往黄土坡上跑。

燕小青不禁心中暗喜，他赶紧趴在地上，悄悄把小马枪往土坎儿一架，瞄准愈来愈近的小鬼子，心里说，找死的！慢慢扣动扳机，"啪"一枪，小鬼子应声倒下。

燕小青赶紧起立，奔跑过去，抄起小鬼子的步枪，解下子弹带，铆足劲儿撵上小刘，大声说："小刘，接住，刚刚缴获的，使这个，真家伙！"

小刘也不客气，接过燕小青递过来的步枪，拉了拉枪栓，发现枪膛里有一颗子弹，连声"谢"也没有说，撒开丫子就追了过去。

燕小青喊道："小刘，正前方，一个小鬼子正在和一个民兵搏斗，瞄准他，开枪！"

小刘举枪，瞄了半天，唯恐射杀了自己的战友，犹犹豫豫，不敢开枪。

正在此刻，燕小青的枪声响了。

小鬼子顿时脑袋开花，倒在地上。

那个同小鬼子搏斗的小个子民兵，不由一愣，看到冲到面前的小刘，龇牙咧嘴地笑了："小刘，是你帮了我的大忙，要不，我还真的有点儿吃力了！"

小刘直通通地说："你什么眼神呀？"

小个子民兵急赤白脸地说："这人！"

燕小青跑过来说："小刘，人家在感谢你呢！"

小个子民兵说："就是，就是！"

小刘扔下一句："就是，就是什么呀？感谢我干啥！"迅疾跑下黄土坡，向小鬼子逃跑的方向猛追。

前面那个小鬼子，钻进荆棘里，裤子剐在低矮的酸枣棵子上，他依然往里钻，结果，裤子被撕扯了一条大口子，裸露出一条肥腿。

小刘追了过去。

那小鬼子发现了小刘，扭转过身子，举起枪射击。

不料，小刘的枪声响了。

小鬼子"扑通"倒在了荆棘野草丛中。

小刘兴奋得高声喊叫："打中了，打中了！"

燕小青跑过来，拉住小刘的手，大声叫道："小刘，你真行！"

小刘也不搭言，径直向小鬼子倒下的荆棘野草丛里跑去。

燕小青紧随其后。

小刘从小鬼子的尸体上捯下步枪，解下子弹带，兴奋地说："小青，你看，这支步枪，锃光瓦亮的，新家伙！子弹也不愁了，敞开儿用！"

燕小青说："没有枪，没有炮，小日本给我们造！"

小刘把手里的步枪向燕小青一扔，喊道："接着，这支枪，还给你！"

燕小青说："这下子，你也可以牛气了！"

小刘高兴地说："追！"

燕小青说："瞧把你高兴的！"

这两个小家伙，带着从小鬼子手里抢到的武器，飞也似的朝小鬼子逃跑的方向追了上去。

韩长脖听到了地雷的爆炸声，先是一愣。接着，又听到八路军的军号响，浑身哆嗦起来。仓皇应战，又不知道八路军究竟藏在哪里，向哪里开枪？带领弟兄们跑吧，又怕日本人发现了，抓回来枪毙，一时拿不定主意。

时间就是军队。打仗的事，瞬息万变，来不及指挥官细想。正在韩长脖犹豫不决、惊魂未定的当儿，信宁率领区小队，从佟辛庄方向，抄韩长脖的后路赶来。

信宁双手两把盒子枪，左右开弓，"啪啪"两枪，高声喊道："同志们，冲呀！"

区小队的战士们高喊："冲啊，杀呀！"

韩长脖站在佟辛庄村北的大水坑旁的高坡上，透过黎明前的夜色，黑压压的一片，眼睁睁看见，八路军蜂拥而至，心惊胆战。

还没等韩长脖下达命令，伪军们早已朝佟辛庄村北的大水坑方向逃窜。

信宁率领区小队的战士们，一路追杀，把成群的日伪军逼到佟辛庄村北的大水坑周边，叽呱乱叫，随意乱放机枪，敷衍了事，逃命要紧。

区小队的战士们，如虎添翼，步步紧逼。

成群的日伪军被赶到水坑岸边，不少人钻进荆棘、灌木丛中，撕破了衣服，扎痛了肉，也不敢吱声儿。

区小队的战士们，疾步如飞，紧追不舍。

终于，日伪军噼里啪啦跳进了大水坑。水坑大，坑水浅，水面上长满了芦锥草、三棱草，扎瞎了眼睛，刺疼了脸，只得忍着，连一声"妈呀"都不能喊。

大个子伪军拉了一下身边的孙二林，说："孙小子，拣长满三棱草的地方扎进去，别往芦锥草丛里钻，芦锥草的尖尖，比针还尖，扎手扎脸。"

孙二林一面答应着，一面趴在地上，也顾不得什么芦锥草、三棱草了，只管往草厚的地方钻。

信宁率区小队的战士们，终于冲到了大水坑前。朝大水坑子里，"啪啪"就是两枪，大吼道："出来！"

孙二林听到喊声，吓得哆哆嗦嗦。

大个子伪军连连说："长官，饶，饶命！我家上有老，下有小……"

信宁问道："枪呢，你的枪呢？"

大个子说："在，在，我来交给长官！"他麻利儿弯腰拾起枪，递给信宁。

信宁刚要缴过大个子的枪支，忽然，一个挺稚嫩的声音从草丛中传出来："长官，这里，我这里还有一杆枪呢！长，长官，我也交给您。饶命，我还小，小，不懂事，是被他们抓，抓来的！"话没说完，就见从草丛中，爬出来一个人。个子矮矮的，还没有步枪高。

信宁真不敢相信自己的眼睛，甚至也不忍心恫吓他，只是随意说了声"放下吧！"然后，指指对面的黄土坡，"枪，先放在这里，你俩，先去坡头底下集合，那里有我们的人收拢你们！"

大个子像是很不放心地说："长官，老爷，千万不要杀我们！"

孙二林也学大个子的样子，哀求道："千万，千万，不，不要杀我，我是他们抓来的噢！"

信宁说："去，快去！"

大个子和孙二林两个伪军士兵，一大一小，一高一矮，跟跟跄跄向黄土坡底下走去。

薛庄和佟辛庄的老百姓，连最喜欢起早的人家，还没有点灯，竟然从窗外传来手榴弹的爆炸声，接着，又响起了"噼噼啪啪"的枪声。经历惯了战争洗礼的老区人民，觉得又是小日本在扫荡，遭遇八路军的奋勇反击。他们习惯了，不慌张，不惧怕，更有些胆大的年轻人，拿着棍棒、扁担、锄头、大镐、铁锹，总之，什么家伙顺手，什么家伙方便，抄起就追赶小鬼子。

薛庄有个小青年，叫陈二禄，刚刚十六岁，看见爸爸抄起一把铁锹，叔叔抄一把大镐，跑出了院子，他四下里寻觅，什么顺手的家伙都找不到了，黑咕隆咚，正绊在粪箕子上。一下子提醒了他。于是他信手摸到一把粪叉子，越过矮墙，匆匆忙忙，朝着小鬼子们逃跑的方向追去。

无巧不成书。陈二禄跑到村南的一棵大柳树下，正想侧耳听听哪里有小鬼子的动静。

可巧，有一个日本鬼子也来到这棵大柳树下。

陈二禄立即警惕起来，悄悄围着大柳树跟小鬼子转磨磨，慢慢举起手里的粪叉子，照准小鬼子的脑袋，使尽吃奶的劲头，朝他的头上狠狠地砸下。

"扑通"一声，小鬼子倒在地上。

陈二禄弯腰拾起小鬼子的步枪，高兴得大步流星地往回走。

回到家里的陈二禄，依然掩饰不住内心的兴奋，扎在旮旯里，不出声地笑。

正在陈二禄没事偷着乐的当儿，一个受了伤的小鬼子，拖着步枪进了他家的院子。

二禄妈见到小鬼子腿部受了伤，走路一瘸一拐的，突发恻隐之心，走过去想帮帮他。

万万没有想到，小鬼子竟然端起枪，瞄准陈二禄妈，扣动枪机。

就在这千钧一发之际，陈二禄从黑暗中蹿出，端起刚刚缴获的日本鬼子的步枪，奋力拼杀。

小鬼子回转过身，拼死反抗。

陈二禄高高举起上了刺刀的步枪，尖儿朝下，猛力刺杀，像宰猪一样，从咽喉入，鲜血喷涌。

小鬼子来不及叫一声，就见阎王爷去了。

战斗结束了，一切恢复了平静。

陈二禄的爸爸和叔叔先后回到了家里。

二禄爹只顾走路，不小心，正趟上一个软绵绵的东西，险些被绊倒，低头一看，原来是一具小鬼子的死尸，吓得魂飞魄散，赶紧回到屋里，跟媳妇说起这件事。

二禄妈正惊魂未定，听了二禄爹这样一说，哆哆嗦嗦，赶紧把被子往上抻，严严实实堵上耳朵。

二禄爹赶紧说："别怕，有我呢！"

二禄妈"呼啦"掀开被角儿，说："你就说这该死的小鬼子，死哪儿不好，非死在咱们家，来世不得好死！"

第三十回

唐洞村惩处民族败类
焦庄户修筑地下长城

走基层开掘群众智慧　转观念发扬民主作风
唐洞村惩处民族败类　焦庄户修筑地下长城

三国时期，诸葛亮不管遭遇到多么棘手的事，也从没见过他召集座谈会，听听他人的意见。他总是成竹在胸，羽扇一摇，计上心来。结果，敌军大败，蜀军凯旋。"孔明智多近于妖"，这话不假。

冀东独立团团长韩贵德和政委胡宝贤，正好和诸葛亮相反，他们深信"三个臭皮匠，赛过诸葛亮"。故此，每次遇到困难或者麻烦，都要召开"诸葛亮会"，把碰到的困难和遇到的麻烦，摆到桌面上来，调动大家的积极性，发动机器，开动脑筋，出主意，想办法。

其实，问题并不复杂，就出在王斌、胡芝、刘文亮三个人的身上。自从这三个同乡战友探亲归来，他们家里发生的事，一直萦绕在胡政委的心里，茶不思，饭不咽，百思不得其解，脑子里只有老大一个问号。

是呀，为什么日本鬼子扫荡，针对性那么强？为什么王斌的爸爸吊死，妈妈遇害？为什么刘文亮的爸妈在窑洞里同时被闷死？仅仅剩下胡芝的爸妈幸好由于出门幸免？

所有这些问题，缠缠绕绕，*丝丝缕缕*，像一团乱麻，理还乱，越理越乱。

胡宝贤总是两手叉腰，十分苦恼，百般思考，万分焦急，寝食不安，心急火燎。

他决定到群众中走一走，看一看，听听他们的意见。

他一面深深地思索着，一面走下指挥部高高的台阶。

突然，他听到从指挥部的小厨房里传出两个炊事员对话的声音。

粗犷的："你说，咱这儿干干净净的小厨房里，咋就招来了苍蝇，轰也轰不走？"

细小的："你看看旮旯里那坛子鸡蛋坏了没有？"

粗犷的："咋会呢？"

细小的："叫你看，你就看，你不看看咋会知道呢？"

粗犷的："哎哟，妈哟，可不真是吗，真有一个坏蛋！你也没看见，咋就会知道呢？"

细小的："这就叫苍蝇不抱没缝儿的鸡蛋！"

胡政委听到这里，站在高高的台阶上，停住了脚步。一句"苍蝇不抱没缝儿的鸡蛋"，像一盏油灯，照亮了他的心！

他真想噔噔地跑进小厨房，抱起那个炊事员，向他说声"谢谢"，然而，他却没有动，连高高的台阶都没有迈下来一步。

他开始自问自答："那么，在唐洞发生的这件事，谁是坏蛋？谁是苍蝇呢？""毫无疑问：龟田和小林多喜们，这群日本鬼子好像嗡嗡叫的苍蝇；那么，谁又是坏蛋呢？那当然是村子里的坏人。对，当务之急，就是要挖出唐洞村里的这个坏人！"

胡政委想到这里，那么，这三个臭皮匠的"诸葛亮会"，就该请王斌、胡芝、刘文亮三个人。我要下到新兵连，找到他们，听听他们的意见。于是，他朝大门走去。

胡政委走出大门，在宽阔的操场上，一眼就看见王斌、胡芝、刘文亮三个人正参加操练。

担任新兵连操练的杨立冬排长，见到政委朝他们走来，赶紧下达命令："全体，立正！"然后，立即转身跑步向前，立定敬礼，道："报告政委：新兵连正在操练，请指示！"

胡政委还礼道："传王斌、胡芝、刘文亮三位同志，出列。其余，继续操练！"

杨排长跑到队伍前列，叫道："请王斌、胡芝、刘文亮三位同志，出列。其余，继续操练！"

王斌、胡芝、刘文亮三个人，不知啥馅儿，然而，作为八路军战士，那个胆敢怠慢？齐刷刷跑步出列，来到胡政委的跟前，立定。

胡政委说："咱们找块阴凉地儿，详细汇报一下，你们这趟回家的具体情况。"

于是，王斌、胡芝、刘文亮三个人，跟在胡政委的后面，在一棵老槐树下面的大青石上坐下来。

胡政委看看王斌、胡芝、刘文亮，然后说："你们仨，谁先开口？"

王斌、胡芝、刘文亮三个人，你看看我，我看看你。

刘文亮说："我们这趟回家，中午时分，走到唐洞的村边上，本想进'独龙岗'饭馆撮一顿儿，可是，我们哥三个远远地看见'独龙岗'饭馆，一片焦土。感到奇怪，于是，我们决定赶紧回村里看看，结果，我的爸妈在窑洞里闷死，王斌爸爸被吊在枣树上死了，他妈妈在西厢房里遇害，浑身是血。"

胡芝接过来说："我的爸爸妈妈，头天儿让我姐姐接走了，到她家过六月六去了，逃过了这一次大灾难。可是，我的当家子大伯胡崇礼，被小鬼子吊在白杨树上。可怜他的胸口上、肚子上，满是血窟窿……"

三个娃娃兵，说着说着，眼圈儿都红了。

胡政委说："依你们看，你们当八路军的消息，会是谁报告给日本人的呢？"

刘文亮说："我们刚刚走到村边儿上，就有一个叫焦德昌的老人，死活不让我们进村。他说，咱村的伪保长焦让，知道你们仨当八路军去了，报告了驻扎在龙湾屯的小日本。结果，来了整整一个连的小鬼子，进村就把老百姓都驱赶到了老爷庙。挨个问你们三个到哪里去了？问一个，不知道，挑死一个；问一个，不知道，挑死一个。啊呀呀，可惨了！"

胡政委说："这么说，你们参加八路军的消息，一定是这个叫焦让的人报告小鬼子的！"

王斌、胡芝、刘文亮三个人一齐说："一定是他，肯定是他。他这个人，什么屎都拉，就是不拉人屎，唐洞村里的老百姓恨透他了！"

胡政委说："焦让这个人，你们都熟悉？"

王斌说："我，跟胡芝、刘文亮，从小就认识他。他这个人好认：细胳膊细腿大脑壳，稀稀拉拉的黄胡子，脏兮兮的，跟鬼似的。我们小时候，都怕他。"

胡芝说："焦让这个人，从十几岁就扒瓜、偷枣、掏家雀、套鸡料、灌屎壳郎、捅马蜂窝。"

刘文亮说："甭提他小时候的事，缺德带冒烟儿！"

胡政委说："我是说，你们都认识他，什么时候都不会认错他，是吧？"

王斌、胡芝、刘文亮三个人说："焦让这个人，剥了皮，化成灰，我们也认不错他！"

胡政委说："好，那就好办了。你们村原有的'独龙岗'小饭馆，可是，现在，听你们说，让日本鬼子给放火烧了。咱们要收拾这个日本汉奸，总得找一个地界儿，把他引到那里去，再收拾他！"

刘文亮说："那个'独龙岗'小饭馆，确实让日本鬼子给放火烧了，我们亲眼看见了。我倒想出个地界儿，唐洞村南，有一块西瓜地，是王斌你大叔家的。"

王斌说："我大叔叫王孝祖，他家年年种瓜。这几天，正是瓜秋。再说，我大叔，人也靠得住！"

胡芝说："咱们选择在他家瓜地收拾焦让，能不能事先就告诉他，让他配合咱们。"

胡政委说："就担心王孝祖这个人，是不是真的靠得住？"

王斌说："我还不知道我大叔？别看他平日里，总拍焦让的马屁，可心里，恨不得吃了他。没问题，靠得住，靠得住！"

胡政委伸出手臂，把王斌、胡芝、刘文亮三个人，圈在中间，轻轻地说："咱们这样……岂不妙哉？"

王斌、胡芝、刘文亮三个人，齐声说："妙哉！妙哉！"

"五月的麦子六月的瓜，该收的收，该拉的拉。"是说，冀东大平原，五月麦子收割上场了。进了六月门儿，地里的西瓜正好成熟，再过十天半月卖不出去，就该拉秧了。

顶"至"拔麦子。过了夏至，就是小暑。小暑大暑相连，是冀东最炎热的时节。"赤日炎炎似火烧，野田禾稻半枯焦"，大概就是这个时节的天气特征。

焦让家在唐洞村南头，离王孝祖的西瓜地不远。

王孝祖的西瓜地，边边沿沿还种着梢瓜、甜瓜。有一种金瓜，成熟时也仅仅跟小馒头那么大。可是，甜且香。香到什么程度呢？夜晚的小凉风一吹，能把香味儿吹到焦让家的院子。躺在院子里青石板上乘凉的焦让，常常为那一股股喷喷香的气味儿，不能自已。起身走出院子，到王孝祖瓜棚里转转。不言不语，王孝祖也会走到地边儿上，猫下腰弹弹这个，闻闻那个，总要摘下三五个小金瓜，递到焦让的手里，嘻嘻笑道："我正要给您送去呢！"

焦让拿了小金瓜，不理不睬，转身便回。

王孝祖站在瓜地里，透过黑黝黝的夜色，等焦让那个鬼影子，走出西瓜地，王孝祖方才狠狠地唾出一口唾沫，嘴上不骂心里骂："日本人的狗腿子，早晚让洋枪崩了你，大刀砍了你，石头砸死你。什么东西，妈妈的！"

火红的太阳刚出山，朝霞映红了半边天。唐洞村前走过来一个人，头戴草帽，肩挑两个大竹篮。

这个人走到王孝祖瓜田的地头上，蹲下来弹弹这个瓜，闻闻那个瓜，连连称赞："好瓜，好香的瓜呀！"

说罢，站起身来，摘掉草帽，用草帽咕答咕答扇着风，叫道："卖瓜的，挑几个上好的西瓜，给龙湾屯的大日本皇军龟田大佐送去！精挑细选，别打眼了！"

焦让正蹲在院子里洗手，忽听得有人说给龙湾屯的日军龟田大佐送瓜，感到蹊跷。他走出院子，不紧不慢地走到草帽汉子跟前，有一搭没一搭地说："你买瓜？"

草帽汉子打量焦让一眼，说："说不上买，就是白拿，你问问他卖瓜的，敢不敢呲咕眼！你知道谁要？龟田大佐！你知道龟田大佐是谁？说出来吓死你！龟田大佐手使左右双轮手枪，'啪'，左手一枪；'啪'，右手一枪。厉害，就这么厉害！"草帽汉子一面说，一面举起双手，做举枪射击状，"你能抵挡他吗？"

焦让听了，吓得双手捂着脑袋说："厉害，端的厉害！"

草帽汉子走近焦让，俯下身子，轻轻地说："伙计，你听说了吗，上次，龟田大佐带领大日本皇军，来唐洞抓几个八路军新兵，可是，一个也没有抓着，说是有人走漏了风声，小林多喜少佐说，指定就是村里的保长……"

焦让听到这里，心里直哆嗦，问："小林多喜少佐凭什么说，指定就是村里的保长？"

草帽汉子说："你问谁？这你得去问问小林多喜才是呀！"

焦让又急又怕，不置可否。

草帽汉子说："龟田大佐许愿了：谁抓到小八路，抓一个赏一百银圆！"

焦让突然双眼放光，不由自主地从嘴里溜出一个字："啊！"

草帽汉子说："你能抓到？"

焦让说："到哪儿去找哇？"

草帽汉子说："这三个小八路都是你们村里的，你怎么没处找？你平常得多留神。"

焦让说："我要是能抓到这仨小八路，那可就发大财了！交给龟田大佐，白花花的银圆，三百块，那不得这么大一筲箕？"

草帽汉子说："比这多！"

焦让说："我就知道比这多！我要是真有这么多，升官发财坐汽车，我再对付俩老婆。哈哈，哈哈！"

草帽汉子说："白日做梦吧？"

正说间，忽然，从他们身边过来一个小伙子，往瓜棚走去。

焦让看着眼熟，不觉心里一动，再定睛一看，不看则已，一看心里直扑腾，喃喃自语："阿弥陀佛，莫非果真天赐良机，发财的日子就真的到来了吗？"

买瓜小伙子直奔瓜棚里去了。

焦让不由自主地追了进去，一边走，一边摸摸腰间的王八盒子。

小伙子正同瓜把式比手画脚地谈论卖瓜的事。

焦让赶上去，用手里的王八盒子，把小伙子的破草帽捅掉，不无嘲笑地说："刘文亮，你跟我玩儿里格楞，还毛嫩点儿！扒了皮我不认识你！"

瓜把式王孝祖嘻嘻笑道："我这地里的瓜，卖谁都是卖，让您先挑，让您先挑。小伙子，你往后站，行不行？"

焦让说："刘文亮，瓜，你是买不成了。你，跟我走！"

刘文亮说："跟你走，跟你走上哪儿？"

焦让说："上哪儿？我怕吓死你，先不告诉你！"

正说着，草帽汉子走进瓜窝棚，说："瓜把式，你谁也不能给他们摘，要摘，也得给我先摘。知道我的瓜送给谁吗？龟田大佐！"

焦让嘿嘿一笑，从牙缝儿了龇出一句话："你送的仅仅是几个烂西瓜，你没有问问我送的啥？一个大活人——小八路！"

草帽汉子哈哈大笑："好家伙，那可是一百块白花花的银圆，大洋钱！"

焦让的王八盒子抵住刘文亮的后腰，厉声说："走！"

草帽汉子说："人，你不能一个人带走，见一面儿，分一半儿，有你的一半儿，也有我的一半儿。瓜把式，您说，是不是这么个理儿？"

王孝祖摊开手臂，耸耸肩，做无可奈何状，说："这叫我说啥好呢！"

草帽汉子说："你说的：逮着一个小八路，赏一百块现大洋。升官发财坐汽车，还能对付俩老婆。全归你一个人？你说说，这样做，合适吗？"

焦让厉声说："你要这么说，连你一块儿交给龟田大佐！"

草帽汉子把草帽子一甩，甩出老远，顺手掏出两把手枪，厉声说："别动，我这里有两把家伙，不知你要用哪个？"

刘文亮返身，迅疾将焦让踢倒在地。

草帽汉子厉声说："捆起来？"

焦让跪在地上，磕头如捣蒜，说："您是……"

草帽汉子撕下假胡子，掷在焦让的脸上，说："八路军冀东独立团政委胡宝贤！"

焦让大惊失色说："胡宝贤？胡长官，早有耳闻，小人佩服，小人佩服！"

胡宝贤说："当心你的项上人头！"

焦让连连说："八路军长官，饶命，饶命……"

胡宝贤说："我来问你，上次龟田带日本人到唐洞村扫荡，来抓几个小八路，可是你向龟田报告的？"

焦让说："哪里是我呀，我怎么会知道龟田带日本人来唐洞扫荡，来抓小八路呢？"

胡宝贤说："那日本人咋就知道，唐洞有三个新当兵的人呢？"

焦让说："您可说呢！"

胡宝贤说："现在，是我来问你！看来，你是不想说实话？"

焦让说："我说，我说！"

胡宝贤说："那就从实招来！"

焦让说："我这个倒霉的保长，日本人问我，我咋敢不说呢？他们问我什么，我哪里敢讲一句瞎话呀！"

胡宝贤说："少说废话，我只问你，三个小八路的事，是不是你报告给日本人的？"

焦让说："我该死，我不是人，我他妈的我……"

胡宝贤跟刘文亮交换了一下眼色，继续问道："刘文亮的父母，怎么会闷死在窑洞里？"

焦让说："那是日本人干的，日本人用一口大锅扣严实，上面压上挺重的东西，这不关我的事，怎能怨我呢？"

胡宝贤说："日本人怎么会知道刘文亮的父母都藏在个窑洞里？"

焦让说："这个，我就真不知道日本人是咋知道的。"

胡宝贤说："焦让，你哪句讲的是实话，哪句是瞎话，会说的不如会听的。好吧，小刘，把这个民族败类，捆结实。带走！"

刘文亮应道："是！"

焦让说："八路长官饶命，八路老爷饶命……"

胡宝贤说："能不能饶你的命，我说了不算，要问问中国人民答应不答应！"

焦让说："我上有老，下有小，我，我这也是迫不得已呀！"

胡宝贤命令道："小刘，带走！"

焦让频频叫道："不，不能杀我，中国人不打中国人，这是八路军的政策……"

胡宝贤说："八路军的政策是，团结一切可以团结的力量，共同抗日。你不是，你是中国人的败类，帮助日本鬼子，残害中国的老百姓，十恶不赦的日本人的狗腿子！"

刘文亮押着焦让，顺着唐洞东侧的弯弯曲曲的小道，盘山而上。行至一座小山包的后面，胡政委向刘文亮点头示意停下。

小刘命令道："焦让，站住！"

焦让知道大事不好，连连叫嚷道："八路长官饶命，八路老爷饶命。我上有老，下有小。我，我这也是迫不得已呀，我也是实在没有办法，我该死，老爷饶命……"

胡宝贤厉声说："你作为日本人的走狗，残害中国人民，罪恶多端，十恶不赦。今天，我代表人民，代表八路军，处死你这个民族罪人！"说着，"啪"，一枪，"啪"，又是一枪。

胡宝贤和刘文亮返身回到独立团指挥部宿营地歇息。

王斌和胡芝得知刘文亮回来了，一起跑了来，问："怎么样，焦让那个不是东西的东西？"

刘文亮说："处死了，这个小日本的狗腿子，中华民族的败类！"

王斌和胡芝齐声说："活该！"

胡政委为唐洞村铲除了焦让这个民族败类，回到独立团营地后稍息，便来到指挥部。一进门，见到韩团长和一个陌生人交谈。

韩团长介绍说："来来，巧极了。我来介绍一下，这位是焦庄户村里的民兵队长马福同志。"

胡政委笑笑说："欢迎，欢迎！我就是韩团长的老搭档，胡宝贤！"

马福说："韩团长刚刚提过您，好，好，您就是胡政委。知道，知道，您上知天文，下知地理。有学问，有大学问。哈哈……"

胡宝贤哈哈大笑道："上知天文，下知地理的人倒是有，那是诸葛亮。上知五百年，下知五百年的人也有，可那人不是我，那是刘伯温！哈，哈哈……"

马福说："我早说过，部队里的人，五行八作，写诗的，教书的，什么人才都有。哪像我们村子里的民兵，都是耪地的，养羊的，放猪的，'一'字，竖着写，念'柱子'；横着写，念'扁担'！哈哈……"

胡宝贤说："哪里哪里？不过，八路军要想打胜仗，光靠手里的枪，还不够，还要有文化。会看地图，会用现代化通信工具。你们焦庄户的地道挖得好，为什么？除了组织得好，还得指挥得好，要是连指南针都不会用，恐怕连地道也挖不成！"

马福说："我们哪里会什么指南针呀，就是用风水先生的罗盘。听说保定的冉庄，挖地道时，还请人帮忙找水平仪。我们焦庄户人，连听都没听说过，就用脸盆、水瓢代替。"

韩贵德说："咱们大老粗，因陋就简，哪里那么多臭讲究？干就是了！"

胡宝贤说："这可不是什么臭讲究，这是知识。我们不能够光顾眼前，只看见鼻子底下的事，还要往长远处看，看到未来。没有文化的军队是愚蠢的军队，而愚蠢的军队是不能战胜敌人的。"

韩贵德笑笑说："好家伙，这一大串，快把人给憋死了！"

马福说："团长，您还别说，自从保定府冉庄的民兵代表给我们送来指南针和水平仪之后，再挖地道，少走了许多弯路，少干了好多瞎活，准确率提高了。你就说枪眼儿，说从哪里钻出来就从哪里钻出来。你比如说，从当街的碾盘底下，能钻出四个射击孔，就这么绝！"

韩团长说："政委，你来之前，我跟马队长正聊着从独立团抽出两个文化人，帮助焦庄户建立电台和指导民兵军事训练的事，你看能不能就派女青年梁霞和教书匠陈洪义。通信班的梁霞，我看能独立工作了。陈洪义别看他是个教书匠，经过这些日子的培训，早就成神枪手了。"

胡政委说："我看行。"他忽又转过身来，附近韩团长的耳畔，轻声说，"梁霞，那可是你的表妹呀！你能舍得？"

还没等韩团长开口，就听见马福说："你们舍得？"

韩团长说："兵民是胜利之本。帮助民兵强大起来，也是我们的责任！"

胡政委说："军民鱼水情，民兵就在水中。八路军是人民军队，离开人民，就不能生存，更甭提打胜仗了！"

马福说："八路军本来就是穿上军装的穷苦老百姓，可不就是一家人嘛！"

胡政委说："这让我想起一首歌。"不由得唱道，"军队和老百姓，咱们是一家人……"

韩团长和马福也同时加入进来，一起唱道："打鬼子保家乡，咱们是一家人，咱们是一家人呀，才能打得赢啊！"

总说"三个女人一台戏"，实际上，志同道合战友们的战斗生活，则更是一台戏，一台威武雄壮的活剧。

韩团长把头转向指挥部门口，喊道："小郑，郑彪！"

郑彪答道："到！"跑步近前，立定敬礼。

韩团长说："传通信班的梁霞和神枪手训练队的陈洪义，到指挥部来。快！"

郑彪答道："是！"转身跑下。

马福说："这小伙子真帅，八路军就是大学校。将来，把小日本赶跑了，新中国的人才，都得靠八路军培养！"

胡政委说："您这话，很有远见。从现在起，八路军不光要打仗，打胜仗，还要注重为将来培养人才。说到底，世界总而言之属于青年一代！"

韩团长说："依我说呀，远水解不了近渴。首先琢磨琢磨怎么先把日本鬼子赶出中国，这是现实，最要紧的！"

胡政委说："那是肯定的，世界上，无论什么事，总得一步一步走。对，先走好把小鬼子赶出中国这一步！"

正说间，外面一声："报告！"

韩团长答道："看看，他们来了，进来！"

梁霞和陈洪义齐步走到韩团长和胡政委近前，敬过礼，站在一侧，等候指示。

马福目不转睛地看着这两个八路军战士，新鞋新帽新军装，男的帅，女的娇。心里想，都说土八路土八路。这哪里是土八路？一丁点儿的土腥味儿都没有！

韩团长掉过头来说："您看看，怎么样？"

马福愣愣地坐定，不言不语，兴许马福的思绪还在爪哇国的上空，悠悠盘旋。

韩团长搔搔头，又一次叫道："马队长，您看看，怎么样？"

马福急忙回答道："挺好，挺好！"

胡宝贤圆场道："梁霞、陈洪义，你们过来，介绍一下。这是焦庄户民兵大队长马福同志。今天，委派你们俩，到焦庄户民兵大队，协助马福大队长工作。梁霞，你负责通信联络，任何时候都要保持信息畅通；陈洪义，你负责民兵军事训练，把焦庄户的民兵训练得棒棒的，一个个都成为神枪手。有信心吗？"

梁霞和陈洪义齐声答道："有，请首长放心！"

马福听到陈洪义、梁霞的回答，心里甭提有多么舒服了。

韩团长说："梁霞、陈洪义，带上你们的装备，回到这里，同马大队长，一起回焦庄户！"

梁霞、陈洪义一起回答："是！"转身离去。

马福说："往日总听人说土八路土八路。你们哪里是土八路？一丁点儿的土腥味儿都没有！哈哈……"

胡政委说："人嘛，鼻子底下都有一张嘴，谁想说什么就让他说好了，又不能给他戴上箍嘴，是不是这个理儿？这让我想起了一句名言：走自己的路，让别人说去吧！"

韩团长哈哈大笑："别看胡政委也是土八路出身，肚子里的洋坑意儿还真不少呢！"

马福说："八路军来自五湖四海，西面八方，人才济济。这可比我们民兵强多了。我们才真的是土生土长，土里土气，上炕认得老婆，下炕认得鞋，外出看不见村子里的树，心里就发慌。"

胡政委说："也不是，你这也是拉着小毛驴坐船——谦虚过度。其实，您没见，保定府有个清苑县，清苑县有个冉庄村，那里的民兵可厉害了，听说，那里的民兵代表，林彪、聂荣臻都接见了他们。说不定，有朝一日，能见到毛主席、朱总司令。这谁敢说！"

马福说："啊呀呀，那是人家冉庄，咱们是焦庄户，不一样，不一样啊！"

正说间，梁霞、陈洪义一起回到指挥部。

韩团长说："马大队长，咱们试试通话。"

马福不解地说："通话，啥通话？"

梁霞把话筒递给马福，然后，韩团长随着梁霞进入指挥部里间。

进了指挥部里间的韩团长的声音："马大队长！"

马福偶然听到手里话筒响起的声音，吓了他一跳，厉色道："啊呀呀，怎么回子事，谁在叫我？"

胡宝贤哈哈大笑，说道："马大队长，您仔细听听，这是谁的声音？这是韩团长在跟您说话呢！"

韩团长的声音："马大队长，听到没有？请回答！"

马福听是听到了，而且确确实实是韩团长的声音。可是，他怎么也不知道到底是怎么档子事。他一时有些手足无措。

正在此时，胡政委抄过话筒，将一端贴近马福的耳畔，另一端贴近他的嘴边，说："马大队长，你说：听到了！"

马福不置可否，只得顺口说道："听，听到了。"

韩团长的声音："焦庄户民兵大队指挥部，您那里小鬼子进村的状况如何，请回答！"

这会儿，马福好像已经进入了状态，郑重回答道："小鬼子进村了，正南方向大约三个班，机枪一挺，迫击炮两门，其余小鬼子步枪一支，报告完毕！"

马福的回答，引起一片笑声。

韩团长和梁霞端着通信箱，从里间走出来。

韩团长说："胡政委，你看看，不愧为焦庄户民兵的大队长，很快就进入真正状态。了不起，了不起呀！"

胡政委说："刚才，马大队长总伸着大拇指称赞八路军，其实，民兵也跟八路军没什么两样，都是老百姓的队伍嘛！"

韩团长说："马大队长，这两个八路军战士，就归您使了。不过，等您那里的通信台设立了，民兵们都训练好了，就是说，他们俩完成任务了，还要归队，您还得还给我们。"

马福哈哈大笑："也许，我们就永远地把他们留在焦庄户了。等把小鬼子统统赶跑了，全中国都解放了，这两个孩子，说不定就在我们焦庄户村里落户了！哈哈，哈哈……"

马福一席话，说得梁霞、陈洪义两个年轻人，面庞通红通红。

韩团长说："政委，你对他们俩还有什么指示？"

胡政委说："你们时时刻刻不要忘记，我们是人民子弟兵。我们所做的一切，都是为着解放人民的，为人民的利益工作的！"

梁霞、陈洪义响亮地回答道："是！"

马福站起来，说："韩团长，胡政委，那，那我们一块儿走了！"

韩团长走近马福，伸过两只手，紧紧地握着马福的手说："咱们在杀小日本鬼子的战场上见！"

胡政委说："马大队长，胜利属于我们！"

马福带领着梁霞、陈洪义一同走出指挥部大院，正有一辆大马车等在那里。

马福说："文通，让你等了。来，上车吧！"

马文通说："大叔，这二位就是咱们焦庄户请的老师？"

马福说："这二位文化人，就是独立团派到咱们焦庄户的老师。"然后，指指车把式说，"他就是马文通，我们村里的民兵，都管他叫地雷大王。"

马福说："来，上车吧！"

梁霞、陈洪义说："马大队长，您先上车。"

马福也不客气，从外手上了马车。

梁霞、陈洪义也上了车。

马文通的红缨大鞭，在空中挽了个鞭花，"啪"，脆脆的一声响。健壮的大白马，四蹄蹬开，"踏踏，踏踏"，颠颠儿地上了石子路，不紧不慢地跑起来。

晌午歪了，火辣辣的太阳虽然削弱了它的威力。然而，依然让人觉得有些热。不过，颠颠儿的马车在行进中，不时却有一股股的小风，从胸脯子后脊梁悄悄钻进来，使人稍感惬意。

远处起伏的燕山，仿佛是铁的兽脊似的有节奏地跃动，慢慢地向后退去。

空中，半空中，都那么蓝汪汪的。几朵白云，是故意，还是无意地扎成一堆儿，在说着悄悄话儿。

当白马车行至山里辛庄村南的时候，西边的半拉天上，晚霞在燃烧，红彤彤的一片。人间一日的活剧，悲剧也好，喜剧也罢，归根到底，总要徐徐闭幕。

马文通终于把马车停在焦庄户村的街心。

马福下了车，说："到家了！"

陈洪义下了车，靠近车辕子，递给梁霞一只手，说："当心！"

梁霞借劲使劲儿，从车上跳下来。

马福带领梁霞、陈洪义走进小小院落，给人的第一印象好极了，上房三间，西厢房两间，院子中间一棵大枣树，清清爽爽，利利落落。

马福说："小梁，梁霞，你住在上房西屋，把你的通信设备，放进大立柜里，那里严紧。"

梁霞笑笑说："您是大队长，听您的。"

马福说："先这么着，不合适的话，以后再说。那，那小陈……咦，你大名叫什么来着？瞧我这记性，跑这一路，让马车给颠哒忘了。哈哈！"

陈洪义笑着说："就叫我小陈，不是很好嘛！您说，我住哪儿，我哪儿都行！"

马福说："你呢，就住在西厢房里，万一有个动静，那里进出方便，是不是？"

陈洪义说："可不是嘛！"

马福一切安排停当，把两个年轻人带到上屋。

正要坐下说话，走进院里一个人。

透过开启的窗户看去，这个人黑发如墨，走路端庄，对襟海蓝色褂子，精神，利落。一挑帘儿，进了屋。还没等门帘儿撂下，"咯咯"的笑声早已飞出了口："呦，一进院子，就让我看见了。看，多么俊俏的小伙子，多么娇嫩的姑娘呀！"

马福说："你到哪里野去了？也不关好门！"掉过脸儿，朝着陈洪义说，"这个就是你们的大妈，叫陈彩莲，乡亲们没有人叫她的大名，都管她叫陈快腿。"

陈快腿乜斜了马福一眼，说："你看，你看，一丁点儿正经都没有，初来乍到，就扬门打鼓地叫外号！"

梁霞抿嘴笑笑，说："大妈，您放心，我们知道您的外号，也不会叫的，就叫您大妈，行吗？"

陈洪义随口说："我也是，大妈！"

陈快腿说："瞧瞧，从八路军里出来的，就是有出息！你就说，咱们村里让伪军捉走的几个货头子，原本还不错，可是，一当上伪军，越来越不成人，也跟着学坏，欺男霸女。你就说咱家西院那货，小时候挺好的，让伪军抓走以后，越来越没有德行了，敢情什么坏事都干！"

马福说："姑娘，上房西屋，你大妈头好几天就给归置好了，你带着你的通信设备，到西屋里看看！"

梁霞"嗯"了一声，向西屋走去。

陈快腿也要跟过去，刚要迈步，被马福拉住，说："往后，咱的西屋，就是军事重地，你不许进，左邻右舍来人儿，也不许他们进，要是来了生人，老早就得防着点儿。知道了？"

陈快腿不住地点头儿称"是"。

梁霞在炕上架好电台，使用密码同冀东独立团指挥部联络。等对方回答完毕，立即关掉电源。把她的宝贝藏进大立柜中，上了锁，捏着钥匙，塞进上衣内兜。

马福说："彩莲，你在家就准备晚饭，我带他们去看看地道。我可告诉你，家里的事，不兴告诉旁人，多亲多近，都不行。再者，生人，更不许进。听到了？"

陈快腿说："就你知道？能得你！"

马福带着陈洪义和梁霞，贴着墙壁，钻到邻居家的驴槽底下，掀开一块木头板，马福第一个钻了进去。

陈洪义也下去了。

梁霞大概有些怕，迟疑半晌，但还是随着下了地道。

马福路熟，猫腰走在最前面，不时地提醒陈洪义："慢点儿，小心！"

陈洪义一面跟着马福往前走，一面还得回头照顾梁霞，不断地轻声说："小霞，行吗？慢点儿，别急。"

梁霞喘着粗气，也不言语，就那么紧紧地跟着走。

三个人走了一段路以后，马福停下脚步，等陈洪义和梁霞慢慢跟上来，说："你们看，这里是街心的大碾盘底下，你们看，这里的四个方向都有射击孔。"

陈洪义靠过来，四个射击孔，他都留神看看，然后说："大队长，你看，射击孔四个方向都有，可是，您注意到没有，每个射击孔的外面，都有死角。敌人要是停留在死角上，咱们蹲在这里，连看都看不见。"

马福说："这个，我是注意到了。可是，敌人又不知道，哪里是我们看不到的死角。"

陈洪义说："那可不行，打仗嘛，你死我活，来不得半点马虎。"

马福说："是这样，可有什么办法呢？"

陈洪义说："这个简单，您这里四个射击孔，每一个都做成了直角，直角，就是九十度。咱们只要对这个直角稍加改动，做成一百二十度，就完全解决了。明天，您再抽调几个民兵，我们一起用些石料改装一下。"

马福说："能成？"

陈洪义说："放心吧！"

马福说："以后，我多带你们来几次，把全村的地道都钻个遍，打起仗来，方便。"

陈洪义说："那是一定的！"

急急匆匆，忙忙活活，一天就这样过去了。

在马福家的炕头上，马福和他的媳妇陈快腿坐在炕尖儿上，陈洪义和梁霞坐在炕脚子，在一张小炕桌吃晚饭。倘若进来个生人，定然是以为亲亲热热的一家人。

陈快腿说："当前这几天，虽说天儿还热，可夜里还是得盖上点儿被子。我把压箱底的缎子被，给你们放西屋了。大夏天的，抻上点儿被子角儿，就管事儿，俩人有一床被子就行！"

陈快腿的话还没说完，梁霞的小脸蛋儿，早已跟红布似的了，欲言又止，把脸掉到背后去了。

陈洪义放下筷子，刚要开口，马福却先说话了："是这么回事，我知道你们俩不是小两口。可是哪，目前斗争形势复杂，隔墙有耳，坏人的脸上又没有錾着字，谁知道会不会有人报告给小鬼子。你们俩，白天就得装成小两口，至于晚上睡觉……"

陈快腿说："嗨，是我给弄差壶了。我还以为真是小两口儿呢！本来嘛，看着多么般配呀！"

陈洪义说："我们是八路军战士，是人民子弟兵，往下的事您就甭说了。说说明天军事训练的事吧！"

马福说："往后，有谁问起的话，就说你们是我家的亲戚。"

陈洪义说："就是帮你们焦庄户民兵搞训练，等民兵们的军事水平提高了，我们马上归队。我和梁霞呢，尽可能不同时在大庭广众中亮相，这样，省去好多麻烦。"

陈快腿说："巧极了，焦庄户的人都知道，我的妹妹就嫁给保定府，你们呢，只当是我妹妹的闺女和闺女女婿，岂不好？"

马福嘻嘻笑道："好配色，你的妹妹能有这么大造化，有这么好的闺女、这么好的女婿？玩儿灯去吧！"

第三十一回

韩凤芝挺身雪家恨
马文通捐躯报国仇

歪坨山浑天朔风吹　　金鸡河黑地林涛吼

韩凤芝挺身雪家恨　　马文通捐躯报国仇

一唱雄鸡天下白。

陈洪义清早起来，先去东墙旮旯抄起一把竹扫帚，扫院子。院子不大，一袋烟的工夫就扫完了。又抄起扁担，打算去挑水，刚要往外迈步，才想起不知井沿儿在何方。有心问问马大队长，又恐吵了他的觉。正在犹豫，院门开了，马文通进来了。

陈洪义迎上去，说："小马，马文通，这么早？"

马文通说："我都从歪坨山跑一圈儿回来了！"

陈洪义惊讶地说："啊，是吗？"

马文通说："自从参加了焦庄户民兵后，我就一直坚持锻炼。马福是我叔，他早就许愿了，说从焦庄户民兵里面，挑几个最棒的送到八路军里去。民兵里有活动，我就参加活动，什么打靶呀、刺杀呀、埋地雷呀，哪样我都不落后。民兵里要是不开展活动呢，我就坚持自己练习。早晨长跑，是一天里的头一项。"

陈洪义说："好啊！"

马文通说："接着，就是举石头、背石头，为的是练劲头儿。我想，当兵的就不要怕跑长路，不要怕扛重东西。是吧，八路哥？"

陈洪义问："你今年多大？"

马文通说："十九，到年限二十。"

陈洪义说："我今年整整二十。那我是你哥哥。嘻嘻！"

俩人说得正热闹，马福从上屋走下台阶，咳嗽两声，这才开口道："大清早的，聊得还真热闹。这可正应了老人古语：小孩见小孩亲，老人见老人亲。你们呢，不老也不小，年轻人见年轻人亲。哈哈！"

陈洪义说："大队长，什么时候组织民兵训练呀？我觉得越快越好，因为我们并不知道哪一天日本鬼子来骚扰。"

马福说："急性子人碰见急性子人啦！好吧，今天上午，就通知民兵训练！"

马文通说："太好了，艺多不压身。咱们把军事训练搞得棒棒的，小鬼子什么时候来，咱们都有准备。有备无患，不打无准备之仗嘛！"

陈洪义说："咱要是练好了，练精了，干吗等着小鬼子来呀，咱们不会也主动出击？该出手出手，该亮剑亮剑！"

马福说："好小伙子，看着你像个文弱书生，想不到你还这样刚强。我印象中的八路军，就该这个样！"

马文通说："说干就干，我回家准备。"一溜烟儿跑了。

梁霞其实早就睡醒了，听见院子里说得热闹，不好意思掺和，只得穿好衣服，在屋子里梳头，洗脸，整理内务。直到马文通跑出院子，才从西厢房里走出。

马福走上前说："姑娘，吵醒你了？"

梁霞一面梳理头发，一面说："没有，我早就醒了。在部队，这时候早就该吹起床号了！"

陈洪义说："你最好不要走出这个小院，等熟悉情况了再说。好吧？"

梁霞说："好吧！"

陈洪义说："大队长，您再从村民里挑俩政治上最可靠、最伶俐的姑娘，当梁霞的徒弟，跟她学习操纵收发报机。等她们能独立工作了，收发报机给你们留下，我和梁霞就撤了。"

马福说："收发报机可以撤走，你们俩得留下。"

梁霞虽腼腆，可也实在憋不住了，说："那，那，哪儿行呀！"

马福哈哈大笑，说："收发报机，一定还回给部队。我猜想，这玩意儿，小鬼子那里肯定会有。凡是小鬼子有的就好办，有日本的兵工厂给我们制造，有小鬼子给我们运送。还愁这玩意儿！"

陈洪义说："没有吃，没有穿，自有敌人送上前。没有枪，没有炮，敌人给我们造。哈哈……"

陈快腿站在上屋的台阶上，点着手儿，压低声音叫道："开饭了，听见没有？"

马福说："一扒开两只眼，就聊工作，哪里顾得上肚子呀！"

陈洪义和梁霞相视而笑，跟着马福，一起步上北房台阶。

马福和他的媳妇，陈洪义和梁霞，随随便便围在小炕桌上四周，就着咸菜丝儿，啃着窝窝头，喝着棒渣粥，有滋有味。倘若从外面来个生人，想当然被看成亲亲热热一家人。

吃罢早饭，马福和陈洪义一起出去组织民兵搞训练。

梁霞回到西屋鼓捣收发报机。

马福临出家门，走近他媳妇，叮咛道："彩莲，千万当心，咱们上房西屋，万万不可让人进去。"

陈快腿向四外溜了溜，轻声说："有这么神秘？"

马福剜了她一眼，说："听话！"

陈快腿说："知道了，瞧你，要吃人！"

马福紧走几步，追上了走出栅栏门的陈洪义，一同朝村里走去。

家里只剩下了陈快腿和梁霞。东屋一个，西屋一个，近在咫尺，不能见面，还不能说话。

陈快腿倒好说，院里有条小狗，炕上有个小猫。闷了，腻了，可以招猫逗狗。

梁霞可没有这么幸运，她的面前，除了收发报机，还是收发报机。身边没有伙伴，更兼毫无业务。除了一只右手，全无用途。即便右手，也只有一个中指动弹，整天价"嘀嗒""嘀嘀嗒""嘀嘀嘀嗒嗒"。在通信班时，好几个女娃娃兵在一起，也是这些事，好像并未觉得怎样的单调、乏味、无趣，况且，晚饭后的班务会前的一大段时间里，都属于她们的自由活动时间，女兵也照样可以嘻嘻哈哈、叽叽喳喳，甚至可以追追打打。可现在，终日形影相吊，孑身一人，总感到心里空空荡荡、别别扭扭。

梁霞乍接到和陈洪义一起出差的任务时，心里美滋滋的，总像荡漾着一股清亮的春水。她甚至想到，在她的身边，终日有他的陪伴。或者呢，在他的身边，终日有她的陪伴。总而言之，都一样的！这或许是从未有过的体验。可是，眼前的情景，大相径庭，没有他的陪伴不说，偌大个房间，只留给她一个人，孤零零的。她感到委屈，另有些伤感，"咻溜溜"，竟有两串泪珠儿，从眼窝里滚出。

此刻，她多么想，他就站在她的身后。她扭过脸去，一下子扑入他的怀抱。是的，他那坚实的臂膀，就像她的靠山；他那宽阔的胸怀，就像她的暖屋，定然是无限温暖与温馨。她想至此，简直有些陶醉了。她为幸福而陶醉！

然而，仅仅一会儿，她似乎马上就从陶醉中挣脱出来。她隐隐约约地感觉到，如果是那样，主动地投入他的怀抱，他肯定拒绝她，他不会是那样的人，他首先是战士，是一个堂堂正正的八路军战士！如果是这样，他会看不起她，如此放荡，如此不加检点！

梁霞想至此，长长地舒了一口气。她伸出双手，用力搓搓脸蛋儿，滚烫滚烫的。啊，她发烧了！

突然，飞进来一串"咯咯"的笑声，接着说："啊呀呀，是马福派你们来的？"

梁霞听到陈快腿的说话声，立即站起，准备往外走。

不料，两个姑娘，掀开她的门帘儿，进来了。

梁霞问："是大队长派你们来的？"

齐耳短发的说："我叫韩凤芝，她叫焦淑玉。是马大叔派我们跟你学习什么保密的玩意儿……"

焦淑玉说："是一种能在几十里以外就能通话的玩意儿！"

韩凤芝说："对对，马大叔就是这么说的！"

梁霞说："这个马大队长，怎什么事儿都往外捅呀！"

韩凤芝歪过头去，悄悄地向焦淑玉撇撇嘴，以示不屑。

梁霞说："这下可好了，把你们教会了，我就可以归队了！"

焦淑玉问："让我学习啥呀，快拿出来叫我们看看呀！"

韩凤芝说："是呀！"

梁霞神神秘秘地说："马大队长跟你们说了没有，干这种工作，打死也不能往外说？"

韩凤芝和焦淑玉彼此看看，摇摇头说："没有，真的没有。"

梁霞认真地说："那可不行！干这行，保密纪律十分严格，来不得半点儿马虎！"

韩凤芝和焦淑玉似乎感到问题的严重，说："那，那我们就不学了吧！"

梁霞犹豫片刻，从上衣内兜里摸出钥匙，走到大立柜前，把钥匙插进锁眼儿，又回过头来看看马凤芝和焦淑玉，这才打开锁，将收发报机小心地取了出来，放在桌子上。

韩凤芝看了，心里说，我以为是什么宝贝蛋？就这么个破玩意儿，有啥了不起。

焦淑玉"哧"地一笑，刚要说点什么，却没有说，只是撇撇嘴，背起双手，眼睛向天花板溜了溜。

梁霞心里自然明白，她们确实小看了这份儿工作。然而，她并没有向她们做过多的解释。部队上的纪律，理解的要执行，不理解的也要执行。毫无办法，只得让她们在今后的实践中，加深理解了。

梁霞打开电源，开始敲击电键，"嘀嗒""嘀嘀嗒""嘀嘀嘀嗒嗒"，像小溪流水，空谷鸟鸣，清脆悦耳，梁霞极是得意。

孰料，韩凤芝和焦淑玉听了，却把头摇得像拨浪鼓，不屑一顾，开怀大笑。

梁霞终于憋不住了，回过头来，训斥道："你们笑什么？在笑你们自己！"

韩凤芝和焦淑玉掉过脸去，悄悄地吐舌头，脸上不笑心里笑。

梁霞自我感觉不甚妥当，轻轻舒了一口气，放缓了语速，说："小韩，小焦，我跟你们说，可别小瞧这玩意儿，它能上情下达。"

韩凤芝说："什么叫，那，上……"

梁霞说："上情下达，就是上级下达作战命令，就用得着它！"

焦淑玉说："我当什么新鲜玩意儿，我们焦庄户打退了几次小鬼子的进攻，我们就没有用过这种东西，马大队长的作战命令照样能下达。"

梁霞问："那，那怎么下达的呢？"

韩凤芝说："我们在地道里装上竹筒子，马叔嚷一句，下面跟着学一句：你们各自为战！"

焦淑玉学道："你们各自为战！"

韩凤芝说："不许放空枪！"

焦淑玉学道："不许放空枪！"

韩凤芝说："开火！"

焦淑玉说："开火！"

梁霞掩住嘴笑，说："也许，你们说得没错。可是，你们想过没有，一个村的地道战，可以用竹筒子传达作战命令……"

韩凤芝说："你瞧不起我们村的地道战？我们村的好几次地道战，哪次都没少消灭小鬼子！"

焦淑玉说："是呀！"

梁霞说："我哪是瞧不起你们村的地道战？没这个意思。我是说，假如几个村的联合作战呢，或者更大规模的战争，还能用竹筒子指挥吗？"

韩凤芝说："听话听音，锣鼓听声，照你这么说，好像用你这堆玩意儿，就可以是咋的？"

焦淑玉说："是呀，用你这堆破玩意儿，就能呀？"

梁霞说："对呀！"

韩凤芝说："能试试吗？"

焦淑玉说："耳听为虚，眼见为实，非得让我们看看，我们才相信。不然的话，我们总学它没有用，瞎子点灯白费蜡！"

梁霞也不再说话，手握电键，"嘀嘀嗒嗒"，发送信号。

紧接着，从话筒里传出："信号正常，洞洞勾，听到，请回答！"

梁霞对着话筒说："洞洞拐，我是洞洞勾，我是洞洞勾，一切正常，一切正常！"

韩凤芝和焦淑玉，见到眼前的情景，大惊失色，说："梁霞，什么洞洞拐、洞洞勾的，难听死了！你在和谁通话，她在哪里？"

梁霞说："我在同冀东独立团指挥部通话，离这里至少三十里路。洞洞拐、洞洞勾是代号。她是 7 号，我是 9 号。"

焦淑玉说："啊，是吗？"

韩凤芝笑过之后，说："我还以为拐到沟里去了呢！"

马福带领陈洪义，一起组织焦庄户民兵搞训练。

训练训练，你要训导人家，你就得先练，俗话说"露一手"。民兵都是搂锄杠的农民，农民最信奉的就是眼见为实，凡是没有亲眼见过，就不信，即使你说破嘴皮子，他还是不信。陈洪义深知农民的心理，因此，他要传授军事技术，你就得先露一手，否则，你拿什么说事？

马福让民兵们在歪坨山的南坡下，戳上几个靶子。

陈洪义举枪便射。

结果，枪枪中靶。

得到的是一片喝彩声。

不料，有一个声音传过来："小把戏，我也能！"

大家回过头来，齐声说："韩绍忠，说啥哩？"

这个满面络腮胡子的韩绍忠的话，的确挺刺耳。可是，陈洪义却胸有成竹，满不在乎地说："来，咱们打活动靶子！"

马福说："活动靶，咋个活动靶？"

陈洪义说："人举着靶子跑。"

马福惊讶地说："人举着靶子跑，谁敢呀？"

满面络腮胡子的韩绍忠说："没人敢，我来试试！"

马福急忙说："别，别，别价，出人命的！"

韩绍忠说："大家都服，只有我不服，可不就得拿我当活靶子嘛！"说着，就往歪坨山的南坡下跑去，拔下个靶子，高高地举在手中，大声地号叫："什么时候开始跑？"

陈洪义举起了步枪，大声说："随便！"

韩绍忠也不搭言，举着靶子，颠颠儿地跑开了。

"啪"，一声枪响。

韩绍忠就觉得手里的靶子稍有倾斜，停下来细看，打中了。于是叫嚷道："打中了，打中了！"

民兵们惊魂未定，就听得韩绍忠的"打中了，打中了"的喊叫声。

马福说："妈呀，可把我吓坏了！"

正说着，只见一人飞跑过来，"扑通"一声，跪在地上："陈洪义，收我为徒弟吧！"

陈洪义正不知啥馅儿，只听得身后又一声"扑通"。他回头一看，原来是跑回来的韩绍忠，苦苦说道："陈洪义，收我为徒弟吧！"

紧接着，一片叫喊声："陈洪义师傅，收我为徒弟吧，也收我为徒弟吧！"

陈洪义说："我是八路军战士，咱们是战友，军民一家，不分你我。大家互相学习，取长补短，共同提高军事技术，为的是一个目标：赶走日本鬼子！"

正说间，忽听到一声大哭："呜呜——"

大家以为怪，急忙跑过来劝阻，道："马文通，怎么了？"

马文通呜咽着说："我听到陈洪义说赶走日本鬼子，我心里难受！"

大家乱哄哄地说："咱们提高军事技术，可不就是为了赶走日本鬼子嘛！"

马文通大声叫道："不能把他们赶走，就是不能把他们赶走！"

大家吵吵道："不把小鬼子赶走，那我们练什么枪，军事技术再提高，有什么用途呀？"

"是啊，是呀！"

马文通吼叫道："是，是什么呀！不能赶走，就是不能把日本小鬼子赶走！要一个一个地砍掉他们的脑袋，在中国的土地上，消灭他们！他们都是畜生，没有一个好东西！"

马福说："这孩子苦大仇深，陈洪义，待会儿我专门给你讲讲他家的历史。现在，先练兵。开始吧！韩绍忠，集合队伍！"

在梁霞的指导下，韩凤芝和焦淑玉整整练习了一上午，不仅知道了"嘀嗒""嘀嘀嗒""嘀嘀嘀嗒嗒"各为何意；也记住了每四个阿拉伯字码代表一个汉字，还清楚了普通电码和密电码各自的用途。当然，知道也好，记住也好，清楚也罢，可是，距离熟练地应用还有一段不短的路要走。

眼看就到晌午了，韩凤芝和焦淑玉也练得疲倦了，是该歇歇了。

梁霞笑笑说："韩凤芝、焦淑玉，你们俩练习了一上午，累了吧？好，咱们待会儿再练。"

韩凤芝、焦淑玉听到梁霞要她们待会儿再练，相互交换了一下眼色，高兴得跳起来，撞到了一起，你抱着我，我搂着你，笑个不停。

韩凤芝扭过脸，说："梁霞姐，你今年多大了？"

梁霞说："十九。"

焦淑玉说："呀，你怎么管她叫姐？你比她还大一岁哩！我十七，我应该管她叫姐姐呀！"

韩凤芝说："梁霞，梁霞，那你赶紧喊我姐姐！"

梁霞说："好，我喊你姐姐，喊她妹妹，行了吧？"

韩凤芝大叫："别嘴上说，喊我姐姐，喊呀！"

梁霞喊道："姐姐，韩姐！"掉过脸，叫道，"妹妹，焦妹！"

焦淑玉、韩凤芝、梁霞，三个花枝招展的姑娘，叽叽喳喳，嘻嘻哈哈，笑啊，闹啊，扭在了一起，滚成了一团。

三个女人一台戏。三个豆蔻年华的女孩儿，就更是一台戏，一台活报剧。

闹着笑着，笑着闹着。

突然，韩凤芝坐在地上，双手捂住脸，死活不起来了。

焦淑玉、梁霞不知咋回事，拽也不是，不拽也不是。

韩凤芝竟然抽抽搭搭哭了。

焦淑玉弯下腰，附在她的耳畔问："咋了？"

韩凤芝说："咋也不咋。"

焦淑玉稍有些不耐烦地问："咋也不咋是咋啦？"

梁霞说："好了，焦淑玉，让她先冷静一会儿再说。"

韩凤芝说："梁霞，焦淑玉，我真的咋也不咋，就是想我的妈妈了。"

焦淑玉说："想你的妈妈了，你妈妈不早就……"她说到这里，突然关闭了两扇唇，把那该死的字儿，关在了嘴里。

韩凤芝终于控制不住，"哇"地哭了出来。

焦淑玉向梁霞摆摆手，说："让她哭出来，心里没准儿兴许更好受些。"

梁霞小声地问："小焦，她妈妈到底咋啦？"

不问不要紧，梁霞这样一问，焦淑玉的眼圈也红了，眼窝里满是泪水。

韩凤芝、焦淑玉为啥伤心至此，她俩都明明白白，只是梁霞有点儿雾里看花。

终于，韩凤芝吐出了真情。

原来，韩凤芝家里三口人，妈妈、弟弟和她。

那年，弟弟得了重病，需要一种草药，爸爸爬上了歪坨山，不巧，遇上了大暴雨，山洪暴发，爸爸让山洪冲走了，全焦庄户的乡亲们帮助找了七天，也没有找到。

就这样，全家三口，稀里糊涂过了这么多年。

谁知又闹开了小鬼子。前年，小鬼子到焦庄户扫荡，抢粮，烧房，杀人，无恶不作。

那次，有三五个小鬼子闯进了韩凤芝的家门。妈妈先把两个孩子藏好，自己却走到院子里，说："我家，要粮，没有；要人，就我一个！"

领头的小鬼子嘻嘻哈哈地说："粮，有也不要，就要你，花姑娘的有！"

妈妈说："我不是花姑娘，我是个老太婆！"

领头的小鬼子嬉皮笑脸地走到她的跟前："老太婆，怎么会有这么漂亮的老太婆？"

妈妈虽已四十出头，却依然身材苗条，婀娜多姿，走起路来，若春风摆柳，徐娘半老，风韵犹存。

领头的小鬼子走上前来，眼睛盯着妈妈圆鼓鼓的胸脯，抻抻她的花褂子，说："老太婆？如此漂亮的老太婆，也可以快活快活的！"

妈妈伸出手臂，"啪"的一声，铆足劲儿扇了小鬼子一个嘴巴子，厉声说："畜生！"

领头的小鬼子气急败坏地吼道："老太婆，死啦死啦的有！"高高地举起战刀，贴近妈妈的脸，恶狠狠地劈下去。

妈妈吓得面如土色，惊叫一声。

小鬼子们得意地狂笑。

领头的小鬼子厉声说："带回去，让大日本皇军士兵们快活快活的！哈哈……"

妈妈扯着嗓子嘶喊："芝子，听妈妈的话，带好弟弟。小鬼子是畜生，长大给妈妈报仇！"

韩凤芝听到妈妈的嘶喊声，心急火燎，真想从矮墙的那面蹿过来，跟小鬼子拼了，无奈她的怀里还搂着个弟弟。她拼了，小弟弟怎么办？她只得强压怒火，任凭小鬼子把妈妈带走。究竟带到哪里？命运如何？有谁会知道呢！

等到小鬼子们的脚步声渐渐远去，韩凤芝这才把紧紧捂住弟弟嘴的手松开，再看弟弟，早已不再动弹。

她抻抻弟弟的胳膊，邦邦硬；拽拽腿，硬邦邦。

她吓傻了，放声大哭，呼天天不应，喊地地不语。

她抱着弟弟，站起身来，愣愣地望望面前的歪坨山，呆呆地看看脚下的金鸡河。

歪坨山啊，家乡的山，你为什么眼睁睁看着日本人胆敢这样心黑手狠、横行霸道？

金鸡河啊，家乡的河，你为什么眼睁睁看着小鬼子竟然如此飞扬跋扈、张牙舞爪？

往昔的朔风，你为什么不狂吹？竟这样置若罔闻！

今朝的林涛，你为什么不怒吼？竟如此熟视无睹！

山还是那座山，河还是那条河。可是，她感到，山，不再那样可亲了；河，不再这么可爱了。

小小年纪的韩凤芝，仰天长叹，体味从未有过的孤独；俯首饮泣，深觉从未有过的凄苦。

沉默啊沉默，不在沉默中爆发，就在沉默中灭亡。

韩凤芝上山砍柴，望望悬崖，心想，跳下去算了，跳崖一闭眼，一了百了；下河捕鱼，瞅瞅河心，心想，跳下去算了，跳河一闭眼，来得痛快。可是，每一次，想着想着，便犹豫了，自己恫吓自己：你敢！大仇未报，就想一死了之，妈妈白养活你了！一次次地打算寻短见，一次次地说服自己。就这样，这个柔弱的女孩子，竟活了下来。

听说马福带来两个八路军战士，她赶紧找到他家，可巧，还没等她开口，马福就在她家栅栏门外，答应她的请求，跟八路军战士学习军事技术，打小鬼子。

不过，让韩凤芝没有想到的是，她学习的军事技术，不是开枪放炮，整天价就是"嘀嗒""嘀嘀嗒"地敲击电键，甭说打小鬼子，就连小鬼子的毛儿也看不见！

梁霞说："韩姐，不是我说你，你就知道打枪放炮，可以打小鬼了。其实，部队里干什么的都有，不光打枪放炮，像干我们这一行的通信兵，缺了也不行。首长的命令要发布，首长的指示要传达；还有，传递情报，反映战况，所有这些，都得由我们通信兵来做。将来，赶走了小日本，全中国都解放了，咱们不仅有陆军，还会有海军和空军，就更缺不了咱们通信兵了！"

焦淑玉说："瞧瞧，我姐姐怎么懂这么多！"

梁霞说："开始时，首长让我学习通信，我也想不通，我就想跟陈洪义他们学习打枪，当神枪手，'啪啪'，开枪打鬼子，一枪撂倒一个，那才解气，过瘾！"

韩凤芝说："不打枪也行，哪怕给我一把大刀，练练大刀，和小鬼子面对面地拼杀，我都干！"

焦淑玉说："呀，那可不行，拼杀，肉搏，那可是男人的事，咱们女人哪里干得过小鬼子啊！"

韩凤芝说："你这话就不对了，古时候，出过花木兰、穆桂英，现在就不能出一个杀小鬼子的韩凤芝？"

韩凤芝一席话，引得梁霞、焦淑玉小姐俩"咯咯"地笑了半晌。

梁霞抹抹笑出的泪水，说："你还别说，在我们冀东独立团，还真有两个女兵，姐姐叫穆承英，妹妹叫穆继英。姐妹俩善使飞刀，百步取人，十拿九稳。要说扎小鬼子的眼，就不能错过眼窝；要说扎胸口，就不能错过心口窝。就这么绝！"

韩凤芝说："要那样，我还不如拜这姊妹俩为师呢！"

梁霞说："这姊妹俩，也调到冀东独立团的通信班去了。"

焦淑玉摊开双手，耸耸肩，说："怎么样，咱们就老老实实地干通信这一行吧！干好了，说不定还能见到冀东八路军大官林彪、聂荣臻呢！"

韩凤芝笑笑说："看看，美得你，小丫头片子！"

陈洪义和梁霞来到焦庄户时，正值小暑，天气贼热。眼下，时令已进入秋分。"白露早，寒露迟，秋分种麦正当时。"正是农民抢种小麦的时节。马福和陈洪义商量，是不是先把军事训练暂时停下来。

陈洪义说："民以食为天。每个民兵都是家里的台柱子，顶门立户，自然是得停下来，先种麦子。"

马文通家只有他一个人，光棍一根，一个人吃饱了，全家不饿。家里原本有三亩地，可是，自从他爹让小鬼子杀了以后，鞋盒子似的那点地，耕粑拉拽，又借牲口又借车，一个人，实在也忙不过来，索性不种了，扔了，撂荒了。给别人打短，干点儿现成的，忙时吃干，小米干饭豆面汤，闲时吃稀，稀粥泡白薯。一年到头，东家干俩月，西家干俩月，马勺上的苍蝇混饭吃。天无绝人之路，雪天饿不死瞎家雀儿。

民兵放假这几天，马文通自由了，他想干什么干什么，想怎么干就怎么干，再无人横加干涉。除了肚子"咕咕"叫几声，提点儿"意见"，也实在关不着别人的事。

都快晌午了，马文通眯着双眼，还在歪坨山下的坡头上晒蛋。

突然，一个人的声音钻进他的耳朵里来："干吗呢，大白天的，跑到野外晒蛋来了！"

马文通睁开眼看看，是马福，急忙坐起来，说："叔叔，有事？"

马福说："我去家找你，不在；去柳树桁找你，也没有。找来找去，在这儿碰上了你。别的人家，都忙得脚尖儿踢脚后跟，你可倒好，一个人跑到上坡上晒蛋来了！人，总得要干点儿什么，不然的话，人闲肚也闲！"

马文通不言不语，又眯上了眼睛。

马福声音加大了一倍，说："我知道你苦，你难。可你看看，咱们焦庄户民兵，哪家子不苦，不难？人人都打起精神苦干。你可倒好，一个人闷头睡大觉！"

马文通睁睁眼睛，说："别人家都是有家有口，有爹有娘，有媳妇有孩子。我呢，我有什么？光棍一根，一个人吃饱了，全家不饿！"

马福说："我正为这事四处找你！"

马文通两眼放光，挺了挺腰板儿，等着叔叔下面的话。

马福说："你也老大不小了，自从你爹让小鬼子杀害以后，就留下你一个人，做叔叔的，能不为你操心？"

马文通脸上有了笑容，说："是吗？"

马福说："我可跟你说，人家韩凤芝，现在，可是不简单了。人家可是学的通信技术。你知道什么是通信技术？你在这里说话，龙湾屯远不远？都能听得到。顺义县城远不远，也能听得见。就这么神！你要是不好好干，别看人家现在愿意跟你，可将来就不好说了！"

马文通的脸上，刚刚才挂上点儿笑容，这会儿又消失了。

马福说："好好干，没亏吃！"

马文通说："今后，我听您的，您说让我怎么干，我就怎么干。指哪儿，打哪儿，行不行？"

马福说："你呀，先待会儿，我去看看韩凤芝家里有什么活儿，你去帮她家干点儿。你去帮帮，她能说你不好？人心都是肉长的，人心换人心，四两换半斤。"

叔叔的一席话，说得马文通心服口服，痛痛快快地说："行了行了，我都说过，听您的了！"

山里人说话说了算，一片真心可对天。马文通说听叔叔的话，就听叔叔的话。自此，他到了韩凤芝的家里，有什么活儿干什么活儿。忙忙活活，急急匆匆，赶路搭车。晴天一身汗，雨天一身泥，马文通从无抱怨。

马文通和韩凤芝初见羞羞答答，再见说说笑笑，而今，捅捅腰，拉拉手，也是常事。有些时候，还说说军事训练上的事。韩凤芝告诉他，她已经能熟练地敲击电键了，一分钟能发送多少个阿拉伯字码。当然，韩凤芝说的，虽然每句都是中国话，但对于马文通，仍然好比对牛弹琴。马文通会的军事技术就直观得多，舞枪弄棒埋地雷，就那么两下子。

马文通心想，要把这看似平平常常的两下子，练成并不平平常常的两下子，这就得出绝活儿。打枪，简单不？简单，可要百发百中，就不那么简单；埋地雷，简单不？简单，可要埋到小鬼子的必经之路上，就没那么简单。为了这个，马文通要比别人流更多的汗水，另有，他为了把地雷能埋在小鬼子来焦庄户扫荡时的必经之路上，可动了不少脑筋。其实，光必经之路，远远不够，还得隐蔽，不能被小鬼子发现，还得让小鬼子踏上，容易吗？

这些，对马文通来说，都不算最难的。最难的是他心里的小九九：他想从小鬼子手里夺到一挺歪把子机关枪。

歪把子机关枪是死的，如果放在草地上，任谁都可以拿过来。可是，小鬼子是活的，歪把子机关枪就攥在他们的手里，要从他们手里夺过来，就不是轻而易举的了。

可是，在马文通看来，仿佛一边儿唱着歌，一边儿就可以拿将过来。"夺他的粮草大家用，抢他的军火要他的命。"马文通说："人家当八路军的能抢能夺小鬼子的粮草和军火，咱们民兵也有两只手，干吗使的，吃闲饭的！八路军行，咱也行！"

寒露刨白薯，冀东一带，到了这个节气，长在地里的庄稼不多了，仅仅剩下白薯、花生了。往日的青纱帐，荡然无存。

焦庄户附近有个王泮庄，王泮庄据点的伪警察、特务，依仗日本人的势力为虎作伥，残酷地欺压人民，抢夺老百姓的财物，帮助日本人搜捕我地下党员和区村干部。

马福找来民兵指导员马文藻商量，王泮庄这个敌人据点的存在，对焦庄户是个不小的威胁，必须教训他一下。

马文藻说："咱们教训教训敌人可以，可别忘了自古以来的兵家常识：知己知彼，百战不殆。依我看，咱们先抓个舌头。"

马福说："我去！"

马文藻说："你的年龄大些了，行动不便。依我看，能不能派文通，去完成这个任务。这孩子，正当年。再说，经过这几个月的培训，我看本领大大见长。你看，怎么样？"

马福说："怎么说，也毛嫩点儿。"

马文藻说："有我们在，什么时候，他们都显得毛嫩。让他去吧，锻炼锻炼。在游泳中学会游泳，在战争中学会战争。"

马福说："好吧！"

第二天，在通往王泮庄的石子路上，走着一挂小驴车，赶车的小伙子，头戴一顶破草帽，手举一杆牛皮鞭。

赶车小伙手里摇着牛皮鞭，尖着嗓子有板有眼地唱道："我本是卧龙岗一散淡的人……"唱着唱着，忽又改为铜锤，大声地咆哮："包龙图，安坐在大堂上……"

那辆小毛驴车走近了，原来，那个赶车的小伙子是马文通。

马文通的小驴车，穿过一片小树林，绕过一堆荒冢，爬上一个小土坡，王泮庄便出现在眼前了。

走到王泮庄村口，马文通把屁股往车辕子里面移了移，手中的牛皮鞭在空中，狠狠地划了一个圆，"啪"一声响，只见一个伪军走出岗楼。

马文通吆喝道："白薯，一块白薯，一个铜板一块！"接着，他又扯开嗓门叫嚷，"卖白薯——"

又从另一个岗楼里钻出来一个伪军。

马文通稍稍愣怔了一下，吆喝道："白薯，两块白薯，一个铜板两块，白薯两块，拣大的挑！卖白薯——"

小胖子伪军背着枪走过来，探过身子说："白薯，是白薯吗？"

马文通说："老总，你看看嘛！"

小胖子趴过车厢，伸手翻动车上的麻袋。

马文通用牛皮鞭杆照准小胖子的后脑海猛力一击，小胖子立马趴在车厢内。马文通顺手卸下他的枪，放在车辕子上，大声地说："老总，拣好的挑，贱卖了，贱卖了！"

另一个瘦高个子的伪军，看着小胖子趴在车辕子上用心挑拣，也经不住诱惑，走过来说："怎么，还要钱？老子到顺义县城逛窑子，都没有人敢叫老子掏钱，啃你两块白薯……"

马文通赶紧说："不要，不要钱，要……"一面说，一面走到他的身后，掏出手枪，铆足劲儿往他的后腰上一顶。

瘦高个伪军痛得直叫："哎哟，妈呀……"

马文通接着说："要你命！"说着，扔给他一条绳子，厉声喝道："把他给我捆在车厢里！"

瘦高个伪军稍有迟疑，哆哆嗦嗦地说："捆……"

马文通说："快！"用手枪照准他的后脑海，铆足劲儿敲打几下。

高个子伪军连声说："我捆，我捆，八路军老爷，饶命！"

马文通把伪军的两支步枪，卸了枪栓，装在兜子里，厉声说："快，捆结实！"

小胖子眼睁睁被捆在了车厢上。

马文通说："你，坐在车辕子上别动，掉过来！"用绳子拴了个勒死狗扣，把瘦高个子伪军的双手，倒背过来勒得紧紧的。然后，掏出一团纸，打开，说："二位，识字吗？"

瘦高个子伪军说："不敢。"

马文通说："什么不敢，我问你们识字不识？"

瘦高个子伪军说："认，认识几个……"

马文通说："这几个字认识吗？"

瘦高个子伪军念道："投，投奔八路……"

马文通也不怠慢，飞快跑到岗楼，迅速放了一把火，跑回，赶起小毛驴车，颠颠儿地往回赶路。再回头看，王泮庄村头的岗楼，火势渐旺。

马文通哈哈大笑，说："两位兄弟听好：你们已经没有回头路了，只有一条路可走，记着：投奔八路！"

瘦高个子和小胖子答道："是，是是……"

当马文通赶着小毛驴车，行至焦庄户村口。马福、马文藻、韩绍忠他们朝他迎了上来，一个个愣住了。

马文通只得把刚刚经历过的事，说了一遍。

马福、马文藻、韩绍忠他们笑弯了腰。

韩绍忠瓮声瓮气地说："好兄弟，英雄啊！"

马文通说："啥英雄啊？半车白薯，一块没卖，倒弄来俩废物，两支破三八大盖步枪！"

马福说："这收获还小呀？"

马文通说："我要的是歪把子机枪，我一定弄一挺歪把子机枪！"

透过秋夜幽幽墨色，看见一群小鬼子爬上来了，可惜，他们背的都是步枪，真泄气！啊，突然，在坡头底下，发现了一个小鬼子，正在架设一挺机关枪，货真价实的一挺歪把子机关枪。马文通叫起来。

他醒了，原来是一场梦，一场黄粱美梦。

外面，依然很黑。

似乎听到了什么声音，况且，那声音愈来愈响。马文通赶忙捅破窗纸，感觉到情况不对。马上蹬上裤子，趿拉着鞋，跑到斜对门的马福家，压低声音呼叫："叔叔，是我，文通，小鬼子进村了！"

马福惊叫一声，急忙说："快去通知民兵们！"

果然，小鬼子趁着黎明前的黑暗，从焦庄户村南，悄悄地进庄了。可是，令小鬼子们没有想到的是，焦庄户的民兵们，会像天兵一般迅速，荷枪实弹，正在村口等着他们呢！

马文通提着步枪，腰里挎上一颗长弦地雷，爬上村南最高的土坡，躲在一棵大榆树后面，静静地等候小鬼子的来临。

小鬼子出现了，近了，更近了。

马文通耐心地等待着马福队长"开火"的命令。

终于，"开火！"马福队长的命令，声音极其响亮，划破夜空。

马文通举起步枪，"啪"的一声，一个小鬼子的黑影子倒下去。马文通一连又开了四枪，小鬼子一个接一个地倒下去。等他再次扣动扳机时，只听"咔嗒"一声空响，糟了，没了子弹。在他的身上，仅仅剩下了一颗长弦地雷。

巧得很，正有一个小鬼子趴在马文通的坡头下，此刻，只要他将长弦地雷往下一丢，小鬼子就会粉身碎骨。不行，那个小鬼子正在架设一挺机关枪，看得清清楚楚，正是一挺歪把子机关枪。马文通想，要是丢下长弦地雷，小鬼子是跑不了，可是那挺歪把子机关枪也报销了，岂不可惜！

马文通此刻要是再有一颗子弹，打死小鬼子，那挺歪把子机关枪就会完整无损地归了他马文通，可当下，他连一颗子弹也没有。他平日里连做梦都想夺一挺小鬼子的歪把子机关枪，可现在，那挺歪把子机关枪就在他的脚下，却没有办法得到它，急得直搓脚。

马文通把长弦团吧团吧攥在手心里，不到万不得已，不拉弦。

脚下的小鬼子的歪把子机关枪，正往焦庄户村里吐着火舌。

突然，马文通纵身跳下高高的土坡，不偏不倚，正跳在持枪射击的小鬼子身上。

小鬼子大吃一惊，和马文通滚打在一起。

马文通从高处跳下，跌伤了一条腿，失去搏斗优势。终于，马文通将身体翻转过来，死死地掐着小鬼子的脖子，小鬼子拼命挣扎，不巧，他的手抓在了地雷的拉弦上，"轰隆隆"，地雷爆炸了。小鬼子连同歪把子机关枪，一同上了天。

马文通，英雄的焦庄户民兵，英勇地牺牲了，年仅二十二岁，为国捐躯。

第三十二回
焦淑玉棒打汉奸腿
韩绍忠刀断鬼子头

春风吹翻唱飞杨柳　细雨歇逍遥舞彩绸

焦淑玉棒打汉奸腿　韩绍忠刀断鬼子头

马文通牺牲了，他的左邻右舍、父老乡亲，都来为他送行。民兵们则更是痛哭流涕，向他道别。

民兵大队长马福眼睛哭得桃儿似的，站在马文通遗体前说："不错，文通是我的侄子，可他更是我的战友。他为了民族的解放，光荣地牺牲了。好了，让死的去吧，可我们活着的人，还要继续跟小鬼子血战到底！"

民兵指导员马文藻嘴咧得瓢儿似的，脱下帽子，首先向马文通遗体三鞠躬，然后，含着泪水说："同志们！焦庄户所有的老百姓都知道，文通是我的弟弟。现在，我的弟弟走了。他走之前，拉了好几个小鬼子做垫背的。按说，打死一个够本，打死俩赚一个。可是，我们还是极为悲痛。他是我们民兵们的好战友，是焦庄户的好乡亲。他走了，一是要好好地送送他，二是要牢牢地记住他。他是为全中国人民的解放事业而死的。他生得伟大，死得光荣。今后，我们焦庄户的民兵，要多打胜仗，多多地消灭日本鬼子，让我们的好战友、好兄弟马文通，含笑九泉！"

马文通入殓后，刚要起灵，远远地看见一个人，抱着一个包裹，匆匆忙忙地跑过来。

跑到马文通的灵前，"咕咚"跪下。

大家一看，原来是韩家的大姑娘——韩凤芝。

　　韩凤芝号啕大哭，嘴里不停地叨念："文通，你就是为了从小鬼子手里，抢夺一挺歪把子机枪死的。现在，我把它给你带来了！"她打开包裹，原来都是些被炸碎的机枪零件。

　　大家一下子都明白了，纷纷说道："是这样，是这样，要不是为同小鬼子争夺这挺机枪，文通早就用长弦地雷把这个小鬼子，连同机枪一块儿报销了！地雷大王，连这点事儿他不会办，可能吗？"

　　马福说："打开棺盖，把韩凤芝带来的碎机枪零件，作为陪葬品。"

　　民兵们打开棺盖，韩凤芝从包裹里，一件一件取出来，小心翼翼地，放在马文通的身侧。

　　韩凤芝放好后，立在一旁，垂手侍立，低声饮泣。

　　民兵们重新盖好，抬着灵柩，缓缓向歪坨山南坡走去。

　　天空中，扬撒的纸钱，纷纷扬扬，漫天飞舞。落在地上的纸钱，在麦田里追逐，忽快忽慢，走走停停。

　　墓地选在歪坨山下的土坡上，坟前竖立一块小小石碑，上书：马文通同志之墓。

　　马福和马文藻从马文通的坟地回来，来到马福家里，在屋子里坐下。

　　马福说："文藻，你看，今天这事儿，是不是有点儿怪？"

　　马文藻说："什么，我没有听懂，怎么档子事？"

　　马福说："今儿一大早，天还黑咕隆咚的，我还没有睡醒，就听见窗户外文通叫我：'叔叔，是我，文通，小鬼子进村了！'我骨碌从炕上爬起来，立即要他快去通知民兵们。果然，小鬼子趁着黎明前的黑暗，从焦庄户村南，悄悄地摸进村里来了。"

　　马文藻说："我也认为这事儿出得怪，小鬼子咋这么快，说到就到了，对咱们村发动进攻，怎么连一丁点儿蛛丝马迹也没有。幸亏马文通的警惕性高，要不，咱们非得叫小鬼子连锅端了不可！"

　　马福说："老人古语：没有家贼引不出外鬼来。可谁是咱焦庄户村的家贼呢？"

　　马文藻说："以我这笨眼光看，我就认准是马之悦的哥哥马之喜。"

　　马福说："怎么见得呢？"

　　马文藻说："马之喜打小就贼骨溜滑，带着他弟弟马之悦，偷瓜偷枣捅马蜂包掏家雀，干过什么好事儿？他家老辈子有德，留下一顷多地，可他呢，年年卖地，钱呢？吃喝嫖赌抽大烟，也没干啥正经事！”

马福笑笑说：“这恐怕不能算作理由！好吧，咱们以后多留神，不能冤枉一个好人，也不能放过一个坏人！”

古诗云："亲戚或余悲，他人亦已歌。死去何所道，托体同山阿。"

歪坨山下的马文通的小小坟茔，经过一冬天，北风吹，雪花飘，早已光秃秃的了。过了春分，清明节来临了，家家户户的坟茔上大多培上了新土，乡下管这叫添坟。买一些甜饽饽槽子糕糖豆大酸枣之类，化些纸钱，为的是使远逝的亲人饿不着，有钱花。有的人家，还在坟前栽上一两棵松柏树苗，为的是给逝去的亲人乘凉。

马文通就没那么幸运了，没有一星半点儿新土，见不到纸灰，更没有松柏树苗苗。

也是的，马文通在这个世界上，光棍一根。在世时，都极少有亲戚跟他走动，何况他已经去了阴间？

冀东这个地方，流传着一句话："清明添坟，后继有人。"马文通连媳妇都没有娶上，哪里会有后人。没有后人，谁给添坟？

这个世界就是奇妙，大家都以为不会发生的事儿，可这事儿就偏偏发生。

太阳刚刚爬上歪坨山顶，微风习习，稍感嫩寒。

韩凤芝端着麻线笸，里面装着一沓子纸钱，另有一些瓜果点心之类。轻轻袅袅走到马文通的坟前，放下麻线笸，悄悄向四外溜了溜，没有人，这才蹲下来，从麻线笸里取出瓜果点心，在马文通的坟前码成一座小小富士山。又取出一叠纸钱，分作两半儿，一半儿放在坟顶，用瓦片压好，把另一半儿纸钱点着，口中絮絮叨叨地说："文通，你跟我说过多次，你的梦想，就是从小鬼子手里夺到一挺歪把子机关枪，你为了给焦庄户的民兵抢一挺机关枪，连命都搭进去了！可有谁知道你的心呀？人家还以为你傻，身上带着现成的长弦地雷不用，非要和小鬼子同归于尽！啊，人啊人，谁知道谁都怎么想的呀！文通，幸亏我知道你的心。不过，在人世上，能有一个知己，便足够了。文通，你说对吗？"

韩凤芝一面拨弄纸灰，一面絮叨。突然，一股小风吹来，拨弄起的纸灰，扑进了她的眼睛。她揉了揉，抓起几把松土，撒在坟茔顶上。撒着撒着，停下了。此时，她竟然发现有一株牛犄角花，含苞待放。三月三，荠荠菜钻天。按说，在冀东，荠荠菜是春天里最早萌生的野菜。清明时节，冀东的野地里，再不可能遇上旁的花草。怪就怪在这里，马文通坟茔前的牛犄角花，难道是天女散花时丢落的吗？

天若有情天亦老。啊，明白了，马文通的死，定然是感动了上天，令天女为他献上一枝花，一枝他生前最喜欢的花，一枝开在早春的花。

韩凤芝把那棵牛犄角花扶正，在它的根基四周，培上几把黄土。刚要站起，竟有几颗泪珠儿，滚出眼窝，洒在牛犄角花的花蕾上。

人死了，"亲戚或余悲，他人亦已歌"。果真如此，岂止歌之，竟然办起了大喜事！

春光正好，初升的红太阳，洒遍了温暖的阳光，明媚柔和。清晨的小凉风，送来了春姑娘的芬芳，沁人肺腑。

文学家见了，必会大发诗兴："春姑娘从遥远的江南，依依袅袅，蹒蹒跚跚，越过黄河，来到燕山。春水溶溶，柳色如烟。农夫们扛着铧犁下田，播种丰收的梦想与希望的明天。啊，这真是农家乐呵！"

庄稼把式都懂得：豌豆大麦不出九。种豌豆，播大麦，必须在九九到来之前。就是说，这是个春耕大忙的季节。在这个节气里，庄户人一天到晚，忙得不可开交。浑身累得散了架，闭上眼睛就睡，睁开眼睛就忙，脚后跟朝前。急急匆匆，忙忙活活，手推肩扛，赶路搭车。

冀东大地，雪化冰消。金鸡河水绿如蓝，燕山柳色浓如烟。一路上尽是看也看不够的好景色，可惜，庄户人没有闲空去欣赏与游玩，更无乡土诗人那般惬意与恬淡！

就是在这样忙忙碌碌的季节里，马之喜张罗着给他的弟弟马之悦娶媳妇。乡里乡亲的，原本不管谁家里有事，总要抽出工夫帮忙的。可是家家都忙，家家都抽不出男爷们儿。因此，像挑水和泥，垒灶搬坯，劈柴生火，屠鸭宰鸡，那些原本应该由男人干的笨重活儿，也只好以姑娘媳妇来代替了。

像韩凤芝和焦淑玉这样的窈窕淑女来了，也只能干些本应该由男人们干的笨活。

韩凤芝从墙旮旯儿找来一把大竹扫帚，正要打扫院子。

焦淑玉走过来，朝她挤挤眼儿。那意思很明确：不扫！

韩凤芝忽闪着一双大眼睛，嘴不开口眼睛问：干吗？

焦淑玉用眼睛示意韩凤芝：走。

韩凤芝点点头儿。

焦淑玉前头走。

韩凤芝后面跟。

焦淑玉和韩凤芝来到账桌前，刚要坐下，马之喜嘻嘻哈哈地走到她俩跟前，说："要说，这里有人了。好吧，就换你们俩，记账！"

焦淑玉伶牙俐齿，得理不让人，说："这么说，我们俩不该坐在这里，不配干这类破差事？"

马之喜急忙赔笑，说："啊呀呀，姑娘，哪里话？像你们这样如花似玉的美人儿，请还请不到呢！你们来，肯帮哥哥家这个忙，实在是赏哥哥这张脸呀！"

焦淑玉、韩凤芝相视而笑，莫逆于心。

马之喜见来了道喜的来客，赶紧迎了上去。

来者正是龙湾屯的保长张殿忠。

马之喜作揖道："啊呀呀，张保长，有失远迎，失敬失敬！"

张殿忠说道："大喜，大喜！"

马之喜说："同喜，同喜！"

张殿忠走到焦淑玉、韩凤芝的账桌前，说："司账小姐，大洋五十。"

韩凤芝接过银圆，一一清点过后，示意焦淑玉。

焦淑玉点点头，在喜单上落款：张殿忠，礼洋银圆五十。然后，焦淑玉又扬起脸看看张殿忠。心里说，这家伙，手里咋会有这么多银圆，况且出手如此大方？

张殿忠被马之喜让到了里间客房上座。

马之喜接茬一一迎接前来道喜的亲戚朋友。

马福不紧不慢地走了进来。

马之喜迎了上去。

马福作揖道："恭贺我的二叔马之悦新婚之喜！"

马之喜哈哈笑道："别看之悦比你年纪小十多岁，可他的辈分在那儿呢，是不是？你在咱们老马家，是小字辈儿！哈哈……"

马福嘻嘻哈哈地说："别看白薯小，长在坝儿上了！"

马之喜拍打着马福，笑道："这你还别生气，是不是？吃块喜糖，抽支喜烟儿！"

焦淑玉要不是亲眼见，他咋也不会相信，作为焦庄户民兵大队长的马福，会对这个破落户地主马之喜这么客气！

此时此刻，韩凤芝只知点好钱，放入果匣，接着再等下一位。心不在焉，脸上毫无表情。

焦淑玉偷眼看看韩凤芝，这鬼道的小丫头，看出了韩凤芝在想心事儿。

本来嘛，平时家里外头的事都多，更何况春耕大忙，哪里有工夫想心事呀？这会儿，只坐等收收前来亲友们贺喜的钱，毛事一桩。韩凤芝想想心事，顺理成章，不足为怪。

确实的，韩凤芝抽空想心事了。本来嘛，她和马文通确定了婚事，况且，两个人也老大不小了。男大当婚，女大当嫁，要不是马文通牺牲了，说不准也该轮到他们俩的婚事了。

又来了一个交份礼的亲戚，走到账桌前，说："二位姑娘，谁收钱，王寿昌，五块大洋。"

韩凤芝仿佛没有听见，愣愣的，竟然无动于衷。

焦淑玉看看韩凤芝，叫了她一声："韩姐，收钱。"

韩凤芝愣怔了一下，搓搓脸，笑笑，说："您尊姓大名？"

王寿昌稍带不满情绪，不无揶揄地说："王寿昌，本人是马之悦的大姑父，龙湾屯人氏，礼洋：五块银圆！"

焦淑玉在账本上写下：王寿昌，大洋五元。

韩凤芝看看焦淑玉的账册，搭讪着说："焦子，平时，我还真没注意，原来，你的字写得这么好！就像你一样清秀！我要是老爷们儿，非娶你不可！"

焦淑玉说："讨厌，还是我姐姐呢，咋没有一丁点儿姐姐味儿！"

韩凤芝说："姐姐啥味儿？"

焦淑玉说："姐姐就是姐姐味儿，总不应该是你身上那股子酸臭味儿吧！"

又进来三五个老娘儿们，韩凤芝一笔一笔都给收好。

焦淑玉也一笔不落，给记清楚。

然后，焦淑玉端着茶盘子，说道："大家吃瓜子，大家吃花生！"

刚刚进来的几个妇女，每个人抓了几块糖果，掖进兜里，嘻嘻哈哈地说："瓜子不吃——拿糖！"

正在大家嘻嘻哈哈、叽叽嘎嘎的时候，马之喜家的大门口，突然响起了二踢脚，"当当——"，接着，就是"噼噼啪啪"成串的鞭炮声。空气中，散发着火药味儿。

"来了，花轿来了！"院子里有人高叫。

一群人从院子里涌出，一时间，显得清净了不少。

焦淑玉说："韩姐，你替我看着点儿账本，我出去看看。"

韩凤芝笑笑说："小丫头片子，听见打鼓上墙头！"

焦淑玉也不争辩，她心里装着个小秘密，此刻，只有她一个人知道。

焦淑玉站在空荡荡的院子里，打量一下，平日里，马之悦家里，肯定有人喜欢绊鸟雀。

绊鸟雀跟拉鸟雀不一样。拉鸟雀，先用一根短棍儿支起竹筛子，下面撒些秕糠一类，短棍上拴一条长绳子，人躲在草棚子里，等鸟雀们来吃秕糠，把绳子一拉，鸟雀们便被扣在竹筛子底下了。

绊麻雀简单，只需在院子中间，搎牢一根木头桩子，贴着木头桩子，松拢一根长棍子，木头的一端拴上一根长绳子。只要有鸟雀落在地上，猛劲儿拉绳子，长棍子贴着地面横扫，鸟雀们来不及起飞，便被扫倒了。

焦淑玉这个孩子，别瞧她年纪轻轻，可心眼儿不小。她知道今儿马之悦家里有事，还知道龙湾屯的保长张殿忠是他家的亲戚，定准赴会。她还知道龙湾屯这个伪保长张殿忠是日本的狗腿子，得找机会收拾他一下子。因此，大清早她和韩凤芝一进马之悦家的门，就注意上了这个扫鸟雀的"武器"，尽管对来来往往的行人，进进出出碍手碍脚，也没叫韩凤芝动手拆掉。

焦淑玉，这个鬼丫头，了得！

焦淑玉巡视过，放心了，又转回来，坐在账桌前，全神贯注地等待机会。等待什么机会呢？天知，地知，另一个呢？就只有她焦淑玉知。任何旁的什么人，也无从可知之也！

一顶花轿停在了马之喜家的门口。

马家的亲戚朋友秃姑瞎姨烂眼子二舅妈当家子叔叔大伯婶子大妈，一起拥上来。大箱子小柜子茶壶茶碗茶盘子被子褥子门帘子，排成了一长串，摩肩接踵，大呼小叫，说说笑笑，好不热闹。

马之悦搀扶着新娘子，舒舒缓缓地进了院子。

新娘子头上盖着红色盖头，很显然由于看不清路，走起路来，蹒蹒跚跚。走至扫鸟雀的"武器"跟前，一只脚踢在横放的长棍子上，险些跌倒，幸亏被马之悦搀扶住。

然而，新娘子的这一细枝末节，没有任何人知晓。

只有坐在账桌前的焦淑玉察觉了，她掩住嘴笑，却也不敢笑出声来。

王寿昌总怪罪马之悦家的院子不平，其实是他的一只脚有毛病。这个场面，由这个腿脚有毛病的人前后张罗，也怪难为他了。

上房前脸儿，窗明几净，锃光瓦亮。窗下摆一溜儿大红椅子。亲家父母按序坐定，静静地等待典礼。

马之悦把新娘子的盖头揭去，天仙般的美女亮了相。

刚才还是美女如云，待新娘子除去盖头，一下子全院的大姑娘小媳妇全没了颜色！

王寿昌跛着一条腿，人模狗样地走到窗前，咳了两声，高声叫道："各位亲朋好友，列席坐定。新郎新娘，到位站好。新婚典礼开始！"

马之喜说："列位亲戚，婶子大妈，往前站！"

王寿昌嗓门提高三度："一拜天地——"

马之悦和新娘子跪拜天地。

王寿昌又嗓门提高一半："再拜高堂——"

马之悦和新娘子跪拜父母。

王寿昌嗓门提高八度："夫妻对拜——"

马之悦和新娘各自扭转九十度，相互跪拜。

王寿昌拉长声音叫嚷道："亲戚朋友秃姑瞎姨烂眼子二舅妈当家子叔叔大伯婶子大妈们，往前来，让新娘子给斟一杯喜酒，不会喝酒的，点一支香烟，不会吸烟的，剥一块儿喜糖，不爱吃糖的，嗑一粒瓜子……"

大家嘻嘻哈哈、乱七八糟地说："不会嗑瓜子的，靠边儿站！"

王寿昌急忙说："那也别靠边儿干站着，等着掏钱！掏钱吧老太太，三块两块的，您也不在乎，今儿个就是掏钱的日子，亲戚里道的，谁也别凉锅贴饼子——黏溜儿！"

王寿昌一席话，引逗得大家伙笑得前仰后合，笑歪了嘴儿，笑出了泪儿。

张殿忠大模大样地走到前面，说："王寿昌，你还没有介绍新娘子家居何处，姓甚名谁？"

王寿昌忙说："新娘子龙湾屯人氏，尊姓马，大名凤兰。马凤兰小姐！还有什么要问的吗？"

张殿忠嘻嘻哈哈地说："这不结了，要不然的话，花了半天钱，还不知道花在谁身上了呢！这回大家都清楚了吧，马凤兰，马小姐！哈哈——"

大家纷纷附和着说："是这样，是这样，还是这位先生说得对！"

王寿昌指指张殿忠，大声说："你们知道这位爷是谁吗？他就是龙湾屯的张殿忠大保长！"

大家一通儿乱嚷嚷："保长？呵，要不，这么大的派头！"

也有人小声嘀咕："保长，现如今有几个村的保长，不是日本人的狗腿子呀？"

焦淑玉上下打量了一下这个叫张殿忠的伪保长。

张殿忠人高马大，瓜子脸，仁丹胡，浓眉毛，大眼睛，黑礼帽，青裤褂。讲起话来，鼻音重，嗓门宽。是条汉子，可惜成了小日本的狗腿子，不齿于人类的狗屎堆！

焦淑玉心里想，就是要千方百计找个机会，让这个日本人的狗腿子吃点儿苦头，出点儿洋相。

结婚典礼完毕，贵宾入席。

王寿昌和马之喜成了大忙人，里里外外地张罗来来往往的亲朋好友，尽可能做得滴水不漏，不能让新亲老戚挑出毛病来。像张殿忠这类有头有脸儿的地头蛇，就更得多加小心，不把这类人头刺伺候好，那不找倒霉嘛！

王寿昌首先把这位大人推为上座，嘻嘻哈哈地说："殿忠大保长，您不坐上席，谁敢坐呀！上座请，上座请！"

无论亲朋好友，还是新亲老戚，一个个上前亲亲热热恭维，恭恭敬敬谦让，殿忠大保长总不能狗坐轿子不识抬举吧，结果坐在了首席桌的上座。作陪的也并非都是当家子叔叔大伯，也得是些有头有脸儿的，像马之喜这类角色，虽然在老马家能吃三喝四，可能跟张殿忠坐一桌喝酒，也只配垫个桌子腿儿。

冀东这一带，红白喜事的宴席，阔气的人家，都讲究"三八四海"：八碟、八碗、八大平盘、四大海碗，再就是无鸡不成宴，无酒不成席，就是说，鸡与酒是绝对少不了的。

另有讲究，就是所有饮者，必划拳，吵吵嚷嚷，闹闹哄哄，显得亲热，喜庆，情绪热烈，款待盛情。

大棚里秃姑瞎姨烂眼子二舅妈，人声鼎沸，欢喜若狂。

张殿忠这一桌宾客，人模狗样，谈笑风生，热闹非凡。

文人墨客，多是吟诗作画，猜灯谜，撰楹联。乡下的粗人多，无论何种聚会，多是猜拳行令。大吼大叫，大吵大闹，人欢马叫十里远。

无论亲朋，还是好友，一一起立举杯，乱哄哄地说："向张殿忠，张大保长敬酒！"

张殿忠频频点头，说："诸位，今儿，是马之悦大喜的日子，咱们呢，都不是外人，亲戚里道的，一醉方休。我先干，先干为敬，先干为敬！哈，哈哈——"

大家嘻嘻哈哈地说："好酒量，海量海量。之喜，刚才还在，之喜哪里去了？满上，满上！"

马之喜挤挤搡搡地走过来，说："张大保长，失敬，失敬！"一面说，一面给张殿忠满满斟上一杯。

张殿忠说："你小子的酒量不行，这我知道。你把王寿昌叫过来，这老小子还行！"

马之喜高腔大嗓地叫："姑父，姑父过来！张大保长请您，磨蹭啥哩？快过来！"

王寿昌听张殿忠张大保长赏光，乐得屁颠屁颠儿的，放下杂事，挤了过来，嘻嘻哈哈地说："张大保长赏光，哪能给脸不张兜，您有啥吩咐？"

张殿忠说："给王寿昌腾个座位。来，寿昌，坐下坐下，好好跟你喝几杯，一醉方休。谁也别装丫挺的，行不？"

王寿昌说："张大保长，错！俗话说：喜酒不醉人。今儿是马之悦新婚之喜，您怎么说一醉方休？该罚！"

张殿忠说："什么时候跟师娘学的，贫嘴贱舌的？"

王寿昌说："张大保长，您也甭矫情，错了就是错了。该罚，喝！"

张殿忠说："得得，咱们都是站着撒尿的，不能跟老娘们儿似的，说话算数，喝就喝！"说罢，端起酒杯，一仰脖，"咕咚咕咚"，满满一大杯酒，见了底，"咋样，王寿昌？站着撒尿的，真爷们儿！"

王寿昌笑道："给张爷满上，给张爷满上！"

马之喜提起酒壶，往张殿忠的酒杯里，又满满斟上一杯。

张殿忠说："我说寿昌，你小子别净跟我耍嘴皮子！合着净让我喝，打算把我灌倒了，给大家伙取笑。美得你，我这老家雀儿，能让你这小家雀儿给算计喽！"

王寿昌笑道："张爷，此言差矣！您这老家雀儿，能让我这小家雀儿给算计喽？瞧您说的，我在您张大保长面前，是不是毛嫩了点儿！哈哈——"

张殿忠说："我说寿昌，你小子别跟我耍滑头，这回呀，听我的，划拳，谁输谁喝，公平合理！"

大家起哄叫嚷道："张爷说得对，张爷说得对！寿昌，你可别认！"

张殿忠和王寿昌齐声叫道："哥俩好啊……"

刚刚喊出一句，张殿忠就把手缩了回去说："寿昌，你小子应该叫我叔叔，好家伙，一上了酒桌，我就矬了一辈儿，成哥俩了？"

王寿昌笑道："那怎么说，酒桌上不分大小！"

张殿忠说："行行，回家跟你爸爸你也这么说！好好，重新来。哥俩好呀！"

王寿昌紧跟上来："哥俩好呀！"

张殿忠和王寿昌齐声叫道："哥俩好呀，六六顺呀，八匹马呀……"

大家伙不断叫嚷，拍手喝彩，手舞足蹈，捧腹大笑，喜洋洋，乐陶陶。

韩凤芝和焦淑玉忙活完了，把账交给马之喜，两个人就站在门口看热闹。

焦淑玉心里憋着小九九，可是，总没有机会，心里着急，搓手搓脚。

韩凤芝看看焦淑玉，心里说，这丫头，看着人家吃，忍不住了！

其实，她哪里懂得此刻焦淑玉的心啊！

张殿忠突然说："寿昌，可别嫌你叔叔没起色，我得上趟茅房！"

王寿昌笑笑说："瞧您说的，我叔叔像那没起色的人吗！"言罢，朝宾客们吐吐舌头，挤挤眼儿。

焦淑玉的小心窝里，像有个小兔子在跳。心想，机会来了。

张殿忠站起身来，欲离开座位，他向后一退，脚后跟踢到椅子腿儿上，向后一侧歪，险些跌倒，幸亏被王寿昌用胳膊抵住。

王寿昌说："张爷，我扶您去吧！"

张殿忠原本还逞强，可是，他的两只脚不再听使唤，嘴也不很利索，只得点点头儿。

王寿昌搀扶着张殿忠走出大棚，侧侧歪歪，蹒蹒跚跚。

焦淑玉赶紧绕过去，藏在草屋子里，手拉绳子，随时准备绊倒这个日本人的狗腿子！

无奈，王寿昌搀扶着张殿忠走着走着，竟然站住了。

张殿忠说："寿昌，咱们爷俩是近人儿，我都不跟他们说，咱们爷俩不错，我才跟你说。而今是个啥形势？爹死娘嫁人，各人顾各人。爷们儿是个耙子，娘们儿是个匣子。你老爷们没有能耐到外面去搂，你让家里的老娘们能怎么着？巧妇难为无米之炊。"

王寿昌不住地点头，说："是这么个理儿。"

张殿忠说："日本人咋啦？日本人杀的就是八路军。八路军到处打日本人，那日本人还不打你。咱们不招惹他，他打你干什么？说我向着日本人。忘说了，吃谁向谁，恨谁偷谁。日本人处处给我好处，八路军给我啥好处了，他们自己还吃不上喝不上呢！能给别人什么好处呢！日本人给我吃，给我喝，钱儿也没有少给我，我干吗不向着日本人！"说到这里，附在王寿昌的耳畔说："寿昌，我跟你说，日本人许愿了：为大日本皇军提供一条有价值的信息，奖励一百块大洋！"

王寿昌向四外溜了溜，轻声说："这话您得加小心，墙外有耳，让马福这些个民兵们听见，真得吃不了兜着走！"

张殿忠说："要不，我咋就跟你说呢！"

王寿昌搀扶着张殿忠继续往茅房走。

焦淑玉听了张殿忠的一番话，恨透了这个吃里爬外的日本狗腿子，心想，好好收拾他一顿。刚要铆足劲拉绳子，可是，王寿昌稍稍走在张殿忠的前面。那长棍子肯定先扫到王寿昌，张殿忠这个狗汉奸反倒平安无事。焦淑玉只得再等，等他俩从茅房回来再说了。

韩凤芝见焦淑玉出去半天未归，从屋子里出来找她，跑了好几处，也不见她的踪影，只好喊叫："焦淑玉，焦淑玉！"

焦淑玉听是听到了，可她就是不能回答，她还须耐心地等。

终于，王寿昌扶着张殿忠从茅房里走出，慢慢地走到长棍子的附近，况且，张殿忠的两只脚，不前不后，不远不近，机会难得。

焦淑玉铆足劲儿一拢绳子，那长长的棍子，迅速地运动起来，重重地把张殿忠绊倒，狠狠地摔倒在地。

王寿昌惊叫道："张爷，怎么，怎么回事？"急忙弯下腰去搀扶，无奈张殿忠身高马大，又兼王寿昌的腿脚不利索，一个人没办法把他扶起来。于是，他着急忙慌地铆劲儿喊："马之喜，之喜，快来人呀！张爷摔了！"

马之喜从屋里一阵旋风似的跑出来，喊道："咋啦，咋把张爷给摔着了？"

王寿昌辩解道："咋赖我？都是你家扫鸟雀的棍子，平日里罢了，咋你家有这么大事，也不撤了，碍手绊脚的。瞧瞧，把张爷绊倒了不是，这咋说的呢！"

张殿忠痛得直叫，说："哪是绊倒的，指不定谁算计我！"

焦淑玉早从草屋子里溜出来，躲到韩凤芝的身后，"咯咯"地笑着说："这个张殿忠，自己绊倒的。你长眼睛是干吗的？走路不瞧着点儿道，赖人家！"

韩凤芝说："有权有势的人都这样，自己的错往旁人身上推！"

马之喜连连说："张爷，怎么样，要不要拉到县城去看看？"

张殿忠说："拉县城，你当拉省城！喜酒还没喝完呢，干吗，你想让我给你们家省一顿呀，告诉你，墙头上挂门帘——没门儿。接着喝！"

马之喜听了哈哈大笑，说："张爷，只要您没有摔着，酒不有的是，只要潮白河里的水没有干，咱们马家的酒就有！"

王寿昌笑笑说："潮白河里的水，还能有干的时候？之喜，你就吹，吹吧！"

于是，马之喜、王寿昌连拉带拽，把张殿忠弄回了酒桌上，继续猜拳行令。赌咒发誓，大呼小叫，污言秽语，油腔滑调。

焦淑玉眼睁睁看见张殿忠又人模狗样地坐在那里吆三喝四，心里很不是个滋味，小声嘟囔："张殿忠，这次是姑奶奶使的劲儿太小了，算你捡了个便宜。狗汉奸，等着瞧！"声音小得像蠓虫的哼唱。

突然，从大棚里传出乱哄哄的大呼小叫："啊呀呀，喝酒咋不悠着点儿，灌这么多猫尿儿，看看，脑门儿磕破了，牙也磕出血来了！"

"谁呀？谁啊？"

"焦庄户民兵大队长马福！"

"嘿，瞧这起色！"

一会儿的工夫，就见几个小伙子把马福搀扶出来，把他送回家。

当马福坐下来，马文藻说："马大叔，今儿您干吗喝这么多酒呀？"

马福哈哈大笑："这叫兵不厌诈！"

马文藻说："此话怎讲？"

马福说："今儿，马之悦娶媳妇，我知道他家在龙湾屯有几门子亲戚，其中一个就是龙湾屯村的伪保长张殿忠，这个日本人的狗腿子，见缝儿就下蛆，他借故来到咱们焦庄户，不趁机侦察一下，回去禀告他的主子小日本！"

马文藻说："那您就别喝那么多酒啦！"

马福"呸"的一下，吐出一个红色棉花团，说："事先，我把你婶子每年腊月二十九，给蒸出的馒头染红点儿的干棉花球，装在兜里。神不知鬼不觉，往嘴里一塞，红唾沫从嘴里流出来，跟血一模一样。再说，我喝的酒，都是事先准备好的凉白开水……"

马文藻说："马大叔，我们眼看着您每一次斟酒，都是牛栏山白酒呀！"

马福哈哈大笑说："我早调了包了，真酒，告诉你们吧，在这儿呢！"说着，从裤裆里掏出一瓶牛栏山白酒，"哈，我这老家贼能让小家贼给赚了！"

马文藻说："马大叔，真有高招儿！高，高，实在是高，要么咋让您当民兵大队长呢！"

马福小声说："你们回去，马上做好战斗准备！"

马文藻说："马大叔，您真成了算命先生了，哪里会有那么准？"

马福说："板儿上钉钉儿，比写的还准呢！千万马虎不得！"

马文藻说："好吧，我马上派人通知，做好战斗准备！"

张殿忠回到龙湾屯，马不停蹄，立即跑到日军龙湾屯营地，向龟田大佐禀报："报告龟田大佐：焦庄户马之悦娶媳妇，我借此机会，对焦庄户做了详细侦察，民兵们一个个喝得酩酊大醉，民兵大队长马福，更是烂醉如泥。我看，这是大日本皇军进攻焦庄户的好机会！"

龟田说："是这样的吗？"

张殿忠伸出手掌，在自己的脖子上比画着，说："错了，死啦死啦的！"

龟田喝道："军事行动，非同小可，误报军情，要打败仗，要流血，要死人的！"

张殿忠说："大主意，您自己拿。不过，机不可失，时不再来。三国里，诸葛亮明明摆的是空城计，司马懿疑神疑鬼，不敢进城，退兵四十里，坐失良机。假如当时听了他儿子的话，冲了进去，诸葛亮肯定被活捉了！当司马懿知道了真相，为时已晚。望大佐以史为鉴，否则，后悔莫及！"

龟田打量张殿忠良久，说："你的，就到焦庄户串趟亲戚，喝顿喜酒，就能摸到焦庄户民兵的实际情况？"

张殿忠耸耸肩，摊开双手，做出无可奈何的样子，说："这，这让我怎么解释？"

龟田摸摸指挥刀，喝道："你的，张殿忠的，退下！"

张殿忠看看龟田，心里说，好心当成驴肝肺了。甭问，一百块现大洋奖金算没戏了！然而，他又不敢稍有怠慢，转身走出指挥部。轻轻骂道，小日本，大水冲了龙王庙，一家人不认一家人，妈妈的小鬼子！

龟田大声叫道："小林多喜少佐！"

小林多喜少佐快步上前，答道："嗨！"

龟田命令："你的，黄昏五时整，对焦庄户发动进攻，活捉马福、马文藻，消灭焦庄户民兵！"

小林多喜答道："嗨！"

龟田厉声说："不许走漏一丝风声！"

小林多喜答道："嗨！"

龟田叮嘱道："悄悄地进庄，打枪的不要！"

小林多喜答道："嗨！"

马福赶紧来到梁霞住屋，小声说道："小梁，你赶紧向冀东独立团发报：独立团，今日下午，龙湾屯日本驻军，有迹象进攻焦庄户，万望派兵支援！"

梁霞按照马福提供的情报，上报冀东独立团，然后说："大队长，您所上传的情报，不十分确切：敌人进攻的准确时间、人员数目、武器装备，都不准确。实际上，这样发报是不允许的！"

马福说："我觉着，能做到这样，就很满意了。以往，我们民兵打仗，都是两眼一抹黑，村自为战，人自为战，打一枪换一个地方，打到哪算哪儿。缺乏指导和相互支援。土枪土炮土地雷，大刀长矛锄镐铁锹一起上！"

梁霞说："以后的仗，会越打越精，不能光是土枪土炮土地雷，大刀长矛锄镐铁锹，还得用洋枪洋炮装备民兵。"

马福说："那些个洋枪洋炮，递到我们手里也不会用呀！"

梁霞说："咱们不可能总是这样，土枪土炮土地雷，大刀长矛锄镐铁锹。我们将来不仅有陆军，还要有空军和海军！"

马福说："姑娘，看你说的，笔儿描似的。民兵就是民兵，我们使惯了大刀长矛土枪地雷，你给我们飞机大炮坦克车，我们看着也是白瞪眼，一堆废铁，废铁一堆！"

梁霞说："这话可不是我说的，我说不出这话，都是冀东独立团首长教会我们的。再说，独立团上面还有军分区，军分区上面还有八路军总部。"

马福说："好吧，真是挨什么人，学什么人。我们民兵，就是没有见过大世面。你这么一说，真给我开了耳朵。好，姑娘，话先搁这儿，我得赶紧找马文藻他们合计合计，今天的仗怎么怎么个打法，兵贵神速，耽搁不得！"

冀东独立团韩团长和胡政委接到了焦庄户马福的电报，立马召集人员，火速派兵支援。当时决定：派贺向荣率领赵家兄弟赵小二、赵小三，穆氏两姐妹穆承英、穆继英和十几个精壮的年轻人，急行军到龙湾屯和焦庄户之间的大路两旁设伏。

刚要发兵，被委派前来做军事教练的望泉寺民兵自卫队的长毛鬼裴树青和秃三愣刘智，他们大声叫道："我们俩也前去助阵！"

胡政委说："不妥，你们一定好好休息，过一两天组建流星锤和没羽箭队时，还要你们当教练，那个时候，你们再大显身手，别担心英雄无用武之地。"

长毛鬼裴树青说："我们既然来了，就得让我们参加战斗，对小鬼子还客气？多杀一个是一个！"

秃三愣刘智说："对呀，多一个蛤蟆，多四两力呀！"

韩团长走过来说："好吧，就随贺向荣连长去吧，不过，千万要多加小心。贺向荣，率队出发！"

小林多喜率领一个连，天擦黑时，摸到焦庄户村边的土坎下。

小林多喜一挥手，给了个"卧倒"的手势。

日本鬼子们不管泥呀水呀香呀臭呀，立即原地卧倒。

小林多喜慢慢站起来，透过黑黝黝的光线，细细儿看看村里的情景，使劲儿听听村里的动静，仿佛没有感到异常。于是，他轻轻地下达了"悄悄地进庄，打枪的不要"的作战命令。

马福和马文藻都是土生土长，没有给孔圣人撅过一天屁股，对于《孙子兵法》一类兵书，他们则更是一窍不通。可是，小鬼子的一次次扫荡，给了他们不少教训，就是靠这些教训，却使马福、马文藻这些连土八路都算不上的焦庄户民兵，一个个成长起来。

马福和马文藻商议决定，所有民兵都进入地道，用竹筒子传达命令和各处战况，互相增援，并特别强调：不到万不得已，一律不准开火，尽可能用大刀、长矛、钩镰枪、双节棍冷兵器，杀伤敌人。

马福和马文藻身处街中心大碾盘底下的地道指挥部，通过改造好的四面通孔，可以看到街上人们的各种活动。

外面的天色黑幽幽的，但依然能够看清界面上的动静。

小鬼子出现了，猫着腰，弓着身，伸长脖子，端着枪，一个个偷鸡似的，很好笑。可是，在地道孔观察敌情的民兵们，没有一个发出丁点儿响声。

小鬼子们不断地朝村里摸。

一个小鬼子走到大口井的辘轳前，手扶辘轳往下看，可巧一杆长矛刺入他的眼窝，"扑通"，坠入水中。

又一个小鬼子绕着碾盘转悠，突然，从碾盘底下伸出一杆钩镰枪，连拉带拽，拖进碾盘底下，乱枪扎死。

总之，哪里都可能扎出一支长矛，伸出一杆钩镰枪，捅出一柄大刀片儿，小鬼子伤的伤，亡的亡，一个个战战兢兢，哆哆嗦嗦，慌里慌张，无处藏身。

另有一个小鬼子，趴在焦庄户村口土坡上的老柳树下，架起了歪把子机枪。

巧极了，这个架设歪把子机枪的小鬼子，可巧被韩绍忠看得真真切切。

韩绍忠心里骂道，小鬼子，活该送我们一挺歪把子机枪，也算给马文通报仇了，妈妈的！

那个土坡上的空心老柳树，有一个地道口就通往老柳树的空心。韩绍忠从那里的地道口爬上老柳树，细细地观察小鬼子的一举一动。像蝮蛇一样，慢慢地往老柳树的枝丫上爬，爬呀爬呀，当他爬到与小鬼子机枪射手垂直位置的时候，不声不响地从腰间抽出短刀，突然，纵身一跃，白发飘飘，长髯倒竖，不偏不倚，正巧砸在小鬼子机枪射手的身上。手里的短刀，猛地刺入小鬼子的后心，窝儿都没动，一刀毙命。

韩绍忠取过小鬼子的机枪，从空心老柳树的地道口，一声不响地退回地道。把机枪架在射击孔上，专等马福发出"开火"的命令。

小林多喜黑灯瞎火的什么目标也找不到，又怕钻进民兵的"口袋"，只好下令撤兵。

当小鬼子撤退到龙湾屯通往焦庄户的道口时，事先埋伏在那里的贺向荣率领的战士们，一个个飞身跃起，大刀砍，长矛扎，飞刀刺。小鬼子只有招架之功，绝无还手之力，一个个东倒西歪，狼狈不堪。

长毛鬼裴树青手使钢珠，像冰雹一样，击中小鬼子的脑袋，脑浆迸裂。

秃三愣刘智的流星锤，像闪电一样，锤无虚掷，小鬼子一个个仰面朝天。

战斗结束时，马文藻说："焦庄户的这次反扫荡，将被载入史册。为什么呢？就由于它太特殊了。特殊到什么程度呢？特殊到难以想象，整个战斗，敌人一枪没响，民兵也一枪没放。我们没有一人伤亡，小林多喜带领的小鬼子，却伤亡惨重！"

普天下乌鸦一般黑　除奸佞真传可问谁

长毛鬼演示没羽箭　秃三愣亲授流星锤

　　龟田大佐命令小林多喜带领日军一个连，到焦庄户扫荡，活捉马福、马文藻，消灭焦庄户民兵。在他眼里，区区几十个民兵，仅仅靠土枪土地雷，同小林多喜带领的一个连兵力较量，那不等于鸡蛋碰石头！

　　龟田自言自语道："活捉马福、马文藻，消灭焦庄户民兵。哈哈，统统地消灭！"

　　龟田手握指挥刀，在作战室里踱来踱去，一会儿停下脚步，看看北墙上的挂钟，一会儿从玻璃窗探出头来，看看天色。

　　西面的太阳，仿佛陷进乌云里，挣扎着探出半颗头。

　　远处起伏的燕山，就像大海涌起的波涛，一浪一浪赶过来。

　　龟田靠在办公桌旁，痴痴地想，一直以来，流传着焦庄户是攻不破的堡垒、焦庄户民兵不可战胜的神话。今天，我们的小林多喜就是要打破这个神话，我就不信，土八路的土地雷比我的洋枪厉害。端掉这个堡垒，活捉马福、马文藻，消灭焦庄户民兵，杀杀土八路的威风！

　　人等人，心如焚。龟田期盼着小林多喜给他带来好消息，越盼越心焦。

　　突然，从隔壁传来妇人的啼哭，他侧耳听听，猛然想起，刚刚从龙湾屯村里绑架来的俊俏女人，专门为龙湾屯日军做慰安妇的。妇人的这一声啼哭，倒提醒了龟田，这个贼胆包天、狗胆包天、色胆包天的畜类，三步两步走出作战室，朝着关押妇人的房间跑了过去，轻轻开门，嬉皮笑脸地说："花姑娘的，你叫什么，感到孤单了吗？"

那妇人说："我没有名字，就叫丫头，我早已不是花姑娘了，我是童养媳，我家里还有老公公、老婆婆，放了我吧！"

龟田说："你们中国有句老话：人不为己，天诛地灭。做我们大日本的慰安妇有多好！吃喝玩乐，哪一样也少不了你的！还想你家的老公公、老婆婆干什么？"

丫头说："我们中国，讲究孝道。不像你们日本，都好像从石头缝儿里蹦出来的。我们跟你们不一样，你们日本人都是两条腿儿畜类！"

龟田问："畜类，什么是畜类，两条腿儿畜类？"

丫头说："就是驴！"

龟田说："驴，驴子两条腿儿吗？哈哈，世界上的人类，都是一个祖先，我们的祖先都是原始森林的类人猿，猴子，懂吗？类人猿、猴子畜类！"

丫头说："你放了我吧，你要真属于人类，你就放了我吧！"

龟田龇牙咧嘴地走近丫头，说："你，作为大日本皇军的慰安妇，是你的幸运，一天到晚什么事也不叫你做，整天就是跟日本军人快活快活的，这不是神仙过的日子吗？"

丫头说："这种神仙过的好日子，咋不叫你妈妈来呀！"

龟田走上前来，喝道："八嘎呀路！"

丫头吓得直往后退，退，一直退到墙角，站住了。

龟田说："快活快活的，这不是神仙过的日子吗？"

丫头伸手就抓龟田的脸。

龟田死死抓住丫头的手，一拽，一拧，把丫头的双手倒背在身后，笑道："丫头，你说早已不是花姑娘了，依我看，你还是一朵没有绽放的花蕾。今天，我就是让你的花蕾绽放！"

丫头拼命扭动着身躯，本能地反抗着。她一个身材娇小、粉面桃腮的小女子，无论怎样拼死抗争，都无济于事。

龟田狞笑着说："哈哈，快活快活的！"说着，用力揪掉丫头的五个纽襻，扯开褂子，剥去汗巾子，赤裸裸地晾在雪亮的马灯下。

丫头的最后一招儿，唯有拼命地嘶喊："小日本，小鬼子，畜类，你不是人……"

正在此刻，院子里响起了咚咚的脚步声，愈来愈近。

"咣当"，门被踹开。

龟田吃了一惊，定睛一看，来者不是别人，正是小林多喜。他放开丫头，恼羞成怒，呵斥道："小林多喜，八嘎呀路！"

小林多喜答道："嗨！我们到指挥室，不见人影，听到这里有人嘶喊，恐有刺客，所以前来查询！"

龟田喝道："八嘎呀路！"

小林多喜答道："嗨！"

龟田问道："你抓到的马福、马文藻呢？你这次扫荡，消灭了多少焦庄户民兵？"

小林多喜跪下说："这次扫荡，我没有抓到马福、马文藻，也没有消灭焦庄户民兵。"

龟田厉声说："你的，辜负了大日本天皇殷切期望！"

小林多喜说："嗨！"

龟田把手里的指挥刀，"啪"地扔到小林多喜的面前，厉声说："小林多喜，请你向大日本天皇谢罪吧！"

小林多喜跪着往前挪了几步，拾起龟田大佐扔给他的指挥刀，双手平举在胸前，刚要切腹，突然，看见丫头正低头哭诉，好像想起了什么，也伸出一只手，从上衣兜里掏出一个小本本，那个小本本里夹着一张漂亮姑娘的照片，定睛细看，竟有两行眼泪流出，口中念念有词："梅花枝子，永别了！"

龟田喝道："小林多喜，你还有什么好说的？"

此刻，丫头正悄悄爬向墙角，摸到自己的裤褂，草草遮住羞处，轻轻地抽泣着。

小林多喜看了一眼，嘴唇哆嗦着，终于说道："来到中国五六年了，我刚刚明白：我们为什么要到中国来打仗？既毁了自己的家，也毁掉了中国人的家园。'大东亚共荣圈'，意义何在？"

龟田吼道："八嘎呀路，小林多喜！"

小林多喜仰天长叹，无可奈何地掉转指挥刀，猛地刺向腹部，以示向天皇谢罪。

丫头见了，"啊呀"一声，昏倒在地。

龟田"噔噔"走出门来，忽见门口正站着扫荡归来的日军士兵。一个个蔫头耷脑、有气无力的样子，呵斥道："就回来你们几个，人呢，你们一同去的人呢？"

站在门前的日军士兵，哪个敢吱声儿？一个个傻儿吧唧地站着，似在等待发落。

龟田吼道："八嘎呀路，滚，滚！"

日军士兵听了，似有"皇恩大赦"之感，立马散开去。

龟田回到指挥室，心里烦闷透了，像野兽一样嘶叫道："马福、马文藻，焦庄户的民兵，我要杀了你们，统统地杀了你们！"

山区天亮得早，太阳出来得晚。当太阳费劲巴拉地爬上歪坨山顶的时候，焦庄户的民兵早已列队马之悦家的场院里了。

马福站在民兵队列的前面，郑重其事地说："焦庄户民兵同志们，我们民兵自成立以来，还从没有正规培训过，用的都是老祖宗留给咱们的老式武器，不是长矛，就是大刀，要么就是自己鼓捣出来的土地雷。从今儿个起，咱们学点儿新武器。我们从望泉寺请来了两位高手，一个叫裴树青，另一个叫刘智。他们都是苦出身，和咱们一样。可不一样的是，他们手里都有自己的绝活，在每次同小日本的战斗中，杀得小鬼子哭爹叫娘、屁滚尿流。下面，先请……"他看看裴树青和刘智，接着说，"二位大师兄，你们谁先来？"

刘智搔了搔秃头，说："要不，我先献献丑？"

裴树青说："你是师兄，当然你先来！"

马福笑笑说："客气客气，咋是献丑，是传授真经嘛！"

刘智弯腰抻过一个大麻袋，从里面掏出一个拴着铁链子的大铁球。

焦庄户民兵看了，不知这个叫刘智的人葫芦里到底卖的什么药，一个个掩着嘴笑。

刘智右手握着铁链子的套环，把大铁球拉到脚下，然后说："民兵弟兄们，这个大铁球，重四十斤，干吗用呢？用它掏墙洞，毁城门，砸监狱。哪里开路，哪里找它。"

焦庄户民兵看着新鲜，心存疑虑，一个个面面相觑。

刘智看着傻头愣脑，可他却聪明透顶。他不用看，就知道人们都用怀疑的目光在看他。他不声不响，提起大圆球，来到场院的一堵破烂墙下，手拉锁链，把大铁球在空中抡了三个圈儿，正在民兵们看得眼花缭乱时，刘智猛地一撒手，那斗大的铁球，穿墙而过。

焦庄户民兵们无不拍手称快，连连说："神力，好神力！"

刘智说："给墙掏窟窿干吗用呢？"

焦庄户民兵里有人叫嚷道："偷东西！"

一句话，引逗得民兵们哄然大笑。

刘智说："对，偷东西。需要什么偷什么？没有吃，没有穿，没有枪没有炮，除了打仗时在战场上从小鬼子手里抢，还要从小鬼子的营房的仓库里偷！"

民兵们听懂了刘智的话，发出一片赞叹声："噢，偷小鬼子！没吃没穿，没枪没炮，可不就得从小鬼子那里连偷带抢嘛！小鬼子给咱们送到家门口来了，不抢不偷他们，偷谁抢谁？哈哈……"

大家正说着热闹，刘智又从口袋里取出一对小铁球，中间用一条长长的锁链连着。

刘智说："大家看，这两个铁球，每个三斤半，中间一条长锁链。这就是流星锤。这是打八国联军时，义和团留下来的宝贝。现在，又把它拿出来，打小鬼子！"

焦庄户民兵说："用这家伙能打小鬼子，这怎么打呀？"

刘智说："你们谁出来跟我格斗？"

焦庄户民兵一时鸦雀无声。

刘智笑笑说："没事，不会要命！"

"我来！"空中，响起一声炸雷般的嘶喊。

大家定睛一看，是焦庄户民兵韩绍忠。轰的一下子，热闹起来。

韩绍忠长发飘飘，胡须倒竖，双手紧握一支上了刺刀的三八大盖儿步枪，直奔刘智而来，举枪便刺。

说时迟，那时快，刘智的流星锤，朝着韩绍忠迎面而去，不偏不倚，击中韩绍忠三八大盖儿步枪上的刺刀。只听"当啷"一声，折成两截儿。

焦庄户民兵一个个惊讶不已。

韩绍忠威风不减，把手中三八大盖儿步枪掉了一百八十度，枪托照准刘智的门面狠狠砸将过来。

刘智将手中铁索一抡，铁锤径直撞在韩绍忠的枪托上，三八大盖儿步枪"嗖"地从韩绍忠的手中蹿出，半截枪刺刺进对面的一棵大树上。一时间，韩绍忠变得两手空空。

焦庄户民兵惊叫道："神了，神了！"

刘智嬉笑着说："这是演习，要真的对付小鬼子，可就没有这么客气了！哈哈……"

焦庄户民兵嘻嘻哈哈地说："那是的，早就叫他们嗝儿屁着凉大海棠了！"

"哈哈，哈哈……"

马之悦的场院里的上空，荡漾着一片欢乐的笑声。

马福等大家笑够了，笑饱了，这才说："先让刘智师兄休息一会儿。下面，请裴树青同志表演没羽箭。"

裴树青"噔噔"走到焦庄户民兵们的队列前面，说："大家知道，《水浒传》里有个没羽箭张清，我从小就佩服这个张清。我家住在杜各庄，杜各庄这个村儿边上，有一条老火车道，老火车道上有好多好多石碴、鹅卵石，我小时候，上不起学，放羊，羊乱跑，不听话，我就甩石头子。久而久之，家里的羊没放好，甩石头子倒练出来了！"

焦庄户民兵哈哈大笑。

裴树青说："指哪儿打哪儿不敢说，反正打哪儿指哪儿没问题！"

焦庄户民兵又是一阵哈哈大笑。

裴树青两只手，伸进左右两个兜，左手掏出一个鸡蛋，抛向空中，右手摸出一颗石子，"啪"，鸡蛋被击碎，巧极了，鸡蛋黄子落在了韩绍忠的长发上。

裴树青赶忙奔过去，掏出毛巾，赶紧说："对不起，师傅！"

焦庄户民兵笑得前仰后合，笑得肚肠儿疼，笑得抹眼泪儿。

裴树青走回焦庄户民兵队列前，说："我这里还有一颗鸡蛋，谁愿意把他顶在头上？"

焦庄户的民兵一个个把头摇得像拨浪鼓，说："没人敢，没人敢！"

刘智突然站起身来，说："我来试试！"

裴树青说："你不行，你的脑袋没毛，太光溜，放不稳。"

正说间，忽听一声喊叫："我来！"

只见韩绍忠从队伍里走出来。

大家又是一阵笑。

裴树青把鸡蛋递给韩绍忠，说："放在头顶上，一定要放稳当！"

韩绍忠两只手指捏着鸡蛋，正往头上送，"啪"，鸡蛋碎了，鸡蛋黄子，又一次顺着长发沥沥拉拉，往下流淌。

焦庄户民兵一面笑，一面叫，连说带笑，连笑带叫。

马福笑过之后，说："两位师傅的绝活，好不好？妙不妙？我们请他们来，不光是给大家表演，叫大伙开眼，是请他们把绝活教给咱们，杀鬼子！大家说，好不好？"

"好！"

焦庄户民兵的喊叫声，惊天动地，越过歪坨山，穿过白云，飞上蓝天。

焦庄户民兵一枪没放，粉碎了龙湾屯日本驻军的扫荡，这个消息，通过梁霞的发报，传到了冀东独立团，韩团长和胡政委高兴得在独立团指挥部里半晌坐不住。

韩团长说："过去，只听说焦庄户地道战了不起，只是听听罢了。这次，梁霞发送的消息，真是令人振奋。"

胡政委说："这是个奇迹，是人民战争的胜利。这个消息，经过整理之后，完全可以发送给冀东军分区，具有推广价值！"

韩团长说："人民，在人民战争中，有许许多多的创造，地雷战、地道战……"

胡政委说："还有麻雀战，前天来的两位，一个叫刘智，另一个叫裴树青，这两位都是望泉寺民兵自卫队的民兵，身怀绝技。刘智的绝活就是耍流星锤，最适宜近战、夜战、肉搏战。听说望泉寺民兵一次战斗全歼了一个班十二个小鬼子，一枪没放，就是使用义和团老祖宗留下的十八般兵器。"

韩团长说："人民创造了人民战争，各地都有许多高招。早就听说保定府清苑县的冉庄发明了地道战，无独有偶，这种地道战又出现在咱们顺义的焦庄户，这是顺义人民的创造，也是顺义人民的光荣！"

韩团长和胡政委正说得热闹，忽听外面有人饿饿，仔细听听，是为独立团放走刘智和裴树青的事。

胡政委走出指挥部。

战士们看见胡政委从指挥部走出来，觉得不好意思，一个个掩口不语。

胡政委从离去的背影中认出几个人来，于是，喊道："穆承英、穆继英，还有赵小二、赵小三，你们回来！"

穆承英、穆继英小姐俩嘟嘟囔囔地说："赵小二、赵小三，就你们俩囔囔得冲，怎么样，倒霉了吧？"

赵小二、赵小三涨红了脸，无言以对。

几个年轻战士极不情愿地往回走，蔫头耷脑的。

胡政委背着手，态度严肃地说："刚才的冲劲儿哪里去了？"

战士们不语。

胡政委说："赵小三，你先说！"

赵小三鼓囊半晌，也没有吐出半个字来。

穆承英、穆继英小姐俩，偷偷瞟了赵小三一眼，看他那窝囊相儿，扑哧笑了。

胡政委说："穆承英、穆继英，你们笑，那你们说，刚才在指挥部门口吵吵什么？"

穆承英、穆继英小姐俩噘着小嘴儿，半日不语。

胡政委说："你们不说，我替你们说，是不是因为刘智和裴树青的事，有不满情绪呀？"

穆承英说："本来嘛，谁不知道刘智的流星锤、裴树青的石头子的神功呀！正想跟他们学几招儿，还没见识见识，就让团部给派到焦庄户去了！"

穆继英说："可不嘛！"

赵小二、赵小三此刻也来了勇气，异口同声地说："就是嘛！"

胡政委笑笑说："小家子气！"

穆承英、穆继英、赵小二、赵小三同时说道："小家子气，咋是小家子气呀？"

胡政委说："你们都知道，刘智的流星锤、裴树青的石头子的神功，都想跟他们学几招儿，这并不错。可是，你们想过没有，学了干什么？打小鬼子，不是用宝贵的时间，学点皮毛，花拳绣腿，看着新鲜，表演给人看。当前，抗日已经进入了相持阶段，这个阶段很艰苦，要打破这个艰苦阶段，我们要和时间赛跑，要跟小日本抢时间，要想抢在头里，就要大量地消灭小鬼子。这就要发挥人民战争所有的积极因素。你们看，焦庄户的特点就是地道战。地道战的最大优势是什么，你们谁知道？"

穆承英、穆继英、赵小二、赵小三同时摇头。

胡政委说："地道战，地道战，就是要充分发挥地道的作用，以地道为战场。把小鬼子引到地道里去，杀伤他们，消灭他们！"

还是穆继英嘴快，最先开口，也是的，她要不先开口，那她就不是穆继英，她说："听不懂，那跟把刘智、裴树青派到焦庄户有什么关系呀？"

胡政委说："你们都知道刘智的流星锤、裴树青的石头子，出神入化，都想跟他们学几招儿，他要是把时间都用在咱们这儿，那焦庄户的民兵们谁去教他们？况且，你们穆氏姐妹身怀飞刀绝技，赵家兄弟有赵家枪的看家本领。焦庄户民兵们急需学到新本领，却没有人教他们，你们已有了绝技和看家本领，只需进一步练精练绝罢了，你们想想，在这种情况下，哪里最需要他们？"

穆承英、穆继英、赵小二、赵小三都是晓事的年轻人，心知肚明，一声不吭。

胡政委说："刘智、裴树青，谁更需要他们，你们回答我，是我们，还是焦庄户？"

穆承英、穆继英、赵小二、赵小三同时大声回答道："焦庄户，焦庄户，焦庄户！"

胡政委叫道："穆承英！"

穆承英答道："到！"

胡政委接连叫道："穆继英、赵小二、赵小三！"

穆继英、赵小二、赵小三分别一一答道："到！"

胡政委说："冀东独立团，新近组建汽车训练班，决定你们四个年轻人为第一批学员。有意见吗？"

穆承英、穆继英、赵小二、赵小三同时大声回答道："没有！"四个人相视而笑。

胡政委说："红军在长征路上，曾经高呼过'让革命骑着马前进！'现在，抗日战争已进入相持阶段，我们又一次高呼：让胜利乘上快车前进！"

驻扎龙湾屯日军龟田向小林多喜发了一顿狗脾气，小林多喜少佐也剖腹效忠大日本天皇了，本该气顺了。可是，此刻，他反倒觉得空荡荡的，仿佛在他的背后，总有一条条无形的鞭影，随时朝他狠狠地抽下来，抽打得他痛不欲生。他在作战室里坐立不安，踱来踱去，一会儿仰脸看看墙上的作战地图，一会儿俯首摸摸腰间的指挥刀，心神不定，不知所措。突然，他大声嘶喊："八嘎呀路，统统的八嘎呀路！"

日军士兵们被龟田的一声嚎叫惊呆，一个个愣头巴脑的，不哼不哈，面面相觑。

龟田走出作战室，信步走到隔壁。突然，从破碎的窗纸看到，一副女尸挂在那里。此刻，他才猛醒：那个慰安妇自寻短见了！

龟田吼道："来人！"

几个小鬼子急速赶来："嗨！"

龟田嚎叫道："你们，把这具女尸弄走，喂狗！"

几个小鬼子七手八脚把慰安妇的尸体装上排子车，拉出日军驻龙湾屯兵营。

龟田拔出指挥刀，高高举起，直指蓝天，吼道："八嘎呀路，死啦死啦的！"

远来的和尚会念经。刘智、裴树青，这两位都是望泉寺民兵自卫队的民兵，原本不怎么显山露水，可是到了冀东独立团，简直成了香饽饽。冀东独立团又把他俩派到焦庄户辅导民兵的军事训练，则更是前呼后拥。

马福、马文藻带领着刘智、裴树青钻进焦庄户地道，并客客气气地请他们"多加指导"。

秃三愣刘智和长毛鬼裴树青从来未受过如此礼遇，连连摆手，说："岂敢岂敢！"

马文藻说："二位师傅不用客气，我们焦庄户是个山旮旯，没出过远门，去趟县城，就像出国一样长见识。哪像你们，走南闯北，见多识广。听说保定府有个清苑县，清苑县有个冉庄村，人家那个地道挖得好！"

刘智说："瞧您说的，快把我们描成一朵花了！我们去哪里走南闯北，保定府的冉庄，人家的地道是出了名，可我俩也只是听人家说说，也没有去过。"

裴树青说:"我俩要不是来你们这里,连焦庄户地道也没钻过,哪里说得上见多识广!"

马福、马文藻在前面钻,刘智、裴树青两个人紧紧地跟在后面,说话搭理,不知钻出了有多远。

走着走着,刘智仿佛看出了问题,于是说:"大队长、指导员,我走了这么远,就感到这条地道,直通通的。"

马福说:"拐了好几个弯儿了。"

刘智说:"我知道已经拐几个弯儿了,我说的不是这样的弯儿。"

裴树青插言道:"不是这个弯儿,到底说的哪个弯儿?"

刘智说:"树青,别打岔。地道挖成这样,只能防御。就是说,小鬼子来了,我们就钻进来,只能叫小鬼子看不见,躲过一命,不能把小鬼子引进地道里来,把它们消灭。"

马文藻说:"我们的地道里到处都有射击孔。只要敌人一进村,我们就能打击他们。"

刘智说:"我说的,你们没有听明白,我是说,设法把小鬼子引进地道里来,小鬼子进来后,只有这一条道,我们在这条道的两侧,多开出几个藏身洞。就等于小鬼子在明处,我们在暗处。其实呢,地道里原本就是黑咕隆咚,只不过我们地形熟,将地道作为战场,有多少小鬼子就能消灭它多少!"

裴树青说:"你这叫一厢情愿。小鬼子也不是傻子,你叫他钻他就钻!"

刘智说:"要不,我咋说设法把小鬼子引进地道里来呢!设法,你听清了吗?"

马文藻搔搔头皮,想了想,说:"对,可以试试!"

刘智说:"两侧的藏身洞,不能只藏得住一个人,要向左右开,像对扇门的钉锦,左边一个人,右边一个人,万一同敌人搏斗,也好有个照应。"

马福听了,连连说:"好主意,好主意!要不说,还是你们县门口子人,比我们山旮旯里的人有见识!"

裴树青说:"关键是,能不能把小鬼子给引进地道里来!"

刘智说:"这些年,我们一直同小鬼子打交道。你呢,在天桥杂耍十几年没着家,哪里知道小鬼子的事儿呀!"

裴树青说:"你别净说那些驴蛋跑马胯骨的事儿,咱们不是说把小鬼子引到地道里来的事儿吗！"

刘智说："是呀，我也没说灶王爷灶王奶奶的事呀！马大队长在这儿，咱们出了地道，坐下来好好琢磨琢磨，怎么样能多消灭小鬼子咱们就怎么干！"

马福说："对对，这事儿得抓紧办，说不定哪天，那个叫龟田的东西，一高兴，又带着日本兵来了。"

马文藻说："来了好呀，咱们把地道归置好了等着他，正发愁他不来呢！"

龟田在作战室里发了一阵子疯，自觉无聊，渐渐平静下来。他从腰间摘下指挥刀，挂在墙上，退后几步，眼睛盯着作战地图，看着看着，攥紧的拳头，狠狠地砸在焦庄户这个小圆点儿上，恶狠狠地说："焦庄户，焦庄户的有！"

龟田两眼布满了血丝，直盯盯地盯着天花板，半晌，突然叫道："来人！"

一个瘦猫似的小鬼子立马走进来，垂手侍立。

龟田厉声说："快，把龙湾屯保长张殿忠的，找来！"

瘦猫似的小鬼子答道："嗨！"答毕，转身而去。

龟田大佐对中国战法极感兴趣，他始终琢磨不透，以中国军队之落后装备，何以能战胜拥有飞机大炮坦克车的大日本皇军？他早就开始研究《三国演义》《孙子兵法》《三十六计》之类的书。可是，这类书籍，漫说对一个外国读者，即使中国人，也非一般人能够读懂，况洋人乎！

龟田稍有闲暇，手里就捧起这些书，他也并非装模作样给人看。他也没有必要给人看，确确实实想从中找到战胜中国武装力量的办法。他翻开《三国演义》，看了几页，好像无法找到答案。合上书，重新抄起《三十六计》，他又一次闭上眼睛，从头背起："瞒天过海、围魏救赵、借刀杀人、以逸待劳、趁火打劫、声东击西、无中生有、暗度陈仓、隔岸观火、笑里藏刀、李代桃僵、顺手牵羊、打草惊蛇、借尸还魂、调虎离山、欲擒故纵、抛砖引玉、擒贼擒王、釜底抽薪、浑水摸鱼、金蝉脱壳、关门捉贼、远交近攻、假途伐虢、偷梁换柱、指桑骂槐、假痴不癫、上屋抽梯、树上开花、反客为主、美人计、空城计、反间计、苦肉计、连环计、走为上计。"

是的，他能把三十六计，背得滚瓜烂熟，可是，细细想想，仿佛一条也用不上。其实，是他错了，临时抱佛脚，必无济于事。但他不甘心，他深信，只要功夫深，铁杵磨成针，功夫不负有心人。通过阅读中国典籍，一定能够找到用兵之道，那只是迟早的事！龟田大佐一面闭着眼这样想着，一面睁开眼翻阅《孙子兵法》。

当他翻到《孙子兵法》第二百四十页的时候，书中写道："途有所不由，军有所不击，城有所不攻，地有所不争，君命有所不受。"孙子的这段话，使龟田陷入了深思。

他坐在摇椅上，闭着双眼，前后摇动。他对中国文化，虽只一知半解，半瓶子醋，但他依然按照自己的理解，深深思索一些问题。他甚至想，大日本天皇，该不该提出"大东亚共荣圈"，该不该打这场战争？其实，孙子孙老先生的这段话，与龟田大佐的理解，风马牛不相及！

正在龟田大佐梦游爪哇之时，龙湾屯保长张殿忠轻手轻脚地走到他的身旁，小心翼翼地开口说："大佐，您找我？"

龟田大佐慢慢地睁开眼睛，说："你的，张殿忠，上次，你提供焦庄户的情报准确吗？"

张殿忠理直气壮地说："准确，一百个准确！"

龟田说："你的，老老实实地说，不许撒谎！"

张殿忠指天发誓，说："我对大日本皇军，大大地忠诚！"

龟田说："我来问你，焦庄户的土八路一枪也没有放，日军怎么就死了那么多人？"

张殿忠哆哆嗦嗦地说："那，那是小林多喜指挥不得力，咋能赖我提供的情报不准？"

龟田哈哈大笑，说："你的，中国人的这个！"他把伸出的大拇指，高高挑起。

张殿忠稍稍舒了一口气，心里骂道："妈妈的！"

龟田说："你说，你们的祖宗孙子说过'途有所不由，军有所不击，城有所不攻，地有所不争，君命有所不受'是什么意思？"

张殿忠疑疑惑惑地说："我的祖宗不姓孙，姓张，他说的话我的不懂！"

龟田摆摆手，说："孙子是不是你祖宗，这问题不大，你就说说大概意思！"

张殿忠模棱两可地说："孙子的这段话，就是说，有的路可以不走，有的仗可以不打，有的城可以不攻，有的地可以不占。你们日军太把天皇当把儿屁！其实，他的话满可以不听。"

龟田听了，似懂非懂，连连称赞："好，好！"然后，掉转过身来说："你说，我们把大日本天皇当上帝，这就对了。大日本帝国的上帝！他的话，我们统统地接受，全部地要听。是这个意思吧？"

张殿忠心里想，跟这个浑虫王八蛋较什么真儿？于是，索性顺水推舟，点点头说："是的是的，不错不错！"

龟田俯下身来，一副很谦逊的模样，笑着说："我对你们中国的《孙子兵法》兴趣极浓，三十六计我记得很熟很熟，像美人计、空城计、反间计、苦肉计、连环计这些在《三国演义》里都有，很好理解。可对于好几种计策却一知半解，比如这'树上开花''反客为主'之类，应作何解释？"

张殿忠笑笑说："'反客为主'，你们日本人跑到中国来，就是'反客为主'嘛！"

龟田在表情上，稍有不悦，可还是继续问道："那'擒贼擒王'是什么意思？"

张殿忠看出龟田大佐稍有不悦的面部表情，知道自己出言不逊，唯恐惹恼了龟田，于是，堆出一副殷勤的笑脸，小心翼翼地说："你说的'擒贼擒王'嘛，这好理解。在我们唐朝有一位诗圣，名叫杜甫，他写过一首诗，这样写道：'挽弓当挽强，用箭当用长。射人先射马，擒贼先擒王。杀人亦有限，列国自有疆。苟能制侵陵，岂在多杀伤。'你们日本人自恃强大而穷兵黩武，还自我标榜什么'大东亚共荣圈'，杀光、抢光、烧光，是极其不可取的。我早就向你们劝说过，在我们中国，老百姓讲孝悌。你想，你杀了人，这家人的儿子闺女能饶得了你？你奸淫了人家姑娘媳妇，人家那当家的、兄弟姐妹就能够答应你？孩子长大了，也还会找你们算账！我给你们出过主意，你们谁听过？你们不是要打八路军吗？你们就打八路军，别杀老百姓。你们不是要消灭民兵吗？就是要把民兵的头儿给捉住，就行了。"

龟田大佐听了，虽觉费解，但还是似乎明白了许多，于是，接着问："我进攻焦庄户，消灭焦庄户的民兵，你看如何施计？"

张殿忠悄声说："依我之见，这就用得上'擒贼擒王'之计。"

龟田大佐问："此计施得？"

张殿忠把嘴巴贴近龟田大佐的耳朵说："'擒贼擒王'，就是要抓住焦庄户的马福、马文藻。"

龟田大佐问："如何抓得？"

张殿忠说："焦庄户的特点就是地道战，你打他，打不着。为什么？他们钻进地道里去了。你们应该设法找到地道口，钻进去，把马福、马文藻这些人给掏出来！"

龟田哈哈大笑，说："中国有句老话：英雄所见略同。妙，妙，实在是妙！"

刘智、裴树青这两位远来的和尚，经念得不错。马福、马文藻真的按照他俩出的主意去做，况且，还动员民兵们及早落实。比如，在主地道两侧开挖"钉锦式"猫耳洞，并留有射击孔；还有下水道、通烟孔，也都是刘智、裴树青念的经。特别值得一提的是，在大庙的神像后面，留一处地道口，选在这里开凿个地道口，是由于这里既隐蔽，又明显。如果，太容易发现，小鬼子会疑心，如果太不容易找到，又极难让小鬼子上当。

马福、马文藻齐声称赞："好好，实在是好！"

众人拾柴火焰高，人多力量大。看似工程不小，架不住人多，全村男男女女，老老少少，能拿锹的拿锹，能用镐的用镐，开挖下来的黄土，推的推，背的背。夜以继日，日以继夜，大家都知道，不为别的，就是为消灭小鬼子。提到小鬼子，焦庄户的老百姓，哪个不恨得咬牙切齿！小胳膊儿累软了，大腿根儿累酸了，腰也哈了，手也麻了，可是，竟然没有一个人喊累叫苦的。焦庄户人哪个心里都有一本账，一本血泪账！

焦庄户民兵在这里用的应是"以逸待劳"，或者叫"暗度陈仓"？说不准。

说来也巧，正在"万事俱备只欠东风"之际，有人看见龙湾屯伪保长张殿忠来到马之悦家。

马文藻说："好，'东风'来了！"

马福一时不解，问道："东风，啥东风？"

马文藻把嘴贴近马福的耳朵，轻轻地说了一遍，声音细得像蜜蜂嗡嗡。

四月二十八庙会，是焦庄户最热闹的日子。

天气晴好，太阳当空照，透过浓密的树叶，将发亮的光斑洒在地面上。来来往往上庙的人群，脚下踩着细碎的光斑，登上大庙正殿高高的青石台阶，在红色大门外的香案上，请下几炷香，走到坐北朝南的菩萨塑像前，点燃香烛，插在香炉里，跪下，四脚朝天，无比虔诚地磕仨响头，默念半刻，起身退下。

下一拨，正巧张殿忠赶到，刚要请香，只听东耳房前几个人窃窃私语，他仍装作没事儿人一样，耳朵却留意东耳房前那几个人的谈话。听着听着，他明白了：大概菩萨塑像的后面，新近开出了地道口，留神不让生人知道云云。

张殿忠无意再给菩萨上香，连马之悦的家也没有回去辞别，径直跑回龙湾屯日本驻军营地，向龟田大佐报告了这个"天赐良机"的信息。

龟田说："你的，中国大大的良民。大日本皇军忠实的朋友！天皇陛下赏金大大的有哇！"

张殿忠弯腰侍立，两手下垂，双目凝视，垂涎欲滴。

龟田虽然期盼中国人都变成张殿忠这类人，可是，他内心最看不起的正是这类人，于是，他"嗯"了一声，很使张殿忠感到莫名其妙，不知所措，进退两难。

龟田说："赏金的事，再议。大日本皇军的这次扫荡，由你带路！"

张殿忠急忙说："我可不去，我不能去。我们龙湾屯和焦庄户挨得近，低头不见抬头见，鼻观眼，眼观鼻。今后，可怎么再见面！"

龟田厉声说："是大日本天皇陛下的'大东亚共荣圈'的宏伟蓝图重要，还是你们的面子重要？你们中国人的面子，在大日本帝国天皇陛下的'大东亚共荣圈'的宏伟蓝图面前，不显得太微不足道、太毛毛雨了吗！说，是也不是？"

此刻的张殿忠，脸色发灰，头脑发麻，双腿发软，颤颤巍巍，哆哆嗦嗦，脚脖子左右摇摆，脚丫子前搓后撺，终于说道："我，我他妈的我！"

龟田哈哈大笑，说："你的，前面带路！"

天擦黑时，龟田带领一个连的兵力，张殿忠走在队伍的最前面，神不知鬼不觉地出发了。

焦庄户安静得像沉睡的歪坨山一样，虽然，偶尔可听见一两声狗吠，但仍然显得十分静谧。

张殿忠带领日本鬼子径直来到焦庄户大庙菩萨塑像的后面，极容易地发现了地道口。

龟田压低声音说："张殿忠，你的，下去，前面带路！"

张殿忠说："我已经把你们带到这里了，我手无寸铁，要我进去干什么？"

龟田下令："不不不，下去，要你下去！"然后，向日军们一挥手，"你们，一个一个地钻进去，活捉马福、马文藻，消灭焦庄户民兵！"

小鬼子们跟着张殿忠，一个个钻进了地道。

龟田哪里知道，马福、马文藻早已布置好民兵们，正在地道里静静地等着他们哩！

按照马福、马文藻的事先吩咐，所有的民兵都藏进"钉锦式"猫耳洞里，从射击孔观察小鬼子进入地道后的动静，把他们一个个放进去，等待着马福发出的作战命令。

小鬼子进入黑咕隆咚的地道，什么都看不见，摸着黑儿，瞎摸合眼抱着枪往前走，不知走到哪里算一站。正在狐疑，突然哪里响起了喊话："焦庄户民兵同志们，你们各自为战，消灭你们面前的小鬼子，开战！"

于是，连先知先觉的菩萨也不会料到，在他的脚下，黑洞洞的地道里，正在进行着一场人类历史上从未有过的特殊战斗。这里听不到一丁点儿细微的枪炮声，闻不到一丝一缕的火药味儿。说是天下奇观，却又无法观察，原因极简单，这里黑得像锅底，伸手不见五指。然而，却在进行着一场正义与邪恶的较量。民兵们手里使用的都是什么呢？事后提起来无不哈哈大笑：匕首，飞刀，石子，铁铲，木棍，粪叉，屎勺。

战斗命令有始无终，不知什么时候可以结束，焦庄户民兵们仿佛进行着一场旷日持久的战役，又像是一场不十分过瘾的游戏。等到地道里确无一丝半点儿的动静，整条地道点起蜡烛，灯火通明，人们开始清点战果，只发现一个中国人的死尸，凑上几支蜡烛细细看来，是张殿忠。大家纷纷说："这个狗汉奸，活该！"

第三十四回

贺向荣智取半壁店
蔡来福参加八路军

急行军李桥车辚辚　　耐苦战马坡夜沉沉
贺向荣智取半壁店　　蔡来福参加八路军

被焦庄户当作香饽饽的刘智和裴树青回到独立团，还带来两个小兵，一个是王德元，另一个叫韩小松。临来时，马福还让刘智和裴树青捎来一句话：让他们踏踏实实学些真本事，多多杀日本小鬼子！

自从贺向荣来到冀东独立团，许多战士对他感兴趣，贺向荣的枪法，实在是太绝了。耳听为虚，眼见为实，令这些小战士口服心服的却正是他们亲眼看见的呀！他们确曾亲眼看见过，贺向荣举枪击中高空回归的大雁，树上叽叽喳喳的小鸟，还能将别人抛向空中的石子，一枪击碎，齑粉飞扬。

王德元、韩小松是独立团最小的战士，每次军事训练休息时，都要跑到贺向荣的身边来，问东问西，没完没了。

时间长了，王德元、韩小松同贺向荣混得相当熟。贺向荣从心眼儿里喜欢这些小八路。

贺向荣天生聪颖，不仅枪法好，记性也好，看书，一目十行，过目不忘。他对《三国演义》里的关张赵马黄，最是佩服得五体投地。《水浒传》这本书，简直让他给翻烂了。谁都佩服他能把水浒英雄从首位及时雨宋江按序背到第一百零八位的地狗星金毛犬段景住，可他却漫不经心地微微一笑，说："小菜一碟！"

王德元、韩小松总想从贺向荣的心里掏干净他们想要知道的故事，贺向荣对他们来说，就像一口深井，有许多许多他们想要知道的故事，总也掏之不尽，又像一座宝库，永远取之不竭。

夏季的风，软得像绸子，为苦练一整天的八路军战士们，轻轻地擦拭着脊梁上的汗水。

王德元、韩小松又来死缠贺向荣了。

贺向荣说："明天再给你们讲新的故事，我今天有事去找团首长。"

王德元、韩小松像泄了气的皮球，齐声说："好吧，真泄气！"

贺向荣说："等明天，明天会给你们一个惊喜！"

王德元、韩小松又像充足了气的皮球，一蹦老高，"嗷——"，一起跑远了。

贺向荣望着年轻战士的身影，会心地微笑了。

王德元、韩小松跑回了宿舍，稀里糊涂洗了洗脸，把洗脸水泼在院子里，潮乎乎的，显得凉爽了许多。

王德元说："总让咱们练习大刀长矛的，没劲！"

韩小松说："不让你练习大刀长矛，那让你练什么？"

王德元说："练手枪，一抬胳膊，'啪'一枪，再抬胳膊，'啪'又一枪，那才过瘾！"

韩小松说："美得你，美得你不知出哪门了？告诉你，手枪都是当官的用的，你见过哪个当兵的使手枪？"

王德元说："往后，我要是能当上连长，就用两把手枪！"

韩小松哈哈大笑，说："你真的能当连长？当驴掌马掌吧，哈哈——"

王德元说："我要当上连长，左边挎一支手枪，右边挎一支手枪，也练成百步穿杨。打仗时，左边'啪'一枪，一个小鬼子倒下了，右边'啪'一枪，又倒下一个小鬼子。用得上你们这么多人，还不够我一个人收拾的呢！有多少小鬼子，由我一个人包圆儿了！"

韩小松说："瞧你，还没当上连长，就美成这样了，要真的当上连长，还不把我们都打发回家！"说着，噘起了小嘴儿，脚后跟儿铆劲儿磕打磕打地面，扬起一股股黄土烟儿。

王德元说："呦，急了？我不就是说说嘛，就凭我这德行，还能当连长？我们家的坟地上也没有长那棵蒿子呀！"

晚饭号声响了，王德元、韩小松立马站起来，跑去站队，有秩序地进了食堂。

韩团长和胡政委正在独立团小操场上散步，突然，迎面走来个日本人，正以为怪，又见那人向他们敬礼，这就越发使他们感到稀奇。

那人走近他们俩："报告团长、政委：我是冀东十四分区独立团五连连长贺向荣！"

韩团长和胡政委听后哈哈大笑。

韩团长说："贺向荣，你出什么洋相？"

贺向荣说："正好，二位首长都在，我有一个不很成熟的建议……"

韩团长说："有话直说，别玩儿弯弯绕，哪里有那么多废话！"

贺向荣刚要开口，胡政委抢过来说："让我猜猜，你是不是在打那批缴获的日本服装的主意？"

贺向荣笑笑说："正是。"

胡政委说："快说说你的想法！"

贺向荣说："咱们独立团里有军校，还成立了好几个军训小组，这些组织的成立，已初见成效……"

韩团长打断他说："你哪儿有那么多废话！说说你想要干什么？"

贺向荣说："咱们缴获了那么多日本军用物资，服装、军帽、军旗、领章、帽徽……"

胡政委说："该不是让五连都学你，化装成小鬼子吧？"

贺向荣说："干吗让五连都学我化装成小鬼子，我就想挑出几个人，学习日语，成立个日语学习班，到时候，肯定用得上。"

韩团长笑着说："日语还用学吗？'米西米西'是吃饭，'八嘎呀路'是混蛋，要么'花姑娘的有'？连小孩子都学会了，还成立什么日语学习班！"

贺向荣笑笑说："团长，要真学好日语没有那么简单。"

胡政委说："团长，贺向荣提出的建议，很好！应该认真考虑！"

韩团长说："他还嫌小鬼子不闹腾，还让八路军都说日本话，成天价叽里咕噜地'花姑娘的有'？成何体统！"

贺向荣说:"学习日语,既有现实意义,又有长远意义。当前,先学习一些简单日的常用语,为的是赶跑日本鬼子;为以后深入学习日语,打下一定基础。"

韩团长说:"我烦的就是小鬼子,恨不得明天就把他们赶跑!"

贺向荣说:"您在咱们独立团又建立军事学校,又成立各种军训小组,为的是什么?"

韩团长说:"一句话:就是为了赶走那小鬼子!"

贺向荣说:"赶走小鬼子以后呢?"

胡政委说:"先别争论了,我听懂贺连长的意思了。学习日语,一是为了赶跑小鬼子;二是为了将来向日本学习先进科学技术。对吗?"

贺向荣笑笑说:"胡政委说得对,不过,第一步,首先学习日常用语,为的是赶走小鬼子。至于第二步,那也许是很遥远的事。我还是那句话,我建议马上成立起学习日语小组,到时候肯定有用得着的时候。"

胡政委说:"韩团长,可以定下来吧?这样吧,你先物色一些人,年轻人学得快,记得住,你先摸摸底,好吧?"

贺向荣说:"初级日语学习,毛遂自荐,先由我来教。以后,有谁要求深造,往后再说,行不?"

胡政委望着韩团长的脸说:"韩团长,我看可以吧?"

韩团长说:"真人不露面,露面非真人。你什么时候学会的日语呀?"

贺向荣笑笑说:"略知一二而已!"

胡政委:"艺多不压身,机会永远属于有准备的人。好,就这样,你们日语学习班开学时,请韩团长跟大家见见面,讲几句话!"

韩团长说:"那天,你去吧。我只知道'米西米西'是吃饭,'八嘎呀路'是混蛋,要么'花姑娘的有'这么几句,这不叫我活现眼嘛!我不去,就你胡政委去,跟大家见见面,给大家讲几句话,勉励勉励,给大家鼓鼓劲儿!"

胡政委说:"贺连长,就按团长说的办!"

贺向荣说:"行!"

从古北口通往北平的火车途经顺义,距顺义城南不足二十里处,有一个叫作张辛的火车站,日军的军用物资要在这个车站卸货,再用军车运到离这里不远处的半壁店。

贺向荣和侦察员田春商定，化装去一趟半壁店，侦察敌情。

时令已接近夏至，在冀东，农谚说"顶至拔麦子"。麦熟一晌，果真不假。恰如唐白居易诗云："夜来南风起，小麦覆陇黄。"在农村，打墙、脱坯、拔麦子，都是数得着的累活。即使是丁壮，拔尖儿的好劳力，"足蒸暑土气，背灼炎天光"。也足可以够你喝一壶的。

贺向荣和田春，一人一顶蘑菇草帽，走到麦子地里，看见一个老农民猫腰割麦子，气喘吁吁。

贺向荣俯下身子，说："大叔，我来替你，你歇一会儿！"

那人说："你是谁？我不累。"

田春从贺向荣手里夺过镰刀，说："连长，我来吧，你跟他聊一会儿！"

那人愣了，说："连长？听口音，你们都不像本地人，莫非你们是八路军？"

贺向荣点点头说："大叔，别怕，我们正是您说的八路军。我们八路军是专门打小鬼子的！"

那人说："我叫蔡来福，半壁店的老百姓。小鬼子净祸害老百姓，杀人、放火、抢粮食，什么坏事都做。前些日子，小鬼子还到过我们村……"

正说间，只见一位贫妇人，右手捡拾蔡来福掉失的麦穗，左臂上挎着一个破旧的竹筐。

田春虽非本地人，但是，也知道拾麦穗的规矩，总得等人家收割完地里的麦子之后呀。于是，他走到贫妇人的跟前说："大嫂，等人家收割完，再拾麦子，行吗？"

贫妇人哭诉道："前几天，日本鬼子到我们半壁店抢粮食，我家里仅有的一点点儿棒子粒叫他们给搜走了！大人好说，小孩子饿得嗷嗷哭呀！"

蔡来福摆摆手，说："八路军同志，别管她了。她是我们村里的，前几天，小鬼子到我们村里抢粮食，家家断顿了，就让她拾几穗麦子，带回家去，救救她家孩子的命吧！"

田春说："好吧！"

贺向荣听到这里，弯腰拾起几穗丢掉的麦穗，放在贫妇人破旧的竹筐里。

贫妇人望着贺向荣，哆哆嗦嗦地点点头儿，喃喃地说："都说，哪里有八路军，哪里就有小鬼子。原来日本鬼子都是八路军给招来的！"

贫妇人的一席话，田春听了很不是滋味。心想，倒是八路军的不是了。他刚要反驳贫妇人的说法，不料蔡来福却说话了："话可不能这么说，应该说，哪里有小鬼子，哪里就有八路军。八路军是打小鬼子的。要是没有八路军，啥时候能把小鬼子赶出中国呀！"

贺向荣说："大叔，您说得对，说得对！"

蔡来福说："中国人虽然多，可是像一盘散沙。什么时候，中国人抱成一团儿，再多的小鬼子来，也把他们赶跑了！"

贺向荣说："您住在半壁店的哪头？听说您村里有日本人的仓库，您知道吗？"

蔡来福说："我家的大门跟日本人的仓库近得很，他们的卡车什么时候进进出出，我家都能看见。"

田春说："我们能不能到您家里看看？"

贺向荣说："我们俩帮您背麦子，好吗？"

蔡来福说："以往总听人家说，八路军和老百姓是一家人，百闻不如一见，走！"说着，提起一捆麦子，就往身上甩。

贫妇人赶过来，说："等等！"说着，把她拾的麦子从破竹筐里扯出来，递给蔡来福。

蔡来福忙说："你拾的麦子，就归你！"

贫妇人说："我见到八路军，就想起八路军不拿群众一针一线来。"

蔡来福哈哈大笑说："不拿老百姓一针一线，说的是八路军，又没说咱们老百姓！"

贺向荣掉转过头来说："大嫂，我这里还有一块大洋，回去能买一些吃的度日，等赶走了小日本，咱们就有好日子过了！"

贫妇人接过贺向荣的银圆，嘴唇哆嗦半晌，才说出口："就盼着这天呢！"

蔡来福、贺向荣和田春三个人，每人扛上一捆麦子，朝半壁店走去。

贫妇人把贺向荣给的一块银圆，双手捧着，高高举过头顶，说："老天爷睁眼了，八路军，普天下，顶数八路军好啊！"

蔡来福、贺向荣和田春，说话搭理儿就到了蔡来福的家。

蔡来福家三间小土房，东屋一条土炕，炕上铺着半张破破烂烂的席子，破棉絮很随便地堆在炕头上，地上一把破椅子。

田春问："您家大嫂子呢？"

蔡来福没有应，不知是真的没有听见，还是有难言之隐，故意装作没有听见。

贺向荣乜斜了田春一眼，悄悄摇摇手。

田春自知失言，不再开口。

蔡来福深深地叹了口气，说："我家黑间白日就是耗子陪着我，出来进去就我一个人，我一个人吃饱了，全家不饿。"

贺向荣里里外外、仔仔细细地探视了一遍，冲田春招手儿。

田春朝贺向荣走了过来，问："怎么样？"

贺向荣说："你看，从折扇窗的破纸洞，完全可以观察到日军仓库的全貌。"

正说间，一辆日军载货卡车从蔡来福家的房山擦边而过，连载重卡车上的货物，都能看个七七八八。

田春兴奋地说："假如，我们的人，事先埋伏在这里，完全可以劫持这辆载运日军卡车。"

贺向荣说："我们回去后，再好好琢磨琢磨，到底怎样利用这个有利条件。"

田春说："我已经画了一张草图，回去发动咱们日语训练小组，再认真讨论讨论，三个臭皮匠赛过诸葛亮，哈哈……"

贺向荣说："应该说：众人拾柴火焰高。"

蔡来福说："打小鬼子是咱们全中国老百姓的事，也有我一份。你们什么时候用得着我，就言语一声。反正我光棍一根，无牵无挂，拼一个够本，拼俩赚一个。"

贺向荣说："大叔，我们肯定需要您的帮助。再说，干吗非要拼一个够本，拼俩赚一个？我们赶走小鬼子，是为了将来有更好的生活，活出个样儿来，给日本人看看！"

蔡来福说："这话可说到我心里去了！"

贺向荣说："等下次来，我们就利用您这间屋子，好好收拾收拾小鬼子！"

蔡来福说:"好吧,就等着这天呢!"

贺向荣和田春辞别了蔡来福,急匆匆回到宿营地,迅速开始筹建日语培训班的工作。

马灯下,贺向荣在一张皱皱巴巴的纸上,写下了几个人的姓名:田春、王德元、韩小松、宋小元、穆承英、穆继英。

夜幕降临了,一轮金黄的圆月,在白莲花的云朵里穿行。营地里的屋舍,忽明忽暗。院墙外围高高的白杨树,窃窃私语。远处,不时传来犬吠,时断时续,若有若无。地平线上横着的几个小村,灯火点点,忽隐忽现。

卢沟桥西两侧,石狮各异。卢沟桥东,矗立一座汉白玉石碑,上书"卢沟晓月"。宛平城墙高高耸立,巍峨入云。突然,炮声隆隆,宛平城墙被炮火掀开了一个大缺口,瓦砾漫天,尘土飞扬。宋小元手持大刀,从庙脊飞至松柏树上,茂密的枝叶遮挡住宋小元的面庞。一队日本鬼子从树下经过,宋小元"嗖"地一跃而起,飞将下来,抡起手中大刀,向鬼子们的头上砍去。鲜血溅到宋小元的脸上,热乎乎的。

宋小元猛地一睁眼,一个小战士在宋小元身边洗脸,不小心将毛巾里的温水,滴在宋小元的脸上。

原来,宋小元做了一个梦。

贺向荣拿着昨晚写好的名单,去请示团首长。

韩团长看了看贺向荣递上的名单,说:"穆承英、穆继英不是已经编入汽车训练班了吗?"

贺向荣说:"穆承英、穆继英,这穆氏姐妹飞刀一绝,无人企及。我这里的人员组成,最好都是冷兵器,不出一丝声响。神不知,鬼不觉,这是一场没有硝烟的战斗。否则,极容易被小鬼子发现。"

韩团长看了看贺向荣,笑笑说:"看急得你,鼻子尖上的汗都出来了!"

贺向荣说:"嗨,我不是怕您把这两个丫头给划下去嘛!"

韩团长说:"还有,宋小元,宋小元是宋哲元的侄子,大刀一绝。你怎么飞刀一绝、大刀一绝都拉进去了?"

贺向荣急忙说:"这宋小元来了这么多日子,我可是惦记已久了,这个人,胆大心细,遇事不慌,是个人才呀!化装成日本人,以假乱真,真假难辨,混进敌人内部,就得需要这样的人。"

站在一旁的胡政委说:"归你!"

韩团长指指名单说："田春、王德元、韩小松，这三位，你是怎么考虑的？"

胡政委笑笑说："这三位，由我替他说，看看是不是猜他心里去了：田春，侦察能手，不可或缺；王德元、韩小松是焦庄户马福、马文藻送来的'留学生'，让贺向荣给带带，回村后，可以当作焦庄户民兵骨干力量！"

贺向荣听了，不由得笑了。

韩团长说："英雄所见略同。哈哈……"

贺向荣笑笑说："就是说，团首长同意了我的方案？"

团长、政委同声说："把心搁在肚子里吧！"

贺向荣说："是！"敬礼，转身而去。

韩团长说："贺向荣，年轻有为，是把好手，还有一位，尤须培养使用。"

胡政委说："团长不用明示，我也知道是谁？"

韩团长说："谁？"

胡政委说："关礼仁，对否？"

韩团长说："这关礼仁是一员猛将，从长城脚下，星夜走单骑，来投奔咱们独立团，已经两三年了，还是个见习排长，我看应该提拔使用了！"

胡政委说："是呀，我们冀东独立团，不仅能打仗，打胜仗，还是培养八路军干部的大学校。"

贺向荣找来田春、王德元、韩小松、宋小元、穆承英、穆继英，向他们说明团首长已经批准组建日语训练班的申请，第一批学员就由你们几个人组成。

没想到，穆承英、穆继英听了，放声大哭。

这很出乎大家的意料之外。

原来，穆承英、穆继英听说把她们编入日语训练班，不由伤感顿发，想起母亲被日本鬼子害死的惨状，悲伤不已，故此痛哭。

王德元说："承英、继英，你们说说，咱们中国人，谁家没有一本血泪账？你家有，小松家有没有？"

贺向荣面向穆承英、穆继英，劝说道："德元说得对，自从小日本发动侵华战争以来，到处烧杀抢掠，无恶不作，哪家没有一本血泪账？我们组成日语训练班，就是要化装成日本人，接近日本人，消灭日本鬼子，给咱们的亲人报仇！"

穆承英、穆继英说："我们手里有刀有枪，干吗非得学叽里咕噜的日本话？学日本人的行动坐卧？丑死了，丑死了！"

贺向荣笑笑说："这个，你问问田春。他是侦察兵，他最有发言权，他的经历，最有说服力！"

田春说："搞侦察，什么都得会，像你们要飞刀，另外，长枪短枪，骑马开车，还得会讲日本话。"

穆承英说："哪里会有你说的那么玄，那不成了百事通了吗？"

田春说："说得对，百事通不行，应该是万事通，事事通！"

贺向荣说："承英，别抬杠，田春说得一点儿不差，不会骑马，不会开车，行吗？古人讲：艺多不压身。多会点儿本事，没有亏吃！"

穆继英说："听你的，反正一百多斤交给你了，你叫我们咋的，我们就咋的。"

田春、王德元、韩小松、宋小元、穆承英都笑起来。

贺向荣严肃地说："从咱们的日语训练班成立那天起，一切都按部就班，正正规规，没有玩笑可开；踏踏实实，一步一个脚印。"

穆继英："除了学习叽里咕噜的日本话，还学习什么呀？"

贺向荣说："我早已写出《教学大纲》，到时候，抄出一份儿清楚的交给大家！"

穆承英说："你就先透漏一下，对我们还保密咋的？"

贺向荣说："保密倒不是，一两句话咋能说得清呢？反正这么说，就是要把你们训练成一个日本兵。小鬼子会什么，你们会什么！"

穆承英、穆继英说："那怎么行，日本人都是畜生，我们咋能学他们呢？"

田春说："贺连长真能叫咱们学日本鬼子，就是说，外表是小鬼子，骨子里还是八路军！"

穆承英、穆继英叽叽喳喳地说："这谁不知道，谁也没说，一学小鬼子，就都真的变成小鬼子啦，你说说，咱们是打小鬼子的，现在非得要学小鬼子，杀人放火，什么坏事都干，感情上实在难以接受！"

田春说："谁让你杀人放火去了？"

贺向荣说："别争了，等我把《教学大纲》抄出之后，大家就全明白了。"

第三十四回 贺向荣智取半壁店 蔡来福参加八路军

567

蔡来福送走贺连长和田春之后，心里好生纳闷，他在世上活了四十又八年，从来没有谁把他当人看。小鬼子进来以后，则更是变本加厉，说打就打，说骂就骂。去年，他和村里的罗吉祥、蔡雄信一帮年轻人，被小鬼子抓去挖战壕，干着干着，眼看着罗吉祥被小鬼子用刺刀挑死了，鲜血流得满壕沟都是，竟然没有一个人站出来吱声，找小鬼子评评理！那次，好歹活下来了，吃苦受累家常便饭，用不着跟谁诉苦。可是，这半年多，也许正干着活儿，也许正睡着觉，就随随便便让小鬼子给抓走，修炮楼，挖战壕，扛盐包，拉炮车，受苦受罪，挨饿受冻，简直拿人当牲口使唤。想想今天无意中碰到的两个八路，年龄都不大，可是，都特懂事，耳听为虚，眼见为实，都是谁教育出来的呢？他们说，一定还来，还有需要他帮助。该不是开玩笑吧？这世上，还有需要他帮助的人！

　　蔡来福心想：这次，两个八路来了，里里外外，破破烂烂，脏了吧唧，也没有来得及归置归置。可奇怪的是，人家谁也没嫌咱家脏，谁也没嫌咱家乱。怪！

　　蔡来福一面归置破烂东西，一面琢磨，要是中国人都跟八路军一样，还有小日本的地盘，还容小日本横行霸道！他想到这里，突然心里一热，等哪天贺连长他们来了，我求求他们把我带走，也去当八路军。如果要了我，能不能再带上蔡雄信？这个蔡雄信，家里比我还穷，吃上顿没下顿，年三十的饺子都吃不上。冬天没棉衣，夏天光膀子，头上没帽子，脚上没鞋。都说八路军为穷人打天下，真要这么说，八路军就不会嫌穷。好吧，到那天，我就把蔡雄信叫来，跟我一块儿去当兵。无论走多远，有个头疼脑热的，也好有个照应。

　　蔡来福东想西想，有的事需要求人，有的事仿佛人家需要求他，心里不免顿生美味，竟稍有些飘飘然了……

　　蔡来福累了，乏了，回到小黑屋，躺在土炕上，大腿压二腿，想开了美事儿。少顷，打起了呼噜，做起了黄粱美梦。

　　蔡来福胸戴红花，参加了八路军，蔡雄信站在他的身后，胸前也戴着一朵大红花。

　　炮火连天，蔡来福手枪高举。"啪"一枪，一个小鬼子倒下了；"啪"又一枪，又一个小鬼子倒下了。

　　一大群八路军战士高喊："蔡来福杀得小鬼子最多，立了大功，当上连长了！"

蔡来福嬉笑着说："蔡雄信，你小子给我当警卫员吧！好好干，以后，有我吃的，就有你吃的；有我喝的，就有你喝的。再有小鬼子抓你当劳工，你手里的家伙是干什么的，不会枪毙他？姥姥的！"

蔡雄信说："跟着您，我知道准没亏吃。往后，您当了师长旅长，腾出连长这个位子给我当，就知足了。您呢，升官发财坐汽车，然后再娶俩老婆，那就一个眼儿……"

蔡来福骑着高头大马，身披红袍，随后一顶大花轿。

唢呐唢呐，曲小腔大，咿里哇啦震耳朵。

大鼓大鼓，鼓声轰鸣，喊咕隆咚，震耳欲聋……

蔡来福从梦中惊醒。

"咔啦啦"，一道闪电，划破乌云。"轰隆隆——"一声雷鸣，惊天动地。

蔡来福"嗖"地从炕上爬起来，赶紧跑到门口，扒开门帘看。

瓢泼大雨，从天而降，雨幕遮天。

"乒乒乓乓"，冰雹乱跳，漫地雪白。

蔡来福一拍大腿，带着哭腔说："完了，完了，我的麦子！"

一个小小的日语培训班的活动，不啻一场暴雨。

穆承英、穆继英从日语培训班场所回来，一路牢骚。

穆继英说："姐，我怎么一听见日本人嘀里嘟噜讲话，心里就恶心！"

穆承英说："我也是，妹妹，别怕，过几天就好了！"

穆继英说："日语培训班，就该学习简单点儿的日语还不行，非要学日本鬼子的军容风纪，连走路、跑步、扛枪、背枪的姿势也学他们，干吗用呀！"

穆承英说："贺连长有教案，他怎么教，咱就怎么学。将来肯定能用得上！"

穆继英说："姐，你也是墙头草，哪边儿风往哪边儿倒，前两天，你还心烦，这两天变卦了！"

穆承英说："好妹妹，听话，不兴跟贺连长闹别扭。再说，军人以服从命令为天职。"

穆继英小嘴一撇，说："呦呦，姐，我呀，以后贺连长说西山煤是黑的，我就跟着说黑的；他要说西山煤是白的，我也跟着说是白的，行不行？"

穆承英说："不跟你抬杠！"

穆承英、穆继英小姐儿俩走到小操场，迎面走过来田春、王德元、韩小松、宋小元四位好汉，不觉停下了脚步。

王德元说："日本话真难听！'八嘎呀路''米西米西'，这也叫人话？"

韩小松说："可不，还没驴吭吭、狗汪汪好听呢！"

宋小元说："小松，你真逗！贺连长教的'站住''证件'，这两句日本话我能记着，就是'姓名''哪部分的'不好记！"

田春说："这两句，也好记。待会儿，咱俩找一个旮旯儿，我教你！"

王德元说："找旮旯儿干吗，又不是搞破……"

韩小松说："别胡说，你没见穆承英、穆继英站那儿听着吗？"

王德元的脸"唰"地红了，不再吱声。

韩小松说："学那几句破日本话，我倒是不发怵。就是'枪上肩'，这动作太难！"

田春说："这不难……"

王德元笑笑说："是不是还找旮旯儿教他呀？"

田春说："就你贫！咱们早练会了，早执行任务！"

王德元、韩小松、宋小元说："那倒是，那倒是。谁不是盼着这天呢！"

日军的军用物资通常在张辛火车站卸货，再使敞篷军用卡车运到半壁店日军仓库。这对于贺连长来说，早已司空见惯。可是，愈是这样，就愈让他心焦。眼看着小鬼子的军用物资从他们的眼皮子底下经过，却无法得到手，作为一个八路军战士，感到愧疚于人民。怎么不是呢？这些军用物资，粮食、服装、武器、弹药，都是小鬼子的给养和装备，用以屠杀中国人民。贺向荣眼睁睁望着那一辆辆敞篷卡车，从张辛火车站运走军用物资，开往半壁店的日军仓库，心里像针扎一样难受。

贺向荣只要一有机会，就到张辛火车站通往半壁店的石子路两侧细心观察。在这个季节，小麦覆陇黄，玉米刚起身，想要接近日军来来往往的载重汽车，怕难，或者根本无法实现。他和田春结识贫苦农民蔡来福，并且到他家探寻回来，贺向荣一直坐立不安。想再同田春聊聊，他毕竟已有好几年干侦察的经验了。他想着想着，不由自主地来到田春的侦察班门口。

田春抬眼看见贺连长，知道准是为他而来。于是，他主动从屋里跑出来，问："连长，您找我？"

贺向荣说："想听听你的意见。"

田春说："服从您的命令。"

贺向荣说："不，我还是想听听你的意见。走，咱们一路走，一路谈，好吧？"

于是，贺连长和田春并肩在独立团的大操场上，足足兜了几个大圈子。

关礼仁是冀东独立团一员猛将。从投奔韩贵德之后，虽也打过几次小仗，可是，他总觉着不过瘾。在他看来，作为军人，其主要职责就是打仗。养兵千日，用兵一时。倘总无仗可打，养兵何用？

关礼仁对日军大营炮楼早有耳闻，炮楼三层，从根到梢都由钢筋混凝土浇筑成一体，甭说步枪、机枪、手榴弹，即使小点儿的炸药包，也奈何不得。大营日军疯狂至极，伪军为虎作伥，统统仰仗着这个攻不破、炸不烂的大营炮楼。

关礼仁曾经骑着马化装成商人，到那里转悠多次，心里早有个小九九。要不，干吗对神炮手班的训练那么上心？

韩团长最了解他的这位关礼仁兄弟，他的这位兄弟三天没有仗打，手就痒痒。

刚刚吃过早饭，关礼仁就登门上户来找韩团长，一脚门里一脚门外就说开了："团长，你知道，顺义城北小鬼子闹得特凶，我们必须毁掉它。"

韩团长问："咋个毁掉法？听听你的想法。"

关礼仁说："我去日军大营炮楼附近看了几次，那炮楼的确非同一般，我考虑多次，采取攻坚战，恐怕不行。现在，只有一种办法，就是集中炮火……"

韩团长说："我的好兄弟，让我给你上哪里找那么多炮火去呀？当前，我们手里只有一门掷管炮，就是你们用作训练神炮手的那门。"

关礼仁说："这我知道，可我还知道，小鬼子从张辛火车站往半壁店库房，是什么都运，不会没有掷管炮吧？"

韩团长说："你是说，咱们从小鬼子手里夺！"

关礼仁说："没有吃，没有穿，自有那敌人送上前；没有枪没有炮，敌人给我们造。你看，敌人的枪炮造好了，送到我们跟前来了，我们为什么不接收呢？小鬼子们又没说，非得要打收条儿！"

韩团长说："放心吧，这个任务已经交给贺向荣了。其实，这个贺连长，他比你还急呢！"

正说间，田春急急火火朝韩团长跑来，气喘吁吁地报告："报告团长！"

韩团长说："讲！"

田春说："报告团长：我和贺连长到张辛火车站侦察，小鬼子有一批挦管炮到站，大概要运到日军半壁店仓库。贺连长命我火速向您报告。"

韩团长说："迅疾回告贺连长，由他全权组织指挥夺取这批挦管炮的战斗！"

田春回答道："是！"转身飞速而去。

关礼仁说："万事俱备，只欠东风。"

韩团长说："依我看，贺连长的任务一定能完成。就是说，欠你的东风，由小鬼子给你送来了！"

贺向荣从张辛火车站侦察回来，立即让田春通知王德元、韩小松、宋小元、穆承英、穆继英火速集合。

贺向荣连长命令："田春、王德元、韩小松、宋小元、穆承英、穆继英：第一，立即把日军行头准备齐整；第二，带上各自绝活冷兵器，出发！"

在通往半壁店的石子路上，一辆马车在奔驰。远远看去，车上坐着六个头戴草帽的青年农民。

半壁店村头，有一棵大柳树，柳荫浓密，赶车人把鞭子一摇，马车"咯噔"站住了。

赶车人说："下车，等候！"

原来，赶车人是贺向荣连长，他连马车也没有下，径直赶车往蔡来福家里奔去。

蔡来福见贺连长来到，马上把他让到屋里。

贺连长说："蔡大叔，我们今天要执行一个重要任务，借您的小屋子用用！"

蔡来福说："从咱们上次认识，我就是你们八路的人了，要我做什么都行！"

贺连长说："好！"他走出小屋，朝半壁店村头的大柳树方向招招手。

田春、王德元、韩小松、宋小元、穆承英、穆继英急速赶到，进了小屋。

贺连长说："快，换上日本军装！"

田春、王德元、韩小松、宋小元立即套上小鬼子的服装，刚才还是个青年农民，一眨眼的工夫，一个个成了日本鬼子。

穆承英、穆继英说："你们都出去，我们换服装！"

田春说："就是把小鬼子的服装套在身上，又不脱衣裳，我们都掉过脸不看就是了！"

穆继英说："掉过脸不行，闭上眼睛！"

穆承英、穆继英迅速换装，俨然一对儿日本女兵。

贺连长说："各自带好兵器，随时准备战斗。田春、宋小元跟我来！"

田春、宋小元在前面走，贺连长跟在后面，走到日军半壁店仓库大门口，两个日本兵拦住他们，问："哪部分的？"

贺连长戴着日军大佐军衔，"啪啪"迈着日军步伐，腾腾走上前去，说："过来，统统地过来，我来告诉你们！"

说时迟，那时快，田春、宋小元闪电般蹿过来，一人掐住一个小鬼子，拖进岗楼。然后，分别站在两侧。

贺连长向蔡来福的小屋一招手，王德元、韩小松、穆承英、穆继英迅疾赶到，静候日本军车的到来。

贺连长压低声音说："各就各位，各负其责，不得有误！"

几个人齐声答道："是！"

少顷，一辆日军敞篷卡车从远处开来。

行至路口的栏杆外停下。

田春、宋小元走上前去，喝道："下车，证件！"

驾驶舱内副驾驶位置上坐着一个日军少佐，厉声说："八嘎呀路！"

田春、宋小元二人分别登上左右两边车梯，继续喝道："证件！"

日军少佐大声说："你们瞎了，哪次不是我们？"

贺连长"啪啪"迈着日军步伐，"腾腾"走上前去，大声说："服从命令，统统地下车！"

日军少佐睁眼一看，天上降了个日军大佐，急忙开门下车，应道："嗨！"

田春、宋小元顺势迅疾走上前去，抓住喉咙，铆死劲儿拧，瘫软在地。

敞篷车里的两名负责押车的小鬼子，还没有弄清啥馅儿，就被穆承英、穆继英一人一飞刀，结果了性命。

贺连长命战士们把小鬼子尸体拖进岗楼，迅速上车。

贺连长跳进驾驶舱，手握方向盘，启动汽车，磨回头来一拐弯儿，当敞篷卡车行至蔡来福门口，贺连长正要换挡加油，突然有人大声叫嚷："停车，等等我！"

贺连长侧眼一看，是蔡来福，赶紧刹车。

蔡来福叫道："贺连长，我要当八路！"

贺连长来不及细想，说道："快，快上车！"

穆承英、穆继英伸出手来，连拉带拽，把蔡来福弄上了敞篷卡车。

第三十五回

天若有情天亦老
地如无义地也荒

人穷志短志非短　马瘦毛长毛不长

天若有情天亦老　地如无义地也荒

老远就能看见顺义城北有一座高高的鬼子炮楼，这座炮楼修筑在大营村南的黄土高坡上。炮楼的北面，与大营村比邻，是日本鬼子和伪军的兵营。这里驻扎着一个连日军和一个营伪军。日军连长名叫村治，中佐军衔，外号一只野狼。伪军营长姓夏，叫夏兆三，左眼戴墨镜，伪军们背后都称他为瞎营长或者叫他瞎兆三。

瞎营长和村治称兄道弟，亲密无间，平日里是村治的跟屁虫，狐假虎威，狗仗人势。

冀东这一带，"冷在三九，热在中伏"。眼下，麦秋刚过，正是一年之中最炎热的季节。

瞎营长气喘吁吁来到村治住处，点头哈腰地说："天气这么热，咱们何不找个凉快的地方，避避暑？"

村治说："哪里？"

瞎营长说："潮白河，潮白河滩上的沙子，绵软得像细砂糖。岸柳如烟，浓荫密布。要是在潮白河里游上几圈，上得岸来，躺在柳荫下沙滩上歇息，岂不是神仙的日子！"

村治哈哈大笑，说："要是我的夫人能来到中国，那就再好不过了，带上夫人一同在河里游泳，岂不是比神仙还要神仙！"

瞎营长早就听说过，日本男女同浴，一直不知真假，听村治这样一说，似乎得到证实。心里想，我要在日本，天天泡在澡堂子里。甭说神仙，给我个皇上当，我都不换！瞎营长想入非非，一时间，竟然飞到爪哇国去了。

村治问："几时去？"

瞎营长正琢磨好事，经村治一问，竟然发愣，一时不知如何作答。

村治望了望，见他心不在焉，便觉奇怪，又问道："几时，几时去潮白河？"

瞎营长说："啊，啊，几时都可。看中佐方便吧！"

村治说："那就马上，好吧？"

瞎营长说："可以，我去备车。"

村治说："不，我开吉普车。一同去，马上动身，好吧？"

瞎营长感到受宠若惊，立即说："好，好，顶好的顶好！"一面说，一面挑起大拇指。

村治和瞎营长一前一后走出来。村治从车库开出吉普车，说："夏营长，上车。"

瞎营长上了吉普车，坐在副驾驶的位置上。

村治说："夏营长，带路！"

瞎营长抬起胳膊，往东一指，说："走，别拐弯儿！"瞎营长坐在车上，心里一直在惦记男女同浴的美事。他多么想亲自体验一下那种天上人间的生活呀！

村治一面开车，一面斜视瞎营长，说："夏营长，想什么呢？"

瞎营长说："我就想，你们大日本，怎么就可以男女同浴呢？"

村治说："这是很自然的呀，有什么可大惊小怪的呢？在我们大日本帝国，男女同浴，一直这样流传下来。你看看，你们中国，皇帝有三宫六院七十二嫔妃，其实，不是比我们大日本帝国的男女同浴还要略胜一筹吗？你们的皇帝，只许州官放火，不许百姓点灯，太霸道了！"

瞎营长只管自己想心事，至于村治都说了些什么，似与他无关，随口说道："我们中国，自古以来，就有王道与霸道的传承。我就说，你们大日本帝国，男男女女，咋就好意思脱得精光溜丢地在一起同浴？"

村治哈哈大笑说："习惯了，这就跟男女同桌听课、男女同桌吃饭一样！可在你们中国，把性看得太神秘了，男女的性器官，也是人体组成的一部分，就跟眼耳鼻舌一样，有什么可大惊小怪的呢？"

瞎营长听了，依然觉得理由不能成立。心里想，野兽欲吃小羊，总能找到借口。什么大日本帝国？就是一群畜类！他虽是心里这样想，可是，他多么向往那种畜类的生活呀！瞎营长嘴上不说，心里发痒。

村治说："女人是什么，你知道吗？"

瞎营长对此极有兴致，晃晃头，不言语，洗耳恭听。

村治说："女人是上帝……"

瞎营长哈哈大笑，说："女人是上帝，女人是上帝？从来没有听说还有人这样说过。"

村治说："不是，不是说女人是上帝，是说，女人是上帝……"

瞎营长一时被村治搞糊涂了，时而说女人是上帝，时而又说女人不是上帝，到底是不是上帝呀？

村治说："夏营长，你急什么，等我把话说完好不好？我是说：女人是上帝送给男人最好的礼物！"

瞎营长恍然大悟，说："噢，这么说，还真不错，没有人抬杠，精辟，谁抬杠，那他就算不上男人！"

村治说："可是，在你们中国，只有一个做皇帝的独享上帝送的礼物，旁的男人，只能享用自己的女人！哈哈，是不是太不公平了！在我们大日本帝国，传承男女同浴，也就让所有的男人都享有上帝赐予的最好礼物。请问，是也不是？"

瞎营长一听，点头称是。此刻，他多么想有朝一日，也能去日本国，同日本女人一起洗浴，享受享受日本女人呀！

村治来中国已有三年，虽然对汉语并不很熟悉，但也算得上一知半解。他看到村口的砖墙上写着：小东庄。于是问道："前面是小东庄，还往哪里拐？"

瞎营长说："不用拐，一直向东，快到潮白河了！"

村治说："这里就是潮白河了，去年，我到龟田大佐那里去，驾驶着吉普车，急急忙忙从这里走过。"

瞎营长说："驾驶着吉普车，还急急忙忙，那怎么能发现它美在何处呢？欣赏美，需要看它的细部，细微之处。据说，发现人体美的是你们日本人，也是从人体的细微之处发现了美。在我们中国，美就是魅，你不懂中国文字，'魅'字，就是年轻的'女鬼'！"说着，瞎营长一瞥路旁有一个挖野菜的少女，他急忙喊："停车！"

村治一脚踩死刹车，吉普车嘎地停住了："什么事？"

瞎营长指指土坡上的少女，龇牙咧嘴地说："中佐请看：那不就是个年轻的'女鬼'吗？待我捉来，献给太君，到潮白河里，来一番男女同浴，岂不快哉！"

村治哈哈大笑，说："顶好的顶好！"

瞎营长跳下吉普车，爬上黄土坡。

女孩儿见有人爬上土坡来，扔下小筐，撒腿就跑。

瞎营长叫嚷道："别跑，皇军有赏，金票、糖果大大的有哇！"一面叫嚷，一面穷追不舍。终于，像老鹰抓小鸡一样，瞎营长轻易就把女孩儿抓了回来，一把就将女孩儿塞进吉普车。

村治笑道："年轻的'女鬼'，顶好的顶好！"

女孩儿拼死反抗，然而，她太柔弱了，太纤细了，就像老鹰爪子里的一只小棉花鸡。

瞎营长用一只大手，死死攥住女孩儿的两条胳膊，另一只手也不闲着，这里那里地乱摸。

村治一面开车，一面讥讽："这样的中国人！"

瞎营长远远地看到潮白河了，急忙说："中佐，就往那里开！"

终于，村治把吉普车停在了潮白河岸边，自己先下了车，伸过手去，把女孩儿拽下来，迫不及待地抱在怀里，放声大笑："来吧，叫你们中国人也体验一把男女同浴的快乐！"一面说，一面撕扯女孩儿的衣裤。

女孩儿本能地扭曲着腰肢，又踢又咬又抓，总之，调动身体上一切能动器官，尽可能地挣扎与反抗。但无济于事，她太柔弱了，太清瘦了，就像两只老鹰爪子里的一只小鸟。她望望天，天上只有朵朵白云，飘飘荡荡；她看看地，地上只有一排排柳树，依依袅袅。白云也好，绿柳也罢，谁能帮她什么呢？此刻，她想到了当炮兵的爸爸，爸爸是个最出色的炮手，可是，他早已逃离回家，若是他仍然在军队里当炮手，我不要爸爸顾我的死活，直接向我开炮！而今，说什么也晚了，怎么想也没人知道。欲哭，无泪；欲喊，无声。她感觉，她是这个世界上最孤苦无助的人。

禽兽不如的小鬼子、狗汉奸，竟然在光天化日之下，对一个手无寸铁的弱女子施暴！

终于，女孩儿被两个畜类撕扯得精光溜丢，一丝不挂。

村治和瞎营长眼、耳、鼻、舌、身并用，贪婪得无以复加。这两个贼胆包天、色胆包天、狗胆包天的畜类，竟然不知天下有"羞耻"二字！

村治和瞎营长一一扯掉自己的衣裤，一人拽女孩儿的一只胳膊，一同跑进了静静的潮白河。

村治真像一匹来自日本四岛的野狼，在水中撕咬着女孩儿，男女同浴，听似斯文，其实就是一群返祖的豺狼，一群嗜血成性的野兽！

作为中国人的瞎营长，对于自己同胞姐妹，丝毫不加同情与怜悯，连一丝一缕的人情味也没有！

人啊，人，日本鬼子也叫人吗？"日中亲善""大东亚共荣圈"，有多么冠冕堂皇！

村治就像一匹饿狼，跟女孩儿折腾够了，气喘吁吁，躺在沙滩上歇息。

此时的瞎营长，一丁点儿也不示弱，竟然比日本鬼子还要凶恶与无耻。他把女孩儿揽在怀里，这里那里地连摸带抠，连亲带咬，没完没了。

终于，他脱手了，女孩儿趁机挣脱，被水冲走了。然而，她却又两脚够不着河底，噼里扑腾，水花四溅。

瞎营长虽说能会几步狗刨儿，但他终于没有敢扑过去，只好眼睁睁看着女孩儿顺流而下，不知将要漂向何方。

贺向荣带领田春、王德元、韩小松、宋小元、穆承英、穆继英六人，从日军运往半壁店仓库的敞篷卡车上缴获六门迫击炮，经独立团首长批准，立即在独立团五连成立迫击炮排，任命宋小元临时担任迫击炮排排长。其实，原先已经培养过神炮手，可是，那时，全团仅有一门掷管炮。而今，鸟枪换炮了，算上原有的掷管炮，已有七门炮了。然而，奇缺的就是炮手，尚须尽快加以培训。

宋小元在其叔父宋哲元的部队里见习过迫击炮，稍有些见识。独立团首长考虑来考虑去，宋小元是临时聘请的大刀教练，随时都有可能被调回。若请求上级支援，恐远水解不了近渴，因此，迫击炮排的排长只能先由宋小元临时担任。

担任迫击炮排长的宋小元，深感责任的重大，带领临时组建的迫击炮排战士，马不停蹄，在潮白河畔操练。

太阳刚刚跳出潮白河宽阔的水面，宋小元带领临时组建的迫击炮排的战士们，早已经被拉到苏庄大桥附近的潮白河沙滩上操练了。

王德元、韩小松、穆承英、穆继英，每人一身崭新的八路军军装，英姿飒爽。可是，他们的军事训练的姿势，实在不敢恭维，就是由于操纵迫击炮的动作太生疏了，一举一动都要靠宋小元手把手地教。这样一来，无论多么聪颖的姑娘小伙，都会显得笨笨拙拙。尽管每个人都十分认真，大汗淋漓，一个动作，反复演练，但还是难以做到准确无误。毫无办法，万事开头难。

正在大家认真演练的当儿，穆继英突然惊叫一声："死，死……"

穆承英厉声说："妹子，干吗呢？军事训练，严肃点儿！"

穆继英抬起胳膊，哆哆嗦嗦地指着说："死尸，河里……"

大家抬起头来一看，潮白河里果然漂过来一具女尸，赤裸裸、白皙皙，一丝不挂。

穆承英喊道："男人走开！"一面喊叫，一面跑进河里，"继英，快，过来帮忙！"

穆继英双手捂住眼睛，说："我，我怕！"

穆承英说："你是八路军战士，怕什么？快！"

宋小元恍如大梦初醒，叫道："救人要紧，男同志也过来！"

王德元、韩小松听到宋小元排长的命令，全都跑进河里，七手八脚把那具女尸抬上河岸。

穆承英急忙脱掉长裤，给女子穿上，可是，她忘记了自己里面仅仅穿着一条三角裤衩。

宋小元说："穆承英，八路军战士，这等模样，成何体统，穿上！"

穆承英毫无办法，只得复又穿上。

可是，一具少女裸体，一丝不挂，又成何体统？

正在此刻，穆继英飞快跑到一棵野苘麻秧下，急匆匆地忙活一阵儿，手里攥着短裤，跑了回来，迅速给她穿上。

宋小元说："顺着河坡，脑袋朝下，控水！"

大家很快把那女子顺着河坡，摆弄好。

宋小元说："穆承英，摸摸有无心跳？"

穆承英将手贴近女子心口，摸了半晌，摇摇头，说："摸不到。"

宋小元弯下腰，刚要把手伸过去。只听穆承英说："慢！"她从上衣下摆伸进手，扯下自己的贴身兜肚，给女子盖上，这才说，"好吧！"宋小元把手摸摸左胸，似乎感觉到稍有微弱心跳，于是叫道："穆承英、穆继英，你们轮流做人工呼吸！"

穆承英立马上前，做开了人工呼吸。

渐渐地，女子有了喘息。

穆承英早已汗流浃背，于是说："继英，你来替替姐姐！"

穆继英说："我怕……"

穆承英说："你怕什么？女孩儿都缓醒过来了！"

正说间，女孩儿竟然睁开眼睛，恍恍惚惚不知发生了什么事，断断续续地说："我，我，在哪里，你，你们，是谁……"

小东庄村口，住着一户人家，父女两口人。

父亲名叫石敬开。石敬开一大早出去到地里忙活，回到家里洗洗脸，等着吃饭。可是，与他相依为命的宝贝闺女，却没有在屋里做饭，便躺下来歇息。左等左不来，右等右不来。心想，自己动手，做好饭等她。穷家破业的，有啥好做的饭，就是贴饽饽熬小米粥。一切都做了，等着闺女进屋。石敬开抽透了三袋烟，他的宝贝闺女仍旧没有回来。又等，烦了；再等，火了。终于，他醒悟了：不好，出事了！

石敬开跑出院子，大声叫喊："丫头，小韭菜！你在哪里？"

四野无声静悄悄，除了小鸟的惊叫声，什么响动也听不到。

石敬开慌了，他睁大一双眼睛，四下里寻觅。突然，他看见半坡上，有一只土筐，他赶紧跑过去，拾起来细看，他确定那就是他家的。他扔下土筐，顺着土筐滚下的方向，往上跑了几步，那里有一大片被踏倒的野草，乱蓬蓬的。石敬开似乎明白了什么，心里发颤，打起了哆嗦。他连跑带滚，下了土坡，向着潮白河岸急跑。

石敬开小的时候，经常和小伙伴来到这里玩耍，这里的每一片沙滩、每一簇野花和绿草，他都相当熟悉。可眼下，他无暇回想儿时的快乐往事。他最想见到他的宝贝女儿小韭菜。于是，他焦急地嘶喊："小韭菜，小韭菜——"

惊起潮白河边嬉戏的野鸭和鹈鹕，"扑棱棱"，飞入蓝天。

石敬开一面嘶喊，一面沿着潮白河沿儿往南跑。此刻，他多么想听到宝贝女儿脆生生的应答。然而，却没有。他跑得浑身汗水，眼睛也让汗水淹了，他伸手抹了一下。突然，距他不远处，有一件花汗衫，似曾相识。他迈开大步，朝那里跑去。他拾起汗衫细看，果然，那件梅花汗衫就是他宝贝闺女小韭菜的。他四下里细细搜寻，又发现一条蓝色裤子，挂在岸边的苇草上。他心里颤颤地抖，哆哆嗦嗦，他断定：闺女肯定遭遇坏人了。他仰天嘶喊："是谁？你出来，爷爷碎了你的骨头，姥姥的！"他继续沿着潮白河沿儿往下跑。小韭菜是他的心，是他的肝，是他的命。无论如何，他要找到她。

石敬开跑着跑着，脚丫子踢到了一块鹅卵石上，"扑通"，绊倒了。他从沙滩上爬起来，继续跑，他疯了。

三年前，日伪军到小东庄抓兵，石敬开被抓住了。他的媳妇正在坐月子，急火攻心，即刻死了，家里只剩下一个十四五岁的小韭菜。可是，日伪军没有丝毫恻隐之心，依然把他蒙上眼睛，塞进闷子车，轰隆轰隆不知去向何方？开始阶段，石敬开跟大伙一样，装车卸车扛大个儿。后来，他被抽到炮兵连，很快成为一名炮手。在古北口，为日军进入冀东打开通道，石敬开的炮兵连参加了战斗。他亲眼看到，他们的炮弹，颗颗落在八路军阵地的掩体里，被炸死炸伤的士兵，随着泥土和硝烟，飞向半空。他远远地望见那些惨烈的场面，突然想到，那些年轻的生命，哪个没有妻儿老小？他们死无葬身之地，他们的爸爸妈妈将会怎样生活？石敬开犹豫了，悄悄地把炮口抬高一寸。那天夜里，他逃了。

石敬开一直相信，善有善报，恶有恶报，他扪心自问：虽然当过日伪军，也向八路军开过炮。可后来，不是把炮口抬高一寸，那得少伤害多少人的性命？大概也能算得上善举，他深信一定会得到善报。他一面嗖嗖地跑，一面痴痴地想。

突然，石敬开发现前面不远处，有一堆人，他预感到宝贝女儿小韭菜，不管是死是活，一定会在那里。于是，他加快了脚步，拼命地跑起来。一面奔跑，一面大声地呼喊："丫头，小韭菜——"

小韭菜听到有人叫喊，挣扎着移动了一下身子，想答应一声，可是，她太疲劳了，太虚弱了，连一丝力气也没有。

宋小元、王德元、韩小松、穆承英、穆继英，听到喊叫，断定那个飞跑着的人，定然是朝他们来的。一个个不由自主地站定，看着来者。

石敬开跑近一看，那个躺在沙滩上的女孩儿，不是别人，正是他的宝贝闺女小韭菜。

突然，石敬开像一头雄狮，扑向人群，声嘶力竭地叫嚷道："谁，是谁，谁害了我的闺女？"

年轻的八路军战士们，从来没有经历过如此的场面，一时惊呆了。

小韭菜见到爸爸，拼死挣扎着，真想大声喊叫，可她实在一丁点儿力气也没有了，眼睁睁看着爸爸发脾气。

宋小元镇静了一下，冲着石敬开说："大叔，您是……"

石敬开大吼一声："我行不更名，坐不改姓，石敬开，我是小韭菜的爸爸，是来找你们复仇的！"说着，飞起一脚。

宋小元迅疾闪开。

石敬开扭转身来，挥起拳头，恶狠狠地朝宋小元的头上砸来。

宋小元伸出双手，有力地阻隔住石敬开的拳头。

石敬开见对手只为招架，并不还手，心里先犹豫起来。然而，他逞强，不甘示弱，强行进攻，又使出一招儿扫堂腿。

不料，宋小元使出一招儿"敌进我进"的战术，一个健步蹿上去，扬起一腿，只轻轻一拨，便把石敬开摔倒在松软的沙滩上。然后，蹲下身来，伸出双手，将石敬开扶起，亲切地叫道："大叔——"

石敬开开始注意到，眼前那些身穿八路军军装，个个英姿飒爽、豪气逼人，一时语塞。

小韭菜望着眼前的爸爸，颤动着嘴唇，从嘴角滋出一丝声响："爸……"

穆承英、穆继英把小韭菜抬上汽车，安安稳稳地放在卡车车厢里。

石敬开双手捧着小韭菜的脑袋，泪滴砸在女儿的小脸蛋儿上，顺着苍白的面颊"哧溜哧溜儿"往下淌。

穆承英深情地望着眼前的父女，默默地闭上眼睛，是为他们祈祷，还是为他们祝福？

穆继英跳进驾驶舱，开车返回驻地。

　　夏兆三营长从来没有跟女性在河里同浴的经历，这回由于接受了村治的传播，才亲身体验了一把日本风俗的精髓。对于瞎营长来说，眼耳鼻舌身，全方位体验到了男女同浴的感觉。感觉好极了，过瘾，虽不致过把瘾就死，然而，那感觉，好像死也值了！正在他痴痴地想、没事偷着乐的当儿，他脱了手，小韭菜趁机逃脱了，顺流而下。

　　村治看到年轻女郎从瞎营长手里逃脱，不无怨气地说："你，你怎么叫她逃掉了？"

　　瞎营长悔得要死，只能说："有机会，还有的是机会。明天，说好明天再来！哈哈……"

　　潮白河里失去了赤裸裸的女郎，村治自然也随之失去了兴致，仰面躺在绵砂糖一般的沙滩上。

　　瞎营长自知由于他的过失，让一个美若天仙的少女逃脱，唯恐得罪了村治，于是，也磨磨蹭蹭上了河岸，坐在村治的旁侧，搭讪着说："跑了一个，还有更多，中国之大，还愁花姑娘？我敢担保，还会有更年轻漂亮的女孩儿在等着您享用呢！哈哈……"

　　村治哈哈大笑，说："我们的大日本天皇，真是太英明、太天才、太伟大了！他的'日中亲善''大东亚共荣圈'的构想，实在是太美妙了！中国，物产丰富，稀土、煤炭，金银铜铁锡，有我们取之不尽、用之不竭的宝贵资源；这里，人口众多，有可供我们开发无穷无尽的人力资源。你们中国有句老话：'食色，性也。'可你们中国，对于性，心口不一，讳莫如深。哈哈，我们大日本则不然，在我们的眼里，你们中国，大日本皇军慰安妇的资源大大的，年轻貌美的花姑娘，大大的有哇！"

　　瞎营长见村治不仅没有怨他，还发了一大段高论，他感觉轻松了不少，越发讨好地说："对对，大日本天皇的'日中亲善''大东亚共荣圈'的构想，实实在在是太美妙了！造福整个大日本帝国！我们中国皇帝，三宫六院七十二嫔妃，只是为他自己。本来嘛，按照你们大日本的说法，女人是上帝送给男人最好的礼物，是说世上的所有男人，并没有专指皇帝一个人。这样看来，你们的大日本天皇实在比我们的皇帝要强得多！"

　　村治哈哈大笑道："那是，我们大日本天皇，就是派遣我们大日本皇军来拯救你们。'日中亲善','大东亚共荣圈',就是为了使愚昧的中国老百姓能过上理想的生活。"

瞎营长说："你我一起努力,让大日本天皇'日中亲善''大东亚共荣圈'的构想,至少能在顺义城北这一带落到实处。建立慰安所,召集慰安妇,在大营、马坡、大杏落、小杏落一带的村庄,能为中佐您提供最年轻、最漂亮的花姑娘!哈哈……"

这两个贼胆包天、色胆包天、狗胆包天的畜类,在明亮的阳光下,在柔软的沙滩上,赤裸裸地晾晒内心深处极其肮脏龌龊的灵魂。

穆氏姐妹把石敬开父女送到独立团驻地,很快被安置好。

女护士用卫生车把小韭菜拉进病房,作进一步疗养。

几个年轻战士陪着石敬开,坐在独立团休息室里闲聊。

正在此刻,宋小元带领韩团长和胡政委走了进来。

宋小元说："大叔,这是我们独立团团长,这是政委。"

韩团长走上前来,握握石敬开的手,然后说："听说你们受苦了!我是独立团团长韩贵德……"

石敬开听到"韩贵德"三个字,立即下跪,说道："我有罪,韩团长,我有罪!"

胡宝贤马上弯下身去,把石敬开挽起,说："从何谈起,这从何谈起?"

石敬开连连说："我有罪,我有罪……"

韩团长说："怎么回事,到底怎么回事?坐下来说。"

石敬开被二位首长扶在椅子上,坐定。石敬开抽抽搭搭地哭诉道:"三年前,日伪军到小东庄抓兵,我让他们抓住了。媳妇正在坐月子,当时就急死了,家里只剩下小韭菜。日伪军把我蒙上眼睛,塞进闷子车,编入炮兵连,成为一名炮手。去年冬天,在古北口,日军为进入冀东打开通道,我们炮兵连跟日军一同打八路军,听说对面八路军阵地的掩体里,就是从顺义开来支援白乙化的部队,他们就是韩贵德独立团。那次,我亲眼看到被炸死炸伤的士兵,随着泥土和硝烟,飞向半空。我实在不忍心,悄悄地把炮口抬高一寸。就在那天夜里,我当了逃兵,从古北口逃到溪翁庄,在溪翁庄住了一宿。天没亮,我一连气儿,跑了五十多里路,回到家里。"

韩团长又一次想起,在支援古北口战斗中牺牲的排长杨立冬、警卫员郑彪、战士吴三强等，这些好战友在我们的前头英勇地牺牲了，每有闲暇，想起他们就心里难过。此刻，听石敬开一说，心中一团怒火，一下子冲上天灵盖，吼道："是你们的炮兵连，是你们开的炮？"

石敬开见韩贵德发了火，不知所措，定在那里，像一尊雕像。

胡宝贤深深地叹了一口气，说："他是穷人，被抓去当日伪军的。作为伪军炮兵连炮手，军令如山，罪恶不在他。况且，他在战斗中，悄悄地把炮口抬高一寸，也算还有中国人的良心！"

石敬开恳切地说："是你们独立团救了我的女儿，要是没有你们搭救，我的闺女小韭菜早就没命了。为了答谢你们，我愿意给独立团当牛做马……"

胡政委说："团长，你看，宋小元的迫击炮训练小组正好需要人，是不是……"

韩团长怒气未消，说："你，看着办吧！"一甩手，走出屋子。

胡政委叫过宋小元，说："小宋，你们迫击炮训练小组正好需要人，是不是让这位石敬开去你们那里当教练？"

宋小元说："好，我们巴不得呢！"

胡政委说："石敬开同志，你不用为独立团当牛做马。从今天开始，你就是冀东独立团的一名八路军战士！宋小元，你带石敬开同志去后勤处领一身八路军军装。"

宋小元答道："是！"

石敬开说："当八路军，为穷人打天下，我就盼着这天呢！"

宋小元带领着石敬开领到一身合体的八路军军装，穿在身上，整理好军容风纪，两个人一同走进病房。

小韭菜正躺在病床上休息，见又有人来看她，不由自主地坐了起来，客气地让座，说道："首长，请坐！"

宋小元和石敬开二位，好像没有听见，仍然笔直地站着。

小韭菜又说了一遍："首长，请坐！"

宋小元哈哈大笑，说："小韭菜，你好好看看，这是谁？"

小韭菜定睛看了半晌，终于，她认出了这个身穿崭新八路军军装的老兵，原来就是她的老爸，她一下子扑了上去。

石敬开赶紧上前一步，把他的宝贝闺女小韭菜抱在怀里。

韩团长走出来，慢悠悠地走到西南角的高墙下，坐在光溜溜的大青石上。扬起脸儿，东边有一棵杨树，西面也有一棵杨树。高高的白杨树上空，是瓦蓝瓦蓝的天。在瓦蓝瓦蓝的天空上，飘飞着白莲花般的云朵。望着望着，终于，把目光移到了白杨树的梢头，从白杨树的梢头，移到了它的躯干。他深深地舒了一口气，他突然想起了曾经阅读过的一篇文章，心里默默念道："白杨树，笔直的干，笔直的枝。它的干，一丈以内，绝无旁枝；它所有的丫枝，一律向上，绝无横斜逸出。在风雪的压迫下，它倔强挺立，参天耸立，不折不挠，对抗着西北风。它伟岸，正直，朴质，严肃，也不缺乏温和，它坚强不屈与挺拔，它是树中的伟丈夫！"韩团长默默地念叨着，念叨着，不知什么时候从眼窝里滚出了泪珠，"哧溜"一串，"哧溜"一串。男儿有泪不轻弹，莫不是他想起了什么伤心事？哦，他想起了朝朝暮暮在一起学习、训练、做游戏的战友。那是排长杨立冬，整天价乐呵呵的，伟岸，朴质，可是，打起仗来，拦都拦不住；那是警卫员郑彪，兢兢业业，勤勤恳恳，正直，严肃，这些词句，似乎写的就是他；小战士吴三强，坚强不屈，挺拔耸立，奋发向上，生龙活虎。而今，这些个伟丈夫，你们究竟去了哪里？

韩团长想着想着，突然大声地喊叫起来："杨立冬、郑彪、吴三强，你们在哪儿？"

其实，他当然知道，这些个伟丈夫，是在支援古北口的战斗中牺牲了。只是今天，石敬开的到来，又勾起他内心深处的情怀。

韩团长又想起了石敬开的那段话："去年冬天，在古北口，日军为进入冀东打开通道，我们炮兵连跟日军一同打八路军，听说对面八路军阵地的掩体里，就是从顺义开来支援白乙化的部队，他们就是韩贵德独立团。那次，我亲眼看到被炸死炸伤的士兵，随着泥土和硝烟，飞向半空。"

杨立冬、郑彪、吴三强们的牺牲，韩团长每想起他们，就心里难过。他日日夜夜都想寻找机会，为这些亲密的战友报仇。踏破铁鞋无觅处，得来全不费工夫。许是上天的安排，把杀害战友的仇人，送上门来！

韩团长愤怒了，他出离愤怒了！他像一头雄狮，咆哮着："为杨立冬、郑彪、吴三强们复仇，我要杀了你！"

他抽出腰间的两支手枪，"啪啪"，子弹推上膛。一手一支，急匆匆奔跑在冀东独立团的大操场上。

宋小元带领石敬开来到迫击炮训练小组，王德元、韩小松、穆承英、穆继英，立即走上前来。

宋小元向石敬开一一作了介绍。然后说："大家都知道了，这位就是咱们救起的女孩儿的父亲，名叫石敬开。他曾经当过迫击炮炮手，技术过硬，今后，他就是咱们迫击炮训练小组的教练。好好学，快快学，什么时候学会了，学精了，好上前线，杀鬼子，打敌人！"

石敬开说："大家听好，我确实当过迫击炮炮手。宋小元可能为了照顾我的面子，故意没有详细说。我当过日伪军，是日伪军里的迫击炮炮手。就是说，技术越硬，杀害的八路军战士越多。确确实实，我的双手，沾满了八路军战士的鲜血。我知道我自己，我在你们心里有多么可恨！可是，我不忍心看到中国人打中国人，从日伪军的阵地上逃了出来。可巧，八路军又从潮白河里救了我闺女小韭菜的命。我无以报答，心甘情愿为八路军当牛做马。可团首长批准我当一名八路军战士，还派我当迫击炮训练小组的教练。我一定好好教，让大家早日学会，早日打鬼子，消灭日伪军！"

宋小元听了石敬开的一番话，极是感动，竟然带头鼓起了掌。

王德元、韩小松、穆承英、穆继英，也鼓起了掌。

石敬开说："要学会开炮，先学会拆炮。把迫击炮一件一件化整为零，一个零件有一个零件的作用，不可或缺。然后，再学会组装。过去，老炮手不懂射速、射程、角度、抛物线之间的关系，只凭经验。其实，要准确击中目标，光凭经验，只靠目测，远远不够。这就需要深入学习理论知识，没有理论的指导，永远不会成为一名炮手，更甭说神炮手！"

石敬开一席话，说得大家心悦诚服。

嘴快的穆继英说："那就快教我们吧，总叨叨叨地说，黄花菜都凉了！"

穆继英溜了妹妹一眼，轻声说道："就你嘴快，瞧你，说啥哩？"

石敬开说："那好吧，今儿，我们首先练习明间拆炮。往后，演练暗间拆炮！"

穆继英说："还分明间暗间？咋那么麻烦！"

石敬开说："这就叫从难从严从实战。打仗，不光是在白天，黑间就不打仗了？黑灯瞎火的，摸哪儿不是哪儿，这仗还怎么打？"

穆继英说："噢，明白了。那就开始吧！"

王德元、韩小松都笑起来。

穆承英说："听听宋小元的安排。"

穆继英说："那当然，宋小元，安排吧！"

王德元、韩小松们又一通儿笑。

正在此刻，只见韩团长气呼呼地跑进来，双枪一举，瞄准石敬开，刚要扣动扳机，宋小元迅疾用身体将石敬开挡在身后。

韩团长吼道："宋小元，闪开！"

王德元、韩小松、穆承英、穆继英，一时蒙住了，不知所措。

宋小元说："团长，不能这样！"

王德元、韩小松、穆承英、穆继英，立即拥上前来，把石敬开挡在身后。

石敬开从大家伙的身后挤上前来，挺身而出，说道："团长，我是当过伪军，我确实向冀东独立团开过炮。可是，我现在成了八路军战士，我要打鬼子！您要是抓住以往不放，韩团长，要杀要砍，随您的便吧！"他"唰"地扯开衣襟，三两个纽扣，"啪啪"落在地上。

宋小元说："团长，不能这样，不能这样呀！"

王德元、韩小松、穆承英、穆继英，立即拥到韩团长的身前，齐声说："团长，不能这样，不能这样呀！"

韩团长大声说："你们知不知道，去年冬天，在古北口，日伪军的炮兵连打我们独立团。那次，有多少被炸死炸伤的战友，随着泥土和硝烟，飞向半空。杨立冬、郑彪、吴三强就是在那次战斗中牺牲的。战斗结束后，我一直在寻找机会，为这些战友报仇。真许感动了老天爷，把杀害战友的仇人，送上门来了，我岂能容你！"

石敬开说："那时，我确实是日伪军，跟日本鬼子一起打八路军。可现在，我是穿军装的八路军战士！掉转枪口，打日本鬼子，消灭日伪军。"

宋小元、王德元、韩小松、穆承英和穆继英，一起涌向韩团长，说："石敬开，正在教我们学习炮兵知识。学通了，好打小鬼子、日伪军，为死去的战友报仇！"

韩团长把两支手枪往腰间一插，深深地叹了一口气："唉！"转身而去。

石敬开一甩手，自言自语道："久闻大名，原来如此！"

宋小元、王德元、韩小松、穆承英、穆继英一起围过来，纷纷说："韩团长，爱兵如友。不能怪他，不能怪他！"

石敬开笑笑说："一切都会过去，大不了从头再来！"

大家伙都笑了。

村治和夏兆三瞎营长从潮白河回到大营日军驻地，道貌岸然，狼狈为奸。

村治唠唠叨叨重复日本天皇的无耻论调："大日本天皇派遣我们来拯救你们。'日中亲善''大东亚共荣圈'，就是为了使愚昧贫苦的中国老百姓能过上理想的生活。"

瞎营长讨好地说："我一路上已经想好了，大日本天皇'日中亲善''大东亚共荣圈'的构想，实在是高明极了。我一定帮助皇军，在大营、马坡、大杏落、小杏落一带的村庄，能为中佐您抓到最漂亮的花姑娘，建立起慰安所！"

村治乜斜了一眼瞎营长，放声浪笑："哈哈……"

夏兆三瞎营长立即挑兵点将，发号施令。

日伪军里原本多是些好吃懒做、游手好闲的痞子，而今，夏兆三瞎营长向他们下达了这样的命令，实在出乎意外，一个个喜形于色、眉开眼笑。

于是，在顺义城北的大营、马坡、大杏落、小杏落一带的村庄，刮起了抓花姑娘的旋风，给这些村庄的老百姓带来极大的灾难。

最初，石敬开对迫击炮培训小组，简直是一个一个手把手地教，深感费劲巴拉，成效甚微。可奇怪的是，没过三两天，竟然收到了意想不到的效果。令石敬开无法料到的是，宋小元、王德元、韩小松、穆承英、穆继英，很快就掌握了拆装迫击炮技术，还懂得了初速度、射速、射程、角度、抛物线之间的关系。在多次进行的哑炮演练中，一个个都成了技术能手、神炮手！

赤日炎炎，烈焰升腾，热浪滚滚，暑气灼人。宋小元带领王德元、韩小松、穆承英、穆继英，来到潮白河苏庄大桥西面的空地上，聆听石敬开炮击战术。

不承想，韩团长和胡政委远远地朝他们走来。

宋小元立即集合队伍，跑步向团首长报告："报告：团长、政委，迫击炮训练小组，正在操练。请指示！"

韩团长走上前来，说："我和政委已经知道你们训练得不错，这得首先感谢石敬开同志。"

胡政委说："确实的，没有石敬开同志的耐心指导，就绝不会……"

只听"扑通"一声，石敬开立扑在地，痛哭流涕。

胡政委大吃一惊，说："咋？"

石敬开被大家扶起来，说："士为知己者死，有团长政委的一句话，就足够了！"

韩团长走到大家的面前，铁青着脸，无比严肃地说："在顺义城北一带，小鬼子、日伪军横行霸道，为所欲为，到处抓花姑娘，建立慰安所，老百姓苦不堪言。大家说，怎么办？"

大家伙齐声喊道："赶走小日本，消灭日伪军！"

胡政委说："团首长命令你们迫击炮小组，出兵大营，掀翻日军炮楼。为消灭大营驻地的小鬼子、日伪军扫清障碍。注意：不准恋战，打完迅疾撤离！"

韩团长说："中午，大米干饭白面馒头，五花猪肉炖粉条，饱餐一顿。擦黑儿出发，夜里零时开炮，端掉日本鬼子炮楼。我再强调一遍：完成任务，马上返回！"

吃过饭，宋小元安排王德元、韩小松、穆承英、穆继英，在宿舍午休。自己和石敬开一人一匹高头大马，飞奔顺义城北，跨过减河，把马拴在大营南面黄土岗下面的小树林里。两个人悄悄地贴近小日本大营炮楼，选择好地形，目测好距离。一切就绪，这才骑马而归。

太阳好像骑个葫芦头，叽里咕噜就滚到了燕山的山洼里。西面半拉天上发亮的橘黄霞光，渐渐变成发暗的紫黑色。鸟入林，鸡上窝，黑了天，潮白河畔静悄悄。

宋小元带领的迫击炮小组，早已经来到顺义城北大营黄土岗的小树林里了。

石敬开是这些人里最忙的人，选好炮位，测准角度，装好炮弹，把王德元、韩小松、穆承英、穆继英，一一安顿，压低声音，再三叮嘱："瞄准日军炮楼第一层底座，集中火力，同时开炮！"

好容易盼到了十秒倒计时，石敬开、王德元、韩小松、穆承英、穆继英，一同在心里默念。

宋小元轻轻地数着："三、二、一，开炮！"

"轰，轰——"惊天动地，震耳欲聋。

日军大营炮楼，从底到顶，一码钢筋混凝土浇筑，坚固无比，连续开了几炮，纹丝不动。

宋小元焦急万分，抓耳挠腮。

石敬开成竹在胸，不急不躁，耐心地说："开炮时间，一定要齐，目标要准，炮楼底座。装炮弹，注意！等候：三、二、一，开炮！"

"轰轰！"穿云裂石，响彻云霄。

"轰隆隆——轰隆隆……"小鬼子的大营炮楼，轰然倒塌。

石敬开、王德元、韩小松、穆承英、穆继英，一起欢呼起来。

因缘果报。有其因，必有其果，此乃因果报应。正所谓善有善报，恶有恶报，不是不报，时机未到，时机一到，一切全报。

三途八难到彼岸，天经地义巧安排。

恶有恶报缘有果，善始善终从头来！

后 记

　　拟写这部《寒凝大地》长篇小说之前，自己先犹豫起来。这么写，会是长篇小说吗？长篇小说总得有一个或几个中心人物，贯穿始终；或者由一件神秘之事、之物，作为"包袱"，设置悬念，层层铺陈，引人入胜，最后抖响。

　　《钢铁是怎样炼成的》写一个红军战士在战斗中成长，《三国演义》写的是魏蜀吴三国的斗智斗勇，《红楼梦》写贾史王薛四大家族的兴落盛衰，《西游记》写一伙人去西天取经的苦难历程，至于《战争与和平》《静静的顿河》《巴黎圣母院》则更无须细说。长篇小说本该由作品中的主要人物或生或死或隐居或腾达，推动情节的发展，各有命运归宿。通过长期调查采访，多方查阅抗战资料，了解到，我的家乡在抗日战争期间，确无大规模的战事，更没有如台儿庄、武汉会战那样规模宏大、壮怀激烈的场景。有的只是一村一镇、一街一户的战斗，虽不免激动人心，令人潸然泪下，但是，所有这些，林林总总，零零散散，搭架不成一个完整的故事，更没有一个统领全局的人物。这样，如何才能结构一部长篇小说？

　　路漫漫其修远兮，吾将上下而求索。终于，早年阅读过的《水浒传》，给了我创作长篇小说《寒凝大地》以启迪。在《水浒传》中，一些主要人物，例如，晁盖、宋江、吴用、林冲、武松、鲁智深，等等，每个人都有或长或短的精彩故事。从总体结构上分析，《水浒传》似乎由若干中篇、短篇连缀而成。这样一想，仿佛为我点亮一盏灯，心里一片雪亮，豁然开朗。我在探索中，昂昂前行，确信希望与梦想，就在前面。基于如此

后
记

593

考虑，我就一个人一个人地写，故事多的，作为中篇；故事少的，像个短篇，有的甚至勉强连个短篇也算不上。然后，将这些或长或短的故事，相互融汇，你中有我，我中有你，拉拉扯扯，纠纠葛葛，前后呼应，连珠成串，这便是《寒凝大地》了。这么多年以来，中国作家创作了很多抗战题材的长篇小说，例如《野火春风斗古城》《铁道游击队》《烈火金钢》《敌后武工队》《苦菜花》《平原枪声》等，将历史上的真实人物与作家的艺术情感相结合，调动一切文学艺术手段，使其成为民族的记忆。彰显世间公理，维护历史公正，捍卫人类良知。

日寇入侵中国期间，对中国犯下了滔天罪行。日本军国主义者冠冕堂皇地打出"日中亲善"的破烂旗帜，构筑"大东亚共荣圈"的黄粱美梦，对中国实施了长达数年之久的抢光、杀光、烧光政策，使数以万计的中国人惨遭杀戮。往事并不如烟，国耻记忆犹新，永远无法愈合国人留在心头的伤痛。当然，《寒凝大地》绝非以记录民族苦难为满足。它力图通过既平淡无奇，又惊心动魄的故事，表现一个民族永不屈服的持久抗战精神，表达抵抗强敌的力量蕴藏在广大民众之中。善有善报，恶有恶报，多行不义必自毙。和平是我们永远的期待与追求。但是，我们应该正视民族创痛，牢记历史教训，激励民族自强，增强民族自信。抗战胜利已经过去了 75 年。然而，战争的危险，并未随着时间的推移和人类的发展而消失。防止悲剧重演，是我们不可动摇的信念。热爱祖国、热爱和平，是我们中华民族的民族魂。爱国主义精神，永远在 56 个民族大家庭中高扬与传承。这就是我创作《寒凝大地》的初衷。而今，我将这部凝聚着爱与恨、血与泪的作品，敬献给我的读者。

王克臣

2020 年 6 月 12 日于龙泉苑